新潮日本古典集成

萬葉集

一

青木生子 井手至 伊藤博
清水克彦 橋本四郎 校注

新潮社版

目次

萬葉集　巻第一

雑　歌

萬葉集　巻第二

相聞

挽歌

明日香《あすか》の清御原《きよみはら》の宮《みや》に天の下知らしめす天皇の代

藤原《ふぢはら》の宮《みや》に天の下知らしめす天皇の代

萬葉集 巻第三

雑 歌

譬喩歌

挽歌

萬葉集 巻第四

相聞

凡例

本書は、現代の読者に最も読みやすく親しみやすい『萬葉集』を提供する目的で編集したものである。萬葉研究史一千余年の成果を慎重に踏まえながら、おおよそ次の方針に基づいて通読と鑑賞の便宜を図った。

〔本　文〕

一、萬葉集の原文はすべて漢字で記されているが、本書では歴史的仮名づかいによる訓《よ》み下し文（漢字仮名交り文）とし、原文は割愛した。ただし、難訓個所は原文のままとした。

一、訓み下し文は、現存古写本を検討し、先学の諸説をも考え合せたうえ、最も妥当と認められる形を選択した。校注者の見解に基づいて訓んだ部分もある。

一、訓み下しにあたって二通り以上の訓みが考えられる場合は、上代語の性格を逸脱しない限り、いずれかの訓みで統一した。

（例）　吾大王《ワガオホキミ》《ワゴオホキミ》　→我が大君

一、固有名詞などで二通り以上の表記が見られる場合は、原則としていずれかの表記で統一した。

（例）　泊瀬・長谷→泊瀬
　　　　忍壁皇子・忍坂部皇子→忍壁皇子

一、漢字は新字体を用い、異体字は現代通行の字体に改めた。

一、漢字にはできるだけ多く振り仮名をつけるよう心がけたが、本文の訓みを限定できない場合は省略した。

（例）　目頬四吾君　メヅラシワガキミ　メヅラシアガキミ　→めづらし我が君

また題詞や左注などで、音読、訓読、いずれとも判定できない語句についても省略した場合がある。

一、歌の句間を各一字分あけて記した。

一、各歌に付したアラビア数字は、『国歌大観』の歌番号である。

〔頭　注〕

一、頭注は、本文や参考文献から引用する場合を除き、現代仮名づかいに拠った。

一、標題、題詞、左注についての注は、各語句、もしくは各文章ごとに注番号をつけて示した。ただし、文学性を帯びた題詞・左注や、歌の前後にある詩文は、その全文を口語訳した。

一、歌についての注は、歌番号を掲げて示し、各歌ごとに次のように構成した。

＊口語訳（色刷り）
＊釈　注
＊語　釈

一、口語訳は、歌の声調や語順を尊重しながらも現代語として生硬な表現を避け、これだけで歌の世界が理解できるように努めた。また原本の校異、すなわち「一云」（一には…といふ）、「或本云…」（或本には…といふ）などと注記して掲げられた異文は、歌意に著しい相違のあるもののみを〈　〉で括って訳出した。校異として一首全体が掲げられている場合は全訳を試みた。

一、釈注では、必要に応じて、作歌事情、作品構成、時代背景、編者の意図などを解説し、歌の理解を深めるための一助とした。

一、語釈では、萬葉当時の語法、語感、作者の表現意図、あるいは、口語訳中で意訳した語句の原義などについて注釈を加えることを主眼とした。したがって、語法や語感などが口語訳によって十分汲みとれると思われる語句を重ねて取上げることはしなかった。この主旨のもとに、枕詞や序詞の指摘を省略した場合もある。

一、参照歌や関連歌の歌番号を示す場合は平体漢数字を用い、頁数、年号などの数字と区別した。

（例）　類歌二九〇九
　　一〇五頁注一参照
　　天智六年（六六七）

一、記紀歌謡の歌番号は、日本古典文学大系本（岩波書店）に拠った。
一、参考文献等の書名を掲げる際、略称を用いた場合がある。例えば、『古事記』中巻・崇神天皇の条を「崇神記」、『日本書紀』応神天皇の巻を「応神紀」、『続日本紀』を『続紀』とするなどの類である。

〔その他〕

一、目録は各冊ごとにまとめて巻頭につけた。ただし、今日伝えられる諸本の目録には異同があり、誤りも少なくない。このため、本文の題詞になるべく忠実に従いながら本書独自の立場で作成し、目次を兼ねるものとした。なお色刷り漢数字は歌番号を示し、その下の漢数字は本書の頁数を示す。
一、付録として、巻末に参考地図を添えた。
一、本文、頭注とも、巻一は清水、巻二は伊藤、巻三は井手（雑歌・譬喩歌）・青木（挽歌）、巻四は橋本が、それぞれ分担執筆し、全員による討論と推敲を経て決定稿とした。
一、解説は、「萬葉集の世界（一）――萬葉の魅力」を清水、「萬葉集の生いたち（一）――巻一〜巻四の生いたち」を伊藤が担当した。

萬葉集一

萬葉集　巻第一

萬葉集　巻第一

雑歌《ざふか》[一]

[二]泊瀬《はつせ》の朝倉《あさくら》の宮《みや》に天《あめ》の下《した》知《し》らしめす天皇《すめらみこと》の代《みよ》

[三]大泊瀬稚《おほはつせわか》武天皇《たけのすめらみこと》

天皇の御製歌

1　籠《こ》もよ　み籠《こ》持ち　ふくしもよ　みぶくし持ち　この岡に　菜摘《なつ》ます子　家告《の》らせ　名告《の》らさね　そらみつ　大和《やまと》の国

一　公的な場で披露されたさまざまの歌をいう。
二　雄略《ゆうりやく》天皇の皇居。奈良県桜井市朝倉付近。　三　二一代雄略天皇。記紀にも相聞《そうもん》の記事や歌謡がある。

1　ほんにまあ、籠《かご》も立派な籠、掘串《ふくし》も立派な掘串を持って、この岡で菜をお摘みの娘さんよ。家をおっしゃい。名をおっしゃいな。この大和の国は、すっかり私が支配しているのだが、隅から隅まで私が治めているのだが、この私の方から打ち明けよう。家をも名をも。

当時女性に家や名を問うことは求婚を意味し、これに答えることは結婚の承諾を意味した。この歌は求婚の相聞歌だが、雑歌の部に置かれたのは、公的、儀礼歌的性格を持つからである。これは雄略天皇を主人公とする原始的な歌劇の中で、天皇の春の国見歌として演じ伝えられたものであろう。土地の娘と天皇との結婚は、この地が天皇に服属することを意味するとともに、結婚による子孫の繁栄ということから、この地の五穀豊穣《ほうじよう》を約束する意味を持つ。「我れこそば告《の》らめ」は男の自分が名告るぞという異例の意志を示したもので、娘に承諾させずにはおかぬ、君主らしい語気を持つ。この歌は、二以下五三まで（原本巻一は五三まで。解説参照）の舒明朝《じよめいちよう》から天武・持統朝にいたる時代の人々の立場から見て、古代国家を代表し、象徴する君主の御製として、巻頭に置かれたのであろう。

◇み　神的霊威を表わす。この語から見て、この娘は、この土地の神の娘と見るべきか。◇ふくし　菜を

はおしなべて　我れこそ居《を》れ　しきなべて　我れこそ居《を》れ　我れこそば　告《の》らめ　家をも名をも

一 高市《たけち》の岡本の宮に天の下知らしめす天皇の代
二 息長足日広額天皇《おきながたらしひひろぬかのすめらみこと》

天皇、香具山《かぐやま》に登りて望国《くにみ》したまふ時の御製歌

2 大和《やまと》には　群山《むらやま》あれど　とりよろふ　天《あめ》の香具山　登り立ち　国見《くにみ》をすれば　国原《くにはら》は　煙《けぶり》立ち立つ　海原《うなはら》は　鷗《かまめ》立ち立つ　うまし国ぞ　蜻蛉島《あきづしま》　大和の国は

天皇、宇智《うち》の野に遊猟《みかり》したまふ時に、中皇命《なかつすめらみこと》の間人連老《はしひとのむらじおゆ》をして献《たてまつ》らしめたまふ歌

掘るためのへらのようなもの。◇そらみつ　「大和」の枕詞。◇我れこそ居れ　「こそ…已然形」の場合、逆接の前提句となって下へ続くのが原則。

一 舒明《じよめい》天皇の皇居。奈良県高市《たかいち》郡明日香村。　二 三四代舒明天皇。天智・天武両帝の父。

三 大和三山(一三参照)の一つ。四 高い所から国の有様を見ること。もと春秋に五穀豊穣を願い祝う儀礼。

2 大和にはたくさん山があるけれど、なかでもとりわけ立派な天の香具山よ。この山の上に立って国見をすると、国原には煙が盛んに立ちのぼっている。海原には鷗《かもめ》が盛んに飛び立っている。ほんとに立派な国だ。この蜻蛉島《あきつしま》大和の国は。

大和の水陸をあげ、それをともに生気に満ちたものとして述べることによって、国土の繁栄を願った歌。冒頭四句のように、多くの中から一つを取り立てて述べる形は、ほめ歌に例が多い。

◇天の香具山　『伊予風土記』逸文に、伊予の天山とともに天から降った山とする伝説が見える。◇国原　広々とした平地。◇煙　水蒸気や炊煙など。◇海原　香具山の周辺にあった埴安《はにやす》、磐余《いわれ》などの池を海としてとらえたもの。◇鷗《かまめ》　池のあたりを飛ぶ水鳥を鷗《かもめ》としてとらえたもの。◇蜻蛉島《あきつ》　「大和」の枕詞。「蜻蛉」はとんぼ。穀霊《こくれい》の象徴。

五 奈良県五条市宇智。　六 天皇の傍らで祭祀《さいし》を主宰した女性。ここは舒明《じよめい》の皇女、間人皇女《はしひとのひめみこ》か。　七 「孝徳紀」白雉《はくち》五年(六五四)の条に遺唐使判官《じよう》として見

える中臣間人連老《なかとみのはしひとのむらじおゆ》か。

3 わが大君が、朝には手に取ってお撫でになり、夕方には側に寄り立たれたご愛用の梓の弓の中弭《なかはず》の音がする。朝の狩を今なさっているらしい。夕べの狩を今なさっているらしい。ご愛用の梓の弓の中弭の音がする。

三～四の一組、弓音や狩場の勇壮さを述べ、朝夕の狩の獲物の多いことを願う儀礼の歌。間人老《はしひとのおゆ》は中皇命《なかつすめらみこと》の言葉を伝える者としてここに名が伝えられたのだが、歌詞そのものの作者が中皇命か老かは不明。◇やすみしし 「我が大君」の枕詞。◇みとらし 手にお取りになるもの。弓に言う。◇中弭《なかはず》 弦の中ほど。矢筈《やはず》をつがえるところ。◇なり 用言の終止形に続く断定の助動詞。多くは聴覚に関わる事柄を婉曲《えんきょく》に言い表わす。◇立たす 「立つ」は狩場にのぞむ意。

八 長歌の要点を反復する歌の意とも、長歌とは調子を反《か》えて歌う歌の意ともいう。短歌形式が普通。

4 この朝、宇智の原野で、馬を並べて今しも踏み立てておられるであろう、その草深い野よ。

◇たまきはる 「宇智」の枕詞。◇踏ますらむ 「踏む」は獲物を追い立てる意。

九 香川県綾歌《あやうた》郡東部。一〇 百済《くだら》系王族の渡来人か。一一「…を見て作る歌」の形は、旅の歌の題詞として一般的なもの。山を見て望郷の思いを述べる歌、の意。

5 霞の立つ長い春の日が暮れたのも知らぬほど胸が痛むので、ぬえこ鳥の鳴くようにしのび泣き

3 やすみしし 我が大君《おほきみ》の 朝《あした》には 取り撫《な》でたまひ 夕《ゆふへ》には い寄り立たしし みとらしの 梓《あづさ》の弓の 中弭《なかはず》の 音すなり 朝狩《あさがり》に 今立たすらし 夕狩《ゆふがり》に 今立たすらし みとらしの 梓の弓の 中弭の 音すなり

反歌《はんか》八

4 たまきはる 宇智《うち》の大野に 馬並《な》めて 朝踏《あさふ》ますらむ その草深野《くさふかの》

讃岐《さぬき》の国の安益《あや》九の郡《こほり》に幸《いでま》す時に、軍王《こにきしのおほきみ》一〇が山を見て作る歌一一

5 霞立つ 長き春日《はるひ》の 暮れにける わづきも知らず むら

きもの　心を痛み　ぬえこ鳥　うら泣き居《を》れば　玉たすき　懸《か》けのよろしく　遠つ神　我が大君の　行幸《いでまし》の　山越す風の　ひとり居《を》る　我が衣手《ころもで》に　朝夕《あさよひ》に　かへらひぬれば　ますらをと　思へる我れも　草枕　旅にしあれば　思ひ遣《や》る　たづきを知らに　網《あみ》の浦の　海人《あま》娘子《をとめ》らが　焼く塩の　思ひぞ焼くる　我が下心《したごころ》

反　歌

6　山越しの　風を時じみ　寝《ぬ》る夜《よ》おちず　家にある妹《いも》を　懸《か》けて偲《しの》ひつ

右は、日本書紀に検《ただ》すに、讃岐《さぬき》の国に幸《いでま》すことなし。また、軍王《こにきしのおほきみ》もいまだ詳《つばひ》らかにあらず。ただし、山《やまの》一

をしていると、わが大君がお出ましになっている地の山向うの故郷の方から越して来る風が、帰るということが連想されて嬉しいことに、一人でいる私の衣の袖に朝夕吹き返って行くものだから、ますらおだと思っている私も旅に出ているので思いを晴らすすべも知らず、網の浦の海人《あま》の娘たちが焼く塩のように焼け焦れている。わが胸のうちは。

五〜六の一組は、舒明朝のものとしては歌風が新しい。漢詩文の教養に恵まれた渡来人の作であるためか。

◇わづき　区別の意。◇むらきもの　「心」の枕詞。◇ぬえこ鳥　とらつぐみ。悲しそうに鳴く。ここは「うら泣き」の枕詞。◇玉たすき　「懸く」の枕詞。◇遠つ神　「我が大君」の枕詞。◇ますらを　立派な男子。「たわやめ」の対。◇網の浦の　以下三句は序。「思ひぞ焼くる」を起す。「網の浦」は香川県坂出《さかいで》市。◇焼く塩　当時は海藻を焼いて塩を作った。

6　山越しの風がたえず袖をひるがえすので帰ることが思われて、夜ごと夜ごと、私は家にいる妻を心に懸けて偲んでいる。

◇時じ　時が定まっていない、の意から、ここはいつもそうである、の意。◇寝《ぬ》る夜《よ》おちず　寝る夜は一夜も欠けないで。毎晩の意。◇妹《いも》　普通、男性から親しい女性を呼ぶ言葉。

一　大宝元年（七〇一）遣唐使少録《けんとうししょうろく》として渡唐を経験した当時の新知識人で、帰朝後東宮（後の聖武天皇）に学問を講じたらしい。晩年は筑前守。天平五年（七

上憶良大夫《うへのおくらのまへつきみ》[二]が類聚歌林《るいじうかりん》[三]に曰《い》はく、「[四]記には『天皇の十一年己亥《つちのとゐ》[五]の冬の十二月己巳《つちのとみ》[六]の朔《つきたち》の壬午《みづのえうま》に、伊予《いよ》[七]の温湯《ゆ》の宮《みや》に幸《いでま》す云々《しかしか》』といふ。[八]一書には『この時に宮の前に二つの樹木あり。この二つの樹《き》に斑鳩《いかるが》[九]と比米《ひめ》との二つの鳥いたく集《すだ》く。時に勅《みことのり》して多《さは》に稲穂《いなほ》を掛けてこれを養《か》はしめたまふ。すなはち作る歌云々』といふ」と。けだし[一〇]ここよりすなはち幸《いでま》すか。

明日香《あすか》[一一]の川原《かはら》の宮《みや》に天の下知らしめす天皇の代　天豊財重日足姫天皇《あめとよたからいかしひたらしひめのすめらみこと》[一二]

額田王《ぬかたのおほきみ》[一三]が歌　いまだ詳《つばひ》[一四]らかにあらず

7 秋の野の　み草《くさ》刈り葺《ふ》き　宿れりし　宇治の宮処《みやこ》の　仮廬《かりいほ》

三三）没。七十四歳。『類聚歌林《るいじゅうかりん》』は東宮に仕えていた頃の編纂《へんさん》か。二 四位・五位の人の尊称。憶良は和銅七年（七一四）以来、終生従五位下であった。三 憶良の編纂した歌集。今は伝わらない。古歌を分類し、作歌事情を付したものらしい。「正倉院文書」に「歌林七巻」と見えるのはこれか。四『日本書紀』。ここは「舒明紀」。五 十干と十二支を組み合せて年を表わしたもの。舒明天皇の十一年が己亥《つちのとい》の年にあたることを示す。六 日を表わす。己巳がこの月の「朔《つきたち》」（一日）で、そこから数えて壬午にあたる日の意。十四日。七 道後《どうご》温泉。八 不明。ただし「一書」と類似の文が『伊予風土記』逸文にある。九「斑鳩」「比米」ともにスズメ科の小鳥。一〇 伊予から続いて讃岐へ行幸されたのであろうか、の意。一一 皇極《こうぎょく》天皇の皇居。奈良県明日香村川原。『書紀』では「飛鳥《あすか》の板葺《いたぶき》の宮」という。一二 三五代皇極天皇。一三 鏡王《かがみのおおきみ》の娘。大海人皇子《おおあまのみこ》（後の天武天皇）に嫁して十市皇女《とおちのひめみこ》を生んだ。後に皇子の兄天智天皇に召されたとする説もある。一四 額田王の作かどうか未詳の意とも、作歌年代未詳の意ともいう。

7 秋の野のかやを刈り、屋根に葺《ふ》いて旅宿りした宇治の宮どころの仮の廬《いおり》のことが思われる。

「思ほゆ」で結んだ回想の歌の最古の例。旅先で草を刈って屋根に葺き、仮廬《かりいお》を作る歌は二にもある。◇み草　すすき、ちがやの類。「み」は美称。◇宇治　宇治市。◇宮処《みやこ》　宮のある所。仮廬を宮と考えたもの。

し思ほゆ

右は、山上憶良大夫《やまのうへのおくらのまへつきみ》が類聚歌林《るいじうかりん》に検《ただ》すに、曰《い》はく、「一書には『戊申《つちのえさる》[一]の年に比良《ひら》[二]の宮に幸《いでま》すときの大御歌[三]』」といふ。ただし、紀[四]には「五年の春の正月己卯《つちのとう》の朔《つきたち》の辛巳《かのとみ》[五]に、天皇紀伊《き》[六]の温湯《ゆ》より至ります。三月戊寅《つちのえとら》[七]の朔に、天皇吉野《よしの》[八]の宮に幸《いでま》して肆宴《とよのあかり》[九]したまふ。庚辰《かのえたつ》[一〇]の日に、天皇近江《あふみ》[一一]の平《ひら》の浦に幸《いでま》す」といふ。

後《のち》[一二]の岡本の宮に天の下知らしめす天皇の代

天豊財重日足姫天皇《あめとよたからいかしひたらしひめのすめらみこと》[一三]、後に後の岡本の宮に即位したまふ

額田王《ぬかたのおほきみ》が歌

◇仮廬《かりいほ》　忌隠《いみごも》りなど、常と異なる生活を営む仮小屋。

一　孝徳天皇の大化四年（六四八）。二　滋賀県比良山の東麓にあった。三　皇極上皇の御歌の意か。一説では孝徳天皇の御歌の意ともいう。額田王の歌には、『類聚歌林』で天皇の御歌と伝えるものがなお八、一七、一八にもある。これは額田王が、当時天皇の御心を歌に表現し、一般に伝える役目を果す者（御言《みこと》持ち）であったことを意味するのであろう。しかし、ここは萬葉と『類聚歌林』で作歌年代に相違があり、事情不明。四「斉明紀《さいめい》」。五　三日。六　和歌山県白浜の湯崎温泉。七「戊寅《つちのえとら》」がこの月の「朔《つきたち》」（一日）であることを示す。「三月戊寅の朔」で三月一日の意。八　奈良県吉野の宮滝付近にあった離宮。九　御宴を催された。一〇　三日。一一　注二と同所。

一二　斉明天皇の皇居。夫君舒明天皇の「高市《たけち》の岡本の宮」（四四頁注一参照）と同地。区別のため「後の」という。一三　もと三四代舒明天皇皇后。天皇崩後三五代皇極天皇として皇位に即《つ》き、孝徳天皇に譲位。孝徳崩後ふたたび皇位に即き、三七代斉明天皇となった。

8
熟田津《にきたつ》に　船乗《ふなの》りせむと　月待てば　潮《しほ》もかなひぬ　今は
漕ぎ出《い》でな

右は、山上憶良大夫が類聚歌林に検《ただ》すに、曰《い》はく、「一四飛鳥《あすか》の岡本の宮に天の下知らしめす天皇の元年一五己《つちのと》丑《うし》の、一六九年丁酉《ひのととり》の十二月己巳《つちのとみ》の朔《つきたち》の一七壬午《みづのえうま》に、天皇・一八大后《おほきさき》、一九伊予《いよ》の湯の宮に幸《いでま》す。二〇後《のち》の岡本の宮に天の下知らしめす天皇の七年辛酉《かのととり》の春の正月丁酉《ひのととり》の朔の二一壬寅《みづのえとら》に、御船西つかたに征《ゆ》き、始めて海道《うみち》に就《つ》く。二二庚戌《かのえいぬ》に、御船伊予の二三熟田津の石湯《いはゆ》の行宮《かりみや》に泊《は》つ。天皇、二四昔日《むかし》のなほ存《のこ》れる物を御覧《みそこなは》して、その時にたちまち感愛《めで》の情《こころ》を起したまふ。この故《ゆゑ》によりて歌詠《みうた》を製《つく》りて二五哀傷《かな》しびたまふ」といふ。すなはち、この歌は二六天

8　熟田津で、船出をしようと月の出るのを待っていると、月も出、潮の具合もよくなった。さあ、今こそは漕ぎ出そう。

当時朝鮮半島では、百済《くだら》が唐・新羅《しらぎ》に侵略されていた。その百済救援に赴くため、斉明天皇の一行が、伊予の熟田津から船出する時、船団の出発を宣言した歌。額田王が天皇の立場に立って作ったもの。◇熟田津　松山市和気《わけ》・堀江付近。◇月待てば　月の光をたよりに船を漕ぐのでこう言った。

一四 二の総題の「高市の岡本の宮」に同じ。この天皇は三四代舒明天皇。一五 次行の九年の干支の算定基準を示すために記したもの。一六『日本書紀』には「十一年己亥《つちのとゐ》」の条に以下の記事がある。一七 十四日。一八 皇后。後の斉明天皇。一九 道後温泉。二〇 三七代斉明天皇。二一 六日。二二 丁酉《ひのととり》の朔の庚戌の意。十四日。二三 道後温泉。二四 先に今は亡き夫君舒明天皇とともに来られた時をさす。二五 八の歌は哀傷歌ではない。『類聚歌林』には、この記事のあとに、斉明天皇が熟田津到着早々に作られた哀傷歌を載せ、続けて滞在中の作、さらには船出を宣言した八の歌を、天皇御製として制作順に載せていたのであろう。左注は『類聚歌林』の冒頭の歌に対する説明文のみを引用したもの。二六 斉明天皇。題詞で額田王の歌としていることについては注三参照。

皇の御製なり。ただし、額田王《ぬかたのおほきみ》[一]が歌は別に四首あり。

紀伊《き》[二]の温泉《ゆ》に幸《いでま》す時に、額田王が作る歌

9 莫囂円隣之大相七兄爪謁気　我が背子《せこ》が　い立たせりけむ　厳橿《いつかし》が本《もと》

中皇命《なかつすめらみこと》[三]、紀伊の温泉に往《いでま》す時の御歌

10 君がよも　我がよも知るや　岩代《いはしろ》の　岡の草根を　いざ結びてな

11 我が背子《せこ》は　仮廬《かりいほ》作らす　草《かや》なくは　小松《こまつ》が下《した》の　草《かや》を刈らさね

一『類聚歌林』にはこの時の額田王の歌が別に四首ある、の意。この四首伝わらず不明。

二 和歌山県白浜の湯崎温泉。

9 莫囂円隣之大相七兄爪謁気　わが君がお立ちになったであろう、その聖なる橿《かし》の木の根元よ。

初二句、鎌倉時代の仙覚以来、さまざまの訓《よ》み方が試みられているが、まだ定訓と呼ぶべきものがない。◇背子　普通、女性から親しい男性を呼ぶ言葉。

三 四四頁注六参照。ここは中大兄皇子《なかのおおえのみこ》の妃、倭姫《やまとひめの》王《おおきみ》か。

10 あなたの齢《よわい》も私の齢も支配している、岩代の岡のこの草を、さあ結びましょうよ。

当時旅路や将来の平安を願い祈る意味で、国・郡などの境界で手向《たむけ》をして地霊を鎮め、草や木の枝を結ぶ風習があった。岩代は日高郡と牟婁《むろ》郡との境界に近い。

◇君　男性に対する尊称。ここは中大兄皇子をさすか。一四一～六参照。◇知るや　「や」は詠嘆。◇岩代　和歌山県日高郡南部《みなべ》町岩代。◇草根　草。「根」は接尾語的用法。

11 わが君は仮の廬《いおり》をお作りになる。かやがない時には、小松の下のかやをお刈りなさい。

忌隠《いみごも》りの仮廬を作るための立派なかやは、小松の下にありますよと君に教えた歌。◇仮廬　七参照。◇草《かや》　すすき、ちがやの類。◇小松　かならずしも背の低い松の意ではない。五三参照。松は古来神聖な木とされている。

12 私が見たいと望んでいた野島は見せてくれました。しかし、底深い阿胡根の浦の真珠はまだ拾ってはいません。

神祭りに不可欠な真珠をまだ拾わぬことを歌ったものか。「底深き」は真珠の得難さを表わす。◇野島　和歌山県御坊《ごぼう》市。◇阿胡根の浦　未詳。◇或いは　或る本文には、の意。◇頭《かみ》　上の句。ここは二句までをさす。◇子島　未詳。「子」に女をにおわす。この異文の方は男の歌として伝承されたものか。

四 斉明天皇。

五 三八代天智天皇の皇居。大津市北部。この注は「中大兄」が後の天智天皇であることを示したもの。

13 香具山はかわいい畝傍山を奪われまいとして、耳成山と争った。神代からこうであるらしい。昔もそうであったからこそ、今の世の人も妻を取り合って争うらしい。

香具、耳成は男山、畝傍は女山である。二つの男山が一つの女山を争った神代の伝説を規範として、今の世の妻争いを位置づけ、嘆いた歌。嘆きの背後には、作者が実の弟大海人皇子《おおあまのみこ》と額田王を争ったことを踏まえているとも言われる。「を愛し」の部分、「雄々し」と解して香具を女山、畝傍、耳成を男山と見る説が古くからあるが、この語法の場合、形容詞の上に助詞「を」を必要とすると思われるので採らない。◇うつせみも　「うつせみ」は現世。今ある事を「神代」からの事として説明するのは神話の型。

12
我が欲《ほ》りし　野島は見せつ　底深き　阿胡根《あごね》の浦の　玉ぞ拾《ひり》はぬ
或《ある》いは頭《かみ》に「我が欲りし子島は見しを」といふ
右は、山上憶良大夫《やまのうへのおくらのまへつきみ》が類聚歌林《るいじうかりん》に検《ただ》すに、曰《い》はく、「四天皇の御製歌云々《しかしか》」といふ。

中大兄《なかのおほえ》 五近江《あふみ》の宮に天の下知らしめす天皇 が三山の歌

13
香具山《かぐやま》は　畝傍《うねび》を愛《を》しと　耳成《みみなし》と　相争《あひあらそ》ひき　神代《かむよ》より　かくにあるらし　いにしへも　しかにあれこそ　うつせみも　妻を　争ふらしき

反歌

14 香具山と　耳成山と　闘《あ》ひし時　立ちて見に来《こ》し　印南国《いなみくに》原《はら》

15 海神《わたつみ》の　豊旗雲《とよはたくも》に　入日さし　今夜《こよひ》の月夜《つくよ》　さやけくありこそ

右の一首の歌は、今案《かむが》ふるに反歌に似ず。ただし、旧[一]本、この歌をもちて反歌に載《の》す。この故《ゆゑ》に、今もなほこの次《つぎて》に載す。また、紀[二]には「[三]天豊財重日足姫天皇《あめとよたからいかしひたらしひめのすめらみこと》の先の四年乙巳《きのとみ》に、[四]天皇を立てて皇太子《ひつぎのみこ》となす」といふ。

[五]近江《あふみ》の大津《おほつ》の宮《みや》に天の下知らしめす天皇の代

天命開別天皇《あめみことひらかすわけのすめらみこと》、[六]諡《おくりな》して天《てん》

14 香具山と耳成山とが争った時に、みこしをあげて見に来たという、この印南国原《いなみくにはら》よ。

『播磨《はりま》風土記』に、三山の争いを仲裁しようとして出雲から阿菩《あぼ》大神がやって来たが、播磨の国の神阜《かみおか》まで来た時、争いが止んだと聞き、この地に留まったという伝説がある。神阜は播磨西部、印南は中部だが、両所に類似の伝説があったとみて、「立ちて見に来」たのを阿菩大神とする説が一般である。しかし、文脈から「印南国原」が来たものと見た。◇印南国原　明石《あかし》から加古川あたりにかけての平野。

15 おお、海神のたなびかす豊旗雲に今しも入日がさしている、今宵の月夜はまさしくさわやかであるぞ。

舟行《しゆうこう》の安全のために月夜のさわやかさを予祝した歌。海神のたなびかす霊的な雲にさす夕日は、その兆《きざし》であった。◇豊旗雲　旗のように横にたなびく雲。「旗」はのぼりの類。「豊」は呪《じゆ》的なほめ詞《ことば》。◇今夜《こよひ》　日没から夜明けまでをさす。◇月夜《つくよ》　「月」の意にも用いられるが、「さやけし」と言った場合には月に照らされた情景の意。◇こそ　ここでは断定の終助詞。

一　巻一の原本。解説参照。二　「天智紀」。三　皇極《こうぎよく》天皇の四年。斉明《さいめい》天皇（皇極重祚《ちようそ》）の時代と区別するために「先の」と言った。四　天智天皇。五　三八代天智天皇の皇居。今の大津市北部。六　死後、生前の徳行にちなんで贈る名。

智天皇《ちてんわう》といふ

天皇、内大臣《うちのおほまへつきみ》[七]藤原朝臣《ふぢはらのあそみ》[八]に詔《みことのり》して、春山の万花の艶《にほひ》と秋山の千葉の彩《いろ》とを競《きほ》ひ憐《あは》れびしめたまふ時に、額田王《ぬかたのおほきみ》[九]が歌をもちて判《ことわ》る歌

16 冬こもり 春さり来《く》れば 鳴かざりし 鳥も来《き》鳴きぬ 咲かざりし 花も咲けれど 山を茂《し》み 入りても取らず 草深み 取りても見ず 秋山の 木《こ》の葉を見ては 黄葉《もみち》をば 取りてぞ偲《しの》ふ 青きをば 置きてぞ嘆く そこし恨《うら》めし 秋山ぞ我れは

額田王、近江《あふみ》の国に下《くだ》[一〇]る時に作る歌、井戸王《ゐのへのおほきみ》[一一]が即《すなは》[一二]

七 元老に与えられた呼称。八 藤原鎌足。上代では名を記さないことで敬意を示した。鎌足はもと中臣氏。「藤原」の氏は天智天皇から賜ったもの。中大兄皇子（後の天智）を助けて蘇我入鹿を誅《ちゅう》し、大化改新の中心的役割を果した。天智八年（六六九）没。九 漢詩に対して、和歌で判定する、の意。

16 春がやって来ると、今まで鳴かずにいた鳥も来て鳴く。それに、咲かずにいた花も咲いているが、山が茂っているので、わけ入って取りもしない。草が深いので、手に取って見もしない。秋の山の木の葉を見ては、色づいた葉を手に取って賞美する。青い葉をばそのままに置いて嘆く。その点が残念です。秋山です。私は。

春の長所六句、短所四句、秋の長所四句、短所三句と、順次速度を増しつつ主張がめまぐるしく変化する。そして作者の判定は、秋の短所を述べた直後の結句で突然に「秋山ぞ」と述べられる。この歌は春秋それぞれを支持する多くの聞き手の前で歌ったものだが、その聞き手たちの心を巧みに操り、自身の判定を結句まで明かさなかった叙法はきわめて巧妙である。

◇冬こもり 「春」の枕詞。◇春さり来れば 「さる」は移動するの意で、「去る」にも「来る」にも用いた。ここは後者。◇黄葉《もみち》 もみじのこと。◇そこし恨めし 「そこ」は「青きをば置きてぞ嘆く」をさす。

一〇 都から地方へ行くこと。一一 伝未詳。一二 その場ですぐに、の意。

ち和《こた》ふる歌

17 味酒《うまさけ》　三輪《みわ》の山　あをによし　奈良の山の　山の際《ま》に　い隠るまで　道の隈《くま》　い積《つ》もるまでに　つばらにも　見つつ行かむを　しばしばも　見放《みさ》けむ山を　心なく　雲の　隠さふべしや

反　歌

18 三輪山を　しかも隠すか　雲だにも　心あらなも　隠さふべしや

右の二首の歌は、山上憶良大夫《やまのうへのおくらのまへつきみ》が類聚歌林《るいじうかりん》には「都を近江《あふみ》の国に遷《うつ》す時に三輪山を御覧《みそこなは》す御歌なり」[一]といふ。日本書紀には「六年[二]丙寅《ひのえとら》の春の三月辛酉《かのととり》の朔《つきたち》の

---

17 三輪の山よ。奈良の山の山の間に隠れるまで、幾曲りも道を曲って遠ざかるまで、しみじみと見ながら行こうものを、何度も見たいと思っている山だのに、無情にも雲が隠したりしてよいものか。

当時の旅人は、国境で、去る国の国霊《くにたま》に対して鎮魂の儀礼を行なったらしい。これも大和を去るにあたって、山城（京都府）国境の奈良山付近で行なった儀礼の時の歌で、三輪山が歌われたのは、この山が大和の国霊の代表と考えられたからであろう。しかし、同時にこの歌には三輪山への愛惜《あいせき》の情がよく現われている。抒情詩《じよじようし》はこういう儀礼の場からも生まれた。

◇味酒《うまさけ》　「三輪」の枕詞。うまい酒の意。神酒《みき》を盛った「御《み》わ」（「わ」は土製の容器の総称）の意でかかる。◇三輪の山　奈良県桜井市にある山。◇あをによし　「奈良」の枕詞。「あをに」は顔料の青土。「よし」は詠嘆。奈良付近から青土を産した。◇奈良の山　奈良市北部、京都府境の丘陵地。◇道の隈《くま》…　道の曲り角がたくさん重なるまで。◇見放けむ　「見放く」は遠くから見る、の意。◇べしや　詰問の気持を表わす。

18 三輪山をなんでそんなにも隠すのか。せめて雲だけでも思いやりがあってほしいものだ。隠したりしてよいものか。

◇なも　願望の助詞「なむ」の古形。

一　天智天皇の御歌。題詞で額田王の歌としていることについては四八頁注三参照。　二　天智六年。今の『日本書紀』には「丁卯《ひのとう》」とある。　三　十九日。

[三]己卯《つちのとう》に、都を近江に遷す」といふ。

19 綜麻形《へそかた》の　林のさきの　さ野榛《のはり》の　衣《きぬ》に付《つ》くなす　目につく我が背《せ》

右の一首の歌は、今案《かむが》ふるに和《こた》ふる歌に似ず。ただし、旧本、この次《つぎて》に載《の》す。この故《ゆゑ》になほ載す。

天皇、蒲生野《かまふの》[四]に遊猟《みかり》したまふ時に、額田王《ぬかたのおほきみ》が作る歌

20 あかねさす　紫野行き　標野《しめの》行き　野守《のもり》は見ずや　君が袖振る

皇太子《ひつぎのみこ》[五]の答へたまふ御歌　明日香《あすか》[六]の宮に天の下知らしめす天皇、諡《おくりな》して天武天皇《てんむてんわう》

---

19 綜麻形《へそかた》の林の端の野榛《のはり》がくっきりと衣に染みつくように、よく目につくわがいとしい人よ。

左注に言うように一見唱和の歌らしくないが、おそらくこの歌は三輪周辺の古歌を井戸王が用いたもので、こういう儀礼の場では、去る国の古歌が鎮魂の心をこめて次々と唱和されたものと思われる。◇綜麻形　三輪山の異名。「崇神記《すじんき》」などに見える三輪山伝説による。「へそ」はつむいだ糸をまるく巻いたもの。「かた」は細長い糸筋。◇さ野榛　「榛」ははんの木。実、樹皮を染料に用いた。三輪山伝説で衣の裾《すそ》につけた針を懸けている。

四 琵琶湖東南、近江八幡市・蒲生《がもう》郡安土《あづち》町付近の野。

20 まあ紫草の栽培されている標野を行きながらそんなことをなさって、野守が見るではありませんか。あなたはそんなに袖をお振りになったりして。

◇あかねさす　「紫」の枕詞。あかね色を発する、の意。「あかね」は草の名。根が赤く、染料に用いた。◇紫　染料に用いた薬草。根は赤くて美しい。◇標野《しめの》　占有の標示をした野。「紫野」と同所。◇野守　野の番人。「標野」の縁で言う。天智天皇を寓したもの。◇袖振る　愛情を示す動作。

五 大海人皇子《おおあまのみこ》。天智天皇の皇弟。　六 四〇代天武天皇の皇居。「明日香の清御原《きよみはら》の宮」とも言う。奈良県明日香村。この注は皇太子が後の天武天皇であることを示したもの。

21　むらさきのように美しいあなたが好きでなかったら、人妻と知りながら、私はどうしてあなたに心ひかれたりしようか。

事実に反した仮定や反語を用い、額田王を人妻と見立てて、恋心を述べた答歌。類歌三九〇九。二〇〜二一の一組、内容は相聞《そうもん》だが、雑歌の部に入れられたのは、天皇遊猟という公的行事の際の宴歌だからである。◇紫草《むらさき》の「にほふ」の枕詞。前歌の「あかねさす」に対し、同じく前歌中の草の名を用いたもの。◇にほへる「にほふ」は赤い色が美しく照り映える意。女性の紅顔の形容に用いた例が三四二七にもある。◇憎くあらば「憎し」は好まぬの意。今のように強い憎悪の意味はない。◇人妻故に　恋うてはならない人妻であるあなたゆえに、の意。「故」は原因を表わす。前歌の「野守は見ずや」に対応するかけあいの表現。

一　天智七年。『書紀』では「戊辰《つちのえたつ》」。二　五月五日の猟は「薬猟《くすりがり》」と言い、鹿茸《ろくじょう》（鹿の袋角、薬用に供した）や薬草を採る宮廷の行楽的行事であった。三　五五頁注五に同じ。四　元老の呼称。藤原鎌足をさす。

五　五五頁注六参照。

六　大海人皇子と額田王の間に生れ、大友皇子（弘文天皇）の妃となり、葛野王《かどの》を生む。壬申《じんしん》の乱に父方と夫方が戦い、夫の敗北、死に終る。乱後父に従って大和に移り、天武七年（六七八）急病で没。七　三重県一志《いちし》郡一志町。八　横に長い形の山。どの山をさしたかは未詳。九　伝未詳。「刀自」は女性の尊称。

といふ

21
紫草《むらさき》の　にほへる妹《いも》を　憎《にく》くあらば　人妻故《ゆゑ》に　我れ恋ひめやも

紀には「天皇の[一]七年丁卯《ひのとう》の夏の[二]五月の五日に、蒲生野《かまふの》に縦猟《みかり》す。時に[三]大皇弟《ひつぎのみこ》・諸王《おほきみたち》、[四]内臣《うちのまへつきみ》また群臣《まへつきみたち》、皆悉《ことごと》に従《おほみとも》なり」といふ。

[五]明日香《あすか》の清御原《きよみはら》の宮《みや》の天皇の代
天渟中原瀛真人天皇《あまのぬなはらおきのまひとのすめらみこと》、諡《おくりな》して天武天皇といふ

[六]十市皇女《とをちのひめみこ》、伊勢《いせ》神宮に参赴《まゐで》ます時に、[七]波多《はた》の[八]横山の巌《いはほ》を見て、[九]吹芡刀自《ふふきのとじ》が作る歌

22
川の上《へ》の　ゆつ岩群《いはむら》に　草生《む》さず　常《つね》にもがもな　常処女《とこをとめ》

にて
吹芡刀自はいまだ詳《つばひ》らかにあらず。ただし、紀には「[一〇]天皇の四年乙亥《きのとゐ》の春の二月乙亥の朔《つきたち》の丁亥《ひのとゐ》[一一]に、十市皇女・阿閉皇女《あへのひめみこ》[一二]、伊勢神宮[一三]に参赴《まゐで》ます」といふ。

麻続王《をみのおほきみ》[一四]、伊勢の国の伊良虞《いらご》[一五]の島に流さゆる[一六]時に、人の哀傷《かな》しびて作る歌

23
打ち麻《そ》を　麻続《をみ》の王《おほきみ》　海人《あま》なれや　伊良虞の島の　玉藻《たまも》刈ります

麻続王、これを聞きて感傷《かな》しびて和《こた》ふる歌

24
うつせみの　命を惜しみ　波に濡《ぬ》れ　伊良虞の島の　玉藻

22　川の中の神聖な岩々は、草も生えず常にみずみずしいが、そのように、いついつまでも常処女《とこおとめ》でいたいものだ。

巨岩の神秘にうたれてあやかろうと祈念する心を、吹芡刀自が十市皇女の立場で歌ったもの。
◇ゆつ　「ゆ」は神霊の宿るものにつけて用いる言葉。「つ」は「の」の意。◇常処女《とこをとめ》　永遠に若く清純なおとめ。

一〇 天武天皇。一一 十三日。一二 天智の皇女。草壁皇子の妃となり、文武天皇を生む。文武没後即位、四三代元明天皇となる。養老五年（七二一）没。六十一歳。
一三 二人の皇女が伊勢神宮に参ったのは神仕えのためである。
一四 伝未詳。一五 愛知県渥美《あつみ》半島西端の伊良湖岬であろう。三河の国に属するが、伊勢の海に浮ぶ島の一つとして見たもの。一六 流される時に、の意。

23　麻続《おみ》の王は海人《あま》なのか、いや海人でもないのに伊良虞の島の藻を刈っていらっしゃる。おいたわしいことだ。

◇打ち麻《そ》を　「麻続」（ヲウミの約）の枕詞。「打ち麻」は打ちやわらげた麻の意。「を」は間投助詞。

24　ほんに私は命惜しさに、波にぬれつつ伊良虞の島の藻を刈って食べている。あさましいことだ。

王配流《はいる》の地は、左注に言うように『書紀』には「因幡《いなば》」とあり、また、『常陸《ひたち》風土記』には「行方《なめかた》郡板来《いたこ》村」

刈り食《は》む

右は、日本紀を案《かむが》ふるに、曰《い》はく、「[一]天皇の四年乙亥《きのとゐ》の夏の四月[二]戊戌《つちのえいぬ》の朔《つきたち》の乙卯《きのとう》に、三位麻続王《をみのおほきみ》罪あり。[三]因幡《いなば》に流す。一《ひとり》の子をば[四]伊豆《いづ》の島に流す。一の子をば[五]血鹿《ちか》の島に流す」といふ。ここに伊勢《いせ》の国の伊良虞《いらご》の島に配《なが》すといふは、けだし後の人、歌の辞《ことば》に縁《よ》りて誤り記《しる》せるか。

[六]天皇の御製歌

25
み吉野の　耳我《みみが》の嶺《みね》に　時なくぞ　雪は降りける　間《ま》なくぞ　雨は降りける　その雪の　時なきがごと　その雨の　間《ま》なきがごと　隈《くま》もおちず　思ひつつぞ来《こ》し　その山道《やまみち》を

とある。いずれも都を離れた流刑地としてふさわしく思われるが、イラゴ、イタコ、イナハという音の類似や音数の一致は、一つの話が伝説として広く各地に伝えられたことを思わせる。二三〜二四は、伊良虞に伝わった伝説の中の歌として、後人の作ったものである。

◇うつせみの　「命」の枕詞。「うつせみ」は現世の意。

一　天武天皇。　二『書紀』には「甲戌《きのえいぬ》の朔《つきたち》の辛卯《かのとう》」とある。どちらも十八日にあたる。　三　鳥取県東半部。　四　伊豆の大島。または伊豆の国。　五　長崎県五島列島。

六　天武天皇。

25　思えば吉野の耳我の嶺に、時となく雪は降っていた。絶え間なく雨は降っていた。その雪が時となく降るように、その雨の絶え間がないように、長い道中ずっと物思いに沈みつつやって来た。その山道を。

壬申《じんしん》の乱直前の天智十年冬十月、皇太子を辞して吉野入りした時のことを回想した歌。作中の「思ひ」は皇位継承に関し、兄天智方と争わねばならぬ運命をめぐっての深刻な思いである。雨雪は後半の、吉野入りした時の作者の心の象徴でもある。この歌、三二六〇を踏まえて、特異な体験を回想した抒情詩に仕立てたもの。天武八年の行幸の際、二七の歌とともに離宮で詠《よ》まれたものらしい。

◇み吉野　接頭語「み」は、地名のうち、吉野、熊野、越《こし》につけられている。これらの地はいずれも異境として意識され、とくに神的霊威が感じられていたらしい。◇耳我《みみが》の嶺《みね》　吉野山中の峰の名。金峰山《きんぶせん》などとする説もあるが未詳。◇時なく　時の区別なく。しょっちゅう。◇隈《くま》もおちず　道の曲り角を一つも残さず。

26　吉野の耳我の山に、時となく雪は降るという。絶え間なく雨は降るという。その雪が時となく降るように、その雨の絶え間がないように、長い道中ずっと思いつつやって来た。その山道を。

「…といふ」という伝聞の形を用いて一般的に歌っている。前歌が愛唱されているうちに変化したものか。類歌三二九三。

◇時じ　六参照。

七　語句があちこち違っている。

八　天武天皇。　九　吉野の宮滝付近にあった離宮。

27　昔のよい人がよい所だとよくぞ見てよいと言った吉野をよく見よ。今のよい人よ、よく見よ。

「よし」と「見る」とを意識的に反復させた歌。宴席で歌われたのであろう。左注に引用の吉野行幸で、天皇は皇后と草壁以下六皇子を伴い、次代を皇后と草壁皇子に託する旨を告げて協力と結束を盟《ちか》わせた。この吉野は、昔壬申の年にここで結束した人々が、「見ることによって万事よくおさまる土地である」と言った場所である。この歌にはそのことを今のよき人、すなわち六皇子に想起させて、今後もよく見よと強調する意図がこめられている。

一〇　五日。

或本の歌

26
み吉野の　耳我の山に　時じくぞ　雪は降るといふ　間《ま》なくぞ　雨は降るといふ　その雪の　時じきがごと　その雨の　間《ま》なきがごと　隈《くま》もおちず　思ひつつぞ来《こ》し　その山道を

右は、句々《くく》[七]相換《あひかは》れり。これに因《よ》りて重ねて載《の》す。

天皇[八]、吉野[九]の宮に幸《いでま》す時の御製歌

27
よき人の　よしとよく見て　よしと言ひし　吉野よく見よ　よき人よく見

紀には「八年己卯《つちのとう》の五月庚辰《かのえたつ》の朔の甲申《きのえさる》[一〇]に、吉野の

宮に幸《いでま》す」といふ。

一藤原《ふぢはら》の宮《みや》に天の下知らしめす天皇の代　二高天原広野姫天皇《たかまのはらひろのひめのすめらみこと》、元年丁亥《ひのとゐ》の十一年に位《みくらゐ》を

三軽太子《かるのひつぎのみこ》に譲りたまふ。尊号を四太上天皇《おほきすめらみこと》といふ

天皇の御製歌

28 春過ぎて　夏来《きた》るらし　白栲《しろたへ》の　衣《ころも》干したり　天《あめ》の香具山《かぐやま》

五近江《あふみ》の荒れたる都《みやこ》を過ぐる時に、六柿本朝臣人麻呂《かきのもとのあそみひとまろ》が

作る歌

29 玉たすき　畝傍《うねび》の山の　橿原《かしはら》の　ひじりの御代《みよ》ゆ　或《ある》いは「宮ゆ」といふ

生《あ》れましし　神のことごと　栂《つが》の木の　いや継《つ》ぎ継ぎに

一 持統・文武両帝の皇居。香具山の西方、橿原《かしはら》市高殿付近。二 四一代持統天皇。三 四二代文武天皇。草壁皇子の子。天武・持統両帝の孫。四 譲位された天皇の称号。持統天皇からこの称号が用いられた。

28 春が過ぎて夏がやってきたらしい。あの天の香具山にまっ白な衣が干してあるのを見ると。

中国的暦法から学んだ四季の変化を詠んだ歌。天降《あまくだ》った神聖な香具山の風物に見られる変化によって、夏の到来を確信している。一六三参照。

◇来《きた》る「来《き》・到《いた》る」の約。遠方から来るの意で、季節の到来に用いることが多い。◇白栲の衣　斎衣《さいい》か。「栲」はもと楮《こうぞ》の樹皮で作った布の意。「白栲」は白い布、白い色の意にも用いる。

五 天智天皇の近江の大津の宮の廃墟。壬申の乱直前に焼失。乱後は都が大和に還ったので荒廃した。

六 持統・文武両朝に宮廷歌人として名を成した下級官人。晩年石見《いわみ》の国（島根県西半部）の役人となった。奈良遷都以前に死んだらしい。

29 畝傍山のふもと、橿原で即位された天皇の御代以来、神としてこの世に姿を現わされた歴代の天皇が、次々に大和で天下を治められたのに、その大和を捨てて奈良山を越え、いったいどういうお考えで、畿内《きない》を離れた田舎なのに、近江の国の楽浪《ささなみ》の大津の宮で天下を治められたりしたのだろうか、その天皇の宮殿はここだと聞くけれど、御殿はここだと言うけ

れど、春草の生い茂っている、春の日の霞んでいる〈春の日が霞んでいるのか、夏草が茂ったのか、その〉荒涼とした宮殿の廃墟を見ると悲しいことだ。

都の荒廃を嘆くことで、地霊を慰めようとする、鎮魂の心をこめた歌。荒都を歌った作品として最も古い。なお、この歌では天皇が神と呼ばれているが、これは、壬申の乱後のこの時期における、宮廷人の熱烈な天皇讃美の感情が生んだ特殊な呼称である。この歌に注記された異文は、本文より前の姿であろう。

◇玉たすき 「畝傍」の枕詞。◇ひじり 原義は司霊者の意であろう。転じて支配者、天皇。ここは神武天皇。◇栂《つが》の木の 「継ぎ継ぎ」の枕詞。類音でかかる。◇そらにみつ 「大和」の枕詞。古い枕詞「そらみつ」を人麻呂が五音に整えたもの。「空に満つ山」の意に解したものか。◇いかさまに思ほしめせか 痛恨の気持から出た表現。この句は挽歌によく用いられる。◇天離《あまざか》る 「鄙」の枕詞。空遠く離れる、の意。◇石走《いはばし》る 「近江」の枕詞。◇楽浪《ささなみ》 琵琶湖西南岸地方の古名。◇天皇《すめろき》 皇統譜に位置づけられた天皇をいう。◇霞立つ 「春日」の枕詞。◇ももしきの 「大宮ところ」の枕詞。

30 楽浪の志賀の唐崎は昔のままにあるが、ここでいくら待っても、大宮人の舟にはもう出逢えなくなってしまった。

自然の不変と対比して、人事変遷の嘆きを述べた歌。一五二の、天智天皇崩御の時の挽歌を踏まえている。

天《あめ》の下《した》 知らしめししを 或いは「めしける」といふ そらにみつ 大和《やまと》
を置きて あをによし 奈良山を越え 或いは「そらみつ 大和を置き あをによし」といふ
いかさまに 思ほしめせか 或いは「思ほしけめか」といふ 天《あま》
離《ざか》る 鄙《ひな》にはあれど 石走《いはばし》る 近江の国の 楽浪《ささなみ》の 大津
の宮に 天の下 知らしめしけむ 天皇《すめろき》の 神の命《みこと》の 大
宮は ここと聞けども 大殿《おほとの》は ここと言へども 春草の
茂《しげ》く生《お》ひたる 霞立つ 春日《はるひ》の霧《き》れる 或いは「霞立つ 春日か霧れる 夏草か 茂くなりぬる」といふ
ももしきの 大宮《おほみや》ところ 見れば悲しも 或いは「見れば寂《さぶ》しも」といふ

反歌

30 楽浪《ささなみ》の 志賀《しが》の唐崎《からさき》 幸《さき》くあれど 大宮人《おほみやひと》の 舟待ちか

ねつ

31 楽浪《ささなみ》の　志賀《しが》の　一には「比良《ひら》の」といふ　大わだ　淀むとも　昔の人に　またも逢はめやも　一には「逢はむと思《も》へや」といふ

高市古人《たけちのふるひと》一、近江の旧《ふる》き都を感傷《かな》しびて作る歌　或書には「高市連黒人《たけちのむらじくろひと》二」といふ

32 古《いにしへ》の　人に我《わ》れあれや　楽浪の　古き都を　見れば悲しき

33 楽浪の　国つ御神《みかみ》の　うらさびて　荒れたる都　見れば悲しも

◇志賀　大津市北部。◇幸《さき》くあれど　「幸く」は幸福に、無事に、の意。「唐崎」のサキの音を反復する効果も意識している。一六六八、三二四〇参照。◇舟待ちかねつ　「かね」は意に反してできない、の意。

31　楽浪の志賀の大わだ、この大わだが昔のままにいくら淀んでいても、ここで昔の大宮人にふたたびめぐり逢えようか。逢えはしない。

◇比良　志賀のさらに北。◇大わだ　「わだ」は湾入して水の淀んでいるところ。◇淀むとも　大わだとともに作者が行きもやらず佇《たたず》んでいても、の意がこめられている。◇逢はむと思《も》へや　また逢えようとも思えない。「や」は反語。

一「黒人」とあるべきところを、三二の歌の原文のはじめの二字「古人」に引かれて写し誤ったもので、「或書」の記述が正しいと思われる。　二　持統・文武朝の下級官人。旅の短歌の作者として有名。

32　私は昔の人なのであろうか。そうではないはずなのに、楽浪の大津の宮の廃墟を見ると、この都の栄えた頃の人であるかのように悲しいことだ。

次歌とともに楽浪の地霊への鎮魂の心をこめた歌。

33　楽浪の地を支配する神の霊威がおとろえて、荒廃した都、この都を見ると悲しくてならない。

古代人の考えでは、国土が荒廃することは、すなわちその地を支配する神の心が荒廃することであった。

◇うらさびて　心がすさみ楽しまず、の意。

三　天智天皇第二皇子。天武十年（六八一）、忍壁皇《おさかべ》

紀伊《き》の国に幸《いでま》す時に、三川島皇子《かはしまのみこ》の作らす歌　或いは「四山上臣憶良《やまのうへのおみおくら》作る」といふ

34
白波の　浜松が枝《え》の　手向《たむ》けくさ　幾代《いくよ》までにか　年の経《へ》ぬらむ　一には「年は経にけむ」といふ

日本紀には「五朱鳥《あかみとり》の四年庚寅《かのえとら》の秋の九月に、天皇紀伊《き》の国に幸す」といふ。

六背《せ》の山を越ゆる時に、七阿閉皇女《あへのひめみこ》の作らす歌

35
これやこの　大和《やまと》にしては　我が恋ふる　紀伊道《きぢ》にありと　いふ　名に負ふ背の山

八吉野の宮に幸す時に、柿本朝臣人麻呂《かきのもとのあそみひとまろ》が作る歌

子らとともに帝紀および上古の諸事を撰録。『懐風藻《かいふうそう》』に詩がある。大津皇子と親交があったが、皇子の謀反を朝廷に告げたという。持統五年（六九一）没。三十五歳。四 四六頁注一参照。

34　白波の寄せる浜辺の松の枝に結ばれたこの手向《たむけ》のものは、結ばれてからもうどのくらい年月がたったのだろう。

自分たちと同じくここで旅の安全を祈った昔の人の手向くさを見て、その古人に年月を越えて共感した心を歌ったもの。作歌の場所を岩代（一〇参照）と見、有間皇子（一四一～二参照）を心に持っての作とする説もある。一七一六に小異歌があり、そこには「山上の歌」とある。また、『歌経標式《かきょうひょうしき》』には角沙弥《つののさみ》の作として見える。◇白波の　「寄す」などの述語を省いた枕詞的用法。一八四五参照。◇浜松　境の神の依り憑《つ》く木であろう。◇手向けくさ　「手向け」は旅の無事を祈って神に幣《ぬさ》を捧げること。「くさ」はその料。布、木綿《ゆう》、糸、紙など。

五 持統四年（六九〇）。『書紀』では「朱鳥」は天武末年一年間のみの年号。六 和歌山県伊都《いと》郡かつらぎ町。大和から紀伊へ越える道にある。七 五七頁注一二参照。

35　これがまあ大和で常々私が見たいと思っていた、紀州路にあるという有名な背の山なのか。

◇背の山　「背」に「夫《せ》」の意が意識されていた。

八 吉野の宮滝付近にあった離宮。

36 やすみしし　我が大君《おほきみ》の　きこしめす　天《あめ》の下《した》に　国はしも　さはにあれども　山川《やまかは》の　清き河内《かふち》と　御心《みこころ》を　吉野の国の　花散らふ　秋津《あきづ》の野辺《のへ》に　宮柱　太《ふと》敷きませば　ももしきの　大宮人《おほみやひと》は　舟《ふね》並めて　朝川渡り　舟競《ふなぎほ》ひ　夕川渡る　この川の　絶ゆることなく　この山の　いや高知《たかし》らす　水激《みなそそ》く　滝の宮処《みやこ》は　見れど飽《あ》かぬかも

反　歌

37 見れど飽かぬ　吉野の川の　常滑《とこなめ》の　絶ゆることなく　またかへり見む

38 やすみしし　我が大君　神《かむ》ながら　神《かむ》さびせすと　吉野川

36 あまねく天下を支配されるわが天皇のお治めになる天の下に国はたくさんあるけれど、なかでも山と川の清々《すがすが》しい河内として、特に御心をお寄せになる吉野の国の秋津の野に、太い柱を大地に打ち立てて立派な宮殿をお建てになると、天皇にお仕えする大宮人は、舟を並べて朝の川を渡り、舟を漕ぎ競って夕べの川を渡る。この川の流れのように絶えることなく、この山のようにいよいよ高く君臨し給う、水流の激しい滝の都は、見ても見ても見飽きることがない。

三六 以下四首、持統天皇の吉野行幸に従駕《じゅうが》し、詔《みことのり》に応じて奉った儀礼歌。行幸従駕歌の目的は、行幸先の国土讃美を通して天皇を讃えるところにあった。山と川を対《つい》にして国土を讃美するのは当時の習わし。三六の冒頭は二の舒明天皇の国見歌と同じ構成である。◇やすみしし　「我が大君」の枕詞。原文「八隅知之」。◇河内　川を中心とし、山に囲まれた小生活圏。◇御心を　「吉野」の枕詞。「御心を寄す」の意でかかる。◇吉野の国　大和の国の一部だが、古代では泊瀬《はつせ》、春《かす》日《が》とともに一つの国と考えられていた。◇花散らふ　「秋津」の枕詞。稲の花が盛んに散る意で豊かな稔《みの》りの秋を引き出す。◇秋津　吉野離宮のあった一帯をいうか。◇ももしきの　「大宮人」の枕詞。

37 いくら見ても見飽きない吉野の川の常滑《とこなめ》のように、絶えることなくまたやって来てこの滝の都を見よう。

たぎつ河内《かふち》に　高殿《たかどの》を　高知《たかし》りまして　登り立ち　国見をせせば　たたなはる　青垣山《あをかきやま》　山神《やまつみ》の　奉《まつ》る御調《みつき》と　春へは　花かざし持ち　秋立てば　黄葉《もみち》かざせり　一には「黄葉《もみちば》かざし」といふ　行き沿《そ》ふ　川の神も　大御食《おほみけ》に　仕《つか》へ奉《まつ》ると　上《かみ》つ瀬に　鵜川《うかは》を立ち　下《しも》つ瀬に　小網《さで》さし渡す　山川《やまかは》も　依《よ》りて仕《つか》ふる　神の御代《みよ》かも

反歌

39 山川も　依りて仕ふる　神《かむ》ながら　たぎつ河内に　舟出《ふなで》せすかも

右は、日本紀には「三年己丑《つちのとうし》の正月に、天皇吉野の宮に幸《いでま》す。八月に、吉野の宮に幸す。[一]四年庚寅《かのえとら》の二

初句は長歌の末句を承《う》けている。三九とともに、反歌が長歌に最もよく融合した例。

◇常滑の　「常滑」は川底や川岸の、苔《こけ》などが生えてつるつるしているところ。上三句は序。「絶ゆることなく」を起す。

38　安らかに天下を支配されるわが天皇が、神として神業《かみわざ》をなさるとて、吉野川の激流渦巻く河内に高殿を高く立派に造営され、そこに登り立って国見をなさると、幾重にも重なった青い垣のような山々の、その山の神が天皇にささげる貢物《みつぎもの》として、春の頃は花を髪にかざり、秋になると色づいた葉をかざしている。高殿に沿うて流れる川の神も、天皇のお食事に奉仕しようとして、上の瀬で鵜飼を催し、下の瀬に小《さ》網《で》を張り渡す。このように山や川の神までも心服してお仕えするまことに尊い神の御代である。山の春秋、川の上流下流について述べたのは、いつでも、どこでも天皇に奉仕していることを表わしたもの。

◇やすみしし　三六参照。原文「安見知之」。◇国見　四四頁注四参照。◇御調　朝廷に奉る貢物。◇小網　手もとを狭く、前方を広くしたすくい網か。

39　山の神や川の神までも心服してお仕えする尊い神として、天皇は吉野川の、この激流渦巻く河内に舟を漕ぎ出される。

一　この年、八、十、十二月にも、『書紀』に吉野行幸の記事がある。

月に、吉野の宮に幸《いでま》す。五月に、吉野の宮に幸す。一五年辛卯《かのとう》の正月に、吉野の宮に幸す。四月に、吉野の宮に幸す」といへば、いまだ詳《つばひ》らかにいづれの月の従駕《おほみとも》にして作る歌なるかを知らず。

二伊勢《いせ》の国に幸す時に、京に留《とど》まれる柿本朝臣人麻呂が作る歌

40 鳴呼見《あみ》の浦に　舟乗《ふなの》りすらむ　をとめらが　玉裳《たまも》の裾《すそ》に
潮《しほ》満つらむか

41 釧着《くしろつ》く　答志《たふし》の崎に　今日《けふ》もかも　大宮人《おほみやひと》の　玉藻《たまも》刈る
らむ

一 この年、七、十月にも、『書紀』に吉野行幸の記事がある。四年、五年ともはじめの二回を記してあとを略したもの。『書紀』に記された持統天皇の吉野行幸は在位中三十一回に及ぶ。宮廷官人に天武・持統朝の原点である壬申《じんしん》の乱を想起させ、天皇讃美の感情を体感させる意味があった。天皇讃歌の献呈も、この意味で重要であった。

二 四四左注参照。

40 鳴呼見《あみ》の浦で舟遊びをしているおとめたちの美しい裳の裾に、今頃は潮が満ち寄せていることだろうか。

男性がおとめの裳裾のぬれるさまを詠んだ歌は、八五五、一三四、三六二以下幾首かある。当時の男性にとって心ひかれる情景だったのであろう。この歌には、それを見られない焦慮がこもっている。また、この歌、天平八年（七三六）の遣新羅《しらぎ》使に誦詠されている（三六一〇参照）。広く愛誦された歌らしい。

◇鳴呼見の浦　鳥羽湾の西に突出する小浜地区の入海。今も「アミの浜」と呼ぶ。◇をとめら　従駕の女官たちをさす。◇玉裳　「裳」は腰から下につける衣服。

41 今日あたりも、答志の崎で大宮人たちが美しい藻を刈って遊んでいることであろうか。

◇釧着く　「答志」の枕詞。釧をつける手の関節の意か。「釧」は青銅や石で作った腕輪。◇答志の崎　アミの浜の東北海上の答志島の崎。◇玉藻刈る　藻を刈るのは海女《あま》の仕事であった。ここは女官の遊ぶさま。

42　あの女《ひと》は、潮騒の中で、伊良虞の島辺《しまべ》を漕ぐ舟に乗っていることであろうか。あの風波の荒い島のあたりを。
従駕した親しい女官を気づかう心を歌ったもの。四〇の「をとめら」、四一の「大宮人」も、彼女を中心に置いての表現であったことがわかる。巻十一の「人麻呂集」の歌二五〇八〜九に女官との問答歌がある。
◇潮騒　潮流がぶつかり合って生じる波のざわめき。
◇伊良虞　五七頁注一五参照。
三　伝未詳。四位か五位の官人。当麻氏は皇別氏族。

43　夫はどのあたりを旅しているのであろう。名張の山を今日あたり越えていることであろうか。
伊勢行幸に従駕した夫を思う妻の歌。名張をとりあげたのは、名張が畿内《きない》の東限で、この地の山を越えると異郷伊賀の国だったからである。この歌五一一に重出。
◇沖つ藻の　「名張」の枕詞。「沖」は海中。海中の藻が隠《なば》るの意でかかる。◇名張　三重県名張市。
四　石上麻呂《いそのかみのまろ》。慶雲《きょううん》元年（七〇四）右大臣、和銅元年（七〇八）左大臣。伊勢従駕当時はまだ大臣ではない。極官《ごっかん》（生涯の最高の官）を記したもの。

44　わが妻をいざ見ようという、そのいざ見の山が高いから妻のいる大和が見えないのか。それとも家郷を遠くへだてているからなのであろうか。
以上五首、行幸のため別れている夫や妻を思う歌。
◇いざ見の山　伊勢・大和国境の高見山か。
五　持統六年（六九二）。六二頁注五参照。

42
潮騒《しほさゐ》に　伊良虞《いらご》の島辺《しまへ》　漕ぐ舟に　妹《いも》乗るらむか　荒き島《しま》みを

[三]当麻真人麻呂《たぎまのまひとまろ》が妻《め》の作る歌

43
我が背子《せこ》は　いづく行くらむ　沖つ藻の　名張《なばり》の山を　今日《けふ》か越ゆらむ

[四]石上大臣《いそのかみのおほまへつきみ》、従駕《おほみとも》にして作る歌

44
我妹子《わぎもこ》を　いざ見《み》の山を　高みかも　大和《やまと》の見えぬ　国遠みかも

右は、日本紀には「[五]朱鳥《あかみとり》の六年壬辰《みづのえたつ》の春の三月丙寅《ひのえとら》の朔《つきたち》の[一]戊辰《つちのえたつ》に、[二]浄広肆《じやうくわうし》[三]広瀬王《ひろせのおほきみたち》等をもちて留守《とどまりまもる》官《つかさ》となす。ここに中納言[四]三輪朝臣高市麻呂《みわのあそみたけちまろ》、その[五]冠位《かがふり》を脱《ぬ》きて朝《みかど》に捧《ささ》げ、[六]重ねて諫《いさ》めまつりて曰《まを》さく、『農作《なりはひ》の前《さき》に車駕《みくるま》いまだもちて動《いでま》すべからず』とまをす。[七]辛《かのと》未《ひつじ》に、天皇諫めに従ひたまはず、つひに伊勢に幸《いでま》す。五月乙丑《きのとうし》の朔《つきたち》の[八]庚午《かのえうま》に、[九]阿胡《あご》の行宮《かりみや》に御《いでま》す」といふ。

[一〇]軽皇子《かるのみこ》、[一一]安騎《あき》の野に宿ります時に、柿本朝臣人麻呂が作る歌

45
やすみしし　我が大君　高照らす　日の御子《みこ》　神《かむ》ながら
神《かむ》さびせすと　太敷《ふとし》かす　都を置きて　こもりくの　泊瀬《はつせ》
の山は　真木《まき》立つ　荒山道《あらやまみち》を　岩が根　禁樹《さへき》押しなべ　坂

一 三日。 二 持統四年（六九〇）に制定された十四階の位階の第八階。 三 天武十年（六八一）川島皇子らとともに国史編纂の命を受けた。和銅元年（七〇八）従四位上大蔵卿、養老二年（七一八）正四位下、同六年没。 四 壬申の乱の功臣。天武崩御の時、誄《るい》を奏した。『懐風藻』に詩がある。儒教的政治観を持った新しい型の官人。慶雲三年（七〇六）没。五十歳。 五 位を辞すること。 六 二月にも諫《いさ》めている。 七 六日。 八 六日。 九 三重県志摩郡阿児《あご》町。『書紀』では「阿胡の行宮に御《いでま》し時に云々」と続き、五月六日は三月の阿胡行幸に奉仕した海人に恩賞のあった日。文意を誤った引用。 一〇 六〇頁注三参照。 一一 奈良県宇陀郡の山野。

45 あまねく天下を支配せられるわが主君、高く天上を照らし給う日の神の御子軽皇子《かるのみこ》は、神らしくふるまわれるとて、揺《ゆる》ぎなく営まれている皇都をあとにして、泊瀬の山は真木の茂り立つ荒々しい山道なのだが、岩や、道をさえぎる木を押し伏せて、朝方その山道をお越えになり、夕方になると、雪の降る安騎《あき》の原野で、旗すすきや小竹《しの》を押し伏せて旅寝をなさる。古《いにしえ》のことを偲んで。

四五〜四九の一組は、持統六年（六九二）冬の作と思われる。軽皇子が冬の安騎野を訪れたのは、この野が亡き父君、草壁皇子が、かつての冬、猟を催した所だったからで、軽皇子の遊猟は父皇子追慕の意味を持つ。◇高照らす 「日の御子」の枕詞。◇こもりくの 「泊瀬」の枕詞。「こもりく」は人の霊のこもる所の意。

鳥の　朝越えまして　玉かぎる　夕《ゆふ》さり来れば　み雪降る
安騎《あ き》の大野に　旗すすき　小竹《しの》を押しなべ　草枕　旅宿《たびやど》り
せす　いにしへ思ひて

短[一三]歌

46 安騎の野に　宿る旅人　うち靡《なび》き　寐《い》も寝《ぬ》らめやも　いに
しへ思ふに

47 ま草刈る　荒野《あらの》にはあれど　黄葉《もみちば》の　過ぎにし君が　形見
とぞ来《こ》し

48 東《ひむがし》の　野にかぎろひの　立つ見えて　かへり見すれば

泊瀬は墓所であり、「隠り処《こもく》」として恐れられていた。◇泊瀬　奈良県桜井市初瀬《はせ》。◇真木　杉、檜の類。建築の良材。◇岩が根　大地に根をおろした岩。◇坂鳥の「朝越ゆ」の枕詞。「坂鳥」は山坂を越える鳥。狩猟を連想させる語。◇玉かぎる「夕」の枕詞。玉が微光を放つ意。◇旗すすき　穂が旗のように靡《なび》くすすき。「旗」はのぼりの類。◇小竹　篠竹《しのだけ》の類。

一三「反歌」よりも、長歌に対して独自性の強い語。

46 今宵この安騎の野に野宿している旅人たちは、のびのびとくつろいで眠ったりしていられようか。古《いにしえ》のことが思われて。反歌第一首として、長歌の末尾を直接承《う》けている。◇うち靡《なび》き　体を伸ばして横になるさま。◇寐《い》も寝《ぬ》らめやも「寐」は名詞。眠ることの意。

47 この安騎の野は荒涼たる原野ではあるが、我らは亡き皇子の形見の地としてやって来たのだ。巻九の「人麻呂集」に類歌一七九七がある。◇ま草刈る「荒野」の枕詞。「ま草」は仮廬《かりいお》の材料。旅宿りを連想させ、長歌の末尾と響き合う。◇黄葉の「過ぐ」の枕詞。散り過ぐの意でかかる。挽歌的作品に例が多いが、人麻呂のものが最も古い。

48 東の原野にあけぼのの光がさしそめて、振り返ってみると、月は西空に傾いている。ここで詩想が転換している。亡き皇子への思いに寝苦しい一夜は明けた。四九で歌われる待望の時が今刻々と迫りつつある。

月かたぶきぬ

49 日並《ひなみし》の　皇子《みこ》の命《みこと》の　馬並《な》めて　み狩《かり》立たしし　時は来向《きむか》ふ

藤原の宮の役民《えきみん》の作る歌

50 やすみしし　我が大君　高照らす　日の御子《みこ》　荒栲《あらたへ》の　藤原が上《うへ》に　食《を》す国を　見《め》したまはむと　みあらかは　高知《たかし》らさむと　神《かむ》ながら　思ほすなへに　天地《あめつち》も　寄りてあれこそ　石走《いはばし》る　近江《あふみ》の国の　衣手《ころもで》の　田上山《たなかみやま》の　真木《まき》さく　檜《ひ》のつまでを　もののふの　八十《やそ》宇治川に　玉藻なす　浮かべ流せれ　そを取ると　騒《さわ》く御民《みたみ》も　家忘れ　身

◇かぎろひ　輝き光るもの。ここは曙光《しよこう》の意か。

49　日並の皇子の命が馬を並べて、かつて狩場に踏み立たれた時刻は今まさに到来した。

一連をしめくくる歌。古と今、行為と心はここで完全に重なり、亡き皇子への追慕は果されたのである。

◇日並の皇子の命　日（天皇）に並ぶ皇子。草壁皇子にのみ用いられた。◇来向ふ　来て我と面と向う。

一　六〇頁注一参照。　二　労役に徴発された民。ただしこの歌は役民に名を借りた知識人の作であろう。あるいは人麻呂の作ともいう。

50　あまねく天下を支配せられるわが大君、高く天上を照らし給う日の神の御子なる天皇は、藤原の地で国をお治めになろうと、宮殿をば高々とお造りになろうとお考えになる、そのご神慮のままに、天地の神も天皇に心服しているからこそ、早速近江の国の田上山《たなかみやま》の檜の丸太を宇治川に玉藻のように自在に浮べ流している、その丸太を取ろうと忙しく立ち働く天皇の御民《みたみ》も、家郷のことを忘れ、身の労苦をもまったく顧みず、鴨のように身軽に水に浮きながら―われらが造る宮廷に、支配下にない異国を「寄しこせ」というその巨勢の方から、わが国は常世《とこよ》の国になるであろうという瑞兆《ずいちょう》を甲に描いた神秘な亀も、新しい代を祝福して「出づ」というその泉の川に持ち運んだ檜の丸太を、筏に作って川を泝《のぼ》らせているのであろう。天地の神も御民も先を争って精出しているのを見ると、これは天皇のご神慮のままであるらしい。

もたな知らず　鴨《かも》じもの　水に浮き居《ゐ》て　我が作る　日の御門《みかど》に　知らぬ国　寄し巨勢道《こせぢ》より　我が国は　常世《とこよ》にならむ　図負《あやお》へる　くすしき亀《かめ》も　新代《あらたよ》と　泉の川に　持ち越せる　真木《まき》のつまでを　百足《ももた》らず　筏《いかだ》に作り　泝《のぼ》すらむ　いそはく見れば　神《かむ》からにあらし

右は、日本紀には「朱鳥《あかみとり》[三]の七年癸巳《みづのとみ》の秋の八月に藤原の宮地《みやところ》に幸《いでま》す。八年甲午《きのえうま》の春の正月に藤原の宮に幸す。冬の十二月庚戌《かのえいぬ》の朔《つきたち》の乙卯《きのとう》[四]に藤原の宮に遷《うつ》る」といふ。

明日香《あすか》[五]の宮《みや》より藤原の宮に遷《うつ》りし後に、志貴皇子《しきのみこ》[六]の作らす歌

51 采女《うねめ》の　袖吹きかへす　明日香風　都を遠み　いたづらに

◇荒栲《あらたへ》の　「藤原」の枕詞。「荒栲」は荒い繊維で、藤《ふじ》蔓《づる》の皮などから取ったので「藤」にかかる。◇なへに……とともに。◇石走る　二九参照。◇衣手の　「田上《たなかみ》」の枕詞。「衣手」は袖。手の意で田上のタを起す。◇田上山　大津市南部、大戸川(瀬田川支流)の上流にある。◇真木さく　「檜《ひ》」の枕詞。ヒ(裂け目)の意でかかる。「真木」は四五参照。◇もののふの　「八十氏」の枕詞。「もののふ」は文武百官。多くの氏族に分れている意。また、「八十」まで序。「宇治」を起す。◇玉藻なす　重い材木を玉藻に譬《たと》えたもの。神業にふさわしい内容である。下の「鴨じもの」も同じ。◇たな　一様に。◇我が作る　以下「寄し」まで序。「寄しこせ」(寄せ給え)の意で「巨勢」を起す。「新代と」までも序。「出《い》づ」の意で「泉」を起す。◇巨勢《こせ》　奈良県御所《ごせ》市東端。◇常世　不老不死の理想郷。◇泉の川　木津川。宇治川、木津川とも、巨椋《おおくら》の池に流れ込んでいた。◇百足らず　枕詞。五十《い》の意で筏《いかだ》のイを起す。◇いそはく　競争する意の動詞「いそふ」のク語法。

三　持統七年(六九三)。六三頁注五参照。　四　六日。　五　五五頁注六参照。　六　天智天皇の皇子。白壁王《しらかべのおおきみ》(光仁天皇)、湯原王《ゆはらのおおきみ》らの父。霊亀元年(七一五)または二年没。光仁即位後、春日《かすが》の宮に天《あめ》の下知《したし》らしめす天皇《すめらみこと》と追尊され、田原天皇とも呼ばれた。

51　采女の袖をあでやかに吹きかえす明日香風も、都が遠のき、采女もいなくなって、今はむなしく吹いているばかりだ。

◇采女《うねめ》　後宮で天皇の食膳などに奉仕した女官。郡の次官以上の姉妹、子女で、容姿の整った者の中から選んで奉られた。臣下との結婚は禁じられていた。◇采女の袖吹きかへす明日香風　長らく都のあった明日香の地を吹く風を、都であった時の立場から、采女の袖を吹きかえすものと見た表現。

52　一　六〇頁注一参照。　二　よい水の出る井泉《せいせん》。

あまねく天下を支配せられるわが大君、高く天上を照らし給う日の神の御子なる天皇、その天皇が藤井が原に宮殿を創建され、埴安の池の堤にしかと出で立って御覧になると、この大和の青々とした香具山は、東面《ひがしおもて》の御門《ごもん》に、いかにも春山らしく、茂り立っている。畝傍の、この瑞々《みずみず》しい山は、西面の御門に、瑞山らしく、どっかと鎮座している。耳成の、青菅茂る清々《すがすが》しい山は、ふさわしくも、北面の御門に神神しく立っている。名も妙《たえ》なる吉野の山は、南面の御門のはるか向う、雲の彼方に連なっている。このよき山々に守られた、高くそびえる大宮殿、天空にそびえる大宮殿の水こそは、永遠に尽きはすまい。この御井の真清水は。

御井の永遠を願う予祝歌だが、国見歌を踏まえた天皇讃歌（三六、三八参照）の発想を基盤に持っている。山を歌ったのは、山が水を司《つかさど》るという考えによる。

◇荒栲の　五〇参照。◇藤井が原　付近に藤の茂っている井のある原の意。藤原と同地。◇大御門　大きな御門。転じて宮殿。◇埴安　香具山の周辺にあった池。

吹く

藤原の宮の御井《みゐ》の歌

52
やすみしし　我《わ》ご大君　高照らす　日の御子《みこ》　荒栲《あらたへ》の　藤
井が原に　大御門《おほみかど》　始めたまひて　埴安《はにやす》の　堤《つつみ》の上に　あ
り立たし　見《め》したまへば　大和《やまと》の　青香具山《あをかぐやま》は　日の経《たて》の
大《おほ》き御門《みかど》に　春山と　茂《し》みさび立てり　畝傍《うねび》の　この瑞山《みづやま》
は　日の緯《よこ》の　大き御門に　瑞山と　山さびいます　耳成《みみなし》
の　青菅山《あをすがやま》は　背面《そとも》の　大き御門に　よろしなへ　神《かむ》さび
立てり　名ぐはし　吉野の山は　影面《かげとも》の　大き御門ゆ　雲
居にぞ　遠くありける　高知《たかし》るや　天《あめ》の御蔭《みかげ》　天知《あめし》るや
日の御蔭の　水こそば　とこしへにあらめ　御井の清水《ましみづ》

短　歌

53
藤原の　大宮仕《つか》へ　生《あ》れ付《つ》くや　をとめがともは　羨《とも》しきろかも

右の歌は、作者いまだ詳《つばひ》らかにあらず。

[三]大宝元年《だいほう》辛丑《かのとうし》の秋の九月に、[四]太上天皇《おほきすめらみこと》、紀伊《き》の国に幸《いでま》す時の歌

54
巨勢山《こせやま》の　つらつら椿《つばき》　つらつらに　見つつ偲《しの》はな　巨勢の春野を

右の一首は[五]坂門人足《さかとのひとたり》。

◇あり立たし　「あり」は存続の意を表わす。◇日の経《たて》…　「成務紀」には「東西ヲ以テ日ノ縦ト為ス」とあるが、『高橋氏文《たかはしうじぶみ》』では日竪《ひのたて》、日横《ひのよこ》、陰面《かげとも》、背面《そとも》をそれぞれ東西南北にあてている。ここは『氏文』と同じ使い方。◇影面《かげとも》　「影」は光の意。◇高知るや　「天」の枕詞。◇天の御蔭　天の日を避ける陰。御殿。◇天知るや　「日」の枕詞。◇日の御蔭　「天の御蔭」に同じ。

53　生れつき藤原の大宮に宮仕えする者としてこの世に生れて来たおとめたち、このおとめたちは羨《うらや》ましい限りだ。

大宮の御井に仕えるおとめへの羨望《せんぼう》の念を述べることによって大宮の無窮《むきゅう》を讃えた歌。巻頭からこの歌まで、「原萬葉集」としてのまとまりがある。解説参照。◇生れ付くや　「生れ」は現われる、の意。「付く」は付着する、の意。「や」は間投助詞。◇をとめがとも　「とも」は複数を示す。仲間の意。

三　七〇一年。　四　六〇頁注四参照。巻一ではすべて持統天皇をさす。

54　巨勢山のつらつら椿の木をつらつら見ながら偲《しの》ぼうよ。椿の花咲く巨勢の春野のありさまを。

この歌から題詞・左注の書き方が変り（解説参照）、内容も宴歌が多くなる。

◇巨勢山　巨勢（五〇参照）の山。◇つらつら椿　花の連なり咲く椿。並木ともとれる。◇つらつらに　つくづくと。◇春野　「野」は初句の「山」を含んだ野。

五　伝未詳。

55　あさもよし　紀伊人《きひとども》羨しも　真土山《まつちやま》　行き来《く》と見らむ　紀伊人羨しも

右の一首は調首淡海《つきのおびとあふみ》[一]。

或本の歌

56　川の上《へ》の　つらつら椿《つばき》　つらつらに　見れども飽《あ》かず　巨《こ》勢《せ》の春野は

右の一首は春日蔵首老《かすがのくらびとおゆ》[二]。

[三]二年壬寅《みづのえとら》に、太上天皇《おほきすめらみこと》、[四]三河《みかは》の国に幸《いでま》す時の歌

57　引馬野《ひくまの》に　にほふ榛原《はりはら》　入り乱れ　衣《ころも》にほはせ　旅のしるしに

55　紀伊の国の人は羨《うらや》ましいな。真土山をいつもいつも眺められる紀伊の国の人は羨ましいな。

◇あさもよし　「紀伊《き》」の枕詞。「あさも」は「麻裳」で紀伊の産物（二九五参照）。「よし」は詠嘆。◇真土山　大和と紀伊の国境、紀ノ川右岸にある山。

一　百済系渡来人の子孫。壬申の乱の功臣。養老七年（七二三）正五位上。『続紀』には「調連《つきのむらじ》」とある。

56　川のほとりに咲くつらつら椿よ。つらつら見ても見飽きはしない、巨勢の春野は。

春野で花を眺めている立場で五四に和した歌か。実際に花を見て作った歌で、五四の原歌と見る説もある。◇川の上の　上二句は序。「つらつら」を起す。

二　もとは僧、弁基《べんき》。大宝元年（七〇一）勅により還《げん》俗《ぞく》。『懐風藻』に「従五位下常陸介…年五十二」とある。

三　行幸は十月から十一月。六二までこの行幸時の歌。

四　愛知県東半部。

57　引馬野の色づいた榛《はんのき》の原よ。その中で、みんな入り乱れて衣を染めなさい。旅の記念に。

行幸時に榛の葉はすでに散っていたはずだが、美しく色づいた林を連想して歌った宴歌。

◇引馬野　浜松市曳馬町付近とも、愛知県御津《みと》町御馬《おんま》付近とも言う。◇榛　一九参照。◇にほはせ　榛は実や樹皮を染料にするが、ここはその黄葉《もみじ》の色を映せの意。

五　人麻呂とほぼ同時代、持統・文武朝の歌人。作品はすべて短歌で、旅の歌と即興の戯笑歌がある。

右の一首は長忌寸意吉麻呂《ながのいみきおきまろ》。[五]

58 いづくにか　舟泊《ふなは》てすらむ　安礼《あれ》の崎　漕《こ》ぎ廻《た》み行きし　棚《たな》なし小舟《をぶね》

右の一首は高市連黒人《たけちのむらじくろひと》。[六]

[七]誉謝女王《よざのおほきみ》が作る歌

59 流らふる　つま吹く風の　寒き夜に　我が背《せ》の君は　ひとりか寝《ぬ》らむ

[八]長皇子《ながのみこ》の御歌

60 宵《よひ》に逢ひて　朝面《あしたおも》なみ　名張《なばり》にか　日《け》長く妹《いも》が　廬《いほ》りせり

58　どこに舟泊《ふなどま》りするのであろうか。さっき安礼《あれ》の崎を漕ぎめぐって行ったあの棚なし小舟は。

見得ない物や場所に関心を示すところに黒人の歌の特色がある。不安の情がここから生れる。類歌二七三。

◇安礼の崎　愛知県御津《みと》町の崎か。◇棚なし小舟　舷側の横板のない小さな舟。刳舟《くりぶね》の類か。

六　六二頁注二参照。

七　伝未詳。慶雲《きょううん》三年（七〇六）従四位下で没。

59　絶え間なく横なぐりに吹きつける風の寒い今宵、私のいとしいあの方は独り寝をしていらっしゃることであろうか。

◇流らふる　「流る」の継続態。下二段活用。◇つま吹く　家の切妻の部分に風の吹きつけることを言うか。「つま」には配偶者の意も意識されていよう。

八　天武第四皇子。母は大江皇女《おおえのひめみこ》（天智の皇女）。弓《ゆ》削皇子《げのみこ》の同母兄。和銅八年（七一五）一品《いっぽん》で没。

60　宵に共寝をして、翌朝恥ずかしさに面と向えず隠《なば》るという、その名張で、妻は何日も忌隠《いみごも》りをしていたのだな。

従駕の妻の帰りの遅かった理由を、旅先の地名名張に懸けて推測している。五九と六〇は留守の者の立場で歌った歌で、作者が女と男で対をなす。

◇宵に逢ひて　上二句は序。「隠《なばり》（かくれること）」と同音の地名「名張」を起す。◇名張　四三参照。◇日長く　日数長く。◇廬りせりけむ　「廬りす」は潔斎《けっさい》のために仮小屋を作って籠ること。

けむ

[一]舎人娘子《とねりのをとめ》、従駕《おほみとも》にして作る歌

61 ますらをの　さつ矢手挟《たばさ》み　立ち向ひ　射る円方《まとかた》は　見るにさやけし

[二]三野連《みののむらじ》　名は欠けたり　唐《もろこし》に入る時に、[三]春日蔵首老《かすがのくらびとおゆ》が作る歌

62 ありねよし　対馬《つしま》の渡り　海中《わたなか》に　幣《ぬさ》取り向けて　早《はや》帰り来《こ》ね

[四]山上臣憶良《やまのうへのおみおくら》、大唐《もろこし》に在る時に、本郷《くに》を憶《おも》ひて作る歌

63 いざ子ども　早く日本《やまと》へ　大伴《おほとも》の　御津《みつ》の浜松　待ち恋ひ

一 伝未詳。二七～八に舎人皇子との贈答がある。あるいは皇子の乳母方であった舎人氏の女性か。

61 ますらおが矢を挟み持ち、立ち向って射る的《まと》、その名の円方《まとかた》浜は見るからに清々《すがすが》しいことだ。

国讃《ほ》めの歌。『伊勢風土記』逸文に景行御製として、下三句「向かひ立ち射るや円方浜のさやけさ」とある。◇ますらをの　以下「射る」まで序。「円方」を起す。従駕の官人たちの盛況を讃える気持もある。「ますらを」は立派な男子の意。◇さつ矢　矢をほめていう。「さつ」は幸、獲物のこと。◇円方　三重県松坂市東部。

二 名は岡麻呂。大宝元年（七〇一）遣唐使の一員として入唐《にっとう》、霊亀二年（七一六）従五位下主殿寮頭《とのもりりようのかみ》、神《じん》亀《き》五年（七二八）没。六十七歳。三 七四頁注二参照。

62 対馬の海のまっただ中に幣《ぬさ》を捧げ、海神の加護を得て、一日も早く無事に帰っていらっしゃい。

旅の無事を予祝する歌。対馬の渡りは難所として知られていた。◇ありねよし　「対馬」の枕詞。「ありね」は「在り嶺」で、よく目につく山の意か。「よし」は詠嘆。◇対馬の渡り　九州から対馬へ渡る海路。玄界灘にあたる。◇幣　ここは旅路の無事を祈って神に捧げた品。玉、鏡、絹、木綿《ゆう》など。

四 四六頁注一参照。憶良の帰国は慶雲元年（七〇四）。四年ともいう。

ぬらむ

五慶雲《きやううん》三年丙午《ひのえうま》に、難波《なには》の宮に幸《いでま》す時

六志貴皇子《しきのみこ》の作らす歌

64 葦辺《あしへ》行く　鴨《かも》の羽《は》がひに　霜降《しもふ》りて　寒き夕《ゆふへ》は　大和《やまと》し思ほゆ

長皇子《ながのみこ》の御歌

65 霰《あられ》打つ　安良礼《あられ》松原　住吉《すみのえ》の　弟日娘子《おとひをとめ》と　見れど飽《あ》かぬかも

太上天皇《おほきすめらみこと》、七難波の宮に幸す時の歌

63　さあ者どもよ。早く日の本の国、日本へ帰ろう。大伴の御津の浜辺の松も、われらの帰りを待ち焦れていることであろう。

◇子ども　年下、または目下の者たち。類想歌三八〇。統率者に代って詠《よ》んだ宴歌であろう。◇大伴の御津　難波の津。遣唐使の発着した港。「大伴」は大阪から堺にかけての総称。大伴氏の領地であった。◇浜松　「松」には同音の「待つ」の意をにおわす。

五　七〇六年。九月二十五日行幸、十月十二日還幸。六四、六五はこの行幸時の歌。　六　七一頁注六参照。

64　枯葦のそばの水面を行く鴨の羽がいに霜が置いて、寒さが身にしみる夕暮れは、とりわけ大和の都に残して来た妻のことが思われる。

独り寝の寒さへの思いが妻を思わせるのである。類歌三一九。従駕の折、望郷歌を詠む慣例があった。

◇羽がひ　たたんだ左右の羽の交わるところ。

65　霰の降る安良礼松原は、住吉《すみのえ》の弟日娘子と同じに、いくら見ても見飽きないことだなあ。

前歌の大和の妻に対して住吉の娘子を出し、行幸の地をほめ讃えた歌。「霜」に対して「霰」を用いている。

◇霰打つ　同音の「安良礼松原」をほめた枕詞。◇安良礼松原　大阪市住吉付近か。◇弟日娘子と　住吉の遊行女婦《うかれめ》か。「と」は並立を示すが、ともに、の意もある。

七　持統天皇難波行幸の記録はない。文武三年（六九九）正月、文武に同行したか。以下七五まで、持統、文武の年月未詳の行幸時の作品を一括して載せたもの。

66
大伴《おほとも》の　高石《たかし》の浜の　松が根を　枕《まくら》き寝《ぬ》れど　家し偲《しの》はゆ

右の一首は[一]置始東人《おきそめのあづまひと》。

67
旅にして　もの恋《こほ》しきに　鶴《たづ》が音《ね》も　聞こえずありせば
恋ひて死なまし

右の一首は[二]高安大島《たかやすのおほしま》。

68
大伴の　御津の浜にある　忘れ貝　家にある妹《いも》を　忘れて
思へや

右の一首は[三]身人部王《むとべのおほきみ》。

69
草枕　旅行く君と　知らませば　岸の埴生《はにふ》に　にほはさま

66　美しい大伴の高石《たかし》の浜の松の根を枕に寝ていても、やはり家の妻が慕わしく思われる。

以下六九まで一まとまりの宴歌。上四句は土地の女と共寝することをにおわせた表現。◇大伴　六三参照。◇高石の浜　堺市・高石市《たかいし》付近の海岸。◇枕き　枕にする意の動詞「枕く」の連用形。

一　文武天皇時代の宮廷歌人。

67　旅先にあって、もの恋しい時に、鶴の声すら聞えなかったら、家恋しさのあまりに死んでしまうだろう。

◇鶴が音　歌では鶴《つる》を「たづ」の語で表わす。難波の景物で、旅情を慰めるものとしてとらえている。◇まし　事実でないことを仮想する助動詞。

二　伝未詳。伝本の目録には「作主未詳歌」とある。

68　大伴の御津の浜にある忘れ貝の名のように、家の妻のことをどうして忘れたりしようか。

「大伴」「家」の語を用いて六六に対応させた歌。◇忘れ貝　二枚貝の片方だけになったもの。形の類似から鮑貝《あわびがい》をも言う。上三句は序。「忘れて」を起す。◇忘れて思へや　「忘れて思ふ」は、忘れるということも思い方の一つと見なした表現。「や」は反語。

三　奈良朝の風流侍従の一人。天平元年正四位上で没。

69　旅のお方と知っていたら、この住吉《すみのえ》の岸の埴土《はにつち》で衣を染めて差上げるのでしたのに。

「旅」「ば…まし」を用いて六七に対応させた歌。◇岸の埴生　「岸」は崖《がけ》。地名化していたか。「埴」は赤や黄の粘土。顔料に用いた。住吉の名産。「生《ふ》」はそれのある所。九三、一〇〇三など参照。◇にほはさましを「にほはす」は衣を染める、の意。
四 住吉《すみのえ》の遊行女婦《うかれめ》か。 五 七五頁注八参照。以上四首の宴の主催者。 六 清江娘子に関する注記。
七 歌意から推して晩春らしいが、行幸年月未詳。
八 六二頁注二参照。

70 大和には、今はもう来て鳴いている頃であろうか。ここ吉野では、呼子鳥が象《きさ》の中山を、呼びかけるように鳴いて越えている。
特に呼子鳥の「呼ぶ」に寄せて望郷の心を述べた歌。◇大和 ここは藤原京を中心とした地域をさす。◇来らむ 都を基点にして「来」と言ったもの。◇呼子鳥 妻を呼ぶ鳥の意。晩春初夏に鳴く鳥だが未詳。◇象の中山 象山。「中山」は二つの地域の中間にある山の意。これを越えれば大和であると見たもの。
九 天皇の没後 諡《おくりな》を奉るまでの称。萬葉の例はすべて文武天皇。一〇 文武三年(六九九)正月と慶雲三年(七〇六)九月に行幸の記録がある。

71 大和に残してきた妻が恋しくて眠れないでいるのに、思いやりもなしにこの洲崎のまわりで鶴が鳴いたりしてよいものか。
鶴が妻恋いのために鳴くと解したもの。◇寐《い》の寝《ね》らえぬに 「寐」は眠ること。◇洲崎み 水中に突き出た洲《す》。「み」はまわり、あたりの意。
一一 伝未詳。

しを

右の一首は[四]清江娘子《すみのえのをとめ》。[五]長皇子《ながのみこ》に進《たてまつ》る。[六]姓氏いまだ詳《つばひ》らかにあらず。

太上天皇《おほきすめらみこと》、[七]吉野の宮に幸《いでま》す時に、[八]高市連黒人《たけちのむらじくろひと》が作る歌

70 大和《やまと》には　鳴きてか来《く》らむ　呼子鳥《よぶこどり》　象《きさ》の中山　呼びぞ越ゆなる

[九]大行天皇《さきのすめらみこと》、[一〇]難波《なには》の宮に幸す時の歌

71 大和恋ひ　寐《い》の寝《ね》らえぬに　心なく　この洲崎《すさき》みに　鶴《たづ》鳴くべしや

右の一首は[一一]忍坂部乙麻呂《おさかべのおとまろ》。

72　海女《あま》が玉藻を刈っている沖辺は漕ぐまい。ゆうべの宿の枕辺に呼んだおとめへの思いにたえかねていることだから。

一夜妻への思いから、陸地近くを漕ごうと言ったもの。◇敷栲の　「枕」の枕詞。◇念ひかねつも　「かぬ」は普通不可能を表わすが、ここではたえかねる、の意。

一　不比等《ふひと》の三男。式家《しきけ》の祖。遣唐副使、常陸守、房総の按察《あぜち》使、持節《じせつ》大将軍、知《ち》造難波宮事《ぞうなにわぐうじ》、西海道節度《さいかいどうせつど》使《し》など歴任、天平九年（七三七）参議式部卿兼太宰帥正三位で没。年四十四（五十四の誤りともいう）。この歌、伝本の目録には「作主未詳歌」とある。

73　わが妻を早く見たいと思うが、そんな名を持つ早見浜風よ。大和で私を待っている松や椿を吹き忘れてくれるな。けっして。

旅先の地名「早見」に興味を覚えて詠《よ》んだ宴歌。浜風が妻のところまで吹いて行くことは、作者が妻を見ることに連なるとみている。類想歌二八五八。

◇早見　所在未詳。早く見るの意を懸ける。◇我れ松椿　「松」に「待つ」を、「椿」のツバに「妻」を懸ける。◇吹かずあるな　二重否定で強い命令を表わす。

二　大宝元年（七〇一）二月と二年七月に行幸の記録がある。ここは歌意から前者であろう。

74　吉野の山おろしの風がこんなに寒いのに、ああどうやら今夜も私は独り寝をすることになるのか。

◇はた　一方を抑え、他を取り立てる語。

72
玉藻刈る　沖辺《おきへ》は漕がじ　敷栲《しきたへ》の　枕のあたり　念《おも》ひかね
つも

右の一首は式部卿《しきぶのきやう》藤原宇合《ふぢはらのうまかひ》。一

長皇子《ながのみこ》の御歌

73
我妹子《わぎもこ》を　早見《はやみ》浜風《はまかぜ》　大和なる　我れ松椿《まつつばき》　吹かずあるな
ゆめ

大行天皇《さきのすめらみこと》、吉野の宮に幸《いでま》す時の歌　二

74
み吉野の　山のあらしの　寒けくに　はたや今夜《こよひ》も　我が
ひとり寝む

右の一首は、或《ある》いは「天皇の御製歌」といふ。三

三 作者不明歌だが文武御製の伝えもある、の意。文武の歌と言われるものはこの一首しかない。

75 宇治間山の朝風が寒い。旅先にあって、私に衣を貸してくれる妻もいはしないのに。

◇宇治間山 奈良県吉野郡吉野町上市の東北の山。

四 高市皇子の子。養老五年（七二一）右大臣、神亀《じんき》元年（七二四）左大臣となり皇親政治を復活したが、藤原氏に謀《はか》られて叛逆の罪を負い、六年二月自尽《じじん》。年五十四。一説四十六。『懐風藻《かいふうそう》』に詩が三首ある。

五 元明天皇。五七頁注一二参照。

76 勇士たちの鞆の音が聞えてくる。物部の大臣が楯を立てているらしいよ。

即位、遷都などの時、石上《いそのかみ》、榎井《えのい》二氏が楯を立てる慣例があった。ここは元明即位による大嘗祭《だいじょうさい》のためか。

◇鞆 弓を射るとき、左の臂《ひじ》に巻いて弦のあたるのを防ぐ防具。◇物部の大臣 石上麻呂《いそのかみのまろ》（六七頁注四参照）をさす。物部氏は天武朝に「石上」の氏を賜った。

六 天智の皇女。元明の同母姉。高市皇子の妃となり、長屋王を生む。

77 わが大君よ。お心遣い遊ばしますな。皇祖の神が大君にそえてこの世に下し賜った私というものがお側《そば》にいるではございませんか。

前歌を任の重さへの不安をこめた歌と見なして和したもの。

◇なけなく 「なし」の未然形に打消の助動詞を介して接尾語「く」がついた形。二重否定。

75 宇治間山《うぢまやま》 朝風寒し 旅にして 衣貸《ころもか》すべき 妹《いも》もあらなくに

右の一首は長屋王《ながやのおほきみ》[四]。

和銅元年戊申《つちのえさる》

[五]天皇の御製

76 ますらをの 鞆《とも》の音《おと》すなり 物部《もののべ》の 大臣《おほまへつきみ》 楯《たて》立つらしも

[六]御名部皇女《みなべのひめみこ》の和《こた》へ奉《まつ》る御歌

77 我が大君 ものな思ほし 皇神《すめかみ》の 継ぎて賜へる 我がな

一『続紀』に三月十日遷都とあるのは、公式の遷都の日を記したもの。 二 天理市南部。藤原・平城両京の東京極《ひがしきょうごく》を結ぶ道路（中つ道）の中間点付近。ここで旧都への手向《たむけ》儀礼が行われた。 三 持統天皇をさす。

78 明日香の里をあとにして行ったならば、君のいらっしゃるあたりはもう見られなくなることであろうか。〈君のいらっしゃるあたりを見ないで過すことになるのであろうか〉。

もと藤原遷都の時の御製だが、明日香・藤原宮時代を偲《しの》ぶ歌の一つとして、奈良遷都途上の儀礼の場で歌われたもの。異文の方が持統御製の姿である。

◇飛ぶ鳥 枕詞。鳥が朝明《あさけ》に飛ぶので類音の「明日香」にかけたものか。土地讃《ほ》めの意もある。◇君があたり 本文では文武天皇にいたる天武皇統に連なる人々が住んだ土地、異文では天武天皇の大内陵をさす。

79 わが大君のお言葉を恐れ謹んで、なれ親しんだわが家《や》をあとにし、泊瀬の川に舟を浮べて私が行く川、その川の曲り角、次から次へと曲り角に行きあたるたびに、何度も振り返ってわが家の方を見ながら、進んで行くうちに日も暮れて、奈良の都の佐保川にたどり着いて、衣をかけて仮寝をしているところから、明け方の月の光でまじまじ見ると、あたり一面、まっ白に夜の霜が置き、岩床のように厚く固く川の水が凍り固まっている、そんな寒い夜を休むこともなく通《かよ》い続けて作った御殿に、いついつまでもお住まい下

けなくに

和銅三年庚戌《かのえいぬ》の[一]春の二月に、藤原の宮より寧楽《なら》の宮に遷《うつ》る時に、御輿《みこし》を長屋《ながや》[二]の原に停《とど》め、古郷《ふるさと》を廻望《かへりみ》て作る歌　一書には「[三]太上天皇《おほきすめらみこと》の御製」といふ

78 飛ぶ鳥　明日香《あすか》の里を　置きて去《い》なば　君があたりは　見
えずかもあらむ　一には「君があたりを　見ずてかもあらむ」といふ

或本、藤原の京より寧楽の宮に遷る時の歌

79 大君の　命畏《みことかしこ》み　にきびにし　家を置き　こもりくの　泊《はつ》
瀬《せ》の川に　舟浮《う》けて　我が行く川の　川隈《かはくま》の　八十隈《やそくま》おち
ず　万《よろづ》たび　かへり見しつつ　玉桙《たまほこ》の　道行き暮らし　あ

さいませ、わが君よ、私どもも通ってお仕えいたしましょう。

奈良遷都に伴い、藤原京にあった皇子などの家を解体して水路奈良に運び移築した工匠《こうしよう》たちが、完成の室寿《むろほ》ぎ（家屋の無窮を予祝する儀礼）などの場で歌ったものか。讃《ほ》め歌の型の一つとして道行きの表現をとっている。次々に地名を並べあげることは、古代人にとって、その地を讃え、鎮《しず》めることを意味した。五〇なども同じ。

◇こもりくの　四五参照。◇泊瀬の川　初瀬から三輪山を廻って北流し、佐保川に合流する。◇おちず　六参照。◇玉桙《たまほこ》の　「道」の枕詞。「玉桙」は悪霊の侵入を防ぐため、道に立てた桙《ほこ》状の柱。◇栲のほ　「栲」は白布。「ほ」は秀《す》ぐれていることで、白さを強調するために用いた。◇岩床　岩盤。

80　奈良のこの御殿には私どももいついつまでも通《かよ》い続けましょう。けっして忘れるものとはお思い下さいますな。

四　作者名を記したのと同じ意味をもつ。『古今集』の「読人しらず」にあたる。五三などにも例がある。

五　奈良朝の風流侍従の一人。和銅四年（七一一）正五位下。近江守、衛門督《えもんのかみ》、摂津大夫《せつつのかみ》を歴任。天平九年（七三七）六月散位《さんい》正四位下で没。　六　斎王、または その居所。ここは後者。斎王は未婚の皇女から選ばれ、皇祖神を祭る伊勢神宮に奉仕した者。天皇の代ごとに交替した。

をによし　奈良の都の　佐保《さほ》川に　い行き至りて　我が寝たる　衣《ころも》の上ゆ　朝月夜《あさづくよ》　さやかに見れば　栲《たへ》のほに　夜《よる》の霜降り　岩床《いはとこ》と　川の氷凝《ひこご》り　寒き夜《よ》を　休むことなく　通ひつつ　作れる家に　千代までに　いませ大君よ　我れも通はむ

反歌

80　あをによし　奈良の家には　万代《よろづよ》に　我れも通はむ　忘ると思ふな

右の歌は、四作主いまだ詳《つば》らかにあらず。

和銅五年壬子《みづのえね》の夏の四月に、五長田王《ながたのおほきみ》を伊勢の六斎宮《いつきのみや》

に遣《つか》はす時に、[一]山辺《やまのへ》の御井《みゐ》にして作る歌

81 山辺《やまのへ》の　御井《みゐ》を見がてり　神風《かむかぜ》の　伊勢娘子《をとめ》ども　相見《あひみ》つるかも

82 うらさぶる　心さまねし　ひさかたの　天《あめ》のしぐれの　流れ合ふ見れば

83 海《わた》の底　沖つ白波　龍田《たつた》山　いつか越えなむ　妹《いも》があたり見む

右の二首は、今案《かむが》ふるに、御井にして作るところに似ず。けだし、その時に誦《よ》む古歌か。

一　三重県鈴鹿市山辺町付近とする説、同県一志《いちし》郡内とする説などがあるが、未詳。

81　山辺の御井を見に来て、はからずも、内心見たいと思っていた伊勢おとめたちにも逢うことができた。

御井の水を汲《く》む清浄なおとめを見ることができた感激を述べた歌。五三参照。以下三首は宴歌であろう。◇がてり　…しつつ、…のついでに、などの意。◇神風の　「伊勢」の枕詞。伊勢は風の強いところだが、それを天照大神《あまてらすおおみかみ》の荒魂によって吹く風と見たもの。◇相見つる　「相見る」は、出逢う、の意。

82　寂しい思いが胸いっぱいにひろがる。大空のあちこちからしぐれがはらはらと降り続けるのを見ていると。

御井付近での宴席で歌った古歌。しぐれは晩秋初冬のもので、夏四月の景ではない。旅愁を表わすのに、この歌の寂しさを利用したもの。旅先では土地の物をほめる歌と旅愁を述べる歌が歌われるのが普通であった。◇うらさぶる　心がすさみ楽しまぬ意。◇さまねし　「あまねし」に同じ。隅々まで及んでいる意。「さ」は接頭語ともいう。◇ひさかたの　「天」の枕詞。◇流れ合ふ　雨の降るのを「流る」といった唯一の例。

83　沖の白波が立つ、その立つという名の龍田山をいつ越えられることか。早く妻の家のあたりを見たいものだ。

龍田山は奈良の西南で、伊勢から都への道筋にはない。

寧楽《なら》の宮《みや》

長皇子《ながのみこ》、志貴皇子《しきのみこ》と佐紀《さき》の宮《みや》にしてともに宴《うたげ》する歌

84 秋さらば　今も見るごと　妻恋《つまご》ひに　鹿《か》鳴かむ山ぞ　高野《たかの》原《はら》の上《うへ》

右の一首は長皇子。

萬葉集　巻第一

前歌同様古歌であろう。もと海路で家を偲んだ歌か。◇海の底「沖」の枕詞。上二句は序。「龍田山」を起す。◇龍田山　奈良県生駒郡にある。大阪府との境に近く、難波から大和への官道が通じていた。

二「寧楽《なら》の宮に天《あめ》の下知《したし》らしめす天皇《すめらみこと》の代《みよ》」と書かないのは、編者と同時代だからである。

三 七五頁注八参照。志貴皇子（七一頁注六参照）と親交があった。両皇子の家系には著名な歌人が多い。四 奈良市佐紀町付近。大極殿の北。長皇子の邸宅。

84 秋になったら、今ご覧のように、妻を恋うて雄鹿がしきりに鳴く山です。あの高野原の上は。

鹿が鳴いている絵を見ながら詠《よ》んだ歌。一〇六、一六〇三参照。秋になったらまた来遊してほしい、の意をこめている。この歌は別資料からの増補。解説参照。◇鹿鳴かむ　鹿が鳴くのは妻恋いのためである。◇高野原　佐紀の北にあり、今も小高い丘になっている。

五 元暦校本、紀州家本などの目録には、この歌の題詞「長皇子御歌」の次に「志貴皇子御歌」の一行がある。本来は次に客としての志貴皇子の歌があったと思われる。

萬葉集　巻第二

萬葉集 巻第二

一相《さう》聞《もん》

二難波《なには》の高津《たかつ》の宮《みや》に天《あめ》の下《した》知《し》らしめす天皇《すめらみこと》の代《みよ》　大鷦鷯天皇《おほさざきのすめらみこと》、謚《おくりな》して仁徳天《にんとくてん》皇《わう》といふ

三磐姫皇后《いはのひめのおほきさき》、天皇《すめらみこと》を思《しの》ひて作らす歌四首

85 君が行き　日《け》長くなりぬ　山尋《やまたづ》ね　迎へか行かむ　待ちに

一 個人の情を伝えあう歌。原義は互いに問う意。

二 一六代仁徳天皇の皇居。大阪城南方の台地、法円坂町あたりという。舒明《じよめい》天皇を崇祖《すうそ》とする白鳳《はくほう》萬葉人の間には、仁徳から推古までの世を「先代」とする時代認識があった。解説参照。

三 仁徳天皇の皇后。異常な嫉妬の物語が多い。天皇の八田皇女《やたのひめみこ》への愛を怨《うら》んで山城の筒城《つつき》の宮に引き籠り、その地でひとり生涯を終えたと『書紀』に記し（九〇左注参照）、『古事記』にもほぼ同様な話を伝える。

85 あの方のお出ましは随分日数がたったのにまだお帰りにならない。山を踏みわけてお迎えに行こうか。それともこのままじっと待ちつづけようか。待ち焦れる女の可憐《かれん》な煩悶《はんもん》を歌ったもの。以下四首は、実は磐姫の実作ではなく、後人が新旧さまざまな歌を組み合せて、煩悶―興奮―反省―嘆息の心情展開を漢詩の起承転結の構成にならって配列した連作で、記紀とはまったく異質な磐姫像を作りあげている。ただし、当時の人々はこれを磐姫自身の作として享受したのであり、四首が巻二「相聞」の巻頭にすえられたのは、作者・作風のうえで、以下に続く白鳳相聞歌群の規範と見られたからである。解説参照。類歌九〇。◇君が行き 「が」は連体助詞。「行き」は名詞。◇山尋ね 「尋ぬ」は原則として男の行為。女が、「山」を「尋ね」てと言ったところに強い苦悶が表われている。◇待ちにか待たむ 「待つ」のは普通女の行為。女らしくひたすらに待つべきか、というのである。

か待たむ

[一]右の一首の歌は、[二]山上憶良臣《やまのうへのおくらのおみ》が類聚歌林《るいじうかりん》に載《の》す。

86 かくばかり　恋ひつつあらずは　高山《たかやま》の　岩根《いはね》しまきて　死なましものを

87 ありつつも　君をば待たむ　うち靡《なび》く　我が黒髪《くろかみ》に　霜の　置くまでに

88 秋の田の　穂の上《へ》に霧《き》らふ　朝霞《あさかすみ》　いつへの方《かた》に　我が恋　やまむ

一 四首連作として伝えられたもののうち、八五の一首だけが『類聚歌林』にも載《の》せてある、の意。　二 四六頁注一参照。

86 これほどまでに恋い焦れてなんかおらずに、いっそのこと、お迎えに出て険しい山の岩を枕にして死んでしまった方がましだ。類歌一三〇、二六九三、二七五五など。独立した古歌を、前歌を承《う》ける形に脚色して配列したのであろう。◇恋ひつつあらずは　「ず」は打消の助動詞の連用形。「は」は係助詞。◇死なましものを　恋歌の慣用句。「死ぬ」という語は挽歌には現われない。「まし」は仮想の助動詞。

87 やはりこのままいつまでもあの方をお待ちしよう。長々と靡《なび》くこの黒髪が白髪に変るまでも。八五を思い返して女らしく待とうとする歌。八六は八五の第三、四句に応じ、この歌は八五の結句に応ずる形にもなっている。類歌八九、二六八八、三〇四四など。◇霜の置くまでに　「霜置く」は白髪に変ることの譬《ひ》喩《ゆ》。八九のような実際に霜がおりるまで待とうという意味の歌に手を加え、連作にあてはめたもの。

88 秋の田の稲穂の上に立ちこめる朝霧ではないが、いつになったらこの思いは消えさることか。この霧のように胸の思いはなかなか晴れそうにもない。上三句は下二句の心情の譬喩。四首中最も個的なひらめきがある。四首を構成した人の創作であろう。

或本の歌に曰《い》はく

89 居《ゐ》明《あ》かして　君をば待たむ　ぬばたまの　我が黒髪に　霜は降るとも

右の一首は、[三]古歌集の中《うち》に出づ。

[四]古事記に曰はく

[五]軽太子《かるのひつぎのみこ》、[六]軽太郎女《かるのおほいらつめ》に[七]奸《たは》く。この故《ゆゑ》にその太子を[八]伊予の湯に流す。この時に、[九]衣通王《そとほりのおほきみ》、恋慕《しの》ひ堪《あ》へずして追ひ往《ゆ》く時に、歌ひて曰はく

90 君が行き　日《け》長くなりぬ　山たづの　迎へを行かむ　待つには待たじ（ここに山たづといふは、今の造木《みやつこぎ》をいふ）

右の一首の歌は、古事記と類聚歌林と説《い》ふ所同じくあ

◇いつへの方《かた》　いつになったらという目処《めど》を言う。「方」は時間的な終着点を意識した表現。

89　ここでじっと夜を明かしてあの方をお待ちしよう。この黒髪にたとえ霜は降《お》りようとも。

八七は八九のような歌に手を加えたもの。なお、連作四首の類歌には持統朝頃の歌が目立ち、一方、起承転結の短歌四首を用いた最初の歌人は持統朝の人麻呂である。四首の構成者は人麻呂かもしれない。

◇居明かして　庭前で待つ姿。◇ぬばたまの　「黒髪」の枕詞。

三　萬葉集の編纂《へんさん》に供された資料の一つ。巻二、七、九、十、十一に見え、飛鳥《あすか》・藤原朝頃の歌を収める。「古集」とある場合もあるが、同じものか。

四　次行の「軽太子…」以下、九〇の歌も含め、連作四首の校異として『古事記』の記事を引用したもの。

五　允恭《いんぎよう》天皇の皇子木梨軽皇子《きなしのかるのみこ》。　六　軽太子の同母妹。

七　同母兄妹の結婚は厳禁する当代の掟を破ったので、ここに「奸く」といい、下に「流す」という。

八　道後温泉。　九　軽太郎女の別名。

90　わが君の旅は随分日数が長くなった。お迎えに行こう。待ってなどとてもいられるものか。

八五はこの歌をもとにしたものであろう。

◇山たづの　「迎へ」の枕詞。「山たづ」はにわとこ。にわとこを神迎えの霊木として用いたことによるか。

◇迎へを行かむ　「を」は、「行かむ」の意志の向う対象を示す。

らず、歌の主《ぬし》も[一]また異《こと》なり。よりて日本紀《にほんぎ》に検《ただ》すに、曰はく、「難波の高津の宮に天の下知らしめす大鷦鷯《おほさざきの》天皇《すめらみこと》の二十二年の春の正月に天皇、皇后《おほきさき》[二]に語りて、八《や》[三]田皇女《たのひめみこ》を納《めしい》れて妃《きさき》[四]とせむとしたまふ。時に、皇后聴《うけゆる》さず。ここに天皇歌《みうた》よみして皇后に乞ひたまふ云々《しかしか》。三十年の秋の九月乙卯《きのとう》の朔《つきたち》の乙丑《きのとうし》[五]に、皇后紀伊《き》の国《くに》に遊《いで》行《ま》して熊野《くまの》[六]の岬《みさき》に到りてその処の御綱葉《みつなかしは》[七]を取りて還《まゐかへ》る。ここに天皇、皇后の在《いま》さぬを伺《うかか》ひて八田皇女《やたのひめみこ》を娶《め》して宮《おほみや》の中に納《めしい》れたまふ。時に、皇后難波《なには》の済《わたり》[八]に到りて、天皇の八田皇女を合《め》しつと聞きて大きに恨みたまふ云々[九]」といふ。また曰はく、「遠[一〇]つ飛鳥《あすか》の宮に天の下知らしめす雄朝嬬稚子宿禰天皇《をあさづまわくごのすくねのすめらみこと》[一一]の二十三年の春の三月甲《きのえ》

一『古事記』と『類聚歌林』とで、歌詞も作者も違っているという意。八五をめぐって異伝があるので、八五～八八の作者を磐姫皇后とする原萬葉本文の伝えに不審を抱き、この注を加えたもの。それで、以下、正史である『日本書紀』にあたって検証することになる。この左注は、連作が後世の仮託であることを知らない者の筆である。 二 磐姫皇后。 三 仁徳天皇の異母妹。上代では、父が同じであっても、母の違う兄弟姉妹の結婚は許された。子供は、父と別居して母の家で育てられるという上代の慣習のもとでは、異母きょうだいは同居することがないからである。 四 天皇の妻妾のうち最高位のものの称。養老令《ようろうりょう》の規定によれば、「妃《ひ》二員、夫人《ぶにん》三員、嬪《ひん》四員」の格付けがある。妃のうち第一のものが大后・皇后と呼ばれる。 五 十一日。 六 熊野は古代人にとって聖地であったらしい。 七 ウコギ科の常緑小高木三津野柏《みつのかしわ》（かくれみの）かという。祭《さい》祀《し》の具。「熊野」の「みつなかしは」であることに意味があったらしい。この柏を磐姫みずからが採集に行ったのは、宮廷祭祀の統率が皇后に任されていたからである。 八 渡し場。 九 磐姫はこの出来事ののち、ただちに山城の筒城《つつき》の宮に引き籠った。 一〇 磐姫の子允恭《いんぎょう》天皇の皇居。ただし、この「遠つ飛鳥」は、大和の飛鳥とも河内の飛鳥ともいう。 一一 一九代允恭天皇。

午《うま》の朔《つきたち》の[一二]庚子《かのえね》に、[一三]木梨軽皇子《きなしのかるのみこ》を太子となす。容姿佳麗《かたちきらきら》しく見る者《ひと》おのづからに感《め》づ。同母妹《いろも》軽太娘皇女《かるのおほいらつめのひめみこ》もまた艶妙《かほよ》し云々。つひに[一四]竊《ひそ》かに通《あ》ふ。すなはち[一五]悒懐《いきどほり》少《すこ》しく息《や》む。二十四年の夏の六月に、[一六]御羹《みあつもの》の汁凝《こ》りて氷《ひ》となる。天皇異《あや》しびてその所由《よし》を卜《うら》へしめたまふ。卜者《うらへ》の曰《まを》さく、『[一七]内の乱《みだれ》有り。けだしくは[一八]親々相奸《はらからどちたは》けたるか云々』とまをす。よりて、太娘皇女を[一九]伊予に移す」といふ。今案《かむが》ふるに、[二〇]二代二時にこの歌を見ず。

[二一]近江《あふみ》の大津《おほつ》の宮《みや》に天の下知らしめす天皇の代

天命開別天皇《あめみことひらかすわけのすめらみこと》、謚《おくりな》して天智《てんち》天皇《てんわう》といふ

一二 七日。一三 下の軽太娘皇女とともに、母は忍坂《おさかの》大中姫命《おおなかつひめのみこと》。一四 禁忌を侵したことを背景に置く言葉。ここは、同母兄妹の太子と皇女とが通じあった意。一五 太子と皇女の心の苦しみ。一六 御熱物。菜や肉などを煮た暖い吸い物。「凝りて氷となる」はそれが冷え固まったことの強調表現。一七 同居血縁者の不倫。きわめて濃い血縁者が通じあった罪。一八 ここでは同母兄妹同士の意。一九 愛媛県。ここでは道後温泉。二〇 仁徳朝の磐姫の事件と允恭朝の軽の同母兄妹事件とに関する記事を、今、正史『日本書紀』によって検証してみたが、そのどちらにも八六、九〇のような歌は見あたらず、結局、萬葉集（八五～八磐姫）・『古事記』（九〇軽太子）・『類聚歌林』（八五磐姫）のどれが正伝であるかわからない、の意。

二一 三八代天智天皇の皇居。今の大津市北部。数年（六六七～七二）で滅び、都はふたたび明日香に戻るが、天智二年（六六三）、白村江《はくすきのえ》（朝鮮西海岸、群山付近）において唐・新羅《しらぎ》の連合軍に大敗して以来、国内の充実や大陸文化の摂取に努めたことが実を結んで文運の隆昌をもたらし、萬葉歌新風の基礎を築いた時代である。

一天皇、二鏡王女《かがみのおほきみ》に賜ふ御歌一首

91 妹《いも》が家《いへ》も　継ぎて見ましを　大和《やまと》なる　大島の嶺《ね》に　家もあらましを

一には「妹があたり　継ぎても見むに」といふ。一には「家居《いへを》らましを」といふ

鏡王女、和《こた》へ奉《まつ》る御歌一首

92 秋山の　木《こ》の下隠《したがく》り　行く水の　我れこそ増さめ　思ほすよりは

三内大臣《うちのおほまへつきみ》藤原卿《ふぢはらのまへつきみ》、鏡王女を娉《つまど》ふ四時に、鏡王女が内大臣に贈《おく》る歌一首

93 玉櫛笥《たまくしげ》　覆《おほ》ひを易《やす》み　明けていなば　君が名はあれど　我が名し惜しも

一 天智天皇。歌は、大化元年（六四五）から白雉《はくち》四年（六五三）まで難波の都にいた皇子時代のものらしい。二 額田王の姉か。舒明天皇の娘または孫ともいう。のち鎌足の正妻となり不比等《ふひと》を生む。

91 せめてあなたの家をいつもいつも見ることができたらなあ。大和の大島の嶺《みね》にわが家でもあったらなあ。〈あなたの住むあたりをいつもいつも見ようものを〉。〈住んでおれたらなあ〉。

◇妹　妻・恋人・姉妹など女性を親しんで呼ぶ語。◇大和なる大島の嶺　大和以外の地に住む者が大和にある大島の嶺を想った表現。「大島の嶺」は所在不明だが、その麓《ふもと》に鏡王女の家があったのであろう。

92 秋山の茂みの下を隠れ流れる川の水かさが増してゆくように、表には出さなくても私の思いの方がまさっているでしょう。あなたが私を思って下さるよりは。

表面では相手の思いを軽んじながら愛情をこめた歌。◇秋山の　上三句は序。「我れこそ増さめ」を起す。

三 鎌足。五三頁注七、八参照。四 妻どう。男が女の家を夜訪れ朝暗いうちに帰るのが妻どいの習わし。

93 二人の仲を隠すのはわけないと、夜が明けきってからお帰りになったら、あなたの名が立つのはともかく、私の名の立つのが惜しゅうございます。

相手をないがしろにして自分だけを重んじたような言い方にこの歌の面白さがある。当時の問答歌には愛情を基盤にしてこのようにからかう場合が多いが、これ

内大臣藤原卿、鏡王女に報《こた》へ贈る歌一首

94 玉櫛笥　みもろの山の　さな葛《かづら》　さ寝《ね》ずはつひに　有りかつましじ

或本の歌には「玉くしげ　三室戸《みむろと》山の」といふ

内大臣藤原卿、五采女《うねめ》六安見児《やすみこ》を娶《めと》る時に作る歌一首

95 我れはもや　安見児得たり　皆人《みなひと》の　得かてにすといふ　安見児得たり

七久米禅師《くめのぜんじ》、八石川郎女《いしかはのいらつめ》を娉《つまど》ふ時の歌五首

96 み薦刈《こもか》る　信濃《しなの》の真弓《まゆみ》　我が引かば　貴人《うまひと》さびて　いなと言はむかも　禅師

は、民謡のかけあいの流れを汲むものである。◇玉櫛笥　大切な化粧道具箱。「覆ひ」の枕詞。

94　あなたはそんなにおっしゃるけれど、みもろの山のさな葛ではないが、さ寝ずは—共寝をしないでは—とても生きてはいられないでしょう。

生きていられないのは相手であるかのように歌って相手のからかいに応じ、親愛の情を述べたもの。◇玉櫛笥　「み」の枕詞。櫛笥には「み」と「蓋」があるのでかかる。◇みもろの山　三輪山か。◇さな葛　びなん葛か。上三句は序。類音で「さ寝ずは」を起す。◇有りかつましじ　「かつ」は可能の下二段補助動詞。必ず打消を伴う。「ましじ」は打消推量の助動詞。

五　五一参照。　六　この采女の呼び名。

95　私はまあ安見児を得た。皆さんがたが得がたいものにしている安見児を得た。

臣下との結婚を禁じられていた采女を、鎌足だけが妻となしえた喜びを誇示した宴歌。

七　伝未詳。「禅師」は法師。　八　伝未詳。「郎女」は婦人の愛称。「娘子」より敬意がこもる。この題詞は、禅師が郎女と結婚した時に交した歌五首、の意。

96　信濃《しなの》産の弓弦《ゆづる》を引くように私があなたの手を取って引き寄せたら、貴人ぶっていやというでしょうかね。

◇み薦刈る　「信濃」の枕詞。「薦」は沼地に生える草の一種。◇真弓《まゆみ》　檀製の弓。信濃は弓の産地として聞えていた。上二句は序。「我が引かば」を起す。

97　信濃の真弓を引きもしないで、弦をかける方法を知っているとは言わないものですがね。
本気になって女を誘ってみもしないで、女を従えることなどできるものですか、という意をこめた歌。前歌の序詞をここでは郎女の譬喩《ひゆ》としている。相手の言葉を取りこみ、意味を転換させながら答えるのは贈答の習わし。

98　梓弓を引くように本気で手を引っぱって下さったら、お誘いのままに寄り従いましょうが、行く末のあなたのお心がわかりかねるのです。
◇梓弓　「引く」の枕詞。「梓弓引かば」も相手の歌詞をとらえた表現。◇寄らめども　「寄る」は弓の縁語。古人は梓弓を引き鳴らすと霊魂が依り憑《つ》くと考えた。

99　弦をつけて引くわざを知らぬ男などいるものですか。梓弓に弦をつけて引く人は、行く先まで相手がこちらに靡《なび》いて心変りしないとちゃんと知っている人なのです。さあ、引きますよ。
97の「弦《を》はくるわざ」を知ることは自明のこととして、直接には前歌の下句を逆手に取って答えた歌。

100　東国人の荷前《のさき》の箱の荷の緒のように、あの子は私の心にしっかと食い込んでしまったよ。
表面戯れながら愛情を交してきたものが、この結びの歌でまじめになり、結婚が成立したことが暗示されている。以上五首は典型的な妻どいの歌として享受された歴史を持つのかもしれない。
◇東人の荷前の箱の荷の緒にも　東国信濃が弓を献《たてまつ》る

97
み薦刈る　信濃の真弓　引かずして　弦《を》はくるわざを　知
ると言はなくに　郎女

98
梓弓《あづさゆみ》　引かばまにまに　寄らめども　後《のち》の心を　知りかて
ぬかも　郎女

99
梓弓　弦緒《つらを》取りはけ　引く人は　後《のち》の心を　知る人ぞ引
く　禅師

100
東人《あづまひと》の　荷前《のさき》の箱の　荷《に》の緒《を》にも　妹《いも》は心に　乗りにける
かも　禅師

国として有名であったことに基づく。「荷前」は毎年諸国から献る貢《みつぎ》の初物。「緒」はひも、つな。

一 大伴安麻呂。旅人《たびと》や坂上郎女《さかのうえのいらつめ》の父。家持《やかもち》の祖父。和銅七年（七一四）没。 二 近江朝の大納言巨勢《こせの》臣人《おみひと》の娘。安麻呂との間に田主《たぬし》（一二六～八参照）を生む。 三 忌み名。死者の生前の名。 四 孝徳朝（六四五～五四）。 五 大化三年制定の冠位の第五位。後の正三位相当。 六 字《あざな》は馬養《うまかい》。白雉《はくち》二年（六五一）没。

101 実のならぬ木には恐ろしい神が依り憑《つ》いていると言いますよ。実のならぬ木にはどの木にも。

実のならぬ木を靡《なび》こうとしない女に譬《たと》え、そんな女は恐ろしい神にとりつかれた、人げないものに見られるよ、とおどして相手を寄せようとした歌。木に実がならないのは邪神がとりついているせいだとする民間信仰に基づく。

◇玉葛 「実」の枕詞。「玉」は美称。「葛」は実を稔《みの》らせるさな葛の雌木か。◇ちはやぶる 荒々しい。

七 壬申《じんしん》の乱に天智方で戦い、乱後、流された。なお女婿《じょせい》安麻呂は天武方の功臣。

102 玉葛で花だけ咲いて、実のならない―誠意のない―のは、どなた様の恋のことなのでしょう。私はひたすら恋い慕うておりますのに。

◇玉葛 ここでは玉葛そのもの。さな葛の雄木は花だけをつける。これをにおわしたもの。

八 四〇代天武天皇の皇居。奈良県明日香村。天武元年（六七二）以降、藤原遷都（六九四）までの都。

一大伴宿禰《おほとものすくね》、二巨勢郎女《こせのいらつめ》を娉《つまど》ふ時の歌一首　大伴宿禰、三諱《いみな》を安麻呂《やすまろ》といふ。四難波《なには》の朝《みかど》の右大臣《みぎのおほまへつきみ》五大紫《だいし》六大伴長徳卿《おほとものながとこのまへつきみ》が第六子、平城《なら》の朝《みかど》に大納言《だいなごん》兼大将軍に任《ま》けらえて薨《こう》ず

101
玉葛《たまかづら》　実《み》ならぬ木には　ちはやぶる　神ぞつくといふ　ならぬ木ごとに

巨勢郎女、報《こた》へ贈る歌一首　すなはち近江《あふみ》の朝《みかど》の大納言七巨勢人卿《こせのひとのまへつきみ》が女《むすめ》なり

102
玉葛　花のみ咲きて　ならずあるは　誰《た》が恋にあらめ　我は恋ひ思ふを

八明日香《あすか》の清御原《きよみはら》の宮《みや》に天の下知らしめす天皇の代　天渟中原瀛真人天皇《あまのぬなはらおきのまひとのすめらみこと》、謚《おくりな》して天武《てんむ》天皇《てんわう》といふ

一 鎌足の娘、五百重娘《いおえのいらつめ》。新田部《にいたべ》皇子の母。「夫人」は妃《ひ》と嬪《ひん》の間に位置する天皇の妻妾。九二頁注四参照。

103　わが里には大雪が降ったぞ。そなたの住む大原の古ぼけた里に降るのはずっと後のことであろう。

確立している親愛関係の上に立って気楽に戯れた歌。清御原宮のある「我が里」は、通説では大原の里を下りきった平地にあり、二つの里はごく近い。だからかえって面白い。「大原」と「大雪」、「降れり」と「古りにし」と「降らまく」とに同音の繰返しがあり、はずんだ調子が内容によく調和している。

◇我が里　今の飛鳥小学校あたりが清御原宮跡という。明日香村役場北の板蓋宮《いたぶきのみや》伝承地あたりと見る説もある。◇大原　明日香村小原。藤原氏の居宅があった。

104　わが岡の水神に言いつけて降らせた雪の、そのかけらがそこに散ったのでございましょう。

相手の戯れに負けじと、減《へ》らず口をたたいた歌。

◇我が岡　夫人の住む大原。◇おかみ　龗《おかみ》。水を司《つかさど》る龍神。◇雪のくだけし　「くだけし」はくだけたものの意。相手の「大雪」に対して「雪のくだけし」と言い、「降る」に対して「散る」と言って過少にとらえたところにかけあいの妙味がある。

二 持統・文武両朝をさす。脚注は後人が書いたもので、標題とくいちがいがある。「藤原の宮」は、持統八年（六九四）以後、和銅三年（七一〇）平城宮に遷《うつ》るまでの都。三 四二代文武天皇。草壁皇子の子。

天皇、[一]藤原夫人《ふぢはらのぶにん》に賜ふ御歌一首

103 我が里に　大雪《おほゆき》降れり　大原《おほはら》の　古《ふ》りにし里に　降らまくは後《のち》

藤原夫人、和《こた》へ奉《まつ》る歌一首

104 我が岡の　おかみに言ひて　降らしめし　雪のくだけし　そこに散りけむ

[二]藤原《ふぢはら》の宮《みや》に天の下知らしめす天皇の代　高天原広野姫天皇《たかまのはらひろのひめのすめらみこと》、諡して持統天皇といふ。元年丁亥《ひのとゐ》の十一年に位を[三]軽太子《かるのひつぎのみこ》に譲り、尊号を太上天皇《おほきすめらみこと》といふ

[四]大津皇子《おほつのみこ》、[五]竊《ひそ》かに[六]伊勢の神宮に下《くだ》りて、上《のぼ》り来《く》る時に、[七]大伯皇女《おほくのひめみこ》の作らす歌二首

105 我が背子《せこ》を　大和《やまと》へ遣《や》ると　さ夜更《よふ》けて　暁露《あかときつゆ》に　我が立ち濡《ぬ》れし

106 ふたり行けど　行き過ぎかたき　秋山を　いかにか君が　ひとり越ゆらむ

大津皇子、[八]石川郎女《いしかはのいらつめ》に贈《おく》る御歌一首

107 あしひきの　山のしづくに　妹《いも》待つと　我れ立ち濡れぬ　山のしづくに

四 天武第三皇子。母は持統天皇の姉大田皇女。文武《ぶんぶ》両道にすぐれ人々の信望を集めた。父の他界後（六八六年九月九日以降）、皇太子草壁（母は持統）に対し叛逆を企て、十月二日に発覚、翌日殺された。年二十四。この事件は皇太子側が仕組んだ罠《わな》だともいう。五 禁忌を侵したことを背景に置く言葉。天武の忌中に国家の守護神に勝手に参ることは禁忌を侵すことであった。六 この伊勢下向は九月二十四日夜半から二十六日朝までのことであったらしい。七 大津の同母姉。天武三年（六七四）十四歳で伊勢斎宮。弟の殺されたあと、十一月十六日に任解けて帰京。

105 わが弟を大和へ送り帰さなければならないと、夜も更《ふ》けて明方近くまで立ちつくし、暁の露に私はしとどに濡れた。

◇暁 「明時」の意で、秋分の時なら午前三時から四時頃。夜更けは十二時から午前一時頃。◇我が立ち濡れし 連体形止めで詠嘆がこもる。

106 二人でも寂しくて行き過ぎにくい秋山なのに、今ごろ君は、どのようにしてただ一人越えているのだろうか。

◇秋山を この「秋山」は不吉な暗いイメージを持つ。

八 伝未詳。久米禅師《くめのぜんじ》と贈答した石川郎女とは別人。

107 あなたを待つとたたずんでいて、山の雫《しずく》に私はしとどに濡れた。その山の雫に。

◇あしひきの 「山」の枕詞。◇妹待つと 皇子が山で待つのも異常なら、男が女を待つのも普通でない。

石川郎女《いしかはのいらつめ》、和《こた》へ奉《まつ》る歌一首

108 我を待つと　君が濡《ぬ》れけむ　あしひきの　山のしづくに　ならましものを

大津皇子、竊《ひそ》かに[一]石川郎女《いしかはのいらつめ》に婚《あ》ふ時に、[二]津守連通《つもりのむらじとほる》、その事を[三]占《うら》へ露《あら》はすに、皇子の作らす歌一首

109 大船《おほぶね》の　津守が占《うら》に　告《の》らむとは　まさしに知りて　我がふたり寝し

[四]日並皇子尊《ひなみしのみこのみこと》、石川郎女に贈り賜ふ御歌一首　郎女、[五]字《あざな》を大名児《おほなこ》といふ

110 大名児《おほなこ》を　彼方野辺《をちかたのへ》に　刈る草《かや》の　束《つか》の間《あひだ》も　我れ忘れ

108　私を待つとてあなたがお濡れになったという、その山の雫《しずく》になることができたらよいのに。

この贈答は二人の恋が世を忍ぶ特殊なものだったことを示すが、その秘密は次の二つの歌によって解ける。

◇山のしづくに　待つ苦しみを表わす前歌の山の雫を、ここでは皇子の身に添うものとはぐらかすことによって親愛の情を示したもの。

一　前歌の郎女とも、次歌の大名児《おおなこ》とも同一人。上の「竊《ひそ》かに」は大津が草壁の妻石川郎女に密通したことを示す。　二　和銅七年（七一四）従五位下、養老五年（七二一）陰陽道《おんみょうどう》の達人として褒賞《ほうしょう》を受けた。持統朝の秘密警察「占星台」の役人だったか。　三　大津と郎女との密通を星占いによって公式に暴露した意。なお一部の写本にはこの題詞の下に「未詳」の二字がある。

109　津守めの占いにあらわれるだろうとは、こちらも、もっと確かな占いでちゃんと知りながら、われらは二人で寝たのだ。

◇大船の　「津守」の枕詞。大船の泊《は》てる「津」の意。

◇まさしに　正《まさ》しく。「まさ」は占いの確かさをいう。

四　草壁皇子。四九参照。　五　本名以外の呼び名。

110　大名児よ、彼方《かなた》の野辺で刈るかやの一束の、そのつかの間も私はお前を忘れるものか。

一〇五からこの歌まで、大津皇子事件を背景に置く男女の物語という、首尾一貫する筋を見せる。編者のひそかな配慮であろう。

◇彼方野辺に　「彼方」は地名で、同時に離れた場所

めや

[六]吉野の宮に幸《いでま》す時に、[七]弓削皇子《ゆげのみこ》が[八]額田王《ぬかたのおほきみ》に贈《おく》る歌一首

111 いにしへに　恋ふる鳥かも　弓絃葉《ゆづるは》の　御井《みゐ》の上《うへ》より　鳴き渡り行く

額田王、和へ奉る歌一首　倭《やまと》の京より進《たてまつ》り入る

112 いにしへに　恋ふらむ鳥は　ほととぎす　けだしや鳴きし　我が恋ふるごと

吉野より[九]蘿生《こけむ》す松が枝《え》を折り取りて遣《おく》る[一〇]時に、額田

の意をにおわせたものか。◇刈る草《かや》の　第二、三句は序。一握りの意で「束の間」を起す。◇束の間　指四本並べた幅。短い時間のたとえ。

六 三九左注参照。持統天皇が明日香清御原《きよみはら》にいた時の行幸らしい。一三釈注参照。　七 天武第六皇子。母は天智天皇の娘大江《おおえ》皇女。長《なが》皇子の同母弟。文武三年（六九九）七月二十一日没。年三十前後。天武―草壁―文武という自分の血筋に執着し、諸皇子に厳しく対した持統天皇の治世下で、人一倍不安と哀愁を感じて生きたらしい。　八 四七頁注一三参照。

111 古《いにしえ》を恋い慕う鳥なのでありましょうか、弓絃葉の御井の上を鳴きながら飛んで行きます。

額田王も吉野を拠点とする壬申の乱によって開《ひら》けた時代に不遇であった。都の額田王も同じ孤愁に暮れているのでは、と吉野の地から謎をかけた歌。

◇鳥かも　「かも」は結句に続く。◇弓絃葉の御井　ゆずりはの生い茂る吉野離宮の清泉に対する通称か。

112 古を恋い慕う鳥はほととぎすなのですね。その鳥はおそらく鳴いたことでしょう、私が遠い昔を恋い慕っているように。

皇子の謎に対する解釈を示して、その意に応じた歌。◇いにしへに恋ふらむ鳥　中国ではほととぎすを懐古の悲鳥と見る。「らむ」は「…ということであるが、さぞかしそうであろう」の意。

九 古木に糸屑状に垂れさがるさるおがせ。　一〇 松の枝に文《ふみ》を結んで送ったもの。送り主は弓削であろう。

は。

113　み吉野の玉松の枝はなんてまあいとしいことでしょう。あなたのお言葉を持って通《かよ》って来るとは。

松の枝を擬人化して喜びを託した歌。前歌とともに額田王の最後の歌。前歌の脚注にある「倭の京」は、天武天皇が壬申の乱に勝って明日香入りした時、「倭京に詣《いた》る」と『書紀』に記すのと同様、明日香京であろう。歌は藤原遷都（六九四）以前のものと思われる。◇玉松　手紙をつけた松を特にいつくしんで言ったもの。◇通はく　「通ふ」のク語法。

一　天武天皇の皇女。母は鎌足の娘氷上娘《ひかみのいらつめ》。和銅元年（七〇八）没。　二　天武の長子。母は胸形君徳善《むなかたのきみとくぜん》の娘尼子娘《あまこのいらつめ》。壬申の乱に活躍し、草壁没後太政大臣。持統十年（六九六）没。　三　天武第五皇子。母は蘇我《そがの》赤兄《あかえ》の娘大蕤娘《おおぬのいらつめ》。和銅八年（七一五）没。

114　秋の田の稲穂が一方に片寄っているその片寄りのように、ただひたむきにあの方に寄り添いたいものだ。どんなに人の噂《うわさ》がうるさくあろうとも。

高市皇子と同棲していて穂積皇子に一途に心を寄せる歌。但馬皇女はのち穂積のもとに移ったか。二〇三参照。◇君に寄りなな　上の「な」は完了の助動詞。下の「な」は意志を示す助詞。

四　天智が大津の宮の西北に建てた崇福寺。　五　穂積は持統の信頼が厚かった。噂を耳にした持統が法会《ほうえ》などの勅使に事寄せて穂積を一時崇福寺に閉居させ、太政大臣高市と穂積との立場をつくろったものか。

113　王が奉《たてまつ》り入るる歌一首

み吉野の　玉松が枝《え》は　はしきかも　君が御言《みこと》を　持ちて通《かよ》はく

114　但馬皇女《たぢまのひめみこ》[一]、高市皇子《たけちのみこ》[二]の宮に在《いま》す時に、穂積皇子《ほづみのみこ》[三]を思《しの》ひて作らす歌一首

秋の田の　穂向《ほむ》きの寄れる　片寄《かたよ》りに　君に寄りなな　言痛《こちた》くありとも

115　穂積皇子に勅《みことのり》して、近江《あふみ》の志賀の山寺[四]に遣《つか》はす時[五]に、但馬皇女の作らす歌一首

後《おく》れ居《ゐ》て　恋ひつつあらずは　追ひ及《し》かむ　道の隈《くま》みに

標結《しめゆ》へ我が背《せ》

但馬皇女、高市皇子の宮に在《いま》す時に、竊《ひそ》[六]かに穂積皇子に接《あ》ひ、事すでに形《あら》はれて作らす歌一首

116 人言《ひとごと》を　繁《しげ》み言痛《こちた》み　おのが世に　いまだ渡らぬ　朝川渡《あさかは》る

舎人皇子《とねりのみこ》[七]の御歌一首

117 ますらをや　片恋《かたこひ》せむと　嘆けども　醜《しこ》のますらを　なほ恋ひにけり

舎人娘子《とねりのをとめ》[八]、和《こた》へ奉《まつ》る歌一首

115　後に一人残って恋い焦れてなどおらずに、いっそのこと追いすがって一緒に参りましょう。道の曲り目に道しるべをつけて下さい、あなた。

◇恋ひつつあらずは　八六参照。◇道の隈みに　「隈」は曲り角。「み」は、あたり。◇標　しるし。

六　禁忌を侵したことを示す。人妻が他の男に密通するのも禁忌の侵害であった。九九頁注五参照。

116　人の噂が繁くうるさいので、生れてこの方渡ったこともない、まだ暗い朝の川を渡るのです。

事露《あらわ》れて世間がうるさいので、女の身でありながら未明の川を渡って逢いに行くという歌。ただし、「川」は恋の障害を象徴し、「川を渡る」のは女が恋の成就を願う行為であるとする考えが古くからある。この歌にも、世間の堰《せき》に抵抗して初めての情事を全うするのだという発想が裏にあるのかもしれない。この歌までの三首、但馬皇女歌物語の観がある。

七　天武天皇の皇子。母は天智の娘新田部《にいたべ》皇女。『日本書紀』編纂の総裁。天平七年（七三五）没。年六十。

117　ますらおたる者、片恋なんかするものかと、しきりに言いきかせ嘆くのだが、ろくでなしのますらおだ、やっぱり恋い焦れてしまう。

◇ますらを　立派な男子。「たわやめ」の対。◇醜《しこ》の　自分の気に入らぬとき、悪態の言葉として用いることが多い。

八　伝未詳。舎人皇子の乳母方の女性か。七六頁注一参照。

118　立派な男の方が嘆き苦しみつづけておいでになるからこそ、しっかり結った私の髪がその嘆きの霧に濡れてひとりでにほどけたのですね。

嘆きが霧に立つという発想を踏まえた歌。七九九、三五八〇など参照。相手の「嘆き」を自分の髪の「漬《ひ》ちてぬれ」る理由に持ちこんだところにからかいがある。◇漬ちてぬれけれ　「漬つ」はびしょぬれになる、「ぬる」は濡れてなめらかになる、の意。そうなると紐がゆるみ、髪がほどける。

一　一〇一頁注七参照。　二　天武天皇の皇女。穂積皇子の同母妹、弓削《ゆげ》皇子の異母妹。

119　吉野川の早瀬の流れのように、二人の仲も、ほんのしばらくのあいだも停滞することなくあってくれないものかなあ。

思うに任せぬ嘆きを述べた歌。紀皇女は石田王《いわたのおおきみ》（伝未詳）の妻であったらしい。四三四〜五参照。◇早み　上二句は序。第三、四句を起す。「早み」は名詞。◇ありこせぬかも　「こせ」は、…してくれる意の補助動詞「こす」の未然形。「ぬかも」は願望。

120　あの子に恋い焦れてなんかおらずに、いっそのこと、秋萩の、咲いてはすぐに散ってしまう花であった方がましだ。

類歌八六、二六九三、二七六五など。

121　夕方になったら潮が満ちて来よう。住吉《すみのえ》の浅香の浦で、今のうちに玉藻を刈り取りたいものだ。

潮を人の噂に、玉藻を女にたとえ、一時も早く恋を成

118
嘆きつつ　ますらをのこの　恋ふれこそ　我が結《ゆ》ふ髪の
漬《ひ》ちてぬれけれ

一弓削皇子《ゆげのみこ》、二紀皇女《きのひめみこ》を思《しの》ふ御歌四首

119
吉野川　行く瀬の早み　しましくも　淀《よど》むことなく　あり
こせぬかも

120
我妹子《わぎもこ》に　恋ひつつあらずは　秋萩《あきはぎ》の　咲きて散りぬる
花にあらましを

121
夕《ゆふ》さらば　潮満ち来《き》なむ　住吉《すみのえ》の　浅香《あさか》の浦に　玉藻《たまも》刈り
てな

122 大船《おほぶね》の　泊《は》つる泊《とま》りの　たゆたひに　物思《ものも》ひ痩《や》せぬ　人の子故《ゆゑ》に

[三]三方沙弥《みかたのさみ》、[四]園臣生羽《そののおみいくは》が女《むすめ》を娶《めと》りて、幾時《いくだ》も経ねば、病に臥《ふ》して作る歌三首

123 たけばぬれ　たかねば長き　妹《いも》が髪《かみ》　このころ見ぬに　掻《か》き入れつらむか　三方沙弥

124 人皆《みな》は　今は長しと　たけと言へど　君が見し髪　乱れたりとも　娘子《をとめ》

就させることを願った歌。類歌九六八、一二五七。◇浅香の浦　大阪南部・堺市にかけて浅香の名が残る。夕・満潮に対して、朝・浅（潮干）の意をこめた。

122　大船が碇泊する港の、そのたゆたいさながらに、揺れて定まらぬ物思いに悩んで痩せこけてしまった。あの子は他人のものなのに。

類想歌二四八六。以上四首、別々の歌を集めて組み立てたものか。題詞・構成ともに磐姫皇后《いわのひめのおおきさき》の歌（八五〜八）によく似ている。

◇大船の　上二句は序。「たゆたひに」を起す。◇人の子　人妻。母親の管理する子と見る説もある。

三　伝未詳。「沙弥」は入門したばかりの僧の称であるが、ここでは呼び名か。　四　伝未詳。

123　束ねようとすればずるずると垂れさがり、束ねないでおくと長すぎるそなたの髪は、この頃見ないが櫛《くし》けずって結い上げてしまったことだろうか。

まだ放《はな》り髪《がみ》の幼な妻への歌。夫が幼な妻の髪上げをする風習や、再び逢うまでは髪型を改めない風習などがあって、相手が人妻になったことを懸念したものか。◇たけばぬれ　「たく」は結い上げる。「ぬる」はここでは単にほどける意。一二八参照。

124　人は皆、もう長くなったとか、結い上げなさいとか言いますが、あなたがご覧になった髪なのです、どんなに乱れていましょうとも…。

「君が見し髪」は、心をこめて見られた髪であると同時に、愛撫された髪であろう。類想歌二五七八。

125　橘の並木の陰を踏んで行く道の、多くの岐《わか》れ道そのままに、あれやこれやと思い悩むことよ。あの子に逢わないでいて。

独詠的な歌で、全体のしめくくりをなしている。九六～一〇〇と同じ構造。これも、逢えない夫婦の情を述べた典型として享受された歴史を持つか。類歌一〇二七。
◇橘の蔭踏む道の　「八衢」を起す序。「橘」は藤原京の市《いち》に植えられた街路樹か。◇八衢《やちまた》　「八道股」の意。幾筋も道がわかれた所。

一　一〇七～一〇の石川と同一人らしい。　二　大伴安麻呂と巨勢郎女《こせのいらつめ》との子。　三　旅人《たびと》・田主の父安麻呂。九七頁注一参照。　四　巨勢郎女。九七頁注二参照。

126　あなたは粋な人だと噂《うわさ》に聞いておりましたのに、泊めてもくれないで私を帰しました。にぶい粋人だこと。

男を相手にして戯れ挑《いど》んだ歌。
◇風流士　教養ある風雅の士の意だが、道徳面から好色面まで幅広く用いられる。ここは好色面をちらつかせている。◇おそ　「遅」の意。のろまなこと。

大伴田主は、通称を仲郎と言った。容姿は端麗、風流はたぐいなく、見る人、聞く者、一人として感嘆しないものはなかった。そのころ石川郎女という女性がいた。なんとかして田主と一緒に暮したいと思い、つねづね独り寝の苦しみに堪えかねていた。恋文をとどけることをひそかに考えたが、よい伝手《つて》がなかった。そこで一計を案じ、みすぼらしい老婆になりすま

125　橘《たちばな》の　蔭踏《かげふ》む道の　八衢《やちまた》に　物をぞ思ふ　妹《いも》に逢はずして

三方沙弥

[一]石川郎女《いしかはのいらつめ》、[二]大伴宿禰田主《おほとものすくねたぬし》に贈る歌一首　すなはち[三]佐保《さほ》大納言《だいなごん》大伴卿の第二子、母を[四]巨勢朝臣《こせのあそみ》といふ

126　風流士《みやびを》と　我れは聞けるを　やど貸さず　我れを帰せり　おその風流士《みやびを》

大伴田主、字《あざな》を仲郎《ちうらう》[五]といふ。容姿《ようし》佳艶《かえん》、風流秀絶、見る人聞く者、嘆息せずといふことなし。時に、石川郎女といふひと有り。みづから雙栖《さうせい》の感《おもひ》を成し、つねに独守《どくしゅ》の難《かたき》を悲しぶ。意《こころ》に書を寄せむと欲《おも》へども良信《りやうしん》に逢はず。ここに方便《はうべん》を作《な》して、賤《いや》しき嫗《おみな》に似せ、おの

れ堝子《なべ》を提《さ》げて寝《ねや》の側《かたはら》に到り、哽音蹢足《からおんちやくそく》し戸を叩きて諮《はか》りて曰はく、「[六]東隣の貧しき女、火を取らむとして来《きた》る」といふ。ここに、仲郎、暗き裏《うち》に冒隠《ぼういん》の形《かたち》を識《し》らず、慮《おもひ》の外《ほか》に拘接《こうせふ》の計《はかりごと》に堪《あ》へず。念《おもひ》のままに火を取り、[七]跡《あと》に就きて帰り去らしむ。明けて後《のち》に、郎女、すでに自媒《じばい》の愧《は》づべきことを恥ぢ、また心契《しんけい》の果《み》らぬことを恨む。よりて、この歌を作りて[八]謔戯《きやくき》を贈る。

大伴宿禰田主、報《こた》へ贈る歌一首

127
風流士《みやびを》に　我れはありけり　やど貸さず　帰しし我れぞ
風流士にはある

し、みずから土鍋を提《さ》げて田主の寝屋《ねや》のそばに行き、しわがれ声を出し足をよろめかせながら戸を叩いて、「私はこの近所の貧しい女ですが、火種を頂こうと思ってやって参りました」と、うそをついた。このとき、仲郎は、あたりまっ暗なので相手がよもや変装しているとは知らず、また思いもよらぬことだったので相手に共寝の下心があることも見通すことができなかった。それで、女のいうままに火種を取らせ、すぐさま帰らせてしまった。明けての朝、郎女は、仲立ちもなしに自分から押しかけた恥ずかしさに悩み、また、ひそかな願いがうまくゆかなかったことを恨んだ。そこでこの歌を作って戯れごとに贈ったのである。

この左注には、中国の文献に典拠を仰ぐ辞句や発想が多い。実際の贈答歌に中国文学による脚色が加えられたものか。あるいは、全体が中国文学の影響による作り話か。

五　中国では兄弟の順序を「伯仲叔季」という。次男の田主に対する中国的呼称。　六　近所の家。「東」には必ずしも限定されない。　七　何の愛想もなく今来た所をすぐさまに、の意。　八　冗談。諧謔《かいぎやく》。

127　私は、やっぱり噂どおりの風流人であることがこのたびよくわかりました。あなたを泊めもせずに帰した私こそ、本当の風流人なのですよ。

好色の意をちらつかせた相手の「風流士《みやびお》」を、その第一義的な意味である道徳的人格的な面に転換させながら、相手の諧戯に応じた歌。

同じ石川郎女《いしかはのいらつめ》、さらに大伴田主仲郎《おほとものたぬしちうらう》[一]に贈る歌一首

128 我が聞きし　耳によく似る　葦《あし》の末《うれ》の　足《あし》ひく我が背《せ》　つとめ給《た》ぶべし

右は、仲郎の足疾《あしのやまひ》に依りて、この歌を贈りて問訊《とぶら》[二]へるぞ。

大津皇子《おほつのみこ》[三]の宮の侍《まかだち》[四]石川郎女、大伴宿禰宿奈麻呂《おほとものすくねすくなまろ》[五]に贈る歌一首

郎女、字《あざな》を山田郎女といふ。宿奈麻呂宿禰は、[六]大納言兼大将軍の卿が第三子なり

129 古《ふ》りにし　嫗《おみな》にしてや　かくばかり　恋に沈まむ　たわらはのごと

一には「恋をだに　忍びかねてむ　たわらはのごと」といふ

一　一〇七頁注五参照。

128　私が耳にした噂どおり、おみ足がままにならぬとお悩みのあなた様、どうぞお大事に。

田主の脚の病に対する見舞いを装いながら、しっぺ返しをしてひきさがる歌。田主が寝屋から出ても来ずに自分をさっさと帰らせたことに対する皮肉がこめられている。

◇耳によく似る　噂にそっくりの。第四句に続く。◇葦の末の　枕詞。同音に加え、葦の葉先の弱々しさを響かせて「足ひく」にかかる。◇足ひく我が背「足ひく」は足を引きずる意。田主を田の主、つまり、一本足の案山子《かかし》に諷刺する意もこめられているか。◇つとめ給ぶべし　療養にいそしみなさい、の意。

二　安否を尋ねる、見舞う、の意。

三　九九頁注四参照。　四　侍女。郎女の過去の経歴による称。　五　大伴安麻呂の子。田主の弟。生没年未詳。

六　安麻呂。九七頁注一参照。

129　おいぼれた婆さんのくせに、こんなにわけもなく恋の思いに溺《おぼ》れるものなのでしょうか。聞きわけもない幼な子のように。〈たかが恋の苦しみぐらいに堪えられないものなのでしょうか。聞きわけのない幼な子のように〉。

草壁・大津両皇子の寵《ちょう》を得てから二十余年後、作者四十歳頃の歌。「古りにし嫗」も「恋に沈む」も誇張表現。親愛の情に基づく戯《ざ》れ歌であろう。

◇嫗にしてや「や」は反語的詠嘆。「沈まむ」の「む」

[七]長皇子《ながのみこ》、[八]皇弟に与《おく》る御歌一首

130 丹生《にふ》の川　瀬は渡らずて　ゆくゆくと　恋痛《こひいた》し我が背《せ》　いで通《かよ》ひ来《こ》ね

[九]柿本朝臣人麻呂《かきのもとのあそみひとまろ》、[一〇]石見《いはみ》の国より妻に[一一]別れて上《のぼ》り来《く》る時の歌二首　并《あは》せて短歌

131 石見《いはみ》の海《うみ》　角《つの》の浦《うら》みを　浦なしと　人こそ見らめ　潟《かた》なし
と　一には「磯《いそ》なしと」といふ　人こそ見らめ　よしゑやし　浦はなくと
も　よしゑやし　潟は　一には「磯は」といふ　なくとも　鯨魚《いさな》取り　海《うみ》
辺《へ》を指して　和田津《にきたづ》の　荒磯《ありそ》の上《うへ》に　か青《あを》く生《お》ふる　玉藻《たまも》
沖つ藻　朝羽《あさは》振《ふ》る　風こそ寄らめ　夕《ゆふ》羽振る　波こそ来《き》寄
れ　波の共《むた》　か寄りかく寄る　玉藻なす　寄り寝し妹を

に応ずる。◇たわらは　「た」は接頭語。
七 天武第四皇子。七五頁注八参照。八 原義は天皇の弟。ここは長皇子の弟の意で、弓削皇子《ゆげのみこ》。
130 丹生の川の川瀬を、私は渡りたくとも渡れずにいて、心は一途にはやり恋しくてなりません、あなた、さあ通《かよ》って来て下さい。
女の立場で詠んだ歌らしい。上二句は恋の堰《せき》にさえぎられている状態を暗示したものか。一二六参照。全体に寓意があるのかもしれない。
◇丹生の川　吉野川の支流か。◇ゆくゆくと　「行く行くと」に基づく擬態語で、物の進みはやる意か。
◇恋痛し　恋が激しく切実である意。
九 持統・文武朝に名を成した宮廷歌人。六〇頁注六参照。一〇 島根県西部。一一 一四〇の作者依羅娘子《よさみのおとめ》。
131 石見の海、その角《つの》の入江を、よい浦がないと人は見もしよう、よい潟がないと〈よい磯がないと〉人は見もしよう、が、たとえよい浦はないにしても、たとえよい潟は〈よい磯は〉ないにしても、この海辺を目ざして、和田津《にきたづ》の荒磯のあたりに青々と生い茂る美しい沖の藻、その藻に、朝《あした》に吹き立つ風が寄ろう、夕《ゆうべ》に揺れ立つ波が寄って来る。その風波《かざなみ》のまにまに寄り伏し寄り伏しする玉藻のように寄り添い寝た妻を〈いとしい妻の手を〉、あとに残して来たので、この行く道のたくさんの曲り角ごとに、幾度も振り返って見るけれど、いよいよ遠く妻の里は遠ざかってしまった。いよいよ高く山も越えて来た。夏草のようにし

一には「はしきよし　妹《いも》が手本《たもと》を」といふ　露霜《つゆしも》の　置きてし来《く》れば　この道の　八《や》十隈《そくま》ごとに　万《よろづ》たび　かへり見すれど　いや遠《とほ》に　里は離《さか》りぬ　いや高《たか》に　山も越え来ぬ　夏草《なつくさ》の　思ひ萎《しな》えて　偲《しの》ふらむ　妹《いも》が門《かど》見む　靡《なび》けこの山

反歌二首

132 石見《いはみ》のや　高角山《たかつのやま》の　木《こ》の間《ま》より　我が振る袖を　妹見つらむか

133 笹《ささ》の葉は　み山もさやに　さやげども　我れは妹思ふ　別れ来《き》ぬれば

ょんぼりして私を偲《しの》んでいるであろう、その妻の門を見よう。靡《なび》け、この山よ。

「波こそ来寄れ」までが妻の住む里である角《つの》の海岸をほめた前奏、以下それを尻取式に承《う》けた主想で、公的な語り歌の様式を踏む。宮廷で披露した歌であろう。一四〇の妻の歌まで石見相聞歌としてまとまりがある。

◇角　島根県江津市都野津町あたりか。◇よしゑやし　「ゑ」「やし」は詠嘆の助詞。◇鯨魚《いさな》取り海辺《うみへ》を指して　「風こそ寄らめ」「波こそ来寄れ」に続く。「鯨魚取り」は「海」の枕詞。◇和田津　所在未詳。◇荒磯《ありそ》　ここは「沖つ荒磯」の意。海に岩石が出没する一帯。◇朝羽《あさは》振《ふ》る　「夕《ゆふ》羽振る」とともに、風や波の寄せるさまを羽を振るさまとして譬喩的にとらえた表現。以下四句、風波《かざなみ》が玉藻に寄るさまを対句で表わしたもの。◇波の共《むた》　以下三句で前奏部を承け継ぎ、「玉藻」を妻のイメージに転換してゆく。◇か寄りかく寄る　沖の磯に生えた藻が浜辺に向ってくねりゆれるさま。◇手本　手首。共寝の枕。◇露霜の　「置く」の枕詞。◇夏草の　「思ひ萎《しな》ゆ」の枕詞。夏の強い日ざしに萎《しお》れる意。◇妹が門　門に立つ妻を意識した語。

132 石見の、高角《たかつの》山の木の間から名残《なごり》を惜しんで私が振る袖を、妻は見てくれたであろうか。

◇石見のや　「や」は間投助詞。◇高角山　高い角の山の意で、妻の里一帯を見納める山をこう呼んだもの。

133 笹の葉はみ山全体にさやさやとそよいでいるけれども、私はただ一筋に妻を思う。別れて来てしまったので。

見納めの山を後にして妻は遂に人麻呂の心深くに住みこむ人となった。み山の神秘なそよめきも、妻への思いに凝集《ぎょうしゅう》された人麻呂の心を乱すことはできない。◇み山もさやにさやげども　笹の葉のそよぐ音と山の清々《すがすが》しさとを示して、山の神々《こうごう》しさを表わす。◇別れ来ぬれば　前歌の見納めの山での別れを承《う》けた表現。
一　人麻呂の歌に関する「或本」は『人麻呂集』か。
134　石見にある高角《たかつの》山の木の間から私が袖を振ったのを、妻は見たことであろうか。
一三二と比べると回想した歌いぶりになっている。
135　石見の海の唐の崎にある暗礁にも深海松《ふかみる》は生い茂っている、荒磯にも玉藻は生い茂っている。その玉藻のように私に寄り添い寝た妻を、その深海松のように深く深く思うけれど、共寝した夜はいくらもなく這う蔦の別れるように別れて来たので、心痛さに堪えられず、ますます悲しい思いにふけりながら振り返って見るけれど、渡《わたり》の山のもみじ葉が散り乱れて妻の振る袖もはっきりとは見えず、そして屋上《やかみ》の山の雲間を渡る月が名残惜しくも姿を隠して行くように、ついに妻の姿が見えなくなったその折しも、寂しく入日がさして来たので、ひとかどの男子だと思っていた私も、衣の袖は涙で濡れ通《とお》ってしまった。
見納めの山以前の、妻が視界から消える段階に立つ歌。前の歌群が述べなかった中途の心情を述べたもの。
◇つのさはふ　「石見」の枕詞。草の芽をさえぎる岩《いわ》

一或本の反歌に曰はく

134　石見にある　高角山の　木の間ゆも　我が袖振るを　妹見けむかも

135　つのさはふ　石見の海の　言《こと》さへく　唐《から》の崎なる　海石《いくり》にぞ　深海松《ふかみる》生《お》ふる　荒磯《ありそ》にぞ　玉藻は生ふる　玉藻なす　靡《なび》き寝し子を　深海松の　深めて思へど　さ寝し夜《よ》は　幾時《いくだ》もあらず　延《は》ふ蔦《つた》の　別れし来れば　肝向《きもむか》ふ　心を痛み　思ひつつ　かへり見すれど　大船《おほぶね》の　渡《わたり》の山の　黄葉《もみちば》の　散りの乱《まが》ひに　妹が袖　さやにも見えず　妻ごもる　屋上《やかみ》の（一には「室上《むろかみ》山《やま》」といふ）山の　雲間《くもま》より　渡らふ月の　惜しけども　隠《かく》らひ来れば　天伝《あまづた》ふ　入日《いりひ》さしぬれ　ますらをと

の意。以下「玉藻は生ふる」まで前奏部で、一三一の前奏部を下地にした表現。◇言《こと》さへく「唐」の枕詞。言葉が通じにくい意。「唐の崎」は江津市大崎鼻あたりか。◇深海松《ふかみる》の「玉藻なす」とともに前奏部を尻取式に承《う》けて転換の働きをなす。「深海松」は海中深く生える藻。◇延《は》ふ蔦《つた》の「別る」の枕詞。からみあった蔦がまた別れる意。夫婦の別れをいうのに適している。
◇肝向《きもむか》ふ「心」の枕詞。肝に対している心臓の意。
◇大船の「渡《わたり》」の枕詞。「渡の山」は歌の上では妻の姿の見える山だが所在未詳。◇さやにも見えず「惜しけども隠らひ来れば」に続く。◇妻ごもる「屋上《やかみ》」の枕詞。以下「渡らふ月の」までは実景による序。月に妻の姿を重ね合せた。「屋上の山」は、共寝した妻を強く連想させるため、異文に見える実在の「室上山《むろかみ》」(江津市浅利富士かという)を改めた虚構の山名か。
◇天伝《あまづた》ふ「入日」の枕詞。◇敷栲の「衣」の枕詞。

136 この青駒の歩みが速いので、雲居はるかに妻のあたりを通り過ぎて来てしまった〈妻のあたりは次第に見えなくなって来た〉。

反歌二首は長歌の末尾あたりを承けている。

137 秋山に散るもみじ葉よ、ほんのしばらくでもいいから散り乱れてくれるな。妻のあたりを見ようものを。

◇な散り乱《まが》ひそ「な」はしないように願う語。「そ」はその強め。異文とは語調の違いがあるだけ。

一 一三一〜一三三に対する或本の歌、の意。

思へる我れも　敷栲《しきたへ》の　衣《ころも》の袖は　通りて濡《ぬ》れぬ

反歌二首

136 青駒《あをこま》が　足掻《あが》きを速《はや》み　雲居《くもゐ》にぞ　妹《いも》があたりを　過ぎて来にける
一には「あたりは　隠《かく》り来にける」といふ

137 秋山に　散らふ黄葉《もみちば》　しましくは　な散り乱《まが》ひそ　妹があたり見む
一には「散りな乱ひそ」といふ

一或本の歌一首　幷《あは》せて短歌

138 石見《いはみ》の海《うみ》　津《つ》の浦《うら》をなみ　浦なしと　人こそ見らめ　潟《かた》なしと　人こそ見らめ　よしゑやし　浦はなくとも　よしゑ

やし　潟はなくとも　鯨魚《いさな》取り　海辺《うみへ》を指して　和田《にきた》津《づ》の荒磯《ありそ》の上《うへ》に　か青《あを》く生《お》ふる　玉藻《たまも》沖つ藻　明け来《く》れば　波こそ来寄《きよ》れ　夕《ゆふ》されば　風こそ来寄れ　波の共《むた》　か寄りかく寄る　玉藻なす　靡《なび》き我が寝し　敷栲《しきたへ》の　妹が手本《たもと》を　露霜《つゆしも》の　置きてし来《く》れば　この道の　八十《やそ》隈《くま》ごとに　万《よろづ》たび　かへり見すれど　いや遠《とほ》に　里離《さか》り来《き》ぬ　いや高《たか》に　山も越え来ぬ　はしきやし　我が妻の子が　夏草《なつくさ》の　思ひ萎《しな》えて　嘆くらむ　角《つの》の里見む　靡けこの山

反歌一首

139 石見の海　打歌《うつた》の山の　木《こ》の間《ま》より　我が振る袖を　妹見つらむか

138 石見の海、この海には船を泊める浦がないので、よい浦がないと人は見もしよう、が、たとえよい浦はなくても、よい潟がないと人は見もしよう、が、たとえよい潟はなくても、この海辺を目ざして、和田《にきた》津《づ》の荒磯のあたりに青々と生い茂る美しい沖の藻、その藻に、朝方になると波が寄って来る、夕方になると風が寄って来る。その風波《かざなみ》のまにまに寄り伏し寄り伏しする玉藻のように寄り添い寝た妻をあとに置いて来たので、この行く道の多くの曲り角ごとに幾度も振り返って見るけれど、いよいよ遠く妻の里を離れて来てしまった。いよいよ高く山も越えて来た。いとおしいわが妻が夏草のようにしょんぼりして嘆いているであろう、その角《つの》の里を見よう。靡《なび》け、この山よ。

この一三八～九がまず作られ、単独に披露されたらしい。のち続編を求められて、この歌群を改作した一三一の異文系統と一三四とに、一三五～七の異文系統を合せたものが生れ、再三の聴衆の求めに応じて、さらに手を加え、一三一～三と一三五～七との組が成ったらしい。一四〇参照。

◇敷栲の　ここは「手本」の枕詞。手首を枕にして寝るから。「敷栲」は寝具。◇妹が手本　共寝の観点から妻を捉《とら》えた表現。◇はしきやし　形容詞「愛《は》し」に感動の「やし」がついた形。◇妻の子　妻である子。

139 石見の海辺の打歌《うつた》の山の木の間から私が振る袖を、妻は見てくれたであろうか。

◇打歌の山　所在未詳。「高角山《たかつのやま》」の実の名らしいが、この名だと見納めの山の意は伝わらない。

右《一》は、歌《二》の躰《すがた》同じといへども、句々《三くく》相替《あひかは》れり。これに因《よ》りて重ねて載《の》す。

柿本朝臣人麻呂《かきのもとのあそみひとまろ》が妻依羅娘子《四よさみのをとめ》、人麻呂と相別るる歌一首

140 な思ひと　君は言へども　逢はむ時　いつと知りてか　我が恋ひずあらむ

挽《五ばん》歌《か》

後《六のち》の岡本《をかもと》の宮《みや》に天《あめ》の下知《したし》らしめす天皇《すめらみこと》の代《みよ》　天豊財重日足姫《七あめとよたからいかしひたらしひめの》天皇《すめらみこと》、譲位の後

一 一三八〜九に対する編者の注。 一三一〜三を念頭に置いたもの。 二 歌のさま。 三 語句があちこち違っている意。「相」は軽く添えた接頭語。

四 人麻呂の妻の一人。摂津・河内にまたがって「依羅」の郷があったことから、その地出身の、都の妻と見る説があるが、萬葉集では一三一の題詞に見える石見《いはみ》の妻と同一人とされている。一三四〜五参照。

140 そんなに思い悩まないでくれとあなたはおっしゃるけれど、今度お逢いできる日をいつと知って、恋い焦れないでいたらよいのでしょうか。

見納めの山（高角山《たかつの》）での抒情《じよじよう》から逆に妻が次第に見えなくなる時の抒情へと戻ってゆく人麻呂の構えに対応して、さらにその発端《ほったん》をなす別れぎわの心情を示す歌として組み合されたものらしい。合されたのは一三一〜三と一三五〜七との群ができた時で、聴衆の求めに応じた人麻呂の所作らしい。依羅娘子は、実際には人麻呂の石見妻《いはみづま》に扮してこの歌を誦詠した享受者の一人か。◇いつと知りてか 「か」は反語的疑問。三、四句には、夫を遠く都へ送る石見の妻らしい風貌がある。

五 「雑歌」「相聞」とともに、中国の『文選《もんぜん》』などに基づく。原義は柩《ひつぎ》を挽《ひ》く時の歌《うた》の意であるが、萬葉集では広く死を悲しむ歌の意に用いている。

六 斉明《さいめい》天皇の皇居。四八頁注一二参照。 七 三七代斉明天皇。孝徳天皇の姉、天智・天武両帝の母。

八 孝徳天皇の皇子。母は阿倍倉梯麻呂《あべのくらはしまろ》の娘小足媛《おたらしひめ》。斉明四年（六五八）冬、天皇、皇太子（天智）らが紀伊《き》

に、後の岡本の
宮に即《つ》きたまふ

八 有間皇子《ありまのみこ》、自《みづか》ら傷《いた》みて九 松が枝《え》を結ぶ歌二首

141 岩代《いはしろ》の　浜松が枝《え》を　引き結び　ま幸《さき》くあらば　また帰り
見む

142 家《いへ》なれば　笥《け》に盛《も》る飯《いひ》を　草枕　旅《たび》にしあれば　椎《しひ》の葉に
盛る

一〇 長忌寸意吉麻呂《ながのいみきおきまろ》、結び松を見て哀咽《かな》しぶる歌一首

143 岩代の　崖《きし》の松が枝　結びけむ　人は帰りて　また見けむ
かも

の牟婁《むろ》の湯（白浜）に赴いた間に、留守官蘇我赤兄《そがのあかえ》の誘いに乗って謀反を企てたが、当の赤兄に捕えられて十一月九日牟婁に護送された。皇太子の訊問に、皇子は「天と赤兄と知る。我れ全《もは》ら知らず」と答えたのみ。京に送られる途中の十一日、藤白坂（海南市）で絞殺された。年十九。歌は護送途上のもの。往路の歌であろう。　九 無事・安全を祈る呪《じゅ》的習俗の一つ。

141　ああ、私は今、岩代の浜松の枝を結んで行く、もし万一願いがかなって無事でいられたなら、またここに立ち帰ってこの松を見ることがあろう。

報いがないことを知りつつ松を結んだ歌。類想歌三八八。一〇参照。◇岩代　田辺湾をはさんで牟婁の湯を遠く望む地。◇引き結び　現在の情景を述べた中止法。「引く」は枝と枝とを引き寄せる意。

142　家にいたなら立派な器物《うつわもの》に盛ってお供えする飯なのに、いま旅の身である私は椎の葉に盛る。

運命の旅の精神的な苦しみを手向《たむけ》の仕草《しぐさ》に託して述べた歌。「家」と「旅」との対比は行路を嘆く歌の型。◇家なれば　家ではいつも、の意。習慣的事実をいう。◇盛る　盛って神に手向《たむけ》る、の意。◇草枕　「旅」の枕詞。

一〇 持統・文武朝の歌人。七四頁注五参照。

143　岩代の崖《がけ》の松の枝を結んだというそのお方は立ち帰って再びこの松を見られたことだろうか。

大宝元年（七〇一）の歌か。一六七三参照。以下、後人は有間皇子がこの松を再び見なかった形で歌っている。

144 岩代《いはしろ》の　野中《のなか》に立てる　結び松　心も解《と》けず　いにしへ思ほゆ
　一いまだ詳《つばひ》らかにあらず

二山上臣憶良《やまのうへのおみおくら》が追和《ついわ》の三歌一首

145 天翔《あまがけ》り　あり通《がよ》ひつつ　見らめども　人こそ知らね　松は知るらむ

四右の件《くだり》の歌どもは、五柩《ひつき》を挽《ひ》く時に作るところにあらずといへども六歌の意《こころ》を准擬《なずら》ふ。この故に挽歌の類に載す。

七大宝元年辛丑《かのとうし》に、紀伊《き》の国に幸《いでま》す時に、結び松を見る歌一首　八柿本朝臣人麻呂が歌集の中《うち》に出づ

144 岩代の野中に立っている結び松よ、お前の結び目のように、私の心はふさぎ結ぼおれて、昔のことがしきりに思われる。

類想歌二六六。

◇野中に立てる　崖《がけ》の上に続く野の側から結び松をとらえたもの。「野」は丘の上のなだらかな傾斜地。◇結び松　松の結び目を有間皇子のものと信じている。一四六参照。◇心も解けず　心を緒のようなものと考えての表現。「解く」は「結ぶ」と縁をなす。◇いにしへ　有間皇子事件のあった昔。四十年ほど前になる。

一 作者未詳、または前歌と同時の作か未詳の意か。
二 四六頁注一参照。
三 意吉麻呂《おきまろ》の歌に後に唱和した意。一四三だけに対している。憶良は大宝二年（七〇二）に渡唐したが、その前か後かは不明。

145 皇子《みこ》の御魂《みたま》は天空を飛び通いながら常にご覧になっておりましょうが、人にはそれがわからない、しかし松はちゃんと知っていることでしょう。

人知らずとも松は知ると述べて、皇子への理解と共感を示した点に、憶良らしさがある。

四 右五首の意。　五 葬儀の折に詠んだ歌ではないが、の意。　六 歌意を挽歌に準ずるものと認める、の意。
七 五四、一四三、一六六七と同じ行幸時の作らしい。一四六は後の編者が追補したもの。　八 萬葉集編纂の資料となった私家集の一つ。主に巻七、九、十、十一、十二に採られ、表記上二群にわけられるが、人麻呂自身の編纂らしい。

146　のちに見ようと皇子《みこ》が痛ましくも結んでおかれたこの松の梢を、再び見ることがあろうか。

何度でも来て皇子を偲《しの》びたいが、皇子同様、もう見られないかもしれないことを嘆いた歌。

◇小松　「小」は接頭語。背の低いの意ではない。二参照。◇またも見むかも　亡き皇子になり代ったかのように、その形見の松を見る心の痛みを述べた表現。「かも」は疑問的詠嘆。

九　三八代天智天皇の皇居。九三頁注二一参照。

一〇　天皇の御病気。「天智紀」十年（六七一）九月の条に「天皇寝疾不予《みやまひ》したまふ」、十月十七日の条に「天皇疾病弥留《みやまひおも》し」とある。一一　倭姫王《やまとひめのおおきみ》。天智七年（六六八）立后。天智の異母兄で天智に滅ぼされた古人大兄皇子《ふるひとのおおえのみこ》の娘。生没年未詳。天皇との間に子はなかった。以下、天智天皇の死をめぐる歌は萬葉初出の純粋な挽歌であるが、作者のすべてが後宮の女性である。

147　天の原を振り仰いではるかに見やりますと、大君の御命はとこしえに長く天空いっぱいに充ち足りていらせられます。

無窮《むきゆう》の天空を仰ぎ見て聖寿《せいじゆ》の長久を予祝した呪歌《じゆか》。

◇天の原　空を広大で神聖な領域としてとらえた語。上二句は空を振り仰いで予祝する儀礼の行為を反映しているか。

一二　しばしば引かれる「或本」とは別の本と見えるが、由来不明。一三　危篤におちいられた時に。

146　後見《のち》むと　君が結べる　岩代の　小松《こまつ》がうれを　またも見むかも

九近江《あふみ》の大津《おほつ》の宮《みや》に天の下知らしめす天皇の代　天命開別天皇《あめみことひらかすわけのすめらみこと》、諡《おくりな》して天智天皇といふ

天皇聖躬《一〇》《せいきゆうふよ》不予の時に、一一大后《おほきさき》の奉《たてまつ》る御歌一首

147　天の原《あまのはら》　振り放《さ》け見れば　大君《おほきみ》の　御寿《みいのち》は長く　天足《あまた》らしたり

一二一書に曰はく、近江天皇聖躰不予《あふみのすめらみことせいたいふよ》、一三御病急《には》かなる時に、大后の奉献《たてまつ》る御歌一首

148　木幡の山の上を御《み》魂《たま》が行き来しておられるのが目には見えるが、わが君に、じかにはお逢いすることができない。
題詞には危篤の時の歌とあるが、天皇崩後、山科《やましな》に殯《あらき》宮《のみや》を営んだ折の歌らしい。
◇青旗の　「木幡」の枕詞。青旗の立ち並ぶように樹木の茂る意。葬旗を意識して用いたか。同音反復の効果もある。◇木幡　宇治市北部。山科御陵とは八キロほどの距離がある。
一　天智十年（六七一）十二月三日崩御。年四十六（『書紀』）。五十三・五十七とも。＝　一一七頁注一一参照。

149　他人《ひと》はたとえ悲しみを忘れようとも、私には大君の面影がちらついて忘れることができない。
◇思い息《や》む　思いが休《やす》む、思わなくなる意。◇玉葛「影」の枕詞。玉葛《たまかずら》で作った冠《かげ》の意でかかる。
≡　後宮の宮人《みやひと》の一人。女嬬《めのわらわ》か釆女《うねめ》であろう。

150　この世に生きる者は、神上《かむあが》りなさった大君のお伴をすることはできないものだから、こうして離れてじっと朝から嘆きつつお慕い申しているわが大君、こうしてお側《そば》から離れてじっとお慕い申しているわが大君、もし大君が玉だったらいつも手に巻きつけて持っていよう、また衣だったら脱ぐ時もなくいつも身につけていようと、いつもいつも恋い焦れているわが大君が、昨夜、夢の中にはっきりと見えました。
夢に現われることは一種の復活だったのであろう。魂《たま》呼《よ》ばいのための夢占いの結果であったか。

148
青旗《あをはた》の　木幡《こはた》の上《うへ》を　通ふとは　目には見れども　直《ただ》に逢はぬかも

天皇の[一]崩《かむあが》りましし後の時に、[二]倭大后《やまとのおほきさき》の作らす歌一首

149
人はよし　思ひ息《や》むとも　玉葛《たまかづら》　影に見えつつ　忘らえぬかも

天皇の崩りましし時に、[三]婦人《をみなめ》が作る歌一首　姓氏いまだ詳《つばひ》らかにあらず

150
うつせみし　神に堪《あ》へねば　離《はな》れ居て　朝《あさ》嘆く君　放《さか》り居て
我が恋ふる君　玉ならば　手に巻き持ちて　衣《きぬ》なら
ば　脱《ぬ》く時もなく　我が恋ふる　君ぞきその夜《よ》　夢《いめ》に見え

◇神に堪《あ》へねば　神とは張り合えないので、の意。

四　天皇の殯。「大」は尊称。「殯」は「新城《あらき》」で、本葬までの間遺骸を安置し、その間在《いま》すがごとく奉仕し、歌舞奏楽などが行われた。死者の復活を願う魂《たま》呼ばいを行う習俗から出たものだが、萬葉時代にはほとんど擬制と化している。大化二年（六四六）、王以下の殯は禁止された。「天智紀」十年十二月十一日の条に「新宮《にひみや》に殯《ひん》す」とある。天智天皇の殯は山科御陵の地に置かれたらしい。以下一五五まで、その折の歌。

151　こうなるであろうとあらかじめ知っていたなら、大君の御船が泊《は》てた港に標縄《しめなわ》を張りめぐらして、悪霊が入らないようにするのだったのに。

志賀の都は琵琶湖畔にあったので、崩御が港から侵入した悪霊によるものと見て嘆いた歌。

◇標　ここは領有するための標識。この種の標は外部から悪霊が入ることを拒否するためにつけられた。

五　四七頁注一三参照。

152　わが大君の御船が着くのを今も待ち焦れていることであろうか。志賀の唐崎は。

額田王の歌を承《う》けて、港は天皇の愛された唐崎であると見、唐崎はそれとも知らずにいることを嘆いた歌。

◇唐崎　大津市下坂本町唐崎。三〇参照。

六　伝未詳。舎人を氏とする女官か。四九二参照。

153　近江の海を、沖辺はるかに漕ぎくる船よ、岸辺に沿うて漕ぎくる船よ、沖の櫂もやたらに撥ねるな、岸の櫂もやたらに撥ねるな。わが夫《つま》の思いの籠《こも》

つる

天皇の大殯《おほあらき》の時の歌二首

151
かからむと　かねて知りせば　大御船《おほみふね》　泊《は》てし泊《とま》りに　標《しめ》結《ゆ》はましを　額田王

152
やすみしし　我ご大君《おほきみ》の　大御船　待ちか恋ふらむ　志賀《しが》の唐崎《からさき》　舎人吉年《とねりのえとし》

大后《おほきさき》の御歌一首

153
鯨魚《いさな》取り　近江《あふみ》の海を　沖放《おきさ》けて　漕ぎ来る船　辺付《へつ》きて　漕ぎ来る船　沖つ櫂《かい》　いたくな撥《は》ねそ　辺つ櫂《かい》　いたくな

る鳥、夫の御魂《みたま》の鳥が驚いて飛び立ってしまうから。
湖に遊ぶ天皇遺愛の鳥を、夫の霊魂の象徴、つまり夫そのものと見て悲しみを述べた歌。結びの三句は、五・三・七音止めで古歌の形。一、一三、一七参照。◇鯨魚《いさな》取り「海」の枕詞。◇沖放《おきさ》けて漕ぎ来る船「漕ぎ来る」は船の漕ぎ進むさまを作者の意識に引きつけて言ったもの。「沖」と「辺」は対で、すべての船を示す。◇櫂《かい》 船を漕ぐ具。大型の船に固定して用いる「かぢ」に対して小型用。◇若草の 枕詞。「夫」を新鮮な若草に譬《たと》えた。普通「妻」にかかる。

一 伝未詳。「夫人」は天皇妻妾の第二位。

154 楽浪《ささなみ》の御山の番人は、誰のために山に標縄《しめなわ》を張りめぐらすのか。領有し給う大君も、もはやいらっしゃらないのに。

額田王の一五一を心の底に置いた歌。◇楽浪 大津宮あたりを広くさした地名。二九参照。◇大山守 天皇の御料地である山の番人。

二 天智天皇陵。京都市山科区にある。 三 殯宮儀礼を終って大宮人たちが退出する時に。

155 わが大君の、恐れ多い御陵を営みまつる山科の鏡の山に、夜は夜通し、昼は日ねもす、声をあげて哭《な》きつづけているが、このまま、大宮人は散り散りに別れて行かなければならないのであろうか。

殯宮儀礼最後の場面で、大宮人全体の心情を汲みながら名残を惜しんだ歌。

◇畏きや 「や」は間投助詞。◇鏡の山 山科御陵《やましなごりょう》の

撥《は》ねそ 若草の 夫《つま》の 思ふ鳥立つ

石川夫人《いしかはのぶにん》が歌一首 一

154
楽浪《ささなみ》の 大山守《おほやまもり》は 誰《た》がために 山に標結《しめゆ》ふ 君もあらなくに

山科《やましな》の御陵《みはか》より退《まか》り散《あら》くる時に額田王が作る歌一首 二 三

155
やすみしし 我ご大君《おほきみ》の 畏《かしこ》きや 御陵仕ふる 山科の
鏡《かがみ》の山に 夜《よる》はも 夜《よ》のことごと 昼はも 日のことご
と 哭《ね》のみを 泣きつつありてや ももしきの 大宮人《おほみやひと》
は 行き別れなむ

明日香《あすか》の清御原《きよみはら》の宮《みや》に天の下知らしめす天皇の代[四]

天渟中原瀛《あまのぬなはらおきの》真人天皇《まひとのすめらみこと》、
諡《おくりな》して天武
天皇といふ

十市皇女《とをちのひめみこ》[五]の薨《こう》ぜし時に、高市皇子尊《たけちのみこのみこと》[六]の作らす歌三首

156 みもろの　神《かみ》の神杉《かむすぎ》　已具耳矣自得見監乍共　寐《い》ねぬ夜《よ》ぞ
多き

157 三輪山《みわやま》の　山辺真麻木綿《やまへまそゆふ》　短木綿《みじかゆふ》　かくのみからに　長く
と思ひき

158 山吹《やまぶき》の　立ちよそひたる　山清水《やましみづ》　汲《く》みに行かめど　道の
知らなく

北の山という。◇夜はも…　古い殯宮儀礼として、棺《ひつぎ》（骸《なきがら》）のまわりを身を傷《いた》めつけながら匍匐《ほふく》し、八日八夜泣きつづける習俗があった。この儀礼などについて大化年間に禁令が出たが、以下六句はこの殯宮儀礼を投影していよう。◇ももしきの　「大宮人」の枕詞。

四　四〇代天武天皇の皇居。奈良県明日香村。

五　五六頁注六参照。天武七年（六七八）四月七日急死。時に三十歳前後。　六　一〇二頁注二参照。この時二十五歳。

156　大三輪の神のしるしの神々《こうごう》しい杉　已具耳矣自得見監乍共　いたずらに眠れぬ夜が続く。

三、四句、「夢《いめ》にだに見むとすれども」ほか多数の試訓があるが、どれも確かではない。

157　三輪の山の麓《ふもと》に祭る真白な麻木綿《あさゆう》、その短い木綿、こんな短いお命であったのに、私は末長くと念じていたことだった。

◇真麻木綿　「木綿」は麻や楮《こうぞ》の繊維で、ここは、それを垂《しで》として榊《さかき》につけたものか。◇短木綿　上三句は皇女の命の短いことを寓した序。

158　黄色い山吹が咲き匂っている山の清水を汲みに行きたいが、どう行っていいのかまったく道がわからない。

黄泉《よみ》の国まで逢いに行きたいという歌。山吹に「黄泉」の「黄」を、山清水に「泉」をにおわす。以上の歌によって二人を夫婦であったと見る説がある。◇立ちよそひたる　「よそふ」は整える、飾る。

一紀には「七年戊寅《つちのえとら》の夏の四月丁亥《ひのとゐ》の朔《つきたち》の二癸巳《みづのとみ》に、十《とを》市皇女《ちのひめみこ》、三にはかに病発《やまひおこ》りて宮の中《うち》に薨《こう》ず」といふ。

四天皇の崩《かむあが》りましし時に、五大后《おほきさき》の作らす歌一首

159 やすみしし 我が大君《おほきみ》し 夕《ゆふ》されば 見《め》したまふらし 明け来《く》れば 問《と》ひたまふらし 神岳《かみをか》の 山の黄葉《もみち》を 今日《けふ》もかも 問ひたまはまし 明日《あす》もかも 見《め》したまはまし その山を 振《ふ》り放《さ》け見つつ 夕されば あやに悲しみ 明け来れば うらさび暮らし 荒栲《あらたへ》の 衣《ころも》の袖は 干《ふ》る時もなし

一書に曰《い》はく、天皇の崩りましし時の六太上天皇《おほきすめらみこと》の御製歌二首

一「天武紀」。二 七日。三 倉梯川《くらはし》で天神地祇《ちぎ》を祭るため、天皇が宮中を出ようとした時に他界した。四 天武天皇。朱鳥《あかみとり》元年（六八六）九月九日崩御。年五十六とも六十五ともいう。五 後の持統天皇。

159 わが大君は、夕方になるときっとご覧になっている。明方《あけがた》になるときっとお尋ねになっている。その神岡の山の黄葉を、今日もお尋ねになることであろうか。明日もご覧になることであろうか。その山をはるかに見やりながら、夕方になるとむしょうに心悲しく思い、明方になるとただ心寂しく時をすごして、粗《あら》い喪服の袖は乾く時もない。

殯宮《あらきのみや》の期間中の歌であろう。天武天皇の殯宮の礼は二年三カ月続けられた。

◇我が大君し 「し」は強意の助詞。ここは「らし」と対応している。◇夕されば 以下四句は亡き天皇がいつも「見《め》し」「問ふ」ものと見た表現。◇神岳 橘《たちばな》寺《でら》の南東にあるミハ山か。◇振り放け見つつ 空を振り仰いで魂《たま》呼ばいをする儀礼を反映した表現か。一四七参照。◇荒栲の衣 藤や葛《くず》で織った粗い衣服。

六 持統天皇。文武天皇に譲位して後の称。

160 燃えさかる火さえも手に取って袋に包み入れるというではないか。智男雲。

◇燃ゆる火も 以下四句、このような方術が当時あったのであろう。◇智男雲 定訓がない。

161 北山にたなびく雲、その青い雲が、ああ星を離れて行き、月からも離れて行ってしまって…。

160 燃ゆる火も　取りて包みて　袋《ふくろ》には　入《い》ると言はずやも
智男雲

161 北山《きたやま》に　たなびく雲の　青雲《あをくも》の　星離《はな》れ行き　月を離れて

七天皇の崩りましし後の八年九月九日の八奉為《おほみため》の御斎会《ごさいゑ》の夜《よ》に、九夢《いめ》の裏《うち》に習ひたまふ御歌一首　一〇古歌集の中《うち》に出づ

162 明日香《あすか》の　清御原《きよみはら》の宮に　天の下　知らしめしし　やすみしし　我が大君　高照らす　日の御子《みこ》　いかさまに　思ほしめせか　神風《かむかぜ》の　伊勢《いせ》の国は　沖つ藻も　靡《な》みたる波に　潮気《しほけ》のみ　香《かを》れる国に　味凝《うまこ》り　あやにともしき　高照らす　日の御子

「青雲」を天皇にたとえ、皇后たちを残して亡くなってしまった悲しみを述べた歌。当時の天文学の知識を踏まえた歌か。天武・持統とも天文暦法に熱心で、それを制度化した天皇として名高い。
◇北山　香具山らしい。天皇は常に北に座して南面するという思想を反映してこう言った。◇青雲　青い雲。別世界に神上った天武を畏敬する心があるか。

七　天武崩御八年後、持統七年（六九三）九月九日。
八　天皇ご冥福のために僧尼を集めて読経し供養する法会《ほうえ》。九　持統天皇が夢の中で詠み覚えた歌。夢は魂《たま》鎮《しず》めのための夢占いであろう。一〇　九一頁注三参照。

162　明日香の清御原の宮にあまねく天下を支配せられたわが大君、高く天上を照らし給うわが天《すめら》皇《みこと》よ、大君はどのように思し召されて、神風の吹く伊勢の国は、沖の藻も靡《なび》いている波の上に潮の香ばかりがけぶっている国、そんな国においであそばすのか…。ただただお慕わしいわが大君よ。
冒頭数句は散文的、以下和歌の口調。「香れる国に」の下に省略がある。夢中の歌にふさわしい。
◇高照らす　「日の御子」（ここは天武）の枕詞。◇いかさまに思ほしめせか　挽歌特有のくどき文句。◇神風の　「伊勢」の枕詞。天武天皇は伊勢神宮の加護によって壬申《じんしん》の乱を有利に導いたという（『書紀』）。史実のうえでも伊勢神宮が皇祖神として定着したのは天武朝だといわれている。◇味凝り　「あやにともしき」の枕詞。語義未詳。

一 持統・文武朝の皇居。九八頁注二参照。
二 九九頁注四参照。 三 大津の同母姉。天武三年(六七四)、十四歳で伊勢斎宮《さいぐう》となり、朱鳥《あかみとり》元年(六八六)十一月十六日帰京。時に二十六歳。一〇五～六参照。
四 八三頁注六参照。斎宮の制度が確立したのは天武朝で、大伯皇女は最初に斎王となった皇女であるといわれる。

163 荒い風の吹く神の国伊勢にいた方がむしろよかったのに、どうして大和などに帰って来たのであろう。弟ももうこの世にいないのに。
弟のいない大和に帰るくらいなら、伊勢の斎宮としての孤独な生活をしていた方がまだましだという歌。
◇神風の　ここは、伊勢の神に仕える斎宮であったことを念頭に置いて用いた枕詞。

164 逢いたいと私が思う弟もいないのに、どうして大和などに帰って来たのであろう。いたずらに馬が疲れるだけだったのに。
以上二首、沈痛な一〇五～六の歌から五十余日後の抒情。大津の屍《しかばね》はまだ残されていた。次歌参照。
◇見まく欲り我がする　「我が見まく欲りする」に同じ。「見まく」は「見む」のク語法。「欲りする」は欲する。◇馬疲るるに　作者の旅による身心の疲れをもこめている。
一藤原《ふぢはら》の宮《みや》に天の下知らしめす天皇の代
高天原広野姫天皇《たかまのはらひろのひめのすめらみこと》、天皇の元年丁亥《ひのとゐ》の十一年に、位を軽太子《かるのひつぎのみこ》に譲り、尊号を太上天皇《おほきすめらみこと》といふ

二大津皇子《おほつのみこ》の薨《こう》ぜし後に、三大伯皇女《おほくのひめみこ》、伊勢《いせ》の四斎宮《いつきのみや》より
京に上る時に作らす歌二首

163 神風《かむかぜ》の　伊勢の国にも　あらましを　何《なに》しか来けむ　君も
あらなくに

164 見まく欲《ほ》り　我がする君も　あらなくに　何しか来けむ
馬疲るるに

大津皇子の屍《しかばね》を葛城《かつらき》の二上山《ふたかみやま》[五]に移し[六]葬《はぶ》る時に、大伯皇女の哀傷《かな》しびて作らす歌二首

165 うつそみの　人にある我れや　明日《あす》よりは　二上山を　弟《いろ》背《せ》と我れ見む

166 磯《いそ》の上《うへ》に　生《お》ふる馬酔木《あしび》を　手折《たを》らめど　見《み》すべき君が　在りと言はなくに

[七]右の一首は、今案《かむが》ふるに、移し葬る歌に似ず。けだし疑はくは、伊勢の神宮《かむみや》より京に還る時に、路《みち》の上《へ》に花を見て感傷哀咽《かんしやうあいえつ》してこの歌を作るか。

日並皇子尊《ひなみしのみこのみこと》[八]の殯宮《あらきのみや》[九]の時に、柿本朝臣人麻呂が作る歌

五 葛城連峰の山。奈良県北葛城郡当麻《たいま》町の西の山。雌雄二峰に分れ、雄岳《おだけ》の頂上には今も大津皇子の墓がある。 六 殯宮《あらきのみや》から墓地に移し葬った時に。罪人大津に殯宮の礼が許されたのは祟《たた》りを恐れたためか。

165 現世の人であるこの私、明日からは二上山を弟としてずっと私は見つづけよう。

葬った直後の心境であろう。皇女はこの十五年後の大宝元年（七〇一）十一月、四十一歳で他界した。◇うつそみの人にある我れや　三人称的発想でとらえて「我れ」を深く認識した表現。そのために生と死の対比が鮮明になり、しめやかな諦念の中に、弟の守役としての生への意欲が漂う。「うつそみ」は「うつせみ」に同じ。「や」は詠嘆。◇弟背《いろせ》　「いろ」は同母を示す語。「背」は男を親しんでいう語。

166 岩のほとりに生えているあしびを手折《たお》ろうとはしてみるけれど、これを見せたい弟がこの世にいるとは、誰も言ってくれないではないか。

葬って帰る途上、もしくは帰宅後の心境であろう。◇磯　池や川などの磯。◇在りと言はなくに　当時、死者に逢ったことを述べて縁者を慰める習慣があった（二一〇、三三〇三）。これを踏まえた表現。罪人について生きていると言ってくれる者はいなかったのである。

七 以下何かの錯覚による後の編者の注。あしびは春の花で、大伯皇女が帰京した冬とは季節が合わない。

八 皇太子草壁。父は天武、母は持統。持統三年（六八九）四月十三日没。年二十八。 九 一一九頁注四参照。

167　天と地とが初めて開けた時のこと、天の河原にたくさんの神々がお集まりになってそれぞれ領分をお分けになった時に、天照らす日女《ひるめ》の神は天上を治められることになり、一方葦原の瑞穂の国を天と地の寄り合う果てまでもお治めになる貴い神として幾重にも重なる天雲をかき別《わ》けて神々がお下しになられた日の神の御子わが天武天皇は、明日香の清御原の宮に神のままにご統治になり、そして、この国は代々の天皇が治められるべき国であるとして天の原の岩戸を開いて神のままに天上に上ってしまわれた。われらが大君日並皇子の尊《みこと》が天下をお治めになったなら、春の花のようにめでたいことであろう、満月のように欠けることがないであろうと、天下の人々みんなが大船に乗ったように心安らかに思い、天の恵みの雨を仰いで待つように待ち望んでいたのに、何と思し召されてか、ゆかりもない真弓の岡に宮柱を太く立てられ、御殿を高く営まれて、朝のお言葉もおかけになることがない、そんな月日が積り積ってしまったので、それがために皇子の宮人たちはただただ途方に暮れている。

年代の知られる人麻呂の最初の歌。殯宮の最終的段階における遺族たちの供養の席上で誦詠《しょうえい》されたものと察せられる。殯宮の期間はほぼ一年であったらしい。

◇神集《かむつど》ひ　「神」は下に続く物事や動作が神に属することを示す接頭語的語法。下の「神分ち」「神下し」「神上り」も同じ用法。◇天照《あま》らす日女《ひるめ》の命　天照大《あまてらすおお》神《みかみ》。「日女」は日の女神。◇葦原の瑞穂の国　葦の茂

一首　幷《あは》せて短歌

167
天地《あめつち》の　初めの時　ひさかたの　天《あま》の河原《かはら》に　八百万《やほよろづ》　千《ち》万神《よろづかみ》の　神集《かむつど》ひ　集ひいまして　神分《かむわか》ち　分ちし時に　天《あま》照らす　日女《ひるめ》の命《みこと》　一には「さしのぼる日女の命」といふ　天《あめ》をば　知らしめすと　葦原《あしはら》の　瑞穂《みづほ》の国を　天地の　寄り合ひの極《きは》み　知らしめす　神の命《みこと》と　天雲《あまくも》の　八重《やへ》かき別《わ》けて　一には「天雲の八重《やへ》雲別《くもわ》けて」といふ　神下《かむくだ》し　いませまつりし　高照らす　日の御子《みこ》は　明日香《あすか》の　清《きよみ》の宮に　神《かむ》ながら　太敷《ふとし》きまして　すめろきの　敷きます国と　天《あま》の原　岩戸《いはと》を開き　神上《かむあが》り　上りいましぬ　一には「神登りいましにしかば」といふ　我が大君《おほきみ》　皇子《みこ》の命《みこと》の　天《あめ》の下《した》　知らしめしせば　春花《はるはな》の　貴《たふと》くあらむと　望月《もちづき》の　満《たた》はしけむと　天の下　一には「食《を》す国」といふ　四方《よも》の人の　大船《おほぶね》の　思ひ

る原で、天神《あまつかみ》の統治によって五穀が稔《みの》る地上の国。日本国の異称。◇いませまつりし 「まつり」は日の御子を八百万神《やおよろずのかみ》より高く見た語。◇高照らす日の御子 天孫降臨神話を裏打ちにした表現。天武天皇に邇邇芸命《ににぎのみこと》を重ね合せて讃美した。◇太敷きまして 原義は御殿をしっかり立てる意。◇すめろき 天皇を皇統譜の観点からとらえた語。この歌の意識では天武を神とし、以後をすめろきと見ている。◇上りいましぬ ここまで、草壁皇子に対する哀悼の意を強調するための前置き。◇食《を》す国 お治めになる国、国中の意。◇いかさまに思ほしめせか くどき文句。意味的に「御言問はさぬ」あたりにまでかかわる。◇つれもなき 挽歌の常用語。以下「数多《まね》くなりぬれ」まで、殯宮に籠《こも》って月日の重なったことを述べる。◇真弓 近鉄飛鳥駅の西、佐田の地。◇さす竹の 「宮」の枕詞。芽のさし出る竹のような、の意か。◇知らにす わからないでいる。「に」は打消の助動詞「ぬ」の連用形。

168 天空を望み見るように仰ぎ見た皇子の宮殿の、やがて荒れてゆくであろうことの悲しさよ。

169 天つ日は照り輝いているけれども、夜空を渡る月の隠れて見えぬことの悲しさよ。

初句の枕詞が全体に深く響き、哀傷を切実にしている。日に並ぶ皇子草壁の死を月の隠れて見えぬことに譬《たと》えて嘆いた歌。日と夜の枕詞の対比がよく効《き》いている。

一 一六八～九の反歌二首をさす。 二 高市皇子《たけちのみこ》。 三 反歌。

頼みて　天《あま》つ水　仰ぎて待つに　いかさまに　思ほしめせか　つれもなき　真弓《まゆみ》の岡に　宮柱《みやばしら》　太敷《ふとし》きいまし　みあらかを　高知りまして　朝言《あさこと》に　御言《みこと》問はさぬ　日月《ひつき》の　数多《まね》くなりぬれ　そこ故《ゆゑ》に　皇子《みこ》の宮人《みやひと》　ゆくへ知らずも

一には「さす竹の　皇子の宮人　ゆくへ知らにす」といふ

反歌二首

168 ひさかたの　天《あめ》見るごとく　仰ぎ見し　皇子の御門《みかど》の　荒れまく惜しも

169 あかねさす　日は照らせれど　ぬばたまの　夜《よ》渡る月の　隠《かく》らく惜しも

或本には、件《くだり》[一]の歌をもちて、後《のち》[二]の皇子尊《みこのみこと》の殯宮《あらきのみや》の時の歌の反[三]とす

或本の歌一首

170 島の宮　まがりの池の　放《はな》ち鳥《どり》　人目《ひとめ》に恋ひて　池に潜《かづ》かず

皇子尊《みこのみこと》の宮の舎人《とねり》等、慟傷《かな》しびて作る歌二十三首

171 高光《たかひか》る　我が日の御子《みこ》の　万代《よろづよ》に　国知らさまし　島の宮はも

172 島の宮　上《かみ》の池なる　放ち鳥　荒《あら》びな行きそ　君座《ま》さずとも

一 この歌は、次に続く舎人らの二十三首を導く歌として殯宮《あらきのみや》早々に詠まれるとともに、殯宮最終段階での歌である一六七異文の反歌としても利用されたらしい。

170 島の宮のまがりの池の放ち鳥も、人目を恋い慕って池にもぐろうともしないでいる。

放ち鳥に、人麻呂および宮人たちの心象を見た歌。

◇島の宮　草壁皇子生前の宮殿。もと蘇我氏の邸宅。後に舒明《じよめい》皇統の離宮となる。島之庄石舞台古墳あたりか。橘寺の東、飛鳥川西岸の傾斜地ともいう。◇まがりの池　島の宮の池の名。曲っていたのであろう。池は傾斜地にいくつもあったらしい。一七三参照。◇放ち鳥　風切羽《かざきりばね》を切って放ち飼いにした鳥。鴨《かも》であろう。遺愛の鳥を皇子の霊魂とも見ている。一五三参照。

二 草壁皇子。この題詞は一六七～九の題を承《う》ける。ただし以下二十三首は一六七～九より先に詠まれたもの。

三 天皇・皇族などに近侍する下級官人。

171 輝くわが日の御子《みこ》が、万代《よろずよ》かけて国土を治められるはずであった島の宮なのに、ああ。

◇高光る　「日の御子」の枕詞。◇島の宮はも　「はも」は眼前にないものを偲《しの》ぶ場合に用いる終助詞。国土を永久に治める島の宮はもはや眼前にないのである。

172 島の宮の上の池にいる放ち鳥よ、つれなくここを見捨ててゆかないでおくれ。あるじの君がおいでにならなくても。

主に一七〇を承けて詠んだ歌。

◇上の池　島の宮に段をなしていくつか池のあったこ

とが知られる。

173　輝くわが日の御子がこの世においでだったら、島の御殿は荒れずにあったであろうに。

主に一七一を承けて詠んだ歌。以上四首は島の宮でのもので、一組をなすと認められる。

◇荒れずあらましを　この「荒る」は急激に閑散になったことをいう。「まし」は仮想の助動詞。

174　今まで何のゆかりもない所と見てきた真弓の岡なのに、今はわが皇子がおいでになるので、永遠の御殿としてお仕えしているのだ。

以下四首は真弓の殯宮での作で、一まとまりをなす。

◇真弓の岡　島の宮から西へ、野口・檜前《ひのくま》などを通って二・五キロばかりの地。ここに草壁の殯宮が設けられ、陵墓が営まれた。◇常つ御門　皇子が永遠にこもる御殿の意。

175　こんなことになると、夢にさえ見はしなかったのに、心も晴れやらずに宮に出仕するのか。檜《ひの》前《くま》の道を通って。

◇おほほしく　霧などにさえぎられて形のはっきりしないさま。ここは心の晴れぬさま。◇宮出　殯宮に出仕する意。◇さ檜の隈み　明日香の檜前《ひのくま》。真弓の東隣り。「さ」は接頭語。「み」はまわり、あたりの意。

176　天地とともに永遠に、と思いつつわが君にお仕え申していたが、その志も無になってしまった。

◇天地とともに終へむと　終るはずのない天地とともにわれらの奉仕も終えようと、の意。

173　高光る　我が日の御子の　いましせば　島の御門《みかど》は　荒れずあらましを

174　外《よそ》に見し　真弓の岡も　君座《ま》せば　常《とこ》つ御門と　侍宿《とのゐ》するかも

175　夢《いめ》にだに　見ずありしものを　おほほしく　宮出《みやで》もするか　さ檜《ひ》の隈《くま》みを

176　天地《あめつち》と　ともに終へむと　思ひつつ　仕へまつりし　心違《たが》ひぬ

177　朝日の照る佐田の岡辺に一緒に侍宿《とのい》しながら、われらが泣く涙はやむ時もない。

◇朝日照る　夜の殯宮儀礼に従った舎人たちが朝を迎えた瞬間の実感から生れた表現。一六九、一九二も同じ。◇佐田の岡辺　今は高取町に属するが、当時は真弓の一部の名であったらしい。今も草壁皇子の陵がある。◇群れ居つつ　群がり坐っていて。

178　皇子がよくお立ちになったお庭を見ていると、雨水が流れ出すように流れる涙は、とめようもない。

この歌以下四首、また島の宮での歌となる。◇み立たし　「立つ」の敬語の名詞形に接頭語「み」のついたもの。◇島　池や築山のある庭園。島の宮の名もここに由来する。◇にはたづみ　「流る」の枕詞。夕立などで庭に溜って激しく流れ出す水。

179　橘の島の宮では物足りないとて、われらはあの佐田の岡辺にまで侍宿《とのい》しに行くというのか。

島の宮への愛着を逆説的に述べた歌。

◇橘　地名。島之庄から橘寺にかけての一帯。◇飽かねかも　「飽かねばかも」の意で、結句にかかる。「か」は疑問、「も」は詠嘆の助詞。

180　皇子がよくお立ちになったお庭をわが家として住む鳥も、ここを見捨てないでおくれ。せめて年がかわるまで。

◇年かはるまで　「年かはる」は翌年になることをいうが、ここは年を越して一周忌が明けるまで、の意。

177
朝日照る　佐田《さだ》の岡辺《をかへ》に　群れ居《ゐ》つつ　我が泣く涙《なみた》　やむ時もなし

178
み立たしの　島を見る時　にはたづみ　流るる涙　止《と》めぞかねつる

179
橘《たちばな》の　島の宮には　飽《あ》かねかも　佐田の岡辺に　侍宿《とのゐ》しに行く

180
み立たしの　島をも家と　住む鳥も　荒《あら》びな行きそ　年かはるまで

181 み立たしの　島の荒磯《ありそ》を　今見れば　生《お》ひずありし草　生
ひにけるかも

182 鳥座《とぐら》立て　飼ひし雁《かり》の子　巣立《すだ》ちなば　真弓の岡に　飛び
帰り来《こ》ね

183 我が御門《みかど》　千代《ちよ》とことばに　栄えむと　思ひてありし　我
れし悲しも

184 東《ひむがし》の　たぎの御門に　侍《さもら》へど　昨日《きのふ》も今日《けふ》も　召す言《こと》も
なし

181　皇子がよくお立ちになったお庭の池の荒磯を、立ち帰って今また見ると、前には生えていなかった草が、あたりいっぱいに生い茂っている。

以上四首には一七〇～三に対して時の移りが見られる。皇子が薨《こう》じた年の、夏も終り頃の歌か。

◇荒磯　石組でできた池のほとり。◇今見れば　真弓の方へ行っていてしばらく見なかった感慨を表わす。

182　鳥小屋をこしらえて飼っていた島の宮の雁《かり》の子よ、巣立ったならば、この真弓の岡に飛び帰って来ておくれ。

この歌以下二首、再び真弓での歌となる。

◇飛び帰り来ね　「帰る」は本来あるべき所へもどる意。皇子の座所が真弓に移ってしまったためにこう言った。「ね」は希求の助詞。

183　わが皇子の御殿は千代万代に栄えるであろう、と思っていたこの自分が悲しい。

一七六と同じ発想の歌。真弓にあって島の宮を思いながら詠んだ歌であろう。

◇我が御門　自分たちの宮殿という意識で言ったもの。◇とことばに　永遠に。「とこ」は常。

184　東のたぎの御門に伺候しているけれど、昨日も今日もお召しになるお言葉もない。

以下八首、三たび島の宮での歌となる。

◇たぎ　未詳。「たぎつ」と関連のある語で、水の激しく流れる所の意か。また、「たぎたぎし」と関連のある語で、階段状になった道筋の意か。

185　水際《みなぎわ》に続く石組の辺の岩つつじ、そのいっぱい咲いている道を、再び見ることがあろうか。

形見のはなやかな風景を見るのは今年かぎりであろうことを嘆いた歌。一周忌が過ぎれば舎人《とねり》たちは解任される。歌は明けた年の旧暦三月頃のものであろう。◇磯の浦み　石組の池の汀《みぎわ》のあたり。◇茂く　形容詞「茂《も》し」の連用形。繁く。

186　ご生前、一日に何度も何度も参入した東の大きな御門であるのに、今は入る気力もすっかり失せてしまった。

一周忌も近く、宮門のあたりはいっそう閑散としていたのであろう。

187　今ここからゆかりもない佐田の岡辺に帰ってお仕えしたなら、この島の宮の階段のもとには誰がとどまって伺候するのであろうか。

島の宮が人気《ひとけ》なくなることを嘆いた歌。◇つれもなき　今は皇子の骸《なきがら》のある地だが、それはあって欲しくないゆかりであるためこう言ったもの。死者の籠った地については、嗟嘆《さたん》のあまり「つれもなき」と言うことが挽歌に多い。一六七参照。◇島の御階　島の宮の階段の意。

188　朝曇りして日が翳《かげ》ってゆくので、皇子がよくお立ちになったお庭に下り立って、ただ溜息をつくばかりだ。

朝からのうっとうしい状景は皇子を哀惜する作者の心を一層ふさぎ、遺愛の園に思わず立たせたのである。

185
水伝《みづつた》ふ　磯《いそ》の浦《うら》みの　岩つつじ　茂《も》く咲く道を　またも見
むかも

186
一日《ひとひ》には　千《ち》たび参りし　東《ひむがし》の　大《おほ》き御門《みかど》を　入りかてぬ
かも

187
つれもなき　佐田の岡辺《をかへ》に　帰り居《ゐ》ば　島の御階《みはし》に　誰《た》れ
か住まはむ

188
朝ぐもり　日の入り行けば　み立たしの　島に下《お》り居《ゐ》て
嘆きつるかも

189　朝日の照る島の御殿にはうっとうしくも人の物音一つしないので、しんそこ悲しい。

前歌とともに朝の嘆き。翳《かげ》った日が雲間から光を注いだものか。状景の輝きと心情の暗さを対比している。

◇おほほしく　にぎわしかるべき御殿のひそまりかえった重苦しさをいう。一七五参照。◇まうら悲しも　「ま」は接頭語。「うら」は心。

190　真木柱のような物に動ぜぬ心はあったはずなのに、この悲しみを今はとても鎮《しず》めきれない。

◇真木柱　杉・檜などで作った柱。「太し」の枕詞。

191　狩の時節を待ちうけてはお出ましになった宇陀の荒野は、これからもしきりに思い出されることであろう。

回想の悲しみのみに生きねばならぬであろうことを嘆いた歌。以上八首、一八四～七と一八八～九一とは、前者は昼、後者は朝の歌で、別群をなすか。

◇けころもを　未詳。「時」の枕詞。◇時かたまけて　「かたまく」は「片設く」で待ちうける意。転じて、時が近づく、その時になる意にも使われる。◇宇陀の大野　奈良県大宇陀町安騎野の一帯。四五～九参照。

192　朝日の照る佐田の岡辺で鳴く鳥のように、夜哭《な》きに明け暮れたものだ。この一年間は。

次歌とともに、三たび真弓での歌。

◇朝日照る　上三句は実景の序。◇夜哭きかへらふ　服喪のさまを投影した表現か。◇この年ころを　一周忌を仕えたので「年ころ」という。

189
朝日照る　島の御門に　おほほしく　人音《ひとおと》もせねば　まうら悲《がな》しも

190
真木柱《まきばしら》　太き心は　ありしかど　この我が心　鎮《しづ》めかねつも

191
けころもを　時かたまけて　出でまし し　宇陀《うだ》の大野は　思ほえむかも

192
朝日照る　佐田の岡辺に　鳴く鳥の　夜哭《よな》きかへらふ　この年ころを

193 農民たちが夜昼となく野良《のら》通いする道を、われらはもっぱら宮仕えの道にしている。

以上二十四首は、一周忌を迎える間、島と真弓での供養の折目（初七日など）に詠まれたものをほぼ忠実に採録したものと思われる。人麻呂の前の長反歌は、この最終段階に島と真弓の双方で誦詠されたものらしい。◇畑子ら　畑仕事をする人々。◇ことごと　ただひたすらに。結句にかかる。◇宮道　ここは殯宮へ通う道。

一 持統三年（六八九）。二 十三日。

三 天武の皇女。母は宍人臣大麻呂《ししどのおみおおまろ》の娘、檝媛娘《かじひめのいらつめ》。天智の子川島皇子の妻。天平十三年（七四一）没。四 天武第九皇子。実際には第二子とも第四子とも言う。泊瀬部皇女の同母兄。慶雲二年（七〇五）没。五 持統五年（六九一）九月九日、川島皇子他界。喪に服する妻泊瀬部とその兄忍壁とに歌を献呈したのである。

194 飛鳥川の川上の瀬に生えている玉藻は、川下の瀬に向って靡《なび》き触れ合っている。その玉藻さながらに靡き寄り添うた夫《せ》の皇子が、どうしてかふくよかな柔肌《やわはだ》を今は身に添えてやすまれることがないので、さぞや夜の床も空しく荒れすさんでいることであろう。そう思って、どうにも御心を慰めかねて、もしや夫《せ》の君に逢えもしようかと、越智の荒野の朝露に裳《も》裾《すそ》を泥まみれにし、夕霧に衣を湿《しめ》らせながら、旅寝をなさっておられることか。逢えない夫《せ》の君を慕うて。

越智野に設けられた川島皇子の殯宮で服喪する兄妹に対し、おそらく明日香の地から献じたのがこの長反歌

193
畑子《はたこ》らが　夜昼《よるひる》といはず　行く道を　我れはことごと　宮《みや》道《ぢ》にぞする

右は、日本紀には「三年[一]己丑《つちのとうし》の夏の四月癸未《みづのとひつじ》の朔《つきたち》の乙未《きのとひつじ》[二]に薨《こう》ず」といふ。

柿本朝臣人麻呂《かきのもとのあそみひとまろ》、泊瀬部皇女《はつせべのひめみこ》[三]と忍壁皇子《おさかべのみこ》[四]とに献《たてまつ》る[五]歌一首　并《あは》せて短歌

194
飛ぶ鳥　明日香の川の　上《かみ》つ瀬に　生《お》ふる玉藻は　下つ瀬に　流れ触《ふ》らばふ　玉藻なす　か寄りかく寄り　靡《なび》かひし　夫《つま》の命《みこと》の　たたなづく　柔肌《にきはだ》すらを　剣大刀《つるぎたち》　身に添へ寝《ね》ねば　ぬばたまの　夜床《よとこ》も荒るらむ　一には「荒れなむ」といふ　そこ故《ゆゑ》に　慰《なぐさ》めかねて　けだしくも　逢ふやと思ひて　一に

である。ただし、人麻呂は、共寝を忘れて越智野の方へ行ってしまった川島皇子を泊瀬部皇女が難渋しながら探しに行ったように歌っている。
◇流れ触《ふ》らばふ　根生えている藻が流れに従って靡き触れ合っているさま。ここまで前置き。直接には以下三句を導く。◇たたなづく　「柔肌《にきはだ》」の枕詞。ぴったりと体を包んでいる意か。◇柔肌すらを　「すらを」は上の語を強めながら下の叙述へ逆接的につなぐ。◇剣大刀　「身に添ふ」の枕詞。◇身に添へ寝ねば　主語は川島。「身に添ふ」は必ず男が女を添えて寝る意に用いる。◇荒れなむ　荒れてゆくだろう。◇そこ故に　「そこ」は、「夜床も荒る」ことをさす。◇君も逢ふやと　夫《せ》の君が現われもしようかと。◇玉垂の　「越智」の枕詞。「玉垂」は玉を連ねた「緒《を》」を幾つも吊り下げた簾《すだれ》か。◇越智の大野　奈良県高取町佐田の岡の西に続く、越智岡丘陵周辺の原野。

195　袖を交して床をともにした夫《せ》の君は、越智《おち》野を通り過ぎて行かれた。またとお逢いできようか。〈越智野にお隠れになった〉。

第三者の立場で泊瀬部皇女を歌った長歌に対し、反歌は皇女になりきって悲しんでいる。
◇敷栲の　「袖」の枕詞。◇越智野過ぎ行く　皇子を求めて旅寝したという長歌に対して、この表現の方が異文より反歌としてふさわしい。

六 持統五年（六九一）。七 九日。八 天武十四年（六八五）に定めた位階制の一つ。九 行年三十五。

は「君も逢ふやと」といふ　玉垂《たまだれ》の　越智《をち》の大野の　朝露《あさつゆ》に　玉裳《たまも》はひづち　夕霧《ゆふぎり》に　衣《ころも》は濡《ぬ》れて　草枕　旅寝《たびね》かもする　逢はぬ君故《ゆゑ》

反歌一首

195　敷栲《しきたへ》の　袖交《そでか》へし君　玉垂の　越智野《をちの》過ぎ行く　またも逢はめやも　一には「越智野に過ぎぬ」といふ

右は、或本には「河島皇子《かはしまのみこ》を越智野に葬《はぶ》りし時に、泊瀬部皇女に献る歌なり」といふ。日本紀には「朱鳥《あかみとり》[六]の五年辛卯《かのとう》の秋の九月己巳《つちのとみ》の朔《つきたち》の丁丑《ひのとうし》[七]に、浄大参《じやうだいさん》[八]皇子川島薨ず[九]」といふ。

一 天智天皇の皇女。忍壁《おさかべ》皇子の妃。持統天皇の信頼が厚かったらしい。文武四年（七〇〇）四月四日没。 二 奈良県北葛城郡広陵《こうりよう》町あたりか。 三 一一九頁注四参照。

196　明日香川の川上の浅瀬に飛石《とびいし》を並べる、川下の浅瀬に板橋を掛ける、その飛石に生《お》い靡いている玉藻はちぎれてもすぐまた生える、その板橋の下に生《お》い茂っている川藻は枯れるとすぐまた生える。それなのにどうして、わが皇女《ひめみこ》は、起きていられる時にはこの玉藻のように、寝《やす》んでいられる時にはこの川藻のように、いつも親しく睦《むつ》みあわれた何不足のない夫《せ》の君《きみ》の朝宮をお忘れになったのか、夕宮をお見捨てになったのか。いつまでもこの世にいらっしゃるお方だとお見受けしていたご在世の時、春には花を手折って髪に挿《さ》し、秋ともなると黄葉《もみじ》を髪に挿してはそっと手を取りあい、いくら見ても飽きずにいよいよいとしくお思いになったその夫《せ》の君と、四季折々にお出ましになって遊ばれた城上《きのへ》の宮を、今は永久の御殿とお定めになって、じかに逢うことも言葉を交すこともなされなくなってしまった。そのためであろうか、むしょうに悲しんで片恋をなさる夫《せ》の君、城上の殯宮に通われる夫の君が、しょんぼりして行きつ戻りつ心落ち着かずにおられるのを見ると、私どももますます心晴れやらず、それ故どうしてよいかなすすべを知らない。せめて、お噂《うわさ》だけ御名《みな》だけでも絶やすことなく、天地《あめつち》とともに遠く久しくお偲び申していこう。その御名にゆか

明日香皇女《あすかのひめみこ》[一]の城上《きのへ》[二]の殯宮《あらきのみや》[三]の時に、柿本朝臣人麻呂《かきのもとのあそみひとまろ》が
　作る歌一首　并《あは》せて短歌

196 飛ぶ鳥　明日香の川の　上《かみ》つ瀬に　石橋《いしばし》渡す　一には「石《いし》並《なみ》」といふ
下《しも》つ瀬に　打橋《うちはし》渡す　石橋に　一には「石並に」といふ　生《お》ひ靡《なび》ける　玉
藻もぞ　絶ゆれば生ふる　打橋に　生ひをゐれる　川藻も
ぞ　枯るれば生《は》ゆる　なにしかも　我が大君の　立たせ
ば　玉藻のもころ　臥《こ》やせば　川藻のごとく　靡かひし
宜《よろ》しき君が　朝宮《あさみや》を　忘れたまふや　夕宮《ゆふみや》を　背《そむ》きたまふ
や　うつそみと　思ひし時に　春へは　花折りかざし　秋
立てば　黄葉《もみちば》かざし　敷栲《しきたへ》の　袖たづさはり　鏡なす　見
れども飽かず　望月《もちづき》の　いや愛《め》づらしみ　思ほしし　君と
時時《ときとき》　出でまして　遊びたまひし　御食向《みけむか》ふ　城上《きのへ》の宮

を　常宮《とこみや》と　定めたまひて　あぢさはふ　目言《めこと》も絶えぬ　しかれかも〔一には「そこをしも」といふ〕　あやに悲しみ　ぬえ鳥の　片恋《かたこひ》づま〔一には「しつつ」といふ〕　朝鳥の〔一には「朝霧の」といふ〕　通《かよ》はす君が　夏草の　思ひ萎《しな》えて　夕星《ゆふつづ》の　か行きかく行き　大船《おほぶね》の　たゆたふ見れば　慰《なぐさ》もる　心もあらず　そこ故《ゆゑ》に　為《せ》むすべ知れや　音《おと》のみも　名のみも絶えず　天地《あめつち》の　いや遠長《とほなが》く　偲《しの》ひ行かむ　御名《みな》に懸《か》かせる　明日香川　万代《よろづよ》までに　はしきやし　我が大君の　形見にここを

短歌二首

197 明日香川　しがらみ渡し　塞《せ》かませば　流るる水も　のどにかあらまし〔一には「水の淀《よど》にかあらまし」といふ〕

りの明日香川をいつまでも…、ああ、われらが皇女《ひめ》皇女《みこ》の形見としてこの明日香川を。

人麻呂の作品中、天智天皇の子を対象にする唯一のもの。人麻呂が皇女の夫忍壁と特に縁が深く、当の皇女も持統天皇の信を得ていたことによるか。

◇上つ瀬　以下「上」と「下」、「玉藻」と「川藻」などの対句は物をほめる手法。◇打橋　仮の板橋。◇生ひををれる　成長し茂り撓《たわ》んでいる。「ををれる」は「ををる」に完了の「り」の連体形のついたもの。◇もころ　如くの意の古語。◇朝宮　下の「夕宮」と対になって朝夕住み馴れた立派な宮殿の意を示す。◇袖たづさはり　互いの袖の中へ手をさし入れてつなぐ意。◇御食向ふ　「城上」の枕詞。◇あぢさはふ　「目」の枕詞。味鴨を障《さえぎ》り捕える網の目の意か。◇ぬえ鳥の　「片恋」の枕詞。悲しそうな鳴声からいう。「ぬえ鳥」はとらつぐみ。「ぬえこ鳥」ともいう。◇夕星の　「か行きかく行き」の枕詞。「夕星」は金星。夕方には西に、明方には東に出る。◇大船の　「たゆたふ」の枕詞。◇知れや　「や」は反語。

197　明日香川にしがらみを掛け渡して塞《せ》きとめたなら、激《たぎ》ち流れる水もゆったりと逝《ゆ》くであろうに。〈水が淀みでもすることになるであろうか〉

明日香川の激流、つまり皇女の早逝を留めえず、悲嘆に沈まねばならぬ悲しみを託した歌。

◇しがらみ　川の流れを堰《せ》きとめるために設ける柵《さく》。

198　明日香川の名のように、せめて明日《あす》だけでもお逢いしたいと来る日も来る日も思っているからなのか、いや、もうお逢いできないとは知りながら、わが皇女《ひめみこ》の御名を忘れることがない。〈これまでのように明日もお逢いしたいと思うからか、わが皇女の御名が忘れられない〉。

◇明日香川　明日香皇女をにおわすとともに、「明日」を導く。◇思へやも　「や」は反語。異文の「か」は疑問。

一　一〇二頁注二参照。天武の皇子のうち最年長。母の身分が低かったためにその格付けは草壁・大津に次いだ。壬申《じんしん》の乱の時（六七二）、指揮を任されて味方を勝利に導いた。草壁亡きあとの持統四年（六九〇）太政大臣。持統十年七月十日没。四十二（一説四十三）歳。死後「後皇子尊」「高市皇子尊」と呼ばれた。

199　心にかけて思うのも憚《はばか》り多いことだ、ましてや口にかけて申すのもただ恐れ多い、明日香の真神の野原に天上の御殿を畏《かしこ》くもお定めになって、今は神として岩戸にお隠れ遊ばしておられるわが天皇《すめらみこと》が、お治めになる北の国美濃の真木立ち茂る不破山を越えて、和射見《わざみ》が原の行宮《かりみや》に神々しくもお出ましになって、天下を治め国中をお鎮めになろうとして、東の国国の軍勢を召し集められて、荒れ狂う者どもを鎮めよ、従わぬ国を治めよと、皇子《みこ》であられるが故にお任せになったので、皇子は尊い御身に大刀《たち》を佩《は》かれ、尊い御手に弓をかざして軍勢を統率されたが、その軍勢

198
明日香川《あすかがは》　明日《あす》だに　一には「さへ」といふ　見むと　思へやも　一には「思へかも」といふ　我が大君の　御名《みな》忘れせぬ　一には「御名忘らえぬ」といふ

[一]高市皇子尊《たけちのみこのみこと》の城上《きのへ》の殯宮《あらきのみや》の時に、柿本朝臣人麻呂が作る歌一首　幷《あは》せて短歌

199
かけまくも　ゆゆしきかも　一には「ゆゆしけれども」といふ　言はまくも　あやに畏《かしこ》き　明日香の　真神《まかみ》の原に　ひさかたの　天《あま》つ御《み》門《かど》を　畏くも　定めたまひて　神《かむ》さぶと　磐隠《いはがく》ります　やすみしし　我が大君の　きこしめす　背面《そとも》の国の　真木《まき》立つ　不破山《ふはやま》越えて　高麗剣《こまつるぎ》　和射見《わざみ》が原の　行宮《かりみや》に　天降《あも》りいまして　天《あめ》の下《した》　治めたまひ　一には「掃《はら》ひたまひて」といふ　食《を》す国

を叱咤《しった》する鼓《つづみ》の音は雷の声かと聞きまごうばかり、吹き鳴らす小角笛《つのぶえ》の音も敵に真向う虎がほえるかと人々が怯《おび》えるばかりで、兵士《つわもの》どもが捧げ持つ軍旗の靡《なび》くありさまは、春至るや野という野に燃え立つ野火が風にあおられて靡くさまさながらで、取りかざす弓の弭《はず》のどよめきは、雪降り積る冬の林に旋風《つむじかぜ》が渦巻き渡るかと思うほど恐ろしく、引き放つ矢の夥《おびただ》しさといえば大雪の降り乱れるように飛んで来るので、ずっと従わず抵抗した者どもも、死ぬなら死ねと命惜しまず先を争って刃向ってきたその折しも、渡会《わたらい》に斎《いつ》き奉《まつ》る伊勢の神宮《かむみや》から吹き起った神風で敵を迷わせ、その風の呼ぶ天雲で敵を日の目も見せずまっ暗に覆い隠して、このようにして平定成った瑞穂の国を、わが天皇《すめらみこと》は神のままにご統治遊ばされ、わが君高市皇子《たけちのみこ》が天下のことを奏上なさったので、いついつまでもそうであるだろうと、まさにそのようにめでたく栄えていた折も折、わが君高市皇子の御殿を御霊殿《みたまや》としてお飾り申し、召し使われていた宮人たちもまっ白な麻の喪服を着て、埴《はに》安《やす》の御殿の広場に、昼は日がな一日、鹿でもないのに腹這い伏し、夜になると、大殿を振り仰ぎ見ながら鶉《うずら》のように這いまわって皇子にお仕え申しあげるけれども、何のかいもないので、春鳥のむせび鳴くように泣いていると、その吐息《といき》もまだ消えやらぬのに、その悲しみもまだ果てやらぬのに、百済《くだら》の原を通って神として葬り参らせ、城上《きのへ》の宮を永遠の御殿として高々とお造り申し、ここに皇子はおんみずから神としてお鎮ま

を　定めたまふと　鶏《とり》が鳴く　東《あづま》の国の　御軍士《みいくさ》を　召したまひて　ちはやぶる　人を和《やは》せと　奉《まつ》ろはぬ　国を治めと　一には「掃へと」といふ　皇子《みこ》ながら　任《よさ》したまへば　大御身《おほみみ》に　大刀《たち》取り佩《は》かし　大御手《おほみて》に　弓取り持たし　御軍士《みいくさ》を　率《あども》ひたまひ　整《ととの》ふる　鼓《つづみ》の音《おと》は　雷《いかづち》の　声《こゑ》と聞くまで　吹き鳴《な》せる　小角《くだ》の音も　一には「笛の音は」といふ　敵《あた》見たる　虎か吼《ほ》ゆると　諸人《もろひと》の　おびゆるまでに　一には「聞き惑《まと》ふまで」といふ　ささげたる　旗《はた》の靡《なび》きは　冬こもり　春さり来《く》れば　野ごとに　つきてある火の　一には「冬こもり　春野焼く火の」といふ　風の共《むた》　靡《なび》くがごとく　取り持てる　弓弭《ゆはず》の騒き　み雪降る　冬の林に　一には「木綿《ゆふ》の林」といふ　つむじかも　い巻き渡ると　思ふまで　聞きの畏《かしこ》く　一には「諸《もろ》人《ひと》の見《み》惑《まと》ふまでに」といふ　引き放つ　矢の繁《しげ》けく　大雪の　乱れて来《きた》れ　一に

は「霰《あられ》なす　そち寄り来《く》れば」といふ　まつろはず　立ち向《むか》ひしも　露霜《つゆしも》の　消《け》なば消《け》ぬべく　行く鳥の　争ふはしに　一には「朝霜《あさしも》の　消《け》なば消《け》と言ふに　うつせみと　争ふはしに」といふ　渡会《わたらひ》の　斎《いつ》きの宮ゆ　神風《かむかぜ》に　い吹き惑《まと》はし　天雲《あまくも》を　日の目も見せず　常闇《とこやみ》に　覆《おほ》ひたまひて　定めてし　瑞穂《みづほ》の国を　神《かむ》ながら　太敷《ふとし》きまして　やすみしし　我が大君の　天《あめ》の下《した》　奏《まを》したまへば　万代《よろづよ》に　しかしもあらむと　一には「かくしもあらむと」といふ　木綿花《ゆふばな》の　栄ゆる時に　我が大君　皇子《みこ》の御門《みかど》を　一には「刺《さ》す竹の　皇子の御門を」といふ　神宮《かむみや》に　装《よそ》ひまつりて　使はしし　御門の人も　白栲《しろたへ》の　麻衣《あさごろも》着て　埴安《はにやす》の　御門の原に　あかねさす　日のことごと　鹿《しし》じもの　い匍《は》ひ伏しつつ　ぬばたまの　夕《ゆふへ》になれば　大殿《おほとの》を　振り放《さ》け見つつ　鶉《うづら》なす　い匍《は》ひ廻《もとほ》り　侍《さもら》へど　侍ひえねば

りになってしまわれた。しかしながら、わが皇子が永遠にと思し召して作られた香具山の宮はきっといついつまでも荒れることはないだろう。大空を仰ぎ見るように振り仰ぎながら、深く心にかけてお偲《しの》びしてゆこう。恐れ多いことではあるが。

この歌、一四九句からなり集中第一の長編。史実どおり、天武・持統の世を導いた功労者としての高市皇子《たけちのみこ》を位置づけている。皇太子草壁には神話的な皇統譜を、皇女明日香には明日香川の玉藻を、天武天皇の分身としての太政大臣高市には壬申の乱を配し、それぞれにふさわしい素材を取り上げている。この歌も殯宮最終段階での偲びの歌であり、城上・香具山の宮の双方で誦詠《しょうえい》されたものと見える。

◇ゆゆしけれども　後に続く天武天皇の叙述にしかからない。「ゆゆしきかも」だと「しかれども」以下結びの部分までを意識した表現になる。◇真神《まかみ》の原　飛鳥大仏のある一帯。◇背面《そとも》の国　大和から見て北の国、近江のかなたの国として美濃をとらえた。◇不破《ふは》山《やま》　不破関址の西伊《い》増《ます》峠あたりか。◇高麗剣《こまつるぎ》　「和射《わざ》見《み》」（関ヶ原）の枕詞。高麗剣の柄頭《つかがしら》には環《わ》がある。行宮《かりみや》は和射見の近くの野上《のがみ》にあった。◇天降《あも》り　アマオリの約。天武天皇の行幸を神話的に言ったもの。◇鶏《とり》が鳴く　「東」の枕詞。◇大御身《おほみみ》に　以下、乱の叙述は次第に個人から集団へと転ずる。◇小角《くだ》　軍隊用の角笛の一種。竹製もある。◇弓弭《ゆはず》　「弭」は三参照。◇木綿《ゆふ》の林　神祭りの白木綿を並べ立てたような林。

「木綿《ゆふ》」は楮《こうぞ》の皮の繊維で造った花。◇そち寄り来れば　「そち」は未詳。◇行く鳥の　「争ふ」の枕詞。◇朝霜の消《け》なば消《け》と言ふに　朝の霜のように消え果てるなら果ててしまえとばかりに。◇うつせみと　この世の命として。命の限り。◇い吹き惑《まと》はし　下の「覆ひたまひて」とともに、主語は天武天皇になり変った高市皇子。◇瑞穂《みづほ》の国を　以下三句、天武の治世を言いつつ持統のそれを含む。◇奏《まを》したまへば　「奏す」は事を奏し勅を承けて政《まつりごと》を行う意。◇木綿花《ゆふばな》の　「栄ゆ」の枕詞。◇神宮《かむみや》に装《よそ》ひまつりて　生前の宮をとりあえず殯宮に仕立てたのである。◇埴安《はにやす》　香具山の西の池。その側《そば》に高市の宮殿（香具山の宮）があった。◇あかねさす　以下「い匍ひ廻り」まで殯宮の匍《ほ》匐《ふく》礼《れい》を投影する表現。一五五参照。◇振り放《さ》け見つつ　一四七参照。◇侍《さもら》ひえねば　伺候に堪えられないので。◇春鳥の　「さまよふ」の枕詞。◇言《こと》さへく　「百済」の枕詞。一三五参照。百済は奈良県北葛城郡広陵町百済のあたり。◇あさもよし　「城上《きのへ》」の枕詞。五五参照。◇常宮《とこみや》　墓陵の地に正式に設けた殯宮。◇玉たすき　「懸く」の枕詞。神聖なたすきを懸けて儀礼を行う意によるか。

200　天上を治めに上ってしまわれた皇子ゆえに、月日のたつのも知らず、われらはひたすらお慕い申しあげている。

皇子没後やや時を経ていることが下二句でわかる。

春鳥の　さまよひぬれば　嘆きも　いまだ過ぎぬに　思ひも　いまだ尽きねば　言《こと》さへく　百済《くだら》の原ゆ　神葬《かむはぶ》り　葬りいませて　あさもよし　城上《きのへ》の宮を　常宮《とこみや》と　高くし奉《まつ》りて　神《かむ》ながら　鎮《しづ》まりましぬ　しかれども　我が大君の　万代《よろづよ》と　思ほしめして　作らしし　香具山《かぐやま》の宮　万代に　過ぎむと思へや　天《あめ》のごと　振り放《さ》け見つつ　玉たすき　懸けて偲《しの》はむ　畏《かしこ》くあれども

短歌二首

200　ひさかたの　天《あめ》知らしぬる　君故《きみゆゑ》に　日《ひ》月《つき》も知らず　恋ひわたるかも

201 埴安《はにやす》の　池の堤《つつみ》の　隠《こも》り沼《ぬ》の　ゆくへを知らに　舎人《とねり》は惑《まと》ふ

[一]或書の反歌一首

202 哭沢《なきさは》の　神社《もり》に御瓶《みわ》据《す》ゑ　祈れども　我が大君は　高日《たかひ》知らしぬ

右の一首は、[二]類聚歌林《るいじうかりん》には「[三]檜隈女王《ひのくまのおほきみ》、哭沢《なきさは》の神社《もり》を怨《うら》むる歌なり」といふ。[四]日本紀《にほんぎ》を案《かむが》ふるに、曰《い》はく、「十年丙申《ひのえさる》の秋の七月辛丑《かのとうし》の朔《つきたち》の[五]庚戌《かのえいぬ》に、[六]後皇子尊《のちのみこのみこと》薨《こう》ず」といふ。

[七]但馬皇女《たぢまのひめみこ》の薨ぜし後《のち》に、[八]穂積皇子《ほづみのみこ》、[九]冬の日に雪の降

201 埴安の池、堤に囲まれた流れ口もないその隠《こも》り沼《ぬ》のように、行く先の身の処し方もわからなくて、皇子の舎人はただ途方に暮れている。

殯宮が終ると舎人は解任される習いであった。◇埴安の　上三句は矚目《しょくもく》の序。「ゆくへを知らに」を起す。◇ゆくへを知らに　結句の理由を示す。「に」は打消の助動詞「ぬ」の連用形。

一 長歌の異文系統の反歌であったか。一六八〜九は、或本には高市皇子挽歌の反歌であったという。折々の供養に反歌が変えられて誦《うた》われたらしい。

202 哭沢《なきさわ》の神社《やしろ》に神酒《みき》の瓶《かめ》を据えて無事をお祈りしたが、そのかいもなく、わが君は、空高く昇って天上を治められる方となってしまわれた。

死をとどめようとする祈りは女性が行う習いであった。一四七、四三〇参照。左注の中の『類聚歌林』にいうように、もと檜隈女王《ひのくまのおおきみ》の作か。「或書」の伝によれば、殯宮初期の反歌と思われる。◇哭沢の神社《もり》　香具山西麓の神社。伊邪那美《いざなみ》神の死を悲しんだ伊邪那岐《いざなき》神の涙から生れた哭沢女《なきさわめ》神を祀《まつ》るという。「もり」は樹林に神が来臨するという思想による語。◇高日知らしぬ　「高日知らす」は「天知らす」(二〇〇参照)と同じく貴人の死をいう表現。

二 憶良が編んだ歌集。四七頁注三参照。　三 高市皇子の娘らしい。　四 この『類聚歌林』の伝えは、檜隈女王の歌を人麻呂が利用した点によるか。　五 十日。

六 高市皇子の尊称。草壁皇子に対して「後」と言う。

るに御墓《みはか》を遥望《えうばう》し悲傷流涕《ひしやうりうてい》して作らす歌一首

203 降る雪は　あはにな降りそ　吉隠《よなばり》の　猪養《ゐかひ》の岡の　寒くあらまくに

一〇弓削皇子《ゆげのみこ》の薨ぜし時に、一一置始東人《おきそめのあづまひと》が作る歌一首　并《あは》せて短歌

204 やすみしし　我が大君　高光《たかひか》る　日の御子《みこ》　ひさかたの　天《あま》つ宮《みや》に　神《かむ》ながら　神《かみ》といませば　そこをしも　あやに畏《かしこ》み　昼《ひる》はも　日《ひ》のことごと　夜《よる》はも　夜《よ》のことごと　伏《ふ》し居《ゐ》嘆けど　飽《あ》き足《だ》らぬかも

反歌一首

七　一〇二頁注一参照。八　一〇二頁注三参照。九　皇女の死は和銅元年（七〇八）六月二十五日だから、その年の冬か翌年の冬であろう。

203　降る雪よ、たんとは降ってくれるな。吉隠《よなばり》の猪《い》養《かい》の岡が寒いであろうから。

皇女の眠る岡はすなわち皇女その人なのである。下二句は、萬葉が残したすぐれた表現の一つ。降る雪を完全にはとどめえないと知る心のほどもあわれが深い。◇あはに　数量の多いことをいう副詞。◇吉隠の猪養の岡　但馬皇女《たじまのひめみこ》の墓地。「吉隠」は初瀬の東。「猪養の岡」はその東北方の山腹、志貴皇子の妃の陵のあるあたりか。◇寒くあらまくに　「まく」は推量の助動詞「む」のク語法。皇子は藤原の地から吉隠を遥かに想い見ているのである。

一〇　一〇一頁注七参照。文武三年（六九九）七月二十一日没。一一　文武朝の歌人。弓削に仕えた舎人か。

204　あまねく天下を支配せられるわが主君、高く光り輝く天皇の皇子《すめらみこと　みこ》は、天上の御殿に神々しくも神として鎮まりいますので、そのことをばただただ恐れ畏《かしこ》み、昼は日ねもす、夜は夜もすがら、伏したり坐ったりして悲しみ嘆くけれども、思いはつきず満ち足りることがない。

額田王の挽歌一五五系統の、伝統の型を踏む歌。◇ひさかたの　以下四句、皇子が殯宮に籠ったことをいう。◇神ながら　神であるそのままに。◇昼はも　以下五句、殯宮の匍匐礼《ほふくれい》を投影する常套句。

205 大君は　神にしませば　天雲《あまくも》の　五百重《いほへ》が下《した》に　隠《かく》りたまひぬ

一 また、短歌一首

206 楽浪《ささなみ》の　志賀さざれ波　しくしくに　常にと君が　思ほせりける

柿本朝臣人麻呂、妻死にし後に、泣血哀慟《きふけつあいどう》して作る二歌二首　并《あは》せて短歌

207 天飛《あまと》ぶや　軽《かる》の道《みち》は　我妹子《わぎもこ》が　里にしあれば　ねもころに　見まく欲《ほ》しけど　やまず行《ゆ》かば　人目《ひとめ》を多み　数多《まね》く行かば　人知りぬべみ　さね葛《かづら》　後《のち》も逢はむと　大船《おほぶね》の

205 わが皇子は神であらせられるので、天雲が幾重にも重なるその奥にお隠れになってしまった。

類想歌二三五、二四一、四二六〇、四二六一。この類の歌の主人公は、天武・持統両帝および天武の皇子に限られる。◇大君は神にしませば　現人神《あらひとがみ》思想に根ざす句で、ここでは皇子の霊威を讃《たた》えている。二三五参照。◇下に「下」は目に見えぬ裏。奥の方。◇隠りたまひぬ　「雲隠る」は「高日知らす」「天知らす」「神上る」と同じく貴人の死を示す敬避《けいひ》表現。

一 東人《あずまひと》が前の歌とはまた別に詠んだ歌、の意。

206 楽浪《ささなみ》の志賀の浜辺にさざ波が絶え間なくうち寄せるように、わが皇子は、しきりに「いつまでも永らえたい」と思いつづけておられたのだが…。

弓削《ゆげ》は自ら短命を予見していたらしい。二四二参照。◇楽浪の　上二句は序。「しくしくに」を起す。人麻呂の近江荒都歌（二九〜三一）を踏まえて嘆きを深めようとした序か。◇思ほせりける　連体形止め。

二 果てには血の涙が出るほど泣き悲しむ意。

207 軽の巷《ちまた》はわが妻のいる里だ、だから通い通ってよくよく見たいと思うが、休みなく行ったら人目につくし、しげしげ行ったら人に知れてしまうので、またいつか逢おうと将来を頼みにして、岩で囲まれた淵のようにひっそりと思いを秘めて恋い慕ってばかりいたところ、あたかも空を渡る日が暮れてゆくように、夜空を照り渡る月が雲に隠れるように、沖の藻のごとく私に寄り添い寝た妻は散る黄葉《もみじ》のはかない身

思ひ頼みて　玉かぎる　岩垣淵《いはかきふち》の　隠《こも》りのみ　恋ひつつあるに　渡る日の　暮れ行くがごと　照る月の　雲隠《がく》るごと　沖つ藻《も》の　靡《なび》きし妹《いも》は　黄葉《もみちば》の　過ぎてい行くと　玉梓《たまづさ》の　使《つかひ》の言へば　梓弓《あづさゆみ》　音《おと》に聞きて　一には「音のみ聞きて」といふ　言はむすべ　為《せ》むすべ知らに　音《おと》のみを　聞きてありえねば　我が恋ふる　千重《ちへ》の一重《ひとへ》も　慰《なぐさ》もる　心もありやと　我妹子《わぎもこ》が　やまず出で見し　軽《かる》の市《いち》に　我が立ち聞けば　玉たすき　畝傍《うねび》の山に　鳴く鳥の　声も聞こえず　玉桙《たまほこ》の　道行く人も　ひとりだに　似てし行かねば　すべをなみ　妹《いも》が名呼びて　袖ぞ振りつる　或本には「名のみを　聞きてありえねば」といふ句あり

短歌二首

になってしまったと、こともあろうにいつも妻の便りを運ぶ使いの者が言うので、あまりな報《しら》せにどう言ってよいかどうしてよいかわからず、報せだけを聞いてすます気にはとてもなれないので、この恋しさの千に一つも紛れることもあろうかと、妻がしょっちゅう出て見た軽の巷に出かけて行ってじっと耳を澄ましても、妻の声はおろか畝傍の山でいつも鳴いている鳥の声さえも聞えず、道行く人にも一人として妻に似た者はいないので、もうどうしてよいかわからず、妻の名を呼び求めてただひたすらに袖を振り続けた。

石見相聞歌（一三一～一四〇）同様、何らかの体験に根ざす語り歌で、宮廷人に披露された作らしい。亡き妻を追い求める愛の姿は聴衆の感銘を誘ったことであろう。◇天飛《あまと》ぶや　「軽」の枕詞。天飛ぶ雁《かり》の意。◇軽《かる》　橿《かし》原《はら》市の東南大軽あたり。市《いち》が立ち、古くから賑《にぎわ》った。◇さね葛《かづら》　「後《のち》も逢ふ」の枕詞。葛のつるは分れてもまた逢う。◇人知りぬべみ　「べみ」は「べし」のミ語法。◇玉かぎる　「岩垣淵」の枕詞。◇沖つ藻の　「靡く」の枕詞。◇玉梓の　「使《つかひ》」の枕詞。古く使いは梓《あずさ》の杖を携えた。「玉梓の使」は男女の思いを伝える使いとして固定していた。それが「死」を報せたのである。◇我が立ち聞けば　妻が軽の巷《ちまた》に紛れこんでいるかもしれぬと思っての行為。◇鳴く鳥の声も聞こえず…　雑踏に立ちながら孤愁に沈む心境を言ったもの。◇妹が名呼びて…　妹の名はそのまま妹自身。呼び求めたその幻影に袖を振ったのである。

208 秋山いっぱいに色づいた草木が茂っているので
中に迷いこんでしまった妻を、探し求めように
もその山道さえわからない。
妻を求めえぬ嘆きを、妻が黄葉《もみじ》の山へ迷いこんだ形で
歌った。妻の死を死として認めまいとしている。

209 黄葉《もみじ》がはかなく散ってゆく折しも、文使《ふみ》いが通
うのを見ると、いとしい妻に逢った日のことが
あれこれ思い出される。
この歌に至って人麻呂は完全に妻の死を認め、閉じめ
の歌にふさわしく、回想の情を述べた。
◇黄葉の散りゆくなへに　黄葉のように散って行った
妻への悲しみをこめた表現。「なへ」は二つの事柄が
並行して行われることを示す。◇玉梓の使　恋文を運
ぶ使いが別の男女のために通うことをいうか。

210 妻はずっとこの世の人だと思っていた時に、手
に手を取って二人して見た、長く突き出た堤に
立っている槻《つき》の木の、そのあちこちの枝に春の葉がび
っしりと茂っているように、絶え間なく思っていた妻
ではあるが、頼りにしていた妻ではあるが、常なき世
の定めに背《そむ》くことはできないものだから、陽炎《かげろう》の燃え
立つ荒野に、まっ白な天女の領巾《ひれ》に蔽われて、鳥でも
ないのに朝早くわが家を後にして行かれ、入日のよう
に隠れてしまったので、妻が形見に残していった幼な
子が物欲しさに泣くたびに何をあてがおうやらあやす
すべも知らず、男だというのに小脇に抱きかかえて、
妻と二人して寝た離れの中で、昼はうら寂しく暮し、

208
秋山の　黄葉《もみち》を茂《しげ》み　惑《まと》ひぬる　妹《いも》を求めむ　山道《やまぢ》知らず
も　一には「道《みち》知らずして」といふ
思ほゆ

209
黄葉《もみちば》の　散りゆくなへに　玉梓《たまづさ》の　使《つかひ》を見れば　逢ひし日

210
うつせみと　思ひし時に　一には「うつそみと　思ひし」といふ　取り持ちて
我がふたり見し　走出《はしりで》の　堤《つつみ》に立てる　槻《つき》の木の　こちご
ちの枝《え》の　春の葉の　茂《しげ》きがごとく　思へりし　妹《いも》には
あれど　頼めりし　子らにはあれど　世間《よのなか》を　背《そむ》きしえね
ば　かぎるひの　燃ゆる荒野《あらの》に　白栲《しろたへ》の　天領巾《あまひれ》隠《がく》り　鳥
じもの　朝立《あさだ》ちいまして　入日《いりひ》なす　隠《かく》りにしかば　我妹《わぎも》

夜は溜息ついて明かし、こうしていくら嘆いてもどうしようもなく、いくら恋い慕っても逢える見こみもないので、羽《は》がいの山に私の恋い焦れる妻はいると人が言うままに、岩を押しわけ苦労してやって来たが、そのかいすらもない。ずっとこの世の人だとばかり思っていた妻の姿がほのかにさえ見《う》えないことを思うと。

前歌の「逢ひし日思ほゆ」を承けながら、葬儀以降に叙述を展開した歌で、前の歌群と連をなす。多分、聴衆から続編をせがまれて応じた歌なのであろう。◇取り持ちて　以下「茂きがごとく」まで、連れ立った歌垣の思い出を述べつつ「思へりし」「頼めりし」の譬喩《ひゆ》に転換してゆく。◇堤「槻《つき》」(けやき)とともに軽の池のものらしい。三九〇、二五六参照。◇天領巾隠《あまひれがく》り　柩《ひつぎ》に納めた妻の美的表現。「領巾《ひれ》」は頸から肩にかけた女性の装身用の布。◇朝立ちいまして　死んだ妻だから敬語を使った。◇みどり子　一〜三歳の子供。◇男じもの　男でないかのように。◇枕付く「妻屋」の枕詞。枕をくっつけて寝る意か。◇大鳥の「羽がひ」の枕詞。◇羽がひの山　妻を隠す山懐《やまふところ》を鳥の羽《は》がひ（六四参照）に見立てたものか。◇妹はいますと　こう言って遺族を慰める習慣があった。一六六参照。

211　去年見た秋の月は今も変らず照っているが、この月を一緒に見た妻は、年月とともにいよいよ遠ざかって行く。

妻なき月日をいくばくか経て後、この無聊《ぶりょう》の時間が行く末かけていよいよ重なってゆくことを嘆いた歌。

子《こ》が　形見《かたみ》に置ける　みどり子の　乞ひ泣くごとに　取り与ふる　物しなければ　男《をとこ》じもの　脇《わき》ばさみ持ち　我妹子と　ふたり我が寝《ね》し　枕付《まくらづ》く　妻屋《つまや》のうちに　昼《ひる》はも　うらさび暮らし　夜《よる》はも　息づき明かし　嘆けども　為《せ》むすべ知らに　恋ふれども　逢ふよしをなみ　大鳥の　羽《は》がひの山に　我が恋ふる　妹《いも》はいますと　人の言へば　岩根《いはね》さくみて　なづみ来《こ》し　よけくもぞなき　うつせみと　思ひし妹が　玉かぎる　ほのかにだにも　見えなく思へば

短歌二首

211　去年《こぞ》見てし　秋の月夜《つくよ》は　照らせども　相見《あひみ》し妹は　いや年離《としさか》る

212　引手の山に妻を置いて、寂しい山道をたどると、とても自分が生きているとは思えない。
◇衾ぢを　「引手」の枕詞か。「衾ぢ」は、「衾」(夜具)を体に密着させるために引く紐を通す、衾の「鉤《ち》」(小さな輪)か。◇引手の山　長歌の羽《は》がいの山に当る。今の龍王山か。「衾」「引手」は「妹」の縁語。
一　この一組(二一三〜六)に手を加えたものが二一〇〜二らしい。二一三〜六は二〇七〜九の異文系統と連をなしていた。

213　妻はずっとこの世の人だと思っていた時に、手《た》を携えて二人して見た、まっすぐに突き立つ百枝《え》の槻《つき》の木、その木があちこちに枝を伸ばしているように、その春の葉がびっしりと茂っているように、絶え間なく思っていた妻ではあるが、頼りにしていた妻ではあるが、常なき世の定めに背《そむ》くことはできないものだから、陽炎《かげろう》の燃え立つ荒野に、まっ白な天女の領《ひ》巾《れ》に蔽われて、鳥でもないのに朝早くわが家を後にして行き、入日のように隠れてしまったので、妻が形見に残していった幼な子が物欲しさに泣くたびに何をやってよいやらあやすすべを知らず、男だというのに、小脇に抱きかかえて、妻と二人して寝た離れの中で、昼はうら寂しく暮し、夜は溜息ついて明かし、こうしていくら嘆いてもどうしようもなく、いくら恋い慕っても逢える見こみもないので、「羽がいの山にあなたの恋い焦れるお方はおいでになります」と人が言ってくれたままに、岩根を押しわけ苦労してやって来たがそのかいすらもない。ずっとこの世の人とばかり思っ

212 衾《ふすま》ぢを　引手《ひきで》の山に　妹を置きて　山道《やまぢ》を行けば　生けり
ともなし

[一]或本の歌に曰はく

213 うつそみと　思ひし時に　たづさはり　我がふたり見し
出立《いでたち》の　百枝《ももえ》槻《つき》の木《き》　こちごちに　枝《えだ》させるごと　春の葉
の　茂《しげ》きがごとく　思へりし　妹《いも》にはあれど　頼めりし
妹にはあれど　世間《よのなか》を　背《そむ》きしえねば　かぎるひの　燃ゆ
る荒野《あらの》に　白栲《しろたへ》の　天領巾《あまひれ》隠《がく》り　鳥じもの　朝立《あさだ》ちい行《ゆ》き
て　入日《いりひ》なす　隠《かく》りにしかば　我妹子《わぎもこ》が　形見《かたみ》に置ける
みどり子の　乞ひ泣くごとに　取り委《まか》する　物しなけれ

ていた妻が、空《むな》しくも灰となっておいでになるので。

萬葉の亡妻悲傷歌は、人麻呂―憶良―旅人―家持と、専門歌人の間で系譜を持つが、憶良以下に強い影響を与えたのはむしろこの或本歌の群であった。
◇うつそみと思ひし　人麻呂挽歌に特有な句（一九六、二一〇参照）。生への強い意識をもって死の哀切感を深めたもの。◇たづさはり　以下「茂きがごとく」まで二一〇より整っているが、軽の池での歌垣で二人が逢ったことを示す表現はない。◇出立《いでたち》　山や樹木が突っ立っていることをいう。◇うつそみと思ひし妹が　人の言によって、葬った妻を再びこの世の人かと思ったのでこの表現がある。◇灰にていませば　「灰にて」だと妻は確実に死んでいる。二一〇の「見えなく」だと妻は山中のどこかにまだいるかもしれないことになる。この違いが、続く短歌のありかたに影響している。

214　去年見た秋の月は今も変らず渡っているが、この月を一緒に見た妻は、年月とともにいよいよ遠ざかって行く。
◇渡れども　二一一には「照らせども」という。これは、その長歌二一〇の「見えなく」を承《う》けて、月は眼前に照っているが妻はわが眼には見えない、という気持を表わすための改作と思われる。

215　引手の山に妻を置いて来て、その山道を思うと、生きた心地《ここち》もしない。
◇山道思ふに　山道をかなたに置いた表現。二一二の「山道を行けば」は山道に自分を置いた表現。妻がどこか

ば　男《をとこ》じもの　脇《わき》ばさみ持ち　我妹子と　二人我が寝《ね》し　枕付《まくらづ》く　妻屋《つまや》のうちに　昼《ひる》は　うらさび暮らし　夜《よる》は　息づき明かし　嘆けども　為《せ》むすべ知らに　恋ふれども　逢ふよしをなみ　大鳥の　羽《は》がひの山に　汝《な》が恋ふる　妹はいますと　人の言へば　岩根《いはね》さくみて　なづみ来《こ》し　よけくもぞなき　うつそみと　思ひし妹が　灰にていませば

短歌三首

214 去年《こぞ》見てし　秋の月夜《つくよ》は　渡れども　相見《あひみ》し妹《いも》は　いや年《とし》離《さか》る

215 衾《ふすま》ぢを　引手《ひきて》の山に　妹を置きて　山道《やまぢ》思ふに　生けると

もなし

216 家《いへ》に来て　我が屋《や》を見れば　玉床《たまどこ》の　外《ほか》に向きけり　妹《いも》が木枕《こまくら》

一 吉備津采女《きびつのうねめ》が死にし時に、柿本朝臣人麻呂が作る歌
一首　并《あは》せて短歌

217 秋山の　したへる妹《いも》　なよ竹の　とをよる子らは　いかさまに　思ひ居《を》れか　栲縄《たくなは》の　長き命《いのち》を　露こそば　朝《あした》に置きて　夕《ゆふへ》は　消《き》ゆといへ　霧こそば　夕に立ちて　朝は失《う》すといへ　梓弓《あづさゆみ》　音《おと》聞く我れも　おほに見し　こと悔《くや》しきを　敷栲《しきたへ》の　手枕《たまくら》まきて　剣大刀《つるぎたち》　身に添《そ》へ寝《ね》けむ　若

にいるかもしれぬ二一〇の群では人麻呂は山にずっといなければならず歌もここで終らねばならぬのである。◇生けると　「と」は鋭心《とごころ》。しっかりした心。

216 家に帰りついて懐かしい妻屋の寝床を見ると、空《むな》しくもあらぬ方《かた》を向いている。妻の木枕は。

二一〇の群にはこの歌がない。第二短歌を山をさまよう形で歌ったその群では家での抒情は必要でなかった。◇玉床　ここは死者の床を尊んだ語。◇外に向きけり　主《ぬし》の魂が籠《こも》る枕が抜殻《ぬけがら》になっていることをいう。

一 吉備の国（岡山県）の津の郡《こおり》出身の采女。歌によれば、采女の禁制を侵《おか》して結婚し入水《じゅすい》自殺を遂げた。

217 秋山のように美しく照り映えるおとめ、なよ竹のようにたおやかなあの子は、どのように思ってか、長かるべき命であるのに、露なら朝《あさ》置いて夕《ゆうべ》には消えるというが、霧なら夕に立って朝にはなくなるというが、はかなくも世を去ったという、その噂を聞く私でさえも、おとめを生前ぼんやりと見過していたことが残念でたまらないのに、まして、手枕を交し身に添えて寝たであろうその夫だった人は、どんなに寂しく思って一人寝をかこっていることであろうか。どんなに心残りに思って恋い焦れていることであろうか。思いもかけぬ時に逝《い》ってしまったおとめの、何とまあ、朝露のようにも夕霧のようにもあることとか。露と霧とをはかないものの譬喩《ひゆ》として活用した最初の作品。全編を覆う露・霧の情緒が薄命の美女のあわれと調和し、風流な詩的世界を創り出している。

草の　その夫《つま》の子は　寂《さぶ》しみか　思ひて寝《ぬ》らむ　悔《くや》しみか　思ひ恋ふらむ　時にあらず　過ぎにし子らが　朝露《あさつゆ》のごと　夕霧《ゆふぎり》のごと

短歌二首

218 楽浪《ささなみ》の　志賀津《しがつ》の子らが　一には「志賀の津の子が」といふ　罷《まか》り道《ぢ》の　川瀬《かはせ》の道《みち》を　見れば寂《さぶ》しも

219 そら数《かぞ》ふ　大津《おほつ》の子が　逢ひし日に　おほに見しくは　今ぞ悔《くや》しき

讃岐《さぬき》の狭岑《さみね》[二]の島にして、石中《せきちゆう》の死人《しにん》[三]を見て、柿本朝

◇秋山の　「したへる妹」の枕詞。「したへる」は赤く色づいた意。「秋山のしたへる」は一方では紅顔を、他方では冥界《めいかい》をにおわせている。一〇六参照。◇なよ竹の　「とをよる子ら」の枕詞。◇栲縄《たくなは》の　「長き命」の枕詞。楮《こうぞ》の繩の長い意。◇おほに　はっきりせぬさま。この語、一首の重要な素材の「霧」の属性でもある。この歌には他にも「音聞く」「…けむ」「か…らむ」など、霧一重を隔てたような物言いが多い。「失すといへ」あたりの省筆された叙述や結びの余情を託した表現も同様。◇若草の　「夫」の枕詞。冒頭の「秋山の」との間に死者と生者との対比が映し出されている。

218　楽浪の志賀津の采女がひっそりとこの世を去って行った道、その川瀬の道を見ると、まことにうら寂しい。

歌の主人公は近江朝の采女だったらしい。ただし作者と同時代の采女をそのように見立てたとも見られる。◇楽浪の志賀津　二九、三〇参照。◇寂しも　長歌の「寂しみか」を人麻呂の心情を示す語として承《う》けながら結んだもの。次歌の「悔しき」も同様。

219　大津の采女に出逢った時に、はっきり見なかったことは、今にして思えばなんとも残念だ。

再び「おほに」を用い、霧の情緒の中で全体を閉じた。◇そら数ふ　「大津」の枕詞。そらで数えると大凡《おおよそ》である意。「そら数ふ大」は下の「おほに」とも響きあう。

二　香川県塩飽《しあく》諸島中の沙弥《さみ》島。埋立てで今は坂出市と陸続き。　三　海岸の岩石の間に横たわる死人。

臣人麻呂が作る歌一首 幷《あは》せて短歌

220 玉藻《たまも》よし 讃岐《さぬき》の国は 国からか 見れども飽かぬ 神《かむ》からか ここだ貴《たふと》き 天地《あめつち》 日月《ひつき》とともに 足《た》り行かむ 神《かみ》の御面《みおも》と 継ぎ来《きた》る 那珂《なか》の港ゆ 船浮《う》けて 我が漕《こ》ぎ来《く》れば 時つ風 雲居《くもゐ》に吹くに 沖《おき》見れば とゐ波立ち 辺《へ》見れば 白波騒く 鯨魚《いさな》取り 海を畏《かしこ》み 行く船の 梶《かぢ》引き折《を》りて をちこちの 島は多《おほ》けど 名ぐはし 狭岑《さみね》の島の 荒磯面《ありそも》に 廬《いほ》りて見れば 波の音《おと》の 繁《しげ》き浜辺《はまへ》を 敷《しき》栲《たへ》の 枕になして 荒床《あらとこ》に ころ臥《ふ》す君が 家《いへ》知らば 行きても告《つ》げむ 妻知らば 来《き》も問はましを 玉桙《たまほこ》の 道《みち》だに知らず おほほしく 待ちか恋ふらむ はしき妻らは

220 玉藻のうち靡く讃岐の国は国柄《くにがら》が立派なせいか いくら見ても飽きることがない、国つ神が畏《かしこ》いせいかまことに尊い。天地・日月とともに充ち足りてゆくであろうその神の御顔《みかお》であるとして、昔から承《う》け継いで来たこの那珂《なか》の港から船を浮べて我らが漕ぎ渡って来ると、突風《とっぷう》が雲居遥《はる》かに吹き始めたので、沖の方を見るとうねり波が立ち、岸の方を見ると白波がざわめいている。この海の恐ろしさに行く船の楫《かじ》を折れるばかりに漕いで、島はあちこちと多いが、中でも殊に名の霊妙な狭岑《さみね》の島に漕ぎつけてその荒磯《ありそ》の上に仮小屋を作って見やると、波の音のとどろく浜辺を枕にして人気《ひとけ》ない岩床にただ一人臥《ふ》している人がいる、この人の家がわかれば行って報《しら》せもしよう、妻が知ったら来て尋ねもしように。ここに来る道もわからず心配しながら待ち焦れていることだろう、いとしい妻は。

旅中、亡きものの魂を鎮める儀礼を行い、行路の安全を祈る習慣があった。これを投影する歌と思われるが、同時に行路悲歌として宮廷人に披露されたらしい。◇玉藻よし 「讃岐」の枕詞。「よし」は詠嘆。◇国から 「から」は素姓《すじょう》。◇神の御面 讃岐を讃えた語。『古事記』国生み神話に、四国は身一つで面《おも》四つの島とし、そのうち讃岐は飯依比古《いいよりひこ》というと伝える。◇那珂の港 丸亀市金倉川の河口付近。◇時つ風 引き潮の前後、時を定めて一時的に吹く強風。◇とゐ波 「とゐ」は撓《たわ》の意。◇名ぐはし 下の狭岑《さみね》に沙弥《さみ》(僧)を感じての語か。◇ころ臥す 「ころ」は自《みずか》らの意。

反歌二首

221 妻もあらば　摘みて食《た》げまし　沙弥《さみ》の山　野《の》の上《へ》のうはぎ　過ぎにけらずや

222 沖つ波　来《き》寄《よ》する荒磯《ありそ》を　敷栲《しきたへ》の　枕とまきて　寝《な》せる君かも

柿本朝臣人麻呂、石見《いはみ》[一]の国に在りて死に臨む時に、自《みづか》ら傷《いた》みて作る歌一首

223 鴨山《かもやま》の　岩根《いはね》しまける　我れをかも　知らにと妹《いも》が　待ちつつあるらむ

---

221 妻でもここにいたら、一緒に摘んで食べることもできたろうに。狭岑《さみね》の山の野辺一帯の嫁菜《よめな》はもう盛りが過ぎてしまっているではないか。

家郷の妻に思いを馳せて結んだ長歌に対し、この歌では行路死人その人に中心を移して悲しんでいる。◇食《た》げまし　死因を餓死と見てこう言ったか。◇けらずや　「けら」は過去の助動詞。「ずや」は眼前の事実について人の注意を喚起し、同意を求める語法。

222 沖つ波のしきりに寄せ来る荒磯なのに、まあこの人は磯を枕に横たわっておられることよ。

類想歌三四一。純粋に死人に心を注いで結んでいる。◇寝《な》せる　「寝《な》す」は「寝《ぬ》」の敬語。

一　「相聞」は虚構と見られる人麻呂の恋の歌で閉じ、「挽歌」は人麻呂の死の歌で閉じている。ともに舞台は石見、相手は依羅《よさみ》。石見の死も虚構らしい。

223 鴨山の山峡《やまかい》の岩を枕にして行き倒れている私なのに、何も知らずに妻は私の帰りを今日か今日かと待ち焦れていることであろうか。

人麻呂は行路死人歌の代表的作者であり、かつ石見相聞歌（一三一～一四〇）は宮廷サロンで人麻呂が演じたロマンであった。妻との石見での永遠の生き別れを強いられた歌俳優《うたはいゆう》人麻呂は、聴衆の再度の要望により、その妻の里のある石見の国での劇中の行き倒れを演じなければならなかったものと思われる。類想歌八六。◇鴨山　所在未詳。地名「鴨」は砂鉄生産に与《あずか》った賀茂（鴨）族との関係が深く、石見のほか諸国にある。

柿本朝臣人麻呂が死にし時に、妻依羅娘子《よさみのをとめ》が作る歌二首

224 今日《けふ》今日《けふ》と 我が待つ君は 石川《いしかは》の 峡《かひ》に 一には「谷《たに》に」といふ 交《まじ》りて ありといはずやも

225 直《ただ》に逢はば 逢ひかつましじ 石川に 雲立ち渡れ 見つつ偲《しの》はむ

丹比真人《たぢひのまひと》[一] 名は欠けたり 柿本朝臣人麻呂が意《こころ》[二]に擬《なずら》へて報《こた》ふる歌一首

226 荒波《あらなみ》に 寄り来《く》る玉を 枕に置き 我れここにありと 誰れか告《つ》げけむ

224 今日か今日かと私が待ち焦れているお方は、石川の山峡《やまかい》に迷いこんでしまっているというではないか。

妻の歌二首は、一四〇同様、実際には人麻呂の作で、依羅娘子は石見妻を演じてこの歌を誦詠した女性か。◇石川　所在未詳。諸国に分布し「鴨」の地名と組になっていることが多い。人麻呂の死に関する歌語りに「鴨山」と「石川」が呼応して登場した理由の一つか。人麻呂は妻の住む石川の上流にある鴨山まで来て死んだという設定なのであろう。

225 じかにお逢いしようと思っても、とても無理であろう。雲よ、石川一帯に立ち渡れ。せめてこの雲を見ながらあの方をお偲《しの》びしよう。

◇逢ひかつましじ　お逢いすることはできまい。「かつ」「ましじ」は九四参照。◇見つつ偲はむ　雲を通して人を偲ぶ歌は多い（四二八、四四四など）。

一 未詳。一六〇九、一七二六にも同様な名があるが、同一人か否か不明。丹比氏の本貫《ほんかん》は河内の国丹比郡。この丹比の一郷名に依羅娘子にちなみの「依羅」がある。

二 人麻呂の心を推し測りその心になって、の意。

226 荒波に寄せられて来る玉を枕にして私がこの浜辺にいると、誰が告げてくれたのであろうか。

石中死人歌の第二反歌（二二二）の影響を受けている。別の折、二二三～五が石中死人歌とともに享受された時、その歌群の雰囲気に包まれながら、二二三の人麻呂になり代って詠んだものか。

或本の歌に曰はく

227 天離《あまざか》る　鄙《ひな》の荒野《あらの》に　君を置きて　思ひつつあれば　生けるともなし

右の一首の歌は、作者いまだ詳《つばひ》らかにあらず。ただし、古本[三]この歌をもちてこの次《つぎて》に載《の》す。

寧楽《なら》[四]の宮《みや》

和銅[五]四年歳次《さいし》[六]辛亥《かのとゐ》に、河辺宮人《かはへのみやひと》[七]、姫島《ひめしま》[八]の松原にして娘子《をとめ》の屍《しかばね》[九]を見て悲嘆《かな》しびて作る歌二首

228 妹《いも》が名は　千代《ちよ》に流れむ　姫島の　小松《こまつ》がうれに　蘿生《こけむ》す

◇寄り来《く》る玉　実際には海辺に打寄せられた石や貝のこと。この歌が二二三～五に組み合された時、一緒に享受された石中死人歌の醸《かも》しだす雰囲気によって、二二三は、石川が鴨山の山間を割ってただちに海に注ぐその浜辺で人麻呂が死んだ、と理解されたのであろう。

227 遠い片田舎の荒野にあの方を置いたままで思いつづけていると、生きた心地《ここち》もしない。

さらに後の人が妻依羅娘子の立場で詠んだもの。泣血《きゆうけつ》哀慟歌《あいどう》第二群の短歌（二二四、二二五）のほんの僅かな焼き直しである。二二三～六が泣血哀慟歌とともに享受された折に、哀慟歌の与える印象が重なって付け加えられたものであろう。◇天離る　「鄙」の枕詞。以下、都にある者の心である。◇荒野　人麻呂に多い用語（四七、二二〇など）。「野」は広く山野をさす。一四四参照。◇君を置きて　君の屍《しかばね》を置いて、の意。◇生けるともなし　二二五参照。

三 萬葉集編纂の一資料となった本。いかなる本とも知られないが、一五・一九左注の「旧本」とは別本。

四 八五頁注二、および解説参照。

五 類似の題詞が巻三（四三四～七）にあるが、歌もその数も異なる。六 年廻り。歳星《さいせい》（木星）の次《やどり》（宿り）の意。七 物語上の人名か。八 淀川河口の島の名か。

九 想い見て、の意。娘子の死は伝説であったらしい。

228 この娘子《おとめ》の名は千代《ちよ》万代《よろずよ》に流れ伝わるであろう。娘子にふさわしい名の姫島の小松が成長して梢に蘿《こけ》が生《む》すまでも。

までに

229 難波潟《なにはがた》 潮干《しほひ》なありそね 沈みにし 妹が姿を 見まく苦しも

一霊亀元年歳次《さいし》乙卯《きのとう》の秋の九月に、二三志貴親王《しきのみこ》の薨ぜし時に作る歌一首 并《あは》せて短歌

230 梓弓《あづさゆみ》 手に取り持ちて ますらをの さつ矢手挟《たばさ》み 立ち向《むか》ふ 高円山《たかまとやま》に 春野焼《はるのや》く 野火《のび》と見るまで 燃ゆる火を 何《なに》かと問へば 玉桙《たまほこ》の 道来る人の 泣く涙《なみた》 こさめに降れば 白栲《しろたへ》の 衣《ころも》ひづちて 立ち留《と》まり 我れに語らく なにしかも もとなとぶらふ 聞けば 哭《ね》のみし泣か

◇千代に流れむ 「名ハ世ニ流ル」（『漢書』匡衡伝《きようこう》）、「千歳ノ英声ヲ流ス」（『文選《もんぜん》』巻四十）など、漢籍の影響をうけた表現。◇蘿《こけ》 一〇一頁注九参照。

229 難波潟よ、引き潮などあってくれるな。ここに沈んだ娘子《おとめ》の姿を見るのはつらいことだから。

娘子の屍を美しく幻想した前歌に対して、これはその幻想が破れることを忌避した歌である。

◇難波潟 干満の差が激しく干潟《ひがた》の多いことで有名。五三など。◇沈みにし 恋ゆえに入水したのであろう。

一 『続紀』には霊亀二年（七一六）八月十一日薨去と記す。実際には元年八月に没したのだが、翌九月早々（二日）、元正天皇即位の慶事が行われることになっていたために密葬ですませ、薨奏《こうそう》を本葬（一周忌）の二年八月に延期したところから『続紀』の伝が起ったものか。 二 七七日《なななぬか》などの供養が行われるべき時を示し、下の「作る」にかかるが、二三〇～二の歌が披露されたのは本葬の折らしい。 三 七一頁注六参照。

230 梓弓を手に取り持って、大丈夫《ますらお》が矢を脇挟んで立ち向う的《まと》、その名を持つ高円山《たかまと》に、春の野を焼く野火と見まごうほどに燃える火を、「あれは何だ」と尋ねると、道来る人が涙を小雨のように流して白麻の衣をぐっしょり濡らしながら、立ちどまって私にこう言った。「何だって由《よし》ないことをお尋ねになるのです。そんなことを聞くとただ泣けてきます。わけをお話すると心が痛みます。実は、天子様の御子《みこ》のご葬列の送り火が、こんなにも赤々と照らしているのです」。

直接に死者を悼《いた》む人麻呂の宮廷挽歌と違って、「手火《たひ》」に焦点を据えた客観的な問答形式を通して深い哀悼の意を表わしている。◇梓弓　以下五句は「高円山《たかまとやま》」の序。その勇ましい明るさが後半の暗さを対比的に浮き立たせている。◇さつ矢　六一参照。◇高円山　奈良市の東、春日山の南にある山。◇白栲《しろたへ》の　喪服の色の形容。◇もとな　「元無し」の意。理由もなく、むやみに。◇天皇の神の御子　神である天皇の御子。ここの「天皇の神」は天智天皇。◇手火　葬送の時、手に持つ松明《たいまつ》。

四 別人の歌二三三〜四を利用した歌であるために「短歌」とあるらしい。長歌からの独立の度も強い。

231 高円《たかまと》の野辺の秋萩は今はかいもなく咲いては散っていることであろうか。見る人もいなくて。

次歌とともに、別に存在した二三三〜四を、本葬の時に披露された長歌に合うように改めたものらしい。◇見る人なしに　志貴皇子を暗にさした表現。

232 御笠山の野辺を通る宮道は、どうしてこんなにひどく荒れすさんでいるのであろうか。皇子が亡くなられてまだそんなに長くは経っていないのに。

◇御笠山　春日山の前方にある一峰。◇野辺行く道　志貴皇子の宮道。皇子の宮は春日山の麓にあった。◇こきだくも　「ここだくも」に同じ。◇繁く荒れたるか　人気《ひとけ》なく荒《すさ》んだことをいう。「か」は疑問的詠嘆。

五『金村集』の歌は他に巻三、六、九に見える。右の三首は金村作と見てよい。金村は聖武朝の宮廷歌人。

ゆ　語れば　心ぞ痛き　天皇《すめろき》の　神の御子《みこ》の　いでまし
の　手火《たひ》の光ぞ　ここだ照りたる

四 短歌二首

231 高円《たかまと》の　野辺《のへ》の秋萩《あきはぎ》　いたづらに　咲きか散るらむ　見る
人なしに

232 御笠山《みかさやま》　野辺行く道は　こきだくも　繁《しげ》く荒れたるか　久《ひさ》
にあらなくに

右の歌は、五 笠朝臣金村《かさのあそみかなむら》が歌集に出づ。

或本の歌に曰はく

233　高円の野辺の秋萩よ、散らないでおくれ。いとしいお方の形見と見ながらずっとお偲びしよう。

次歌とともに、妻女ら遺族の嘆きを述べた密葬時の歌らしい。ただし、作者は妻女たち自身か別人か不明。◇君が形見に　以下二句、女性の呼吸である。この「君」が二三二では間接的な「人」に変っている。◇偲《しぬ》はむ「偲《しぬ》ふ」は「偲《しの》ふ」に同じ。

234　御笠山の野辺を通る宮道はこんなにもひどく荒れてしまいました。あの方が亡くなってからまだ時はいくらも経っていないのに。

以上二首、ひそやかな歌である。慶事（元正即位）の折の密葬におけるものであったためにこう歌うしかなかったのであろう。金村は、晴れての本葬時に、一年前のこの二首を自作の反歌に利用して遺族の心を満たしたものらしい。なお、志貴皇子の妻たちには、春日《かすがの》王《おおきみ》の母多紀皇女《たきのひめみこ》や光仁《こうにん》天皇の母紀朝臣橡姫《きのあそみつるばみひめ》がいた。◇野辺ゆ「ゆ」は格助詞。ここでは通過するところを示す。◇荒れにけるかも「けるかも」は詠嘆。これが二三二では「たるか」と疑問的詠嘆になっている。

233　高円《たかまと》の　野辺《のへ》の秋萩　な散りそね　君が形見に　見つつ偲《しぬ》はむ

234　御笠山　野辺ゆ行く道　こきだくも　荒れにけるかも　久《ひさ》にあらなくに

萬葉集　巻第三

萬葉集　巻第三

[一]雑《ざふ》歌《か》

[二]天皇《すめらみこと》、[三]雷《いかづち》の岳《をか》に幸《いでま》す時に、[四]柿本朝臣人麻呂《かきのもとのあそみひとまろ》が作る歌一首

235
大君《おほきみ》は　神にしませば　天雲《あまくも》の　雷《いかづち》の上《うへ》に　廬《いほ》らせるかも

右は、或本には「[五]忍壁皇子《おさかべのみこ》に[六]献《たてまつ》る」といふ。その歌には「[七]大君は　神にしませば　雲隠《くもがく》る　雷山《いかづちやま》に　宮《みや》敷き

一　四三頁注一参照。

二　持統天皇か。文武天皇ともいう。　三　奈良県高市《たかいち》郡明日香《あすか》村の雷《いかづち》の岡。　四　六〇頁注六参照。

235　わが大君は神であらせられるので、天雲を支配する雷の上に廬《いお》りしていらっしゃる。

天皇が、国見のため、雷の名をもつ雷の岡に登られて、仮宮に籠って斎戒されたことを歌ったもの。現実には小さな岡にしかすぎない雷の岡を雄大に表現したのは、天皇讃歌における詩的表現である。類歌二四一、四二六〇、四二六一。

◇大君は神にしませば　天皇を中心とする権力の集中が行われた天武・持統朝に見られる思想で、天皇を現《あら》人神《ひとがみ》として尊び、その絶大な力を讃《たた》えた慣用句。◇天雲の　「雷」の枕詞。天雲の中にいる雷の意。◇雷の岡を雷に見立てた。◇廬らせる　「せ」は敬意を表わす「す」の命令形。「る」は完了の「り」の連体形。「廬る」は、仮宮に籠って潔斎する、の意。

五　一三四頁注四参照。　六　献る歌の意。　七　「天皇は神であらせられるので、雲に隠れた雷山に仮宮を建てて籠っていらっしゃる」の意。「雲隠る」は「雷山」の枕詞か。形容句ともいう。

います」といふ。

[一]天皇《すめらみこと》、[二]志斐嫗《しひのおみな》に賜ふ御歌一首

236
いなと言へど　強《し》ふる志斐のが　強《し》ひ語《かた》り　このころ聞かずて　我れ恋ひにけり

志斐嫗が和《こた》へ奉《まつ》る歌一首　嫗が名は、いまだ詳《つばひ》らかにあらず

237
いなと言へど　語《かた》れ語《かた》れと　宣《の》らせこそ　志斐いは申《まを》せ　強《し》ひ語りと言ふ

[三]長忌寸意吉麻呂《ながのいみきおきまろ》、[四]詔《みことのり》に応《こた》ふる歌一首

238
大宮の　内まで聞こゆ　網引《あび》きすと　網子《あご》ととのふる　海人《あま》

一 持統天皇か。二『新撰姓氏録』に、楊《やなぎ》の花を辛夷《こぶし》の花だと強引に言い張った、阿倍志斐連名代《あべのしいのむらじなしろ》のことを載せる。その一族か。「嫗」は老女。

236 「もうたくさん」というのに聞かそうとする、志斐婆さんの無理強い語《がた》りも、ここしばらく聞かないでいると、私には恋しく思われる。

側近の老婆志斐を軽くからかった歌。シフ・シヒ・シヒの反復に即興的諧謔味《かいぎゃくみ》を出す。◇志斐の「の」は親愛の意を表わす接尾語。◇強ひ語り「強ひ」に「志斐」を懸ける。こじつけの「誣《し》ひ」の意もこもるか。

237 「もういやです」と申しても、「語れ、語れ」とおっしゃるからこそ、志斐はお話し申し上げるのですが、それを無理強い語りだなどとおっしゃいます。

前歌の「いなと言へど」を承《う》けて志斐が歌い返した。◇志斐い「い」は強意の副助詞。

三 七四頁注五参照。四 歌を作るようにとの天皇のお言葉に応じて作った歌。

238 御殿の中まで聞えてきます。網を引こうと網子《あみこ》らを集め、音頭を取る漁師《りょうし》の掛け声が。

文武三年（六九九）正月から二月にかけて、文武天皇・持統上皇の難波《なにわ》（大阪）行幸があった時、その地の賑《にぎわ》いを讃えた歌。大阪は、当時海岸線が宮殿のある内陸部まで入りこんでいた。この歌、下三句の句頭はア音で調子を整えている。

の呼《よ》び声《こゑ》

五右の一首

六長皇子《ながのみこ》、七猟路《かりぢ》の池に遊《いでま》す時に、柿本朝臣人麻呂が作る歌一首　并《あは》せて短歌

239

やすみしし　我が大君《おほきみ》　高照《たかて》らす　我が日の御子《みこ》の　馬並《うまな》めて　御狩《みかり》立たせる　若薦《わかこも》を　猟路《かりぢ》の小野に　鹿《しし》こそば　い匐《は》ひ拝《をろが》め　鶉《うづら》こそ　い匐《は》ひ廻《もとほ》れ　鹿《しし》じもの　い匐《は》ひ拝《をろが》み　鶉《うづら》なす　い匐《は》ひ廻《もとほ》り　畏《かしこ》みと　仕《つか》へまつりて　ひさかたの　天《あめ》見るごとく　まそ鏡　仰ぎて見れど　春草《はるくさ》の　いや愛《め》づらしき　我が大君かも

◇網子《あご》　地引網を引く下っぱの漁師たち。◇ととのふる　大勢の人々の行動を一つに統御する。

五　萬葉集の編纂《へんさん》に用いた資料にあった文字が残ったもので、本来なら抹消すべき文字。

六　七五頁注八参照。　七　奈良県宇陀郡榛原《はいばら》町の宇陀川・芳野《ほうの》川合流点付近の湿原にできた池か。

239　あまねく天下を支配せられるわが主君、高く天上を照らし給う日の神の御子、長皇子《ながのみこ》が、馬を連《つら》ねて狩をしておられる猟路野《かりじの》の御猟場《ごりょうば》では、鹿は膝《ひざ》を折って匐《は》うようにしてお辞儀し、鶉《うずら》はうろうろとおそばを匐いまわっているが、われわれも、鹿ではないが手をついて匐うようにして皇子をうやまい、鶉のように身を屈《かが》めて匐うようにしておそばを離れず、恐れ多いことだと思いながら、お仕え申し上げ空を仰ぐように皇子を仰ぎ見るけれども、春草のようにいよいよお慕わしく心ひかれるわが君でいらっしゃいます。

狩猟の夜の宴席で、皇子に捧げられた讃歌。猟場の鹿や鶉の様子を、皇子をうやまい、奉仕するさまに見立て、それにあやかって皇子にお仕えする者たちの心情を述べた。

◇若薦《わかこも》を　「猟路」の枕詞。若い薦を刈る意。◇い匐ひ　「い」は接頭語。◇まそ鏡　「仰ぎ見る」の枕詞。よくうつる立派な銅製の鏡。ここでは、「春草の」に対比して用いられ、恐れ多い神器としての鏡の意。◇春草の　「愛《め》づらし」の枕詞。◇愛づらしき　心ひかれる、見て愛でていたい、の意。

反歌一首

240 ひさかたの　天行《あめゆ》く月を　網《あみ》に刺《さ》し　我が大君《おほきみ》は　蓋《きぬがさ》にせり

或本の反歌一首

241 大君は　神にしませば　真木《まき》の立つ　荒山中《あらやまなか》に　海を成すかも

弓削皇子《ゆげのみこ》[一]、吉野《よしの》[二]に遊《いそま》す時の御歌一首

242 滝《たき》の上《うへ》の　三船《みふね》の山に　居《ゐ》る雲の　常にあらむと　我が思はなくに

240 空に出た月を網を張って捕えて、わが主君は蓋《きぬがさ》にしていらっしゃる。

空に出た月を背景にして立たれた皇子の姿をこのように見立て、皇子の威勢を讃《たた》えた。「月を網に刺し」と言ったのは猟場での歌だからである。『歌経標式《かきようひようしき》』（藤原浜成《はまなり》撰）にも採用されている。

◇蓋　貴人の後ろからさしかける大型の傘。いかめしく飾りたてるてだての一つ。

241 わが皇子は神であらせられるので、杉や檜《ひのき》の茂る人気《ひとけ》のない山中に海をお作りになっている。

御猟場の山中の池、または谷川をせきとめて作った人工池を、皇子の絶大な力によってできた海と見立て、皇子を讃えた。

一　一〇一頁注七参照。　二　奈良県吉野の宮滝付近の離宮。

242 滝の上の三船の山に雲がいつもかかっているように、いつまでも生きられようなどとは、私は思ってもいない。

持統朝において皇子が不遇であったこと、または病弱であったことを、みずから嘆いた歌か。

◇三船の山　吉野の宮滝にかかる橋の上流右手に見える山。「舟岡山」ともいう。

[三]春日王《かすがのおほきみ》が和《こた》へ奉《まつ》る歌一首

243 大君は　千年《ちとせ》に座《ま》さむ　白雲も　三船の山に　絶ゆる日あらめや

或本の歌一首

244 み吉野の　三船の山に　立つ雲の　常にあらむと　我が思はなくに

右の一首は、[四]柿本朝臣人麻呂が歌集に出づ。

[五]長田王《ながたのおほきみ》、[六]筑紫《つくし》に[七]遣《つか》はさえて、[八]水島《みづしま》に渡る時の歌二首

245 聞きしごと　まこと尊《たふと》く　くすしくも　神《かむ》さびをるか　これの水島

三 文武三年（六九九）、浄大肆《じょうだいし》（令制の正四位相当）で没。

243 皇子は、千年も生きていらっしゃるでしょう。その証拠に、白雲だって三船の山に絶えたことがありましょうか。

皇子の命の限りないことを述べ、その言葉どおりに皇子が長寿であるように祈念した歌。

244 吉野の三船の山に雲がいつも湧《わ》き立っているように、いつまでも生きられようなどとは、私は思ってもいない。

四 一一六頁注八参照。

五 八三頁注五参照。 六 福岡県。九州の総称。ここは後者。 七 派遣されて。 八 熊本県八代《やつしろ》市植柳《うやなぎ》、球《く》磨《ま》川の支流南川の河口にある小島、または大鼠蔵《そうぞう》島か。

245 話に聞いていたとおり、ほんとうに尊く、不思議にも神々《こうごう》しく見えることだ。この地、水島は。

その昔、景行天皇が神に祈られたところ、たちまち、この島の崖《がけ》の傍らから清水が湧き出したという、奇《く》しき伝説（「景行紀」十八年）をもつ水島を見て詠《よ》んだ。

246 芦北《あしきた》の　野坂《のさか》の浦ゆ　船出《ふなで》して　水島に行《ゆ》かむ　波立つな
ゆめ

[一]石川大夫《いしかはのまへつきみ》が和《こた》ふる歌一首　名は欠けたり

247 沖つ波　辺波《へなみ》立つとも　我が背子《せこ》が　御船《みふね》の泊《とま》り　波立た
めやも

右は、今案《かむが》ふるに、従四位下[二]石川宮麻呂朝臣《いしかはのみやまろのあそみ》、慶雲《きやううん》の
年の中《うち》に[三]大弐《だいに》に任《ま》けらゆ。また、正五位下[四]石川朝臣君《いしかはのあそみきみ》
子《こ》、神亀《じんき》の年の中に[五]少弐《せうに》に任けらゆ。両人《ふたり》のいづれが
この歌を作るかを知らず。

246　芦北の野坂の浦から船出して、水島に渡ろうと思う。波よ、立ってくれるな、けっして。

船旅の無事を言葉に出してみずから祈願した歌。◇芦北の野坂の浦　熊本県芦北郡の不知火海《しらぬいかい》に面した海岸。芦北町佐敷《さしき》、田浦《たのうら》町田浦などという。

一　石川朝臣宮麻呂か。左注参照。

247　沖や岸辺に、どんなに波が立つことがあっても、あなたの乗られた船が泊るところに、波が立つことはけっしてありますまい。

波の心配はないと答えることを通じ無事を祈った歌。

二　大臣石川連子《いしかわのむらじこ》の子。和銅六年（七一三）右大弁で没。　三　太宰府の次官。正五位上相当。　四　号は少郎《しょうろう》子《し》。霊亀元年（七一五）播磨守。兵部大輔、侍従などを歴任。　五　大弐に次ぐ太宰府の高官。従五位下相当。

248　あの隼人《はやと》の住む薩摩の瀬戸を、空のかなたの雲のように、遠くはるかにではあるが、今日初めてこの目で見ることができたぞ。

遠く異郷の涯《はて》まで来て、薩摩の瀬戸を実際に見ることを得た、深い感慨を述べた。◇隼人《はやひと》　大隅・薩摩地方に住んでいた精悍《せいかん》な部族。◇薩摩の瀬戸　黒の瀬戸。天草諸島の最南の長島と九州本島の阿久根《あくね》市黒之浜との間の狭い海峡。

六　旅の歌の意。　七　四首ずつ二群で構成され、内海往還の旅情を述べた歌としてのまとまりがある。

249　御津の崎に打ち寄せる波を恐れて、奥まった入江の船で風待ちしていた主君は、「さあ皆の者、

また、長田王《ながたのおほきみ》が作る歌一首

248 隼人《はやひと》の　薩摩《さつま》の瀬戸を　雲居なす　遠くも我れは　今日《けふ》見
つるかも

柿本朝臣人麻呂が羈旅《きりよ》[六]の歌八首[七]

249 御津《みつ》の崎　波を畏《かしこ》み　隠江《こもりえ》の　船なる君は　奴島《ぬしま》にと宣《の》る

250 玉藻《たまも》刈る　敏馬《みぬめ》を過ぎて　夏草の　野島《のしま》の崎に　船近づき
ぬ

[八]一本には「処女《をとめ》[九]を過ぎて　夏草の　野島が崎に　廬《いほ》[一〇]り
す我れは」といふ。

奴島《ぬしま》へ」と指令を下された。

官命で上司に従って難波から船出する時の作。以下二五二まで往路の旅愁を述べている。

◇御津　淀川の河口にあった朝廷直轄の難波の港。◇隠江《こもりえ》　奥深く入りこんだ、風待ちに好都合の入江。◇船なる君　船に乗っている主君の意。「君」は、人麻呂の上司か。◇奴島　野島《のしま》に同じ。淡路島北端の西海岸。船の寄港地の一つ。「奴《ぬ》」は「努《の》」などの誤りか。

250 海女《あま》たちが玉藻を刈っている敏馬《みぬめ》を素通りして、はや船は、夏草の生い茂る野島の崎に近づいてしまった。

単なる旅の叙景歌ではなく、海人おとめのいる敏馬の地を惜しくも素通りして荒涼たる野島に近づいた嘆きを歌ったもの。異伝歌三六〇六。

◇玉藻刈る　実景であるが、玉藻を刈るのは海女の仕事ゆえ、「敏馬《みぬめ》」の「女《め》」にかけて用いた。◇敏馬　神戸港の東、岩屋町付近。「見ぬ女」の意をにおわす。◇夏草の　実景であるが、夏草の生い茂る荒野の意で、野島の「野」に懸けて用いた。

八 本文歌八首とも長田王収集の資料か。以下、一本歌は全部で四首あり、それが往路の二首、帰路の二首でまとまりをなす。八首に対する第一次の作か。巻十五の遣新羅《しらぎ》使人の「所に当りて誦詠する古歌」にも同系統の歌が見える。　九 芦屋市から神戸市東部へかけての地で、敏馬の東に接する。処女塚《おとめづか》（一八〇九参照）などの遺跡がある。　一〇 仮小屋を設けて籠る。

251
淡路の野島の崎の浜風に、故郷《くに》を出るとき妻が結んでくれた着物の紐を吹きかえらせている。
◇紐吹き返す　私は紐を風に吹きかえらせている、の意。放任的使役の言い方。「紐」はここでは着物の表《うわ》紐《ひも》。

252
藤江の浦で鱸《すずき》を釣る卑《いや》しい漁師《りょうし》と見るであろうか。官命によって船旅している私なのだが。
官人たち一行の旅愁を代弁した歌。異伝歌三六〇七。
◇荒栲の　「藤江」の枕詞。五〇参照。◇藤江の浦　明石市西部。藤井の浦とも。◇鱸　瀬戸内海沿岸部に多い浅海魚。晩春から初秋にかけてよく釣れる。◇海人とか見らむ　見知らぬ人は私を海人と見るであろうか。

一　「藤江」の枕詞。　二　漁《りょう》をする。

253
印南野《いなみの》も素通りしづらく思っていたところ、行手に心ひかれる加古の島が見える。
以下四首は、帰路の旅情を主題にしている。
◇稲日野も　「稲日野」は印南野《いなみの》（一四参照）とも言い、景勝の地で伝説にも富む所であり、都へと帰る途上でもあるから、「行き過ぎかてに思」ったのである。◇加古の島　加古川の河口の島、三角洲か。『播磨風土記』の伝説にある「南毗都麻《なびつま》」と同じか。「加古」の「こ」に、都で待つ「子」（妻）の意を連想して「心恋しき」と言った。◇水門《みと》　河口。港。

254
明石の広い海峡に船がさしかかる日には、遙かかなたの故郷に別れを告げることになるであろ

251
淡路《あはぢ》の　野島《のしま》の崎の　浜風に　妹《いも》が結びし　紐《ひも》吹き返す

252
荒栲《あらたへ》の　藤江《ふぢえ》の浦に　鱸《すずき》釣る　海人《あま》とか見らむ　旅行く我れを
一本には「白栲《しろたへ》[一]の　藤江の浦に　漁《いざ》り[二]する」といふ。

253
稲日野《いなびの》も　行き過ぎかてに　思へれば　心恋《こころこほ》しき　加古《かこ》の　島見ゆ
一には「水門《みと》見ゆ」といふ

254
燈火《ともしび》の　明石大門《あかしおほと》に　入らむ日や　漕ぎ別れなむ　家のあたり見ず

うか。もう家族の住む大和の山々を見ることもなく。九州へ下る時の歌だが、次歌の歓びを浮き立たせるために、対比してこの位置に置いたもの。◇燈火《ともしび》の　「明石」の枕詞。

255　遠い田舎の長い道のりをひたすら都恋しさに上って来ると、明石海峡から大和の山々が見える。

◇天離る　「鄙」の枕詞。◇大和島　大和の方角に見える生駒《いこま》・葛城《かつらぎ》連峰。海上から見る陸地を島と言った。

三　わが家。家郷の意。異伝歌三六〇八。

256　笥飯《けい》の海の漁場は、今朝は風もなく潮の具合もよいらしい。ここから見ると、漁師の釣船もたくさん漕ぎ出している。

叙景歌であるが、朝方、海が凪《な》いでいるのを見て、都に帰れる歓びを託したもの。異伝歌三六〇九。◇笥飯の海　淡路島西岸一帯の海をいう。◇庭　仕事場。ここは漁をする海面。◇刈薦《かりこも》の　「乱れ」の枕詞。刈り取った薦は乱れやすい。◇みゆ　活用語の終止形を承《う》け、多くは視覚的な断定を婉曲《えんきよく》に言い表わす。

256一本　武庫の海の漁場であるらしいよ。魚を取っている漁師の釣船が波の上に浮んで見えている。

◇武庫の海　西宮市から尼崎市にかけての海。◇船庭　漁師の仕事場。第二句は、もと「庭よくあらし」とあったのを写し誤ったものか。

四　伝未詳。

257　天から降ってきたという天の香具山では、霞のかかる春になると、松を渡る風に、麓《ふもと》の池に波

255
天離《あまざか》る　鄙《ひな》の長道《ながち》ゆ　恋ひ来れば　明石《あかし》の門《と》より　大和島《やまとしま》見ゆ

一本には「家《いへ》[三]のあたり見ゆ」といふ。

256
笥飯《けひ》の海《うみ》の　庭《には》よくあらし　刈薦《かりこも》の　乱れて出づみゆ　海人《あま》の釣船《つりぶね》

一本には「武庫《むこ》の海　船庭《ふなには》ならし　漁《いざ》りする　海人の釣船　波の上《うへ》ゆ見ゆ」といふ。

鴨君足人《かものきみたりひと》[四]が香具山《かぐやま》の歌一首　并《あは》せて短歌

257
天降《あも》りつく　天《あめ》の香具山　霞《かすみ》立つ　春に至れば　松風に　池波立ちて　桜花《さくらばな》　木《こ》の暗茂《くれしげ》に　沖辺《おきへ》には　鴨妻呼《かもつまよ》ばひ

が立ち、桜の花が木陰いっぱいに咲き乱れ、池の沖の方には鴨がつがいを求めあい、岸辺ではあじ鴨の群れが騒いでいるが、宮仕えの人々が御殿から退出してここでいつも遊んでいた船には、櫂《かい》も棹《さお》もなく、物寂しく静まりかえっている。船を漕ぎ出す人もなくて。

人気《ひとけ》のない埴安《はにやす》の池の様子を述べることによって、奈良遷都後、高市皇子《たけちのみこ》の香具山の宮周辺の荒廃を嘆いた歌か。二六〇左注参照。

◇天降《あも》りつく 「天の香具山」の枕詞。◇霞立つ 「春」の枕詞。◇あぢ ともえ鴨。小型の鴨であじ鴨ともいう。◇退《まか》り出て遊ぶ いわゆる歴史的現在の言い方。貴人のもとを退出して遊んだ、の意。当時大宮人は早朝に出仕し午後には退出するきまりであった。

258 誰も船を漕がなくなったことは見た目にも明らかだ。水にもぐる鴛鴦《おしどり》とたかべとが、その船の上に棲みついている。

反歌二首は、ともに、香具山の宮址周辺が、行く人も稀な自然のままの姿にかえったさまを詠嘆したもの。

◇人漕がずあらく 人が船を漕がないでいること。「あらく」は「あり」のク語法。◇たかべ 小型の鴨。

259 いつの間に神々《こうごう》しくなってしまったのか。香具山のあの桙杉《ほこすぎ》の根もとに苔《こけ》がつくほどに。

◇桙杉 頂《いただき》が桙先《ほこさき》のように尖《とが》った杉の大木。◇苔 陰湿の地に生える苔類。

一 巻三の編纂に際して第二次資料として参考に供さ

辺《へ》つ辺《へ》に　あぢ群騒《むらさわ》き　ももしきの　大宮人《おほみやひと》の　退《まか》り出《で》
て　遊ぶ船には　楫棹《かぢさを》も　なくて寂《さぶ》しも　漕ぐ人なしに

反歌二首

258 人漕がず　あらくもしるし　潜《かづ》きする　鴛鴦《をし》とたかべと
船の上《うへ》に住む

259 いつの間《ま》も　神《かむ》さびけるか　香具山《かぐやま》の　桙杉《ほこすぎ》の本《もと》に　苔生《こけむ》
すまでに

一或本の歌に曰《い》はく

260 天降《あも》りつく　神《かみ》の香具山　うち靡《なび》く　春さり来れば　桜《さくら》

れた本に見える歌。ただし、この「或本歌」の方が二五七よりも、事物の取上げ方や視線の移動が自然である。

260　天から降ってきた神山である香具山に春がやってくると、桜の花が木陰いっぱいに咲き乱れ、松を渡る風に、麓の池に波が立ち、その岸辺にはあじ鴨の群れが騒ぎ、沖の方には鴨がつがいを求めあっているが、宮仕えの人々が御殿から退出してここでいつも漕いでいた船には、棹《さお》も櫂《かい》もなく、もの寂しく静まりかえっている。その船を漕いでみようと思ったけれど。

◇神の香具山　香具山は神山であったので、神招《お》ぎにこの山の賢木《さかき》が用いられた（「神代紀」上）と伝える。◇うち靡く　「春」の枕詞。

二　奈良遷都は和銅三年（七一〇）三月。

三　天武天皇第七皇子。母は藤原鎌足の娘五百重娘《いおえのいらつめ》。天平三年（七三一）畿内《きない》大惣管、同七年没。

261　あまねく天下を支配せられるわが主君、高く天上を照らし給う日の神の御子、新田部皇子がいらっしゃる御殿に、空から降ってくる雪のように絶え間なく行き通って出仕しよう。いつまでもいつまでも。

◇敷きいます　「敷く」は主《あるじ》として住まう意。◇雪じもの　雪でもないのにあたかも雪が降りしきるかのように絶え間なく、の意で、「行き通ひ」を修飾する。「雪」と「行き」とは同音繰返しの効果も狙う。◇いや　いよいよますます。◇常世まで　永遠に。

花《ばな》　木《こ》の暗茂《くれしげ》に　松風に　池波立ち　辺《へ》つ辺《へ》には　あぢ群《むら》
騒《さわ》き　沖辺《おきへ》には　鴨妻呼《かもつまよ》ばひ　ももしきの　大宮人《おほみやひと》の　退《まか》
り出《で》て　漕ぎける船は　棹楫《さをかぢ》も　なくて寂《さぶ》しも　漕がむと
思《おも》へど

右は、今案《かむが》ふるに、寧楽《なら》[二]に遷都したる後に、旧《いにしへ》を怜《あはれ》び
てこの歌を作るか。

柿本朝臣人麻呂、[三]新田部皇子《にひたべのみこ》に献《たてまつ》る歌一首　幷せて短歌

261
やすみしし　我が大君《おほきみ》　高照らす　日《ひ》の御子《みこ》　敷きいま
す　大殿の上《うへ》に　ひさかたの　天伝《あまづた》ひ来《く》る　雪じもの　行
き通《かよ》ひつつ　いや常世《とこよ》まで

反歌一首

262 矢釣山《やつりやま》　木立《こだち》も見えず　降りまがふ　雪に騒《さわ》ける　朝楽《あした》しも

近江《あふみ》の国より上《のぼ》り来《く》る時に一刑部垂麻呂《おさかべのたりまろ》が作る歌一首

263 馬ないたく　打ちてな行きそ　日《け》ならべて　見ても我が行く　志賀《しが》にあらなくに

二柿本朝臣人麻呂《かきのもとのあそみひとまろ》、近江の国より上り来る時に、宇治の川辺に至りて作る歌一首

264 もののふの　八十《やそ》宇治川の　網代木《あじろき》に　いさよふ波の　ゆくへ知らずも

262 矢釣山の木立も見えないほどに紛々《ふんぷん》と降る雪に出仕の人がにぎやかにはしゃいでいる朝は、ほんとうに楽しいことだ。

◇矢釣山　奈良県明日香村八釣の山。新田部皇子の御殿はこの山の近くにあったか。◇騒ける　「騒く」は、物が入り乱れてざわざわと音を立てる、の意。

一 伝未詳。四二七にも歌がある。

263 馬をこれ、そんなにひどく鞭打《むちう》って先を急ぐでないぞ。この志賀の風景を幾日もかけて眺めて行ける旅ではないのだから。

せめて馬上からなりと美しい景色をゆっくり眺めて行こうと、連れの者に呼びかけた。

◇馬ないたく打ちてな行きそ　禁止の「な…そ」の「な」を二つ重ねて、その意を強めた。

二 人麻呂が近江の荒都を訪ねた時の帰路の作かともいわれる。二九参照。

264 宇治川の網代木《あじろき》にしばしとどこおるかに見える波、この波は、一体どこへ流れ去ってしまうのであろう。

波の行方《ゆくえ》に人の世に対する無常感を見た歌。

◇もののふの八十　序。「宇治」を起す。五〇参照。◇網代木　氷魚《ひお》を取る網代を設ける場所に並べ打った棒杭《ぼうぐい》。◇いさよふ　移動しかねて同じところにただよう。

三 七四頁注五参照。

265 困ったことに、雨が降りだした。三輪の崎の佐野の渡し場に、くつろげるわが家があるわけでもないのに。

◇三輪の崎 新宮市三輪崎町および佐野町一帯。◇狭野 「三輪の崎」の一部。

266 近江の海の夕波千鳥よ。お前がそんなに鳴くと、心がしないたわんでしまうほどにありし昔のことが偲《しの》ばれる。

近江の荒都を訪ねた時の作か。二九参照。倭太后《やまとのおおきさき》の歌一五三を踏まえている。

◇近江の海 琵琶湖。◇夕波千鳥 夕べの波間に群れたわむれる千鳥。◇汝 千鳥に呼びかけた。◇心もしのに 一四四「心も解けず」参照。◇いにしへ思ほゆ 天智天皇の都のあった昔のことが偲ばれる。

四 七一頁注六参照。

267 このむささびは、梢《こずえ》を求めて木の幹を駆け登ろうとして、山の猟師に捕えられてしまったのだな。

むささび捕獲のいきさつを聞いて作った歌。一〇二八参照。

◇むささび リス科の小動物で、木の幹に登り、四肢の間に発達した皮膜を利用して滑空する。◇木末《こぬれ》 コ(木)ノウレの約。「うれ」は新しく伸びた枝先の部分。◇さつ男《を》 猟師。「さつ」は六一参照。

三 長忌寸意吉麻呂《ながのいみきおきまろ》が歌一首

265 苦しくも 降り来《く》る雨か 三輪《みわ》の崎《さき》 狭野《さの》の渡りに 家も あらなくに

柿本朝臣人麻呂が歌一首

266 近江《あふみ》の海《うみ》 夕波千鳥 汝《な》が鳴けば 心もしのに いにしへ 思ほゆ

四 志貴皇子《しきのみこ》の御歌一首

267 むささびは 木末《こぬれ》求むと あしひきの 山のさつ男《を》に あ ひにけるかも

長屋王《ながやのおほきみ》[一]が故郷《ふるさと》[二]の歌一首

268 我が背子《せこ》が　古家《ふるへ》の里《さと》の　明日香《あすか》には　千鳥鳴くなり　妻待ちかねて

右は、今案《かむが》ふるに、明日香より藤原[三]の宮に遷《うつ》りし後に、この歌を作るか。

阿倍女郎《あへのいらつめ》[四]が屋部《やべ》[五]の坂の歌一首

269 人見ずは　我が袖もちて　隠さむを　焼けつつかあらむ　着ずて来《き》にけり

高市連黒人《たけちのむらじくろひと》[六]が羈旅《きりよ》の歌八首[七]

一　八一頁注四参照。　二　ここは明日香の里。

268　あなたが引越して行き古家だけ残っている明日香の里では、しきりに千鳥の鳴く声がします。きっと妻を待ちわびて悲しく鳴いているのでしょう。

藤原の宮に移り住んだ旧友のことを偲《しの》び、その人にあてて送った歌か。

◇我が背子　ここは男から男に向って用いた。◇明日香　天武天皇の明日香清御原《きよみはら》の宮付近。◇鳴くなり　「なり」は三参照。

三　藤原遷都は持統八年（六九四）十二月六日。

四　伝未詳。五〇五、五〇六などにも歌がある。　五　未詳。奈良県高市郡・生駒郡・磯城《しき》郡などに求める説がある。

269　人目を憚《はばか》らなくてすむ時なら、私のこの袖で隠してあげたいのだけれど、この屋部の坂は、これからも赤茶けた色を見せ続けるのでしょうか。今までもずっと地肌をむき出しにしたままでいたのね。

屋部の坂の赤茶けた地肌があらわなのを見て、女らしいやさしい思いやりをもって詠《よ》んだ。

◇人見ずは　他人が見てない時には。◇着ずて　何も着ないで。裸のままで。

六　六二頁注二参照。　七　この八首は、前の人麻呂の八首に倣う意図が編者にあったか。

270　旅先にあってなんとなく家郷が恋しく思われる時、ふと見ると、さきほどまで山の下に碇泊《ていはく》していた朱《あけ》塗りの船が沖の方を漕ぎ進んでいる。

◇もの恋し　特定の対象を持たず、漠然とした恋しさをいう。◇赤《あけ》のそほ船　船体に赤土を塗った官船。赤色は魔除けの意味をもつ。◇みゆ　二五六参照。

271　桜田の方へ、鶴が群れ鳴き渡って行く。年魚市《あゆち》潟《がた》では潮が引いたらしい。あれ、ずっと鶴の群れが鳴き渡って行く。

鶴の移動を干潟で餌をあさるためとみた。

◇桜田　名古屋市南区元桜田町・桜台町・桜本町・西桜町あたり。◇年魚市潟　名古屋市南部の入海だが、埋立てが進んだため昔の海岸線ははっきりしない。

272　四極山《しはつやま》を越えて海上を見わたすと、今しも笠縫の島陰に漕ぎ隠れようとする小舟が見える。

『古今集』巻二十に「四極山振《しはつやまぶり》」の歌（一〇七三）として伝承されている。

◇四極山　未詳。大阪府や愛知県などに求める説がある。◇笠縫の島　未詳。◇棚なし小舟　船棚もない小舟。五八参照。

273　磯の岬を船でめぐりゆくと、近江の海に注ぐ川の河口ごとに鶴が群れて鳴き騒いでいる。

◇磯の崎　湖に突出した岬が岩石の多い磯になっているところ。◇漕ぎ廻《た》み行けば　「廻む」はめぐる。◇近江の海　琵琶湖。◇八十の港　「八十」は数の多いこと。「港」は河口。船着き場として利用されることが多い。◇さはに　多く。たくさん。

八　以下二首の近江の歌と同じ折の歌かどうか不明、の意か。

270　旅にして　もの恋《こほ》しきに　山下《やました》の　赤《あけ》のそほ船　沖に漕《こ》ぐみゆ

271　桜田《さくらだ》へ　鶴《たづ》鳴き渡る　年魚市潟《あゆちがた》　潮干《しほひ》にけらし　鶴鳴き渡る

272　四極山《しはつやま》　うち越え見れば　笠縫《かさぬひ》の　島漕ぎ隠る　棚《たな》なし小《を》舟《ぶね》

273　磯《いそ》の崎《さき》　漕ぎ廻《た》み行けば　近江《あふみ》の海《うみ》　八十《やそ》の港に　鶴《たづ》さはに鳴く

八 いまだ詳《つばひ》らかにあらず

274　われわれの舟は比良の港で泊ることにしよう。岸辺を漕いで、沖の方へ離れてくれるな。もうはや夜も更《ふ》けてきた。

類歌一二二九。

◇比良　滋賀県滋賀郡志賀町木戸・小松の比良山東麓あたり。◇さ夜更けにけり　「さ夜更く」は日が暮れてからかなり時間のたったことをいう。

275　どのあたりで今晩は泊ることになるのだろうか。高島の勝野の原で日が暮れてしまったなら。

広漠とした勝野の原野を旅するうちに夕暮をむかえた不安を詠んだ歌。

◇高島の勝野の原　滋賀県高島郡高島町勝野あたり。

276　あなたも私も一つであるというわけでしょうか、三河の国の二見の道で別れようとしてなかなか別れられないのは。

左注の一本歌とともに、一・二・三の数を詠みこんだ戯歌。両歌で男女の問答歌の形をとる。

◇妹　ここは旅先で逢った女で、遊行女婦《うかれめ》の類か。

◇三河なる二見の道　愛知県豊川市の国府《こう》町と御油《ごゆ》町との境、東海道と姫街道との分岐点か。一説に宝飯《ほい》郡御津《みと》町にある東海道の分岐点ともいう。

276本一　三河の国の二見の道で別れてしまったら、あなたも私も、このさき一人で寂しく旅をすることになるのでしょうか。

二七六とともに旅先の宴席で歌われたものか。あるいは、一本歌はその地方の伝承歌で、二七六はこの歌を踏まえ

274
我が舟は　比良《ひら》の港に　漕ぎ泊《は》てむ　沖へな離《さか》り　さ夜更《よふ》けにけり

275
いづくにか　我が宿りせむ　高島《たかしま》の　勝野《かつの》の原《はら》に　この日暮れなば

276
妹《いも》も我れも　一つなれかも　三河《みかは》なる　二見《ふたみ》の道ゆ　別れかねつる

一本には「三河の　二見の道ゆ　別れなば　我が背《せ》も我れも　ひとりかも行かむ」といふ。

277
早来《はや》ても　見てましものを　山背《やましろ》の　多賀《たか》の槻群《つきむら》　散りに

けるかも

一 石川少郎《いしかはのせうらう》が歌一首

278 志賀《しか》の海女《あま》は　藻《め》刈り塩焼き　暇《いとま》なみ　櫛笥《くしげ》の小櫛《をぐし》　取りもみなくに

右は、今案《かむが》ふるに、石川朝臣君子《いしかはのあそみきみこ》、号《あざな》を少郎子《せうらうし》といふ。

高市連黒人《たけちのむらじくろひと》が歌二首

279 我妹子《わぎもこ》に　猪名野《ゐなの》は見せつ　名次山《なすきやま》　角《つの》の松原　いつか示さむ

て黒人《くろひと》が作ったものとも考えられる。

277　もっと早くやってきて見ておけばよかったのに。山背《やましろ》の多賀のもみじした欅林《けやきばやし》は、もうすっかり散ってしまったあとだ。

◇山背《やましろ》の多賀《たか》　京都府綴喜《つづき》郡井手町多賀のあたり。◇槻群《つきむら》　欅《けやき》の林。ここは槻群の黄葉《もみじ》の意。

一　石川君子。一六六頁注四参照。「少郎」は「少郎子」（若い男子の意）に同じ。末男。

278　志賀島の海女《あま》は海藻を刈ったり塩を焼いたりして暇がないので、櫛箱の櫛を手に取ってみることさえもしはしない。

志賀の海女の荒くれた物珍しい姿に興味をよせて詠んだ歌。

◇志賀の海女　海女の歌は萬葉集に多いが、特に志賀の海女は萬葉人の関心を集めていた。三八六〇～九など参照。「志賀」は福岡市東区大字志賀島《しかのしま》。◇櫛笥　九三参照。

279　これでおまえにも猪名野《いなの》は見せることができた。名次山《なすき》や角《つの》の松原も早く見せたいものだ。

自分のよく知っている美しい野や山や海岸を妻に見せる男の気負いを歌ったもの。

◇猪名野　兵庫県伊丹市を中心とする風光明媚な猪名川流域の平野。◇名次山　西宮市名次《なつぎ》町にある丘陵。◇角　西宮市松原町津門《つと》の海岸。◇いつか示さむ　今すぐというわけにはいかないが、ぜひ早く見せたいという気持を表わす。

280
いざ子ども　大和へ早く　白菅《しらすげ》の　真野《まの》の榛原《はりはら》　手折《たを》りて
行かむ

黒人《くろひと》が妻《め》の答[一]ふる歌一首

281
白菅の　真野の榛原　行《ゆ》くさ来《く》さ　君こそ見らめ　真野の
榛原

[二]春日蔵首老《かすがのくらびとおゆ》が歌一首

282
つのさはふ　磐余《いはれ》も過ぎず　泊瀬山《はつせやま》　いつかも越えむ　夜《よ》
は更《ふ》けにつつ

高市連黒人《たけちのむらじくろひと》が歌一首

280　さあ皆の者よ。大和へ早く帰ろう。白菅の生い茂った真野の、榛《はんのき》の林の小枝を手折《たお》って行こう。

次歌とともに旅先での宴歌であろう。
◇いざ子ども　宴席に列《つら》なる者に呼びかける言葉。ここは妻や従者をさす。◇白菅の　ここは真野の代表的景物を枕詞的に使ったもの。「白菅」は低湿の地に生えるカヤツリグサ科の菅の一種、葉の色がやや白い。◇真野　神戸市長田区真野町・東尻池町・西尻池町のあたり。◇榛原《はりはら》　榛（一九参照）の林。◇手折りて行かむ　真野の榛を旅の記念にしようとしたものか。

一　二八〇に答えた歌。

281　白菅の生い茂った真野の榛の林をあなたはいつもご覧になっておられるのでしょうけれど、私は初めてです。この美しい真野の榛の林は。

◇行くさ来さ　行く時にも帰る時にも、いつもの意。◇君こそ見らめ　「君」は夫の黒人《くろひと》をさす。夫と違って私は初めて見るのだからもっと見ていたい、の意がこめられている。

二　七四頁注二参照。

282　ここはまだ磐余《いわれ》の手前だ。この分では泊瀬山をいつ越えることができようか。はや夜は更《ふ》けてしまったというのに。

泊瀬は恐ろしい異郷と考えられていた。その山を夜中に越える旅の不安を詠んだ歌。
◇つのさはふ　「磐余」の枕詞。一三五参照。◇磐余《いはれ》　桜井市池之内・橿原市池尻のあたり。この東方約七キロで泊瀬に入る。◇過ぎず　通り過ぎていない。◇泊瀬山　「隠《こも》り処《く》」といわれた桜井市初瀬《はせ》一帯の山。四五参照。

283　住吉の得名津に立って見わたすと、海原のかなたの武庫の港から今しも威勢よく漕ぎ出す船人が見える。

山上や海岸に立って遠くを見わたすというのは、国見歌（二、三八、五三など）的発想。◇得名津　大阪市住之江区住之江町・安立《あんりゅう》町、住吉区墨江のあたり。◇武庫の泊り　武庫川河口の船着き場。

284　私が焼津のあたりに行ったその時、駿河の国の阿倍《あへ》の市場で逢《あ》ったあの女は今ごろどうしているだろうか。

歌垣《うたがき》で関係を結んだ女を思って詠んだものか。◇焼津　静岡県焼津《やいづ》市。◇阿倍　静岡市。◇市道《いちぢ》　市が立ったり、歌垣が行われたりした辻の広場。◇子ら　らは若い女性。「ら」は接尾語。ここは複数の意ではない。◇はも　「は」も「も」も助詞。眼前にないものを思いやる場合に用いられることが多い。

三 伝未詳。五〇九、五一〇にも歌がある。　四 和歌山県伊《い》都《と》郡かつらぎ町、紀ノ川北岸の山。

285　口に出して呼んでみたい「妹」という名をこの背の山につけて、「妹」の山と呼んでみたらどうだろうか〈取り替えたらどうであろうか〉。

◇栲領巾《たくひれ》の　「懸け」の枕詞。「栲領巾」は楮《こうぞ》の繊維で作った薄い布切れ。これを肩にかける意でかかる。

283　住吉《すみのえ》の　得名津《えなつ》に立ちて　見わたせば　武庫《むこ》の泊《とま》りゆ　出づる船人《ふなびと》

春日蔵首老が歌一首

284　焼津《やきづ》辺《へ》に　我が行きしかば　駿河《するが》なる　阿倍《あへ》の市道《いちぢ》に　逢《あ》ひし子らはも

[三]丹比真人笠麻呂《たぢひのまひとかさまろ》、紀《き》伊の国に往《ゆ》き、背《せ》[四]の山を越ゆる時に作る歌一首

285　栲領巾《たくひれ》の　懸《か》けまく欲《ほ》しき　妹《いも》の名を　この背の山に　懸《か》けばいかにあらむ

一には「替へばいかにあらむ」といふ

春日蔵首老《かすがのくらびとおゆ》、一即《すなは》ち和《こた》ふる歌一首

286 よろしなへ　我が背《せ》の君《きみ》が　負ひ来《き》にし　この背の山を　妹《いも》とは呼ばじ

二志賀《しが》に幸《いでま》す時に、三石上卿《いそのかみのまへつきみ》が作る歌一首　名は欠けたり

287 ここにして　家やもいづち　白雲の　たなびく山を　越えて来にけり

四穂積朝臣老《ほづみのあそみおゆ》が歌一首

288 我が命《いのち》し　ま幸《さき》くあらば　またも見む　志賀《しが》の大津《おほつ》に　寄する白波

右は、今案《かむが》ふるに、幸行《いでまし》の年月を審《つばひ》らかにせず。

一 即座に唱和した歌。

286 せっかくよい具合にわが背の君が名のってきた、「背」という名を持つこの山を、今さら「妹」とは呼びますまい。

◇よろしなへ　ちょうどよい具合に。都合よく。◇背の山　ここは「背」という名の山、の意。

二 霊亀三年（七一七）九月、元正天皇の美濃《みの》行幸の時か。この時は往復とも近江を経由している。　三 誰をさすのか未詳。「卿」は三位以上の称。

287 ここからだと私の家はどの方角にあたるのだろう。白雲のたなびく山を越えて、はるばるとやって来たものだ。

◇ここにして　ここにおいて、の意。◇家　家郷。◇いづち　どちら。◇白雲の…　望郷歌の常套的表現。

四 和銅二年（七〇九）従五位下、養老二年（七一八）正五位上、式部大輔にまでなったが、養老六年（七二二）、元正天皇を批判した罪で佐渡に流された。天平十二年（七四〇）に刑を許され、同十六年大蔵大輔、天平勝宝元年（七四九）没。

288 私の命さえ無事であったら、ふたたび見ることもあろう。志賀の大津にうち寄せる白波を。

左注は前歌と同じく天皇行幸の際の作と見ているが、佐渡に配流《はいる》される時の作か。類想歌二四一。

◇またも見む志賀の大津　大津まで帰ってくれれば、畿《き》内《ない》に入ったも同然だと意識されていた。

五 間人宿禰《はしひとのすくね》大浦《おほうら》が六初月《みかづき》の歌二首

289 天《あま》の原《はら》 振《ふ》り放《さ》け見れば 白真弓《しらまゆみ》 張りて懸《か》けたり 夜道《よみち》はよけむ

290 倉橋《くらはし》の 山を高みか 夜隠《よごも》りに 出で来《く》る月の 光乏《とも》しき

七 小田事《をだのつかふ》が背《せ》の山の歌一首

291 真木《まき》の葉の しなふ背《せ》の山 しのはずて 我が越え行けば 木《こ》の葉知りけむ

八 角麻呂《つののまろ》が歌四首

五 伝未詳。 六 新月。

289 大空を振り仰いで見ると、三日月が、白木の真弓を張ったように空にかかっている。この分だと夜道はよいだろう。

夕方から夜にかけて道を急ぐ人の心を歌ったもの。◇白真弓　白木の弓。三日月を、弦を張った弓に譬《たと》えた。「真弓」は檀《まゆみ》の枝で作った弓。ここでは弓のほめ詞《ことば》として用いた。

290 倉橋の山が高いからであろうか、夜遅くなって出てくる月の光の心細いことよ。

題詞には初月《みかづき》の歌二首とあるが、この歌は夜更けに出る下弦の月を詠んだものと解される。◇倉橋の山　奈良県桜井市倉橋の南にある音羽山か。◇光乏しき　「乏し」は、ここでは月光の淡いこと。

七 伝未詳。

291 杉や檜《ひのき》が枝ぶりよく茂りたわむ背の山を、ゆっくりと賞美することもなく越えて来たので、山の木の葉は私の思いを知ったことであろう。

樹木は人の下心を知る能力があると信じられた。一四五、三〇四参照。◇しなふ　自身の重みでたわむ。垂れ下る。◇背の山　山の名から背に対する妹が暗示される。一七九頁注四参照。◇しのはずて　「しなふ」に対し類音の面白さをかけて言った。「しのふ」は賞美する、の意。四段活用。

八 伝未詳。

292 その昔、天の探女《さぐめ》が乗って天降った岩船の泊った高津は、その面影もとどめぬほどに浅くなってしまった。

難波の高津に来て、神代の伝説と眼前の地形の相違に今昔の感を覚えて詠んだ歌。

◇ひさかたの　「天の探女」の枕詞。◇天の探女が…　『摂津風土記』逸文に、天稚彦《あめわかひこ》が天降ったとき、付き従った天の探女の「岩船」が泊った所を高津と名付けたという地名説話がある。「岩船」は神の乗物で堅固な岩の船。「高津」は大阪市東区法円坂のあたり。

293 今ごろは、潮の引いた難波の御津の海女たちがくぐつを持って玉藻を刈っている最中だろう。さあ、行ってそれを見ようではないか。

当時、海岸に遠い、都などに住んでいた人は、海女が藻を刈るのを好奇の眼をもって眺めた。

◇御津　潮が「満つ」を懸ける。◇くぐつ　海辺に生える莎草《くぐ》で編んだ手さげ袋。◇玉藻　藻をほめて言った。

294 風が激しくて沖の白波が高く立っているらしい。海人の釣船はみな浜に帰って来てしまった。

難波の高津のあたりで実景を詠んだものか。

295 住吉《すみのえ》の岸の松原、ここはわが天皇の行幸された由緒ある所なのだ。

難波行幸は昔から多かったが、わが天皇がこの住吉の岸まで足をのばされたことがあると知って詠んだ歌。

◇住吉の岸　大阪市住吉付近。◇遠つ神　「我が大君」

292 ひさかたの　天《あま》の探女《さぐめ》が　岩船《いはふね》の　泊《は》てし高津《たかつ》は　あせにけるかも

293 潮干《しほひ》の　御津《みつ》の海女《あまめ》の　くぐつ持ち　玉藻《たまも》刈るらむ　いざ行きて見む

294 風をいたみ　沖つ白波　高からし　海人《あま》の釣舟《つりぶね》　浜に帰りぬ

295 住吉《すみのえ》の　岸の松原　遠《とほ》つ神　我が大君《おほきみ》の　幸《いでま》しところ

[一]田口益人大夫《たのくちのますひとのまへつきみ》、[二]上野《かみつけの》の[三]国司《くにのつかさ》に任《ま》けらゆる時に、

[四]駿河《するが》の清見《きよみ》の崎に至りて作る歌二首

296 廬原《いほはら》の　清見《きよみ》の崎の　三保《みほ》の浦の　ゆたけき見つつ　もの思《も》ひもなし

297 昼見れど　飽《あ》かぬ田子《たご》の浦　大君の　命畏《みことかしこ》み　夜《よる》見つるかも

[五]弁基《べんき》が歌一首

298 真土山《まつちやま》　夕《ゆふ》越え行きて　廬前《いほさき》の　角太川原《すみだかはら》に　ひとりかも寝む

右は、或いは「弁基は春日蔵首老《かすがのくらびとおゆ》が[六]法師名《ほふしな》」といふ。

の枕詞。天皇を神聖視して言った。

一　和銅元年（七〇八）従五位上で上野守になった。

二　群馬県。　三　地方官一般をさすが、ここは国守。

四　静岡県清水市興津清見寺町《おきつせいけんじ》にある崎。

296　廬原《いおはら》の清見の崎の三保の浦、その広々とゆったりした海原を眺めていると、胸の中が洗い清められて晴ればれとした気持だ。

広大な海の景色に、遠い地方への赴任に纏《まつわ》る種々の愁いやわだかまりがすっかり取れたことを詠んだ歌。

◇廬原　静岡県庵原《いはら》郡・清水市。◇三保の浦　三保の松原をのぞむ海面。

297　昼間よく見ても飽きない田子の浦を、官命のままに旅するとて夜通ることになってしまった。

上野《こうずけ》の国への赴任を、限られた日程（『延喜式』によれば十四日）内にこなそうとして、景勝の地田子の浦を昼間見て通れない感慨を詠んだもの。

◇田子の浦　現在の田子の浦でなく、富士川より西の、蒲原・由比・倉沢の海岸。◇大君の命畏み　天皇の命令を恐れ畏んで。

五　春日蔵首老《かすがのくらびとおゆ》。七四頁注二参照。

298　真土山を夕方に越えて行って、廬前《いおさき》の角太川原で独り寝することであろうか。

◇廬前の角太川原　和歌山県橋本市隅田《すだ》付近を流れる紀ノ川の川原。「廬前」はそのあたりの総称。廬前の「いほ」と角太の「すみ」に「庵、住」を連想したか。

六　僧侶としての名。法名。

一 大納言大伴卿《おほとものまへつきみ》が歌一首　いまだ詳《つばひ》らかにあらず

299 奥山《おくやま》の　菅《すが》の葉しのぎ　降る雪の　消《け》なば惜しけむ　雨な
降りそね

二 長屋王《ながやのおほきみ》、馬を三奈良山に駐《と》めて作る歌二首

300 佐保《さほ》過ぎて　奈良の手向《たむ》けに　置く幣《ぬさ》は　妹《いも》を目離《めか》れず
相見《あひみ》しめとぞ

301 岩が根の　こごしき山を　越えかねて　音《ね》には泣くとも
色に出《い》でめやも

四 中納言安倍広庭卿《あへのひろにはのまへつきみ》が歌一首

一 脚注にもあるように、はっきりしたことは言えないが、ここは大伴安麻呂か。九七頁注一参照。

299 奥山の菅《すげ》の葉を押し伏せて、せっかく降り積った雪が消えてしまっては惜しかろう。雨よ降ってくれるな。

◇奥山の菅の葉　「菅」はカヤツリグサ科の多年草。ここは山地に生える山菅《やますげ》。

二 八一頁注四参照。三 奈良県と京都府の境の丘陵。

300 佐保を行き過ぎて奈良山の手向の神に幣を奉るのは、妻にいつも逢わせて下さいと祈る気持からなのです。

公用の旅の途中での作。長屋王の佐保邸の営まれる以前の歌。

◇佐保　奈良市法蓮町・法華寺町一帯。◇手向け　ここは旅の安全を祈って山の峠などで道の神を祭る場所。◇幣　神に祈るために供える品。麻や木綿など。

301 岩の根のごつごつした山を越えるつらさに、つい声を出して泣くことはあっても、妻を思っていることは、人前でおもてに出したりするものか。

三、四句は誇張した表現で、公用の旅の途中で女々しい態度は見せたくないとの気持を歌ったもの。

◇こごしき　「こごし」は、凝《こ》り固まってごつごつしたさま。◇越えかねて　なかなか越えられないで。

四 阿倍御主人《みうし》の子。伊予守、宮内卿、左大弁、参議等を歴任して、神亀《じんき》四年（七二七）中納言に進み、天平四年（七三二）七十四歳で没。

302　あの子の家までの道のりはちょっと遠いが、夜空を渡る月と競争して月のあるうちに行き着けるだろうか。

当時、男は夜、月の光を頼りに女の許《もと》へ通った。西に傾いた月を見て、女の許へと逸《はや》る心を歌ったもの。◇ぬばたまの　「夜」の枕詞。◇競《きほ》ひあへむかも　「あふ」は下二段活用。堪える。…できる、の意。

五　福岡県。なお九州の総称としても用いる。

303　名の美しい印南の海の沖の波が幾重にも立つかなたに隠れてしまった。懐かしい大和の山なみは。

明石海峡を過ぎたあたりでの作。妻を偲《しの》ぶよすがであった大和島根が視野から消え失せた時の寂しさや不安の気持が「隠りぬ」の一句に凝縮《ぎようしゆく》されている。◇名ぐはしき　地名のほめ詞《ことば》として用いた。◇印南の海　播磨灘《はりまなだ》。◇大和島根　「大和島」とも。二五五参照。

304　わが大君の治められる遠く離れたお役所として、人々がいつも往き来する島門を眺めていると、この島々が生み成された神代のことが偲ばれる。

島門の気高さを通して、皇祖神の創造の広大無辺なことを感じて詠んだ歌。◇大君の遠の朝廷《みかど》　ここは九州の太宰府をさす。◇島門　島と島との間の海の狭くなった所。「遠の朝廷《みかど》」の門に見立てた。◇神代　ここでは伊邪那岐《いざなき》・伊邪那《いざな》美《み》二神が国土創造のために活躍した時代をいう。

六　荒廃した天智天皇の大津の宮。

302
子らが家道《いへぢ》　やや間《ま》遠《どほ》きを　ぬばたまの　夜《よ》渡《わた》る月に　競《きほ》ひあへむかも

柿本朝臣人麻呂《かきのもとのあそみひとまろ》、[五]筑紫《つくし》の国に下《くだ》る時に、海道《うみぢ》にして作る歌二首

303
名《な》ぐはしき　印南《いなみ》の海の　沖つ波　千重《ちへ》に隠《かく》りぬ　大和島《やまとしま》根《ね》は

304
大君《おほきみ》の　遠《とほ》の朝廷《みかど》と　あり通《がよ》ふ　島門《しまと》を見れば　神代《かむよ》し思ほゆ

高市連黒人《たけちのむらじくろひと》が[六]近江《あふみ》の旧《ふる》き都の歌一首

305　こんなことになるに違いないから見るのは嫌だというのに、近江の旧都をわけもなく見せて…。

近江の都跡に行くはめになった作者が、そこで受けた悲しい思いを他人の仕打ちとして恨んだ歌。◇かく故に　荒廃した都跡に立てば懐旧の念やるかたなく、このように悲しい思いをするであろうから、の意。◇楽浪《ささなみ》　二九参照。◇見せつつもとな　慣用的な言いさしの形。予想どおり悲しい思いを味わわせる、の意がこめられている。「もとな」は三三〇参照。

一　伝未詳。一七三四に歌がある。

二　養老二年（七一八）二月美濃行幸の途次か。三　志貴皇子《しきのみこ》の孫、春日王の子。天平元年（七二九）従五位下、同十七年従五位上。妻は紀女郎《きのいらつめ》、一粒種に市原王がある。神亀《じんき》元年（七二四）頃、因幡《いなば》の八上采女《やかみのうねめ》との間の悲恋を詠んだ歌がある。五三四〜五参照。

306　伊勢の海の沖の白波が花であったらよいのに。包んで持ち帰っていとしい子への土産にしようものを。

伊勢の海の船上での作か。海に接することのない大和の人の、海に対する新鮮な感興から発した歌。◇沖つ白波花にもが　沖の波の白く砕けるのが花に似ているので言った。「花にもが」は四〇八参照。

四　伝未詳。五　和歌山県日高郡美浜町三尾の岩窟。

307　久米の若子がおられたという三穂の岩屋は、いくら見ても見飽きることがない〈荒れ果ててしまっている〉。

305
かく故《ゆゑ》に　見じと言ふものを　楽浪《ささなみ》の　旧《ふる》き都を　見せつつもとな

右の歌は、或本には「小弁《せうべん》[一]が作」といふ。いまだこの小弁といふ者を審《つばひ》らかにせず。

伊勢の国に幸《いでま》す時に[二]、安貴王《あきのおほきみ》[三]が作る歌一首

306
伊勢の海の　沖つ白波　花にもが　包みて妹《いも》が　家《いへ》づとにせむ

博通法師《はくつうほふし》[四]、紀伊《き》の国に行き、三穂《みほ》[五]の石室《いはや》を見て作る歌三首

307
はだ薄《すすき》　久米《くめ》の若子《わくご》が　いましける 一には「けむ」といふ　三穂《みほ》の石《いは》

室《や》は　見れど飽《あ》かぬかも　一には「荒れにけるかも」といふ

308 常磐《ときは》なす　石室《いはや》は今も　ありけれど　住みける人ぞ　常なかりける

309 石室戸《いはやと》に　立てる松の木　汝《な》を見れば　昔の人を　相見《あひみ》るごとし

[六]門部王《かどへのおほきみ》、[七]東《ひむがし》の市《いち》の樹《き》[八]を詠《よ》[九]みて作る歌一首　後に姓大原真《おほはらのま》人《ひと》の氏《うぢ》を賜はる

310 東《ひむがし》の　市《いち》の植木《うゑき》の　木垂《こだ》るまで　逢《あ》はず久しみ　うべ恋ひにけり

久米の若子の伝説に基づいた歌らしいが、伝説は今伝わらない。以下三首には、連作的な一貫性がある。◇はだ薄《すすき》「久米」の枕詞。かかり方未詳。◇久米《くめ》の若《わく》子《ご》 久米氏の若者の意。具体的に誰をさすのか未詳。

308 常に変らず岩屋は今もあるけれど、ここに住んでいた人は常住不変であり得はしなかった。

久米の若子すなわち人間の無常を観じて詠んだ歌。◇常磐なす 「常磐」は常に変らぬ岩。「なす」は、…のように。◇住みける人 久米の若子をいう。「ける」は伝聞回想。◇常なかりける 「常なし」は若子のいないことをいう。仏教的無常観をいう語。

309 岩屋の戸口にずっと立っている松の木よ。お前を見ると、昔の人に逢っているような気がする。

◇松の木 松は寿命の長い木。九九〇、一七九五参照。◇昔の人 久米の若子をいう。

六 長皇子《ながのみこ》の孫。高安王の弟。和銅三年（七一〇）従五位下。伊勢守、左京大夫等を歴任。天平十一年（七三九）臣籍に下り大原真人《おおはらのまひと》となった。同十七年大蔵卿従四位上で没。 七 平城京の東の市。奈良市東九条町付近。 八 並木。 九 与えられた題について詠ずる意。

310 東の市の並木の枝がこんなに垂れ下るようになるまで、あなたに久しく逢っていないのだから、なるほどこんなに恋しくなるのももっともだ。

市の植木を題にして相聞的内容を詠んだ詠物歌。

[一]桜作村主益人《くらつくりのすぐりますひと》、[二]豊前《とよのみちのくち》の国より京に上る時に作る歌一首

311 梓弓《あづさゆみ》 引き豊国《とよくに》の 鏡山《かがみやま》 見ず久《ひさ》ならば 恋しけむかも

[三]式部卿藤原宇合卿《しきぶのきやうふぢはらのうまかひのまへつきみ》、[四]難波《なには》の京を改め造らしめらゆる時に作る歌一首

312 昔こそ 難波田舎《なにはゐなか》と 言はれけめ 今は都引《みやこひ》き 都びにけり

[五]土理宣令《とりのせんりやう》が歌一首

313 み吉野の 滝《たき》の白波 知らねども 語りし継《つ》げば いにしへ思ほゆ

一 伝未詳。一〇〇四左注参照。 二 福岡県東部と大分県北部。

311 こうして見なれた豊国の鏡山、この山を久しく見ないようになったら、きっと恋しく思うことだろう。

住みなれた任地を離れるに際して詠んだ歌。

◇梓弓引き 序。梓弓を引き響《とよ》もす、の意で「豊国」を起す。◇鏡山 福岡県田川郡香春《かわら》町の鏡山。◇見ず久ならば 「見」は「鏡山」の縁語。

三 八〇頁注一参照。養老五、六年（七二一、二）頃式部卿になったか。 四 宇合は神亀《じんき》三年（七二六）に知造難波宮事《ちぞうなにわぐうじ》となる。工事完成は天平四年（七三二）。

312 昔こそ「難波田舎」と軽蔑されもしたろうが、今は都を引き移してすっかり都らしくなった。

難波宮改造を指揮した作者の喜びの気持を詠んだ歌。

◇昔こそ… この対比は漢詩文に多い。三六参照。◇難波田舎 平城京の人々が難波を軽蔑して言った言葉。◇都引き 改造された難波宮への行幸をいうか。

五 渡来人系の人か。養老五年（七二一）従七位下、東宮（後の聖武天皇）に侍す。漢詩文をよくし、正六位上で没。五十九歳。

313 吉野の宮滝の白波よ、この白波のようにその昔を知らない私なのだが、人々が語り継いでくれたので、昔がゆかしく偲《しの》ばれる。

吉野の宮滝に来て、人から伝え聞いた天武の吉野入り、六皇子の吉野誓約、持統の吉野行幸のことなどを

思って詠んだ歌。二七・三九左注参照。◇み吉野の滝の白波　実景に基づく序。同音の繰返しで「知ら」を起す。

六　伝未詳。

314　越《こし》の国へ行く道の能登瀬川、この川の音のなんとさやかなことよ。流れの激しい川瀬ごとに。

◇さざれ波磯　序。小波が川岸の岩を越す、の意で「越」を起す。◇能登瀬川　未詳。◇さやけさ　視覚にも聴覚にも用いる。ここは音が澄んで聞えること。

七　聖武天皇の神亀元年（七二四）三月の行幸。八　大伴旅人《たびと》。安麻呂の長男。和銅三年（七一〇）左将軍。中務卿、中納言、征隼人持節大将軍を経て神亀五年頃太宰帥《だざいのそち》となり、筑紫で妻を失う。天平二年（七三〇）大納言となり帰京。同三年七月、従二位で没。六十七歳。漢詩文に学んだ教養人で、憶良とともに筑紫歌壇を形成した。九　奏上するに至らなかった歌。

315　み吉野、この吉野の宮は山そのものがよくて貴いのである、川そのものがよくて清らかなのである。天地とともに長く久しく万代に改《かわ》らずあることであろう、わが大君の行幸《いでまし》の宮は。

典拠を踏まえて離宮をほめた新しい讃歌。「山」「水」は『論語』の「知者ハ水ヲ楽シビ、仁者ハ山ヲ楽シブ」（雍也）に、「万代に改らず」は聖武即位の宣命《せんみよう》に基づくか。旅人の唯一の長歌。◇山からし　「から」は品格、素姓《すじよう》。◇天地と長く久しく　「天地長久」の訓読語。

波多朝臣小足《はたのあそみをたり》が歌一首[六]

314　さざれ波　磯越道《いそこしぢ》なる　能登瀬川《のとせがは》　音のさやけさ　たぎつ瀬ごとに

暮春の月に、吉野《よしの》[七]の離宮《とつみや》に幸《いでま》す時に、中納言大伴卿、[八]勅《みことのり》を奉《うけたまは》りて作る歌一首　幷《あは》せて短歌　いまだ奏上[九]を経《へ》ぬ歌

315　み吉野の　吉野の宮は　山からし　貴《たふと》くあらし　水《かは》から　し　さやけくあらし　天地《あめつち》と　長く久しく　万代《よろづよ》に　改《かは》ら　ずあらむ　幸《いでま》しの宮

反歌

316　昔見た象《きさ》の小川を今ふたたび見ると、流れは昔にもましていよいよますます清らかである。
◇象《きさ》の小川　喜佐谷を流れて宮滝で吉野川に注ぐ川。
一　伝未詳。柿本人麻呂の伝統を継承した神亀・天平の宮廷歌人。叙景にすぐれ、行幸従駕の作が多い。

317　天と地の分れた神代の昔から、神々《こうごう》しく高く貴い駿河の富士の高嶺《たかね》を、大空はるかに振り仰いで見ると、空を渡る日も隠れ、照る月の光も見えず、白雲も行き滞《とどこお》り、時となく雪は降っている。ああ、いつまでも語り継ぎ言い継いでゆこう、この神々しい富士の高嶺のことを。
時間空間を絶した尊厳なたたずまいを並べ挙《あ》げて富士山を讃えた歌。現況を天地開闢《かいびゃく》以来のこととして説くのは神話の語り口である。
◇高く貴き　山を高く貴いと形容するのは、漢詩文の影響もあるか。◇駿河　静岡県東半部。◇振り放け見れば　国見歌の慣用句。◇語り継ぎ言ひ継ぎ行かむ　伝承する価値をもつ重要な内容についてこのころから慣用されだした表現。

318　田子の浦をうち出て見ると、おお、なんと、真白に、富士の高嶺に雪が降り積っている。
富士の雪の輝きを視界が開けた瞬間においてとらえた歌。長歌の「時じくぞ雪は降りける」を承《う》けている。
◇田子の浦ゆ　二九七参照。「ゆ」は通過を示す格助詞。
◇うち出でて見れば　視界の開けた広い所に出て見ると。「うち」は接頭語。ここは、田子の浦の西寄り、

316　昔見し　象《きさ》の小《を》川《がは》を　今見れば　いよよさやけく　なりにけるかも

一 山部宿禰赤人《やまべのすくねあかひと》、富士の山を望《み》る歌一首 并《あは》せて短歌

317　天地《あめつち》の　分《わか》れし時ゆ　神《かむ》さびて　高く貴《たふと》き　駿河《するが》なる　富士の高嶺《たかね》を　天《あま》の原《はら》　振《ふ》り放《さ》け見れば　渡る日の　影《かげ》も隠《かく》らひ　照る月の　光も見えず　白雲《しらくも》も　い行きはばかり　時じくぞ　雪は降りける　語り継《つ》ぎ　言ひ継ぎ行かむ　富士の高嶺は

反歌

318　田子《たご》の浦ゆ　うち出《い》でて見れば　真白《ましろ》にぞ　富士の高嶺

薩埵《さつた》峠の中腹から富士山を眺めたものか。

319　甲斐の国と駿河の国と二つの国の真中から聳《そび》え立っている富士の高嶺は、空の雲も行き滞《とどこお》り、飛ぶ鳥も飛び通うこともなく、燃える火を雪で消し、降る雪を火で消し続けて、言いようもなく名付けようも知らぬほどに、霊妙にまします神である。せの海と名付けている湖《うみ》も、その山が堰《せ》きとめた湖《うみ》だ。富士川と言って人の渡る川も、その山からほとばしり落ちた水だ。この山こそは大和の国の鎮めとしてもまします神である。国の宝ともなっている山である。駿河の富士の高嶺は、ほんとうにいくら見ても見飽きることがない。

富士山を神そのものとしてとらえて、地理的状況を細かく説明することで、その偉容を讃えた歌。対句、句切れが多く、三七に比して叙事的傾向が目立つ。◇なまよみの　「甲斐」の枕詞。かかり方未詳。◇甲斐の国　山梨県。◇うち寄する　「駿河」の枕詞。波がうち寄せる、の意でかかるか。◇こちごち　あちらとこちらの意。不特定の二つ以上の方向または領域を表わす語。◇燃ゆる火　富士山の噴火の煙。◇せの海　富士山の北側の西湖《さい》と精進湖《しょうじ》。当時は一つづきであった。◇富士川　今の富士川の源は富士山ではないが、富士山から流れ出たものとして歌った。◇たぎち　岩をかみ逆巻く水。またそのほとばしり。◇鎮め　山を国の鎮めと見るのは漢詩文から得た知識か。

に　雪は降りける

富士の山を詠《よ》む歌一首　幷せて短歌

319　なまよみの　甲斐《かひ》の国　うち寄する　駿河《するが》の国と　こちごちの　国のみ中《なか》ゆ　出《い》で立てる　富士の高嶺《たかね》は　天雲《あまくも》も　い行きはばかり　飛ぶ鳥も　飛びも上《のぼ》らず　燃《も》ゆる火を　雪もち消《け》ち　降る雪を　火もち消ちつつ　言ひも得《え》ず　名《な》付《づ》けも知らず　くすしくも　います神かも　せの海と　名付けてあるも　その山の　堤《つつ》める海ぞ　富士川と　人の渡るも　その山の　水のたぎちぞ　日本《ひのもと》の　大和《やまと》の国の　鎮《しづ》めとも　います神かも　宝とも　なれる山かも　駿河なる　富士の高嶺は　見れど飽《あ》かぬかも

反歌

320 富士の嶺《ね》に　降り置く雪は　六月《みなつき》の　十五日《もち》に消《け》ぬれば　その夜降りけり

321 富士の嶺を　高み畏《かしこ》み　天雲《あまくも》も　い行きはばかり　たなびくものを

[一]右の一首は、[二]高橋連虫麻呂《たかはしのむらじむしまろ》が歌の中《うち》に出づ。[三]類《たぐひ》をもちてここに載《の》す。

山部宿禰赤人《やまべのすくねあかひと》、[四]伊予《いよ》の温泉《ゆ》に至りて作る歌一首　并せて短歌

320　富士の嶺に積っている雪は、六月の十五日に消えるとすぐその夜降るというが、まったくそのとおりだ。

古い伝承を踏まえて富士の神威の霊妙さを讃えた歌。◇六月の十五日　今の七月から八月初め頃にあたる。暑さの盛りと考えられた。◇その夜降りけり　『駿河風土記』逸文には、雪の消えた十五日の夜の子《ね》の刻《こく》（十六日午前零時頃）からまた雪が降り出すと伝える。

321　富士の嶺が高くて恐れ慎まれるので、空の雲でさえも行きためらってたなびいているではないか、ああ。

◇ものを　ここは詠嘆の気持を表わす。

一 反歌を長歌の添えものと見て、三一九～二一をさす。三二一だけをさすとする説もある。なお、伝本の目録三一九の下に「笠朝臣金村が歌の中に出づ」とある。　二 養老年間、藤原宇合《うまかい》が常陸守であった頃、その部下であったらしい。天平四年（七三二）、宇合が西海道節度使になった時贈った歌（九七一～二）がある。『高橋連虫麻呂歌集』の歌には、伝説に取材した叙事的な作品が多い。　三 三一七～八と同類であるので、の意。

四 松山市の道後温泉。

322　代々の天皇がお治めになっている国のどこにでも、温泉はたくさんあるけれど、その中でも島も山も足り整った国として、険しく聳え立つ伊予の高嶺につづく射《い》狭《ざ》庭《にわ》の岡に立たれて、歌の想を練り詞《ことば》を案じられた霊泉の上を覆う林を見ると、臣の木も絶え

ないで生い茂っている。鳴く鳥の声も変っていない。遠い末の世まで、これからもますます神々しくなってゆくことだろう、この行幸《みゆき》の跡《あと》は。

舒明・斉明両帝の行幸の昔を偲《しの》び、その時と変らぬ状況を述べて行宮《かりみや》跡を讃えた歌。
◇すめろき　歴代の天皇。二九参照。◇敷きいます　統治していらっしゃる。◇こごしかも　三〇一参照。「かも」は詠嘆の意。◇伊予の高嶺　道後の射狭庭《いざにわ》の岡やその東北の福見山・高繩山等を石鎚《いしづち》山系に連なるものとしてとらえた。◇射狭庭の岡　温泉の裏にある伊佐尓波《いさにわ》神社の岡と湯月《ゆづき》城址の岡。もとは一つづきで湯の岡と言った。◇歌思ひ辞《こと》思ほしし　斉明天皇が行幸の時（六六一年）、舒明天皇と昔来られた時（六三九年）のことを偲んで歌を作られたことをいうか。八左注参照。◇み湯　道後温泉。そのいで湯に神の霊妙さを感じて接頭語「み」をつけた。◇臣《おみ》の木　未詳。『伊予風土記』逸文に、舒明天皇と皇后（後の斉明天皇）が来られた時（六三九年）に、椹《なく》と臣の木に稲穂を掛け、斑《いか》鳩《るが》と比米《ひめ》とを養《か》ったという。

323　大宮人が熟田津で船出したその昔が、いつのことかもう解らなくなってしまった。
ずっと昔から熟田津が行幸遺跡であったと述べて、その地をほめる意を表わした歌。八を念頭に置きながらこのように表現した。
◇ももしきの　「大宮人」の枕詞。◇熟田津　八参照。
五　一五九の「神岳」と同じか。一五九参照。

322　すめろきの　神《かみ》の命《みこと》の　敷きいます　国のことごと　湯《ゆ》はしも　さはにあれども　島山の　宜《よろ》しき国と　こごしかも　伊予の高嶺《たかね》の　射狭庭《いざには》の　岡に立たして　歌思ひ　辞《こと》思ほしし　み湯の上《うへ》の　木群《こむら》を見れば　臣《おみ》の木も　生《お》ひ継《つ》ぎにけり　鳴く鳥の　声も変らず　遠き代《よ》に　神《かむ》さびゆかむ　幸《いでま》しところ

反歌

323　ももしきの　大宮人《おほみやひと》の　熟田津《にきたつ》に　船乗《ふなの》りしけむ　年の知らなく

五　神岳《かみをか》に登りて、山部宿禰赤人が作る歌一首　并せて

324　神岡にたくさんの枝をさしのべて生い茂っている栂《つが》の木、その名のようにつぎつぎと、玉葛のように絶えることなく、ずっとこうしていつもいつも訪ねてみたく思う明日香の古い都は、山が高く川が雄大である。春の日は山の眺めがよく、秋の夜は川の音が澄みきっている。朝雲に鶴が飛び交《か》い、夕霧に河鹿《かじか》が盛んに鳴いている。ああ、見るたびごとにむせび泣くばかりだ。栄えた昔のことを思うと。

山川・春秋・朝夕と整った対句の積み重ねによって、時所を問わぬ自然の美しさを讃え、天武・持統両朝の盛時を懐古した歌。

◇みもろ　神の来臨する祭壇。またそれを設けた場所。◇神なび山　神のこもる山の意。三輪・龍田・明日香などにあった。ここは題詞の「神岳」をさす。◇繁《しじ》に　茂く。◇栂の木の　ここまで序。類音の「継ぎ継ぎに」を起す。二九参照。◇玉葛　「絶ゆることなく」の枕詞。「葛」は蔓性植物。一〇一参照。◇明日香の古き都　明日香の清御原《きよみはら》の宮。◇とほしろし　大きい。雄大である。◇見が欲し　見たいと思う。

325　明日香川の淀みに一面に立ちこめている霧がなかなか消えないように、われらの慕情はけっしてすぐ消え失せるようなものではない。

長歌の後部の「夕霧」を承《う》けている。

◇明日香川　上三句は序。「思ひ過ぐ」を起す。◇思ひ過ぐ　思いが消える。◇恋　明日香旧都への慕情の激しさをこのように言ったもの。

短歌

324
みもろの　神《かむ》なび山に　五百枝《いほえ》さし　繁《しじ》に生ひたる　栂《つが》の
木の　いや継《つ》ぎ継ぎに　玉葛《たまかづら》　絶ゆることなく　ありつつ
も　やまず通《かよ》はむ　明日香《あすか》の　古き都は　山高み　川とほ
しろし　春の日は　山し見が欲《ほ》し　秋の夜は　川しさやけ
し　朝雲《あさくも》に　鶴《たづ》は乱れ　夕霧《ゆふぎり》に　かはづは騒《さわ》く　見るごと
に　音《ね》のみし泣かゆ　いにしへ思へば

反歌

325
明日香川　川淀《かはよど》さらず　立つ霧の　思ひ過ぐべき　恋にあ
らなくに

門部王《かどへのおほきみ》[一]、難波《なには》に在《あ》りて、海人《あま》の燭光《ともしび》を見て作る歌一首　後に姓大原真人《おほはらのまひと》の氏《うぢ》を賜はる

326 見わたせば　明石《あかし》の浦に　燭《とも》す火の　穂にぞ出でぬる　妹《いも》に恋ふらく

或る娘子《をとめ》ら、裹《つつ》める乾《ほ》[二]し鰒《あはび》を贈りて、戯《たはぶ》れて通観僧《つうくわんほふし》[三]の呪願《しゆぐわん》[四]を請《こ》ふ時に、通観が作る歌一首

327 海神《わたつみ》の　沖に持ち行きて　放つとも　うれむぞこれが　よみがへりなむ

大宰少弐小野老朝臣《だざいのせうにをののおゆのあそみ》[五]が歌一首

328 あをによし　奈良の都は　咲く花の　にほふがごとく　今

一　一八七頁注六参照。

326 遠く見わたすと明石の浦に漁《いさ》り火が光って見えるが、その漁り火がちらつくように人目につくようになってしまった。妹《いも》への恋心が。

◇明石の浦　明石市付近の海辺。◇燭す火の　漁り火のように。上三句は序。「穂に出づ」を起す。◇穂にぞ出でぬる　「ほ」は穂先のように現われ出たものをいう。◇恋ふらく　「恋ふ」のク語法。

二　乾燥あわび。蒸したあわびを干《ほ》して作る。　三　伝未詳。三五三にも歌がある。　四　干しあわびが蘇生するように呪文《じゆもん》を唱えて祈願することを請う。

327 たとえ海の神のいます沖へ持って行って放したとしても、どうしてこんなものが二度と生き返りましょうや。

娘たちのからかいに対して、海のものであるあわびを生き返らすことは、海神の力でもだめなのだから、まして私にはとても、と答えた歌。

◇放つ　放生《ほうじよう》する。◇うれむぞ　反語を導く副詞か。◇よみがへりなむ　「よみがへる」は黄泉《よみ》帰る、の意。

五　天平初年頃、太宰少弐（太宰府の次官）、同元年（七二九）三月四日従五位上、同九年、太宰大弐、従四位下で没。

328 奈良の都は、咲き誇る花の色香が匂い映えるように、今、ちょうどまっ盛りだ。

三三五に至る一連の太宰府での宴歌の冒頭歌。作者小野老は最近奈良の都の空気に触れてきたのであろう。

一 太宰府の防人司の次官。正八位上相当。 二 天平初年防人司佑、十年（七三八）頃大和少掾、十七年頃正六位上雅楽助《うたまひのすけ》。五七一などに歌がある。

329 わが大君がお治めになる国は数々あるが、その中でも、私には都がやっぱり一番懐かしい。

三二八の「奈良の都」を承《う》けて続けた歌。

◇やすみしし 「我が大君」の枕詞。

330 ここでは藤の花が満開になりました。奈良の都を懐かしんでいらっしゃいますか、あなたも。

前歌に続いてさらに三二八の「花」をも承けながら、帥《そち》大伴旅人に歌いかけたもの。

◇藤波 藤の花。その花房を波に見立てた語。

三 太宰府の長官、大伴旅人。一八九頁注八参照。

331 若い時代がまた返ってくるだろうか、いやそんなことは考えられぬ。もしかしたら、奈良の都を見ないままに終ってしまうのではなかろうか。

三二八から三三〇へと続いてきた「奈良の都」、特に、三三〇のそれを承けている。

◇をちめやも 「をつ」は若返る。「や」は反語。◇ほとほと ほとんど。おおかた。

332 私の命はいつまでもあってくれないかなあ。昔見たあの吉野の象《きさ》の小川に、も一度行って見ようと思うので。

三三一以下五首は、望郷の歌として一貫性をもつが、前歌で四綱の歌に答え終り、この歌から、吉野・明日香へと慕情が移る。旅人の真実の望郷の対象は、吉野・

盛りなり

防人司佑《さきもりのつかさのすけ》[一]大伴四綱《おほとものよつな》[二]が歌二首

329 やすみしし 我が大君《おほきみ》の 敷きませる 国の中《うち》には 都し
思ほゆ

330 藤波《ふぢなみ》の 花は盛りに なりにけり 奈良の都を 思ほすや君

帥《そち》[三]大伴卿《おほとものまへつきみ》が歌五首

331 我が盛り またをちめやも ほとほとに 奈良の都を 見
ずかなりなむ

明日香であったのである。
◇昔見し象の小川　三六参照。

333　つらつらと物思いにふけっていると、あの若き日を過したふるさとの明日香がしみじみと思い出される。
◇浅茅原　「つばらつばら」の枕詞。「茅原《ちはら》」の類音を繰り返した。丈《たけ》の低い茅萱《ちがや》の生えた原野。

334　萱草《わすれぐさ》を下紐に付けました。香具山の聳《そび》えるふるさと明日香をいっそのこと忘れようと思って。
若者が恋忘れに用いた萱草《わすれぐさ》を持ち出して下紐につけるという点に、老人の情痴を装った若干の演技性が感じられる。
◇忘れ草　萱草《かんぞう》。夏から秋にかけて黄赤色の花をつけるユリ科の多年草。中国で憂《うれ》いを忘れさせる草と信じられていた。

335　私の任期はそう長くはないだろう。あの吉野の、青い水をたたえている夢のわだよ、浅瀬になんかならずに、深い淵のままであっておくれ。
望郷の念は再び明日香から三三二の吉野へ帰って結ばれた。三三二の「行きて見むため」に対して、「淵にしありこそ」という願望の形で応じている。
◇我が行き　私の旅行。太宰府に在任していることを都から辺地への長い旅としてとらえたもの。◇夢《いめ》のわだ　吉野の宮滝にある大岩に堰《せ》かれた淵の名。

332　我が命《いのち》も　常にあらぬか　昔見し　象《きさ》の小川《をがは》を　行きて見むため

333　浅茅原《あさぢはら》　つばらつばらに　もの思へば　古《ふ》りにし里し　思ほゆるかも

334　忘れ草　我が紐《ひも》に付《つ》く　香具山の　古りにし里を　忘れむがため

335　我が行きは　久《ひさ》にはあらじ　夢《いめ》のわだ　瀬にはならずて　淵《ふち》にしありこそ

[一]沙弥《さみ》[二]満誓《まんぜい》、綿を詠《よ》む歌一首

造《ざう》筑紫《つくし》観音寺別当《くわんおんじのべつたう》、俗姓は笠朝臣麻呂《かさのあそみまろ》なり

336 しらぬひ　筑紫《つくし》の綿は　身に付けて　いまだは着《き》ねど　暖《あたた》けく見ゆ

[三]山上憶良臣《やまのうへのおくらのおみ》、宴を罷《まか》[四]る歌一首

337 憶良らは　今は罷《まか》らむ　子泣くらむ　それその母も　我を待つらむぞ

大宰帥大伴卿《だざいのそちおほとものまへつきみ》、酒を讃《ほ》[五]むる歌十三首

338 験《しるし》なき　ものを思はずは　一坏《ひとつき》の　濁《にご》れる酒を　飲むべくあるらし

一 僧侶として最小限の資格である十戒を受けたばかりで、それ以上の段階に進んでいない男性。 二 美濃守、尾張守、右大弁等を経て、養老五年（七二一）元明天皇病気祈願のため出家した。七年二月筑紫観音寺別当（太宰府の都府楼近くの観音寺の長官）として赴任、大伴旅人と交遊があった。

336 筑紫産の真綿は、まだ肌身につけて着てみたことはないが、いかにも暖かそうだ。

筑紫特産の真綿を見た物珍しさから詠んだ歌。筑紫をほめる意がこもる。

◇しらぬひ　「筑紫」の枕詞。

三 四六頁注一参照。 四 貴人（ここは旅人）のもとから退出する意。

337 私ども憶良のような者はもうこれで失礼します。家では子供が泣いていましょう。多分その子の母も私の帰りを待っていましょうよ。

宴を退出する折の戯笑的な挨拶歌。

◇憶良ら　憶良なんか、の意。みずから名を言うのは謙遜《けんそん》の意を表わす。◇それ　多分。推量表現に応じることの多い漢文の助字「其」の訓読語。◇その母　直接「妻」と言わないところに戯笑性がある。

五 以下十三首は、三三八、三四一、三四四、三四七、三五〇が柱となり、その間にある二首ずつが一組をなす。

338 くよくよしてもはじまらない物思いなどにふけるよりは、いっそのこと濁り酒の一杯でも飲む方がよさそうだ。

讃酒の気持を一般的に述べた独立性の強い歌で、以下十三首の序歌をなす。
◇験《しるし》なき　かいのない。◇思はずは　思わないで。
◇濁れる酒　「濁酒」の訓読語。糟《かす》を漉《こ》してない酒。

339　酒を聖人と名付けた昔の大聖人の言葉、その言葉のなんと結構なこと。

次歌とともに中国の故事を讃酒ということに結びつけて、前歌の主張を裏付けようとしたもの。
◇酒の名を聖と負せし　『魏志《ぎし》』徐邈《じょばく》伝に、太祖の禁酒令に対して酔客は清酒を聖人、濁酒を賢人と呼んだという。◇大き聖　徐邈らのことをおどけてこう言った。

340　その昔、竹林の七賢人が欲しがったのも、まさしくこの酒であったらしい。

儒教的な考え方で前歌の「聖」に対して「賢」を詠んだ。
◇七の賢しき人たち　『世説新語《せせつしんご》』に、晋《しん》の阮咸《げんかん》以下七人の隠士《いんし》が竹林で酒を交して清談《せいだん》にふけったという。

341　分別ありげに小賢《こざか》しい口をきくよりは、酒を飲んで酔い泣きしている方がずっとましだろう。

「賢《さか》しら」と「酔ひ泣き」とを対比し、後者を賞揚した歌。前歌の「賢しき」を否定的に転じて「賢しみ」と続けた。

342　なんとも言いようも、しようもないほどに、このうえもなく貴い物は酒であるらしい。

次歌とともに前歌の主張を裏付けようとしたもの。
◇すべ　手段。◇極まりて貴き　「極貴」の訓読語。

339
酒の名を　聖《ひじり》と負《おほ》せし　いにしへの　大き聖の　言《こと》の宜《よろ》しさ

340
いにしへの　七《なな》の賢《さか》しき　人たちも　欲《ほ》りせしものは　酒にしあるらし

341
賢《さか》しみと　物言ふよりは　酒飲みて　酔《ゑ》ひ泣《な》きするし　まさりたるらし

342
言はむすべ　為《せ》むすべ知らず　極《きは》まりて　貴《たふと》きものは　酒にしあるらし

343　なまじっか分別くさい人間として生きているよりも、いっそ酒壺になってしまいたい。そうしたらいつも酒浸《さかびた》りになっておられよう。
◇酒壺になりにてしかも　『琱玉集《ちょうぎょくしゅう》』嗜《し》酒《しゅ》篇に、酒好きの呉《ご》の鄭泉《ていせん》は、数百年の後自分の死体が土と化して酒壺に作られるように、窯《かま》の側《そば》に埋めよと遺言したとある。「てしか」は願望を表わす。

344　ああみっともない。分別くさいことばかりして酒を飲まない人の顔をよく見たら、小賢《こざか》しい猿に似ているのではなかろうか。
前歌の「人とあらずは」の「人」を承けて続けた。「らし」で結んで酒を讃えることの多かったこれまでの歌に対して、以下三首は、疑問、反語を用い「賢しら」を嘲弄《ちょうろう》することによって「酔ひ泣き」をほめた。
◇賢しら　分別くさいこと。讃酒歌では、「酔ひ泣き」とは逆に望ましくないこととして用いられている。

345　値《ね》のつけようがないほど貴い宝珠でも、濁り酒一杯にどうしてまさるといえようか。
仏法にもまして酒こそ無上の宝だと賞揚した歌で、次歌とともに前歌の主張を裏付けようとしたもの。
◇価なき宝　仏典の「無価宝珠」（無上の法を譬《たと》えたもの）の訓読語。◇あにまさめやも　「あに」は打消や反語と呼応する。「や」は反語。

346　夜光る貴い玉でも、酒を飲んで憂《う》さ晴らしをするのにどうして及ぼうか、及ぶはずがない。
観念的な前歌を承けて、やや具体的に飲酒のもたらす

343
なかなかに　人とあらずは　酒壺《さかつほ》に　なりにてしかも　酒に染《し》みなむ

344
あな醜《みにく》　賢《さか》しらをすと　酒飲まぬ　人をよく見ば　猿にかも似む

345
価《あたひ》なき　宝といふとも　一坏《ひとつき》の　濁《にご》れる酒に　あにまさめやも

346
夜光る　玉といふとも　酒飲みて　心を遣《や》るに　あにしかめやも

347 世間《よのなか》の　遊びの道に　楽《たの》しきは　酔《ゑ》ひ泣《な》きするに　あるべ
かるらし

348 この世にし　楽しくあらば　来《こ》む世には　虫に鳥にも　我
れはなりなむ

349 生《い》ける者《ひと》　遂《つひ》にも死ぬる　ものにあれば　この世《よ》にある間《ま》
は　楽しくをあらな

350 黙居《もだを》りて　賢《さか》しらするは　酒飲みて　酔《ゑ》ひ泣《な》きするに　な
ほしかずけり

境地にまで歌い及んだ歌。
◇夜光る玉　『文選《もんぜん》』等に見える。玉は世俗的な価値の高いものの代表として持ち出したもの。

347　この世の中の色々の遊びの中で一番楽しいことは、一も二もなく酔い泣きすることのようだ。

前歌の「心を遣る」を承けて「世間の遊び」と続けたもの。「酔ひ泣き」を第一の遊びとして賞揚した歌。
◇世間《よのなか》の遊びの道　俗世間の琴棋《きんき》書画《しよが》などの遊び。「世間」は仏教語「世間《せけん》」の訓読語。

348　この世で楽しく酒を飲んで暮せるなら、来世は虫や鳥になってもかまわない。

前歌の「世間」を「この世」で承けて続け、飲酒戒を破って現世享楽の応報を喜んで受けようと詠んだ。次歌とともに前歌の主張を裏付けようとしたもの。
◇この世　現世。「来む世」（来世）の対。◇楽しく　前歌と同じく飲酒の楽しさを言う。次歌でも同じ。

349　生ある者はいずれ死ぬのだから、せめてこの世では酒を飲んで楽しく過したいものだ。

仏説を逆手《ぎやくて》にとって現世享楽を歌った歌。
◇生ける者遂にも死ぬる　仏説の「生者必滅《しようじやひつめつ》」をいう。
◇楽しくをあらな　「を」は間投助詞。「な」は願望。

350　黙りこくって分別くさく振舞うのは、飲んで酔い泣きするのにやっぱり及びはしないのだ。

讃酒歌の総まとめの歌。熟慮反省の結果として「酔ひ泣き」の賞揚すべきことを確認したもの。以上十三首は太宰府での宴席で公表されたものであろう。

351　世の中を何に譬《たと》えたらよいだろうか。それは、朝早く港を漕いで出て行った船が、跡に何も残さないようにはかないものだ。

自問自答の形で、この世の常なきさまを詠んだ歌。讃酒歌の三四七〜九を承《う》けて歌ったものか。◇朝開き　船が早朝の港をおし開くように船出すること。◇跡なきがごと　航跡《ふね》がすぐ消え失せることをいう。唐の宋之問《そうしもん》の詩に「帆過ギテ浪ニ痕《あと》無シ」（「江亭晩望」）とある。

一　伝未詳。

352　今頃は葦辺に鶴が鳴いて港風が冷たく吹いていることであろう、あの津乎《つお》の崎よ。

回想の歌。港・葦・鶴は取り合せとして固定していた。◇津乎の崎　未詳。愛媛県や滋賀県に求める説がある。◇はも　眼前にないものを遙かに思いやる時用いる。

二　伝未詳。「釈」は仏門にある者を表わす。

353　吉野の高城の山を見ると、そこに白雲が、進むのをためらうかのようにずっとたなびいている。

白雲のかかる山を讃える気持から発した叙景歌。◇高城の山　未詳。吉野の金峰山《きんぷせん》近くの城山ともいう。◇行きはばかりて　三一七、三三一参照。

三　伝未詳。

354　縄の浦で塩を焼いている煙は、夕なぎの頃になると、流れもあえず山にまつわりついてたなびいている。

351
沙弥満誓《さみまんぜい》が歌一首

世間《よのなか》を　何《なに》に譬《たと》へむ　朝開《あさびら》き　漕《こ》ぎ去《い》にし船の　跡なきがごと

352
[一]若湯座王《わかゆゑのおほきみ》が歌一首

葦辺《あしへ》には　鶴《たづ》がね鳴きて　港風《みなとかぜ》　寒く吹くらむ　津乎《つを》の崎はも

353
[二]釈通観《しやくつうくわん》が歌一首

み吉野の　高城《たかき》の山に　白雲は　行きはばかりて　たなびけりみゆ

都から旅して来た者の目に珍しく映った海人《あま》の藻塩《もしお》焼く煙の行方を追った叙景歌。
◇縄の浦　兵庫県相生《あいおい》市那波《なば》の海岸。まわりに山が迫っている。◇行き過ぎかねて　どちらにも流れて行くことができないで。
四「生石」は「大石」とも書く。天平十年（七三八）頃美濃少目《しょうさかん》、天平勝宝二年（七五〇）正六位より外従五位下となる。
355　大国主命《おおくにぬしのみこと》や少彦名命《すくなびこなのみこと》が住んでおいでになったという志都の岩屋は、それからいったいどのくらいの年代を経ていることだろうか。
古い言い伝えをもつ岩窟を訪ねた作者の、神代さながらのたたずまいを見た感慨。
◇大汝少彦名　大国主命と少彦名命は出雲神話系の神で、二神は共同して国造りに活躍した。◇志都の石室　未詳。島根県大田市静間町の海岸の岩窟ほか、一、二の説がある。
五 伝未詳。
356　今日もまた、明日香の川の、いつも夕方になると河鹿の鳴くあの瀬は、すがすがしく清らかに流れていることであろうか。
奈良遷都の後、明日香の故郷を思いやって作った歌か。
◇今日もかも　「今日」は「明日香」を引き出して、今日も明日もの意をにおわす。「かも」は詠嘆、文末まで かかる。
六 第一、二句をさす。　七 いたずらに。

[三]日置少老《へきのをおゆ》が歌一首

354　縄《なは》の浦に　塩焼く煙《けぶり》　夕されば　行き過ぎかねて　山にたなびく

[四]生石村主真人《おひしのすぐりまひと》が歌一首

355　大汝《おほなむち》　少彦名《すくなびこな》の　いましけむ　志都《しつ》の石室《いはや》は　幾代《いくよ》経《へ》ぬらむ

[五]上古麻呂《かみのこまろ》が歌一首

356　今日もかも　明日香の川の　夕さらず　かはづ鳴く瀬の　さやけくあるらむ
或本の歌、[六]発句《ほつく》には「明日香川　[七]今もかもとな」といふ

山部宿禰赤人《やまべのすくねあかひと》が歌六首

357 縄《なは》の浦ゆ　そがひに見ゆる　沖つ島　漕ぎ廻《み》る舟は　釣りしすらしも

358 武庫《むこ》の浦を　漕ぎ廻《み》る小舟《をぶね》　粟島《あはしま》を　そがひに見つつ　羨《とも》しき小舟《をぶね》

359 阿倍《あへ》の島　鵜《う》の住む磯《いそ》に　寄する波　間《ま》なくこのころ　大和《やまと》し思ほゆ

360 潮干《しほひ》なば　玉藻《たまも》刈りつめ　家の妹《いも》が　浜づと乞はば　何を示さむ

357 縄の浦にたどりついて振り返るとはるか沖合に見える島、その島のあたりを漕いでいる舟は、まだ釣りのまっ最中らしい。

舟泊《ふなは》ての頃合いになっても、舟がまだ沖で操業しているることに感嘆し、旅先の景を讃えた歌。以下六首は、帰京後まとめて披露された宴歌らしい。◇縄の浦　相生《あいおい》湾の最奥部。三五四参照。◇沖つ島　未詳。相生湾口に浮ぶ蔓島《かつらじま》か。◇そがひに　背後に。

358 武庫の浦を漕ぎめぐって行く小舟よ。妻に逢えるという粟島を後ろに見ながら都の方へ漕いで行く、ほんとに羨《うらや》ましい小舟よ。

前歌と同趣の景物や用語を承けた望郷歌。◇武庫の浦　武庫川の河口付近。◇粟島　未詳。「粟《あは》」に「逢ふ」の意をにおわす。

359 阿倍の島の鵜《う》の住む荒磯に絶え間なく波が寄せて来る、その波のようにこの頃はしきりに大和のことが思われる。

前歌よりも望郷の焦点が絞られている。◇阿倍の島　未詳。上三句は序。「間なく」を起す。◇鵜　渡り鳥で鵜飼いに使う海鵜と、留鳥の川鵜とがある。ここは「住む」とあるので川鵜か。

360 潮が引いたらせっせと玉藻を刈り集めておきなさい。家の妻が浜からのみやげを求めたとき、この藻に包んでいったい何を見せたらよかろう。

前歌の「大和」を承けて「家の妹」に焦点を絞った。◇玉藻　藻をほめていう。◇刈りつめ　「つめ」は集める、貯えるの意の下二段動詞「つむ」の命令形。

361　秋風の吹く明け方、こんな寒い明け方あなたは佐農の岡を越えていらっしゃるだろうに、私の着物をぬいでお貸ししておけばよかった。

前歌の「家の妹」を承けて、待つ妻の立場で作った歌。
◇朝明　暁に続く日の出前のひととき。◇佐農の岡　未詳。◇衣貸さましを　七五、三〇二参照。

362　みさごの棲《す》んでいる磯辺に生えるなのりそではないが、名告《の》ってはいけないその名まえ、明しておくれよ、親御《おやご》に知れてもいいじゃないか。

旅先のおとめに語りかけた歌。前歌の妻と対比させて土地のおとめを出した。
◇みさご　鳶《とび》くらいの大きさの鳥で、水辺や断崖などに棲《す》み、魚を捕えて食する。◇なのりその　上三句は序。「名」を起す。「なのりそ」は海藻のほんだわら、「勿告《なの》りそ」の意を懸ける。◇名は告らしてよ　男が娘に本名を聞くことは求婚を意味する。

363　みさごの棲んでいる荒磯に生えるなのりそではないが、名告ってはいけないその名まえ、明しておくれ、たとえ親御に知れてもさ。

前歌の異伝。一般性をもった歌柄として、広く流布して歌われたものか。類歌三〇七。
◇よし　放任の意を表わし、逆接仮定条件句に応じる。
一　伝未詳。聖武朝の宮廷歌人。二　滋賀県伊香《いか》郡西浅井町塩津の北にある山。この峠を越えると越《こし》の国の敦賀である。

361　秋風の　寒き朝明《あさけ》を　佐農《さぬ》の岡　越ゆらむ君に　衣《きぬ》貸さましを

362　みさご居《ゐ》る　磯《いそ》みに生《お》ふる　なのりその　名は告《の》らしてよ　親は知るとも

或本の歌に曰《い》はく

363　みさご居る　荒磯《ありそ》に生ふる　なのりその　よし名は告らせ　親は知るとも

一笠朝臣金村《かさのあそみかなむら》、二塩津山《しほつやま》にして作る歌二首

364 ますらをの　弓末《ゆずゑ》振り起し　射《い》つる矢を　後《のち》見む人は　語《かた》り継《つ》ぐがね

365 塩津山　打ち越え行けば　我が乗れる　馬ぞつまづく　家《いへ》恋ふらしも

一角鹿《つのが》の津《つ》にして船に乗る時に、笠朝臣金村《かさのあそみかなむら》が作る歌一首　并《あは》せて短歌

366 越《こし》の海の　角鹿《つのが》の浜ゆ　大船《おほぶね》に　真《ま》楫貫《かぢぬ》き下《お》ろし　鯨魚《いさな》取り　海道《うみぢ》に出でて　喘《あへ》きつつ　我が漕ぎ行けば　ますらをの　手結《たゆひ》が浦に　海人《あま》娘子《をとめ》　塩《しほ》焼く煙《けぶり》　草枕　旅にしあれば　ひとりして　見る験《しるし》なみ　海神《わたつみ》の　手に巻かしたる

364 ますらおが勢いよく弓末を振り立てて射立てた矢であるぞ。これを後で見る人が語り伝えるよすがとなるように。

塩津峠を越える折、そこの神木に旅の無事を祈って矢を射立てた時の歌。当時このような習俗があった。◇弓末振り起し　力強く弓を射るさまをいう慣用句。「弓末」は弓の上端。ふだんは弓末を下に向けて提げ、射る時に振り立てる。◇語り継ぐがね　「がね」は、…するように、の意。

365 塩津山を越えて行く、この山越えの道で私の乗っている馬がつまずいた。家の者が私に恋い焦れているらしい。

馬がつまずくのは留守宅の者が恋しく思っているからだとする俗信があった。類想歌二九一。

一 敦賀の港。

366 越の海の敦賀の浜から、大船の舷《ふなばた》に楫《かい》をたくさん貫きならべ、海路に乗り出してあえぎあえぎ漕いで行くと、ますらおが手にまとう手結《たゆい》の名をもつ手結が浦で漁師の娘たちが藻塩《もしお》を焼く煙が見える、その煙は、旅にある身のこととてひとりで眺めてみても一向に見がいがないので、海の神が手に巻きつけて持っておられる尊い玉、そんなに尊いたすきでもかけるように、深く心にかけて、海上はるかに思い偲んだ、家郷大和の国を。

苦しい公用の船旅にあって、珍しい風物を見ても心楽しむことなく家郷大和を偲んだ歌。反歌とともに、

五〜六を踏まえている。
◇越《こし》の海　北陸の海。「越」は越前・越中・越後の総称。◇真楫《まかぢ》　主に大船の両舷に取りつけた櫂《かい》。「ま」は欠けたところがないさまをいう接頭語。◇鯨魚《いさな》取り　「海道」の枕詞。◇ますらをの　「手結《たゆひ》」の枕詞。次の「海人娘子《あまをとめ》」を意識して用いた。「手結」は足結《あゆひ》の対。手にまとう籠手《こて》のようなものか。◇手結が浦　敦賀湾の東岸、田結《たい》のあたり。◇草枕　「旅」の枕詞。以下四句、この時期に創造された賞景と旅愁の結合した表現。◇海神《わたつみ》の手に巻かしたる　序詞。「玉」を起す。「ますらをの手結」に関連して用いた。◇玉たすき　「懸《か》け」の枕詞。◇大和島根　二五五、三〇三参照。

367　越の海の手結が浦を旅にあって眺めるにつけ、その美しい情景に心惹《ひ》かれて、はるかに家郷大和を思いやった。

長歌の内容を要約して繰り返した。
◇羨しみ　「羨し」は、ここは心を惹かれる、の意。
二　左注参照。「大夫」は四位、五位の者への敬称。

368　われらは大船の舷に楫をたくさん取りつけ、恐れ多くもわが大君の仰せのままに磯から磯へと漕ぎ進んで行く。

三　石上麻呂の第三子。天平四年（七三二）丹波守。左大弁の時、宇合《うまかい》の未亡人久米連若売《くめのむらじわかめ》と密通し土佐に流された。天平勝宝二年（七五〇）中納言兼中務卿で没。
四　福井県北部・石川県南部。乙麻呂の赴任年次未詳。
五　左注参照。笠金村の歌か。

玉たすき　懸《か》けて偲《しの》ひつ　大和島根《やまとしまね》を

反　歌

367　越《こし》の海の　手結《たゆひ》が浦を　旅にして　見れば羨《とも》しみ　大和偲ひつ

二石上大夫《いそのかみのまへつきみ》が歌一首

368　大船に　真楫《まかぢ》しじ貫《ぬ》き　大君の　命畏《みことかしこ》み　磯廻《いそみ》するかも

右は、今案《かむが》ふるに、三石上朝臣乙麻呂《いそのかみのあそみおとまろ》、四越前《こしのみちのくち》の国守《くにつかみ》に任《ま》けらゆ。けだしこの大夫か。

五和《こた》ふる歌一首

369 もののふの　臣《おみ》の壮士《をとこ》は　大君の　任《ま》けのまにまに　聞く
といふものぞ

右は、作者いまだ審《つばひ》らかにあらず。ただし、[一]笠朝臣金《かさのあそみかな》
村《むら》が歌の中《うち》に出づ。

[二]安倍広庭卿《あへのひろにはのまへつきみ》が歌一首

370 雨降らず　との曇《ぐも》る夜の　ぬるぬると　恋ひつつ居《を》りき
君待ちがてり

出雲守《いづものかみ》[三]門部王《かどへのおほきみ》、京を偲《しの》ふ歌一首　後に大原真人《おほはらのまひと》の氏《うぢ》を賜はる

371 意宇《おう》の海の　川原《かはら》の千鳥　汝《な》が鳴けば　我が佐保川の　思
ほゆらくに

369　お前たち、朝廷に仕える官人は、天皇の御命令のままに誰でもその意を体して従い服すべきものなのだぞ。
前歌に応じて官人乙麻呂の行為を賞揚し、同席の者をいましめた歌。
◇もののふ　文武百官をさす。五〇参照。◇臣の壮士　臣下である壮年の男子。◇聞く　聞き入れる。
一『笠朝臣金村歌集』の意。一五七頁注五参照。
二　一八四頁注四参照。

370　雨も降らずべた曇りの続く夜はさっぱりしないが、そのようにさっぱりと思いきることもできずにあなたに恋い焦れておりました。もしやおいでになろうかと思いながら。
女の気持を詠んだ歌。宴席での歌であろう。
◇雨降らず　上二句は序。「ぬるぬると」を起す。「との」は接頭語「たな」に同じ。すっかり、一面に、の意。◇ぬるぬると　第一、二句からは、物が水気を含んでじめじめ、ずるずるとしたさま。第四句へは、物がずるずると続くさま。◇がてり　八一参照。
三　一八七頁注六参照。

371　意宇《おう》の海まで続く川原の千鳥よ、お前が鳴きだすと、わが故郷《ふるさと》の佐保川がしきりに思い出される。
任地で家郷を思う歌。出雲国庁は意宇川沿いにあった。人麻呂の歌（二六六）の影響がある。
◇意宇の海　島根県の中海《なかうみ》をさす。意宇郡の海の意。

◇川原《かはら》 意宇川の川原。◇佐保川 奈良の都における千鳥の名所。

四 奈良市の東方、広く春日神社を中心とする一帯をさす。「野」は丘陵地帯を含む野山の意。一四参照。

372 春日山の御笠の嶺に毎朝雲がたなびき、貌鳥《かおどり》が絶え間なく鳴きしきっている。そのたなびく雲のように私の心は滞《とどこお》って晴れやらず、その鳴きしきる鳥のように片思いばかりして、昼はひねもす、夜は夜もすがら、そわそわと立ったり坐ったり、私は思い焦れている、逢おうともしないあの子ゆえに。

春日山に遊んだ時、耳目《じもく》に触れた景物を題材にして、人々に披露した、恋情を主題とする歌。

◇春日《はるひ》を 「春日《かすが》」の枕詞。春の日が霞《かす》むの意でかかる。「を」は詠嘆。◇春日の山 春日の地の東に連なる山々の総称。御笠山はその一峰。三三参照。◇高座《たかくら》の 「御笠」の枕詞。「高座」は貴人の坐る高い座席。高座にさしかけた天蓋《てんがい》の意でかかる。◇雲居 かかって晴れない雲の意。◇貌鳥 「かほ」は鳴き声を写したものか。郭公説などがあるが未詳。◇しば鳴く 「しば」はしばしばの意。

373 御笠の山に鳴く鳥が鳴きやんだかと思うとすぐまた鳴き出すように、抑《おさ》えたかと思ってもすぐまた燃え上るせつない恋を私はしている。

長歌の景物の鳥を承けて詠んだもの。類想歌三六七五。

◇高座の 上三句は序。「止めば継がるる」を起す。

山部宿禰赤人《やまべのすくねあかひと》、四春日野《かすがの》に登りて作る歌一首 并せて短歌

372
春日《はるひ》を 春日《かすが》の山の 高座《たかくら》の 御笠《みかさ》の山に 朝さらず 雲《くも》
居《ゐ》たなびき 貌鳥《かほどり》の 間《ま》なくしば鳴く 雲居なす 心いさ
よひ その鳥の 片恋《かたこひ》のみに 昼はも 日のことごと 夜《よる》
は 夜《よ》のことごと 立ちて居《ゐ》て 思ひぞ我がする 逢は
ぬ子故《ゆゑ》に

反歌

373
高座《たかくら》の 御笠の山に 鳴く鳥の 止《や》めば継《つ》がるる 恋もす
るかも

石上乙麻呂朝臣《いそのかみのおとまろのあそみ》が歌一首

374 雨降らば　着《き》むと思へる　笠《かさ》の山　人にな着せそ　濡《ぬ》れは漬《ひ》つとも

一 湯原王《ゆはらのおほきみ》、吉野にして作る歌一首

375 吉野にある　菜摘《なつみ》の川の　川淀《かはよど》に　鴨《かも》ぞ鳴くなる　山蔭《やまかげ》にして

湯原王が宴席の歌二首

376 あきづ羽の　袖振る妹《いも》を　玉櫛笥《たまくしげ》　奥《おく》に思ふを　見たまへ我が君

374 雨が降ったら私が着ようと思っている笠、その笠の名をもつ笠の山よ。他人《ひと》には着せるな、たとえびしょ濡れになろうとも。

笠の山の名や形に興味をもって山に呼びかけた遊戯的な歌。前歌と同じ時の宴歌か。

◇雨降らば　上二句は序。「笠」を起す。笠は頭にかぶる菅笠の類。「着む」といったのはそのため。◇笠の山　未詳。奈良市東方の御笠山をさすか。

一　志貴皇子の子。婉麗《えんれい》にして優美な新しい作風を開いた萬葉後期の歌人。

375 吉野の、菜摘の川の淀みで鳥が鳴いているが、あれはきっと鴨だ。ちょうどあの山の陰のあたりで。

感の徹《とお》った叙景歌。父の歌六四を下地に置いているか。

◇菜摘の川　吉野の宮滝の東方、菜摘の地を流れる吉野川のこと。◇鳴くなる「なり」は三参照。◇山蔭にして「山蔭」は、ここでは山がせり出して川に迫ったところ。

376 とんぼの羽根のような薄ものの袖を飄《ひるがえ》して舞うこの子、私はこの子のことを心の奥深く思っているのですが、よく見て下さい、わが君よ。

美女の舞を座興にそえて、軽妙に主賓に呼びかけた挨拶歌。

◇玉櫛笥　九三参照。ここは「奥」の枕詞。

377 青い山の嶺にかかる白い雲のように、朝夕お逢いしているけれど、いつも初めてお目にかかるようにさわやかなわが君です。

前歌から転じて、主賓その人をほめた歌。◇青山の嶺の白雲　序。「朝に日《け》に」を起す。◇朝に日に　しょっちゅう。毎朝毎日の意。

二　養老四年（七二〇）に没し、太政大臣正一位を追贈された藤原不比等《ふひと》の家。　三　築山や池。林泉。

378　ずっと昔から見馴れた池の堤ではあるが、主《あるじ》もなく年月を経て、渚にはびっしり水草が生えてしまった。

時の経過をまざまざと示す旧庭の荒廃を述べ、鎮魂の意をこめた。類想歌一八一。

◇年深み　「池」の縁で「深み」と言ったか。

四　大伴安麻呂の娘で、旅人《たびと》の異母妹。母は石川郎女。はじめ穂積皇子の寵《ちょう》を得、皇子没後は藤原麻呂（不比等の子）に愛されたが、のち異母兄大伴宿奈麻呂《すくなまろ》の妻となり、坂上大嬢《さかのうえのおおいらつめ》（家持の妻）と二嬢《おといらつめ》を生んだ。坂上の地に住み、旅人の没後は大伴一族の家刀自《とじ》（主婦）的存在となり、才気に溢《あふ》れた作風で女性としては最も多くの歌を残した。　五　大伴氏の氏神。

379　高天原《たかまがはら》から生れ現われて来た先祖の神よ。奥山のさか木の枝に、しらかを付け木綿《ゆう》を取り付けて、斎瓮《いわいべ》をいみ清めて掘りすえ、竹玉《たかたま》を緒にいっぱい貫き垂らし、鹿のように膝を折り曲げて神前にひれ伏し、たおやめである私が襲《おすい》を肩に掛け、こんなにまで一所懸命にお祈りをしているのに、あの方に逢えないものでしょうか。

377　青山の　嶺《みね》の白雲　朝に日《け》に　常に見れども　めづらし我が君

山部宿禰赤人《やまべのすくねあかひと》、故太政大臣藤原家の山池を詠《よ》む歌一首

378　いにしへの　古き堤《つつみ》は　年深み　池の渚《なぎさ》に　水草《みくさお》生ひにけり

大伴坂上郎女《おほとものさかのうへのいらつめ》、神を祭る歌一首　并せて短歌

379　ひさかたの　天《あま》の原《はら》より　生《あ》れ来《きた》る　神の命《みこと》　奥山の　賢《さか》木《き》の枝に　しらか付け　木綿《ゆふ》取り付けて　斎瓮《いはひへ》を　斎《いは》ひ掘

り据《す》ゑ　竹玉《たかたま》を　繁《しじ》に貫《ぬ》き垂《た》れ　鹿《しし》じもの　膝《ひざ》折り伏して　たわや女《め》の　襲《おすひ》取り懸《か》け　かくだにも　我れは祈《こ》ひなむ　君に逢はじかも

反歌

380　木綿畳《ゆふたたみ》　手に取り持ちて　かくだにも　我れは祈《こ》ひなむ　君に逢はじかも

右の歌は、一天平の五年の冬の十一月をもちて、二大伴の氏《うぢ》の神を供祭《まつ》る時に、三いささかにこの歌を作る。故《ゆゑ》に神を祭る歌といふ。

四筑紫《つくし》の娘子《をとめ》、五行旅《かうりよ》に贈る歌一首　娘子《をとめ》、字《あざな》を児島《こしま》といふ

氏神の祭祀《さいし》に当るべき家刀自《いえとじ》として、祖神を招き寄せようとした歌。祖神の中には大伴一族につながる亡夫宿奈麻呂が強く意識されている。四三〇、三六四参照。◇ひさかたの　「天の原」の枕詞。◇神の命《みこと》　「命」は神を尊んで言った。◇賢木　神祭りに用いる常緑樹。◇しらか　祭祀用の純白の幣帛《へいはく》の一種か。◇木綿《ゆふ》　楮《こうぞ》の繊維を白くさらした幣帛。◇斎瓮《いはひへ》　神事に用いる甕《かめ》のような大きい土器。神酒《みき》を盛った。◇掘り据ゑ　ここは土間などを掘ってすえること。◇竹玉《たかたま》　細竹を輪切りにして緒に貫いた祭具。◇たわや女の襲《おすひ》　「たわや女」はたおやかに優しい婦人の意。「襲」は祭祀用の浄衣か。神の妻として神を招き寄せる女性の行為を表わすとともに、相聞的心情もこめられている。

380　木綿畳《ゆうたたみ》を手に掲げ持って神前に捧げ、私はこんなにお祈りしているのに、それでもあの方には逢えないものでしょうか。

長歌の末尾の部分を繰り返して嘆きを強めたもの。◇木綿畳　木綿を折りたたんだ幣帛。

一　七三三年。坂上郎女、四十歳前後の頃か。　二　天孫降臨の時先導をつとめたと伝える天忍日命《あめのおしひのみこと》。大伴氏はその後裔《こうえい》という。　三　その場をとらえて、の意。　四　太宰府で大伴旅人と親しかった遊行女婦《うかれめ》。九六五〜八参照。　五　旅行者。ここは都に帰る人。

381　故郷《くに》を思うあまりにあせったりなさらないで。風向きをよく見きわめていらっしゃい。大和への路は荒うございますよ。

三九五〜八と同じ頃の作で、大伴旅人に先立って天平二年（七三〇）十一月、海路、都に帰ることになった坂上郎女の一行を見送った歌か。
◇家　ここは家族のいる故郷の意。◇風まもり　航海の安全をはかるため風の様子をうかがうこと。
六　茨城県の筑波山。平野の中に突き出た山で、山頂では春秋に男女が相集って歌垣が催された。一七五九〜六〇参照。七　天平八年（七三六）従五位下、民部少輔、摂津大夫、遠江守《とおとうみのかみ》等を経て、天平宝字元年（七五七）、橘奈良麻呂《たちばなのならまろ》の乱に連座して伊豆に流された。

382　東の国に高い山はたくさんあるが、中でとりわけ、男神と女神のいます貴い山で二つの嶺の並び立つさまが心を引きつける山と、神代の昔から人が言い伝え、春ごとに国見の行われてきた筑波の山よ、それなのに今はまだ冬でその時期でないからと国見をしないで行ってしまったら、これまで以上に恋しく思われるだろうと、雪解けのぬかるんだ山道を苦労しながら、私はやっと今この頂《いただき》まで登って来た。

晩冬の作。国見をしようとして苦労して登ったことを述べたのは、間接的にこの山を讃えたことになる。
◇鶏が鳴く　「東《あづま》」の枕詞。◇高山は…　国讃め歌の慣用句。◇二神の貴き山　男山《おやま》と女山《めやま》の二峰から成るので言った。◇冬こもり　ここは、まだ冬のうちで、の意か。◇雪消　「消《け》」は下二段動詞「消《く》」の連用形。◇なづみぞ我が来《け》る　「なづむ」は難渋する。「来《け》る」は「来《き》あり」の約「来《け》り」の連体形。

381 家思《いへおも》ふと　心進むな　風《かざ》まもり　好《よ》くしていませ　荒しその道

六筑波《つくは》の岳《たけ》に登りて、七丹比真人国人《たぢひのまひとくにひと》が作る歌一首　幷《あは》せて短歌

382 鶏《とり》が鳴く　東《あづま》の国に　高山《たかやま》は　さはにあれども　二神《ふたがみ》の　貴《たふと》き山の　並《な》み立ちの　見《み》が欲《ほ》し山と　神代《かむよ》より　人の言ひ継ぎ　国見する　筑波の山を　冬こもり　時じき時と　見ずて行《い》かば　まして恋《こひ》しみ　雪消《ゆきげ》する　山道《やまみち》すらを　なづみぞ我が来《け》る

反歌

383 筑波嶺《つくはね》を　外《よそ》のみ見つつ　ありかねて　雪消《ゆきげ》の道を　なづみ来《け》るかも

山部宿禰赤人《やまべのすくねあかひと》が歌一首

384 我がやどに　韓藍《からあゐ》蒔《ま》き生《お》ほし　枯れぬれど　懲《こ》りずてまたも　蒔《ま》かむとぞ思ふ

一仙柘枝《やまびめつみのえ》が歌三首

385 霰《あられ》降り　吉志美《きしみ》が岳《たけ》を　さがしみと　草取りはなち　妹《いも》が手を取る

右の一首は、或《ある》いは「吉野の人味稲《うましね》、柘枝仙媛《つみのえやまびめ》に与ふる歌」といふ。ただし、二柘枝伝《しゃしでん》を見るに、この歌ある

383 名高い筑波の嶺をよそ目にばかり見ていられなくて、雪解けの道に足をとられながら、やっと今この頂《いただき》までたどりついた。

長歌の末尾の部分を繰り返して筑波山に対する讃美の気持を強調したもの。

384 わが家《や》の庭にけいとうを蒔《ま》き育てて、それは枯れてしまったが、懲《こ》りずにまた種を蒔こうと思っています。

舶来の植物けいとうに執着する気持を述べた歌。愛する女性を「韓藍《からあい》」に譬えた寓喩歌《ぐうゆか》とも見られる。◇やど　家の周辺の土地を含めて言う。◇韓藍　けいとう。庭園にも植えられ、うつし染めに用いられた。二七八四参照。在来のやまあい（多年草）と異なり、一年草である。

一　吉野の漁夫味稲《うましね》が谷川で拾った山桑の枝が仙女と化し、その仙女と結婚した話が、『懐風藻《かいふうそう》』その他にある。その柘枝仙媛《つみのえやまびめ》に関する歌。以下三首は、宴席で歌われたものらしい。

385 吉志美が岳は険《けわ》しくて草にすがって登るけれど、うっかりその手を離したはずみに、あわてて妹《いも》の手を握《にぎ》る。

ほぼ同じ形の歌が『肥前風土記』逸文にも杵島曲《きしまぶり》として見える。このような民謡を借りながら、漁夫味稲《うましね》の立場に立って仙女への気持を述べたもの。

◇霰降り　「吉志美が岳」をほめた枕詞。霰の音はやかましいので「かしまし」の類音「きしみ」にかけた。

◇吉志美が岳　未詳。◇さがしみと　険しいとて。以下の行為の口実にしている。◇妹が手を取る　求婚の意思表示。歌垣での行為の投影であろう。

二 柘枝伝説を内容とする、漢文で書かれた小説か。

386 今宵、もし仙女の化した柘《つみ》の枝が流れて来たら、梁は仕掛けていないので、そのまま取り逃してしまうことだろうか。

古い伝説上の事件が今ここに再現されたと仮定して詠んだ歌。

◇柘のさ枝　山桑の枝。「さ」は接頭語。◇梁　杭《くい》などを打ち並べて川を堰《せ》き止め、わずかに狭く残した流れに簀《す》や網を張って魚を捕る仕掛け。

三 以下に作者に関する注記があるべきところだが、脱落したものか。

387 昔、この川辺で梁を仕掛けたあの味稲《うましね》がいなかったなら、ひょっとして今もここにあるのかもしれないな、ああその柘《つみ》の枝よ。

前歌の「この夕」の語を「いにしへ」で承けたもの。

四 伝未詳。三八九左注、一四三〇左注にも名が見える。古歌誦詠に長《た》けた人であったらしい。

五 「羇旅」は旅の意。ここは公用の船旅での作。

388 海の神は霊威のあらたかな神だ。淡路島を大海のまん中に立てて置いて、白波を伊予の国までめぐらし、明石の海峡《せと》を通じて夕方には潮を満ちさせ、明け方には潮を引かせる。その満ち引きの潮鳴り

ことなし。

386 この夕《ゆふへ》　柘《つみ》のさ枝《えだ》の　流れ来《こ》ば　梁《やな》は打たずて　取らずかもあらむ

右の一首[三]

387 いにしへに　梁《やな》打つ人の　なかりせば　ここにもあらまし　柘《つみ》の枝はも

右の一首は、若宮年魚麻呂《わかみやのあゆまろ》[四]が作。

羇旅《きりよ》[五]の歌一首　并《あは》せて短歌

388 海神《わたつみ》は　くすしきものか　淡路島《あはぢしま》　中に立て置きて　白波

のする波が恐ろしいので、淡路島の磯かげで仮り寝をして、いつになったらこの夜が明けるだろうかと様子をうかがってまんじりともしないでいると、滝のほとりの浅野の雉《きぎし》が夜が明けたとて飛び立って騒いでいる。さあ、みんな、勇気を出して船を漕ぎ出そうよ。ちょうど海面もおだやかだ。

旅の帰途、波をさけて淡路島に仮り寝した翌朝、瀬戸《せと》内《うち》の海や島を支配する海神を讃《たた》えて、危険な船旅の安全を祈念し、船出をうながした歌。

◇居待月　旧暦十八日の月。ここは「明石」の枕詞。潮の頃合いを坐して待つ意を響かせて用いたか。◇明石の門ゆは　「ゆ」は三八参照。◇潮騒　四三参照。◇いつしかも　早く…したいという願望の意がこもる。◇浅野　淡路島の北淡《ほくだん》町浅野。今も「紅葉の滝」がある。なお、丈《たけ》の低い草の生えた野原の意に解することもできる。◇いざ子ども　六三、二八〇参照。◇あへて　押しきって。◇庭　漁村の前に開けた海面。三五六参照。

389　海岸に沿うて敏馬の崎を漕ぎめぐってゆくと、家郷大和への思慕を募らせるように、鶴がたくさん鳴いている。

大和へ帰る船の進みに従って、長歌のあとをついだ。

◇島　水にとりかこまれた島ばかりでなく、海から見た陸地を広くさす。三五五参照。◇敏馬の崎　二五〇参照。◇大和恋しく　妻呼ぶ鶴に家郷の恋しさを触発されたもの。◇鶴さはに鳴く　二七三参照。

一　口誦する。

を　伊予に廻《めぐ》らし　居待月《ゐまちづき》　明石《あかし》の門《と》ゆは　夕《ゆふ》されば　潮《しほ》を満《み》たしめ　明《あ》けされば　潮《しほ》を干《ひ》しむ　潮騒《しほさゐ》の　波を畏《かしこ》み　淡路島　磯隠《いそがく》り居て　いつしかも　この夜の明けむと　さもらふに　寐《い》の寝《ね》かてねば　滝《たき》の上《うへ》の　浅野《あさの》の雉《きぎし》　明けぬとし　立ち騒《さわ》くらし　いざ子ども　あへて漕《こ》ぎ出《で》む　庭《には》も静けし

反歌

389　島伝ひ　敏馬《みぬめ》の崎を　漕ぎ廻《み》れば　大和《やまと》恋しく　鶴《たづ》さはに鳴く

右の歌は、若宮年魚麻呂《わかみやのあゆまろ》誦《よ》む。[一]ただし、いまだ作者を審《つばひ》らかにせず。

譬《ひ》喩《ゆ》歌《か》（二）

紀皇女《きのひめみこ》の御歌一首（三）

390 軽《かる》の池の　浦《うら》み行《ゆ》き廻《み》る　鴨《かも》すらに　玉藻《たまも》の上に　ひとり
寝なくに

（四）造筑紫《ざうつくし》観世音寺別当《くわんぜおんじのべつたう》沙弥《さみ》満誓《まんぜい》が歌一首

391 鳥総《とぶさ》立て　足柄山《あしがらやま》に　船木《ふなぎ》伐《き》り　木に伐り行きつ　あたら
船木を

二 萬葉集の歌を表現の面から分類した部立の一つ。人間の姿態・行為・感情を事物に譬《たと》えて述べた歌。相聞的内容の寓喩《ぐうゆ》の歌がそのほとんどを占める。

三 天武天皇の子。穂積皇子の同母妹。一〇四頁注二参照。

390 軽の池の岸辺に沿うて泳ぎめぐる鴨でさえ、玉藻の上に独り寝なんかしないのになあ。

独り寝の寂しさをかこつわが身を寓した歌。「譬喩歌」の冒頭の歌として、特に天武の皇女で艶聞《えんぶん》の多い紀皇女の古歌をすえた。

◇軽の池 「軽」は橿原《かしはら》市の南東部、明日香村に隣接する一帯。『日本書紀』応神十一年の条に軽の池を作ったとの記事がある。◇浦み 水際の曲り入り込んだあたり。◇玉藻 「玉」は藻をほめて言った。自らの黒髪の意を寓したか。四九三参照。

四 一九八頁注一、二参照。「観世音寺」は「観音寺」に同じ。

391 鳥総《とぶさ》を立てて足柄山で、船に使える良い木を、木樵《きこり》がただの木として伐《き》って行った。むざむざと伐るには惜しい、船に使える良い木だったのに。

妙齢の美女が他人の妻となった口惜しさを譬えた歌。

◇鳥総立て 「鳥総」は樹木の梢《こずえ》の枝葉のついた部分。樹木伐採の時、鳥総を切株の上に立て山の神を祭る儀礼を行なった。婚儀の行われたことを暗示するか。◇足柄山 箱根・足柄の山々。船材の産地として有名。◇船木 妙齢の美女を譬えた。

[一]大宰大監《だざいのだいげん》大伴宿禰百代《おほとものすくねももよ》が梅の歌一首

392 ぬばたまの　その夜の梅を　た忘れて　折らず来にけり
思ひしものを

満誓沙弥《まんぜいさみ》が月の歌一首

393 見えずとも　誰《た》れ恋ひずあらめ　山の端《は》に　いさよふ月
を　外《よそ》に見てしか

[二]余明軍《よのみやうぐん》が歌一首

394 標結《しめゆ》ひて　我が定めてし　住吉《すみのえ》の　浜の小松《こまつ》は　後《のち》も我が松

[三]笠女郎《かさのいらつめ》、[四]大伴宿禰家持《おほとものすくねやかもち》に贈《おく》る歌三首

一　二八六頁注一、二参照。

392　あの夜見た時あたりをつけた梅だったのに、ついうっかりと手折《たお》らずに来てしまった。いい梅だと思っていたのに。

その夜宴席で見そめた遊行女婦《うかれめ》を手に入れなかった軽い後悔を寓した歌。◇梅　女を譬《たと》えた。◇た忘れて　「た」は接頭語。◇折らず　「折る」は女と契《ちぎ》りを結ぶことを譬えた。

393　見られなくても誰が月を見たがらずにおられようか。山の端のあたりで出かねている月をよそながらにも見たいものだ。

月に深窓《しんそう》の女性を譬えて憧《あこが》れる気持を詠んだ歌。

二　四五八左注参照。

394　標《しめ》を張ってわがものと決めた住吉《すみのえ》の浜の小松は、将来ともわが松だよ。

評判の遊行女婦《うかれめ》を専有する気持を歌いあげたものであろう。五七九～八〇と同じ頃の作で、旅人の子家持に対する作者の気持を述べた歌とも解される。◇住吉　大伴氏の領地。◇浜の小松　六五、六六参照。

三　家持と交渉のあった女性歌人。笠金村《かさのかなむら》の近親者か。　四　旅人の長男。天平十年（七三八）頃内舎人《うどねり》。十八年越中守、天平勝宝三年（七五一）少納言、兵部少輔等を経て天平宝字二年（七五八）因幡守《いなばのかみ》。延暦四年（七八五）中納言で没。六十八歳か。萬葉末期を代表する歌人で、繊細優美で新鮮な感覚を盛った短歌に秀で、萬葉集の編纂にも重要な役割を果した。

395　託馬野《つくまの》に　生《お》ふる紫草《むらさき》　衣《きぬ》に染《し》め　いまだ着ずして　色に出《い》でにけり

396　陸奥《みちのく》の　真野《まの》の草原《かやはら》　遠けども　面影《おもかげ》にして　見ゆといふものを

397　奥山の　岩本菅《いはもとすげ》を　根《ね》深めて　結びし心　忘れかねつも

五 藤原朝臣八束《ふぢはらのあそみやつか》が梅の歌二首　八束、後の名は真《ま》楯《たて》、六 房前《ふささき》が第三子

398　妹《いも》が家《いへ》に　咲きたる梅の　いつもいつも　なりなむ時に　事は定めむ

395　託馬野《つくまの》産の紫草で着物を染めて、それをまだ着てもいないのに、はや紫の色が人目に立ってしまいました。

家持への思いがまだ遂げられないのに、人に知られてしまったことを譬えた。五八七～六一〇と同じ頃の作。◇託馬野　付くの意をきかせた歌枕的地名。滋賀県米《まい》原《ばら》町筑摩か。◇着ず　「着る」は契りを結ぶことの譬喩。

396　みちのくの真野の草原《かやはら》はほんとに遠い所だと話に聞いていますが、そんなに遠い草原《かやはら》でも目の前にそのすがたが浮ぶものだと言いますのに。

近くに住む家持になぜ逢えないのかと諷《ふう》した歌。◇陸奥　東北地方の通称。「道の奥」の約。◇真野　福島県相馬郡鹿島町、真野川流域。歌枕的地名らしい。

397　奥山の岩かげに生えた山菅《やますげ》の根を深く深く結び合ったあの気持がどうしても忘れられません。

◇奥山の　上四句は深く契りを交すことの譬喩。◇根深めて　心を菅の根のように細長いものと見た上での表現。

五　治部卿、参議、太宰帥等を経て、天平神護二年（七六六）大納言兼式部卿で没。五十二歳。　六　不比等の次男。

398　お宅の庭に咲いた梅、それがいつでもいいが実になったその時に、事は決めることにしよう。

少女を梅に譬《たと》え、その成熟を待とうとの意を寓した歌。◇妹　少女の母親をさす。◇なりなむ　「なる」は女が成熟する、成人することの譬え。◇事　結婚のこと。

399 妹が家に　咲きたる花の　梅の花　実《み》にしなりなば　かも
かくもせむ

一 大伴宿禰駿河麻呂《おほとものすくねするがまろ》が梅の歌一首

400 梅の花　咲きて散りぬと　人は言へど　我が標結《しめゆ》ひし　枝《えだ》
ならめやも

大伴坂上郎女《おほとものさかのうへのいらつめ》、族《うがら》を宴《うたげ》する日に吟《うた》ふ歌一首 二

401 山守《やまもり》の　ありける知らに　その山に　標結《しめゆ》ひ立てて　結《ゆ》ひ
の恥《はぢ》しつ

大伴宿禰駿河麻呂、即《すなは》ち和《こた》ふる歌一首 三

---

399 お宅の庭に咲いた花、その梅の花が実になったら、その時こそ何がなんでも私のものにしたいと思っています。

前歌と連作。少女の成人する日にかける男の気持を譬えた。

一 大伴御行《みゆき》の孫か。天平十八年（七四六）越前守。橘奈良麻呂の乱に連座。出雲守、肥後守、陸奥按察使兼鎮守府将軍等を歴任。宝亀七年（七七六）参議で没。四〇七題詞参照。

400 梅の花が咲いてもう散ったと人は言っているが、まさかわが物として目印をつけておいた枝ではないだろうな。

噂を聞いて一瞬脳裡をかすめた不安を述べた歌。類歌一五二〇。

◇梅の花咲きて散りぬ　少女が成人して結婚してしまったことを譬えた。◇我が標結《しめゆ》ひし枝　意中の女性の譬え。「標」は占有のしるし。

二 節《ふし》をつけて披露した歌。

401 山の番人がいたとは知らずに、その山に占有の標《しめ》を張り立てて私は赤恥をかきましたよ。

郎女が次女二嬢《おといらつめ》の婿として白羽の矢を立てた駿河麻呂にすでに女がいるのではないかと、暗にその反応をうかがった歌か。男性の立場で詠んだ歌を用いて、戯れに駿河麻呂を女性に見立てて歌いかけている。

◇山守　山を守る人の意で、本来は女の夫《おっと》を譬《たと》えるのにふさわしい語であるが、ここでは、駿河麻呂の愛人

をさす。◇結ひの恥　ここは、愛人のいる駿河麻呂に求婚したことに対する恥をいう。

三　即座に。一八〇頁注一参照。

402　かりに山番がいたって、坂上の刀自《とじ》の張られたという標《しめ》ですもの、誰も解く者はおりますまい。

前歌の山守を承けて続けた答歌で、坂上の刀自に逆らう人などいないと、わざと恐縮してみせたもの。

◇けだし　もしや。そんなことはあり得ないが万一の場合を仮定していう副詞。

四　大伴の意。　五　大伴家持の妻。宿奈麻呂と坂上郎女との長女。家持の従妹にあたる。

403　毎日、始終見ていたいと思うその玉を、いったいどうしたら、いつも手から逃げ出さぬように持っていられるであろうか。

大嬢を玉に譬えて常に一緒にいたい気持を述べた歌。

◇朝に日に　三七七参照。◇離《か》れず　離れないで、の意。

六　遊行女婦《うかれめ》か。三〇七頁注九参照。　七　伝未詳。

404　あのこわい神の社《やしろ》さえなかったなら、春日の野辺で、粟を蒔《ま》きたいところなのですが、あいにくねえ。

妻のある中年男の誘いにからかい半分に答えた歌。

◇ちはやぶる　「神」の枕詞。一〇一参照。◇神の社　赤麻呂の妻を譬えた。◇春日の野辺　二〇九頁注四参照。

◇粟蒔かましを　「粟蒔か」に類音「逢はまく」を懸け、逢いたいのだが、の意をにおわす。

402　山守は　けだしありとも　我妹子《わぎもこ》が　結《ゆ》ひけむ標《しめ》を　人解《と》かめやも

大伴宿禰家持、同じき四坂上家《さかのうへのいへ》の五大嬢《おほいらつめ》に贈る歌一首

403　朝に日《け》に　見まく欲《ほ》りする　その玉を　いかにせばかも　手ゆ離《か》れずあらむ

六娘子《をとめ》、七佐伯宿禰赤麻呂《さへきのすくねあかまろ》が贈る歌に報《こた》ふる一首

404　ちはやぶる　神の社《やしろ》し　なかりせば　春日《かすが》の野辺《のへ》に　粟蒔《あはま》かましを

佐伯宿禰赤麻呂がさらに贈る歌一首

405　もしも春日野で、あなたが粟を蒔いたなら、鹿を狙いに毎日行こうと思うが、それにしてもそこに憚《はばか》り多い神の社《やしろ》のあることが恨めしい。

前歌の「社《やしろ》」を娘子の愛人の意に取りなしてやり返した歌。◇粟蒔けりせば　逢う気があるのなら、の意をにおわす。◇鹿待ち　粟を食う鹿を追うため待ち伏せすること。娘子との逢引きを譬えた。

406　社と言ったって私の祭る神のことを言っているのではありません。立派な男子であるあなたに依り憑《つ》いた神のことなのです。その神をよくお祭り下さいましな。

前歌の「社」を「神」で承け、四〇四に重ねて、社の神とは実はあなたに憑いた神（妻）でしかないとやりこめた歌。◇よく祭るべし　奥さんを大切にしなさい、の意を譬えて言った。

一　大伴宿奈麻呂と坂上郎女との次女。坂上大嬢《さかのうえのおおいらつめ》の妹。

407　春日の里に植えられたあのかわいい水葱《なぎ》はまだ苗だといっておられたが、もう枝も伸びて大きくなったことでしょうね。

二嬢も年頃になったでしょうねと気を引いてみた歌。◇春霞　「春日」の枕詞。◇植ゑ小水葱《こなぎ》　童女の二嬢を譬えた。「植ゑ」は栽培されたの意。「水葱」はミズアオイ科の一年草。葉を食用に、花を摺《す》り染めにした。

405
春日野《かすがの》に　粟蒔《あはま》けりせば　鹿待《ししま》ちに　継《つ》ぎて行かましを　社《やしろ》し恨《うら》めし

娘子《をとめ》がまた報《こた》ふる歌一首

406
我が祭る　神にはあらず　ますらをに　憑《つ》きたる神ぞ　よく祭るべし

大伴宿禰駿河麻呂《おほとものすくねするがまろ》、同じき坂上[一]家の二嬢《おといらつめ》を娉《つまど》ふ歌一首

407
春霞　春日《かすが》の里の　植ゑ小水葱《こなぎ》　苗《なへ》なりと言ひし　枝《え》はさしにけむ

◇苗《なへ》なりと言ひし枝《え》はさしにけむ　成長して大人びてきたことだろう、の意の譬え。

408　あなたがなでしこの、その花であったらなあ。毎朝毎朝、手に取りもって愛《め》でいつくしまない日はないだろうに。

なでしこに寄せて熱愛する気持を述べた。四〇三参照。◇なでしこ　かわらなでしこ。「撫でし子」の意で女性に譬えることが多い。特に家持に愛用された素材。◇花にもが　「AもがBむ」という型で用いられ、本当に希求するBの実現のためにまずAを希求する表現。◇恋ひぬ日　ここの「恋ふ」は眼前において愛翫《あいがん》する意。

409　一日のうちにも幾重にも打ち寄せる波のように繰返し繰返し手に入れたいと思っているのに、なぜあの玉を手に巻くことができないのだろうか。

意中の女をなかなか手中にしがたいことを寓した歌。◇千重波しきに　千重に重なる波のようにしきりに、の意。◇その玉　坂上二嬢をさすか。◇手に巻きかたき　「手に巻く」は玉を緒に通して手首にまとうこと。

410　大事な橘をわが家《や》の庭に植え育てて、その間中立ったり坐ったり気をもんだあげく、人に取られてのちに悔んでも、なんのかいがありましょうか。

婚期をひかえた娘を持った母親の不安を寓した歌。◇橘　一二五参照。わが娘を譬えた。◇植ゑ生《お》ほし　子を育てることの譬喩。◇後に　心理的には、娘を奪われて後に、の意。

大伴宿禰家持、同じき坂上家の大嬢《おほいらつめ》に贈る歌一首

408　なでしこが　その花にもが　朝《あさ》な朝《さ》な　手に取り持ちて
恋ひぬ日なけむ

大伴宿禰駿河麻呂が歌一首

409　一日《ひとひ》には　千重《ちへ》波《なみ》しきに　思へども　なぞその玉の　手に
巻きかたき

大伴坂上郎女《おほとものさかのうへのいらつめ》が橘《たちばな》の歌一首

410　橘を　やどに植ゑ生《お》ほし　立ちて居《ゐ》て　後《のち》に悔《く》ゆとも　験《しるし》
あらめやも

一和《こた》ふる歌一首

411 我妹子《わぎもこ》が　やどの橘《たちばな》　いと近く　植ゑてし故《ゆゑ》に　ならずは
やまじ

二市原王《いちはらのおほきみ》が歌一首

412 いなだきに　きすめる玉は　二つなし　かにもかくにも
君がまにまに

三大網公人主《おほあみのきみひとぬし》が四宴吟《えんぎん》の歌一首

413 須磨《すま》の海女《あま》の　塩焼《しほや》き衣《きぬ》の　藤衣《ふぢころも》　間遠《まどほ》にしあれば　いま
だ着なれず

一 駿河麻呂の作か。

411 あなたのお庭の橘は、これ見よがしに植えてあるからには、実《み》らせずにはおきません。

娘に恋した男が、その母親に決意を示した歌。◇我妹子　娘の母親、郎女をさす。◇橘　娘を譬《たと》えた。◇いと近く植ゑてし　郎女が相手の目につきやすい所に娘を置いたことをいう。◇ならずは　「なる」は愛を遂げる意。

二 安貴王の子。天平十五年（七四三）従五位下。備中守、玄蕃頭《げんばのかみ》、治部大輔、造東大寺長官等を歴任した。

412 頭上に束ねた髪の中に秘蔵している玉は二つとない大切な物です。どうぞこれをいかようにもあなたのご随意になさって下さい。

愛娘《まなむすめ》を男に紹介した歌か。三五一参照。◇いなだきにきすめる玉　王の髻《もとどり》の中にのみあるという珠。『法華経』安楽行品《あんらくぎようぼん》に見える。「いなだき」は頭髪を頭上にまとめたところ。「きすむ」はおさめる。◇まにまに　意志のままに、の意。

三 伝未詳。四 宴会の席で口ずさんだ歌。

413 須磨の海女が塩を焼く時に着る藤の衣は、ごわごわしているので、時々身につけるだけだから、まだ一向にしっくりとなじんでくれない。

新妻を「藤衣」に譬え、しげしげと逢えないと言いながら、実は新婚の気分を逆説的に歌ったのろけ歌か。◇須磨　神戸市須磨区一帯。◇藤衣　藤の繊維で織った粗末な衣。身分の低い女の譬喩《ひゆ》。◇間遠にしあれば…　藤衣の織り目が粗《あら》いことから、逢う間隔が遠いことにかけ、まだなじみが浅いことの譬喩とした。

414　山の岩がごつごつしているので山菅の長い根を引き抜くことは難しいと思って、目印の標縄《しめなわ》を張っておくばかりです。

◇あしひき　山の意。◇岩根こごしみ　娘の親などが反対していることの譬え。◇菅の根　女を譬えた。◇引かば　「引く」はわが妻にする、の意。◇標のみぞ結ふ　将来を約束するだけにとどめることの譬喩。

五　一一四頁注五参照。

六　聖徳太子。十七条憲法や位階制度を制定し、隋《ずい》と国交を結び、仏教に深く帰依《きえ》した。推古三十年（六二二）没。四十九歳。七　大阪府柏原《かしはら》市高井田《たかいだ》。大和・難波間の交通の要路にあたり、奈良朝人のよく遊んだ地。

八　龍田本宮の西方の山。大和・河内の境。九　甘樫《あまかし》の岡の西北か。一〇　三三代推古天皇。日本最初の女帝。

415　家にいたなら妻の腕《かいな》を枕にしているであろうに。草を枕に旅先で一人倒れ伏しておられるこの旅のお方は、なんとまあ。

集中、時代の示された最古の挽歌。ただしこれは、伝誦された太子の作（「推古紀」二十一年）から奈良時代に新しく派生したものらしい。巻二ではなく、拾遺《しゅうい》としての巻三挽歌の冒頭に据えられた所以《ゆえん》か。◇家ならば…　「草枕」以下に対する。「家」と「旅」との対比は旅中悲歌の型。一四三参照。◇臥《こ》やせる　「臥やす」は「臥ゆ」の敬語。死者への敬意を示す。

大伴宿禰家持が歌一首

414　あしひきの　岩根《いはね》こごしみ　菅《すが》の根を　引かばかたみと　標《しめ》のみぞ結《ゆ》ふ

挽[五]歌

上宮聖徳皇子《かみつみやのしやうとこのみこ》[六]、竹原《たかはら》[七]の井《ゐ》に出遊《いでま》す時に、龍田山《たつたやま》[八]の死人を見て悲傷《かな》しびて作らす歌一首　小墾田《をはりだ》[九]の宮に天の下知らしめす天皇《すめらみこと》の代《みよ》。小墾田の宮に天の下知らしめすは豊御食炊屋姫天皇《とよみけかしきやひめのすめらみこと》[一〇]なり。諱《いみな》は額田《ぬかた》、謚《おくりな》は推古《すいこ》

415　家ならば　妹が手まかむ　草枕　旅に臥《こ》やせる　この旅人《たびと》　あはれ

大津皇子《おほつのみこ》、死を被《たまは》りし時に、磐余《いはれ》の池の堤《つつみ》にして涙《なみた》を流して作らす歌一首

416 百伝《ももづた》ふ　磐余の池に　鳴く鴨《かも》を　今日《けふ》のみ見てや　雲隠《くもがく》りなむ

右、藤原の宮の朱鳥《あかみとり》の元年の冬の十月。

河内王《かふちのおほきみ》を豊前《とよのみちのくち》の国の鏡《かがみ》の山に葬《はぶ》る時に、手持《たもち》女王《おほきみ》が作る歌三首

417 大君《おほきみ》の　和魂《にきたま》あへや　豊国《とよくに》の　鏡の山を　宮と定むる

418 豊国の　鏡の山の　岩戸《いはと》立て　隠《こも》りにけらし　待てど来ま

一 九九頁注四参照。 二 謀反のかどで朱鳥《あかみとり》元年（六八六）十月三日に処刑された。年二十四歳。 三 二八二参照。池は皇子の訳語田《おさだ》の邸近くにあったか。

416 磐余《いわれ》の池に鳴いている鴨を見るのも今日を限りとして、この身は雲のかなたに去りゆくのか。

自己の死を凝視して詠んだ最古の辞世歌。生きていることの実感を、鴨を「見る」ことの一点に絞って、死に臨む心境を詠じた。実際は後人仮託の作であろう。◇百伝ふ　「磐余《いはれ》」の枕詞。百《もも》に伝いゆく五十《い》の意。無限に続く意を提示し、第四、五句のはかなさと対比させている。◇鳴く鴨　生きているものの生命感を表わす。◇雲隠りなむ　「雲隠る」は貴人の死をいう。二〇五など参照。ここでは皇子の霊魂が鳥に化して雲隠れるイメージを喚起する。

四 持統朝の朱鳥元年（六八六）十月作、の意。

五 持統三年（六八九）太宰帥。同八年没。 六 一八八頁注二参照。 七 三一参照。 八 伝未詳。

417 わが君の御心にかなったというのであろうか、そんなはずもなかろうに、こんな豊国の鏡の山を常宮《とこみや》とお定めになるとは。

王の身でなぜ都はるかな地に葬られたのかと痛恨した歌。「つれもなき佐田」（一六七参照）と同じ挽歌的発想。◇和魂《にきたま》あへや　「和魂」は「荒魂」の対で、霊魂の温順な面。「あふ」は気に入る意。

418 ここ豊国の鏡の山の岩戸をぴったり閉めて、籠ってしまわれたらしい。いくらお待ちしてもお

いでになっては下さらない。
◇岩戸立て… 死ぬことの神話的表現。「岩戸」は墓室の入口に置く大きな石。

419 岩戸をうちくだく力がこの手にあったらなあ。ああ、か弱い女の身にはほんとに、どうしてよいかわからない。

以上三首は、鏡・岩戸・手力（手力男神《たぢからおのかみ》）の組合せによって、天岩屋戸神話を踏まえた連作と認められる。

九 伝未詳。一〇 石田王の妻の一人であろう。丹生女《にふのおほ》王《きみ》と同一人か。二八四頁注一参照。

420 なよ竹のようにたおやかな御子、紅顔のわが君は、泊瀬の山に神として祭られていらっしゃると、使いの者が言って来た。まさかそんなことはあるまいに、人惑わしの空言《そらごと》を私は聞いたのか、とんでもないでたらめを私は聞いたのか。ああ、天地の間で何よりも残念なこと、この世でいちばん残念なことは、天雲の遠くたなびく果て、天と地の接する遠い果てまで、どこまでも、杖をつくともつかずとも何とでもして行って、夕占《ゆうけ》もし石占《いしうら》もして凶事を予知すべきだったのに、わが家には祭壇を設け、枕辺には斎瓮《いわいべ》を据えつけ、竹玉《たかたま》をびっしりと貫き垂らし、木綿《ゆう》だすきを腕にかけて、神に無事を祈るべきだったのに、天上にあるささらの小野の七《なな》ふ菅《すげ》を手に取り持って、天の川原に出かけて禊《みそぎ》をして、禍《わざわい》を払うべきだったのに。何一つできずじまいで、わが君が高山の巌の上におられるままにしてしまったことよ。

さず

419 岩戸破《わ》る 手力《たぢから》もがも 手弱《たよわ》き 女《をみな》にしあれば すべの知らなく

九石田王《いはたのおほきみ》が卒《みまか》りし時に、一〇丹生王《にふのおほきみ》が作る歌一首 并《あは》せて短歌

420 なゆ竹の とをよる御子《みこ》 さ丹《に》つらふ 我が大君《おほきみ》は こもりくの 泊瀬《はつせ》の山に 神《かむ》さびに 斎《いつ》きいますと 玉梓《たまづさ》の 人ぞ言ひつる およづれか 我が聞きつる たはことか 我が聞きつるも 天地《あめつち》に 悔《くや》しきことの 世間《よのなか》の 悔しきことは 天雲《あまくも》の そくへの極《きは》み 天地の 至れるまでに

王が死の禍から脱れる種々の手だてを、自分が尽しえなかった悔しさを述べて、王の死を痛恨した歌。◇なゆ竹の 「なよ竹の」に同じ。二一七参照。◇さ丹《に》つらふ 「さ」は接頭語。頰の赤みを帯びたさまをいう。「なゆ竹の…」とともに生のイメージを表わすことで、下の死の悲しみを強調している。◇玉梓《たまづさ》 ここでは使いの意。◇およづれ 人を迷わす不吉な言葉。「たはこと」とともに挽歌の常用語。◇悔《くや》しきことは 「天地《あめつち》に」以下ここまで、末句「高山の巌の上にいませつるかも」に応ずる。◇そくへの極み 最も遠い所。「そく」は離れる、遠のく。「へ」はあたり。◇夕占《ゆふけ》 夕方辻で道行く人の言葉を聞いて吉凶を占うこと。◇石《いし》占《うら》 石を蹴り、または持ち上げて吉凶を占うことか。◇みもろ 神の降臨する所。◇斎瓮《いはひへ》を据ゑ… 三七九参照。◇木綿たすき 木綿《ゆう》で作ったたすき。◇ささらの小野 天上にあると思われていた野。三八八七参照。◇七《なな》ふ菅《すげ》 七節《ふし》に編めるほどの長い菅の意か。「ふ」は節《ふし》で、編目の間隔。三五二四参照。◇みそぎてましを 「みそぐ」は川原などに出て水で身を清め罪や穢《けが》れを払うこと。「まし」は「天雲の」以下のことすべてを承ける。◇高山の巌の上にいませつるかも 王が葬られたことを自分がそうさせたように言って、痛恨の意をこめたもの。

421 不吉な空言《そらごと》というものではないだろうか。高山の巌の上に君が臥《ふ》せっていられるというのは。

長歌を要約して、嘆きを強めたもの。類歌一四〇八。

杖《つゑ》つきも　つかずも行きて　夕占《ゆふけ》問《と》ひ　石占《いしうら》もちて　我が
やどに　みもろを立てて　枕辺《まくらへ》に　斎瓮《いはひへ》を据《す》ゑ　竹玉《たかたま》を
間《ま》なく貫《ぬ》き垂《た》れ　木綿《ゆふ》たすき　かひなに懸《か》けて　天《あめ》なる
ささらの小野《をの》の　七《なな》ふ菅《すげ》　手に取り持ちて　ひさかたの
天《あま》の川原《かはら》に　出《い》で立ちて　みそぎてましを　高山《たかやま》の　巌《いはほ》の
上《うへ》に　いませつるかも

反歌

421 およづれの　たはこととかも　高山の　巌《いはほ》の上《うへ》に　君が臥《こ》
やせる

422 石上《いそのかみ》　布留《ふる》の山なる　杉群《すぎむら》の　思ひ過ぐべき　君にあらな

くに

同じく石田王《いはたのおほきみ》が卒《みまか》りし時に、山前王《やまさきのおほきみ》[一]が哀傷《かな》しびて作る歌一首

423
つのさはふ　磐余《いはれ》の道を　朝さらず　行きけむ人の　思ひつつ　通ひけまくは　ほととぎす　鳴く五月《さつき》には　あやめぐさ　花橘《はなたちばな》を　玉に貫《ぬ》き　一には「貫き交《まじ》へ」といふ　かづらにせむと　九月《ながつき》の　しぐれの時は　黄葉《もみちば》を　折りかざさむと　延《は》ふ葛《くず》の　いや遠長く　一には「葛の根の　いや遠長に」といふ　万代《よろづよ》に　絶えじと思ひて　一には「大船の　思ひたのみて」といふ　通ひけむ　君をば明日《あす》ゆ　一には「君を明日ゆは」といふ　外《よそ》にかも見む

右の一首は、或《ある》いは[二]「柿本朝臣人麻呂が作」といふ。

422　石上の布留の山にこんもり群《むら》だつ神杉、その杉のように私の思いから過ぎ去って忘れてしまえるようなお方ではけっしてないのに。

前歌と違って王の死を認めた後の心で、限りない思慕を述べることにより全体をまとめている。類歌六六八。◇石上布留《いそのかみふる》　天理市石上神宮の付近。◇杉群《すぎむら》の　上三句は序。類音で「思ひ過ぐ」を起す。

一　忍壁皇子《おさかべのみこ》の子。慶雲《きょううん》二年（七〇五）従四位下。養老七年（七二三）十二月没。『懐風藻』に詩一首がある。

423　磐余《いわれ》の道を毎朝帰っていかれたお方は、道すがらさぞや思ったことであろう、時鳥《ほととぎす》の鳴く五月には、共にあやめ草や花橘を玉のように糸に通し、髪飾りにもしようと、九月の時雨《しぐれ》の頃には共に黄葉《もみじ》を手《た》折《お》って髪に插《さ》そうと、そしてますます末長くいつの代までも仲を違《たが》えることなく睦まじくしようと、こう思って通《かよ》ったことであろう、その君を事もあろうに明日からはこの世ならぬ外の人として見るというのか。

王が思いをかけて女のもとへ元気に通っていた状況を述べることで、王の急死を悼《いた》んだ歌。

◇つのさはふ　「磐余《いはれ》」の枕詞。二八二参照。◇思ひつつ通ひけまくは　「けまく」は「けむ」のク語法。この句の内容は以下「万代《よろづよ》に絶えじと思ひて」までに詳しく述べている。◇貫《ぬ》き交《まじ》へ　あやめと花橘とを一緒に糸に通して。◇延《は》ふ葛《くず》の　「いや遠長く」の枕詞。

二　この異伝は人麻呂が代作などしたことによるか。山前王の父忍壁皇子は人麻呂と密接な関係にあった。

或本の反歌二首

424 こもりくの　泊瀬娘子《はつせをとめ》が　手に巻ける　玉は乱れて　ありといはずやも

425 川風の　寒き泊瀬を　嘆きつつ　君があるくに　似る人も逢へや

右の二首は、或《ある》いは「[一]紀皇女《きのひめみこ》の薨《こう》ぜし後に、山前王《やまさきのおほきみ》、石田王《いはたのおほきみ》に代りて作る」といふ。

柿本朝臣人麻呂、香具山の屍《しかばね》を見て、悲慟《かな》しびて作る歌一首

424 泊瀬のおとめが手に巻いている玉は、緒《お》が切れてばらばらに乱れ散っているというではないか。

王の死を玉の乱れに譬《たと》えて悲しんだ歌。ただし左注によれば玉の乱れは紀皇女《きのひめみこ》の死を譬えたことになる。◇こもりくの　「泊瀬」の枕詞。◇泊瀬娘子　泊瀬の地に住む女。石田王《いわたのおおきみ》の愛人。左注によれば、泊瀬に葬られた紀皇女《きのひめみこ》を、冥界《めいかい》である泊瀬に住むおとめに見立てたことになる。

425 川風の寒い泊瀬の道を、妻恋しさに思い沈んで通われた、その君のお姿に似た人に、いまはもう逢えはしない。

死者に似る人にも逢えぬと歌うのは、挽歌の発想の一つ。二〇七参照。◇嘆きつつ…　「嘆く」は逢えない悲しみをいう。よってこの歌は長歌とは結びつきにくい。左注によれば、亡き紀皇女恋しさに石田王がさまよわれても、その皇女の姿に似る人にも逢えない、の意となり、意味が通りやすい。◇逢へや　「や」は反語。

一　石田王の妻らしい。一〇四頁注二参照。

426 草を枕のこの旅先で、いったい誰の夫なのだろうか、故郷へ帰るのも忘れて臥《ふ》せっているのは。妻はさぞ帰りを待っていることであろうに。

香具山は神聖視されていたので、特にそのあたりで行き倒れた死人の魂を鎮める必要があった。二二〇～二、四一五参照。

426 草枕　旅の宿《やど》りに　誰《た》が夫《つま》か　国忘れたる　家待たまく
に

二 田口広麻呂《たのくちのひろまろ》が死にし時に、三 刑部垂麻呂《おさかべのたりまろ》が作る歌一首

427 百足《もも た》らず　八十《やそ》隈坂《くまさか》に　手向《たむ》けせば　過ぎにし人に　けだ
し逢はむかも

四 土形娘子《ひぢかたのをとめ》を泊瀬《はつせ》の山に五 火葬《やきはぶ》る時に、柿本朝臣人麻呂
が作る歌一首

428 こもりくの　泊瀬の山の　山の際《ま》に　いさよふ雲は　妹《いも》に
かもあらむ

◇旅の宿り　旅先での仮寝。「宿り」はわが家以外で泊ること。◇待たまく　「待たむ」のク語法。
二 慶雲《きょううん》二年（七〇五）従五位下になった田口朝臣広麻呂か。姓《かばね》を記さず、六位以下の場合の「死」を用い、「卒」と記さないのは刑死を意味するか。　三 伝未詳。二六三にも歌がある。

427　くねくねとした曲り角の多い坂道で、道の神に供物を捧げひたすらお祈りしたら、あの世に旅立った人に、もしや逢えるのではなかろうか。

記紀神話にみえる黄泉路《よみじ》のイメージをもって、死者によせる実現不可能な手段を空想することにより、哀悼の心を表わした。
◇百足らず八十隈坂　記紀で「百足らず八十隈《くまで》」を黄《よ》泉路《みじ》の意に用いている。ここは遠い黄泉に通ずる坂。「百足らず」は「八十隈坂」の枕詞。百に足りない八《や》十《そ》の意。◇手向け　旅の無事を祈って坂や道の神に幣《へい》帛《はく》を捧げること。◇過ぎにし　「過ぐ」は死ぬ意の敬避表現。四七、二〇七参照。
四 「土形」は氏の名か。土形氏は応神天皇の子大山守命《もりのみこと》の子孫。　五 『続紀』によれば、火葬は文武四年（七〇〇）に僧道照の死に始まるという。

428　泊瀬の山の山あいに、ゆきもやらずたゆとう白雲、あれこそはわがおとめではないだろうか。

土形娘子《ひじかたのおとめ》の死も次歌の出雲娘子同様に、悲運の死をはかなむために火葬の煙に焦点をあてたか。ここには一種の物語化が感じられる。類歌一四〇七。

[一]溺《おぼほ》れ死にし[二]出雲娘子《いづものをとめ》を吉野に火葬《やきはぶ》る時に、柿本朝臣人麻呂が作る歌二首

429 山の際《ま》ゆ　出雲《いづも》の子らは　霧なれや　吉野の山の　嶺《みね》にたなびく

430 八雲《やくも》さす　出雲の子らが　黒髪は　吉野の川の　沖になづさふ

[三]勝鹿《かつしか》の[四]真間娘子《ままのをとめ》が墓を過ぐる時に、[五]山部宿禰赤人《やまべのすくねあかひと》が作る歌一首　幷《あは》せて短歌

東《あづま》の俗語《くにひとのことば》には「かづしかのままのてご」といふ

431 いにしへに　ありけむ人の　倭文機《しつはた》の　帯解き交《か》へて　伏屋《ふせや》立て　妻《つま》どひしけむ　勝鹿《かつしか》の　真間《まま》の手児名《てごな》が　奥城《おくつき》

一 吉野行幸中の出来事か。 二 出雲出身の釆女《うねめ》か。

429 山の間から湧き出る雲、その雲のようだった出雲おとめは、まあ、あのはかない霧なのだろうか。吉野の山の嶺一帯に霧となってたなびいている。

◇山の際ゆ 「出雲」の枕詞。山の間から出る雲の意。◇子ら 娘子を親しんでの称。前歌の「妹」と同じ。◇霧なれや 霧ではあるまいに。「や」は反語。

430 盛んに立ちのぼる雲、その雲のようだった出雲おとめの美しい黒髪は、まるで玉藻のように吉野の川の波のまにまに揺らめき漂っている。

おとめの水死体を黒髪の描出により象徴、美化した歌。火葬の時点から遡《さかのぼ》って、「溺れ死」んだ時のさまを印象新たに蘇らせている。前歌の「山」に「川」を対照させたのは吉野讃歌（三六～九）の型によったもの。◇八雲さす 「出雲」の枕詞。記紀の「八雲立つ」と同じ。◇なづさふ ここでは水にもまれ、漂う意。

三 葛飾。東京都・埼玉県・千葉県にまたがる江戸川下流沿岸一帯の地。 四 市川市真間のあたりにいたという伝説上のおとめ。一八〇七～八、三三八四～五にも見える。 五 一九〇頁注一参照。

431 昔、このあたりにいたという男が、倭文織《しずお》りの帯を解きあい、寝屋をしつらえて、共寝をしたという葛飾の真間の手児名の墓どころ、その墓どころはここだとは聞くけれど、真木の葉が茂っているせいであろうか、松の根が長く伸び年古りたせいであろうか、その跡はわからないが、昔の話だけは、手児名の

名だけは、私はとても忘れることができまい。

題詞、歌詞ともに人麻呂の近江荒都歌（二九）の系譜を継ぎ、虫麻呂の伝説歌（一八〇七など）を導く位置にある。◇ありけむ人　「妻どひしけむ」の主語。◇倭文機《しつはた》　外国渡来の織物に対して日本古来の単純な模様の粗末な織物。◇帯解き交へて　下の「伏屋立て」とともに「妻どひしけむ」にかかる。◇伏屋立て　「伏屋」は竪穴《たてあな》住居のような掘立小屋。ここは二人の寝屋を設ける意。◇手児名《てごな》　「手児」はいとしい子の意か。「名」は愛称の接尾語。◇奥城《おくつき》をここと聞けど　以下六句は近江荒都歌の「大宮はここと聞けども」以下八句を模したもの。◇真木の葉や茂りたるらむ　次の二句とともに墓跡の不明になった理由を推量している。

432　たしかに私もこの目で見た。人にもここだと語って聞かせよう。葛飾の真間の手児名のこの墓どころを。

「語り継ぎ言ひ継ぎ行かむ」（三一七）に共通な感懐。

433　昔、この葛飾の真間の入江で、波にゆれる玉藻を刈ったという手児名のことが、はるかに偲《しの》ばれる。

手児名の姿を清らかに彷彿《ほうふつ》させた赤人らしい作風。高橋虫麻呂の一八〇八参照。
◇真間の入江　真間は今は内陸にあるが、昔はもっと海近い所であった。三八五参照。

六　これと類似の題詞が三八に見える。それと同じく、姫島伝説を思いおこして歌われた物語的な歌か。

を　ことは聞けど　真木《まき》の葉や　茂りたるらむ　松が根や　遠く久しき　言《こと》のみも　名のみも我れは　忘らゆましじ

反歌

432　我れも見つ　人にも告げむ　勝鹿の　真間の手児名が　奥城ところ

433　勝鹿の　真間の入江《いりえ》に　うち靡《なび》く　玉藻《たまも》刈りけむ　手児名し思ほゆ

六和銅四年辛亥《かのとゐ》に、河辺宮人《かはへのみやひと》、姫島《ひめしま》の松原の美人《をとめ》の屍《しかばね》を見て、哀慟《かな》しびて作る歌四首

434　風早の美保の海辺に咲き匂う白つつじ、それを見ても心がなごまない。亡き人が思われて。

◇美保　次歌に「久米の若子」とあるので三〇七の「三穂」か。ここは風が激しいので「風早の」と言った。このあたりにも姫島があったか。◇白つつじ　おとめが死んで白つつじに化したという伝えがあったか。

435　久米の若子が手を触れたという磯辺の草が、枯れてしまうのはなんとしても残念だ。

姫島美人を直接悼《いた》んだ前歌に対し、相手の久米の若子との関わりにおいて美人を悼んだもの。

◇みつみつし　「久米」の枕詞。厳《いか》めしく、勢いの強い意か。◇久米の若子　姫島美人の相手とみられた男か。◇い触れけむ磯の草根　若子が愛《いと》しんだ美人を譬えたもので、二人が共寝をした場所をもにおわす。

436　近頃は人の噂がうるさくて逢えませんが、あなたがもし玉であったら、いつもわが手に巻きたずさえて、こんなに恋い焦れずにいられましょうに。

一転して二人の生前の愛の生活を歌うことによって、鎮魂の意を表わしたものか。これは女の立場の歌。

◇玉　磯辺の石や貝。前歌の磯の縁で続けたもの。

437　あなたも私も清らかな仲だし、その名の清《きよみ》の川の川岸が崩《く》えるように仲が壊れてあなたが悔《く》いる、そんなうわついた気持を抱くことなどありません。

前歌を承けた男の歌。類歌三六五。

◇妹も我れも　「清《きよみ》」の枕詞。◇清の川　未詳。明日香の清御原あたりを流れる飛鳥川の一名か。◇川岸の

434 風早《かざはや》の　美保《みほ》の浦《うら》みの　白《しら》つつじ　見れども寂《さぶ》し　なき人思へば

或いは「見れば悲しも　なき人思ふに」といふ

435 みつみつし　久米《くめ》の若子《わくご》が　い触れけむ　磯《いそ》の草根《くさね》の　枯れまく惜しも

436 人言《ひとごと》の　繁きこのころ　玉ならば　手に巻き持ちて　恋ひずあらましを

437 妹《いも》も我れも　清《きよみ》の川の　川岸の　妹が悔《く》ゆべき　心は持たじ

右は、案《かむが》ふるに、年紀《とし》并《あは》せて所処《ところ》また娘子《をとめ》の屍《しかばね》の歌を

作る人の名と、すでに上に見えたり。ただし、歌辞相《あひ》違《たが》ひ、是非《ぜひ》別《わ》きかたし。よりてこの次《つぎて》に累《かさ》ね載《の》す。

二神亀《じんき》五年戊辰《つちのえたつ》に、三大宰帥大伴卿《だざいのそちおほとものまへつきみ》、四故人を思《しの》ひ恋ふる歌三首

438 愛《うつく》しき　人のまきてし　敷栲《しきたへ》の　我が手枕《たまくら》を　まく人あらめや

右の一首は、五別れ去《い》にて数旬を経て作る歌。

439 帰るべく　時はなりけり　都にて　誰《た》が手本《たもと》をか　我が枕《まくら》かむ

上三句は序。川岸が「崩《く》ゆ」(決壊する)の意で、同音の「悔《く》ゆ」を起す。

一 年代も場所も作者名も三八に一致するが、歌詞が違い正否を判定しがたいので、この順次のままに重ねて載せる、の意。

二 七二八年。四三九～四四〇の作歌時とは合わないが、内容上関連する三首をこの年次のもとに編者が括ったらしい。以下四五三までの旅人《たびと》の歌十一首は一連をなす。

三 大伴旅人。一八九頁注八参照。四 旅人の妻大伴《おおともの》郎女《いらつめ》。神亀五年没。一四七三左注参照。

438 いとしい人が枕にして寝た、この私の腕《かいな》を、枕にする人などまたとあろうか。

手枕を交す相手のいない悲しみが、将来も続くであろうと嘆じて、一連の歌の冒頭歌としている。

◇敷栲の　「手枕」の枕詞。◇あらめや　「や」は反語。

五 妻の死後数十日を経て作られた歌、の意。

439 いよいよ都に帰れる時になった。だが、都でいったい誰の腕《かいな》を、私は枕にして寝ようというのか。

自分の手を枕にしてくれる相手がいないことを嘆いた受動的な前歌に対し、能動的に自分が手枕をする相手のいないことを嘆いている。帰京の喜びを通して、悲嘆の具体性と切実感を一層浮き立たせている。

◇帰るべく　旅人の帰京は天平二年(七三〇)十二月。◇手本　手首。袖口のあたり。◇枕かむ　「枕」を動詞とした「枕《まくら》く」に、助動詞「む」がついたもの。

440　妻もいない都の、荒涼としたわびしい家に独り寝たならば、今の旅寝にもましてどんなにかつらいことであろう。

楽しかるべき都の「家」の寒々とした空しさを「旅」と対比しつつ、独り寝の悲傷を極限的に想像し吐露することで、三首を結んだ。同時にこれは、帰京途次と帰宅後の歌（四四六～四五三）を引き出す発端をなす。

◇旅　上の「家」に対して異郷筑紫の生活をいう。

一　八一頁注四参照。　二　伝未詳。

441　あらがうことのできない天皇の仰せをうけたまわって、殯宮《あらきのみや》になどまだお祭り申す時ではないのに、雲のかなたにお隠れになっておられる。

異常な王の死を、あたかも天皇の死のごとく尊敬をもって叙する中に、ひそかな悲憤をこめている。

◇大殯の　第三、四句は、まだ亡くなる時ではないのに、の意。ここでは自尽をさす。「大殯」は一一九頁注四参照。◇雲隠ります　「雲隠る」は四一六参照。

三　長屋王の子。母は草壁皇子の娘、吉備内親王《きびのひめみこ》。神亀元年（七二四）従四位下、六年二月、父に殉じて母、兄弟とともに自尽。「膳夫王」とも書く。

442　世の中はかくも空しいものであることを示そうとて、なるほど、この照る月は満ちたり欠けたりするのだな。

折から照る月に人生の無常をよそえて、王の死の悲しみを思い諦めようとしている。類想歌一二七〇。

◇世間は空しきもの　「世間虚仮《せけんこけ》」の仏教思想は奈良

440
都にある　荒れたる家に　ひとり寝《ね》ば　旅にまさりて　苦しかるべし

右の二首は、京に向ふ時に臨近《ちか》づきて作る歌。

神亀六年己巳《つちのとみ》に、左大臣長屋王《ながやのおほきみ》[一]、死を賜はりし後に、倉橋部女王《くらはしべのおほきみ》[二]が作る歌一首

441
大君《おほきみ》の　命畏《みことかしこ》み　大殯《おほあらき》の　時にはあらねど　雲隠《くもがく》ります

膳部王《かしはでのおほきみ》[三]を悲傷《かな》しぶる歌一首

442
世間《よのなか》は　空《むな》しきものと　あらむとぞ　この照る月は　満《み》ち欠《か》けしける

右の一首は、作者いまだ詳《つばひ》らかにあらず。

時代に入って特に盛んに歌われてくる。七九三参照。　四　七二九年。改元は八月。　五　班田司（公民に口分《くぶん》田《でん》をわかち与え租税を確保する役所）の書記。　六　伝未詳。東国出身者に「丈部」の氏が多い。　七　首をくくる意。　八　ここでは班田司の三等官。　九　龍麻呂の上官。天平八年（七三六）遣新羅《しらぎ》副使。十二年外従五位下、山陽道巡察使、長門守、刑部大判事などを歴任。三七〇一、三七〇七にも歌がある。

443 「はるかかなたに天雲の垂れ伏す遠い国に生れついた、ますらおといわれる者は、天皇の御殿で、あるいは外に立って警護に当り、あるいは禁中のおそば近くでお仕え申して、末の末までも先祖の名誉を継いでゆくべきものだ」と父母にも妻や子にも語り聞かせて、国を出で発《た》ったその日以来、故郷の母君は、斎瓮《いわいべ》を目の前に据えおき、片手には木綿《ゆう》を捧げ持ち、片手には和栲《にきたえ》を捧げ奉って、どうぞ平安無事でいて下さいと天地の神々に祈願して、いつの年いつの月日に、元気なあなたが苦労を重ねながらもはるばる帰ってくるだろうかと、立ったり坐ったりして待ち焦れていらしたに違いない、その当のあなたは、天皇の仰せにひたすら従い、難波《なにわ》の国で年がたつまで、着物を洗い乾す暇さえもなく朝夕勤めに励んでいた、そんなあなたは、ああいったいどのように思われて、生きがいのあるこの世を振り捨てていってしまったのであろうか。まだ死ぬべき時ではないのに。
遠国から出てきた若者の精励ぶりと、家でひたすら待

四天平元年己巳《つちのとみ》に、摂津《つ》の国の五班田《はんでん》の史生《ししやう》六丈部龍麻《はせつかべのたつ》呂《まろ》自《みづか》ら七経《わな》きて死にし時に、八判官《じよう》九大伴宿禰三中《おほとものすくねみなか》が作る
歌一首　并《あは》せて短歌

443
天雲《あまくも》の　向伏《むかぶ》す国の　ますらをと　言はるる人は　天皇《すめろき》の
神の御門《みかど》に　外《と》の重《へ》に　立ち侍《さもら》ひ　内《うち》の重《へ》に　仕へ奉《まつ》りて
玉葛《たまかづら》　いや遠長く　祖《おや》の名も　継ぎ行くものと　母父《おもちち》に
妻に子どもに　語らひて　立ちにし日より　たらちねの
母の命《みこと》は　斎瓮《いはひへ》を　前《まへ》に据《す》ゑ置きて　片手には　木綿《ゆふ》取り
持ち　片手には　和栲《にきたへ》奉《まつ》り　平《たひら》けく　ま幸《さき》くませと　天地《あめつち》の
神を祈《こ》ひ禱《の》み　いかにあらむ　年月日《としつきひ》にか　つつじ花
にほへる君が　にほ鳥《どり》の　なづさひ来《こ》むと　立ちて居《ゐ》て

待ちけむ人は　大君の　命畏《みことかしこ》み　おしてる　難波《なには》の国に
あらたまの　年経《ふ》るまでに　白栲《しろたへ》の　衣《ころも》も干《ほ》さず　朝夕《あさよひ》に
ありつる君は　いかさまに　思ひいませか　うつせみの
惜しきこの世を　露霜《つゆしも》の　置きて去《い》にけむ　時にあらずし
て

反歌

444 昨日《きのふ》こそ　君はありしか　思はぬに　浜松の上《うへ》に　雲にた
なびく

445 いつしかと　待つらむ妹《いも》に　玉梓《たまづさ》の　言《こと》だに告《つ》げず　去《い》に
し君かも

つ母親の気持とを縷々《るる》尽すことによって、霊を慰めようとしている。
◇天雲《あまくも》の向伏《むかぶ》す国　都からはるか遠い所を意味する慣用句。八〇〇、三三九参照。ここは龍麻呂の出身国をさす。
◇玉葛《たまかづら》「いや遠長く」の枕詞。蔓の長く這《は》い延びる意。◇母父《おもちち》　母を先にいう場合は古語「おも」を用い、東国に用例が多い。◇たらちねの　「母」の枕詞。
◇母の命《みこと》は　「命」は敬称。以下「立ちて居て待ちけむ」にまでかかる。◇斎瓮《いはひへ》を…　三七九参照。◇和栲《にきたへ》　柔かい織物。木綿《ゆう》とともに神事の供物。◇つつじ花　「にほふ」の枕詞。◇にほへる君　うるわしく元気な君。◇にほ鳥の　「なづさふ」の枕詞。「にほ鳥」はかいつぶり。◇おしてる　「難波」の枕詞。◇いかさまに思ひいませか　挽歌の常用的挿入句。意味上「去《い》にけむ」にかかる。◇うつせみの　「世」の枕詞。◇時にあらずして　自殺したのでこう言った。

444 昨日はたしかにあなたはこの世の人だった。なのに、今日はもう浜松の上に雲となってたなびいているとは。
◇思はぬに　思いがけなくも。◇浜松　難波の景物としてもち出されたもの。◇雲にたなびく　火葬の煙をさす。四二八参照。

445 いつかいつかと今も帰りを待っている妻に、便りの一つも送らないで、死んでしまったあなた、ああ。

一　七三〇年。旅人《たびと》は大納言となり奈良の都へ帰った。

446　いとしい妻が行きに目にした鞆《とも》の浦のむろの木は、今もそのまま変らずにあるが、これを見た妻はもはやここにはいないのだ。

以下五首は、いずれも「見る」を用い、「見る」効果のなかったことを嘆いている。途上の永久不変のものを「見る」ことは旅の無事を保証することとされていた。はじめ三首は鞆の浦のむろの木を対象にしている。◇鞆の浦　広島県福山市鞆町《ともちょう》の海岸。◇むろの木　杜松《ねず》の木か。「いぶき」ともいう。ともにマツ科の常緑樹。霊木《れいぼく》として信仰されていたらしい。◇常世に　いついつまでも変らずの意の副詞。むろの木を不老不死の霊木とみる言い方であるとともに、死の悲しみとの対比においてもこう表現したもの。

447　鞆の浦の海辺の岩の上に生えているむろの木、この木をこれから先も見ることがあればそのたびごとに、行く時ともに見た妻のことが思い出されて、どうしても忘れられないことだろうよ。

◇見むごとに　将来にかけての言い方をすることで、いつまでも忘れられぬ哀感の深さを表わす。

448　海辺の岩の上に根を張っているむろの木よ、行く時お前を見たわが妻は今どこにどうしているのかと尋ねたなら、語り聞かせてくれるであろうか。

霊木むろの木は、霊界のことを知っているであろうとし、亡妻を求める切なる気持から呼びかけた。

一天平二年庚午《かのえうま》の冬の十二月に、大宰帥《だざいのそち》大伴卿《おほとものまへつきみ》、京に向ひて道に上る時に作る歌五首

446
我妹子《わぎもこ》が　見し鞆《とも》の浦の　むろの木は　常世《とこよ》にあれど　見し人ぞなき

447
鞆の浦の　磯のむろの木　見むごとに　相見《あひみ》し妹《いも》は　忘らえめやも

448
磯の上《うへ》に　根延《ねば》ふむろの木　見し人を　いづらと問はば　語り告げむか

右の三首は、鞆の浦を過ぐる日に作る歌。

449 妹《いも》と来《こ》し　敏馬《みぬめ》の崎を　帰るさに　ひとりし見れば　涙《なみた》ぐましも

450 行くさには　ふたり我が見し　この崎を　ひとり過ぐれば　心悲《こころがな》しも

一には「見も放《さ》かず来ぬ」といふ

右の二首は、敏馬の崎を過ぐる日に作る歌。

故郷の家に還《かへ》り入りて、すなはち作る歌三首

451 人もなき　空《むな》しき家は　草枕　旅にまさりて　苦しかりけり

449　行く時妻とともに見たこの敏馬《みぬめ》の崎を、いま帰り道にただ一人で見ると、ふと涙が滲《にじ》んでくる。

前三首の嘆きは、主として亡き妻に向けられていたが、以下敏馬の崎の二首では、一人残されて帰る悲傷に重点が移され、次の帰宅後の作へと連なる。◇敏馬の崎　二五〇参照。裏に「見ぬ妻《め》」の嘆きをにおわせているか。◇帰るさ　「さ」は場合、時を示す接尾語。

450　行く時には二人して親しく見たこの敏馬の崎なのに、一人で通り過ぎる今は、心が悲しみでいっぱいだ。

敏馬到着時の前歌に対し、敏馬を後にする時の歌。◇見も放かず　悲しみのために見やることもせず。

451　こうして今帰って来たもののやっぱり、妻もいないがらんとした家は、旅の苦しさにましてなんとも無性《むしょう》にやるせない。

四四〇に照応する歌。出発前九州で思いやった嘆きが、帰宅直後まさしく事実となった悲嘆を述べている。◇旅にまさりて　本来ならいるはずの妻がいない家は、異郷筑紫での暮しにまさって、の意。

452　かつて妻と二人、丹精こめて作ったわが家の庭、この庭は、今はすっかり木立が高く生い茂ってしまった。

前歌の「家」全体から「山斎《しま》」へと焦点を絞っている。◇山斎《しま》　泉水や築山などのある庭園。◇木高く茂く　庭木が伸び放題に茂って荒れているさま。

453 わが妻が植えた梅の木をながめるたびに、胸がつまって、とめどなく涙が流れる。

前歌の「山斎《しま》」からさらに遺愛の「梅の木」に焦点を絞り、将来かけてやむことなき追慕の情をもって右三首を歌い納め、同時に亡妻歌十一首の総括としている。

一 七三一年。七月二十五日に大伴旅人没。 二 太政大臣、左右大臣に次ぐ要職。

454 ああ、お慕わしい。お栄え遊ばした君がこの世にいらっしゃったなら、昨日も今日もいつものように私をお召し下さるであろうに。

類想歌一八四。

◇はしきやし 「はしきよし」「はしけやし」に同じ。形容詞「愛《は》しき」に感動の助詞「や」「し」のついた形。ここでは追慕の感動を表わす独立句的用法で、全体の内容にかかる。◇君の 「君」は主君の意。「の」は「が」と異なり畏敬の念を表わす。◇召さましを 「まし」は反実仮想。現実には召すことがない、の意。

455 こんなにもはかなくなられるお命であったのに、「萩の花はもう咲いたか」と私にお尋ねになった君は、ああ。

萩を愛しその盛りを待ち焦れた故人を、その言葉とともに懐かしみ、愛惜した歌。

◇かくのみに… 所詮はこうなることでしかなかったのに、の意。「かく」は旅人《たびと》の死をさす。◇萩の花咲きてありや 旅人が作者に尋ねた言葉。臨終間際の言葉として、いかにも旅人らしい。この年、旅人に栗栖野《くるすの》

452 妹として ふたり作りし 我が山斎《しま》は 木高《こだか》く茂《しげ》く なりにけるかも

453 我妹子《わぎもこ》が 植ゑし梅の木 見るごとに 心むせつつ 涙《なみた》し流る

一天平三年辛未《かのとひつじ》の秋の七月に、二大納言大伴卿《おほとものまへつきみ》の薨《こう》ぜし時の歌六首

454 はしきやし 栄えし君の いましせば 昨日《きのふ》も今日《けふ》も 我を召《め》さましを

455 かくのみに ありけるものを 萩《はぎ》の花 咲きてありやと

の萩を思う歌（九七〇）がある。◇君はも　「はも」は眼前にないものを愛惜する詠嘆の終助詞。一七一参照。

456　君をお慕いするあまり、まったくどうしようもなくて、葦辺に騒ぐ鶴のように、声をあげてただ泣けてくるばかりだ。朝にも夕べにも。

類歌五九三。

◇いたも　形容詞「いたし」と同根の副詞「いた」に助詞「も」がついた形。はなはだ、ひどく、の意。◇葦鶴の　「哭のみ泣く」の枕詞。葦辺に群れる鶴が声をたてて鳴く、の意。ここに「葦鶴」が持出されたのは、大伴氏の本貫《ほんかん》である難波の景物であるためか。

457　いつまでもずっとお仕え申し上げようと思っていた、その君がもはやこの世においでにならないので、心の張りが抜けてしまった。

前の四五四などとともに、日並皇子《ひなみしのみこ》の舎人《とねり》等の挽歌をなにほどか意識しての作らしい。一七六参照。

◇心ど　しっかりした心、精神。

458　赤子のように匍《は》いまわって悲しみ、朝にも夕べにも私は声をあげて泣いてばかりいる。お仕えしていた君が亡くなられたので。

主人旅人の喪に服している状況を述べることにより、ひたすら敬い悲しむ心を表わしたもの。

◇みどり子　二一〇参照。◇匍ひた廻り　「た廻る」は同じ所をあちこち廻る意。「た」は接頭語。次句「朝夕に哭のみぞ我が泣く」とともに挽歌の常用語。古い匍《ほ》匐礼《ふくれい》に由来する表現。一五六、一九九など参照。

問ひし君はも

456　君に恋ひ　いたもすべなみ　葦鶴《あしたづ》の　哭《ね》のみし泣かゆ　朝《あさ》夕《よひ》にして

457　遠長《とほなが》く　仕《つか》へむものと　思へりし　君いまさねば　心ども　なし

458　みどり子《こ》の　匍《は》ひた廻《もとほ》り　朝夕《あさよひ》に　哭《ね》のみぞ我が泣く　君なしにして

右の五首は、資人《しじん》[一]余明軍《よのみやうぐん》[二]、犬馬《けんば》[三]の慕《したひ》に勝《あ》へずして、心の中《うち》に感緒《おも》[四]ひて作る歌。

459 見れど飽《あ》かず　いましし君が　黄葉《もみちば》の　うつりい行けば
悲しくもあるか

右の一首は、[五]内礼正《ないらいのかみ》[六]県犬養宿禰人上《あがたのいぬかひのすくねひとかみ》に勅《みことのり》して卿《まへつきみ》の病を[七]検護《とりみ》しむ。しかれども医薬験《しるし》なく、[八]逝《ゆ》く水留《とど》まらず。これによりて悲慟《かな》しびて、すなはちこの歌を作る。

[九]七年乙亥《きのとゐ》に、[一〇]大伴坂上郎女《おほとものさかのうへのいらつめ》、[一一]尼理願《あまりぐわん》の死去を悲嘆《かな》しびて作る歌一首　幷《あは》せて短歌

460 栲《たく》づのの　新羅《しらき》の国ゆ　人言《ひとごと》を　よしと聞かして　問ひ放《さ》くる　親族兄弟《うがらはらがら》　なき国に　渡り来まして　大君《おほきみ》の　敷きます国に　うちひさす　都しみみに　里家《さといへ》は　さはにあれ

一 官位、職分に応じて朝廷から賜る従者。ここは旅人の資人。主人が死ねば一年間服喪して後、解任される習いであった。二 百済《くだら》の王孫系の人。三 犬馬のように主人を慕う心を抑えることができない、の意。『文選《もんぜん》』に「犬馬ノ主ニ恋フル情ニ勝《あ》ヘズ」（巻二十・曹子建）とある。四 ここは悲しむ、思慕する、の意。

459 いくらお目にかかっても見飽きることなくご立派でいらした君が、黄葉《もみじ》の散りゆくように亡くなってしまわれたので、なんとも悲しくてならない。

◇黄葉のうつりい行けば　ここは死去をさす。「うつる」は変化、特に衰退の意に用いる。「い」は接頭語。「黄葉の過ぎてい行くと」（二〇七）と類似の表現。

五 内礼司（中務省の所管で宮中の礼儀や非違を検察する役所）の長官。六 伝未詳。七 医薬を検査し看護する意。八 旅人の死をいう。『論語』にも万物の無常を逝《ゆ》く水に譬《たと》えて「子《し》、川上ニ在リテ曰《い》ハク、逝ク者ハカクノ如キカ。昼夜ヲ舎《お》カズ」（子罕篇《しかん》）とある。九 天平七年（七三五）。一〇 二一一頁注四参照。一一 四六一左注参照。

460 遠い新羅の国から、日本《やまと》はよい国との人の噂をなるほどとお聞きになって、安否を問うてよこす親族縁者とてないこの国にはるばる渡ってこられ、大君のお治めになるわが国には、都にびっしり里や家は多くあるのに、どのように思われたのか、何のゆかりもない佐保の山辺に、泣く子が親を慕うように慕ってこられて、家まで作って年月長く住みついていらっ

ども　いかさまに　思ひけめかも　つれもなき　佐保の山《やま》
辺《へ》に　泣く子なす　慕《した》ひ来まして　敷栲《しきたへ》の　家をも造り
あらたまの　年の緒《を》長く　住まひつつ　いまししものを
生ける者《もの》　死ぬといふことに　免《まぬか》れぬ　ものにしあれば
頼めりし　人のことごと　草枕　旅なる間《あひだ》に　佐保川を
朝川《あさかは》渡り　春日野《かすがの》を　そがひに見つつ　あしひきの　山辺
をさして　夕闇《ゆふやみ》と　隠りましぬれ　言はむすべ　為《せ》むすべ
知らに　た廻《もとほ》り　ただひとりして　白栲《しろたへ》の　衣袖《ころもで》干《ほ》さず
嘆きつつ　我が泣く涙《なみた》　有馬《ありま》山《やま》　雲居《くもゐ》たなびき　雨に降り
きや

反　歌

しゃったのに、その方も、生ある者は必ず死ぬという定めを逃れることはできないので、頼りにしていた人が皆旅に出ている留守の間に、朝まだ早い佐保川を渡り、春日野をあとにしながら、山辺をさして夕闇に消え入るように隠れてしまわれた、それで何といってよいやら、どうしてよいやらわからぬままに、おろおろ往ったり来たりして、たった一人で白い喪服の袖の乾く間もなく嘆きどおしに私の流すこの涙は、あなたのおられる有馬山のあたりにまで雲となってたなびき、雨になって降ったでしょうか。

死者に対する哀悼と同時に、死去に関する報告を兼ねた内容の挽歌。四六一左注参照。

◇栲《たく》づのの　「新羅《しらき》」の枕詞。「つの」は綱か。楮《こうぞ》の繊維で作った綱は白いので新羅のシラにかけた。◇よしと　良い話だと。「よし」は噂の内容に対する聞き手の評価を表わす。◇問ひ放《さ》くる　はるばる安否を問う意。「放く」は距離を隔てて行為をしかけること。◇うちひさす　「都」の枕詞。◇いかさまに思ひけめかも　下の「つれもなき」とともに挽歌の常用語。挿入句であるが意味上「慕ひ来まして」にかかり、さらに「隠りましぬれ」にまで及ぶ。◇佐保　大伴氏の家があった。◇敷栲《しきたへ》の　ここは「家」の枕詞。◇年の緒　年月は長く続くので緒に譬えていう。◇生ける者死ぬといふこと　三四九参照。◇頼めりし人…　石川命婦《いしかわのみようぶ》たち。四六一左注参照。◇朝川渡り　特定の境界をこえて別の世界に行くこと。葬儀は早朝行われる習いであった。三〇参照。朝は、夕方とともに霊的なものに触れ得る神秘な時間帯と意識されていた。◇隠りましぬれ 「ぬれ」は完了「ぬ」の確定条件法で「ぬれば」の意。◇た廻《もとほ》り 四五六参照。◇白栲の衣袖《ころもで》 白い喪服。一九九参照。◇有馬山 神戸市の有馬温泉付近の山。

461 引き留めることはできない人の命なので、住み馴れた家を出て、雲の中に隠れておしまいになりました。

長歌の句を用いながら総括し、悲しみの中に静かな諦めを示そうとしている。

◇留めえぬ命にしあれば 長歌の「生ける者…ものにしあれば」を承ける。◇雲隠りにき 四一六参照。

一 新羅にあって、はるかに天皇の御徳に感じて。二 大伴安麻呂。九七頁注一参照。三 数十年の意。十二年を「一紀」という。四 運命としてのがれがたい病気の意か。五 黄泉《よみ》の国。六 一族の祭祀《さいし》などを主宰する婦人の尊称。七 石川郎女《いしかわのいらつめ》。大伴安麻呂の妻。坂上郎女の母。「石川内命婦」とも呼ばれ、諱《いみな》を「邑《おお》婆《ば》」といった。「命婦」は女官の称。五位以上の婦人を内《ない》命婦、五位以上の官人の妻を外《げ》命婦という。五一八、四四三九に歌がある。八 治療のこと。ここは湯治。九 舒明・孝徳両帝などの行幸もあった地。一〇 坂上郎女。一一 天平十一年（七三九）。妾の死の時ではなく、作歌時を示す。一二 二一八頁注四参照。この時二十二歳。一三 いかなる人か不明。「妾」は妻の一人。正妻に次ぐ者として、当時の社会では公《おおやけ》に認められていた。

461 留《とど》めえぬ　命《いのち》にしあれば　敷栲《しきたへ》の　家ゆは出《い》でて　雲隠《くもがく》りにき

右、新羅《しらき》の国の尼、名は理願《りぐわん》といふ。遠く[一]王徳に感じて、聖朝に帰化《まゐけ》り。時に大納言大将軍大伴卿[二]の家に寄住して、すでに数紀[三]を経たり。ここに、天平の七年乙亥《きのとゐ》をもちて、たちまちに運病[四]に沈み、すでに泉界《せんかい》[五]に趣《おもぶ》く。ここに、大刀自《おほとじ》[六]石川命婦《いしかはのみやうぶ》[七]、餌薬《じやく》[八]の事によりて有馬[九]の温泉《ゆ》に行きて、この喪に会はず。ただ郎女《いらつめ》[一〇]ひとり留まりて、屍柩《しきう》を葬《はぶ》り送ることすでに訖《をは》りぬ。よりてこの歌を作りて、温泉に贈り入る。

十一年[一一]己卯《つちのとう》の夏の六月に、大伴宿禰家持《おほとものすくねやかもち》[一二]、亡妾《ばうせふ》[一三]を悲《か》

傷《な》しびて作る歌一首

462 今よりは　秋風寒く　吹きなむを　いかにかひとり　長き
夜《よ》を寝《ね》む

弟《おとひと》[一]大伴《おほとも》宿禰《すくね》書持《ふみもち》、[二]即《すなは》ち和《こた》ふる歌一首

463 長き夜《よ》を　ひとりや寝《ね》むと　君が言へば　過ぎにし人の
思ほゆらくに

[三]また家持《やかもち》、[四]砌《みぎり》の上《うへ》の[五]瞿麦《なでしこ》の花を見て作る歌一首

464 秋さらば　見つつ偲《しの》へと　妹《いも》が植ゑし　やどのなでしこ
咲きにけるかも

---

462 これからは秋風がさぞ寒く吹くであろうに、どのようにしてたった一人で、その秋の夜長を寝ようというのか。

来る秋を思いやる中に妾を亡くした悲しみを募らせることによって、以下亡妾歌《ぼうしょうか》十三首の冒頭としている。

◇今よりは秋風寒く　陰暦夏六月は秋七月の直前なので、暦に基づく季節感からこう言った。◇吹きなむを「を」は逆接的な意をこめた詠嘆の助詞。◇長き夜　独り寝の明かしがたさをもこめた表現。

一　家持の弟。天平十八年（七四六）九月没。家持の挽歌三九五七～九参照。　二　即座に。

463 「秋の夜長をどのようにして一人で寝ることか」などとあなたがおっしゃると、私まで亡くなったあの方が思い出されるではありませんか。

前歌の言葉を承《う》けながら、故人のことを前面に引き出してきて、ともに悲しんだ歌。

◇思ほゆらく　「思ほゆ」のク語法。

三　四六二を承けてまた、の意。「作る」に続く。　四　軒下の石畳のそば。　五　かわらなでしこ。四〇八参照。

464 秋になったら、花を見ながらいつもいつも私を偲《しの》んで下さいね、と妻が植えた庭のなでしこ、そのなでしこの花はもう咲きはじめてしまった。

まだ夏なのに亡妾の形見となったなでしこが咲いたことを嘆き、秋になると悲しみが一層増すことを予感している。旅人の四五二～三を踏まえる。以上第一群。

六　月が変って。夏六月から秋七月に入って、の意。

465 この世ははかないものだとはわかっていながら、秋風が寒々と身に沁《し》みるので、亡き人が恋しくてたまらない。

第一群冒頭歌四六二で予感した「秋風悲嘆」がいま事実となったことを歌い、前歌の「偲ふ」を承けることで、以下四六九に至る第二群を起している。類想歌、旅人の七九三。

◇うつせみの世は常なし　家持に多く歌われた無常感のうちで初出のもの。◇秋風寒み　初秋七月の風は実際はまだ寒いとはいえないが、四六二を承け、独り寝の肌寒さ、わびしさを強調してこう言った。

七 前歌を承けてまた、の意。

466 わが家の庭になでしこが咲いている。その花を見ても心がなごまない。ああ、いとしい妻が生きていたなら、仲よく水に浮ぶ鴨のように二人肩を寄せあってながめ、その花を手折《たお》って妻に見せもしように。人の身ははかない仮の命だから、露や霜が消えてしまうように、妻は山道をさして夕日のように隠れてしまったので、それを思うと胸が痛む、だが、言いようもたとえようもない、ゆく舟のあとかたもないようなこの世なのだから、どうしようもないのだ。

四六四を承けて秋の実感を縷述《るじゅつ》した。家持最初の長歌。

◇水鴨なすふたり並び居　類句七九四。◇借れる身　肉体は仮のものとする仏教思想によるもの。◇あしひきの　以下四句は三一〇、四六〇の句を踏まえた表現。◇跡もなき　三五一を踏まえている。

六 朔《つきたち》に移りて後に、秋風を悲嘆《かな》しびて家持が作る歌一首

465 うつせみの　世は常なしと　知るものを　秋風寒《さむ》み　偲《しの》ひつるかも

七 また、家持が作る歌一首　并《あは》せて短歌

466 我がやどに　花ぞ咲きたる　そを見れど　心もゆかず　はしきやし　妹《いも》がありせば　水鴨《みかも》なす　ふたり並《なら》び居《ゐ》　手折《たを》りても　見せましものを　うつせみの　借《か》れる身にあれば　露霜《つゆしも》の　消《け》ぬるがごとく　あしひきの　山道《やまぢ》をさして　入日《いりひ》なす　隠《かく》りにしかば　そこ思ふに　胸こそ痛き　言ひもえず　名づけも知らず　跡《あと》もなき　世間《よのなか》にあれば

為《せ》むすべもなし

反歌

467 時はしも　いつもあらむを　心痛《こころいた》く　い行く我妹《わぎも》か　みどり子《こ》を置きて

468 出《い》でて行く　道知らませば　あらかじめ　妹《いも》を留《とど》めむ　関《せき》も置かましを

469 妹が見し　やどに花咲き　時は経《へ》ぬ　我が泣く涙《なみた》　いまだ干《ひ》なくに

467 時はいつだってあろうに、今の今、わが心を痛ませてなぜに家を出てゆくのか、わが妻よ。乳のみ児をあとに残して。

亡妻挽歌にみどり子を登場させるのは人麻呂の二一〇を先蹤《せんしょう》とする。ただし家持《やかもち》の子はこの年、六歳前後か。◇時　死ぬ時。◇心痛く　妻が死んだことに対する作者の心情。◇い行く　死者となって家を出て行く意。「い」は接頭語。◇みどり子　三歳以下の子。この遺児は後に藤原久須麻呂《くずまろ》に求婚される娘らしい。七八六参照。妻が死んだ時にはみどり子であったか。

468 妻が家を出てあの世へ行く道がもしもわかっていたなら、前もって、妻をひき止める関も据えておくのだったのに。

事前に知っていたらこうもすべきだったのにと悔やむのは、挽歌に多い発想の一つ。一五一、四二〇、七九七参照。

469 妻が見ていとしんだこの庭になでしこの花が咲いて、思えば妻が逝《い》ってからはやくも月日は流れ去った。私の泣く涙は、まだ乾くひまもないのに。

長歌冒頭のなでしこの花を再び取上げて、尽きぬ悲しみを訴えることで長反歌をまとめ、同時に、妻をよび求めて慟哭《どうこく》する第二群を歌い納めたもの。この歌は、憶良が日本挽歌（七九四～九）で慟哭する部分の最後に位置する七九八を踏まえている。

一（第二群の）悲しみがまだやまないので。二 第二群を「さらに」で承けたのは、以下第三群で終えることを示す。

一悲緒《かなしび》いまだ息《や》まず、二さらに作る歌五首

470 かくのみに　ありけるものを　妹《いも》も我れも　千年《ちとせ》のごとく　頼みてありけり

471 家離《いへざか》り　います我妹《わぎも》を　留《とど》めかね　山隠《やまがく》しつれ　心どもなし

472 世間《よのなか》は　常《つね》かくのみと　かつ知れど　痛き心は　忍《しの》びかねつも

473 佐保山《さほやま》に　たなびく霞　見るごとに　妹を思ひ出《い》で　泣かぬ日はなし

470　いま思えば、こんなにもはかなくなってしまう定めであったのに、妻も私も互いに千年も生きられるようなつもりで頼みにしていたことだった。

前群を承けながら、改めて死に対する深い感慨を一般的に述べることにより、第三群を起している。◇かくのみにありけるものを　四五五参照。

471　家を離れて出て行かれるわが妻を引き止めることもできず、ついに山に隠れるままにしてしまったので、ただただ心もうつろである。

葬送に至らせた悲嘆を思い浮べての作。四六八と照応。◇家離りいます　憶良の七九四を踏まえている。死んだ妻に対して「行く」の敬語「います」を用いた。◇山隠しつれ　「山隠す」は「山隠る」（死ぬ）の他動詞。自分が妻を死なせたように言って痛恨の意をこめた。「つれ」は「つれば」の意。◇心ど　四五七参照。

472　世の中とはいつもこのようにはかないものなのだと、よく承知はしていたのだけれど、せつない気持は抑えようにも抑えきれない。

四七〇を承け、世間無常の認識と相克《そうこく》する悲哀感情の極地を歌い、四六五の心をも繰り返している。◇かつ　一方では。

473　あの佐保山にたなびいている霞、それを見るごとに、妻を思い出して泣かない日とてない。

四七一の「山」を亡妻の墓のある「佐保山」、四七二の悲嘆を「泣く」と具体化している。これは作者の心にゆとりが生じ、妻が思い出の対象になりつつあることを示す。

474　これまでは関係のないものと見ていた山だけれど、今はわが妻の墓どころだと思うと慕わしくてならない、あの佐保山は。
この歌で亡妻に対するやるかたない悲傷は鎮《しず》まった。墓所の佐保山を懐かしく望む心境をもって第三群を歌い納め、同時に一連十三首の亡妾悲歌の結びをなす。この結び方は特に憶良の七九九を意識している。
一　聖武天皇の子。母は県犬養広刀自《あがたのいぬかいのひろとじ》。天平十六年（七四四）閏《うるう》正月十三日没。年十七歳。当時の皇太子は藤原氏の光明皇后の子安倍内親王《あべのひめみこ》であったが、一部では皇子を将来の天皇と期待する人もいた。　二　中務省に属し、帯刀して宿直・警備などに当る。家持は天平十～十六年、内舎人《うどねり》であった。一五九一左注参照。
三　前後二回の長反歌の総数を示したもの。
475　心にかけて思うのも誠に恐れ多い。ましてや口にかけて申すのも憚《はばか》り多いことだ。わが大君、皇子《みこ》の命《みこと》が万代までもお治めになるはずの大日本久邇《おおやまとくに》の都は、春ともなれば山辺には花がたわわに咲き、川瀬には若鮎がついついと走り、日に日に栄えてゆく時に、人惑わしの空言《そらごと》ではなかろうか、事もあろうに舎人たちは喪服を纏《まと》い、和束山《わづかやま》に皇子が御輿をお停めになって天上を治めに上ってしまわれたので、伏し悶《もだ》え涙にまみれて泣くのだが、いまはどうする術《すべ》もない。
皇子を将来の天皇として讃仰することを通して、深い哀悼の意を表わしている。人麻呂の日並《ひなみし》・高市《たけち》両皇子に対する宮廷挽歌（一六七、一九九）からの影響が濃い。

474
昔こそ　外《よそ》にも見しか　我妹子《わぎもこ》が　奥城《おくつき》と思へば　はしき
佐保山

十六年甲申《きのえさる》の春の二月に、安積皇子《あさかのみこ》の薨《こう》ぜし時に、
内舎人《うどねり》大伴宿禰家持が作る歌六首

475
かけまくも　あやに畏《かしこ》し　言はまくも　ゆゆしきかも　我
が大君《おほきみ》　皇子《みこ》の命《みこと》　万代《よろづよ》に　見《め》したまはまし　大日本《おほやまと》　久《く》
邇《に》の都は　うち靡《なび》く　春さりぬれば　山辺《やまへ》には　花咲きを
ゐり　川瀬《かはせ》には　鮎子《あゆこ》さ走《ばし》り　いや日異《ひけ》に　栄ゆる時に
およづれの　たはこととかも　白栲《しろたへ》に　舎人《とねり》よそひて　和《わ》
束山《づかやま》　御輿《みこし》立たして　ひさかたの　天《あめ》知らしぬれ　こいま

◇かけまくも　以下四句、一九九参照。◇大日本久邇《おほやまとくに》の都　久邇京の正式名。ここにこの名を用いて国家統治の意を強調している。久邇京は天平十二～六年の都。京都府相楽《そうらく》郡加茂・山城・木津町にわたる。◇うち靡く　「春」の枕詞。◇川瀬　木津川（泉川）の瀬。◇およづれのたはこととかも　四二〇～一参照。◇白栲《しろたへ》　喪服をさす。一九九参照。◇舎人《とねり》　一二八頁注三参照。◇和束《わづか》山《やま》　久邇京の東北、和束町の山。安積皇子《あさかのみこ》の墓がある。◇御輿《みこし》立たして　葬送の御輿の停止を皇子の意志によるとみた表現。◇ひさかたの天知らしぬれ　二〇〇参照。「ぬれ」は「ぬれば」の意。

476　わが大君がここで天上をお治めになろうとは思いもかけなかったので、今までなおざりに見ていたのだった、この杣山《そまやま》の和束山を。

◇おほに　二七参照。◇杣山　材木を伐り出す山。それが常宮《とこみや》となったと歌うことで嘆きを深めている。

477　山のくまぐままで照りかがやかせて咲き盛っている花が、にわかに散ってしまったような、わが大君よ。

華麗にしてはかない花の描出は、徳高い皇子の早逝《そうせい》を悼《いた》むにふさわしい。皇子の死によって山（皇子の周囲）は一挙に暗黒と化したのである。

四　太陽暦の三月下旬。薨去から二十一日目で三七日《みなぬか》の忌日。この歌はその日の供養に歌われたか。

478　心にかけて思うのもただ恐れ多いことだ。わが大君、皇子《みこ》の命《みこと》が、数多くの臣下たちを呼び集

ろび　ひづち泣けども　為《せ》むすべもなし

反歌

476　我が大君《おほきみ》　天《あめ》知らさむと　思はねば　おほにぞ見ける　和《わ》束杣山《づかそまやま》

477　あしひきの　山さへ光り　咲く花の　散りぬるごとき　我が大君かも

右の三首は、[四]二月の三日に作る歌。

478　かけまくも　あやに畏《かしこ》し　我が大君《おほきみ》　皇子《みこ》の命《みこと》　もののふの　八十伴《やそとも》の男《を》を　召し集《つど》へ　率《あども》ひたまひ　朝狩《あさがり》に　鹿猪《しし》

踏《ふ》み起し　夕狩《ゆふがり》に　鶉雉《とり》踏み立て　大御馬《おほみま》の　口抑《おさ》へと
め　御心《みこころ》を　見《め》し明《あき》らめし　活道山《いくぢやま》　木立《こだち》の茂《しげ》に　咲く花
も　うつろひにけり　世間《よのなか》は　かくのみならし　ますらをの
心振り起し　剣大刀《つるぎたち》　腰に取り佩《は》き　梓弓《あづさゆみ》　靫《ゆき》取り負《お》
ひて　天地《あめつち》と　いや遠長《とほなが》に　万代《よろづよ》に　かくしもがもと　頼《たの》
めりし　皇子《みこ》の御門《みかど》の　五月蠅《さばへ》なす　騒《さわ》く舎人《とねり》は　白栲《しろたへ》
に　衣《ころも》取り着て　常《つね》なりし　笑《ゑま》ひ振舞《ふるまひ》　いや日異《ひけ》に　変《かは》
らふ見れば　悲しきろかも

反歌

479 はしきかも　皇子《みこ》の命《みこと》の　あり通《がよ》ひ　見《め》しし活道《いくぢ》の　道は
荒れにけり

め、引き連れられて、朝《あした》の狩には鹿や猪を追い立て、夕《ゆふべ》の狩には鶉《うづら》や雉《きじ》を飛び立たせ、そしてまた御馬の手綱をひかえ、あたりをながめて御心を晴らされた活道《いくじ》の山、その山の木々は伸び放題に伸び、咲いていた花は、今は皇子とともにすっかり散り失《う》せてしまった。世の中とはこんなにもはかないものでしかないらしい。ますらおの雄々しい心を振り起し、剣大刀《つるぎたち》を腰に帯び、梓弓《あずさゆみ》を手に、靫《ゆき》を背に負って、天地とともにますます遠く久しく、万代までもこうしてお仕えしたいものだと頼みにしてきた、その皇子の御殿にかつては賑《にぎ》わしくお仕えしていた舎人《とねり》たちは、いま喪服を身にまとい、いつもの笑顔や立居振舞《たちいふるまい》が日一日と失われてゆくのを見ると、悲しくてたまらない。

皇子にゆかり深い「活道山《いくじやま》」と「舎人」とを中心に、それぞれ皇子の生前と薨後《こうご》との状況を対照させつつ悲しみの心を尽している。この歌には特に憶良の句（八〇四、八九七など）の踏襲が目立つ。

◇もののふの　「八十」の枕詞。◇八十伴《やそとも》の男《を》　多くの部族の男。臣下たちの意。◇朝狩に鹿猪《しし》踏み起し　以下四句は赤人の九二六に見える。「踏み起し」は草原などに鹿猪が伏している所へ踏みこんで追い立てる意。「踏み立て」も同じ。◇活道山　久邇《くに》京付近の山か。大宮人の行楽地であった。一〇四二題詞参照。◇靫《ゆき》　矢を入れて背負う武具。◇五月蠅《さばへ》なす　「騒く」の枕詞。

479 ああ、いたましい、わが皇子が常にお通いになりつつご覧になった活道山《いくじやま》の道は、今はもうすっかり荒れはててしまった。長歌前半の「活道山」を承けて、皇子亡き後の景に即した悲哀をいっそう深めている。類想歌二三二、二三四。

480 靫負《ゆけい》の大伴と名の知られているその靫《ゆき》を身につけて、万代までもお仕えしようと頼みにしてきた心を、今はいったいどこに寄せたらよいのか。

長歌後半の「舎人」を承けて、その落胆を自己の大伴家の立場から強く歌っている。藤原氏の擡頭に抗して、安積皇子《あさかのみこ》に期待をかけていた皇親派の大伴家にとっては、皇子の急死が大きな打撃であった。この一首を歌ったことで、家持の皇子への哀悼は完全に果された。類想歌一七六、二〇一。

◇大伴の名負ふ靫　大伴氏は代々武をもって朝廷に仕え、天靫負部《あめのゆけいべ》と呼ばれていたのでこう言う。

一　皇子薨後七十一日目に当る。太陽暦の五月中旬。「三月」を「二月」の誤りとすれば、その「二十四日」は六七日《むなぬか》に当る。この一群も皇子の供養の歌らしいが、前の一群よりは内輪の席のものであろう。

二　四八三左注参照。

481 衣の袖を互いにさし交して寄り添い寝た黒髪が、すっかり白くなってしまうまで、二人の仲はいつも新しい気持でいようね、けっして絶やすまい、妻よ、と互いに誓い合った約束は果さず、そう思いきめた気持は遂げずに、妻は交しあった私の袖をふりきって、馴れ親しんだ家をもあとにして、乳のみ児の泣くのも置き去りにして、朝霧に包まれるように姿

480 大伴《おほとも》の　名負《お》ふ靫帯《ゆきお》びて　万代《よろづよ》に　頼みし心　いづくか寄せむ

右の三首は、一三月の二十四日に作る歌。

死にし妻を悲傷《かな》しびて、二高橋朝臣《たかはしのあそみ》が作る歌一首　并《あは》せて短歌

481 白栲《しろたへ》の　袖さし交《か》へて　靡《なび》き寝《ね》し　我が黒髪の　ま白髪《しらか》に　なりなむ極《きは》み　新世《あらたよ》に　ともにあらむと　玉の緒《を》の　絶えじい妹《いも》と　結びてし　ことは果たさず　思へりし　心は遂《と》げず　白栲の　手本《たもと》を別れ　にきびにし　家ゆも出《い》でて　みどり子《こ》の　泣くをも置きて　朝霧の　おほになりつ

も薄れながら、山背《やましろ》の相楽山《さがらかやま》の山あいに行き隠れてしまったので、何といってよいやら何をしてよいやらわからぬままに、わが妻と睦じく寝た寝屋にいて、朝になると外に立って妻を偲《しの》び、夕《ゆうべ》になると中にうずくまって嘆きつづけ、脇にかかえた赤子が泣くたびに、男だというのに負《お》ったり抱《だ》いたりしてあやし、しまいにはただ声をあげて泣きながら妻を恋い焦れるのだが、何の効《かい》もないこととて、ものも言ってくれない山ではあるけれど、わが妻が籠ってしまったあの山を、せめてもの形見と懐かしむばかりだ。

「我妹子とさ寝し妻屋に」以下十数句は、人麻呂の亡妻挽歌（二一〇）とほとんど同じである。天平時代には亡妻挽歌にみどり子を歌いこむのが習いであったらしい。四六七参照。
◇白栲《しろたへ》の　「袖」の枕詞。◇新世《あらたよ》　日々新鮮な夫婦の仲。「世」は男女の仲の意。七三八参照。◇玉の緒《を》　「絶ゆ」の枕詞。◇絶えじい妹　「い」は間投助詞。◇白栲の手本《たもと》　上の「白栲の袖」を言い変えたもの。「手本」は袖口。◇朝霧の　「おほに」の枕詞。◇おほに　はっきりしないさま。ここは物の形についていう。
◇相楽山　京都府相楽《そうらく》郡の山。◇山の際《ま》に行き過ぎぬれば　死んで山に葬られたことをいう。◇妻屋　離れ屋。二一〇参照。◇朝鳥の　「哭《ね》に泣く」の枕詞。◇よすか　思い出す拠りどころとなるもの。よすが。

482　無常ではかないのはこの世の定めなのだから、これまでは無縁なものと見ていたこの山を、今

つ　山背《やましろ》の　相楽山《さがらかやま》の　山の際《ま》に　行き過ぎぬれば　言はむすべ　為《せ》むすべ知らに　我妹子《わぎもこ》と　さ寝し妻屋《つまや》に　朝《あした》には　出で立ち偲《しの》ひ　夕《ゆふへ》には　入り居《ゐ》嘆かひ　脇ばさむ　子の泣くごとに　男《をとこ》じもの　負《お》ひみ抱《むだ》きみ　朝鳥《あさとり》の　哭《ね》のみ泣きつつ　恋ふれども　験《しるし》をなみと　言《こと》とはぬ　ものにはあれど　我妹子《わぎもこ》が　入りにし山を　よすかとぞ思ふ

反　歌

482
うつせみの　世のことにあれば　外《よそ》に見し　山をや今は
よすかと思はむ

483
朝鳥の　哭《ね》のみし泣かむ　我妹子に　今またさらに　逢ふ

は妻の形見と思わねばならぬというのか。
長歌の末尾を承けて、静かな悲しみに転じている。類想歌四七四。
◇うつせみの「世」の枕詞。はかない意で用いた。

483 この先、声をあげてただ泣き暮してゆくことになるのか。恋しいわが妻に、もう二度とふたたび逢うてだてもなくて。

前歌と同様、長歌の句を用いながら、抗《あらが》いがたい運命にうちひしがれた諦めを詠むことで、全体を閉じている。

一 四七五～八〇と同じく天平十六年か。 二 誰ともわからない。高橋氏は景行天皇の東国巡幸の折に大蛤《おおはまぐり》を献じた功により、「膳臣《かしわでのおみ》」の姓《かばね》を賜り、天武十二年（六八三）さらに高橋朝臣を賜った。代々天皇の膳部をつかさどる家柄。 三 宮内省内膳司《ないぜんし》の長官。天皇の食膳のことを管理する。 四 奉膳である男子、奉膳の息子、の両説がある。前者とすれば高橋国足《くにたり》か。三九六左注参照。

よしをなみ

右の三首は、一七月の二十日に、二高橋朝臣が作る歌なり。
名字いまだ審《つばひ》らかにあらず。ただし三奉膳《かしはで》の四男子《をのこ》といふ。

萬葉集 巻第三

萬葉集　巻第四

萬葉集　巻第四

相《さう》聞《もん》 一

二 難波天皇《なにはのすめらみこと》の妹《いもひと》三、大和《やまと》四に在《いま》す皇兄に奉上《たてまつ》る御歌一首

484 一日《ひとひ》こそ　人も待ちよき　長き日《け》を　かく待たゆれば　有りかつましじ

五 岡本天皇《をかもとのすめらみこと》の御製一首　并《あは》せて短歌

一 八九頁注一参照。

二 難波に都した天皇に、一六代仁徳天皇と三六代孝徳天皇がある。この巻の編纂《へんさん》には巻二の「相聞」が意識されたらしいが、巻二の冒頭が仁徳天皇の皇后、磐《いわの》姫《ひめ》の歌であるところからすれば、ここも仁徳天皇が意識されていると見てよい。 三 仁徳天皇の異母妹、八田皇女《やたのひめみこ》か。題詞中の「妹」の字は、妻の意に用いない。 四「皇兄」は仁徳天皇をさす。ただし仁徳天皇の大和滞在は、記紀に見えない。

484 一日くらいなら人を待つのも悪くはないが、日を重ねてこんなに待たされるというと、思いにたえかねてとても生きてはいられないほどだ。

本来は別の場で作られた恋の歌であるが、伝承の過程で、記紀に見える仁徳天皇と八田皇女の恋物語に結びつけられたものか。

◇待ちよき　形容詞が「こそ」の結びになる時には、その連体形を用いる。◇日《け》　時間の単位としての日《ひ》。

◇待たゆれば　「ゆれ」は助動詞「ゆ」の已然形。このころは、受身・自発・使役の表現が十分に分化していない。◇有りかつましじ　九四参照。

五 女性の作らしいが、四八七左注には三四代舒明《じよめい》天皇、三七代斉明《さいめい》天皇（女帝）のどちらとも決めがたいといっている。この歌は、元来が舒明天皇への挽歌であったとする説もある。解説参照。

485 神代の昔から次々とこの世に生れ継いできたこととて、広い国土には人がいっぱいに満ち満ちて、まるであじ鴨の群れのように、乱れて行き来するけれど、どの人も私のお慕いするあの方ではないものだから、恋しさに、昼は昼とて暗くなるまで、夜は夜明けまであなたを思いつづけて、眠れないままにとうとう一夜を明かしてしまった。長いこの夜なのに。

三四八に類想の歌がある。結句が五・七・七・七となっているのは、長歌形式固定以前の古態。

◇あぢ群　二五七参照。「騒く」の形容として用いている。◇騒きは行けど　「騒き」は、鳴き声よりも乱れ飛ぶさまを表わしている。◇明かしつらくも　「つらく」は完了の助動詞「つ」のク語法。「も」は感動の終助詞。◇長きこの夜を　独り寝のためことさらに夜を長く感じるのをいう。夜長という意識は秋に多いが、季節感として確立していない。

486 山際をあじ鴨の群れが乱れ飛んでは行くが、その声を聞いても私の心は楽しまない。懐かしいあの方ではないから。

長歌の「あぢ群」を実景に転じている。鳥は来るが君は来ない式の逆接による対比は、古代歌謡に多い型。

◇寂しゑ　「ゑ」は嘆きをこめた感動を表わす終助詞。

487 近江の鳥籠《とこ》の山裾《やますそ》を流れる不知哉《いさや》川の名ではないが、先のことはいざ知らず、ここしばらくの間は君恋しさに悩みつづけることであろう。

◇近江道　ここは近江を通っている道。◇鳥籠の山

485 神代《かむよ》より　生《あ》れ継《つ》ぎ来れば　人さはに　国には満ちて　あぢ群《むら》の　騒《さわ》きは行けど　我が恋ふる　君にしあらねば　昼は　日の暮るるまで　夜《よる》は　夜《よ》の明くる極《きは》み　思ひつつ　寐《い》も寝《ね》かてにと　明かしつらくも　長きこの夜を

反歌

486 山の端《は》に　あぢ群騒《むらさわ》き　行くなれど　我れは寂《さぶ》しゑ　君にしあらねば

487 近江道《あふみぢ》の　鳥籠《とこ》の山なる　不知哉川《いさやがは》　日《け》のころごろは　恋ひつつもあらむ

右は、今案《かむが》ふるに、高市《たけち》[一]の岡本《をかもと》の宮《みや》、後《のち》[二]の岡本の宮の

二代二帝おのおの異《こと》にあり。ただし岡本天皇といふは、いまだその指すところ審《つばひ》らかにあらず。

三額田王《ぬかたのおほきみ》、四近江天皇《あふみのすめらみこと》を思《しの》ひて作る歌一首

488 君待つと　我が恋ひ居《を》れば　我がやどの　簾《すだれ》動かし　秋の風吹く

五鏡王女《かがみのおほきみ》が作る歌一首

489 風をだに　恋ふるは羨《とも》し　風をだに　来《こ》むとし待たば　何《なに》か嘆かむ

六吹芡刀自《ふふきのとじ》が歌二首

彦根市東南の小山。◇不知哉川《いさやがは》　鳥籠の山の裾を巻くように流れる芹川《せり》。上三句は序。知らないと拒否する意の感動詞「いさ」の意を四句以下に及ぼす。類似の序が二七二〇にある。◇日のころごろ　「ころごろ」は「頃《ころ》」の重複。何日かの連続をいう。

一 舒明天皇の皇居。　二 斉明天皇の皇居。

三 四七頁注一三参照。　四 三八代天智天皇。

488 あの方のおいでを待って慕わしく思っていると、家の戸口のすだれをさやさやと動かして秋の風が吹く。

すだれのそよぎにも胸をはずませる、待つ心を歌った歌。次歌とともに、一六〇六、一六〇七に重出。

五 九四頁注二参照。

489 風の音にさえ恋心がゆすぶられるとは羨《うらや》ましいこと。風にさえ胸ときめかして、もしやおいでかと待つというのなら、何を嘆くことがありましょう。

自分には訪れてくれる人のあてもない物足りなさを述べて前歌に答えたもの。この二首は後人の仮託歌か。◇風をだに　「だに」は「風を恋ふる」ことが実現を望む事態のうち最小限のものであるという、せつない気持を表わす。◇羨し　それが欠けているので手に入れたい気持をいう語。

六 五六頁注九参照。以下二首は、吹芡刀自が男の立場および女の立場になって作った歌。

490 真野の浦の淀みにかかる継橋《つぎはし》、その橋に切れ目がないように、切れ目なく私を思う気持がお心の隅にでもあるのかしら、あなたの顔が夢に見えます。

◇真野　二八〇参照。◇継橋　水中に支えの杭《くい》を打って板を継ぎ渡した橋。上二句は「継ぎて」の意を寓した序。背後に継橋についての伝承を持つか。◇心ゆも　心の片端にも。◇思へや　已然形に「や」のついた反語。そうは思えない、の余意を含む。◇夢にし見ゆる　思う心があれば相手の夢に自分の姿が見えるという俗信があった。

491 川面《かわも》に咲いた厳藻《いつも》の花の名のように、夢といわず現実にもいつもいつもおいで下さいよ、あなた。折が悪いという時などあるものですか。

一九三に重出。伝承された歌であろう。◇いつ藻の　「いつ」は接頭語。植物に冠してその繁茂をほめる。上二句は序。同音で「いつも」を起す。◇時じけめやも　「時じ」の未然形に「めやも」がついた反語。

一　伝未詳。「忌寸《いみき》」は渡来人の家系に多い姓《かばね》。　二　太《だ》宰府《ざいふ》。

492 着物の袖に縋《すが》って泣く子よりもっとお慕いしている私を、後に残してどうなさるつもりなの。

以下四首のうち、前二首は別れに臨んでの歌で、後二首が別れた後の歌。作者を女・男・男・女の順序にして一群を構成している。

◇とどこほり　まつわりついて進行が妨げられる意。

490
真野《まの》の浦の　淀《よど》の継橋《つぎはし》　心ゆも　思へや妹《いも》が　夢《いめ》にし見ゆる

491
川の上《へ》の　いつ藻《も》の花の　いつもいつも　来ませ我が背《せ》子《こ》　時じけめやも

[一]田部忌寸櫟子《たべのいみきいちひこ》、[二]大宰《だざい》に任《ま》けらゆる時の歌四首

492
衣手《ころもで》に　取りとどこほり　泣く子にも　まされる我れを　置きていかにせむ　[三]舎人吉年《とねりのえとし》

493
置きていなば　妹恋ひむかも　敷栲《しきたへ》の　黒髪敷きて　長きこの夜を　田部忌寸櫟子

494 我妹子《わぎもこ》を 相《あひ》知らしめし 人をこそ 恋のまされば 恨《うら》めしみ思へ

495 朝日影 にほへる山に 照る月の 飽《あ》かざる君を 山越しに置きて

柿本朝臣人麻呂《かきのもとのあそみひとまろ》が歌四首

496 み熊野の 浦の浜木綿《はまゆふ》 百重《ももへ》なす 心は思へど 直《ただ》に逢はぬかも

497 いにしへに ありけむ人も 我がごとか 妹《いも》に恋ひつつ

三 一一九頁注六参照。女性。

493 後に残して行ったらあなたは恋しがることだろうなあ。ひとり空しく黒髪を敷いて、長いこの夜を。

◇敷栲《しきたへ》の 「黒髪」の枕詞。◇黒髪敷きて 女の独り寝の姿。

494 あなたを私に引き合せた人をこそ、別れ別れになって恋心の募る今は、かえって恨めしく思う。

495 朝日に映える山の端に残る月のように、見飽きることなく懐かしいあなたを、月が山に入って見えなくなるように山の向うに置いてしまって…。

満たされない気持を、言いさした形で表現した。山向うの異郷に人を置くことは大きな断絶感を与えた。

◇朝日影 上三句は序。「飽かざる」を起す。

496 熊野の浦べの浜木綿《はまゆう》の葉が幾重《いくえ》にも重なっているように、心にはあなたのことを幾重にも思っているが、じかには逢うことができない。

以下四首は、人麻呂が創作した問答歌。前二首が夫、後二首が妻の答で、内容的には第一と第四、第二と第三が応じ合うという構成。

◇み熊野 紀伊半島南部一帯。「み」は接頭語。◇浜木綿 葉のもとが重なり合って茎のようになっている。三句まで「心は思へど」の譬喩《ひゆ》。◇直に逢はぬかも 「ぬかも」は打消の詠嘆。

497 昔この世にいた人も、私のように妻恋しさに夜も眠れぬつらさを経験したことだろうか。

巻七の「人麻呂集」に類歌一一一八がある。◇寐ねかてずけむ　「かてず」は可能を表わす下二段動詞「かつ」に、打消の「ず」が接したもの。「けむ」や「き」が「ず」に直接接するのは上代特有の語法。

498　恋に悩むのは今だけのことではありません。それどころか、昔の人は、たえかねて声をさえたてて泣くほどに、もっと苦しんだものです。

前歌を承《う》けて否定的に答えた歌。◇わざ　行為。行動。

499　幾度も重ねてひっきりなしに来てほしいと思うせいで、あなたのお使いの顔をいくら見ても見飽きないのでしょうか。

四九六の「百重《ももへ》」を承けて答えている。◇来及かぬかも　「ぬかも」は願望を表わす。

一「碁」は氏の名。「檀越」は寺の施主の意で、称号か。

500　伊勢の浜の荻《をぎ》を折り伏せてあの人は旅寝をしておられることであろうか。あの波風荒い浜辺で。

◇神風の　「伊勢」の枕詞。◇浜荻　浜にある荻。葦《あし》のことではない。旅の宿では、屋根や壁や敷物として応急にすすきや荻を刈って用いる。そのことが、一層旅心をかきたてた。

501　おとめが袖を振る、その布留山の瑞垣《みづがき》が大昔からあるように、ずっと前から私はあの人のこと

寐《い》ねかてずけむ

498　今のみの　わざにはあらず　いにしへの　人ぞまさりて　音《ね》にさへ泣きし

499　百重《ももへ》にも　来及《きし》かぬかもと　思へかも　君が使《つかひ》の　見れど飽かずあらむ

碁檀越《ごのだにをち》[一]、伊勢の国に行く時に、留《とど》まれる妻《め》の作る歌一首

500　神風《かむかぜ》の　伊勢の浜荻《はまをぎ》　折り伏せて　旅寝やすらむ　荒き浜《はま》辺《へ》に

を思っていた。
巻十一の「人麻呂集」に類歌二四一五がある。二重の序を用いている点も、巻十一・十二の寄物陳思歌《きぶつちんしか》に近い。◇未通女らが 「袖」までが「布留」を、三句までが「久しき時」を導く二重の序。「未通女」は「思ひき」の対象を暗示。「袖振る」は愛情を表現する動作。ここでは別れのしぐさを表わす。◇布留山 天理市石上《いそのかみ》神宮の山。◇瑞垣 神域を限る垣。「みづ」はほめる意の接頭語。

502 草深い夏野を行く鹿の生えたての角の短さのように、ほんのしばらくでも私があの子の心を忘れていることがあろうか。

前歌の久しいものに対して、短いものを序詞に用いて愛を歌った歌。類歌二〇など。◇小鹿の角の 「小」は接頭語。鹿の角は夏の初めに生えそめる。上二句は序。短い意で「束の間」を起す。◇束の間 きわめて短い時間。

503 門出のざわめきが鎮まってみると、家に残した妻に何も言わないで来たような気持で、その心残りにたえきれない。

見送りの人が去って一人旅行く心を歌った歌。巻十四の「人麻呂集」に類歌三四八一がある。◇玉衣の 「さゐさゐ」の枕詞。◇さゐさゐ 四三に見える「しほさゐ（潮騒）」の「さゐ」の重複。旅立ちの物せわしいざわめき。

柿本朝臣人麻呂《かきのもとのあそみひとまろ》が歌三首

501 未通女《をとめ》らが　袖布留山《ふるやま》の　瑞垣《みづかき》の　久しき時ゆ　思ひき我れは

502 夏野行く　小鹿《をしか》の角の　束《つか》の間《ま》も　妹《いも》が心を　忘れて思へや

503 玉衣《たまきぬ》の　さゐさゐしづみ　家の妹に　物言はず来《き》にて　思ひかねつも

柿本朝臣人麻呂が妻《め》の歌一首

504 君が家に　我が住坂《すみさか》の　家道《いへぢ》をも　我れは忘れじ　命死なずは

一 安倍女郎《あへのいらつめ》が歌二首

505 今《いま》さらに　何をか思はむ　うち靡《なび》き　心は君に　寄りにしものを

506 我が背子《せこ》は　物な思ひそ　事しあらば　火にも水にも　我がなけなくに

二 駿河采女《するがのうねめ》が歌一首

507 敷栲《しきたへ》の　枕ゆくくる　涙《なみた》にぞ　浮寝をしける　恋の繁《しげ》きに

504　あなたを忘れないのはもちろんのこと、ご一緒に住みたいとまで思うあなたの家につながる住坂の道をさえ、けっして忘れることはありません。私の命のある限りは。

住坂の名に興味をおぼえた歌。女が男の家に住むことは、当時の婚姻の一般的状態ではない。◇住坂　奈良県東部の伊勢に通じる道にある坂。初句から「我が」までは序。「住坂」を起す。

一 一七四頁注四参照。五一四の「阿倍女郎」も同一人か。

505　今さらなんの物思いをいたしましょう。私の心はすっかりあなたに靡き寄っていますものを。

類歌二六九九、二七八〇など。

506　あなたはくよくよ物思いなどなさいますな。いざという時には火にも水にも、と思っている私がいないわけではありませんのに。

類歌三八〇六。七七も類似の表現をもつ。◇なけなく「なし」の未然形に打消の助動詞を介して接尾語「く」がついた形。二重否定。

二 駿河の国駿河の郡出身の采女《うねめ》。

507　枕を伝わってあふれ落ちる涙の川で、浮寝をしました。募る恋心のために。

恋の苦しさを誇張して表現した歌。◇敷栲の　ここは「枕」の枕詞。◇くくる　漏れ落ちる。◇浮寝　舟などに乗って水上で寝ることをいう語。

三 一〇五頁注三参照。

508 二人でかわして寝た袖、この袖を分けて離れ離れになる今夜からは、あなたも私も恋心に責められることだろう。また逢うてだてもないのだから。
◇衣手の「の」は本来「を」とあるべきであるが、二人をつなぐよすがである袖と、自らそれを分けなくてはならない辛さの二つを強調したいための破格か。
◇別くる「別く」は本来は他動詞。

四 一七九頁注三参照。 五 一八五頁注五参照。

509 女官の櫛箱に載っている鏡を見つというのではないが、御津の浜辺で着物の紐も解かずに妻恋しく思っていると、明け方の霧に包まれた薄暗がりの中で鳴く鶴のように、暗い気持で泣けてくるばかりだ。せめてこの恋心の千分の一でも晴れようかと、家のある大和《やまと》の方を立ち上って望むと、葛城《かつらぎ》山にたなびいた白雲に隠れて見えもしない。空のかなたに遠く離れた田舎の国にまともに向き合った淡路を漕ぎ過ぎ、粟島《あわしま》さえも背後に見ながら、朝凪《あさなぎ》には漕手《こぎて》が声を揃えて櫓《ろ》を押し、夕凪には櫓をきしらせて波を押し分け進み、岩礁の間を漕ぎ廻り、はるばる稲日都麻《いなびつま》の浦のあたりも過ぎて、水鳥のように波にもまれて行くと、聞くさえ懐かしい家島だが、その波荒い磯にびっしりなびいて生えているなのりそ、口をきくなとでもいうようなその名を聞くにつけ、どうして妻に何も話さずに来たのかと悔やまれる。
二段構成の歌。「白雲隠る」までの第一段で船出前の妻恋しさを述べ、第二段では、船旅の困難さと重ね

[三]三方沙弥《みかたのさみ》が歌一首

508 衣手《ころもで》の 別《わ》くる今夜《こよひ》ゆ 妹も我れも いたく恋ひむな 逢ふよしをなみ

[四]丹比真人笠麻呂《たぢひのまひとかさまろ》、[五]筑紫《つくし》の国に下る時に作る歌一首 并《あは》せて短歌

509 臣《おみ》の女《め》の 櫛笥《くしげ》に乗れる 鏡なす 御津《みつ》の浜辺に さ丹《に》つらふ 紐解き放《さ》けず 我妹子《わぎもこ》に 恋ひつつ居《を》れば 明け暮《ぐ》れの 朝霧隠《あさぎりごも》り 鳴く鶴《たづ》の 音《ね》のみし泣かゆ 我が恋ふる 千重《ちへ》の一重《ひとへ》も 慰《なぐさ》もる 心もありやと 家のあたり 我が立ち見れば 青旗の 葛城山《かづらきやま》に たなびける 白雲隠《しらくもがく》る

る　天《あま》さがる　鄙《ひな》の国辺《くにへ》に　直向《ただむか》ふ　淡路を過ぎ　粟島《あはしま》を　そがひに見つつ　朝なぎに　水手《かこ》の声呼び　夕なぎに　楫《かぢ》の音《おと》しつつ　波の上を　い行きさぐくみ　岩の間《ま》を　い行き廻《もとほ》り　稲日都麻《いなびつま》　浦みを過ぎて　鳥じもの　なづさひ行けば　家の島　荒磯《ありそ》の上に　うち靡《なび》き　繁《しじ》に生ひたる　なのりそが　などかも妹《いも》に　告《の》らず来にけむ

反歌

510 白栲《しろたへ》の　袖解き交《か》へて　帰り来む　月日を数《よ》みて　行きて来《こ》ましを

一 伊勢の国に幸《いでま》す時に当麻麻呂大夫《たぎまのまろのまへつきみ》が妻《め》の作る歌一首

て、逢う意を思わせる「淡路」「粟島」、妻が隠れている意の「稲日都麻」、さらに「家島」と続く地名にかけて、家から離れて行く心細さを述べ、妻恋しさに戻っている。巻末地図参照。

◇臣《おみ》の女《め》　宮廷の女官。歌の中の「我妹子」を意識して用いている。上三句は序。「見つ」の意で「御津《みつ》」を起す。◇さ丹《に》つらふ　「紐」の枕詞。色の美しさをほめる。四三〇参照。◇明け暮《ぐ》れ　夜明けの薄明り。◇家のあたり　東方の大和の方角。◇青旗の　「葛城山《かづらき》」の枕詞。◇天さがる　「鄙《ひな》」の枕詞。天が下って地と接して見える遠隔地の意。◇鄙　畿内《きない》以外の文化の遅れた地。西は播磨《はりま》以西。ここでは目的地の九州を念頭においている。◇粟島　淡路もしくは四国の一角、阿波《あわ》のあたりか。◇そがひ　背中越し。通り過ぎて背後になったことをいう。◇朝なぎに　以下二句対が二つ続き、なかなか進まない船路の困難さとたゆとう心を表わす。◇稲日都麻　加古川口の三角洲《す》という。妻が隠れたという伝説をもつ地。三五三参照。◇家の島　姫路沖の家島《いえしま》群島。◇なのりそ　海藻のほんだわら。この名を「な告《の》りそ」と取りなしている。三六二参照。

510　できることならすぐにも、袖をかわし紐を解いて妻と寝て帰って来たい。筑紫到着までの日数を数えて、その間に家まで一走り行ってきたいものだ。

船旅の無聊《ぶりよう》に、せめて到着までの余暇に家に行って心を慰めたいという気持を述べたもの。

◇白栲の　「袖」の枕詞。◇解き交へて　「袖かはし紐

511 我が背子は　いづく行くらむ　沖つ藻の　名張《なばり》の山を　今《け》
日《ふ》か越ゆらむ

二 草嬢《くさのをとめ》が歌一首

512 秋の田の　穂田《ほだ》の刈りばか　か寄りあはば　そこもか人
の　我《わ》を言成《ことな》さむ

三 志貴皇子《しきのみこ》の御歌一首

513 大原の　このいち柴《しば》の　いつしかと　我が思ふ妹に　今夜《こよひ》
逢へるかも

四 阿倍女郎《あへのいらつめ》が歌一首

解きて」の混交した表現。◇月日　太宰府到着に間に合うだけの月日。

一　重出歌四三によれば持統六年（六九二）の行幸。

511　夫はどのあたりを旅しているのであろう。名張の山を今日あたり越えていることであろうか。

重出歌であるが、ここでは前歌に対して待つ妻の恋心を歌った歌として並べたもの。

二　未詳。田舎娘の漢語風表現か。

512　穂の垂れた秋の田の、隣り合った稲刈り場で、ついこんなに二人が近寄ってしまったら、それさえ噂《うわさ》の種に取り上げて、人は私のことをとやかく言いふらすでしょうか。

もと稲刈り歌で、それが宴席などで歌われたものか。◇刈りばか　稲刈りの分担範囲。◇か寄り　「か」は指示副詞。このように。◇そこもか　「そこ」はその点。「か」は疑問を表わす。

三　七一頁注六参照。

513　大原のこの茂りに茂ったいち柴ではないが、いつ逢えるか早く逢いたいと思っていたあなたに、今夜という今夜は逢ったね。

女の稲刈りの歌に対し男の柴によせる歌を並べたか。◇大原　奈良県明日香村。一〇三参照。◇いち柴　「いち」は「いつ藻」の「いつ」に同じ。四九一参照。上二句は序。類音で「いつしかと」を起こす。

四　二六六頁注一参照。

514 我が背子が　着《け》せる衣《ころも》の　針目《はりめ》おちず　入りにけらしも
我が心さへ

一中臣朝臣東人《なかとみのあそみあづまひと》が阿倍女郎《あへのいらつめ》に贈る歌一首

515 ひとり寝て　絶えにし紐《ひも》を　ゆゆしみと　為《せ》むすべ知ら
に　音《ね》のみしぞ泣く

阿倍女郎が答ふる歌一首

516 我が持てる　三相《みつあひ》に搓《よ》れる　糸もちて　付《つ》けてましもの
今ぞ悔《くや》しき

二大納言《だいなごん》兼大将軍《けんたいしやうぐん》大伴卿《おほとものまへつきみ》が歌一首

514 あなたの着ておられる着物の針の目の一つ一つにくい入っていることでしょう。私の心までも。

◇我が心さへ　針ばかりでなく心までも、の意。

一 藤原鎌足の娘を母とする。中臣宅守《なかとみのやかもり》の父。

515 独り寝をして解きもしない着物の紐がひとりでに切れたのが縁起でもないと、途方にくれて声をあげて泣くばかりです。

前歌の「針目おちず」を承《う》けた形になっている。「ゆゆしみと」以下、誇張した表現を重ねて、贈られた着物に対するからかいをこめている。

◇絶えにし紐　恋人同士で紐を結び合い、次に逢った時に解きかわす習慣があった。その紐がひとりでに切れたのを、契《ちぎ》りの絶える前兆と見たのである。

516 私の持っている三本縒《よ》りの強い糸で、しっかりとその紐をつけておけばよかったのに。今となってはそれが残念です。

前歌のからかいをまともに承けることによって、逆にからかっている歌。

二 大伴安麻呂。九七頁注一参照。

517　清浄な神木にさえ手くらい触れることもあるというのに、人妻というだけでまるっきり手出しのできないものなのかなあ。

◇神木　神社の神木。神の降臨する木で、触れると神罰があるとされた。◇うつたへに　打消や反語に応じてそれを強める語。◇ものかも　反語に近い。

三 安麻呂の妻。二四五頁注七参照。四 石川郎女の家のあった奈良北郊の地。五 一家の主婦の意。

518　春日野の山沿いの道を、恐れつつしむことなく私の所へ通って来られたあなたが、このごろはちっともお見えになりませんね。

前歌の神木に対して、神の社《やしろ》のある春日野の歌が並べられている。編者の意識的な操作であろう。

◇恐《おそ》り　「恐る」の連用形。「恐る」は当時は四段活用であった。神の社があるので「恐り」と言ったもの。

六 伝未詳。後に大伴旅人《たびと》の妻になった女性とする説もある。七 系譜未詳。大伴家持《やかもち》との交友が深かった。

519　雨を口実にしては、いつも家に籠っていて、おいで下さらないあなたは、ゆうべ来られた時に降った雨に懲《こ》りて、もう来て下さらないのではありますまいか。

◇雨障み　雨を忌《い》み嫌って家に籠ること。◇ひさかたの　「雨」の枕詞。

八 時がたってから前歌に唱和する意。編者が唱和したものであろう。

517 神木《かむき》にも　手は触るといふを　うつたへに　人妻といへば　触れぬものかも

[三]石川郎女《いしかはのいらつめ》が歌一首　すなはち佐保大《さほおほ》[四]伴《とも》の大刀自《おほとじ》[五]なり

518 春日野《かすがの》の　山辺《やまへ》の道を　恐《おそ》りなく　通ひし君が　見えぬころかも

[六]大伴女郎《おほとものいらつめ》が歌一首　今城王《いまきのおほきみ》[七]が母なり。今城王は後に大原真人《おほはらのまひと》の氏《うぢ》を賜はる

519 雨障《あまつつ》み　常《つね》する君は　ひさかたの　きぞの夜《よ》の雨に　懲《こ》りにけむかも

後の人の追同[八]する歌

520 雨でも降ってくれないものか。降りこめられるのを口実に、あなたのおそばに寄り添ったままで、この一日を暮らそうものを。

「雨障《あまつつ》み」を都合の悪いことの口実と見る前歌に対して、今逢っている相手と離れないための嬉しい口実と取りなす形で唱和した歌。

一 一八〇頁注一参照。 二 宇合は、養老三年（七一九）に常陸守に任ぜられ、二、三年後に任果てて帰京したらしい。 三 常陸の国の女性の意。あるいは遊行《うか》女婦《れめ》か。

521 庭畑に並び立っている麻を刈って干し、織った布を日にさらす、この田舎くさい東女《あずまおんな》のことをお忘れ下さいますな。

庭で働く女という東国的風物をとらえて送別の意を表わした歌。

◇庭 家の前の、季節によって畑になったり仕事場になったりする空地。◇麻手 布の原料としての麻の意か。◇布曝す 漂白のため、織った布を日にさらすことで、東国で目につく風景であった。三三七三参照。

四 令制における官で、京中の戸籍・租税・訴訟などを掌《つかさど》る。左京職・右京職《きょうしき》に分れる。 五 藤原麻呂。不比等《ふひと》の第四子で京家《きょうけ》の祖。 六 大伴坂上郎女。五二八左注および二一一頁注四参照。

522 おとめの玉櫛笥《たまくしげ》に納めてある玉櫛は神さびているというが、私の方は神さびたじいさんになったことだろうね。長くあなたに逢わずにいるから。

520 ひさかたの　雨も降らぬか　雨障《あまつつ》み　君にたぐひて　この日暮らさむ

一 藤原宇合大夫《ふぢはらのうまかひのまへつきみ》、二 遷任して京に上る時に、三 常陸娘《ひたちのをと》子《め》が贈る歌一首

521 庭に立つ　麻手《あさで》刈り干し　布曝《ぬのさら》す　東女《あづまをみな》を　忘れたまふな

四 京職《みさとつかさ》 五 藤原大夫が 六 大伴郎女《おほとものいらつめ》に贈る歌三首　卿、諱《いみな》を麻呂といふ

522 娘子《をとめ》らが　玉櫛笥《たまくしげ》なる　玉櫛の　神《かむ》さびけむも　妹に逢はずあれば

523 よく渡る　人は年にも　ありといふを　いつの間にぞも　我が恋ひにける

524 むし衾《ふすま》　なごやが下に　伏せれども　妹とし寝《ね》ねば　肌《はだ》し寒しも

大伴郎女、和《こた》ふる歌四首

525 佐保《さほ》川の　小石《こいし》踏み渡り　ぬばたまの　黒馬《くろま》来る夜《よ》は　年にもあらぬか

526 千鳥鳴く　佐保の川瀬の　さざれ波　やむ時もなし　我が恋ふらくは

◇玉櫛笥《たまくしげ》　櫛は女の命として櫛箱に大切に蔵された。「玉」を冠するのはそのため。上三句は序。「神さび」を起す。◇神さび　神々《こうごう》しい意と年老いる意とをかける。麻呂は当時まだ二十七歳くらい。

523　がまんのできる人は、年に一度の逢瀬《おうせ》でも待てるというのに、いつの間に私はこんなに激しい恋心を抱くようになってしまったのだろう。

◇よく渡る　「よく」は可能を表わす。「渡る」は日を送る意。◇年にもあり　年に一度逢う七夕《たなばた》の恋をいう。この三首の中心をなす歌。類歌三六四。

524　むしで作ったふかふかと暖かい夜着をかぶって寝ているが、妹《いも》と一緒に寝るわけではないから、やはりなんとなく肌寒い気がする。

◇むし衾なごやが下　「むし衾」は、からむし・けむしなど繊維を取る植物「むし」で製した夜着。記歌謡に「むし衾にこやが下に」の句がある。

525　佐保川の小石の飛石を踏み渡ってひっそりとあなたを乗せた黒馬の来る夜が、せめて年に一度でもあってくれたら…。

五二三に和した歌。類歌三一三。

◇佐保川　平城京北郊を流れる川。この川向うに郎女の家があった。◇黒馬　夜、人目につきにくい黒い馬。

526　千鳥が鳴く佐保川の瀬のさざなみのように、とだえる時もありません。私の恋心は。

◇千鳥鳴く　佐保川は千鳥の名所で、枕詞のように用いている。上三句は序。類例三四四など。

527 あなたは来《こ》ようと言っても来《こ》ないですっぽかす人なのに、来《こ》まいとおっしゃるのにもしや来《こ》ようかと待ったりはしますまい。来《こ》まいとおっしゃるんだもの。

「来《こ》」を繰り返す戯《ざ》れ歌。類例三六四〇。心の底ではもしや「来む」かと待つ意もある。

528 千鳥が鳴く佐保川の渡り場の瀬が広いので、板の橋を渡しておくよ。あんたがやって来そうな気がするから。

◇川門《かはと》 川を渡って対岸へ行くのに好都合な場所。◇打橋 一九六参照。◇汝が来 女が男に対して「汝」と呼ぶのは異例で、からかいの気持がこもる。また「長く」の意をかけている。

一 大伴安麻呂。九七頁注一参照。 二 官位令に規定する親王・内親王の第一位。一品《いつぽん》から四品《しほん》までに分ける。 三 一〇二頁注三参照。 四 平城京から見て坂の上にある春日か。佐保西方の歌姫《うたひめ》越に近い地とも、生駒郡の南、三郷《さんごう》町坂上《さかね》ともいう。四〇七・七二五題詞参照。

529 佐保川の川っぷちの崖《がけ》の高みに生えている雑木を刈らないでおくれ。そのままにしておいて、春になって枝葉が張り茂ったなら、そこに隠れてそっとあの人に逢おうために。

旋頭歌《せどうか》という形式と雑木の茂みに隠れるという民謡めいた内容に託して待つ心を歌った歌。相手に汝《な》と呼びかけ、打橋を渡すという前歌と気分のうえで通じるものを持っている。

527 来《こ》むと言ふも　来《こ》ぬ時あるを　来《こ》じと言ふを　来《こ》むとは待たじ　来《こ》じと言ふものを

528 千鳥鳴く　佐保の川門《かはと》の　瀬を広み　打橋《うちはし》渡す　汝《な》が来《く》と思へば

右、郎女は[一]佐保大納言卿《さほのだいなごんのまへつきみ》が女《むすめ》なり。初《はじ》め[二]一品《いつぽん》[三]穂積皇子《ほづみのみこ》に嫁《とつ》ぎ、寵《うつくしび》を被《かがふ》ること儔《たぐひ》なし。しかして皇子の薨《こう》ぜし後に、藤原麻呂大夫《ふぢはらのまろのまへつきみ》、郎女を娉《つまど》ふ。郎女、[四]坂上《さかのうへ》の里《さと》に家居《いへゐ》す。よりて族氏号《やからなづ》けて坂上郎女といふ。

また大伴坂上郎女《おほとものさかのうへのいらつめ》が歌一首

五 四五代聖武天皇。 六 志貴皇子の娘。養老八年（七二四）従三位。

530 うっかりすると元気な赤馬が越えて逃げる馬柵《ませ》を結《ゆ》い固めるように、私のものと標《しめ》を結って固めておいたあなたの心には、なんの疑いもない。

◇馬柵《うませ》 馬屋や牧場で馬が逃げないようにめぐらした柵《さく》。上二句は序。「標結ふ」を起す。◇標結ひし 「標結ふ」は占有物であることを表示する意。標を結ったからには、馬が柵を越えて放れ駒になるように、勝手に私から離れてゆくことはありえない、の意をこめる。

七 古歌を模した歌。類歌に三〇二八があり、二六五二などとも内容的に通じる。この歌のもつ土俗的なところが天皇の作らしくないと考えられたための注記。 八 時宜にふさわしい、の意。狩などの行幸の折の歌か。

九 七一頁注六参照。

531 魔除《まよ》けに梓弓を爪引く夜の弦打《つるうち》の音が遠く聞えますが、そのように遠くから聞える噂《うわさ》にでも君の行幸があると伺《うかが》うのは嬉しいことでございます。

前歌が行幸時の歌なので、それを自分の所への行幸と見なして和した歌。

◇梓弓 梓《あずさ》の木で作った弓。梓には魔除けの呪力《じゅりょく》があると信ぜられた。◇爪引く夜音 夜の御座所警護の者が、魔除けに弦をはじいて鳴らす音。後には天皇の入浴や、皇子誕生の際に行われた。上二句は序。「遠音」を起す。◇聞かくしよしも 「聞かく」は「聞く」のク語法。「し」は強意の係助詞。

529 佐保川の　岸のつかさの　柴な刈りそね　ありつつも　春し来《きた》らば　立ち隠《かく》るがね

五天皇《すめらみこと》、六海上女王《うなかみのおほきみ》に賜ふ御歌一首　寧楽《なら》の宮《みや》に即位したまふ天皇なり

530 赤駒《あかごま》の　越ゆる馬柵《うませ》の　標結《しめゆ》ひし　妹が心は　疑ひもなし

右は、今案《かむが》ふるに、この歌は七古《いにしへ》に擬《なずら》ふる作なり。ただし、八時の当れるをもちてすなはちこの歌を賜ふか。

海上女王が和《こた》へ奉《まつ》る歌一首　九志貴皇子《しきのみこ》の女《むすめ》なり

531 梓弓《あづさゆみ》　爪引《つまび》く夜音《よと》の　遠音《とほと》にも　君が御幸《みゆき》を　聞かくしよしも

一 大伴宿奈麻呂《すくなまろ》宿禰《すくね》が歌二首　佐保大納言卿の第三子なり

532 うちひさす　宮に行く子を　ま悲しみ　留《と》むれば苦し　遣《や》ればすべなし

533 難波潟《なにはがた》　潮干《しほひ》のなごり　飽くまでに　人の見む子を　我れし羨《とも》しも

二 安貴王《あきのおほきみ》が歌一首　并《あは》せて短歌

534 遠妻《とほづま》の　ここにしあらねば　玉桙《たまほこ》の　道をた遠《どほ》み　思ふそら　安けなくに　嘆くそら　苦しきものを　み空行く　雲にもがも　高飛ぶ　鳥にもがも　明日《あす》行きて　妹に言《こと》どひ　我がために　妹も事なく　妹がため　我れも事なく

一　一〇八頁注五参照。

532　宮仕えのために出て行くあなたがいとしくてしかたがないので、引き留めると心苦しいし、かといって行かせるのはやりきれない。

聖武天皇の難波宮へ宮仕えに出かける女性を送る歌であろう。◇うちひさす　「宮」の枕詞。◇ま悲しみ　「ま」は接頭語。「目」の意ではない。

533　難波の海の干潟に残る潮だまりのさまは、見飽きることのないほど心ひかれるが、難波にいる人なら心ゆくまで眺められるあの子なのに、私にはその機会がなくて羨《うらや》ましい。

かつて眺めた難波の佳景に重ねて、今その地にいる恋人を思う気持を述べた歌。◇潮干のなごり　潮が干た後の砂地に残る海水の水たまり。上二句は序。その風景が珍しくて見飽きない意で「飽くまでに」を起す。◇人の見む子を　「を」は感動の助詞。◇羨し　それが欠けているので手に入れたい気持をいう語。

二　一八六頁注三参照。

534　わが妻が、遠くへやられてここにいないし、妻の所への道は遙かなので、逢うてだてもないままに、妻を思ってとても平静でいられないし、嘆きに胸を苦しめるばかりでどうにもできない。空を流れる雲にでもなりたい。高く天《あま》がける鳥にでもなりたい。明日にも飛んで行って妻の安否を尋ね、禁を破って逢ったことで、私のためにも妻が咎《とが》められることがなく、妻のためにも私が咎められることなく、今もかつての楽しかった日のように寄り添っていたいものだ。禁じられた恋に陥って間を引きさかれた悲しみを歌った歌。同趣の歌には一〇一九～二三などがある。
◇玉桙《たまほこ》の 「道」の枕詞。◇事なく 罪状としてあげつらわれることなく、の意。

535 妻の手を枕にして寝ることがないままに長い時間がたって、とうとう年を越してしまったものだ。妻に逢っていないことを思うと。
よく堪えられたものだという感慨を述べたもの。
◇敷栲の 「手枕」の枕詞。◇手枕 二一七、四三六参照。
三 因幡の国八上郡(鳥取県八頭郡《やず》)出身の采女。後に藤原麻呂の妻となり、浜成を生んだとする説もある。 四 懸想すること。 五 非常に、の意の程度副詞。
六 安貴王と采女との二人を不敬の罪に当てた意。采女と臣下との恋愛は禁じられていた(九五参照)。 七 二人の仲をさいて、采女をその本国、因幡へ退けた意。
八 一八七頁注六参照。

536 意宇《おう》の海の潮干の干潟ではないが、かた思いになるのか。長い長い道のりを。あの子のことを思いつづけながらたどることに
山陰地方に関係する王の恋の歌として、前二首につながる。門部王の出雲守在任は『続紀』に見えないが、養老三年(七一九)以前といわれ、歌の配列順位より は時代的に遡《さかのぼ》る。前歌とのかかわりからこの位置に置

今も見しごと　たぐひてもがも

反歌

535
敷栲《しきたへ》の　手枕《たまくら》まかず　間置《あひだ》きて　年ぞ経にける　逢はなく
思へば

右、安貴王、因幡《いなは》の八上采女《やかみのうねめ》[三]を娶《めと》る。係念《けいねん》[四]きはめて甚し。愛情《あいじやう》[五]もとも盛りなり。時に勅《みことのり》して、不敬[六]の罪に断《さだ》め、本郷《もとつくに》[七]に退却《しりぞ》く。ここに王の意悼《こころいた》び悲《かな》しびて、いささかにこの歌を作る。

門部王《かどへのおほきみ》[八]が恋の歌一首

536
意宇《おう》の海の　潮干の潟《かた》の　片思《かたもひ》に　思ひや行かむ　道の長《なが》

かれたもの。
◇意宇《おう》の海　三七一参照。出雲の国庁は、この岸から遠からぬ地にあった。上二句は序。同音で「片思《かたもひ》」を起す。◇道の長手《ながて》　長く延びた道筋。「て」はそうした状態にある場所を表わす接尾語。
一 任を受けて任地へ赴いた時、の意。二 任国である出雲管内の娘。国司が任地で妻をめとる例は他にも見られる。三 どれほどの時間もたたないのに交渉が絶えた、の意。
四 高安王（二九二頁注五参照）の娘。五 二七一頁注七参照。

537 私の所へ来られない言いわけに、そんなにもきれいごとをおっしゃいますな。一日だってあなたをおそばに見ないと、私はとてもがまんができないのですよ。

今城王からの贈歌に答えた歌か。
◇いとも　「言清く」を修飾する程度副詞で、音数の関係で語順が逆になったもの。◇君いしなきは　「い」は強意の副助詞（三七参照）で、同種の副助詞「し」と重ねられている。

538 人の噂《うわさ》がひっきりなしでうるさいので、お逢いしませんでした。浮気心があるように思わないで下さい、あなた。

手《て》を

右は、門部王《かどへのおほきみ》、出雲守《いづものかみ》に任《ま》[一]けらゆる時に、部内[二]の娘子《をとめ》を娶《めと》る。いまだ幾時《いくだ》[三]もあらねば、すでに往来を絶つ。月を累《かさ》ねて後に、さらに愛《うつく》しぶる心を起す。よりてこの歌を作りて娘子に贈り致す。

高田女王《たかたのおほきみ》[四]、今城王《いまきのおほきみ》[五]に贈る歌六首

537 言《こと》清く　いともな言ひそ　一日《ひとひ》だに　君いしなきは　あへかたきかも

538 人言《ひとごと》を　繁《しげ》み言痛《こちた》み　逢はずありき　心あること　な思ひ我が背《せ》子《こ》

539　あなたさえいつまでも添い遂げようとおっしゃって下さるなら、どんなに人が噂しようとも私は進んでお逢いしましょうものを。
前歌に続いて逢わない言いわけをしながら、相手の気持次第と訴える歌。

540　これでもうあなたとお逢いする折がないのではないかと思うので、今朝のお別れがあんなにもやりきれなかったのでしょうか。
後朝《きぬぎぬ》の別れを惜しみつつ、一夜訪れた相手を送り出した後、すぐに贈った歌。

541　現世では人の噂がやかましくて、思うようにお逢いできません。せめて来世にでもお逢いしましょう、あなた。今すぐにでなくても。
現世の恋の満たされない気持を誇張的に表現して、仏教的な来世観を持ち出した歌。

542　いつもいつも絶え間なしに通ってきたあの方の使いがやって来ない。もう逢うのをやめようかとためらっておられるのかしら。
前の五首が対詠的であるのに対し、この歌は独詠的である。この六首は同時の作ではないが、相互に内容的な展開を与える形で編集したもの。独詠歌が最後に置かれている時は、物語的な構成の意図があると見てよい。八五～八、九六～一〇〇、一二三～五など参照。

539
我が背子し　遂《と》げむと言はば　人言《ひとごと》は　繁くありとも　出でて逢はましを

540
我が背子に　または逢はじかと　思へばか　今朝《けさ》の別れの　すべなくありつる

541
現世《このよ》には　人言《ひとごと》繁し　来む世にも　逢はむ我が背子　今ならずとも

542
常《つね》やまず　通ひし君が　使《つかひ》来《こ》ず　今は逢はじと　たゆたひぬらし

一神亀《じんき》元年甲子《きのえね》の冬の十月に、紀伊《き》の国に幸《いでま》す時に、従駕《おほみとも》の人に贈らむために二娘子《をとめ》に誂《あとら》へて作る歌一首　并《あは》せて短歌　　三笠朝臣金村《かさのあそみかなむら》

543
大君の　行幸《みゆき》のまにま　もののふの　八《や》十《そ》伴《とも》の男《を》と　出で行きし　愛《うるは》し夫《づま》は　天飛《あま》ぶや　軽《かる》の路《みち》より　玉たすき　畝《うね》傍《び》を見つつ　あさもよし　紀伊《き》道《ぢ》に入り立ち　真《ま》土《つち》山　越ゆらむ君は　黄葉《もみちば》の　散り飛ぶ見つつ　にきびにし　我れは思はず　草枕　旅をよろしと　思ひつつ　君はあるらむと　あそそには　かつは知れども　しかすがに　黙《もだ》もえあらねば　我が背子が　行きのまにまに　追はむとは　千《ち》たび思へど　たわや女《め》の　我が身にしあれば　道守《みちもり》の　問は

一　七二四年の聖武天皇の行幸で、『続紀』に詳しい記事がある。九一七の赤人の歌もこの時のもの。二　大和に残った娘子に頼まれて代作した、の意。三　二〇五頁注一参照。

543　天皇の行幸につき従って、数多くの大宮人たちと一緒に出かけて行った、ひときわ端麗な私の夫は、軽の道から畝傍山を見ながら紀伊街道に足を踏み入れ、真土山を越えてもう山向うの紀伊に入っただろうが、その夫は、黄葉《もみじ》の葉の散り乱れる風景を眺めながら、朝夕馴れ親しんだ私のことなどまるで考えもせずに、旅をいいものだと思っているだろう、そんなあなただとうすうす感づいてはいるけれど、そのまま黙って待っている気にもなれないので、あなたの旅の道筋どおりに後を追いたいとは何度思うか知れないが、か弱い女の身だから、関所の役人に尋ねられたらどう答えようか、そのてだてがわからなくて、立ち上ってはみるのだが、躓《つまず》きよろめいてためらうばかりだ。

旅中の解放感による夫の移り気を案ずる心をおしはかりながら女の立場で述べた歌。女に頼まれて作った歌として行幸先で発表したものか。相手に対する呼称が、「愛《うるは》し夫《づま》」「君」「我が背子」と次第に二人称的になり、描き方が主観的になっていく。

◇愛し夫　単に夫に対する愛情を表わすだけでなく、讃美がこもる。「八十伴の男」の間にあってことに人目をひく意《い》をこめた表現。◇天飛ぶや　「軽」の枕詞。◇玉たすき　「畝傍《うねび》」の枕詞。◇あさもよし　「紀」の

枕詞。◇真土山　五五参照。この山を越えると紀伊で、大和とは異郷になる。したがって妻の心配が増大するのである。◇越ゆらむ　「愛し夫」の述語であると同時に「君」を連体修飾している。◇草枕　「旅」の枕詞。◇よろし　単に風景で旅心が慰められるばかりでなく、一夜妻で慰む便宜がある、の意で、その点をより強く意識している。◇あそそに　未詳。「浅」や「薄」に通じる語という。◇しかすがに　とはいうものの。逆接の接続詞。◇道守《みちもり》　五四五の「紀伊の関守」に同じ。◇知らにと　知らないで。

544　後に残って離れ離れにいる恋しさに苦しむよりは、いっそご旅行中の紀伊の国にある妹背の山にでもなって、いつもおそばにいたいものだ。

類歌八六。

◇妹背の山　夫婦帯同するさまの譬喩。

545　あの人の通られた跡を追い求めて行ったならば、紀伊の関所の番人が咎めて留めてしまうだろうか。

◇紀伊の関守い　関所の所在に関して確かなことは不明。背の山付近にあったかという。「い」は五三七参照。

四 木津川南岸の、京都府相楽《そうらく》郡加茂町法花寺野《ほうけじの》にあった。元明天皇や聖武天皇の行幸が『続紀』にしばしば見えるが、この歌の時の記事は欠ける。後にこの付近に久邇《くに》の宮が置かれた。

546　三香の原で旅寝の寂しさをかこたねばならない折も折、道で行きずりに出逢って、空行く雲で

む答を　言ひやらむ　すべを知らにと　立ちてつまづく

反歌

544 後《おく》れ居て　恋ひつつあらずは　紀伊《き》の国の　妹背《いもせ》の山に　あらましものを

545 我が背子が　跡《あと》踏み求め　追ひ行かば　紀伊《き》の関守い　留《とど》めてむかも

二年乙丑《きのとうし》の春の三月に、三香《みか》の原の離宮《とつみや》四に幸す時に、娘子《をとめ》を得て作る歌一首　并せて短歌　笠朝臣金村

546 三香の原　旅の宿りに　玉桙《たまほこ》の　道の行き逢ひに　天雲《あまくも》

も眺めるようによそ目に見るばかりで、言葉をかけるきっかけもないので、いとしさにただ胸がいっぱいになっている時に、天や地の神様が仲を取りもって下さったおかげで、着物の袖を敷きかわして、この人こそ私の相手と頼りきっている今夜は、長い秋の夜を百ほど重ねたくらいの長さであってくれないかなあ。

行幸先で公表した歌。三三七のような祝婚歌を踏まえ、事実めかして歌っている。前の女心を歌った旅の歌に対して、男心を歌った旅の歌が並べられているのは、編者が意図的に組み合せたか。

◇咽《む》せつつあるに　内にひそめた心があふれ出ようとするのを抑えるさまをいう。◇言《こと》寄せて　言葉で男と女とを結びつける意。「言《こと》とはむよしのなければ」と言ったことを承けて、二人の結びつきを神のはからいとしたもの。◇敷栲の　ここは「衣手」の枕詞。

547　空行く雲を眺めるようによそ目に見たその時から、あなたに心もひきつけられ、そしてからださえもすっかり結ばれてしまったよ。

主に長歌の前半を繰り返した反歌。

548　楽しい今夜がまたたく間に明けてしまってはやるせないので、秋の長夜を百も集めた長さがほしいと、ひたすら乞い願った。

長歌の後半を繰り返す形でつけた反歌。

の　外《よそ》のみ見つつ　言《こと》とはむ　よしのなければ　心のみ
咽《む》せつつあるに　天地《あめつち》の　神言寄《ことよ》せて　敷栲《しきたへ》の　衣手《ころもで》交《か》へ
て　己妻《おのづま》と　頼める今夜《こよひ》　秋の夜の　百夜《ももよ》の長さ　ありこ
せぬかも

反　歌

547 天雲《あまくも》の　外《よそ》に見しより　我妹子《わぎもこ》に　心も身さへ　寄りにし
ものを

548 今夜《こよひ》の　早く明けなば　すべをなみ　秋の百夜《ももよ》を　願ひつ
るかも

一 神亀《じんき》五年（七二八）。二 大弐《だいに》に次ぐ太宰府の次官で、従五位下相当官。三 神亀元年（七二四）従五位上に叙せられ、その後太宰少弐になった。四 新しい官は不明。京の官であろう。五 福岡県筑紫野市。太宰府の東南四キロほどの地で、豊前を通って瀬戸内海沿岸に出る田川《たがわ》道に臨み、駅馬のうまやが置かれていた。太宰府の官人たちは、ここで送別の宴を張るのが常であった。六 送別の宴。

549 天地の神も加護を賜って道中の安全を助けて下さい。はるばる都まで旅するこの方が家に帰りつくまで。

旅の安全を祈る歌を贈るのが送別の儀礼であった。

550 頼りにしきっていたあなたが行ってしまわれたら、私は心細くてきっと恋しがることだろう。今度顔を合わせる時までは。

◇大船の 「思ひ頼む」の枕詞。

一七六八、三六八など類想の歌が多い。

551 これから向われる大和への船路にある島の浦べに寄せる波のように、ひきもきらないことだろう。私のあなたを恋しがる気持は。

◇大和道の 上三句は序。相手の道中に見られる風景によせて「間もなけむ」を起す。

七 三首の作者は同一人ではないらしい。

八 御行《みゆき》の子か。天平二十年（七四八）従五位下。宝亀五年（七七四）に散位従四位下で没。神亀・天平頃は太宰府在任か。

一五年戊辰《つちのえたつ》に、二大宰少弐《だざいのせうに》三石川足人朝臣《いしかはのたるひとあそみ》が四遷任するに、

筑前《つくしのみちのくち》の国五蘆城《あしき》の駅家《うまや》に六餞《せん》する歌三首

549 天地《あめつち》の 神も助けよ 草枕 旅行く君が 家にいたるまで

550 大船《おほぶね》の 思ひ頼みし 君がいなば 我れは恋ひむな 直《ただ》に逢ふまでに

551 大和道《やまとぢ》の 島の浦みに 寄する波 間《あひだ》もなけむ 我が恋ひまくは

右の三首は、七作者いまだ詳《つばひ》らかにあらず。

八大伴宿禰三依《おほとものすくねみより》が歌一首

552 我が君は　わけをば死ねと　思へかも　逢ふ夜逢はぬ夜
二走《ふたはし》るらむ

一丹生女王《にふのおほきみ》、二大宰帥大伴卿《だざいのそちおほとものまへつきみ》に贈る歌二首

553 天雲の　そくへの極《きは》み　遠けども　心し行けば　恋ふるも
のかも

554 古人《ふるひと》の　たまへしめたる　吉備《きび》の酒　病めばすべなし　貫《ぬき》
簀賜《すたば》らむ

大宰帥大伴卿、三大弐《だいに》四丹比県守卿《たぢひのあがたもりのまへつきみ》が五民部卿《みんぶのきやう》に遷任
するに贈る歌一首

552 ご主人殿はこの小僧めを死ねとでもお思いなのでしょうか、逢って下さる夜、下さらぬ夜と、目まぐるしく二道かけて気をもませられますなあ。

戯れに相手の女性を主人に、自分をその下僕に見立てた歌。五五六から見て相手は賀茂女王《かものおおきみ》か。

◇我が君　男が女に向って、わざと主君の意で用いたもの。◇わけ　「若《わか》し」と同根で、年少の召使いなどを呼ぶ語。ここでは一人称に用いた。◇二走る　二つのことが目まぐるしく交錯する意。

一 天平勝宝二年（七五〇）正四位上。四二〇の丹生王《にうのおおきみ》と同一人か。 二 大伴旅人。一八九頁注八参照。

553 あなたのいらっしゃる筑紫は、天雲の果ての遠方ですが、心の方がそこまで通って行くから、お顔まで見たいとしきりに恋われるのですね。

太宰帥旅人の便りに対する儀礼的な返答であろう。

◇そくへ　遠く隔ったあたり。四二〇参照。

554 昔なじみの方が飲ませて下さった吉備《きび》の酒ですが、つい過して気分が悪くてしかたありません。今度は吐く時の用意に筑紫の貫簀《ぬきす》をいただきましょう。

赴任途上の吉備名産の酒とともに贈られた便りに対して、相手の任地、筑紫の名産を持ち出して答えた歌。

◇たまへしめたる　「たまへ」は酒を飲む意。吐逆《とぎやく》の意を表わすこともあり、「病めば」にその意が響く。

◇貫簀《ぬきす》　竹などを編んだすのこ。水のはねないように

うがいや洗顔の折に用いる。
三 太宰府の次官。官位令では正五位上相当。 四 右大臣嶋《しま》の子。天平九年（七三七）正三位中納言で没。
五 民部省の長官で、正四位下相当。

555 あなたのために醸造しておいたせっかくの酒を、安《やす》の野で独り寂しく飲むことになるのか。友もいないままに。

送別歌。酒の縁で前歌に続いて置かれた。◇待酒 来客に備えて醸造する酒。それが出来上る前に相手がいなくなることを歌って、離別の寂しさを述べたもの。◇安の野 福岡県朝倉郡内。蘆城《あしき》の東南。太宰府官人たちのよく遊んだ地であろう。

六 八一頁注四参照。

556 あなたを乗せる筑紫通いの船がまだ来もしないうちから、もうよそよそしくするあなたを見るのはほんとに悲しい。

三依《みより》はこの時に太宰府に任官したのであろう。◇あらかじめ 予定が実現する以前の時点をいう語。◇荒ぶる 粗暴な態度や行動をする意。

七 伝未詳。巻五の梅花の宴に列している（八四三参照）。それ以後に京官に遷任したのであろう。

557 大船をはやりにはやって漕ぎ進めているうちに、岩に触れ転覆するならしてもよい。あの子に早く逢えるなら。

555 君がため 醸《か》みし待酒《まちざけ》 安《やす》の野に ひとりや飲まむ 友なしにして

賀茂女王《かものおほきみ》、大伴宿禰三依《おほとものすくねみより》に贈る歌一首 故左大臣長屋[六]《ながやの》王《おほきみ》が女《むすめ》なり

556 筑紫船《つくしふね》 いまだも来《こ》ねば あらかじめ 荒《あら》ぶる君を 見るが悲しさ

[七]土師宿禰水道《はにしのすくねみみち》、筑紫より京に上《のぼ》る海道《うみぢ》にして作る歌二首

557 大船《おほぶね》を 漕ぎの進みに 岩に触れ 覆《かへ》らば覆れ 妹《いも》によりては

558 これほど海が荒れるのなら、安全を願って神の社《やしろ》に私が捧げた幣《ぬさ》は返していただきましょう。これでは懐かしいあの子に逢えもしないのに。
前歌とともに海路の困難さを踏まえた歌。一刻も早く帰りたい気持を神にぶつける形で、妹を思う心の激しさを示したもの。
◇ちはやぶる 「神」の枕詞。荒々しく祟《たた》りをなすという原義を伴っている。◇幣 神に奉納する幣帛《へいはく》。木綿《ゆう》・麻・紙などで作って神前に掛ける。
一 太宰府の三等官。訴訟事務を受け持つ。二 天平二年（七三〇）頃太宰大監。兵部少輔、美作守《みまさかのかみ》、鎮西副将軍、豊前守などを歴任。

559 今まで平穏無事に生きてきたのに、年よりだてらに、私はこんな苦しい恋を経験するはめになってしまったよ。
以下四首は、「老人《おいびと》の恋」（類例七六二）を主題とした遊びの歌。この歌は、その一連の歌の総括的なものとして最初に置かれた。実際には当時作者はそれほど老年であったとは思われない。
◇老いなみ 老人の仲間として数えられる年齢。

560 恋い死《じに》に死んでしまったらなんの意味がありましょう。生きている今の日のためにこそあなたの顔を見たく思うのです。
類歌二五九二を意識的に改作してここに置いたか。

561 あなたのことを思いもしないのに思うというならば、うそいつわりに厳しい大野の御笠の森の

558 ちはやぶる　神の社《やしろ》に　我が懸《か》けし　幣《ぬさ》は賜《たば》らむ　妹《いも》に逢はなくに

一大宰大監《だざいのだいげん》二大伴宿禰百代《おほとものすくねももよ》が恋の歌四首

559 事もなく　生き来《こ》しものを　老いなみに　かかる恋にも　我れは逢へるかも

560 恋ひ死なむ　後《のち》は何せむ　生ける日の　ためこそ妹を　見まく欲《ほ》りすれ

561 思はぬを　思ふと言はば　大野なる　御笠の社《もり》の　神し知らさむ

神もお見通しで、私は祟《たた》りを受けねばなりますまい。
類歌三〇〇の神社名を太宰府近辺の神にかえて利用したものか。オの頭韻を踏む。
◇大野なる御笠の社《もり》　福岡県大野城市《おおのじょう》。南福岡駅の東北にその跡と伝える小さな森がある。

562　手を休める暇もなく、他人《ひと》の眉根を無駄に掻かせておきながら、逢おうともしないあなたなのですね。
類歌二九〇三。眉のつけ根がかゆくなるのは思う人に逢う前兆とする俗信があった。五六〇以下は古歌を利用しているが、これも恋の遊び。
◇人　他人。相手から見た他人で、実際は自分のこと。

563　黒髪に白髪がまじるこの老年になるまで、これほど激しい恋心に責められたことはなかったのですよ。
五五九に代表される一連の老人の恋に対して、老女の恋の形で答えたもの。必ずしも百代と坂上郎女との恋とはきめられない。この二首も恋の遊び。

564　山に生える菅は実がならないというが、所詮実《みの》らぬ間柄なのに私と結びつけて取り沙汰されたあなたは、今ごろ誰と寝ているのかしら。
◇山菅の　実のなる麦門冬《ばくもんとう》のことともいうが、山に生える菅の一般的呼称であろう。「八田《やた》の一本菅《ひともとすげ》は子持たず立ちか荒れなむ…」（記歌謡六四）などから、菅には実がならぬという通念があったと考えられ、「実ならぬ」の枕詞のように用いられている。

562
暇《いとま》なく　人の眉根《まよね》を　いたづらに　掻かしめつつも　逢はぬ妹かも

大伴坂上郎女《おほとものさかのうへのいらつめ》が歌二首

563
黒髪に　白髪交《しろかみまじ》り　老ゆるまで　かかる恋には　いまだ逢はなくに

564
山菅《やますげ》の　実ならぬことを　我れに寄せ　言はれし君は　誰《た》れとか寝《ぬ》らむ

賀茂女王《かものおほきみ》が歌一首

565　筑紫船は大伴の御津《みつ》に泊《は》てますが、私はあなたを「見つ」とは言いますまい。あかあかと照る月の夜に、じかにお逢いできたとしても。
五六の「筑紫船」を意識した歌で、「大伴の御津」に大伴三依《みより》に逢う意をにおわせている。この歌にも遊びの気分が濃い。
◇大伴の　「大伴」は大阪湾東岸一帯の地名。官船の出入する難波の御津《みつ》(六三参照)もその範囲内であった。そのことを念頭にしながら「見つ」の枕詞としている。
◇あかねさし　茜染《あかねぞめ》のように空が月に明るく照らされるさまをいう。「あかね」は二〇参照。
一　駅馬の利用を許されて都から馳せ参じた官使。五六七左注に見える大伴稲公・胡麻呂の二人をさす。

566　都に向けて旅立って行く君たちが慕わしく離れがたいので、つい連れだって来てしまった。志賀の浜辺の道を。
別れの辛さを述べて送別の意を表わした。類歌三二六。
◇君　相手の二人は作者と同等またはやや目下。「君」は通常上席の人に対して用いるが、男性間ではこのような場合にも用いる。◇志賀の浜辺　博多湾の北にある志賀島へ通ずる湾の東岸の道。香椎《かしい》あたりから東にそれて山陽路へ向う。船旅でなく駅馬なので、田川道《たがわじ》を通らなかった。

567　周防の国に聞えた岩国山を越える日には、峠の神に念入りに手向《たむけ》をしなさい。けわしく危険ですよ。その山道は。

565
大伴《おほとも》の　見つとは言はじ　あかねさし　照れる月夜《つくよ》に　直《ただ》に逢へりとも

大宰大監《だざいのだいげん》大伴宿禰百代ら、[一]駅使《はゆまづかひ》に贈る歌二首

566
草枕　旅行く君を　愛《うるは》しみ　たぐひてぞ来《こ》し　志賀《しか》の浜辺を

右の一首は大監大伴宿禰百代。

567
周防《すは》にある　岩国《いはくに》山を　越えむ日は　手向《たむ》けよくせよ　荒しその道

右の一首は[二]少典《せうてん》[三]山口忌寸若麻呂《やまぐちのいみきわかまろ》。

以前《さき》に天平の二年庚午《かのえうま》の夏の六月に、帥《そち》大伴卿たちまちに[四]瘡《かさ》を脚に生《な》し、[五]枕席《ちんせき》に疾《や》み苦《くる》しぶ。これによりて

[六]駅《はゆま》を馳《は》せて上奏し、[七]庶弟《しよてい》[八]稲公《いなきみ》、[九]姪《てつ》[一〇]胡麻呂《こまろ》に遺言を語らまく欲りすと望《のぞ》み請《こ》ふ。[一一]右兵庫助《みぎのひやうごのすけ》大伴宿禰稲公、[一二]治部《ぢぶの》少丞《せうじよう》大伴宿禰胡麻呂の両人《ふたり》に勅《みことのり》して、駅《はゆま》を賜ひて発遣《つかは》し、卿の病を[一三]省《とりみ》しめたまふ。しかるに、[一四]数旬を経《へ》て幸《さき》く平復すること得たり。時に、稲公ら、病のすでに療《い》えたるをもちて、[一五]府を発《た》ちて京に上る。ここに、大監大伴宿禰百代、少典山口忌寸若麻呂、また卿の男《こ》[一六]家持《やかもち》ら、駅使を相送りてともに[一七]夷守《ひなもり》の駅家《うまや》に到り、[一八]いささかに飲みて別れを悲しび、すなはちこの歌を作る。

大宰帥《だざいのそち》大伴卿、[一九]大納言《だいなごん》に任《ま》けらえて京に入る時に臨み、府の官人ら、卿を筑前《つくしのみちのくち》の国[二〇]蘆城《あしき》の駅家《うまや》に餞《せん》

旅路の安全を祈る送別歌で、三八一に似ている。◇周防《すは》　山口県東半部。◇岩国山　岩国市西方の欽明《きんめい》路《じ》峠かという。◇手向けよくせよ　峠や海峡などの要衝には、そこを支配する神によって交通妨害の危険があるので、手向をして旅の安全を願う慣習があった。

二　太宰府の四等官で大典の次席。正八位上相当。

三　旅人《たびと》の配下の官人で、梅花の宴にも列している。この時の官使接待の庶務係か。

四　腫物。化膿性の腫瘍。　五　寝床。病床。　六　駅馬を利用した急使。当時特に急ぐ急使は奈良・太宰府間を四、五日で走った。　七　異腹の弟。　八　大伴坂上郎女(三七九参照)の同腹の弟らしい。　九　甥《おい》の意。　一〇　宿奈麻呂(一二九参照)の子か。遣唐副使、鎮守府将軍などを歴任したが、天平宝字元年(七五七)に橘奈良麻呂《たちばなのならまろ》の変に坐して杖下《じようか》に死んだ。　一一　右兵庫寮の次官。正六位下相当。　一二　治部省の三等官で大丞の次席。従六位上相当。　一三　看病させ、の意。　一四　数十日。　一五　太宰府。　一六　この時十三歳。まだ年少であったので、旅人は、名門大伴家の後事を、弟と、一門中の逸材と見られる胡麻呂に遺言の形で託そうとしたのであろう。

一七　所在地は未詳。福岡県粕屋郡粕屋町内、もしくは志賀島へ通じる海の中道のつけ根のあたりかという。

一八　ほんのちょっと、の意。

一九　旅人は天平二年(七三〇)十一月に大納言に任ぜられ、十二月、都に向けて旅立った(九六五参照)。　二〇　二八三頁注五参照。

する歌四首

568 み崎《さき》みの 荒磯《ありそ》に寄する 五百重波《いほへなみ》 立ちても居ても 我が思へる君

右の一首は[一]筑前掾《ちくぜんのじよう》[二]門部連石足《かどべのむらじいそたり》。

569 韓人《からひと》の 衣《ころも》染むといふ 紫《むらさき》の 心に染《し》みて 思ほゆるかも

570 大和《やまと》へ 君が発《た》つ日の 近づけば 野に立つ鹿も 響《とよ》めて ぞ鳴く

右の二首は[三]大典《だいてん》[四]麻田連陽春《あさだのむらじやす》。

571 月夜《つくよ》よし 川の音《おと》清し いざここに 行くも行かぬも 遊

568 これから旅される船路の、岬々の荒磯に立つ五《い》百重波《おえなみ》のように、立っていても坐っていても、いつも思いを去らぬ君です。

◇み崎み　接頭語の「み」を地形語に冠するのは、そこを支配する神への畏怖《いふ》をこめたもの。接尾語「み」は海浜を表わす語に接することが多く、その周辺部をいう。◇五百重波　幾重にも重なって打ち寄せる波。上三句は序。「立ちて」を起す。

一 筑前は上国《じようこく》。律令制では、国を大国・上国・中国・下国の四等級に分けていた。その三等官。従七位上相当。二 伝未詳。梅花の宴に参列している。

569 韓国《からくに》の人が衣を染める紫の色が染《し》みつくように、紫の衣を召した君のお姿が私の心にしみついて思われてなりません。

◇韓人　朝鮮や中国の人。当時、先進文化の担い手であった。ここでは染色技術の優秀さを讃える意味をもつ。◇紫の　上三句は序。「心に染みて」を起す。紫の色は古くから紫草（三〇参照）で染めたが、ここは外来の新しい方法で染めたことをいう。紫は三位以上の礼服の色で、当時旅人《たびと》は正三位であった。

570 大和に向けて君が出発される日が近づいたので、心細いのか野に立つ鹿までがあたりを響かせるほどに鳴き叫んでいます。

みずからの気持をひそめて鹿を表に立てたところに、いっそう哀切さが響く。ただし、鹿が妻を恋うて鳴くのは十二月ではなく、秋が普通である。

三 太宰府の四等官。正七位上相当。 四 八四〜五にも歌がある。『懐風藻《かいふうそう》』には、漢詩一首に添えて、「外従五位下石見守…、年五十六歳」とある。

571 月夜もよいし川の音も清らかだ。さあここで、都へ行く人も残る人も、歓を尽して帰ることにしましょう。

別れの悲しみに沈みがちな座を取り持とうとする歌。

五 一九六頁注二参照。

六 一九八頁注二参照。旅人帰京後も観世音寺別当として太宰府にいた。

572 いくらお逢いしても飽きない君に置きざりにされて、いつまで朝に夕に寂しい気持を抱きつづけることでしょうか。

三八五を踏まえた歌であろう。

◇まそ鏡 「見」の枕詞。

573 黒髪がまっ白になる年になっても、こんなに激しい恋心に苛《さいな》まれることもあるものなのです。

前歌とともに、恋歌めかして相手のいない寂しさを訴えたもの。萬葉後期になると、男子間にも恋歌的表現に心情を託する歌の世界が生れた。

◇ぬばたまの 「黒髪」の枕詞。◇白けても 色が白く変る意で、白髪の老人になったことをいう。

574 ここから見て筑紫はどの方向になるだろう。白雲のたなびくあの山の遙か彼方《かなた》であるらしい。

類歌二八七。雲を距離感を表わすに用いるとともに、相手を偲《しの》ぶよすがとする歌は、他にも多い。

びて行かむ

右の一首は防人佑《さきもりのすけ》五大伴四綱《よつな》。

大宰帥大伴卿が京に上りし後に、沙弥《さみ》満誓《まんぜい》六、卿に贈る歌二首

572 まそ鏡 見飽かぬ君に 後《おく》れてや 朝夕《あしたゆふへ》に さびつつ居《を》らむ

573 ぬばたまの 黒髪変り 白けても 痛《いた》き恋には 逢ふ時ありけり

大納言大伴卿が和《こた》ふる歌二首

574 ここにありて 筑紫《つくし》やいづち 白雲の たなびく山の 方《かた》

にしあるらし

575 草香江《くさかえ》の　入江にあさる　葦鶴《あしたづ》の　あなたづたづし　友なしにして

大宰帥大伴卿が京に上りし後に、[一]筑後守[二]葛井連《ふぢゐのむらじ》大成《おほなり》悲嘆《かな》しびて作る歌一首

576 今よりは　城《き》の山道《やまみち》は　寂《さぶ》しけむ　我が通《かよ》はむと　思ひしものを

大納言大伴卿、[三]新袍《しんはう》を[四]摂津大夫《せつつのかみ》[五]高安王《たかやすのおほきみ》に贈る歌一首

◇ここ　大和の邸宅をさす。◇白雲のたなびく山　西方、生駒《いこま》連峰のあたりを眺めて言ったもの。

575 草香の入江には餌をあさる葦鶴《あしたず》の姿が見えるが、ああ、たずたずしく心細いことだ。ともに語りあえる友もいなくて。

類歌二四九〇。◇草香江　大阪の上町台地東方に難波江が大きく湾入し、淀川や大和川が流れこんでいた。その東端、生駒西麓をいう。博多湾西部にも同名の地があるが、相手に近いその海岸のイメージを重ねて友を思う心を強調している。◇葦鶴の　「葦鶴」は葦原にいる鶴。鶴は葦の点景としてよく用いる。上三句は序。太宰府からの帰途に矚目《しよくもく》した風景で、同音により「たづたづし」を起す。◇たづたづし　拠《よ》り所がなく不安な気持を表わす。

一 上国《じようこく》筑後の国守で従五位下相当官。二 梅花の宴で上席に位置している。「葛井連」は百済《くだら》系の渡来人。

576 これから先、太宰府通いの城の山道は寂しいことでしょう。せっかくお目にかかるのを楽しみに通いつづけようと思っていましたのに。

◇城の山　太宰府の西南、肥前境の山。天智四年（六六五）城塞《じようさい》が築かれた。筑後から太宰府への道筋。

三「袍」は礼服である束帯《そくたい》の上着。袖が長く襴《らん》がつき、多く腋開《わきあ》け。四 摂津には国府がなく摂津職《しき》が置かれ難波宮も管理した。その長官で正五位上相当。五 長皇子《ながのみこ》（六〇参照）の孫か。天平十一年（七三九）

臣籍に下り大原真人高安となり、同十四年に没。
577　私の着物はいい人に着せたりしないで下さい。網を引く田舎《いなか》くさい難波男の手に触れるのはしかたがないとしても。
新しい礼服をふだん着と見立て、難波男にはふさわしいが共寝に使えるほど上等の代物《しろもの》ではないと戯れた。◇人にな着せそ　男女共寝のしとねに互いに着物をかわす習慣があった。◇網引する難波壮士　相手の摂津大夫を難波の海の漁師に見立てた表現。
六　二八三頁注八参照。　七　旅人《たびと》の死で、仕えたその家を立ち去る時、旅人の子、家持《やかもち》に贈った歌らしい。
578　天地の続く限りいつまでも住み続けようと思っていたこの家の庭だったのに…。
類想歌一七六。挽歌的表現に託して悲別の気持を間接的に表わした歌。旅人の死を背後におくのであろう。
八　二四三頁注二参照。　九　身分の低い相手から贈られたことを「与」の字で記すのは編者家持の立場によるか。　一〇　二四三頁注一参照。
579　お世話させていただいた時からまだどれほどもたっていないのに、長い年月お逢いしていないような気がするわが君です。
旅人の喪が明けて、世話役の地位を離れる時の歌。
◇見まつりて　「見る」は世話し、かしずく意。
580　山に生えている長い長い菅の根ではないが、ねんごろにいつまでもお世話したいわが君です。

577 我が衣《ころも》　人にな着せそ　網引《あびき》する　難波壮士《なにはをとこ》の　手には触るとも

[六]大伴宿禰三依《おほとものすくねみより》が[七]別れを悲しぶる歌一首

578 天地《あめつち》と　ともに久しく　住まはむと　思ひてありし　家の庭はも

[八]余明軍《よのみやうぐん》、大伴宿禰家持に与[九]ふる歌二首　明軍は大納言卿が資人《しじん》[一〇]なり

579 見まつりて　いまだ時だに　変らねば　年月のごと　思ほゆる君

580 あしひきの　山に生《お》ひたる　菅《すが》の根の　ねもころ見まく

◇菅の根の　「菅の根」は長くて抜けにくいものとされた。上三句は序。同音に加え、「長く」の意をこめて「ねもころ」を起す。

一　大伴宿奈麻呂と坂上郎女の間の子。この時十歳前後か。後に従兄の家持の正妻となった。二　贈られた歌は載せられていない。以下、この巻にはこのような場合がしばしばある。

581　生きてさえいたら逢える日があるかもしれません。だのにどうして「もう死んでしまうよ、妹《いも》」などと言って夢に出て来られたのですか。

贈られた歌の内容を踏まえた返歌か。
◇見まく　「見む」のク語法。

582　めそめそしないはずの大夫《ますらお》だってこんなに恋するものなのですね。ましてかよわい女の恋する苦しさに大刀《たち》打ちできるものがありましょうか。

前歌の夢で言った相手の言葉を承けて自分の恋の方が激しいことを言った。
◇かく　夢で相手が「死なむよ妹」と言ったことを承けたもの。

583　こんなにもお慕いしている私を移り気な女とお思いなのか、私の思うあの人はお便りさえ下さらない。

◇月草の　「うつろふ」の枕詞。「月草」はつゆ草で、染色に用いた時に色がさめやすい意でかかる。◇うつ

欲しき君かも

一大伴坂上家《さかのうへのいへ》の大嬢《おほいらつめ》、大伴宿禰家持に報《こた》へ贈る二歌四首

581
生きてあらば　見まくも知らず　何《なに》しかも　死なむよ妹
と　夢《いめ》に見えつる

582
ますらをも　かく恋ひけるを　たわやめの　恋ふる心に
たぐひあらめやも

583
月草《つきくさ》の　うつろひやすく　思へかも　我が思《おも》ふ人の　言《こと》も
告げ来《こ》ぬ

ろひやすく「思ふ」の内容を表わす語。私のことをうつろいやすい女だと、という意。◇言も告げ来ぬ　本人はもちろん来てくれない、の意を含む。

584　春日山に毎朝きまってかかる雲のように、いつもおそばで見たいあなたです。

前の二首に対して後二首は独詠的である。なお、坂上大嬢《おおいらつめ》と家持との贈答は、この後「離絶《りぜつ》すること数年、また会ひて相聞往来《さうもんわうらい》す」の注をもつ七二七までない。◇春日山　上二句は序。「居ぬ日なく」を起す。

585　帰って行かれる時機《しお》はいつでもありましょうに、わざわざ奥さんが恋しいからとて立って行くなんてことがあるものですか。

からかいをこめて来客を引きとめようとした歌。来客は家持《やかもち》か。

三 大伴宿奈麻呂の娘で、坂上大嬢の異母姉。妹《いもうと》に贈った歌が多く、特にこの姉妹は親密であった。

586　なまじ逢ったりしなかったらこんなに恋い焦れることもなかったろうに、あなたにお逢いしてむやみにこうも恋に苦しむばかりでは、これから先どうすればよいのだろう。

逢わなければよかったという形で恋心を表わす歌。同趣の歌に三九二などがある。

四 稲公は坂上郎女の同腹の弟らしい。この歌は、その弟のために歌に長じた姉が代作したもの。

584　春日山《かすがやま》　朝立つ雲の　居ぬ日なく　見まくの欲しき　君にもあるかも

大伴坂上郎女《おほとものさかのうへのいらつめ》が歌一首

585　出でていなむ　時しはあらむを　ことさらに　妻恋《つまごひ》しつつ　立ちていぬべしや

大伴宿禰稲公《いなきみ》、田村大嬢《たむらのおほいらつめ》に贈る歌一首　三大伴宿奈麻呂《おほとものすくなまろ》卿が女《むすめ》なり

586　相見ずは　恋ひずあらましを　妹を見て　もとなかくのみ　恋ひばいかにせむ

右の一首は、姉四坂上郎女が作なり。

一 笠女郎《かさのいらつめ》、大伴宿禰家持に贈る歌二二十四首

587 我が形見《かたみ》 見つつ偲《しの》はせ あらたまの 年の緒《を》長く 我れも思はむ

588 白鳥《しらとり》の 飛《と》羽《ば》山《やま》松の 待ちつつぞ 我が恋ひわたる この月ごろを

589 衣手《ころもで》を 打廻《うちみ》の里に ある我れを 知らにぞ人は 待てど来《こ》ずける

590 あらたまの 年の経《へ》ぬれば 今しはと ゆめよ我が背子《せこ》

一 二一八頁注三参照。集中の二十九首は、すべて家持に贈ったもの。 二 四首ずつが一組をなして六群に分れる。各群の一首目に類歌を持つもの、二首目に物に寄せる歌、三首目に近くにいるのに逢えないことを嘆く歌、四首目に内省的な歌が位置する傾向がある。

587 さしあげた私の形見を見ながら思い出して下さい。長い年月をいつまでも、私もあなたを思いつづけておりましょう。

逢瀬《おうせ》がしばらくとだえた後に、かつて相手に贈った形見の品を通じて、相手の関心を呼び戻そうとする歌。◇形見 離れている人を偲ぶよすがとなる品。鏡や衣類が多い。◇あらたまの 「年」の枕詞。◇年の緒 年を長く続く緒と見立てたもの。

588 飛羽山の松ではないが、おいでを待ちながら慕いつづけております。この何カ月もの間を。

◇白鳥の 「飛羽山」の枕詞。飛ぶ意をかける。◇飛羽山松の 「飛羽山」は未詳。上二句は序。「松」の類音「待ち」を起す。

589 打廻《うちみ》の里にいる私なのに、ご存じないのであの方はいくら待っても来られないのだなあ。

◇衣手を 「打廻」の枕詞。砧《きぬた》で衣を打つ意か。◇打廻の里 未詳。周囲の意をもつ「打廻」に、相手のいるすぐそばの意をにおわせている。

590 年もたったことだし今ならもうさしさわりあるまいなどと、めったにあなた、私の名を口外しないで下さい。

◇ゆめよ 「ゆめ」は下に禁止を伴う副詞。

591 胸の奥にひそめた私の思いを人に知られたせいなのかしら、心当りもないのに、大切な玉櫛笥の蓋《ふた》をあけた夢を見てしまった。

秘めた恋心が第三者に知れたのではないかと心を痛める歌。それが恋の破綻《はたん》に通じはしないかと夢を通して不安がっている。

◇玉櫛笥 五二二参照。理由なく櫛笥をあけると二人の仲がこわれるという俗信があったか。一七四〇参照。

592 闇夜に鳴く鶴が、声ばかりで姿の見えないように、よそながらお噂を聞くばかりなのだろうか。お逢いすることもないままに。

◇鳴くなる鶴の 鶴の鳴くのを妻を求めるものと聞いたか。上二句は序。「外《よそ》のみに聞く」を起す。

593 君恋しさにじっとしておれなくて、奈良山の小松の下に立ちいでて嘆くばかりです。

◇奈良山 一七参照。◇小松 「待つ」の意が響く。

594 わが家《や》の庭の夕陰草に置く白露のように、今にも消え入りそうなほど、むしょうにあの方のことが思われる。

じっとしておれないと歌った前歌に対して、内へ沈潜する恋の悲しみが、はかない物象をかり、「の」を重ねた形で表わされている。

◇夕蔭草 夕方の微光を受けた草葉を表わす造語。

◇白露の 上三句は序。「消ぬがに」を起しつつ人恋う作者の姿を示す。◇消ぬがに 死にそうに。

我が名告《の》らすな

591 我が思ひを 人に知るれか 玉櫛笥《たまくしげ》 開《ひら》きあけつと 夢《いめ》に し見ゆる

592 闇《やみ》の夜《よ》に 鳴くなる鶴《たづ》の 外《よそ》のみに 聞きつつかあら む 逢ふとはなしに

593 君に恋ひ いたもすべなみ 奈良山の 小松《こまつ》が下《した》に 立ち 嘆くかも

594 我がやどの 夕蔭草《ゆふかげくさ》の 白露の 消《け》ぬがにもとな 思ほゆ

595 私がこの世に生きているかぎり、あの方を忘れることがあろうか。日ましにますます恋しさの募ってゆくことはあっても。

類歌二八二。

◇いや日に異に　今日よりは明日、明日よりは明後日と、どんどん程度が強まるさまをいう。

596 通り過ぎるのに八百日もかかるほど広い浜の砂でさえも、この私の恋の重荷にくらべればとてもかなうまいね。沖の島守よ。

突拍子もない分量を引き合いに出して、恋心の激しさを誇張した歌。

◇八百日行く　莫大な日数をかけて行く、の意。◇あにまさらじか　「あに」は確信をもって推量する意をこめて打消を導く副詞。「じか」は共感を求める表現。◇沖つ島守　「浜の真砂」の縁で呼びかけた。他人に共感を求めながら、内面では相手を意識して言った。

597 この世間の人目が多いので、それをはばかって、ほんの近くにおられるあなたに、逢うこともなく恋いつづけている私です。

空想を広げて激しい恋の嘆きを歌った前の二首に対して、この歌では現実を見すえた形になっている。

◇うつせみの　「人」の枕詞。現実の世という原義が響いている。◇石橋の　「間近き」の枕詞。飛石の間隔が狭い意でかかる。

598 恋の苦しみのためにだって人は死ぬことがあるもの。人知れず私はどんどん痩せ細るばかりで

るかも

595
我が命《いのち》の　全《また》けむ限り　忘れめや　いや日に異《け》には　思ひ増《ま》すとも

596
八百日《やほか》行《ゆ》く　浜の真砂《まなご》も　我が恋に　あにまさらじか　沖つ島守

597
うつせみの　人目《ひとめ》を繁《しげ》み　石橋《いしばし》の　間近《まぢか》き君に　恋ひわたるかも

598
恋にもぞ　人は死にする　水無瀬《みなせ》川　下《した》ゆ我れ痩《や》す　月に

す。月ごと日ごとに。
◇水無瀬《みなせ》川　水が下を流れて表面は石ころばかりの川。「下」の枕詞となっている。◇下ゆ　表面から見えないところで、の意。

599　おぼろげに見ただけのあの方なのに、私は死ぬほど激しく恋いつづけているのです。

類歌三〇〇三。
◇朝霧の　「おほに」の枕詞。◇おほに　二七参照。

600　伊勢の海の磯をとどろかして打ち寄せる波、その波のように恐れ多いお方に私は恋いつづけているのです。

前歌とともに、抑《おさ》えても抑えきれない恋心を歌った。
◇伊勢の海の　上三句は序。「畏き」を起す。「伊勢の海」は伊勢南部の海であろう。波風荒い海とされた。
◇畏き　身分的懸隔を意識してこう言ったもの。

601　ついぞ思ってもみなかった。山や川を隔てて離れているわけでもないのに、こんなに恋に苦しむことになろうとは。

◇心ゆも　心の片端にも。打消や反語を伴って用いる。

602　夕方になると、ひとしお物思いが募ってくる。前にお逢いした懐かしい方の、物を言いかけて下さる姿が目の前にちらついて。

第二群四首目の五九四と、心情的に近い。
◇言とふ　単に物を言う意にも用いるが、ここでは話しかける意。◇面影　実体はなくて目の前に見える映像。三九六参照。

日に異《け》に

599　朝霧の　おほに相見《あひみ》し　人故《ゆゑ》に　命死ぬべく　恋ひわたるかも

600　伊勢の海の　磯もとどろに　寄する波　畏《かしこ》き人に　恋ひわたるかも

601　心ゆも　我は思はずき　山川《やまかは》も　隔《へだ》たらなくに　かく恋ひむとは

602　夕されば　物思ひまさる　見し人の　言《こと》とふ姿　面影にして

603　恋の物思いで人が死ぬものであったとしたら、千度も繰り返して私は死んだことだろう。

恋の歌に多い「恋ひ死ぬ」という発想を踏まえて歌ったもの。類歌三九〇。『遊仙窟《ゆうせんくつ》』にも類似の語句がある。

604　剣の大刀《たち》を身に添えて持った夢を見た。いったいこれは何の前兆なのでしょう。きっと男らしいあの方にお逢いできるからでしょう。

もっとも男性的な持物と考えられていた「剣大刀」に寄せて、夢に望みをつないで喜ぶ歌。

605　広い天地を支配される神々にもしも道理がなければ、その時こそ、こんなに慕っているあの方に逢えぬまま、私は焦れ死んでしまうことになろうが…。

前歌の「夢」を神のなせるわざと見、だから逢わずに死ぬはずはないと歌ったもの。六〇三の「死ぬ」とも響き合っている。

606　私もこれほど思っている。あの人も私を忘れてはだめ。多奈和丹　海岸に吹きつける風のように、やむことなく思いつづけてくれないとだめ。

天地の神の支配する道理に頼みをかけて、やや高飛車に歌った歌。相手を二人称でさしていながら、禁止を重ねたところにもその態度が表われている。

◇多奈和丹　未詳。「おほなわに」「たなのわの」などの訓がある。あるいは「たなぎに…」と読み、三、四句を「海が一面にないでいる時、吹く風がやむように」の意で、「やむ」を起す序と見るべきか。

603
思ひにし　死にするものに　あらませば　千《ち》たびぞ我れは　死にかへらまし

604
剣大刀《つるぎたち》　身に取り添《そ》ふと　夢《いめ》に見つ　何《なに》の兆《さが》ぞも　君に逢はむため

605
天地《あめつち》の　神に理《ことわり》　なくはこそ　我が思ふ君に　逢はず死にせめ

606
我れも思ふ　人もな忘れ　多奈和丹　浦吹く風の　やむ時なかれ

607　皆の者、寝静まれ、という亥《い》の刻《こく》の鐘を打つのが聞えるが、あなたを思うと眠ろうにも眠れません。

悩みを持たない世の常の人とくらべて、ひとり、恋にもだえる気持を歌った歌。

◇皆人を寝よとの鐘　陰陽《おんみよう》寮所属の時守《ときもり》が亥の刻（午後十時頃）、すなわち人の寝静まるべき時とされた人《にん》定《じよう》の時に打つ鐘。この時刻には四つ打ち鳴らした。

608　私を思ってもくれぬ人を思うのは、大寺の餓鬼像の後ろから地に額ずいて拝むようなものだ。

極端な譬喩を重ねて自嘲《じちよう》の姿勢を見せた戯歌。

◇大寺　興福寺、元興寺など、奈良近辺の大寺。◇餓鬼の後方　貪欲《どんよく》の戒めとして、餓鬼道に堕《お》ちた亡者の像が置かれていたらしい。それを拝むこと、それも背後から拝むことは、二重にかいのないことである。

◇額つく　額《ひたい》を地につける、最も丁寧な礼拝の仕方。

609　ついぞ思ってもみなかった。傷心を抱いて、また昔住んだ里に帰ることになろうとは。

近くにいて逢えないことを嘆いた第四群三首目の六〇一に対応し、第六群のこの歌から、遠く離れて逢えない嘆きを歌っている。直接には、同じ群の六〇七〜八の都での嘆きを故郷での嘆きに転じている。

610　近くにおれば逢えなくてもまだしも堪えられるが、いよいよ遠くにあなたと離れてしまうことになれば、とても生きてはいられないでしょう。

「近」と「遠」とを対比する形で全体を歌い納めた。

607
皆人《みなひと》を　寝よとの鐘《かね》は　打つなれど　君をし思へば　寐《い》ね
かてぬかも

608
相思《あひおも》はぬ　人を思ふは　大寺《おほてら》の　餓鬼《がき》の後方《しりへ》に　額《ぬか》つくご
とし

609
心ゆも　我は思はずき　またさらに　我が故郷《ふるさと》に　帰り来《こ》
むとは

610
近くあれば　見ねどもあるを　いや遠く　君がいまさば
有りかつましじ

右[一]の二首は、相別れて後に、さらに来贈《おく》る。

大伴宿禰家持が和《こた》[二]ふる歌二首

611 今さらに　妹に逢はめやと　思へかも　ここだ我が胸　いぶせくあるらむ

612 なかなかに　黙《もだ》もあらましを　何《なに》すとか　相見《あひみ》そめけむ　遂《と》げざらまくに

山口女王《やまぐちのおほきみ》[三]、大伴宿禰家持に贈る歌五首

613 物思ふと　人に見えじと　なまじひに　常《つね》に思へり　ありぞかねつる

一 家持《やかもち》と笠女郎とが、最後には遠く離れたことを注の形で示したものか。

二 六〇九～一〇に答える形をとったもの。

611 あなたが遠くへ行かれた今となっては、もう逢える機会はなかろうと思うせいか、私の胸はこんなに重苦しく閉ざされて晴ればれとしないことです。

類想歌三四〇。

◇いぶせく 「いぶせし」はうっとうしい心的状態を表わす。家持の好んで用いた語。

612 なまじ言葉などかけるよりも黙っておればよかった。なんだって逢いそめたりしたのだろう。どのみち思いの遂げられないさだめであったのに。

類歌二六九九。七五〇の家持自身の歌にも似ている。

◇なかなかに　ここでは「まし」の表わす仮想の表現に応じて「黙《もだ》ある」ことにまだしもの価値を認める意。

◇何すとか　行動の意図をおしはかる疑問を表わす。

三 伝未詳。一六一七にも家持に贈った歌がある。

613 物思いをしていると他人に気取《けど》られまいと、むりやりにいつも平気をよそおっています。ほんとは恋しくて死んでしまいそうなのです。

◇見えじ 「見られまい」と「見せまい」との両意を含む。◇なまじひに　能力や資格がないのに無理に振舞うことをいう。

614 私を思ってもくれない人なのに…。それなのにただむやみに、袖がぐっしょり濡れるほど、私

は声をあげて泣くばかりです。
◇人をや　詠嘆をこめて、ここで一旦切れる。◇もとな　二三〇参照。◇白栲の「袖」の枕詞。

615　あなたが私を思って下さらなくて夢に現われることはなくても、せめてあなたの枕くらいは夢に見えてほしい。

相手が思うと夢にその姿が見えるという俗信を踏まえて、相手の代りにその魂のこもる枕でも（二二六参照）と言ったもの。
◇敷栲の「枕」の枕詞。◇見えこそ「こそ」は希求を表わす終助詞。

616　浮名が立つのを惜しがる気持は、もう私にはありません。あなたに逢わずにこんなに年月がたったのですもの。

類歌二六七九、二九八四など。
◇剣大刀「名」にかかる枕詞。刀（カタナ）のナは刃の意。このナと「名」とをかけたもの。

617　葦原《あしはら》のあたりを満ちてくる潮のように、君を思う気持がひたひたと募るせいか、どうしてもあの方を忘れることができない。

六一三〜七の五首は一組で、八五〜八、九六〜一〇〇、一二三〜五などのように、最後はやはり独詠的である。
◇葦辺より　水辺の葦を基準にして潮の満ちるさまを視覚的に印象づけている。上二句は序。「いや増しに」を起す。◇思へか君が忘れかねつる　自らの心を内省した表現。

614
相思はぬ　人をやもとな　白栲《しろたへ》の　袖漬《ひ》つまでに　音《ね》のみし泣くも

615
我が背子《せこ》は　相思はずとも　敷栲《しきたへ》の　君が枕は　夢《いめ》に見えこそ

616
剣大刀《つるぎたち》　名の惜しけくも　我れはなし　君に逢はずて　年の経《へ》ぬれば

617
葦辺《あしへ》より　満ち来る潮の　いや増しに　思へか君が　忘れかねつる

一 大神女郎《おほみわのいらつめ》、大伴宿禰家持に贈る歌一首

618 さ夜中に　友呼ぶ千鳥　物思ふと　わびをる時に　鳴きつつもとな

大伴坂上郎女が怨恨歌《ゑんこんか》二一首　并《あは》せて短歌

619 おしてる　難波《なには》の菅《すげ》の　ねもころに　君が聞こして　年深く　長くし言へば　まそ鏡　磨《と》ぎし心を　ゆるしてし　その日の極《きは》み　波の共《むた》　靡《なび》く玉藻《たまも》の　かにかくに　心は持たず　大船《おほぶね》の　頼《たの》める時に　ちはやぶる　神か離《さ》くらむ　うつせみの　人か障《さ》ふらむ　通《かよ》はしし　君も来まさず　玉梓《たまづさ》の　使《つかひ》も見えず　なりぬれば　いたもすべなみ　ぬばたま

一 伝未詳。一五〇五にも家持への贈歌がある。

618 真夜中につれを求めて呼ぶ千鳥よ。恋の思いに沈んで私がしょげかえっている時に、むやみやたらと鳴いたりして…。

千鳥は答える友があるのか呼びかけているが、自分にはその相手もいないという形で片思いのわびしさを述べた歌。類想歌一九六四など。

◇鳴きつつもとな　「つつもとな」は環境の状況と作者の心情との間に存する違和感の表現として結句に用いる形式。

二 恋における女の「怨恨」を主題にした歌で、中国の怨詩《えんし》などに学んだものか。作者が関係した男性、藤原麻呂や大伴宿奈麻呂、大伴駿河麻呂などへの怨《うら》みの歌と見る説もある。

619 長い難波菅《なにわすげ》の根ではないが、ねんごろにあなたが言葉をかけて下さって、何年にもわたって休みなく言い寄られたものだから、靡くまいと張りつめた心をゆるめてしまったその日からというものは、波のまにまにゆらめき靡く玉藻のように頼りなくためらう心は持たず、大船に乗ったように一筋にあなたを頼みきっていたのに、神様が二人の仲をさくようにし向けられるのか、あるいは生身《なまみ》の人間が邪魔だてしているのか、あれほど通われたあなたも来られないし、使いの者さえも顔を見せなくなってしまったので、どうにもやりきれなくて、夜は夜通し、昼は日が暮れるまで嘆いているが、そのかいもなく、いくら思い悩んでもそれを晴らすすべもなくて、「たわや女」のその名のとおり、たわいない子供のようにただ泣きじゃくりながら行きつ戻りつして、せめてあなたのお使いでもと待ちあぐんでいなければならないのでしょうか。

五つの二句対、八つの枕詞や序詞・譬喩を重ねた、女性の作としては珍しい相聞の長歌。挽歌に多い発想や詞句も目立つが、これは怨恨《えんこん》を主題とする歌だからである。二〇七～二一三参照。

◇おしてる　「難波」の枕詞。◇難波の菅の　「難波」は菅の産地として有名。上二句は序。長い菅の根の縁で「ねもころに」を起し、「年深く長く」にもかかる。◇まそ鏡　「磨《と》ぐ」の枕詞。◇玉梓《たまづさ》の　「使」の枕詞。二〇七参照。◇なりぬれば　ここで部分的に七五調になっている。◇赤らひく　「日」の枕詞。◇たわや女　か弱い女。◇しるく　顕著に。

620　あなたが初めから、長い間言い寄って、頼りにさせるようにし向けなかったら、こんなつらい思いに逢ったりはしなかったでしょうに。

◇逢はましものか　「ものか」は反語。

三　古く全国を畿内《きない》および七道に分けた行政区画の一つで、壱岐《いき》・対馬《つしま》を含む九州全土。四　軍備の充実をはかるために天平時代に置かれた地方監察官。この時は第一次で、藤原宇合《うまかい》が任ぜられた。五　三等官。六　天平四年（七三二）、外従五位下。他の経歴未詳。

621　やむ時もなく、あなたを恋いつづけているためでありましょうか。旅に出ているあなたの姿が

の　夜はすがらに　赤らひく　日も暮るるまで　嘆けども　験《しるし》をなみ　思へども　たづきを知らに　たわや女《め》と　言はくもしるく　たわらはの　音《ね》のみ泣きつつ　た廻《もとほ》り　君が使を　待ちやかねてむ

反歌

620　初めより　長く言ひつつ　頼めずは　かかる思ひに　逢はましものか

三西海道《さいかいだう》四節度使《せつど》五判官《しのじよう》、六佐伯宿禰東人《さへきのすくねあづまひと》が妻、夫《せ》の君に贈る歌一首

621　間《あひだ》なく　恋ふれにかあらむ　草枕　旅なる君が　夢《いめ》にし見

ゆる

佐伯宿禰東人《さへきのすくねあづまひと》が和《こた》ふる歌一首

622 草枕　旅に久しく　なりぬれば　汝《な》をこそ思へ　な恋ひそ我妹《わぎも》

池辺王《いけへのおほきみ》[一]が宴誦歌《えんしようか》[二]一首

623 松の葉に　月はゆつりぬ　黄葉《もみちば》の　過ぐれや君が　逢はぬ夜ぞ多き

天皇[三]、酒人女王《さかひとのおほきみ》[四]を思ほす御製歌一首　女王は、穂積皇《ほづみのみ》[五]子《こ》の孫女なり

624 道に逢ひて　笑《ゑ》ますがからに　降る雪の　消《け》なば消《け》ぬが

夢に見えます。

自分が思うと相手を夢に見るという俗信を踏まえて恋心を訴える歌。

◇夢《いめ》にし見ゆる　詠嘆をこめた連体形止め。

622　旅に出て日数を重ねたのだもの、私はお前のことしか思っていないのだがなあ。そんなに恋しがるなよ、お前。

ことさらに、お前以外に思う人はないと答えたのは、旅先の浮気を隠そうとする弱みがあるためか。

◇思へ　「こそ」を承けて逆接的に下に対する已然形。

一　大友皇子の孫、淡海三船《おおみのみふね》（四六七左注参照）の父。

二　宴席朗詠用の歌の意。お座敷唄の類。自作に限らず古歌を取り上げることもあった。

623　松の葉越しに月は渡っていくし、おいでを待つうち月も替ってしまった。まさかあの世へ行ったわけでもあるまいに、あなたの逢いに来ぬ夜が重なること。

懸詞の使用や、夜離《よが》れを相手の死と見たてて歌う途方もない着想が、いかにも宴誦歌らしい。

◇松の葉　「待つの端《は》（待ったあげくの意）」を懸ける。

◇ゆつりぬ　「ゆつる」は「移る」に接頭語「い」のついた形の約。天体の運行と暦月の推移の二つをいう。

◇黄葉の　「過ぐ」の枕詞。「黄葉の過ぐ」は萬葉集ではほとんど死を意味する。

三　四五代聖武天皇。　四　脚注以外の伝不明。　五　一〇二頁注三参照。

624　「道でお逢いした時ほほえまれただけなのに、降る雪の消えるように今にも消え入りそうなほどお慕いしています」と私に言ってくれるそなたよ。
引用部分を主内容とする酒人女王の宴誦歌の相手を、天皇が自分のことと取りなして歌った歌か。
◇からに　因果関係がないはずのAを因としてBが起ることをいう形式。◇降る雪の　「消《け》」の枕詞。
六　二九二頁注五参照。　七　鮮度を保つために藻にくるんだか。三五四頁注一参照。

625　沖を漕ぎ岸べを漕ぎして、たった今あなたのために私がとってきたばかりのものですよ。この藻の中に臥しているちっぽけな鮒《ふな》は。
◇束鮒　長さが握りこぶしの幅ほどしかない小さな鮒。贈り主としての謙遜の辞。
八　出自《しゆつじ》不明。聖武の寵を得、崩後心変りしたかどで従四位下の位を削られた。歌はそれとは関係ない。

626　君ゆえにひどく噂《うわさ》を立てられていますので、その穢《けが》れを洗い流そうと、旧都の飛鳥川へみそぎをしに参ります。
◇みそぎ　四三〇参照。明日香京《あすか》の飛鳥川や難波宮の御津浜は、みそぎ場として重んぜられた。◇尾《び》　尾句の意。歌の末尾の部分。結句だけに限らない。
九　架空の遊行女婦《うかれめ》か。四〇四～六参照。

627　私の腕《かいな》を枕に寝たいなどと思う大夫《ますらお》は、若返りの水でも探していらっしゃい。頭に白髪がまじっていますよ。

に　恋ふといふ我妹《わぎも》

[六]高安王《たかやすのおほきみ》、裹《つつ》[七]める鮒《ふな》を娘子《をとめ》に贈る歌一首　高安王は後に姓大《おほ》原真人《はらのまひと》の氏《うぢ》を賜はる

625
沖辺行き　辺《へ》を行き今や　妹がため　我が漁《すなど》れる　藻《も》臥束鮒《ふしつかふな》

[八]八代女王《やしろのおほきみ》、天皇に献《たてまつ》る歌一首

626
君により　言《こと》の繁《しげ》きを　故郷《ふるさと》の　明日香の川に　みそぎしに行く
一には、尾《び》に「龍田《たつた》越え　御津の浜辺に　みそぎしに行く」といふ

[九]娘子《をとめ》、佐伯宿禰赤麻呂《さへきのすくねあかまろ》に報《こた》へ贈る歌一首

627
我がたもと　まかむと思はむ　ますらをは　をち水求め

白髪《しらか》生《お》ひにたり

佐伯宿禰赤麻呂《さへきのすくねあかまろ》が和《こた》ふる歌一首

628 白髪生ふる　ことは思はず　をち水は　かにもかくにも
求めて行かむ

一大伴四綱《おほとものよつな》が宴席歌一首

629 何《なに》すとか　使《つかひ》の来つる　君をこそ　かにもかくにも　待ち
かてにすれ

佐伯宿禰赤麻呂が歌一首

630 初花《はつはな》の　散るべきものを　人言《ひとごと》の　繁《しげ》きによりて　よどむ

四〇四～六の贈答でも、冒頭にあるべき男の贈歌を欠く。娘子《おとめ》が架空であるためか。いずれも軽妙なやりとりが交されるのは、赤麻呂が宴席で笑われることを演技した幇間《ほうかん》歌人であるためか。以下四首同じ宴席の歌。◇ますらを　男らしい男。初老の相手を皮肉った言い方。◇をち水　満ち欠けする月にあると信じられていた若返りの水。「をつ」は六五〇参照。◇求め　命令形。

628　白髪が生えるのは一向に平気です。だけどあなたがそう言うなら、若返り水はまあとにかく探しに出かけますが、かまいませんか。

老い面《づら》下げて女の言いなりになる、という言いまわしで自らを戯画化しながらも、女に一矢《いっし》を報いた歌。

一　一九六頁注二参照。

629　どんなつもりで使いなんかよこすの。何をおいてもあなたをこそ、今や遅しと待ちかねているのです。

前歌の「かにもかくにも」の意味を転換させながら、同席の四綱が娘子の立場で報いた歌。

630　初花が散るように、あなたのような若い女はすぐ人妻となりそうで気が気ではないけれど、人の噂がうるさいので、ためらっているこの頃なのだ。

意外にも積極的に出てきた前歌に応じて、逆にわざと尻ごみして見せた歌。

◇初花の「散る」の枕詞のように用いられ、「白髪」男に対して男を知らぬ若い女性の譬喩にもなっている。

二　二一〇頁注一参照。　三　遊行女婦《うかれめ》か。　四　湯原王

に関する注記。「志貴皇子」は七一頁注六参照。

631　無《ぶ》愛想《あいそ》なんだな、あなたという人は。あれほど遠い家路を空しく帰らせても平気なのだと思うと。

以下十二首、湯原王と娘子とのかなり長期にわたる恋の展開を追う形で並べられている。この歌は最初の妻どいを女が一旦拒絶する風習を踏まえて詠まれたか。◇うはへなき　未詳。上っつらの愛想さえ持ち合せない意か。◇人　相手を三人称でさしたのは、まだ二人の仲が親密さを欠いているためである。

632　目には見えても手には取れない月の中の桂の木のように、手を取って引き寄せることのできないあなた、ああどうしたらよかろう。

前歌の「人」を憧《あこが》れの対象として「妹」と呼び、顔は見せても心から許してくれぬもどかしさを訴えた歌。◇取らえぬ　「え」は可能の助動詞「ゆ」の未然形。◇月の内の楓　『初学記』所引の『安天論』などに、月に桂の巨木があるとする俗信が見える。楓は中国では木犀《もくせい》をさすが、日本の「かつら」はカツラ科の高木。

633　それほどまで私を思って下さったからかしら。そういえば、あなたの枕を片隅に置いて独り寂しく寝た夜の夢に、お姿が見えました。

前歌の相手の心情を「そこらくに」で指示しながら、相手を受け入れた後の夜離《よが》れを皮肉をこめて怨《うら》む歌。◇枕片さる　男の訪れない夜、共寝の相手の枕が床《とこ》の傍らに寄っている状態をいう。

ころかも

[二]湯原王《ゆはらのおほきみ》、[三]娘子《をとめ》に贈る歌二首　[四]志貴皇子《しきのみこ》の子なり

631
うはへなき　ものかも人は　しかばかり　遠き家道《いへぢ》を　帰さく思へば

632
目には見て　手には取らえぬ　月の内《うち》の　楓《かつら》のごとき　妹《いも》をいかにせむ

娘子、報《こた》へ贈る歌二首

633
そこらくに　思ひけめかも　敷栲《しきたへ》の　枕片《かた》さる　夢《いめ》に見え来《こ》し

634 家にして 見れど飽かぬを 草枕 旅にも妻と あるが羨《とも》しさ

湯原王《ゆはらのおほきみ》、また贈る歌二首

635 草枕 旅には妻は 率《ゐ》たれども 櫛笥《くしげ》のうちの 玉をこそ思へ

636 我が衣《ころも》 形見に奉《まつ》る 敷栲《しきたへ》の 枕を放《さ》けず まきてさ寝《ね》ませ

娘子《をとめ》、また報《こた》へ贈る歌一首

634 私は家でお逢いする時ももうこれで十分と思うことはないのに、あなたは別れ別れになるはずの旅にまで奥さんとご一緒とは、お羨《うらや》ましいこと。

同一人物の「家」と「旅」とを対比して歌う古い旅の歌の型（四二五など）を踏まえながら、家の自分と旅の相手との対比に転じている。夫婦仲の睦まじい相手の心に自分が入りこむ隙がないことを皮肉っぽく歌っているが、背後に相手の心を疑わぬゆとりがある。

◇家　六三一の「家道」と響き合っている。

635 旅にまで妻を連れてきているとはいっても、心の底から私が思っているのは、櫛笥《くしげ》に納めた玉のように、めったに心を許してくれないあなたなのだよ。

弱みを突いてきた前歌をそのまま受け止めて、ことさらに相手を持ち上げる形で歌っている。

◇櫛笥のうちの玉　相手を女の命を秘める櫛笥の中に納めた珠玉に譬《たと》えたもの。

636 私の着物を私の身代りにさし上げます。枕を遠ざけたりせず、せめてこれを身にまとって寝て下さい。

六三三に対する返歌。旅に出て逢えない間の偲《しの》びぐさに贈る着物に添える形で歌った。「奉る」「ます」と敬語を使って、男がわざと卑下して見せることで、女をいとおしむ気持を表わしている。六七三参照。

◇形見　五八七参照。◇枕を放けず　枕を並べて共寝の状態を作ることをいう。◇まきてさ寝ませ　「まく」

は身にまとう意。「さぬ」は共寝を表わす語。

637　あなたの身代りの着物は、妻どいに来られたあなただと思って、肌身を離したりはいたしますまい。たとえ物言わぬ着物ではあっても。

前歌に答えたもの。形見の衣に貞淑を誓う形で、相手の訪れがないことを責める気持をにおわせている。

◇妻どひに　「妻どひ」は男が女のもとに訪れること。身近にある着物を、妻どいに来た相手その人とむりに思いなして、の意。◇言とはずとも　「言とふ」は物を言う意。「妻どひ」の「とひ」と対応させて用いたもの。

638　たった一晩逢いに行けなかっただけなのに、一《ひと》月《つき》もたってしまったかのように狂おしい気持になりました。

◇あらたまの　「月」の枕詞。◇月か経ぬると　暦の単位としての一月《ひとつき》が経過したのかと、の意。一夜の夜《よ》離《が》れを長く感じることを誇張した表現。

639　あなたがこんなにも私を恋しく思って下さるからこそ、夢にお姿が現われて、私を寝つかせてくれなかったのですね。

六三三の夢は疑いを残す形で相手を揶揄《やゆ》していたが、ここでは眠りを妨げられて迷惑だ、となじる形で親しさが表わされている。

◇かく　前歌の内容を指示している。◇ぬばたまの　「夢」の枕詞。◇寐ねらえずけれ　ここは眠りたいのに気がかりなことがあって眠れない意を示す。

637
我が背子《せこ》が　形見の衣《ころも》　妻どひに　我が身は離《さ》けじ　言《こと》とはずとも

湯原王、また贈る歌一首

638
ただ一夜《ひとよ》　隔《へだ》てしからに　あらたまの　月か経《へ》ぬると　心惑《まと》ひぬ

娘子、また報へ贈る歌一首

639
我が背子が　かく恋ふれこそ　ぬばたまの　夢《いめ》に見えつつ　寐《い》ねらえずけれ

湯原王、また贈る歌一首

640　ああたまらない。すぐそばの里にいるのに、それを雲のかなたにいる人のように恋いつづけるのか。逢ってからまだ一月《ひとつき》もたたないというのに。
◇はしけやし　形容詞「愛《は》し」の古い連体形に感動の助詞「やし」のついた形という。対象に心ひかれて制しがたい気持を表わし、感動詞のように用いる。◇間近き里を　「を」は感動を表わし、一旦切れながら格助詞的に続く一面を持つ。◇雲居　きわめて遙かな地を譬《たと》えていう語。

641　二人の仲もこれでおしまいと言ったら私がしょげ返るだろうとでもいうように、いつも私にくっついていられますが、それで波風もたたずにすんでいるのですか、あなた。
相手が妻とともに去る日の近いことを知っての歌か。
◇焼大刀の　焼き鍛えた立派な大刀の意で、男の持物をほめるとともに、「へつかふ」の枕詞となっている。
◇へつかふ　周辺にいつもつき従う意。

642　あなた恋しさに私の心が乱れたならば、その乱れ心を糸車にかけて、あなたの片糸と縒《よ》り合せて手繰《たぐ》ればよいと、私は恋い始めたのですよ。
もし別れる時が来たらこうでもして引き留めたいと思ってきたという気持を述べ、十二首を歌い納めた。
◇くるべき　竿の先の横軸の周囲につけたわくに糸を掛けて繰る道具。女の用いる物で、前歌の男の持物「焼大刀」と対にした。◇恋ひそめし　連体形止め。
一　脚注以外の経歴不明。家持《やかもち》が最も心を許して恋の

640
はしけやし　間近《まちか》き里を　雲居《くもゐ》にや　恋ひつつ居《を》らむ　月も経なくに

娘子、また報《こた》へ贈る歌一首

641
絶ゆと言はば　わびしみせむと　焼大刀《やきたち》の　へつかふことは　幸《さき》くや我が君

湯原王《ゆはらのおほきみ》が歌一首

642
我妹子《わぎもこ》に　恋ひて乱れば　くるべきに　懸けて寄せむと　我が恋ひそめし

紀女郎《きのいらつめ》[一]が怨恨歌《ゑんこんか》[二]三首　[三]鹿人大夫《かひとのまへつきみ》が女《むすめ》、名を小鹿《をしか》といふ。[四]安貴王《あきのおほきみ》が妻なり

遊びをした相手で、家持より年上らしい。二 三〇四頁注二参照。三 天平の官人。外従五位下、大炊頭《おおいのかみ》になったことが知られる。四 一八六頁注三参照。

643 私がもし世の常の女であったなら、渡るにつけて「あああなた」と私が胸を痛めるこの痛背《あなせ》川を、渡りかねてためらうことはけっしてありますまい。自分の方から川を渡ってでも逢いに行く（二六など）世の常の女のせっぱつまった行為すらできない自分の立場を怨《うら》む歌。

◇痛背の川 三輪山北麓を西流する穴師《あなし》川。「あな（感動詞）夫《せ》」と嘆く意に取りなしている。

644 今となってはもう私はうちひしがれるばかりです。あれほど命の綱と思いつめたあなたなのに、引き留められなくなったことを思うと。

◇ゆるさく 「ゆるす」のク語法。二人を結んでいた心のきずなを解きゆるめる意。「緒」に応じた表現。

645 交し合った袖を引き離して別れなければならない日が近づくにつれて、悲しみがこみ上げてただ泣き声をあげるばかりです。

◇心にむせひ 悲しみを胸に納めておこうと努めても、抑《おさ》えきれずにのどから洩れて出るさまをいう。

五 二二〇頁注一参照。

646 ひとかどの男が思い焦れ、意気銷沈《しょうちん》して何度もつく深いため息を、あなたは自分のせいだとも思わないで平気なのですかね。以下四首、身内の坂上郎女《さかのうえのいらつめ》と恋人同士を装った贈答。

643 世の中の 女《をみな》にしあらば 我が渡る 痛背《あなせ》の川を 渡りかねめや

644 今は我は わびぞしにける 息《いき》の緒《を》に 思ひし君を ゆるさく思へば

645 白栲《しろたへ》の 袖別《わか》るべき 日を近み 心にむせひ 音《ね》のみし泣かゆ

五 大伴宿禰駿河麻呂《おほとものすくねするがまろ》が歌一首

646 ますらをの 思ひわびつつ たび数多《まね》く 嘆くなげきを 負《お》はぬものかも

647　心の中ではあなたを忘れる日とてなく思いつづけていますものの、とかく人の噂《うわさ》の絶えないあなたですからね。

前歌に答えて軽くすねて見せた歌。

◇人の言こそ　いろいろの女性と関係しているという評判。「こそ」は意味的には「繁き」にかかりながら、形の上では文末の「あれ」に対している。

648　お目にかからないままずいぶん日数がたってしまいました。このごろはどうです、お変りありませんか。お案じ申します、あなた。

◇幸く　無事に、の意。挨拶語。別れなどの時にもよく用いられる。◇いふかし　様子のわからない不安の気持を表わす語。

649　まるで夏の葛《くず》のつるのようにひっきりなしに来たお使いがしばらくとだえたので、もしや何かあったのかと心配していましたよ。

以上四首、二嬢《おといらつめ》を裏に置いた歌とみる説もある。

◇夏葛の　「絶えぬ」の枕詞。夏に葛のつるがどこまでも延びていく意でかかる。◇よどめれば　「よどむ」は流通が滞《とどこお》る意。◇事　恋歌では男女の交情を邪魔する事態を表わす。

一　大伴安麻呂。九七頁注一参照。　二　同じ大伴一族の、の意。　三　安麻呂の兄、大伴御行《みゆき》か。御行は壬申《じんしん》の乱の功臣で、大伴氏の氏上《うじのかみ》となり、兵部大輔、大納言を歴任、大宝元年（七〇一）に正広参《しょうこうさん》（正三位に当る）で没。　四　駿河麻呂は、坂上郎女の父の兄弟の孫

大伴坂上郎女《おほとものさかのうへのいらつめ》が歌一首

647
心には　忘るる日なく　思へども　人の言《こと》こそ　繁《しげ》き君に
あれ

大伴宿禰駿河麻呂《おほとものすくねするがまろ》が歌一首

648
相見《あひみ》ずて　日《け》長くなりぬ　このころは　いかに幸《さき》くや　い
ふかし我妹《わぎも》

大伴坂上郎女が歌一首

649
夏葛《なつくず》の　絶えぬ使《つかひ》の　よどめれば　事《こと》しもあるごと　思ひ
つるかも

であるが、古代ではこのような場合も、おばと甥と言った。五 朝夕の近況。六 様子を尋ねあう意。「相聞」に同じ。
七 二八三頁注八参照。

650 あなたは今まで常世《とこよ》の国に住んでおられたのですね。昔お目にかかった時よりもずっと若返られました。

太宰府から帰京した後、旧知の女性に贈った歌。相手は賀茂女王《かものおおきみ》か。五五六参照。◇常世の国 古代人が海の彼方《かなた》にあると考えた異郷。その観念は一様でなく、死者の赴く地として恐れられた一方で、この歌に見られるように不老不死の理想郷ともされた。◇住みけらし 「けらし」は確信をもって過去を推量する助動詞。◇をちましにけり 「をつ」は若返る意の上二段動詞。「まし」は尊敬を表わす。

651 夜も更《ふ》けて空から露がしっとりと降《お》りました。家の人もきっと今ごろは待ち焦れていることでしょう。

家で待つ娘を思う母心を歌うと見せて、同じ場所に居あわせた娘婿に、早く行くように促した歌か。相手は家持とも考えられるが、前後の歌の作者から見て次女、二嬢《おといらつめ》の相手として許した駿河麻呂であろう。◇ひさかたの 「天」の枕詞。◇露霜 露と霜の意に解すべき場合があるが、ここは露のおいた冷えびえとした感じを表現したものか。◇家なる人 家で待つ人の意で、その「人」は女性であるのが普通。

右、坂上郎女は佐保大納言卿《さほのだいなごんのまへつきみ》[一]が女《むすめ》なり。駿河麻呂は、この[二]高市大卿《たけちのおほまへつきみ》[三]が孫なり。両卿は兄弟の家、女[四]と孫とは姑姪《をばをひ》の族《うがら》なり。ここをもちて、歌を題して送り答へ、起居[五]を相問《さうもん》[六]す。

[七]大伴宿禰三依《おほとものすくねみより》、離《か》れてまた逢ふことを歓《よろこ》ぶる歌一首

650 我妹子《わぎもこ》は　常世《とこよ》の国に　住みけらし　昔見しより　をちましにけり

大伴坂上郎女が歌二首

651 ひさかたの　天《あめ》の露霜《つゆしも》　置きにけり　家なる人も　待ち恋ひぬらむ

652 玉守《たまもり》に　玉は授けて　かつがつも　枕と我れは　いざふたり寝む

652 大切な玉は番人に下げ渡したことだし、やれやれともかく私の方は、枕と二人でさあ寝るとしましょうか。

意にかなった男に娘を許した母親の、安堵感《あんどかん》と一抹《いちまつ》の寂しさとを、冗談めかした口つきに託した歌。◇玉守　娘を玉に、相手の男をその番人に譬えたもの。◇かつがつも　心底からは納得しない気持を残しながら行動に踏みきる意を表わす。◇枕と我れはいざふたり寝む　気楽さと空虚さの入りまじった複雑な心境が表わされている。

大伴宿禰駿河麻呂《おほとものすくねするがまろ》が歌三首

653 心には　忘れぬものを　たまさかに　見ぬ日さまねく　月ぞ経《へ》にける

653 心では忘れることとてないのに、思いのほかにお逢いしないままずるずると一月《ひとつき》もたってしまいました。

一月も訪れなかったという大げさな形で無沙汰をわびる挨拶の歌。本当の相手は二嬢《おといらつめ》であろう。◇たまさかに　予期せず。偶然に。◇さまねく　同じ状態が一様に広がっているさまをいう語。八二参照。

654 相見ては　月も経《へ》なくに　恋ふと言はば　をそろと我れを　思ほさむかも

654 お逢いしてからまだ一月もたたないのに、恋しいと言ったら、この私をせっかちな奴《やつ》だと思われるでしょうかね。

逢いに行かなかった言いわけをこんな形で表わした。

◇をそろ　軽率なさまをいう語。

655 思はぬを　思ふと言はば　天地《あめつち》の　神も知らさむ　邑礼

655 あなたを思ってもいないのに、口先だけで思っていると言ったとしたら、天地の神々が何もかもお見通しでしょう。邑礼左変。

二心がないと神かけて誓う歌。類歌五六一、三一〇〇と等しい内容が第四句までにこめられ、末句に独自の意味が盛られているらしいが、この句、定訓がない。

656　私の方だけですよ、あなたに恋い焦れているのは。あなたのおっしゃる恋い焦れるという言葉は、口さきだけの慰めとわかっています。

六五四の「恋ふ」を承けている。以下六首にも、恋歌を楽しむ気持が見られる。二嬢の立場に立って駿河麻呂に贈ったものという説もある。

657　あんな人のことなどもう思うまいと口に出して言ったのに、また恋しくなるとは、なんと移り気な私の心なんだろう。

六首中、この歌と次歌のみ独詠的である。初句は六五五に応じている。次歌の「思へども」も同じ。

◇言ひてしものを　口に出して言うことはのっぴきならぬ重みを持つとされた。◇はねず色の　「うつろひやすき」の枕詞。「はねず」は初夏に濃い桃色の花を開くにわうめか。服色としては橙赤色。◇うつろひやすき　「うつろふ」は通常、恋心のさめる意に用いるが、ここは逆に諦《あきら》めた恋心がまた燃え上る意。

658　あの人を思ってもそのかいがないとわかっていながら、どうしてこんなにも激しく、私は恋いつづけるのであろうか。

前歌とともに意志や理性で抑《おさ》えきれない思いの激しさを嘆く歌。以上三首は相手を信じきれない辛さを歌って駿河麻呂の歌に応じ、相手との間に距離があるが、次歌から次第に距離が縮められ、まとめられてゆく。

左変

大伴坂上郎女《おほとものさかのうへのいらつめ》が歌六首

656　我れのみぞ　君には恋ふる　我が背子が　恋ふといふことは　言《こと》のなぐさぞ

657　思はじと　言ひてしものを　はねず色の　うつろひやすき　我が心かも

658　思へども　験《しるし》もなしと　知るものを　何かここだく　我が恋ひわたる

659 あらかじめ　人言《ひとごと》繁《しげ》し　かくしあらば　しゑや我が背子《せこ》　奥《おく》もいかにあらめ

660 汝《な》をと我を　人ぞ離《さ》くなる　いで我が君　人の中言《なかごと》　聞きこすなゆめ

661 恋ひ恋ひて　逢へる時だに　うるはしき　言尽《ことつく》してよ　長くと思はば

一 市原王《いちはらのおほきみ》が歌一首

662 網児《あご》の山　五百重《いほへ》隠せる　佐堤《さで》の崎　さで延《は》へし子が　夢《いめ》にし見ゆる

659 今のうちからつまらぬ噂《うわさ》がうるさいことです。こんなだったら、ああいやだ、あなた、この先どうなることでしょう。私はもうどうなったって…。◇あらかじめ　深い関係とも言えぬ今の段階から。◇しゑや　見栄《みえ》も外聞もなしに相手を拒否する捨てばちな気持を表わす感動詞。疑問詞「いかに」を承《う》けて已然形で閉じる反語の形で結ばれているが、この語はその反語に応じている。◇奥　将来の意。

660 あんたと私の仲なのに、他人があられもない噂で引き裂こうとしているようです。さああなた様、そんな中傷に断じて耳をお貸し下さいますな。「汝《な》」と呼べるほど親しい仲と思っている相手に、噂に迷わされる頼りなさを見て取り、後半では「我が君」と呼び、懇願する形で距離を置いている。◇離《さ》くなる　「なり」は推定の助動詞。人の噂を耳にしてその意図を推定している。◇聞きこすなゆめ　「こす」は下手《したて》に出て頼む意。「な」は禁止の終助詞。

661 逢いたい逢いたいと思ってやっと逢えたその時くらい、おやさしい言葉のありったけをかけて下さい。いつまでも添い続けようとお思いならば。この歌に至って二人の距離は完全に解消している。

一 二二四頁注二参照。

662 かわいいあの子のいる網児《あご》の山をいくえにも重なった向うに隠している佐堤《さで》の崎よ。その名を聞くと、網児でさで網を広げていたあの海人《あま》おとめの姿が夢にまで見えてくる。

旅中の宴歌。
◇網児《あご》　三重県阿児町の海岸。「吾子《あこ》」の意を懸け、さらに網の一種「さで」を引く子に響き合う。◇佐堤の崎　未詳。三重県内か。この歌の作歌地点。上三句は序。「さで延《は》へし」を起す。◇さで　小網《さで》。三八参照。◇子　旅先で親しんだ女性を海女《あま》と見立てたものか。

二 伝未詳。「正倉院文書」にしばしば同名が見えるが、主に宝亀年間のもので、同一人か否か不明。

663　佐保を飛び渡ってわが家《や》の上で鳴く鳥のように、声にひとしお潤《うるお》いのあるかわいいわが妻よ。

◇佐保渡り　上三句は序。「声なつかしき」を起す。「佐保」は三〇〇参照。◇なつかしき　魅力に富むさま。

三 家系未詳。摂津少進《しょうしん》などを経て、宝亀三年（七七二）に従五位上になったことが知られている。

664　いくら降っても雨に降りこめられてなどいられるものか。あの子に逢いに行くよと言ったのだもの。

◇石上　奈良県天理市。ここでは、その中の小地名「布留《ふる》」に懸けて「降る」にかかる枕詞。

四 皇后宮職などの官人、播磨守《はりまのかみ》を歴任、藤原広嗣《ふじわらのひろつぐ》の乱平定に功があった。天平勝宝四年（七五二）中務大輔、従四位下で没。

665　面と向っていくら見ても飽きることのないあなたのそばを、どうしたら離れられるのか、そのてだてが私にはわからない。

坂上郎女に贈った戯歌。

二 安都宿禰年足《あとのすくねとしたり》が歌一首

663 佐保渡り　我家《わぎへ》の上に　鳴く鳥の　声なつかしき　はしき
妻の子

三 大伴宿禰像見《おほとものすくねかたみ》が歌一首

664 石上《いそのかみ》　降るとも雨に　つつまめや　妹に逢はむと　言ひて
しものを

四 安倍朝臣虫麻呂《あへのあそみむしまろ》が歌一首

665 向ひ居《ゐ》て　見れども飽《あ》かぬ　我妹子《わぎもこ》に　立ち離《はな》れ行かむ
たづき知らずも

大伴坂上郎女《おほとものさかのうへのいらつめ》が歌二首

666 相見ぬは　幾久《びさ》さにも　あらなくに　ここだく我れは　恋ひつつもあるか

667 恋ひ恋ひて　逢ひたるものを　月しあれば　夜《よ》は隠《こも》るらむ　しましはあり待て

右、大伴坂上郎女が母、[一]石川内命婦《いしかはのないみやうぶ》と、安倍朝臣虫《あへのあそみむし》麻呂《まろ》が母、[二]安曇外命婦《あづみのげみやうぶ》とは、[三]同居の姉妹、[四]同気の親《しん》なり。これによりて、郎女と虫麻呂とは、[五]相見ること疎《うと》くあらず、相談《かた》らふことすでに密なり。[六]いささかに戯《ぎ》歌《か》を作りて、もちて問答をなせるぞ。

666 互いに顔を合わせなかったのはそんなに長い間でもないのに、こんなにもせつなく、私はあなたを恋いつづけています。

虫麻呂からの贈歌以前の趣きを持つ。次歌と組み合せてわざと恋歌めかした返歌。類想歌二五八三を踏まえることで重々しさを示し、逆に戯笑性を誘った歌か。

◇幾久さ　久しい期間がいくつも重なった状態の意で、きわめて長い期間をいう。

667 恋しい恋しいと思ってやっとお逢いできた今夜ですのに。空には月があるのでまだ真夜中なのでしょう。せめても少しこのままそばにいて下さい。

六六五に答えたもの。いささか媚態《びたい》をよそおって相手を引き留めようとしたところに戯れがある。

◇月しあれば　妻どいは月明を利して行うのが普通。相手が夕月のもとに訪れたのにその月がまだ没していない意。◇夜は隠るらむ　昼の陽光から最も遠い真夜中であることを「隠る」で表わす。

一 四六一左注の石川命婦《いしかわのみょうぶ》や五一八題詞の石川郎女《いしかわのいらつめ》と同一人。大伴安麻呂の妻。 二 この左注以外の経歴未詳。 三 同じ家で成長したという意。同母であることを示す。 四 同腹としての親しさを持つこと。 五 女は結婚後しばらく実家で暮し、子は母のもとで育てられるのが普通であった。したがって同腹の母同士の子は、いとこだが異腹の兄弟以上に親密であった。 六 深い気持でなく、ことのついでにする、の意。 七 父母未詳。『続紀』により少納言、従五位上であ

668
[七]厚見王《あつみのおほきみ》が歌一首
朝に日《け》に　色づく山の　白雲の　思ひ過ぐべき　君にあらなくに

669
[八]春日王《かすがのおほきみ》が歌一首　志貴皇子の子、母は[九]多紀皇女《たきのひめみこ》といふ
あしひきの　山橘《やまたちばな》の　色に出でよ　語らひ継《つ》ぎて　逢ふこともあらむ

670
湯原王《ゆはらのおほきみ》が歌一首
月読《つくよみ》の　光に来《き》ませ　あしひきの　山きへなりて　遠からなくに

ったことがわかる。他に一四三五、一四三六の歌がある。

668　朝ごと日ごとに色づいてゆく山、その山にかかる白雲がいつしか消えるように、私の心から消え去ってゆくようなあなたではないはずなのに…。

この歌の鮮明な色彩感は厚見王の歌に共通する。◇朝に日に　上三句は序。相手の美しさをも象徴する。

八　志貴皇子（七一頁注六）の子、安貴王《あきのおほきみ》（一八六頁注三）の父。天平十七年（七四五）正四位下で没。二四三の春日王とは別人であろう。九　天武天皇の皇女。忍壁皇子《おさかべのみこ》・泊瀬部皇女《はつせべのひめみこ》（一三四頁注四、三）と同腹。天武末年から文武朝にかけてたびたび伊勢に遣わされ、志貴皇子に嫁した。勝宝三年（七五一）没。

669　山陰にくっきりと赤いやぶこうじの実のように、お気持をはっきり顔色に表わして下さい。そしたらお目にかかってねんごろに語らいを続けることもできるでしょう。

◇山橘の　「山橘」はやぶこうじ。やぶ陰などに生える低い木。花は白く、秋に真紅の円い実をつける。上二句は序。「色に出でよ」を起す。

670　お月様の光をたよりにおいでになって下さいませ。山が間に立ちはだかった遠い道のりではないでしょうに。

男を待つ女の立場をよそおって詠んだ歌。◇月読　月を神と見立てた呼び名。◇きへなりて　「き」は不明。刻み目の意で断絶を表わすか。「へなる」は隔てとなる意。

671 なるほどお月様は明るく照らしていますが、あれこれと思い迷う心の闇に先が見えなくて、お尋ねする思いきりがつきかねていることです。

前歌に答えて、逢いに行くのをためらう男の立場に立つ歌。ともに月見の宴での作。

◇思ひあへなくに 「あふ」は押しきって行動に出る意の下二段補助動詞で、常に打消を伴って用いる。

672 しつたまきのように物の数でもない私だが、こんなつたない身で、どうしてこうもせつなくあなたを恋いつづけるのであろうか。

坂上郎女《さかのうえのいらつめ》に贈った歌。親しい男女の間では、男がわざと卑下し、女が優越の立場に立つやりとりがしばしば見られる。一四六〇～三参照。

◇しつたまき 粗末なものの意で「数にもあらぬ」の枕詞。「しつ」は外来の綾や錦に対してわが国固有の粗末な布。「たまき」は手首の飾りで、上等なものは玉製や金属製。◇命 ここでは身の意。

673 まそ鏡を磨くようにとぎすまし、はりつめた心をゆるめてあなたに靡《なび》いたら、後で愚痴《ぐち》を言っても取り返しがつくものですか。

次歌とともに虫麻呂に答える歌。「しつたまき」に対して、貴重な調度品である「まそ鏡」に寄せている。

上三句とほぼ同じ句を六一九でも用いている。

674 玉を揃えて緒《お》に通し、こちらとあちらの端を結んで輪にするように、今も後々までも気持は変らないとおっしゃいますが、口車に乗って逢ってしま

和《こた》ふる歌一首 作者を審《つばひ》らかにせず

671 月読《つくよみ》の 光は清く 照らせれど 惑《まと》へる心 思ひあへなくに

安倍朝臣虫麻呂《あへのあそみむしまろ》が歌一首

672 しつたまき 数にもあらぬ 命もて 何かここだく 我が恋ひわたる

大伴坂上郎女が歌二首

673 まそ鏡 磨《と》ぎし心を ゆるしてば 後《のち》に言ふとも 験《しるし》あらめやも

った後ではきっと後悔するものだと聞いていますよ。

前歌に続いて立派な装身具「真玉」に寄せた歌。◇真玉つく　「をちこち」の枕詞。一組の玉をつける緒《お》の意でかかる。◇をちこち兼ねて　対立する両端を包みこんで一様に、の意。緒の両端を結び合せること。第四句の「逢ひて」にも響く。上二句、二九七三に同じ表現がある。◇ありといへ　第四句の「こそ」を「あり」で承けず、引用部分の外にある「いふ」で結ぶ形。

一　伝未詳。中臣氏の氏女《うじめ》か。

675　佐紀沢に生《お》い茂る花かつみではないが、かつて味わったこともないせつない恋をしています。

◇をみなへし　秋の七草の一。黄色い花を傘状につける。ここでは「佐紀」の枕詞。咲く意でかかる。◇佐紀沢　平城宮北辺にある水上《みずかみ》池周辺の湿地帯か。◇花かつみ　花菖蒲《はなしょうぶ》の類か。中古以後は真菰《まこも》と考えられていた。上三句は序。同音で「かつて」を起す。◇かつて　打消の表現を導く副詞。

676　海の底のように心の奥底に秘めて私が思っているあの方には、きっといつかお逢いできよう。どんなに年月がたった後にでも。

前半は二七八二に、末句は二七九五などに類句がある。◇海の底　「奥」の枕詞。「奥」は心の底の意。

677　春日山に朝かかっている雲のように、見通しのない晴れぬ気持で、まだ見たこともない人にさえ心を燃やすことがあるものなのだなあ。

◇春日山　奈良東方の山。六七五の「佐紀沢」とともに

674　真玉《またま》つく　をちこち兼ねて　言《こと》は言《い》へど　逢ひて後《のち》こそ　悔《くい》にはありといへ

[一]中臣女郎《なかとみのいらつめ》、大伴宿禰家持に贈る歌五首

675　をみなへし　佐紀沢《さきさは》に生《お》ふる　花かつみ　かつても知らぬ　恋もするかも

676　海《わた》の底　奥《おき》を深めて　我が思へる　君には逢はむ　年は経《へ》ぬとも

677　春日山《かすがやま》　朝居《ゐ》る雲の　おほほしく　知らぬ人にも　恋ふる

ものかも

678 直《ただ》に逢ひて　見てばのみこそ　たまきはる　命に向ふ　我が恋やまめ

679 いなと言はば　強《し》ひめや我が背　菅《すが》の根の　思ひ乱れて　恋ひつつもあらむ

大伴宿禰家持、交遊《かういう》[一]と別るる[二]歌三首

680 けだしくも　人の中言《なかごと》　聞かせかも　ここだく待てど　君が来まさぬ

作者の住地に親しい場所であろう。上二句は序。「おほほしく」を起す。◇おほほしく　曇って対象の形がはっきり見えない状態と気持の晴れないさまを表わす語。◇知らぬ人　噂《うわさ》だけで逢ったことのない人。その人の気持を確かめようがないために「おほほしく」思うのである。

678　じかにお目にかかれたその時こそ、初めてこの命がけの苦しい恋も納まるのでしょうが…。

直接逢えない悩みを述べた歌。類歌二九七九。

◇たまきはる　「命」の枕詞。◇命に向ふ　命を的にする。死か生かというぎりぎりの気持を表わす。

679　あなたがいやとおっしゃるならこの私が無理じいしたりするものですか。長い菅の根のようにちぢに思い乱れていつまでも慕い続けていましょう。

この歌だけがはっきりと相手に語りかける形をとり、恋情が最高潮になったことを示している。

◇菅の根の　「思ひ乱る」の枕詞。時間の長さをも象徴している。普通は「ねもころ」や「長し」にかかる。

一　男性の友人の意。　二　疎遠になったことを「別る」と言ったものか。

680　ひょっとしたら他人の中傷を耳にされたからではあるまいか。こんなに待ってもあの方は一向にいらっしゃらない。

以下三首、いずれも女の恋歌の趣きで詠《よ》まれている。

◇けだしくも　仮定や推量の表現を導く副詞。ここは第三句の「聞かせかも」に応じている。

681 いっそさっぱりと別れようと言って下さったら、こんなに命がけでお慕いするものですか。

◇なかなかに　仮定条件句の中に用いる時は、望ましくないはずの方を仮に選んでみる意を表わす。◇息の緒　緒のように続く息の意で、生命を象徴する表現。

682 私を思ってくれている人でもないらしいのに、しんそこ思いつめて恋い焦れている私なのだなあ。

いっそ別れてしまおう、の余意がある。類歌三〇五四。

◇心尽して　あまりに思い悩んだあげくに心を使い果して物が考えられなくなることを表わす。

683 他人の噂《うわさ》のこわい国がらです。だから思う気持を顔色に出してはいけません、あなた。たとえ思い死《じに》をするほど苦しくっても。

恋歌に自らの死を口にする例は萬葉後期に多いが、相手には用いないのが普通。ここでは戯れてそれを用いたか。

◇紅の　「色に出づ」の枕詞。赤い色は特に目立つのでかかる。◇色にな出でそ　「色」は顔色、表情。

684 そうは言っても私はもう死んでしまいますよ、あなた。生きていても、あなたが私に心を寄せるだろうとは、誰も言ってくれそうにないもの。

前歌の「言ふ言」を「言ふ」で承け、「思ひ死ぬ」を自らの焦れ死《じに》に転じた歌。二三五五、二九三六、三二九八など多くの類歌をつないだような形である。

681 なかなかに　絶ゆとし言はば　かくばかり　息の緒《を》にして　我れ恋ひめやも

682 思ふらむ　人にあらなくに　ねもころに　心尽《つく》して　恋ふる我れかも

大伴坂上郎女《おほとものさかのうへのいらつめ》が歌七首

683 言《い》ふ言《こと》の　畏《かし》こき国ぞ　紅《くれなゐ》の　色にな出でそ　思ひ死ぬとも

684 今は我は　死なむよ我が背　生けりとも　我れに依るべしと　言ふといはなくに

685 人の口がうるさいためでしょうか。二鞘《ふたさや》の刀のように間《ま》近い家なのに、あなたが隔たったままで来もせずに私を恋しがっていらっしゃるというのは。

六八三の上二句を承けている。◇二鞘の 「家を隔てて」の枕詞。「二鞘」は二つくっついてそれぞれに小刀をさしこむ造りの鞘。正倉院に類似の遺品がある。近くにいて逢えないことの譬喩《ひゆ》。

686 このごろは逢わずに千年もたったような気がするが、私がそう思うだけなのか、それとも逢いたい気持からそんな気がするのであろうか。

類歌二五三九。空間的な近さを通して思う心を詠んだ前歌に対し、時間的な長さを通して歌っている。

687 すばらしいお方と思うこの私の気持は、いくら堰《せ》き止めても激流が堰《せき》を崩すように、抑《おさ》えても抑えてもやっぱりほとばしり出てしまうことだろう。

◇早川の 早い流れが堰を押し流すことから、四句以下に対する譬喩になっている。◇崩《く》えなむ 「崩ゆ」は崩れ落ちて持ちこたえられない意。

688 青山を横切ってたなびく白雲のように、はっきりと私に向ってほほえみかけて、しかもそれと人に知られないようにして下さいね。

類歌二七六二。◇青山を横ぎる雲の 色の対照の鮮かさによる序詞。「いちしろく」を起す。三七七に類似の表現がある。

689 海や山を隔てた遠くにいるわけでもないのに、目くばせする機会さえどうしてこうも少ないの

685 人言《ひとごと》を　繁《しげ》みか君が　二鞘《ふたさや》の　家を隔てて　恋ひつついまさむ

686 このころは　千年《ちとせ》や行きも　過ぎぬると　我れかしか思ふ　見まく欲《ほ》りかも

687 うるはしと　我が思ふ心　早川の　塞《せ》きに塞くとも　なほや崩《く》えなむ

688 青山を　横ぎる雲の　いちしろく　我れと笑《ゑ》まして　人に知らゆな

であろうか。
◇海山も隔たらなくに　遠さを打消すことで近さを誇張した表現。七三冒頭にも同種の表現を用いている。◇目言　目で語りかけること。一九六の例とは別。
一　二八三頁注八参照。　二　離れ離れでいることを悲しむ意。

690　別れの辛さに、月は明るく照っていても闇に包まれたような気持で泣く涙が着物を濡らした。乾かしてくれるやさしい人もそばにいないままに。
上二句の類句六八二、三〇八、下二句の類句一七一七がある。
三　以下家持から歌を贈った相手は「娘子《をとめ》」とのみあって家持への返歌がなく、家持に贈られた歌には贈り手を明示し家持の返歌がない（坂上大嬢《おおいらつめ》と紀女郎《きのいらつめ》は例外）。大嬢との贈答歌が集められた部分には娘子に贈る歌がないことから見て、離絶中であるため（七二七題詞参照）はばかって名を伏せたもので、実は大嬢を心の底において娘子と言ったと見ることも可能か。

691　大宮仕えの女官はたくさんいるが、私の心をとらえて離さないのは、そんな人よりもあなたなんだよ。
美女の代表というべき高貴な女官を引き合いに出して名もない娘子に対する思いの強さを述べる形の歌。◇ももしきの　「大宮人」の枕詞。◇心に乗りて　心にしっかりと食い込んで。一〇〇参照。

692　かわいげもないお方ですね。こんなに人の心を悩まして痩《や》せ衰えさせるとは。

689　海山《うみやま》も　隔たらなくに　何しかも　目言《めごと》をだにも　ここだ乏《とも》しき

一大伴宿禰《おほとものすくね》三依《みより》、二別れを悲しぶる歌一首

690　照る月を　闇《やみ》に見なして　泣く涙《なみた》　衣《ころも》濡らしつ　干《ほ》す人なしに

大伴宿禰家持、三娘子《をとめ》に贈る歌二首

691　ももしきの　大宮人《おほみやひと》は　さはにあれど　心に乗りて　思ほゆる妹《いも》

692　うはへなき　妹にもあるかも　かくばかり　人の心を　尽《つく》

さく思へば

一大伴宿禰千室《おほとものすくねちむろ》が歌一首　二いまだ詳《つばひ》らかにあらず

693 かくのみし　恋ひやわたらむ　秋津野《あきづの》に　たなびく雲の　過ぐとはなしに

三広河女王《ひろかはのおほきみ》が歌二首　四穂積皇子《ほづみのみこ》の孫女、五上道王《かみつみちのおほきみ》が女《むすめ》なり

694 恋草《こひくさ》を　力車《ちからくるま》に　七車《ななくるま》　積みて恋ふらく　我が心から

695 恋は今は　あらじと我れは　思へるを　いづくの恋ぞ　つかみかかれる

同じく「娘子」を相手とした湯原王《ゆはらのおおきみ》の六三一によるか。
◇人　自分を三人称的に表現したもの。
一 伝未詳。左兵衛督の時、家持の宅で催された一族の宴会に参加している。四二九八参照。 二 古歌か新作か未詳、の意か。

693 こんなに恋いつづけてばかりいるのだろうか。秋津野にたなびく雲がいつしか消えるように、恋の苦しさが消えるということもなくて。
三五四など類句を持つ古歌に基づく歌。旅中の宴歌であろう。
◇秋津野　吉野にも紀伊にも秋津があるが、ここは前者であろう。三六参照。三、四句は序。「過ぐ」を起す。
三 脚注以外では、天平宝字七年（七六三）の従五位下叙位が知られている。四 一〇二頁注三参照。五 神亀《じんき》四年（七二七）、従四位下で没。

694 刈っても刈っても生い茂る恋草を、荷車七台に積むほど恋の思いに苦しむのも、私自身の心から出たことなのです。
恋を草に譬《たと》え、車を持ち出して恋の重荷にたえかねるさまを表わしている。戯歌であろう。
◇力車　人力で引く荷車。大八車。◇七車　「七」は数が多い意。「八」のようにほめる意は認められない。

695 恋の奴《やつ》などもう退散させたと思っていたこの私なのに、どこの恋がむしゃぶりついてきたのか。
前歌と同様、譬喩《ひゆ》の趣向による歌。恋を擬人化して憎んだのは、祖父穂積皇子《ほづみのみこ》の三八一六に学んだものか。

六 後に高円朝臣広世《たかまとのあそみひろよ》と改名したらしい。摂津亮《せっつのすけ》その他国守を歴任。 七 天平宝字四年（七六〇）。

696 奈良の家で待つ人への思いが薄らぐなんてことがあるものか。河鹿の鳴くこの泉の里に来て、年もたってしまったのだもの。

◇家人 特に妻を意識している。◇かはづ鳴く 「泉の里」の枕詞。◇泉の里 久邇《くに》京（四七五参照）のあった木津川沿いの地。作者はその都で仕えていた。

697 私に聞えよがしに言って下さいますな。耳に入るその名は、私がちぢに乱れて思いつづけている、まさにその人なのですよ。

女の立場に立つ歌。名を聞いただけで胸のうずく恋心を、第三者に訴える形で述べた。

◇我が聞に懸けて 局外者の発言を、自分に聞かせようとして言ったと取りなしたもの。◇刈り薦の 「乱る」の枕詞。◇直香 その人自身の意か。

698 春日野に朝立ちこめている雲が次第に濃くなるように、しきりに恋しさが募る一方です。月日がたつにつれてだんだんと。

◇朝居る雲の 上二句は序。山麓《さんろく》にたなびく雲が厚くなる意で「しくしくに」を起す。

699 一つの瀬で千度も妨げられては砕け散って流れ行く水がやがて一つになるように、将来きっとお逢いしましょう。邪魔の多い今はともかくとして。

類歌二四三一、三〇一六など。

◇一瀬には 上三句は序。「後にも逢はむ」を起す。

六 石川朝臣広成《いしかはのあそみひろなり》が歌一首 七 後に姓高円朝臣《たかまとのあそみ》の氏《うぢ》を賜はる

696 家人《いへびと》に 恋過ぎめやも かはづ鳴く 泉《いづみ》の里に 年の経《へ》ぬれば

大伴宿禰像見《おほとものすくねかたみ》が歌三首

697 我が聞《きき》に 懸《か》けてな言ひそ 刈り薦《こも》の 乱れて思ふ 君が直香《ただか》ぞ

698 春日野《かすがの》に 朝居《ゐ》る雲の しくしくに 我れは恋ひます 月に日に異《け》に

699 一瀬《ひとせ》には 千《ち》たび障《さは》らひ 行く水の 後にも逢はむ 今に

700　こんなにまでしてやって来て、やはり空しく帰ることになるのであろうか。近くもない道のりを難儀しながら参上して来て。
拒まれることを予測しながらわざわざ来たことを述べた自嘲的な歌。六三二を踏まえたものらしい。初句と二句とに「や」を重ねて嘆きを強調している。類歌二三四九、二八三九。

一 伝未詳。「河内」は娘子の出身国名か。以下国や氏の名に字《あざな》らしいものを続けた娘子の歌が集められているが、遊行女婦《うかれめ》と見られる女性が多い。

701　ほんのちらっとだけあの方と目を合わせて胸をときめかしたが、どんなついでに、いつまたよそながらにでもお顔を見ることができようか。
◇はつはつに　ごく一部。ほんのわずか。

702　お目にかかったあの夜の美しい月を、私は今もなお忘れません。あなたを絶え間なくお慕いしつづけていますので。
月明りのもとで相手をかいま見た一夜の思い出を大切にしていることを述べた歌。独詠歌的な前歌とともにもとからなじみのある相手にわざとこんな歌を贈ったものか。
◇ぬばたまの　「夜」の枕詞。
二 伝未詳。一五六二、一六三二にも歌があり、前者には家持《やかもち》の和《こた》えた歌がある。

703　あなたにお目にかかったその日を思うにつけ、慕わしさに涙があふれ、今日までずっと袖の乾

あらずとも

大伴宿禰家持、娘子《をとめ》が門《かど》に到りて作る歌一首

700 かくしてや　なほや罷《まか》らむ　近《ちか》からぬ　道の間《あひだ》を　なづみ参《ま》ゐ来て

河内百枝娘子《かふちのももえをとめ》[一]、大伴宿禰家持に贈る歌二首

701 はつはつに　人を相見て　いかにあらむ　いづれの日にか　また外《よそ》に見む

702 ぬばたまの　その夜の月夜《つくよ》　今日《けふ》までに　我れは忘れず　間《ま》なくし思へば

くいとまもありません。

前歌の「今日までに」を承《う》ける。一度だけ逢った日のことが忘れられないという内容も前歌に近い。
◇干る　後世ハ行上一段活用の「ひる」は、当時上二段に活用した。その連体形。

704　たく縄のように長く生きつづけたいと望んできましたのは、いつもいつもあの方のお顔を見たいと思う一心からなのです。

相手を三人称で表わし、その人に逢いたいと歌う内容は七〇一に近い。前歌と組になって河内百枝娘子の二首に和したものか。家持を交えた場で恋を主題に詠まれた歌群であろう。
◇栲縄の　「長き」の枕詞。二一七参照。◇欲りしくは　「欲る」に過去の助動詞「き」のついた形のク語法。
◇見まく欲りこそ　動詞「欲る」は係助詞「こそ」を伴って文末に位置することができ、この場合、順接の確定条件句を作る。

三 成年を迎える以前の少女。誰ともわからないが、巻四で家持の方から歌を贈った相手は、家持自身にとって皆重要な意味を持つ女性であったらしい。

705　一人前にはねかずらを、いま頭に飾っているあなたを夢に見て、いっそうせつなく心の中で恋いつづけています。

自分が思うと相手を夢に見るという立場で詠んだ歌。
◇はねかづら　羽毛で作った髪飾りか。女が成年式につけたものかとも言う。

二 巫部麻蘇娘子《かむなぎべのまそをとめ》が歌二首

703 我が背子《せこ》を　相見《あひみ》しその日　今日《けふ》までに　我が衣手《ころもで》は　干《ふ》る時もなし

704 栲縄《たくなは》の　長き命を　欲《ほ》りしくは　絶えずて人を　見まく欲《ほ》りこそ

三 大伴宿禰家持、童女《どうぢょ》に贈る歌一首

705 はねかづら　今する妹《いも》を　夢《いめ》に見て　心のうちに　恋ひわたるかも

706 はねかずらを今つける妹《いも》とおっしゃいますが、こちらに心当りはありません。いったいどこのどなたが、それほどあなたを恋い慕っているのでしょう。

相手が思うと夢に姿が現われるという見方に立って、家持の歌を、誰か別の女性が家持を思っている意に取りなし、ほかの誰かさんでしょうとはぐらかした歌。

一 伝未詳。機智に富む歌柄《うたがら》は遊行女婦《うかれめ》を思わせる。

707 胸の思いを晴らす手だてもわからないままに、片垸《かたもい》ならぬ「片思《かたもい》」のどん底で、私は恋する人として沈んでいます。

「片思い」にかけて、歌の脚注にあるように、片垸の底に記して贈った歌。遊びの気分が濃い。

◇思ひ遣る　思いをどこかへ退けやる。◇片垸　「もひ」は水飲み用の浅い垸《わん》。「片」は蓋《ふた》なしの意。◇恋ひ成りにける　恋するようになった、の意。

708 もう一度お逢いするてだてはないものでしょうか。お逢いできたら今度は、あなたを私の着物の袖に大切につなぎとめておきましょう。

着物の袖に相手の名を記して、この歌とともに贈ったのかもしれない。

◇あらぬか　「ぬか」は願望を表わす。◇白栲の　「衣手」の枕詞。◇いはひ留めむ　「いはふ」は潔斎して神を祭る意と、大切にかしずく意とを合せ示す。

二 福岡県東部から大分県北部。太宰府官人が都に向う時ここから乗船した。 三 伝未詳。遊行女婦《うかれめ》か。

童女が来報《こた》ふる歌一首

706
はねかづら　今する妹《いも》は　なかりしを　いづれの妹《いも》ぞ　そこば恋ひたる

一 粟田女娘子《あはたのめをとめ》、大伴宿禰家持に贈る歌二首

707
思ひ遣《や》る　すべの知らねば　片垸《かたもひ》の　底にぞ我れは　恋ひ成りにける
片垸《かたもひ》の中《うち》に注《しる》す

708
またも逢はむ　よしもあらぬか　白栲《しろたへ》の　我が衣手《ころもで》に　いはひ留《とど》めむ

二 豊前《とよのみちのくち》の国の娘子、三 大宅女《おほやけめ》が歌一首　いまだ姓氏を審《つばひ》らかにせず

九〇四にも月の歌を残している。

709　夕闇は道が暗くて心もとのうございます。月の出を待ってお出かけなさいな、あなた。その間だけでもこうしてお顔が見とうございます。

次歌とともに、家持と同席した時の宴席歌であろう。

◇夕闇　日没後、月が出るまで暗闇である時をいう。毎月の後半がそれに当る。

四 伝未詳。安都宿禰年足《あとのすくねとしたり》（三一九頁注二参照）などの一族か。

710　空をわたる月の光でたった一目だけ見た人、その方のお姿が夢の中にはっきり見えました。

月の縁で前歌に続けて置かれたもの。歌の内容は七〇二に近い。

◇み空行く　「月」に対する修飾。「み」は接頭語。

◇夢《いめ》にし見ゆる　連体形止めで詠嘆がこもる。

五 伝未詳。「丹波」は国名で、やはり遊行女婦か。

711　鴨の鳥が浮んで遊んでいるこの池に木の葉が散って浮くように、うきうきとうわついた気持でお慕いするのではありませんよ。

「雄略記」に見える三重采女《みえのうねめ》の話や、三八〇七の元の采女の歌に似た趣きを持つ。これらの話を背後に置きながら宴席で披露した歌で、家持も同席していたか。

◇鴨鳥の　上三句は序。「浮きたる」を起す。

712　三輪の社《やしろ》の神官があがめ祭っている神木の杉に手を触れでもしたその祟《たた》りでしょうか。いくら逢おうとしてもお逢いできないのは。

709　夕闇《ゆふやみ》は　道たづたづし　月待ちて　行《い》ませ我が背子　その間《ま》にも見む

四 安都扉娘子《あとのとびらをとめ》が歌一首

710　み空行く　月の光に　ただ一目《ひとめ》　相見《あひみ》し人の　夢《いめ》にし見ゆる

五 丹波大女娘子《たにはのおほめをとめ》が歌三首

711　鴨鳥《かもとり》の　遊ぶこの池に　木《こ》の葉落ちて　浮きたる心　我が思はなくに

712　味酒《うまさけ》を　三輪の祝《はふり》が　いはふ杉　手《て》触れし罪か　君に逢ひ

自分は神木に触れたはずがないのに、という気持がこもる。五一七と逆の立場に立つ歌である。
◇味酒《うまさけ》を　「三輪」の枕詞。一七参照。「を」は詠嘆。
◇祝《はふり》　令制では神主、禰宜《ねぎ》に次ぐ職と定められているが、ここでは神官一般を言っている。

713　垣根のように二人の仲を隔てる他人の中傷を耳にして、あなたのお心がぐらついたのか、お逢い下さらないこのごろですね。

上二句は一七九三などに類句がある。以上三首、逢えない理由をさまざまに歌い立てているが、これが座の共鳴を呼んだのであろう。
◇垣ほなす　「垣ほ」は隙間なくつまって高々と聳《そび》える垣。ここでは二人を隔てるものの譬喩。

714　心では思いつづけているけれど、逢うきっかけのないままに、離れてばかりいて嘆いている私です。

六九一〜二や七〇〇の相手と同じ人に贈った歌であろう。次歌で坂上大嬢《さかのうへのおほいらつめ》の母、坂上郎女《さかのうへのいらつめ》の歌を踏まえていることは、家持がこの「娘子」に坂上大嬢を意識していたと考える一つの手がかりとなろう。

715　千鳥が鳴く佐保川の渡し場の清らかなせせらぎを、馬で駆け渡って、あなたの所へ早く通いたいものだ。その日が来るのはいつのことか。

大伴坂上郎女の五二五や五二八を強く意識した歌。家持は当時、佐保の宅か西の宅（九七九参照）に起居していたのだろうが、相手の家はその川向うにあった。

かたき

713
垣《かき》ほなす　人言《ひとごと》聞きて　我が背子《せこ》が　心たゆたひ　逢はぬ
このころ

大伴宿禰家持、娘子《をとめ》に贈る歌七首

714
心には　思ひわたれど　よしをなみ　外《よそ》のみにして　嘆き
ぞ我がする

715
千鳥鳴く　佐保の川門《かはと》の　清き瀬を　馬うち渡し　いつか
通はむ

716 夜昼と　いふわき知らず　我が恋ふる　心はけだし　夢《いめ》に見えきや

717 つれもなく　あるらむ人を　片思《かたもひ》に　我れは思へば　わびしくもあるか

718 思はぬに　妹《いも》が笑《ゑま》ひを　夢に見て　心のうちに　燃えつつぞ居《を》る

719 ますらをと　思へる我れを　かくばかり　みつれにみつれ　片思《かたもひ》をせむ

◇馬うち渡し　乗馬をむち打って川を渡らせ。

716　夜昼の見さかいもつかないほど夢中であなたに恋するこの私の心のほどは、もしやあなたの夢に現われましたか。

深く思えば相手の夢に自分の姿が見えるとして「夢に見えきや」と問う歌。六七四、三二なども同趣。

717　私にまるで関心のなさそうな人を片思いに恋い慕っているのだから、わびしくってしかたがありません。

◇わき　区別。

前歌とともに、一向に反応のない相手になんとか気持をわからせたいと訴えかける歌。

718　思いもかけずあなたの笑顔を夢に見て、心の中でいっそう恋心を燃え上らせているのですよ。

夢に姿が見えたのを、相手が思ってくれるためと取りなした歌。

719　ひとかどの男と思っている私なのに、こんなに身も心も痩せ衰えて、片思いに身を責めつづけるのであろうか。

自負と自嘲のまじった複雑な心情をさらけ出す形で、相手の気持を引きつけようとしている。

◇ますらを　男の中の男というべき男性。恋に苦しむめめしさなど持たないという通念に支えられている。二七参照。◇みつれにみつれ　「みつる」は、体もやつれ心もしおれて元気を喪失する意の下二段動詞。

720 心もちぢに砕けてこんなに私が恋い焦れているのを、あの人は知らずにいるのであろうか。

通う日を想像し夢をあてにしても、所詮は通じない片思いだと嘆くことで結びとする歌。類想歌二七三七。

◇むらきもの 「心」の枕詞。◇恋ふらく 「恋ふ」のク語法。

一 聖武天皇。 二 大伴氏宗家の居宅。五二八左注参照。郎女が坂上でなく佐保にいたのは大伴家の実質的な家《いえ》刀自《とじ》の立場からであろう。より私的な内容の献上歌七二五では「春日の里」と注記のある点が注目される。

721 何しろ山住みの身の無粋者でございますから、都のみやびにうといままに私がいたしますこの振舞いを、失礼だとお咎《とが》め下さいますな。

季節ごとに大伴家から土地の産物を献上する慣習があり、家刀自がそれを取りしきっていたのであろう。その献上品に添えた歌か。

◇山にしをれば 内裏《だいり》よりは山に近い佐保を謙遜してこう言ったもの。自らを異郷の山人《やまびと》（四二九三参照）と見立てる風流心もあるか。◇風流《みやび》なみ 「風流」はここでは都会的に洗練された教養をいう。一二六参照。「なみ」は「なし」のミ語法。

722 これほど恋い焦れてなんかいずに、いっそ石や木にでもなってしまえばよかったのに。なんの物思いもせずに。

八六その他、類歌が多い。

◇石木 物を思う心を持たぬものを代表させた語。

720 むらきもの　心砕けて　かくばかり　我が恋ふらくを　知らずかあるらむ

一天皇に献《たてまつ》る歌一首　大伴坂上郎女《おほとものさかのうへのいらつめ》、二佐保の宅《いへ》に在りて作る

721 あしひきの　山にしをれば　風流《みやび》なみ　我がするわざを　とがめたまふな

大伴宿禰家持が歌一首

722 かくばかり　恋ひつつあらずは　石木《いはき》にも　ならましものを　物思はずして

大伴坂上郎女、三跡見《とみ》の庄《たどころ》より、四宅《いへ》に留《とど》まれる女子《むすめ》、

大嬢《おほいらつめ》に賜ふ[五]歌一首 幷《あは》せて短歌

723 常世《とこよ》にと 我が行かなくに 小《を》かな門《ど》に もの悲しらに
思へりし 我が子の刀自《とじ》を ぬばたまの 夜昼《よるひる》といはず
思ふにし 我が身は痩《や》せぬ 嘆くにし 袖さへ濡《ぬ》れぬ か
くばかり もとなし恋ひば 故郷《ふるさと》に この月ごろも 有り
かつましじ

反 歌

724 朝髪《あさかみ》の 思ひ乱れて かくばかり 汝姉《なね》が恋ふれぞ 夢《いめ》に
見えける

右の歌は、大嬢が奉《たてまつ》る歌に報《こた》へ賜ふ。

三 奈良県桜井市東方の地か。大伴氏私領の田地があった。坂上郎女は家刀自《いえとじ》として田の神を祭るためにその地へ行ったか。四 坂上の家。五 親（上）から子（下）に与えるという意。

723 常世《とこよ》の国へ私が行ってしまうわけでもないのに、門口に見送って悲しそうにうなだれて沈みこんでいたわが子、留守居の家刀自のことを、夜昼となく思うのでこの身は痩せ細ってしまった。嘆くので袖も涙に濡れた。こう気がかりでやたら恋しくては、ここ故郷の跡見《とみ》にそう幾月《いくつき》もいられはしないだろう。

残してきた娘への気がかりを述べることを通して、娘の気持を引き立て励ます歌。

◇常世 海外の理想郷の意にも死後の国の意にも用いるが、いずれも常人の到りがたい遠い異郷である。娘のしょげ方の大仰さをこの語を通して示す。◇小《を》かな門《ど》 「小」は接頭語。「かな門」は家の入口。◇もの悲しらに 「ら」は形容詞語幹について状態を示す接尾語。◇刀自 留守居の長女を臨時の主婦と見立てたもの。◇故郷 大伴氏の古くからの所領、跡見をさす。

724 寝起きの髪のように思い乱れて、おねえさんのお前がこんなに私を恋しがるから、夢にお前の姿が見えましたよ。

◇朝髪の 「思ひ乱る」の枕詞。◇かくばかり ここには収録されていない相手の贈歌の内容を承《う》けたもの。左注参照。◇汝姉 弟妹の姉に対する呼びかけの語を母が用いたもの。

725
[一]天皇に献《たてまつ》る歌二首　大伴坂上郎女、春日[二]の里に在りて作る

にほ鳥の　潜《かづ》く池水　心あらば　君に我が恋ふる　心示さね

726
外《よそ》に居《ゐ》て　恋ひつつあらずは　君が家《いへ》の　池に住むといふ　鴨《かも》にあらましを

大伴宿禰家持、坂上《さかのうへ》家《いへ》の大嬢《おほいらつめ》に贈る歌二首　離絶[三]すること数年、また会[四]ひて相聞往来す[五]

727
忘れ草　我が下紐に　付《つ》けたれど　醜《しこ》の醜草《しこくさ》　言《こと》にしありけり

一 聖武天皇。 二 坂上郎女《さかのうえのいらつめ》の私宅のあった地。坂《さかの》上《うえ》と同所か。四〇七参照。

725 かいつぶりがもぐって姿を隠す池の水よ。「心」を持つお前に思いやりの心があるのなら、君をひそかにお慕い申しあげる私のせつない心をそこに映し出しておくれ。

次歌とともに恋情表現をとった技巧的な作品。大伴氏の家刀自《いえとじ》として宮廷への一層の接近を願う気持をこめて献上したもの。池は平城京の内裏にあった西池か。西池での詩宴や歌宴とかかわりがあるか。一六五〇参照。

◇にほ鳥　かいつぶり。水にもぐって魚を捕る習性がある。ここでは秘めた恋心の譬《たと》えともなっている。

◇心あらば　池の中心を心ということから生れた表現。仮定的にいうことで同情の心の意を含めたもの。

726 離れていて恋い焦れてなんかいずに、いっそ君のお邸の池に住みついているという鴨ででもありたいものです。

三 なぜ離れていたか不明。 四 天平九年（七三七）頃のことか。 五 たがいに消息を通じあう意。

727 忘れ草を着物の下紐にそっとつけて、忘れようとはしてみたが、とんでもないろくでなしの草だ、忘れ草とは名ばかりであったわい。

独詠の形をとりつつ離絶の間も忘れられなかったと訴えた歌。

◇忘れ草　三三四参照。◇下紐　着物の内側の紐で、外からは見えない。◇醜の醜草　罵《のの》しりを表わす「しこ」

を重ねて、草に投げつける悪態の言葉とした。この句は挿入句。三〇六二に学んだもの。

728　じゃま者のいない国でもないものか。あなたと手を取り合って行って、ずっと寄り添っていようものを。

◇人もなき　「人」は二人の仲を噂の種にする第三者。◇国もあらぬか　「も…ぬか」で願望を表わす。

729　あなたが玉なら手に巻きつけてけっして離すまいものを、生身《なまみ》の人なので手に巻くこともできません。

離絶以前の家持からの贈歌と思われる四〇三を意識した歌だが、直接には「付く」と「巻く」の縁で七二七に応じ、次の七三〇、七三一は「人言《ひとごと》」の縁で七二八に対している。

730　お逢いできる夜は他にもあったでしょうに、どうしてまたあの夜になんかお逢いして、こんなうるさい噂の種になってしまったのでしょう。

◇いつもあらむを　他に時もあろうに、の意の繰言《くりごと》。◇何すとか　行動の意図をおしはかる疑問を表わす。意味的には第四句、形の上では第五句に続く。

731　私の浮名はどんなにひどく立とうと我慢できますが、でもあの夜のことであなたの浮名が立ったなら、それこそくやしくて泣かずにはおれません。

◇我が名はも　「はも」は、ここでは心を残しつつあきらめざるをえない嘆きを表わす。◇千名の五百名に　噂の激しさを誇張して言ったもの。◇立ちぬとも　後に「よし」と放任する気持が続く。

728
人もなき　国もあらぬか　我妹子《わぎもこ》と　たづさはり行きて
たぐひて居《を》らむ

大伴坂上大嬢《おほとものさかのうへのおほいらつめ》、大伴宿禰家持に贈る歌三首

729
玉ならば　手にも巻かむを　うつせみの　世の人なれば
手に巻きかたし

730
逢はむ夜は　いつもあらむを　何《なに》すとか　その宵《よひ》逢ひて
言《こと》の繁《しげ》きも

731
我が名はも　千名《ちな》の五百名《いほな》に　立ちぬとも　君が名立たば
惜しみこそ泣け

一　七四〇に至るやりとりで、家持の歌には「また」、大嬢の歌には「同じき」を冠しているが、これは家持の立場でまとめられていることを示す。

732　やっとお逢いできた今はもう、名を惜しむ気持など私にはさらさらありません。あなたのせいなら千度も浮名が立ったとしても。人目を恐れて控えめに恋を表明した前歌に答えて、浮名が立つのもはばからないと積極的に出た歌。◇今しはし　「今し」は今の時点を強く限定する語。「はし」でそれを取り立てて第三句の「なし」につなぐ。◇惜しけく　「惜し」のク語法。

733　この現世が別にもう一つ並んで過ぎて行くことがあろうか。かけがえのないこの夜を、あなたに逢わぬまま、どうして独り寝ができようか。七三〇で歌われた思い出の一夜を今夜に転換し、「何すとか」の語を承け用いて答えた歌。◇うつせみの　「世」の枕詞。現実の、という原義も響く。◇世やも　「やも」は反語。◇二行く　同種のものが対立する形で並行的に進行する意。ここは、独り寝の一方で逢うということが起ることをいう。

734　これほど苦しい恋の思いをせずにいっそ玉でありたい。そして、あなたのおっしゃるように、あなたの手に巻かれていよう。七二九に対し、「まことも」と共感する形で答えた歌。

735　春日山に霞がたなびき、ぼうっと月が照っている夜に、私の心もそのように晴れやらず、独り

一また、大伴宿禰家持が和《こた》ふる歌三首

732
今しはし　名の惜しけくも　我れはなし　妹《いも》によりては
千《ち》たび立つとも

733
うつせみの　世やも二行《ふたゆ》く　何《なに》すとか　妹に逢はずて　我
がひとり寝む

734
我が思ひ　かくてあらずは　玉にもが　まことも妹が　手
に巻かれなむ

同じき坂上大嬢、家持に贈る歌一首

寝することになるのでしょうか。七三三の「ひとり寝む」を承けて待つ心を歌った歌。一四五〇の影響を受けている。◇心ぐく　心が晴れずせつない意。「照れる」にかかるとともに結句の心情を先触れする修飾語。◇ひとりかも寝む　待つ心を表わす慣用句。恋歌の結句に多い。

736　月夜になると門の外に立ち出でて、夕方の辻占《つじうら》をしたり、足占《あしうら》をしたりしたのですよ。あなたのところへ行きたいと思って。

占いの結果が凶と出て行けなかったと弁じて、前歌に答えたものか。

◇夕占　精霊の活躍する夕方に道行く人の言葉を側聞して吉凶を占うことらしい。四二〇参照。◇足占　足に合わせて吉、凶と唱え、目標についたときが吉か凶かで、ことの成否を判断する占いともいう。

737　とやかく人が噂《うわさ》を立てて私たちの間に関を置こうとしても、若狭にある後瀬《のちせ》の山の名のように、せめて後にお逢いしましょうね、あなた。

◇後瀬の山　福井県小浜《おばま》市南部、若狭国府のそばの山。家持らとの縁はたどりにくい。「後も背《せ》」の意をこめた歌枕的な地名か。三、四句は序。「後も逢はむ」を起す。◇後も　「も」はできたら今も、の心を表わす。

738　世の中とは、ほんとはこんな苦しいものだったのですね。恋の思いにたえかねて死んでしまいそうな、こんな気持を思いますと。

◇世の中し　この「世の中」には、男女の仲という意

735　春日山《かすがやま》　霞たなびき　心ぐく　照れる月夜《つくよ》に　ひとりかも寝む

また家持、坂上大嬢《さかのうへのおほいらつめ》に和《こた》ふる歌一首

736　月夜《つくよ》には　門《かど》に出で立ち　夕占《ゆふけ》問ひ　足占《あしうら》をぞせし　行かまくを欲《ほ》り

同じき大嬢、家持に贈る歌二首

737　かにかくに　人は言ふとも　若狭道《わかさぢ》の　後瀬《のちせ》の山の　後《のち》も逢はむ君

738　世の中し　苦しきものに　ありけらし　恋にあへずて　死

識が含まれる。三六三参照。「し」は文末の「らし」に応ずる係助詞。

739　後瀬山の名のように、私もこの後いつかきっと逢おうと思っているからこそ、死ぬはずのところを今日まで生き長らえているのです。七三七の「後瀬の山」を枕詞に転じて承け、前歌の「死ぬべき」を自らの恋心に転じて承けている。

740　口先だけは、せめて後に逢いましょうなどと、ねんごろに私に望みをつながせておいて、いざとなれば逢わないつもりではありますまいね。七三七の「後も逢はむ」を、今は逢いたくないという意味ではないだろうな、と問い返した歌。

一「さらに」は七三七からの十四首のやりとりに対するまとめとして据えたことを示す。四七〇・七六七・七七七題詞も同じ。二 以下五首ずつ三群に分れ、群ごとに共通の主題を持ち、さらに第一群と末尾が『遊仙窟《ゆうせんくつ》』を踏まえる形で照応する、という構造を持つらしい。

741　夢で逢うのはつらいものだ。目を覚まして手探りしても、あなたはおろか何も手に触れないのだから。

第一群は「直《ただ》の逢い」ならぬ「夢の逢い」を主題として展開する。この歌は『遊仙窟』の「夢ニ十娘《じふらう》ヲ見ル。驚キ覚メテ之ヲ攬《と》レバ忽然《こつぜん》ニシテ手ヲ空シクス」による。類想歌二九一四。

742　あなたが結んでくれる時には一廻りだけのこの帯でさえ三廻りするほど、私は恋の思いにすっ

ぬべき思へば

また家持、坂上大嬢に和《こた》ふる歌二首

739
後瀬山《のちせやま》　後《のち》も逢はむと　思へこそ　死ぬべきものを　今日《けふ》までも生《い》けれ

740
言《こと》のみを　後も逢はむと　ねもころに　我れを頼《たの》めて　逢はざらむかも

[一]さらに大伴宿禰家持、坂上大嬢に贈る歌十五首[二]

741
夢《いめ》の逢ひは　苦しくありけり　おどろきて　掻《か》き探《さぐ》れども　手にも触れねば

かり体が痩せ細ってしまった。

『遊仙窟』の「日々衣寛《ゆる》ビ朝ナ朝ナ帯緩《ゆる》ブ」を踏まえ、前歌の「苦し」の結果を自らの姿を通して示している。類似の表現が一八〇〇、三二六二などにも見られる。

743 私の恋心は、千引の石を七つも首に掛けるほど、ずしりとこたえてこの身をさいなむことであろう。あらがえぬ神の定めのままに。
『遊仙窟』を踏まえる前二首に対して、記紀神話に見える「千引の石」に寄せて恋の苦悶を訴えている。◇千引の石 千人がかりで引くほど重い石。伊邪那岐《いざなき》、伊邪那美《いざなみ》の二神が絶妻《ことど》の誓を渡す緊迫した場に見える語で、結句と響き合う。◇七ばかり首に懸けむも 石を緒に通した首飾りの玉に見立てたもの。「も」は詠嘆。この句で切れ、第五句は第二～四句にかかる。

744 夕方になれば家の戸口をあけて心待ちに待とう。夢で逢いに来ようというあの人を。
七四一の「夢」を受け止め、前二首で嘆いた恋心をわずかに癒《いや》す夢に望みを託した歌。冒頭二首に応じて、『遊仙窟』の「今宵戸ヲ閉ザスコトナカレ。夢ノ裏ニ渠《きみ》ガ辺リニ向ハム」を踏まえる。

745 たとえ朝夕顔を合わせるようになった時でさえ、私はきっと、逢っていても逢ってはいないかのように、やはりあなたに恋い焦れることであろう。
逢えない嘆きを裏側から表現した歌。「我妹子」と呼びかけて「夢」の世界に訣別《けつべつ》することで第一群を歌い納め、現実的な第二群へつないでいる。

742 一重《ひとへ》のみ　妹が結ばむ　帯をすら　三重《みへ》結ぶべく　我が身はなりぬ

743 我が恋は　千引《ちびき》の石《いし》を　七《なな》ばかり　首に懸《か》けむも　神のまにまに

744 夕さらば　屋戸《やど》開《あ》け設《ま》けて　我れ待たむ　夢《いめ》に相見《あひみ》に　来《こ》むといふ人を

745 朝夕《あさよひ》に　見む時さへや　我妹子《わぎもこ》が　見れど見ぬごと　なほ恋《こほ》しけむ

746　この世に生れてこのかた、私はまだ見たことがない。言うに言えないくらい、こんなに見事に縫ってある袋は。

以下五首は、第一群のような「夢の逢い」を、現実の物を機縁にして「現《うつつ》の逢い」に転じながら展開する。◇おもしろく　外面的な有様が興味をそそることをいう語。◇袋　針や火打石などを入れた袋を親しい人に贈る風習があった。四一三参照。元来、魂をこめる呪《じゅ》的なもので、ここでは思いを封じこめる意味を持つ。

747　あなたが形見にくれたこの着物、これを肌身にしっかりつけて、じかに逢うまではこの私がどうして脱いだりするものか。

これも相手の贈物によせた歌であるが、夢でなく現実に逢いたい気持を表面に出している。◇形見の衣　「形見」は五八七参照。上につける「きぬ」でなく、肌につける「ころも」を形見とした。これを脱ぎさえしなければ、かならずまた逢えるとされた。

748　恋い焦れて死んでしまおう。いや、それとて逢えぬ苦しみは所詮同じじゃないか。もう人目や噂を煩《わずら》わしがってどうして逢うのをためらうものか。

形見を見てひときわ募る恋心を歌った歌。この時期に多い「恋ひ死ぬ」の語は第二群のみに用いられている。

749　夢にだけでも見えてくれればまだいいが、こんなにまるで姿を見せてくれないのは、私に恋い死《じに》せよとでもいうのですか。

「夢の逢い」と対比する形で第一群にかかわり、前歌

746
生ける世に　我はいまだ見ず　言《こと》絶えて　かくおもしろく　縫へる袋は

747
我妹子《わぎもこ》が　形見《かたみ》の衣《ころも》　下に着て　直《ただ》に逢ふまでは　我れ脱《ぬ》かめやも

748
恋ひ死なむ　そこも同じぞ　何せむに　人目《ひとめ》人言《ひとごと》　言痛《こちた》み我れせむ

749
夢《いめ》にだに　見えばこそあれ　かくばかり　見えずてあるは　恋ひて死ねとか

の「恋ひ死ぬ」を承けて展開させている。
750　一度は思いを絶ちきってひっそりとわびしさに耐えてきたのに、未練がましくどうしてまた逢い始めたりしたのだろう。こんなにつらくなるのに。
数年間の離絶のつらさも、思うように逢えぬ今の苦しさよりはまだましだったと第二群を歌い納めている。
◇なかなかに　行動が不徹底な意志のもとに行われているさまをいう。「相見そむ」に対する評価を表わす。
◇苦しく　相見そめた結果の心情を先触れする語。
751　逢ってから何日もたってはいないのに、こんなにも気違いじみて恋しく思われるとは…。
以下五首は、逢って後の恋を主題とする。第一群の結び七四五の「朝夕に見む時」は、第三群の伏線をなす。
◇くるひにくるひ　「くるふ」を重ねて正常な判断力を喪失しているさまを強調したもの。この表現には、かえって自己を客観的に眺めた冷静さが認められる。
752　こんなにも始終、あなたの姿が目前《めさき》にちらつくほど思われてならないなら、この先どうしたらよかろう。人目が多くてなかなか逢えないのに。
逢えば逢ったでまた、思いの高ぶりが抑《おさ》えられないと訴えた歌。七四八とは逆に「人目」を恐れているのは、逢ったがゆえに心のゆとりが生じたという反面を示す。
753　逢ったならしばらくは恋しい気持も安らぐかと思っていたけれど、それどころかいっそう恋しさは募るばかりです。
◇なぎむ　「なぐ」は波立ち高ぶった状態が治まる意。

750
思ひ絶え　わびにしものを　なかなかに　なにか苦しく
相見《あひみ》そめけむ

751
相見ては　幾日《いくか》も経《へ》ぬを　ここだくも　くるひにくるひ
思ほゆるかも

752
かくばかり　面影《おもかげ》にのみ　思ほえば　いかにかもせむ　人
目繁《しげ》くて

753
相見ては　しましも恋は　なぎむかと　思へどいよよ　恋
ひまさりけり

754　夜がほのぼのの明けそめるころ、別れて私が出てくると、あなたが名残惜《なごり》しそうに思い沈んでいた姿が目の前にちらついて見えます。

心を残して立ち去る後朝《きぬぎぬ》の心情を叙した歌。◇夜のほどろ　空が白みはじめる時間。「ほどろ」は密なるものが拡散して粗になるさまをいう語。ここは、闇が次第に薄れるさまをいうか。◇思へりしく　「しく」は過去の助動詞「き」のク語法。

755　夜がほのぼのの明けそめるころ、別れを告げて立ち去る朝が重なるにつけて、私の胸は名残惜しさに燃え上り、はりさけそうです。

前歌の語を繰り返し、逢うほどに恋心はなおも燃え上るばかりだと述べて第三群をまとめ、一方、『遊仙窟』を踏まえることで第一群に応じ、全体に物語的な色合を添える形で十五首をしめくくっている。◇来らく　カ変動詞「来《く》」のク語法。◇切り焼く　『遊仙窟』の「イマダカツテ炭ヲ飲マネドモ腸《はらわた》熱キコト焼クガゴトシ。刃ヲ呑ムト憶《おも》ハザレド腹穿《うが》ツコト割《さ》クニ似タリ」による表現。

一　七五九左注、および二九五頁注三参照。集中の九首は、すべて妹《いもうと》の坂上大嬢に贈ったもの。

756　離れた所にいて恋しがるのは苦しいものです。あなたとひっきりなしに逢えるよう、なんとか考えて下さいな。

以下四首は女性間の相聞であるが、逢えないことを嘆く恋歌の形にその心情を託している。

754
夜のほどろ　我が出でて来れば　我妹子《わぎもこ》が　思へりしく
し　面影に見ゆ

755
夜のほどろ　出でつつ来《く》らく　たび数多《まね》く　なれば我が
胸　切り焼くごとし

一大伴の田村家の大嬢《おほいらつめ》、妹《いもひと》坂上大嬢に贈る歌四首

756
外《よそ》に居て　恋ふれば苦し　我妹子を　継ぎて相見《あひみ》む　事計《ことはか》
りせよ

757
遠くあらば　わびてもあらむを　里近く　ありと聞きつ

つ　見ぬがすべなさ

758 白雲の　たなびく山の　高々《たかだか》に　我が思ふ妹を　見むよしもがも

759 いかならむ　時にか妹を　葎生《むぐらふ》の　汚《きた》なき宿に　入れいませてむ

右、田村大嬢、坂上大嬢《さかのうへのおほいらつめ》は、ともにこれ、[二]右大弁《うだいべん》[三]大伴宿奈麻呂卿《おほとものすくなまろのまへつきみ》が女《むすめ》なり。卿、[四]田村の里に居《を》れば、号《なづ》けて田村大嬢といふ。ただし妹《いもひと》坂上大嬢は、母、[五]坂上の里に居る。よりて坂上大嬢といふ。時に姉妹、諮問《とぶら》ふに歌をもちて贈答す。

◇事計《ことはか》り　計画を練り手段を講じること。

757 遠くにいらっしゃるのなら、あきらめてわびしく過せもしましょうが、この里のすぐ近くにおいでと聞きながら逢えないとはもどかしいことです。六〇と正反対の立場の気持である。「遠」と「近」とはこのころの恋情表現における固定的な素材であった。

758 白雲のたなびく山が聳《そび》え立つように、私が高々と爪立ちする思いで逢いたいと思っているあなたなのに、なんとか逢うすべはないものでしょうか。◇たなびく山の　上二句は序。山が高いの意で「高々に」を起す。◇高々に　待ち望む意を表わす。普通は「待つ」にかかり、「思ふ」にかかるのはここ一例のみ。

759 いったいいつになったら、あなたをこのむぐらの茂るむさ苦しい家にお迎えできましょうか。一連の歌の結びとして、ぜひ一度来訪してほしい旨を告げる挨拶の歌。◇葎生　むぐらの茂った場所。荒れ果てた庭や家を表わし、ここでは謙遜の辞として用いられている。「むぐら」は一面に生い茂り、物にまつわりつく蔓《つる》性の植物。◇入れいませてむ　家に迎え入れて座につかせたい、の意。

二 令制において、左弁官局とともに太政官《だいじょうかん》の事務局を構成し、兵部・刑部・大蔵・宮内の四省を管掌した右弁官局の長官。従四位上相当官。三 一〇八頁注五参照。四 奈良に近い地。佐保《さほ》の西、法華寺東辺という。五 二七四頁注四参照。

大伴坂上郎女、竹田の庄《たどころ》より女子《むすめ》大嬢に贈る歌二首

760 うち渡す　竹田の原に　鳴く鶴《たづ》の　間《ま》なく時なし　我が恋ふらくは

761 早川の　瀬に居《ゐ》る鳥の　よしをなみ　思ひてありし　我が子はもあはれ

二紀女郎《きのいらつめ》、大伴宿禰家持に贈る歌二首　女郎、名を小鹿《をしか》といふ

762 神《かむ》さぶと　いなにはあらず　はたやはた　かくして後《のち》に　寂《さぶ》しけむかも

一　奈良県橿原《かしはら》市、耳成山東北の地で、大伴氏の私領。宇陀郡内とする説もある。

760　見わたす限り広がった竹田の原で鳴く鶴のように、絶え間なしにいつもなのだよ。私がお前を恋しく思う気持は。

七二三～四と同じく、子を案じる心を恋歌の形に託した歌。◇うち渡す　視界が遠くまで及ぶ意。広漠たるさまを表わす。◇鳴く鶴の　上三句は序。「間なく時なし」を起す。鶴が子をいつくしむ鳥であるとする考え方もすでにあったらしい。一七九一参照。

761　流れの早い川瀬に降り立つ鳥が足を取られそうになるように、頼りどころがなくて心細げに沈みこんでいたわが子よ。ああいとしい。

前歌に対し、ここでは鳥の姿を子の譬喩《ひゆ》としている。◇早川の　上二句は序。「よしをなみ」を起す。

二　三一二頁注一参照。

762　もう年だから恋どころではないと拒むわけではありません。そうは言うものの、こうしてお別れした後でふと寂しくなるのではないかしら。

未練は残ると言い加えて、相手をそらさぬ形を取りながら求愛をこばむ歌。◇神さぶ　ここでは老いている、の意。◇はたやはた　その反面、の意。「はた」を重ねて強調したもの。三六四参照。

763　命を繋《つな》ぎとめる玉の緒《を》を、沫緒《あわを》のようにやんわり縒《よ》り合せて心と心を結んでおいたなら、生き

長らえて後にもお逢いできるのではないでしょうか。

細く長く生き続ければ気がねなしに逢えることもあろうと、今逢うことを言外に断る歌。前歌の「後に」を承けている。

◇玉の緒　命の意。命長らえたさまをいう前歌の「神さぶ」に対する。◇沫緒　糸を緩《ゆる》く縒《よ》り合せた緒をいう。伸縮の融通性をもつものとして持ち出されたか。

◇結べらば 「ら」は完了の助動詞「り」の未然形。

764　あなたが、老舌をのぞかせ、よぼよぼした百歳の婆《ばあ》さんになっても、私はけっしていやがったりはしません。恋しさが募ることはあっても。

年齢にこだわる形の婉曲《えんきょく》な拒絶を戯歌めいた口ぶりで受けとめ、いつまでも心変りしないと答えた歌。この三首「老人《おいびと》の恋」を主題にしたやりとりであろう。

◇老舌出でて　老人になって抜けた歯の間から舌の先が見えるさまをいう。◇よよむ　腰が曲ってひょろひょろする意。

三 四七五参照。家持は当時内舎人《うどねり》であったので、宮仕えのため奈良を離れて久邇京にいた。 四 坂上の里にあった母の家であろう。

765　山一つ隔てていて行けるはずもないのに、いい月夜なのであの人は門の外に立って、私の訪れを心待ちにしていることであろうか。

山を隔てた異郷で、訪れることのできない家を思う歌。

◇へなれる 「へなる」は隔てとなる、の意。◇月夜　妻どいに都合のよい月明の夜。

763 玉の緒《を》を 沫緒《あわを》に搓《よ》りて 結べらば ありて後にも 逢はずあらめやも

大伴宿禰家持が和《こた》ふる歌一首

764 百年《ももとせ》に 老舌《おいした》出でて よよむとも 我れはいとはじ 恋ひは増《ま》すとも

三 久邇《くに》の京に在りて、四 寧楽《なら》の宅《いへ》に留《とど》まれる坂上大嬢を思《しの》ひて、大伴宿禰家持が作る歌一首

765 一重山《ひとへやま》 へなれるものを 月夜《つくよ》よみ 門《かど》に出で立ち 妹《いも》か待つらむ

[一]藤原郎女《ふぢはらのいらつめ》、[二]これを聞きて即《すなは》ち和《こた》ふる歌一首

766 道遠み　来《こ》じとは知れる　ものからに　しかぞ待つらむ
君が目を欲《ほ》り

大伴宿禰家持、[三]さらに大嬢に贈る歌二首

767 都道《みやこぢ》を　遠みか妹が　このころは　うけひて寝《ぬ》れど　夢《いめ》に
見え来《こ》ぬ

768 今知らす　久邇《くに》の都《みやこ》に　妹に逢はず　久しくなりぬ　行《ゆ》き
て早見《はやみ》な

大伴宿禰家持、紀女郎《きのいらつめ》に報《こた》へ贈る歌一首

一 伝未詳。久邇京に仕えた女官であろう。 二 前の家持の歌を耳にして、即刻それに唱和した意。

766 道が遠くてとても来られまいとわかっていながら、そうしてお待ちになっていることでしょう。あなたに一目逢いたいばかりに。

◇しかぞ待つらむ　「しか」は前歌の第四句を承けて指示したもの。◇目を欲り　目と目を見合せることを欲する意。逢いたいことをいう。

三 三四二頁注一参照。

767 この久邇の都までの道が遠いからだろうか。あなたはこのごろ、いくら神様に祈って寝ても夢の中に逢いに来てくれないね。

これほど思っているから相手が夢に見えるはずだと神に祈誓《きせい》したのに、見えないと歌っている。類歌二五八九。◇うけひて　「うけふ」は神の立会いのもとに発言することで、望むことの実現を期待する呪的行為をいう。◇遠み　前歌の「道遠み」を承けたもの。

768 今、大君のいます都、この久邇でお仕えしているままに、あなたに逢わずにずいぶん久しくなってしまった。早く奈良へ行って逢いたいものだ。

◇知らす　統治される。ここは都と定めておられる、の意。上二句は七五の上二句（異郷）を意識したもの。

769 雨の降る鬱陶《うつとう》しい日なのに一人きりで山近くにいると、ほんとに気が晴れず重苦しいものです。

久邇の宮仕えの閑暇の所在なさを訴える歌。このような時に、機智に富む受け答えで家持を慰めるのが紀女

郎であった。当時、女郎も久邇にいたか。

770　人目が多いので逢いに行けないだけなのだよ。心までもあなたを離れて忘れてしまったわけではないのだがね。

相手の情愛が薄い、と怨《うら》む以下四首の前置きとして、自分の心は変らないと訴えた歌。五首ともに、七六五や七六七、七六八に比べてからかいの気持がこめられ、それだけに、逆に心理的な距離の接近が認められる。

771　さももっともらしいうそをつくものだね。ほんとはあなたが本心から私に恋しているということなどがあるものか。

類歌二五七二。以下四首、大嬢の便りに答える歌か。七七三参照。

◇偽りも似つきてぞする　相手の言葉が本心でないと見抜いてきめつける表現。◇うつしくも　「うつし」は現実のことであるさまをいう形容詞。この語に対して次歌では夢を持ち出している。

772　せめて夢には見えてくれるだろうと安心して寝たのだが、私ほどは思ってくれないのだもの、あなたの姿が見えないのもあたりまえだ。

夢にも見えないから信じられないのだと前歌を引きついだ歌。夢に見えないという事実に対する解釈を七六七の場合とは変えて、怨む歌に仕立てあげている。

◇ほどけども　「ほどく」は「ほどろ」などと同根で、ここでは閉ざした心を拡げゆるめる意か。着物の紐を解く意その他、諸説がある。

769　ひさかたの　雨の降る日を　ただひとり　山辺《やまへ》に居《を》れば
いぶせくありけり

大伴宿禰家持、久邇の京より坂上大嬢に贈る歌五首

770　人目多み　逢はなくのみぞ　心さへ　妹を忘れて　我が思
はなくに

771　偽《いつは》りも　似つきてぞする　うつしくも　まこと我妹子《わぎもこ》　我
れに恋ひめや

772　夢にだに　見えむと我れは　ほどけども　相《あひ》し思はねば
うべ見えずあらむ

773 言《こと》とはぬ　木すらあぢさゐ　諸弟《もろと》らが　練《ね》りのむらとに
あざむかえけり

774 百千《ももち》たび　恋ふと言ふとも　諸弟らが　練りのことばは
我れは頼《たの》まじ

大伴宿禰家持、紀女郎《きのいらつめ》に贈る歌一首

775 鶉《うづら》鳴く　古《ふ》りにし里ゆ　思へども　何ぞも妹に　逢ふよ
しもなき

紀女郎、家持に報《こた》へ贈る歌一首

773 口のきけない木にさえも、あじさいのように色の変る信用できないやつがある。まして口八丁の諸弟《もろと》めと知りながら、そいつのうまいご託宣の数々にのせられてしまった。

相手の愛を伝えた使いを信じてばかを見たという歌。◇あぢさゐ　ユキノシタ科の低木。夏、花を開き、その色がすぐ変ることで知られる。◇諸弟　使いの名であろう。◇練りのむらと　練りに練った巧みな一群の予言の意か。「むら」は群、「と」は祝詞《のりと》、呪詛《とこい》などの「と」で、重要な発言の意。「言とはぬ」に対立する語で、使いの言葉をわざと重々しく表現したもの。

774 百回も千回もあなたが私に恋していると言っても、もう諸弟めのうまい言葉はあてにしないぞ。

諸弟の言葉を信用しないということを通して、大嬢の心も信用しまいとからかった歌。

775 鶉《うずら》の鳴く古びた里にいた頃から思いつづけてきたのに、どうしてあなたに逢う機会もないのであろうか。

◇鶉鳴く　「古る」の枕詞。草深い野の荒涼たるさまを介してかかる。◇古りにし里　久邇の新都にあって、旧都奈良をこのように表現したもの。

776 先に言い寄ったのはどなただったかしら。山あいの苗代の水が流れ出さないのと同じように、一向に通っても来ずそんなにおっしゃるとは。

逢えないのでなく逢う気がないのだとやり返した歌。

776 言出《ことで》しは　誰《た》が言《こと》にあるか　小山田《をやまだ》の　苗代水《なはしろみづ》の　中よど
にして

大伴宿禰家持、さらに紀女郎に贈る歌五首

777 我妹子《わぎもこ》が　やどの籬《まがき》を　見に行《ゆ》かば　けだし門《かど》より　帰《かへ》し
てむかも

778 うつたへに　籬の姿　見まく欲《ほ》り　行かむと言へや　君を
見にこそ

779 板葺《いたぶき》の　黒木の屋根は　山近し　明日《あす》の日取りて　持ちて
参《ま》ゐ来《こ》む

◇言出《ことで》しは　「言出」は重大な発言をする意。◇小山田の苗代水の　「小」は接頭語。谷川を堰《せ》き止めてたたえた山あいの苗代の水の、の意。この二句は序。「中よど」を起す。都から遠く隔った地であることを表わす前歌の上二句に応じた表現。◇中よど　流れが途中で止ること。妻どいがとだえることの譬《たと》え。

777　あなたのお住《すま》いの垣根を見に行ったら、もしや戸口から追い返されるのではありますまいか。

以下七八〇まで、自分を遠ざけて逢おうとしない相手を、籬を廻《めぐ》らし黒木で作った庵《いおり》で神に仕えて籠る、道心堅固な巫女《みこ》と見立てたものらしい。

◇籬　視線を避ける目かくしの垣。「ま」は目《め》の意。

778　何を好んで垣根の様子を見に行こうなどと言うものですか。本心はあなた様のお顔見たさからなのです。

前歌の「籬」を承けて本当の目的はあなただと言い、「我妹子」を「君」と言いかえて、自らを下男に見立てる以下二首につないでいる。

◇うつたへに　第四句の反語を導く副詞。五一七参照。

779　板葺きで黒木造りの屋根を造ろうというのなら、さいわい山も近いことだし、明日にでも採って、持って参りましょう。

忌隠《いみごも》りのための仮の庵を作るというのなら手伝いましょう、とからかった歌。

◇黒木　皮がついたままの材木。◇山近し　挿入句。七六九にも「山辺に居れば」とあった。

780 黒木取り　草《かや》も刈りつつ　仕《つか》へめど　いそしきわけと　ほめむともあらず　[一]一には「仕ふとも」といふ

781 ぬばたまの　昨夜《きぞ》は帰しつ　今夜《こよひ》さへ　我れを帰すな　道の長手《ながて》を

紀女郎《きのいらつめ》、裹《つつ》[一]める物を友に贈る歌一首　[二]女郎、名を小鹿《をしか》といふ

782 風高く　辺《へ》には吹けども　妹《いも》がため　袖さへ濡《ぬ》れて　刈れる玉藻《たまも》ぞ

大伴宿禰家持、娘子《をとめ》[三]に贈る歌三首

780 黒木を採り、かやを刈ってお仕えするのはたやすいことですが、だからと言って、よく働く感心な小僧だとほめてくれそうにもありませんね。

前歌を承けついで、どんなに勤めても所詮は受け入れてくれないだろうと言ったもの。
◇草《かや》　庵《いおり》の屋根や壁に用いる草。二参照。◇いそしき　勤勉な、の意の形容詞。◇わけ　五五二参照。

781 昨夕《ゆうべ》は私を空しく帰らせたね。今夜まで同じようには帰すようなことはしないでおくれ。ここまで長い長い道のりなのに。

七七七の「帰してむかも」を承けて前三首を包みこみ、真正面から今夜こそ逢ってほしいと言うことで一群の歌を結んだもの。
◇ぬばたまの　「昨夜《きぞ》」の枕詞。◇長手　五三六参照。

一　藻に包んだ贈物。中身は水産物か。　二　七六二と同じ脚注であるが、この歌以下、後の増補ゆえの重複か。

782 激しい風が吹きつけて岸辺に高波が寄せますが、その波に袖まで濡らして、あなたのために刈りとった藻なのですよ。

中身を伏せて、外を包んだ藻のことだけを言っているのは、紀女郎らしい機智である。
◇風高く　風強く波高く、の意。

三　七〇〇や七一四の題詞に見える娘子と同一人物か。

783 一昨年《おととし》のその前から今年までずっと恋いつづけているのに、なぜあなたに逢えないのだろう。

足掛け四年恋いつづけたことになる。娘子を「離絶す

783 をととしの　先《さき》つ年より　今年《ことし》まで　恋ふれどなぞも　妹に逢ひかたき

784 うつつには　さらにもえ言はず　夢《いめ》にだに　妹が手本《たもと》を　まき寝《ぬ》とし見ば

785 我がやどの　草の上白く　置く露の　身《み》も惜しくあらず　妹に逢はずあれば

大伴宿禰家持、四藤原朝臣久須麻呂《ふぢはらのあそみくずまろ》に報《こた》へ五贈る歌三首

786 春の雨は　いやしき降るに　梅の花　いまだ咲かなく　いと若みかも

ること数年」の坂上大嬢と結びつける根拠となりうるか。三二七頁注三参照。

784 現実に逢えるなら、むろん何も言うことはありません。せめて、あなたの腕《かいな》を枕に共寝する夢を見ることでもできたら…。

現実と夢とを対比し、夢で逢うだけでも満足だと言わなければならないほどのせつない恋心を述べた歌。

785 わが家の庭の草葉に白々と置く露、その露のように私の命がはかなく消えても少しも惜しくはありません。あなたに逢えないのだから。

◇置く露の　上三句は序。「身も惜しくあらず」を起す。消えやすい露のようにこの身が消えてもよい意。

四 奈良朝中期に権勢を揮《ふる》った藤原仲麻呂《なかまろ》の次男。美濃、大和などの国守を歴任し参議にまで上ったが、天平宝字八年（七六四）、父の謀反に連坐して殺された。家持の女婿《じょせい》になったらしい。四二六左注参照。　五 歌の形でない働きかけに答えた意か。七八九も同様か。

786 春雨は小止《おや》みなく降り続くのに、梅がまだ咲かないのは、よほど木が若いからでしょうか。

雪の中でも咲く梅が、春雨が降るほど暖かくなっても咲かないといぶかる歌。以下七首は家持の娘（四六七釈注参照）に対する久須麻呂の妻どいを踏まえたものらしい。この歌は「春雨」を男、「梅」を娘に譬《たと》えている。◇いやしき降るに　男がしきりに誘いかけることを譬えた。◇いまだ咲かなく　娘がまだ幼くて誘いに応じないことの譬え。

787　まるで夢のような気がいたします。懐かしいあなたのお使いがしげしげと通って来るので。
幼い娘に対する妻どいを父親として謝する歌。
◇はしきやし　一三六参照。

788　まだうら若くてなかなか花の咲かない梅を植えて、その梅のことを何度も尋ねてよこす人の便りを見るにつけ、気が気ではありません。
七八六と同趣の譬喩歌。
◇人の言　久須麻呂からの便りをさす。

789　申しわけなさに何となく心がもやもやと晴れない気持です。春霞のたなびくこの季節にお便りをいただくので。
七八七と同趣の歌で、ここではすぐ期待に添えないことを詫びる気持が強く出ている。類歌一四五〇。
◇心ぐく　「春霞たなびく」に対する心情を表わす語としてよく用いられる。七三五参照。

790　春風の吹いてくるように、きちんとしたお言葉を寄せて下さったら、時機を見はからって、今すぐでなくてもそのうち、お心に添うようにいたしましょう。
相手の意思を確かめたい気持を婉曲《えんきょく》に表わした歌。
◇春風の　「音にし出でなば」の枕詞。七八六の梅の開花を誘うものとして春風を持ち出したのであろう。◇音にし出でなば　はっきりした意思表示がほしいという意味か。三〇一七参照。◇ありさりて　「ありしありて」の約。「ありつつも」と同じく、現在の状況を変えない

787　夢《いめ》のごと　思ほゆるかも　はしきやし　君が使《つかひ》の　数多《まね》く
通へば

788　うら若み　花咲きかたき　梅を植ゑて　人《ひと》の言繁《ことしげ》み　思ひ
ぞ我がする

また家持、藤原朝臣久須麻呂《ふぢはらのあそみくずまろ》に贈る歌二首

789　心ぐく　思ほゆるかも　春霞　たなびく時に　言《こと》の通へば

790　春風の　音《おと》にし出《い》でなば　ありさりて　今ならずとも　君
がまにまに

で時の経過を待つことをいう。

791 奥山の岩陰にひっそり生えた菅の根のように、私とて心の奥底から思っていないことがあるものですか。

前歌に応じて意思を明確に表示した歌。

◇菅の根の　上三句は序。同音ネを通じて「ねもころ」を起す。「奥山」「岩蔭」「菅の根」と目につきにくいものを重ね、心の底深く、の意を表わす恋歌的表現。同様の表現が三九七にある。

792 梅の若木は春雨が降るのをもっと待つものであるらしい。わが家の梅の若木もまだ固いつぼみのままです。

七八六の譬喩を承け、それを現実の梅のさまに照らして、七九〇の申し出に同意した歌。

◇待つとにしあらし　「に」は指定の助動詞。「し」は強意の助詞で「あらし」と呼応する。「あらし」は「あるらし」に同じ。◇ふふめり　「ふふむ」はつぼみのままでまだ開かない状態にあることをいう語。

藤原朝臣久須麻呂、来報《こた》ふる歌二首

791 奥山の　岩蔭《いはかげ》に生《お》ふる　菅《すが》の根の　ねもころ我れも　相思《あひおも》はずあれや

792 春雨《はるさめ》を　待つとにしあらし　我がやどの　若木《わかき》の梅も　いまだふふめり

萬葉集　巻第四

解説

萬葉集の世界（一）

萬葉の魅力

清水克彦

和歌史的位置

一世紀余の四千数百首

萬葉集は、わが国上代の和歌を集めた、きわめて膨大な歌集である。収められた歌の数は、四千数百首にも及ぶが、これらの歌の作られた時期について、題詞や左注の伝えるところでは、集中でいちばん古い歌は、巻二のはじめに載せられた、一六代仁徳天皇の皇后磐姫《いわのひめ》が、旅先の天皇を慕って作った歌（八五〜八）である。そして、いちばん新しい歌は、巻二十の終りの、天平宝字三年（七五九）正月一日、因幡《いなば》の国（今の鳥取県東半部）の国庁で、国守大伴家持《やかもち》が、部下の役人たちに披露した賀歌（四五一六）である。もっとも、題詞や左注に記された作者を、そのまま実の作者と考えて差支えないのは、ほぼ三四代舒明天皇（在位六二九〜四一年）の頃以後の作についてで、それ以前の作と伝えるものは、後代の人が、作者不明の古歌に、作者としてその人物の名をあてたり、あるいは、その人物の立場で新たに作歌したりしたものと見るべきである。しかし、仮に舒明天皇の時代を起点としても、萬葉集は、百数十年という、一世紀にも余る長い期間に作られた歌の数々を包含しているということになる。

純度の高い情の表現

和歌史の上で、この一世紀に余る萬葉の時代は、和歌誕生の時期から、和歌の一つの典型が成立する前夜までにあたっている。

萬葉集に先立つ『古事記』や『日本書紀』などに見える歌は、「歌謡」と呼ばれる。歌謡とは、歌垣《がき》や、酒宴や、労働などといった集団生活の場で謡《うた》われ、また、謡いつつ作られていった歌である。したがって、歌謡の言葉には、その謡われた場との関連においてはじめて生き生きとした意味を発揮するといった性格があり、言葉だけからは真意を把握することが困難な場合もある。また、謡いつつ作られたから、表現の整理や凝集《ぎょうしゅう》は、必ずしも十分であるとは言えない。

萬葉初期の歌人たち、すなわち、舒明天皇をはじめとして、天智天皇、有間皇子、額田王などといった人々は、歌謡と同じく、多く集団生活の場で謡いつつも、表現を、讃美、恋、悲傷などというある一つの感情に集中することによって、従来の歌謡に比して格段に純度の高い、情の表現としての文学的世界を形成することに成功した。これは一つに、従来のように謡いつつではなく、文字に記して歌を作る時代に入り、その結果、表現の整理や凝集がいちじるしく容易になったことによるものと考えられる。この時期の歌人たちはおおむね皇族であるが、和歌が皇族歌人の手によって誕生したのは、文字の使用がまず上層階級の間で可能になったことと無縁ではない。が、それはともかくとして、和歌史の上で、和歌は、萬葉開幕当初の、この時期に成立したのである。

しかし、萬葉の時代には、和歌の典型はまだ成立していなかったと言わねばならない。ここに言う典型とは、和歌とはこういうものだという、いわばその時代のすべての和歌が、その根底に踏まえねばならない発想や表現の型のことである。和歌史の上で、そのような型が明確に観取されるようになるのは、まず『古今集』においてである。

年の内に春は来にけり一年《ひととせ》を去年《こぞ》とやいはん今年《ことし》とやいはん

これは有名な『古今集』開巻第一の歌である。ここには、まだ新年にならないのに立春が来たので、この一年を今日からは去年と言おうか、しかしやはり今年と言おうかと当惑する作者の心が歌われている。一見たあいない歌のようでもあるが、ここには暦《こよみ》に即して季節を考える古今集時代の人々の考え方が見えているし、また、この歌は、古今集の歌の構造を、きわめて明確に象徴している。すなわち、ここに「去年《こぞ》とやいはん」と「今年《ことし》とやいはん」という二つの考えが対立的に述べられているように、『古今集』の歌は、歌おうとする情（ここでは当惑の情）を、二つの事柄を対立的に述べることを通して表現するという構造を持っている。構造の面で言えば、『古今集』の歌は、このような構造を持つことによって、明確に、和歌の、いわば一つの典型を成立させたのである。

典型を模索しつつ

もっとも、古今集的典型への胎動も、萬葉の中にまったく見出されないというわけではない。

萬葉でも、末期の歌人、大伴家持の歌には、立夏が過ぎたのにほととぎすが鳴かないのを嘆く歌（巻十七、三九八三〜四）とか、夏になって、時期遅れのうぐいすの声に心をひかれる歌（巻二十、四四四五）とかといった、暦の上での季節感を基調とするものがかなり多い。また、彼が「桃李の花」を歌った二首のうち、李《すもも》の歌、

我が園の李の花か庭に散るはだれのいまだ残りたるかも（巻十九、四一四〇）

では、庭に見える白いものを、李の花が散り敷いているのか、それともはだれ（うっすらと降り積った雪）が消え残っているのであろうかと思い迷っているが、この歌の構造などはきわめて古今集的である。また、古く高市黒人《たけちのくろひと》の、

古《いにしへ》の人に我れあれや楽浪《ささなみ》の古き都を見れば悲しき（巻一、三二）

という近江の旧都を悼《いた》んだ歌においてさえ、今の人であるはずの自分を、「古《いにしへ》の人に我れあれや」と反問しているところに、古今集的構造への萌《きざ》しが見られなくもない。

しかし、すべての萬葉歌が、このような構造を持っているというわけではなく、また、暦に即した季節感の上に立っているというわけでもない。萬葉には、なおさまざまの考え方や構造を持つ歌があり、萬葉歌は、なお典型を創造するには至っていない。このことは、萬葉の歌人たちが、和歌とは何かということについて、模索し、考えつつも、なお明確な自覚には到達していなかったということである。したがって、萬葉の時代には、厳密な意味での歌論はまだ存在しないし、歌人たちもまた、必ずしも作歌の玄人《くろうと》ではなかったのである。

萬葉の多様性

生きて活躍した三つの歌体　典型を求めてのさまざまの試みは、きわめて多様な世界を現出した。まず、歌の形式について言えば、萬葉集は、後世和歌を代表する歌体となった短歌体の他に、長歌体、旋頭歌体《せどうかたい》（五・七・七・五・七・七）、仏足石歌体《ぶつそくせきかたい》（五・七・五・七・七・七）の歌を含

んでいる。もっとも、萬葉においても、その多くはすでに短歌体の歌である。また、仏足石歌体歌は、明確にこの歌体の歌と認められるものが一首（巻十六、三八八四）、本来は仏足石歌体歌であったかと疑われているもの（巻五、八八七〜九一など）を含めても十首足らずで、ほとんど問題にならない。しかし、集中に二百六十余首を数える長歌と、六十余首を数える旋頭歌とは、その歌数こそそれほど多いとは言えないにしても、萬葉の時代にその全盛期を持ち、萬葉人のある心を表わすのに生きて活躍した歌体で、萬葉の歌体を考えるにあたって、この二つを無視するわけにはゆかない。すなわち、萬葉の時代は、後世とは違って、短歌を含めたこの三つの歌体が生きて活躍した時代であり、ここに、歌体の面における、萬葉の世界の多様さがあると言えるのである。

広々とした世界に出会う

歌の内容についても、萬葉の世界はきわめて多様である。

まず、素材的な面について言えば、平安末期に、藤原範兼《のりかね》によって編まれた『五代集歌枕』には、萬葉、古今、後撰、拾遺、後拾遺の五つの歌集に収められた歌に見える歌枕を、「山」「嶺」から「道」「橋」にいたる四十九の項目に分けて載せているが、その各項目に載せられた歌枕の中には、例歌として萬葉歌のみを挙げているものがかなり多い。たとえば、「山」の項目について言えば、挙げられた山名百八十六のうち、萬葉の歌のみを例に挙げているものは百十二にも及んでいる。つまり、これらは萬葉にしか例のない山の名なのである。もっとも、これらの中には、萬葉の原文を誤読し、あるいはその意味を誤解しているところもあり、実在の山の名と見るべきではないと考えられるものも含まれてはいるが、それらを除いても大勢には影響がなく、『古今集』以下の王朝和歌に比して、萬葉歌に見える歌枕（むしろ地名と言うべきか）がいかに多様であったかは、この一例をもってしても十分うかがい知ることができると思われる。

事情は地名のみならず、花や鳥や草や木などといった景物についても同様である。たとえば、平安時代に成立した類題和歌集『古今和歌六帖』の、「草」、「木」、「鳥」（花は「草」と「木」の項目に入っている）の各項目にとりあげられている個々の景物名のうちに、にこ草、つばな（以上は草）、ひさぎ、つまま（以上は木）、もず（鳥）などをはじめとして、萬葉歌のみを例歌として挙げているもののあることなどは、その一つの例証と見られよう。つまりこれらは、萬葉歌以外にはほとんど詠《よ》み込まれることのなかった景物なのである。

もとより、萬葉における歌の内容の多様性は、単に作品の中に詠み込まれた地名や景物に限られるものではない。集中には、たとえば山上憶良の、貧窮や、生や、老や、病や、死や、肉親への愛苦といった、この世におけるさまざまの苦悩について思索した思想的な歌もある（巻五参照）。また、高橋虫麻呂の、水江浦島子《みずのえのうらしまこ》（巻九、一七四〇〜一）や、真間娘子《ままのおとめ》（巻九、一八〇七〜八）や、菟原処女《うないおとめ》（巻九、一八〇九〜一一）などを主題とした伝説歌もある。これらは抒情性を多分に含み、和歌と見ることを妨げるものではないが、後世ならば、たとえば評論や物語などのような、散文のジャンルで表現されたと思われるものである。と同時に、一方、萬葉の歌は、多くの場合、必ずしも芸術のための歌ではなくて、いわば生活の歌とも言うべき一面を持っている。そして、古代人としての萬葉人たちは、現代のわれわれが考える以上に、生きるためには歌わねばならないさまざまの場を持っていた。萬葉集は、宮廷讃歌や、宴歌や、民謡のみならず、国土に対する鎮魂や、国土の豊穣や生命の安全を祈念するといった、呪《じゅ》的要素を持つ歌をさえ包含している。萬葉人たちは、生きるために、このようなさまざまの場で歌うことが必要だったのであるが、これらもまた、後世の和歌には、ほとんど見出すことのできない歌群であろう。

萬葉集を読んでゆくと、かつて和歌の世界がこんなにも多様であったことにしばしば驚かされるはずである。われわれは萬葉を読むことによって、和歌の、のみならずむしろ現代人の思考の常識を越えた、多様で広々とした世界に出会うことができる。萬葉がわれわれに魅力を感じさせる一つの要因は、このような、萬葉の世界の持つ多様性にあるとは言えないであろうか。

萬葉の創造性

創造的精神に満ちた時代

ところで、ここに言う多様とは、必ずしも雑多ということではない。われわれは『萬葉集』によって、この百数十年間に和歌の歩んだ過程を、系統的に跡づけることができる。たとえば、「雑歌」の場合、国土（自然）に対する萬葉人の考え方の変化に即して、帝王が国土を讃えて五穀の豊穣を祈念した呪歌《じゆか》的な国見歌《くにみ》から、臣下が天皇の国土を讃美する国土讃歌へ、そしてさらには、自然を静かに観照する叙景的作品へとつらなる道筋をたどることができる。「相聞」の歌についても、生活の場における対詠的な唱和の歌から、歌物語的な内容を持った創作や、独詠的な作品が生れてゆく過程をたどることができる。「挽歌」においても、死者の復活を祈念する呪歌から、死を認めて嘆き、あるいは故人を回想する歌にいたる過程を見出すことができる。これは萬葉集が、百数十年にもわたる長い期間に作られた歌の数々を、四千数百首も集めているということに加えて、萬葉集二十巻が、同じ一つの和歌観によって一時に撰ばれたものではなく、その時期その時期の和歌観によって撰ばれた新たな巻を次々に付加していったものであり（「萬葉集の生いたち」参照）、したがって、萬葉集が、その時期その時期に主流を成した歌をほぼ含んでいるということによるところが大きいのではないかとも思われる。が、それはともかくとして、萬葉の多様には、系統的な、言いかえれば文学史的な秩序が見出され、われわれは萬葉において、和歌がどのような伝統を踏まえつつ、どのような新しい世界を創造していったかを知ることができるのである。

しかも、その創造的前進の速度はかなり急速である。萬葉の時代は、その歌風によって普通四期に分けられる。それは、舒明天皇以下、主として皇族歌人の手で、はじめて和歌が創造された第一期（壬申《じんしん》の乱が平定した六七二年まで）、持統・文武両帝の宮廷における、宮廷歌人柿本人麻呂の活躍を中心とする第二期（和銅三年〔七一〇〕の奈良遷都まで）、山部赤人、山上憶良、大伴旅人など、作者それぞれの個に即して、異なった主題を追求する歌人たちの輩出した第三期（これら代表歌人の作がほぼ出つくす天平五年〔七三三〕前後まで）、大伴家持の活躍を中心とする第四期（萬葉最後の歌が家持によって作られた天平宝字三年〔七五九〕まで）の四期である（第二、第三巻で詳述）。われわれはこの時代区分を通して、急速な創造的前進を続けていった萬葉歌の歴史をうかがい知ることができるが、萬葉集ほど、それ自身が文学史性を持った歌集はないし、また、和歌史の上で、萬葉の百数十年ほど、創造の精神に充ち満ちた時代はなかったと言っても過言ではない。

それにしても、萬葉の時代は、この前進してやまない創造のエネルギーを、いったいどこに蔵していたのであろうか。

大陸文化に学んで開拓

萬葉時代の人々には、摂取すべき一つの大きな目標があった。言うまでもなく、先進文化としての大陸の文化である。とりあえず問題を文学に限定しても、一つには、彼らは大陸の文学に学び、これをエネルギーとして創造を続けていったものと考えられる。たとえば、山上憶良や大伴旅人が持ち込んだ新風は、中国の官人がおのれの志を述べる、いわゆる述志の詩文に学んだものであることはよく知られている。のみならず、先にも述べたように、和歌が成立するためには、歌を文字に記して作ることが必要であり、そもそも和歌そのものが、中国伝来の漢字を活用することによって、創造されたものだったのである。

萬葉時代の末期、天平勝宝三年（七五一）十一月には、漢詩集『懐風藻《かいふうそう》』が成立している。この詩集には、近江朝の皇太子大友皇子以下六十四人の詩百十九篇が収められており、当時の人々が漢詩の実作にも熱心であったことを知りうるが、その作者のうち、二十人までは、同時に萬葉の歌人でもあった。また、和歌を主体とする萬葉集の中にさえ、山上憶良の、挽詩《ばんし》や、「沈痾自哀文《ちんあじあいぶん》」（いずれも巻五所載）をはじめとして、若干ながら漢文の述作と認めるべきものが見出される。萬葉の歌人たちは、時に漢詩文をも作りつつ、この先進の文学に学び、それをエネルギーとして、新たな和歌の世界を開拓していったのである。

急激な上昇気運

しかし、当時の人々が摂取した大陸の文化は、もとより文学のみであったわけではない。歴史の上で、萬葉の時代は、律令制国家の成立から、その完成を目指して上昇を続けていった時期にあたっている。律令制国家とは、律令、すなわち法典によって、絶対的権力を持つ帝王に支配される国家の意であるが、この国家の制度そのものもまた、唐の制度を模したものであった。当時における大陸文化の摂取は、わが文化のすべての面にわたっていたのである。

萬葉の時代における、律令制国家の完成を目指しての上昇は、きわめて急速な様相を呈している。大宝元年（七〇一）には、刑部《おさかべ》親王、藤原不比等《ふひと》らの手によって、「大宝律令」が完成したが、その後、さらに養老二年（七一八）には、不比等によって改撰された、「律」、「令」各十巻が成立している。いわゆる「養老律令」である。また、持統天皇の八年（六九四）十二月には、唐の都、長安の都城制を模した最初の帝都、藤原宮が完成し、遷都が行われた。しかも、その後わずか十五年余を経過した和銅三年（七一〇）三月には、さらに数倍の壮大な規模を備えた平城京が建設され、ここに再び遷都するというほどの目まぐるしさであった。

もっとも、萬葉の時代は、一面また内乱の時代でもあったと言わねばならない。六七二年の壬申《じんしん》の乱、七四〇年の藤原広嗣《ひろつぐ》の叛乱、七五七年における橘奈良麻呂《たちばなのならまろ》の変をはじめとして、この時代には大小さまざまの叛乱が繰り返し起っている。しかし、これらはいずれも、皇室内部の叛乱か、そうでなくとも、つねに叛乱者側の敗北に終っていて、王権の交替には至らず、むしろ天皇による専制支配を強化する結果をもたらした。内乱を繰り返しつつ、むしろ内乱を繰り返すことによって、律令制国家はますますその基盤を強固にし、完成に向って急激に上昇の一路をたどったのである。

このような上昇の気運に対応して、和歌もまた、急激な成長を遂げていった。事実、文化的なゆとりが生ずるに従い、宮廷では新たな歌の創造が要求されるといった一面もあったのである。もっとも、萬葉歌人のすべてが、この歴史の上昇気運を楽天的に謳歌していたと考えるべきではない。歴史に対する対応の仕方はさまざまで、この権力の機構からはみ出し、政治に背を向けて歌に心を遣《や》り、さらには、歌の世界に唯一の生き甲斐を見出そうとした歌人さえもなくはなかった。大伴家持は、天平勝宝五年（七五三）二月の注記に「悽惆《せいちう》（心が晴れず痛むこと。失意）の意、歌にあらずしては撥《はら》ひ難きのみ」（巻十九、四二九二左注）と述べている。しかし、その対応の仕方はどのようであれ、彼らはこの躍動する時代に関心を持たずには生きられなかったはずであり、また、和歌もそれに対するなんらかの関心から生れたはずで、この目まぐるしい歴史の上昇気運が、萬葉人のすべてにとって、和歌創造の大きなエネルギー源であったことは間違いのないところであろう。

　人間にとって生きるということは、なんらかの意味で創造的に生きるということであるとすれば、萬葉に充ち満ちているこの創造的精神に触れることは、われわれの心を大いに鼓舞する体験であると言えよう。萬葉がわれわれに魅力を感じさせる大きな要因は、萬葉の持つ、この急速に前進してやまない創造的性格にあるものと考えられる。

萬葉の古代文学性

自由な生命の声　萬葉人たちは、典型を求めてさまざまの試みをなし、絶え間なく創造の営みを繰り返していったが、彼らはまだ和歌の典型を持ってはいなかったがゆえに、彼らの試みや創造は、文学としての前例に根ざすよりも、より多く彼らの生そのものに拠《よ》るほかはなかった。このことは、逆に言えば、彼らはまだ、言語芸術としての和歌の世界の約束に制約されて、彼らの自由な生命の声を押し殺す必要がなかったということである。そして、萬葉の多様さの内実も、この、和歌の世界の約束に制約されない、彼らの自由な生命の声であったのである。「多様性」の項でも少しふれたように、実際、萬葉歌には、彼らの生そのものの息吹きが深々と息づいており、ここに、萬葉の古代文学的性格があると考えられる。
　ところで、萬葉における、この古代文学性は、人間のさまざまな試みや創造が、本来まさにその人間の生に発するものであり、したがってまた、人間の創造物は、人間の生の表現として生きているのでなければ無意味であることを明確に示している。萬葉は古代文学であるがゆえに、その創造の内容は素朴であり、単純であるが、むしろそれゆえにこそ、創造とは、また創造物とは何かということについて、原理的に、かえってきわめて明確な解答を与えてくれるのである。

和歌実作史や歌論史の上で、かつて何度か萬葉集が顧みられたことがあった。『金槐集《きんかい》』の源実朝《さねとも》や、明治の短歌改革者正岡子規の場合がその顕著な例であるが、それは、和歌のある一つの典型が成立して後、やがてマンネリ化し、行き詰ったとき、その状況を打開して新たな創造に進むために、創造の意味と実態を、素朴、単純に、しかしそれゆえに明確に示しえた萬葉集が顧みられたということである。つまり、古代文学としての萬葉集は、その状況打開の方向を啓示《けいじ》するものとして、きわめて有効だったのである。萬葉がわれわれに魅力を感じさせる最大の要因も、じつはこの萬葉の古代文学性にあると言うべきであろう。

萬葉集の生いたち（一）

巻一〜巻四の生いたち

伊藤　博

名を刻まなかった人々

萬葉集の鑑賞のために　萬葉集は一朝にして成った歌集ではない。巨大な増築家屋のような歌集、長い時間のもと、多数の工匠《こうしょう》たちの手を経て成り立った歌集、それが萬葉集である。母屋《おもや》もあれば新《しん》屋《や》もある。しかも、母屋と新屋とは風通しのよい廊下でつながっており、母屋は母屋で、また新屋は新屋で、時代の違うたくさんの部屋を構えている。そして、そこには、上は天皇や皇后から、下は防《さき》人《もり》や乞食者《ほがいびと》や遊行女婦《うかれめ》に至るまで、百三十年にもわたる時代の、幾千という老若男女が、仲良く住んでいる。住んでいて、現代の私たちに、心を割って話しかけてくる。萬葉集という家屋は、黒光りしていて朽《く》ちることを知らない。それというのも、萬葉集を編纂《へんさん》した折々の工匠たちが、精いっぱい鎚《つち》を振い、一つの手抜きもしなかったからであろう。

古来、人々は、萬葉集に住む人々と語りあうことに熱心であった。それだけで事足れりとしたむきも多い。たしかにこれは萬葉集を理解する早道であり、一等の方法であろう。けれども、その萬葉人の住む家を残してくれた陰の人々、すなわち編纂者たちの労苦や心情を知ることも大切で、これも文学の立派な鑑賞といえる。少なくとも、編纂者たちの労苦や心情を知ることは、萬葉集の面白さをより深く理解するために有効であることは間違いない。

四千五百首の陰に 千二百年にわたる長い萬葉の研究史において、この陰の人々に思いをやった研究者が何人かいた。その貴重な考察によってほぼ定説として確かめられたことは、萬葉集の最後の工匠が大伴家持《おおとものやかもち》で、時期は光仁《こうにん》天皇の宝亀《ほうき》から桓武《かんむ》天皇の延暦《えんりゃく》にかけての頃（七七〇〜八五年頃）であろうということであった。萬葉集でいちばん年代の新しい歌は、淳仁《じゅんにん》天皇天平宝字三年（七五九）の家持の賀歌、

新《あらた》しき年のはじめの初春の今日降る雪のいや重《し》け吉事《よごと》（巻二十、四五一六）

という萬葉集の最後に並ぶ歌と見られるから、それから十一〜二十六年後、家持の五十三〜六十八歳の時のことである（家持の年齢は通説による。萬葉集編纂年表四二四頁参照）。

けれども、萬葉集の完結が家持五十三〜六十八歳のいつかということになると、説が分れてはっきりしない。ましてや、この完結期に至る萬葉集の形成過程に関しては、そこに九十年近い年月が横たわっていることが察せられるものの、数えきれない異説があり、具体的な姿はほとんど謎《なぞ》の中にある。といっても、汗を流して働いた工匠たちがいたことは、まぎれもない事実である。でなければ、二十巻、およそ四千五百首という、わが文学史上最高の国民文学といわれる萬葉集が、今日、私たちの手に握られているはずはない。

ここに、諸説を考え合せた上で萬葉集の生いたちに関する最も適切と思われる道筋を述べ、萬葉集の形成のために精魂を傾けながら、我が名も刻まずに死んで行った人々を偲ぶことにしよう。

萬葉集二十巻の観望

古撰・新撰の二部構成　萬葉集二十巻を大局的に見た場合、ただちに知られることがある。それは、二十巻が、第一部（古撰部）・第二部（新撰部）の二部構成をなすことである。第一部は巻一～巻十六であり、第二部は巻十七～巻二十である。そう見られる理由は次の三点にある。

一、作歌年次の問題

第一部で作歌年次の最も新しい歌は、天平十六年七月廿日の日付を持つもので（巻三、四八一～三）、中には年次を記さない歌も多数あるもののみなこれに準ずると見られ、第一部には天平十七年（七四五）以降の歌はないと認められる。これに対して第二部は、第一部に洩《も》れたものを後になって第二部の冒頭に置いたと見られる少数の歌群（巻十七、三八九〇～九二一）を除き、天平十八年一月以降～天平宝字三年一月の歌によって、実質的に構成されている。

二、部立《ぶたて》の問題

第一部は、歌をおおむね時代順に並べると同時に、それを、雑歌《ぞうか》・相聞《そうもん》・挽歌《ばんか》・譬喩歌《ひゆか》等々の部立によって分類している（ただし、巻十五だけは例外。例外となった理由は第四巻の解説で述べる）。

これに対して第二部は、家持の見聞にそって自他の作を年代順に並べてあるだけで、部立による統一がなく、いわば「家持歌日記」の観がある。

三、資料の問題

第一部には、二、三の巻を除いて、「或本」「一書」「古歌集」、『人麻呂集』『金村集』『類聚歌林』（山上憶良編）、および『古事記』や『日本書紀』など、諸本による注記や校合《きようごう》がある。つまり、第一部では見られる限りの先行資料が使い果されているのに対し、第二部にはこのような注記や校合はいっさいない。

こうして萬葉集二十巻は、まず巻一～巻十六が一つの歌集としてまとめられ、ついで、後に、巻十七～巻二十が合わされて成ったと見通すことができる。この解説にいう「母屋」とは、第一部（巻一～巻十六）のことであり、「新屋」とは、第二部（巻十七～巻二十）のことである。しかし、この母屋も新屋も、さきに触れたように一挙に成ったものではなく、複雑な生いたちを持っているのである。が、そのことに言及する前に、結果的に第一部・第二部としてまとめられた各部の構成を概観しておこう。

組織的な統一を意図

まず、第一部は、巻一～巻六、巻七～巻十二、巻十三～巻十四、巻十五～巻十六の四つのグループに分けることができる。

巻一～巻六は、作者の知られる歌を集めた部で（作者未詳の歌もあるがごく稀）、およそ舒明《じよめい》朝から聖《しよう》武《む》朝天平十六年頃（六二九～七四四）までの作を、おおむね時代順に配列している。萬葉集二十巻中、最も本格的な部分で、「小萬葉」の面影がある。

次に巻七～巻十二は、作者を明記する巻（巻八および巻九の大半）と作者を記さない巻（巻七・十・十一・十二）とが入り混る中間的な姿勢を示す部であるが、どの巻も『人麻呂集』を規範として成り立っている点で統一がある。

続く巻十三〜巻十四は、作者のまったく知られない歌を集めた部で、しかも、他の部と異なり、集団歌謡の性格が濃厚な点でまとまりがある。

最後の巻十五〜巻十六は、大部分が作者を明記しているが、これまでのどの部とも違って、物語性を表面に打ち出した長短さまざまな歌の集合である点に特色がある。いわば異類の部ともいうべきもので、第一部の付録の観がいちじるしい。

一方、第二部は、天平十八年（七四六）の正月から天平宝字三年（七五九）の正月まで、大伴家持が折につけ見聞した歌を四巻に分けて時代順に配列したもので、さきにも述べたように、家持の日記的歌集の面影が濃い。ただし、巻十七の冒頭には、これもさきに言及したように、第一部編纂時に洩れた歌三十二首（天平二〜十六年の歌）を飾っている。これは、第一部とのつなぎでもある。母屋に対して風通しをよくするための廊下なのである。

私たちの手に伝えられた萬葉集二十巻には、結果的に見て、ざっと以上のような構成がある。萬葉集は草案のままの歌集で、そこにはなんら組織的な統一はない、というのが従来の見方であった。工匠の鎚の音に耳をかさなかったこの見方はあたらない。萬葉の工匠たちは、それなりに、なるべく住みやすい家屋の構造を意図していたのである。

巻一、巻二が成り立つまで

標題配列に三つの不審

萬葉集巻一は、「雑歌」の部立を掲げ、八十四首の歌を、宮号（天皇の御代）の標題によって小分けしている（巻頭目録参照）。このうち、最後の長皇子《ながのみこ》の歌一首（八四）をくくる標題「寧楽《なら》の宮《みや》」は、他の標題がすべて「……の宮に天《あめ》の下知らしめす天皇《すめらみこと》の代《みよ》」の形をとっているのに比べると、風変りである。しかも、この風変りな「寧楽の宮」の前には、和銅五年（七一二）の歌、つまり、むしろ「寧楽の宮」の部にあって然るべき長田王《ながたのおおきみ》の歌三首（八一〜八三）を収めている。このことは、さきの長皇子の八四番歌が、後人による追補の歌であることを物語る。言いかえれば、巻一には、八三番歌を巻末として、八四番歌を欠く一時期があったのである。

それで、今、ひとまずこの一〜八三番歌の歌群を「八三首本」と仮称して観察を進めてみよう。すると、ここには、配列の上でいくつか不思議なことが見出される。

泊瀬《はつせ》の朝倉の宮に天の下知らしめす天皇の代（二一代雄略）……一
高市《たけち》の岡本の宮に天の下知らしめす天皇の代（三四代舒明）……二〜六
明日香《あすか》の川原《かはら》の宮に天の下知らしめす天皇の代（三五代皇極）……七
後の岡本の宮に天の下知らしめす天皇の代（三七代斉明）……八〜一五
近江の大津の宮に天の下知らしめす天皇の代（三八代天智）……一六〜二一

明日香の清御《きよみ》原《はら》の宮の天皇の代（四〇代天武）……二二〜二七
藤原の宮に天の下知らしめす天皇の代（四一〜三代持統・文武・元明）……二八〜八三

これは、八三首本の配列の状況を具示したものだが（下段の数字は歌番号）、ここには、最小限度三つの不審がある。第一には、舒明朝以下は元明朝まで歌がおおむね間断なく続くのに、雄略朝と舒明朝との間には十二代もの大きな空白の存在するのが奇妙である。第二には、舒明朝から元明朝までの間において、三六代孝徳天皇の一代だけが欠けているのがおかしい（三九代弘文天皇〔大友皇子〕は明治になってからの追贈）。第三には、「泊瀬の朝倉の宮」から「明日香の清御原の宮」に至る六宮がすべて一宮一代であるのに、「藤原の宮」だけが一宮三代になっている点に不整合が感じられる。

もっとも、第三の不審については、三帝とも藤原の宮におられたのだから（ただし元明は和銅三年に平城に移った）、ことさら取り立てるには及ばないと見るむきもあろう。しかし、さきに述べたように、この例外の標題の配下には、平城遷都後の和銅五年の作、八一〜三番歌をも含めている。これはもはや不整合を超えて矛盾というべきものである。この標題には、やはり探ってみるべき秘密がある。しかも、実は、この秘密を追えば、関連して、第一・第二の不審もおのずからに解けるのである。

白鳳期発展の姿を示す

今、問題の標題「藤原の宮に天の下知らしめす天皇の代」を、仮に、他の標題と同様、一宮一代、つまり持統朝一代だけを指すと限定してみよう。すると、この標題は、二八番歌の持統御製から五二〜三番歌の「藤原の宮の御井《みゐ》の歌」までを支配することになって矛盾は解決する。ところが、奇妙なことに、仮に区切った前半部五二〜三番歌までと後半部五四〜八三番歌とでは、次の二つの点において大きな断層を持つことが知られるのである。

一、前半部では、題詞に作歌年月を記すことがなく、作者はすべて題詞の中に書きこまれている。また、題詞でも左注でも歌の数を示すことがない。これに対して後半部では、題詞に作歌年月を記し、左注で作者や歌数を示す場合が多い（例外六首。三九七～九頁参照）。

二、前半部では、天皇を、各時代とも「天皇」とのみ書き、天智天皇の代では、天智天皇の弟天武天皇を「皇太子《ひつぎのみこ》」、持統天皇の代では、その異母妹元明天皇を「阿閉皇女《あへのひめみこ》」と書くなど、それぞれの時代を現在とする呼称に拠《よ》っている。ところが、後半部では、元明天皇には「天皇」と記し、持統天皇を「太上天皇《おほきすめらみこと》」、文武天皇を「大行天皇《さきのすめらみこと》」と書くなど、すべて元明天皇の時代を現在とする呼称に拠っている。

このような明確な断層は、八三首本の前半部と後半部とが本来別次元の歌群であったこと、言いかえれば、八三首本はまず前半部だけで構成されていた一時期を持ち、その後さらに後半部を加えて形成されたものであることを暗示する。

この推察に従って視点を前半部（一～五三）にそそぐとき、そこには注目すべき構造を見てとることができる。二番歌の舒明天皇国見《くにみ》の歌と、五二～三番歌の御井の歌とに呼応の関係が認められるのである。

舒明天皇の国見歌は、大和の群山中、最高の霊峰香具山《かぐやま》に登り立って領国の繁栄を見はるかす王者の貫禄をみなぎらせる歌である。国見歌の類型を継承しながらも、それをかつてない形に発展充実させ、新時代の大和朝廷を象徴するような、気概に満ちた天皇像を造型している。これに対し、藤原の宮の御井の歌も、埴安《はにやす》の堤の上に立つ持統女帝の国見を通しての宮ぼめ歌である。東西南北に繁茂して立つ神の瑞山《みずやま》に囲まれた藤原の宮のま清水とその霊泉に仕える清浄な娘子《おとめ》（宮女）たちの永遠性を謳《うた》いながら、宮の悠久の栄えを予祝した歌である。つまり、前半部の、舒明朝から持統朝まで、おおむね間断なく歌が続く部分は、春の国土讃歌に始まり春の宮ぼめ歌に終るわけである。一つが新時代初頭の王者の貫禄を示せば、一つは新時代の総決算といわれる藤原の宮を格調高く讃える。しかも二つの歌のあいだには、舒明朝から持統朝にかけての宮廷生活に密着したさまざまな宮ぶり歌が、古樸《こぼく》な風格を湛《たた》えてきらめいている。それらは、ことごとくが、宮廷の晴れの場にかかわる公《おおやけ》の歌だといってよい。

舒明天皇は大化改新の立役者天智天皇の父であり、かつ天智天皇を陰に陽にたすけた斉明天皇の夫であると同時に、より重視すべきは、白鳳の英主と仰がれた天武天皇の父にあたり、さらに、天武の遺業達成に努めた持統女帝の祖父にあたる人であった。天智・天武の両帝は大和朝廷最後の画期的な王者で、特に天武は、「大君は神」であるという現人神《あらひとがみ》思想を確立した強大な支配者であった。そして、当時の人々は、持統朝を天武朝と一体の時代と考えていた。そうした時代を創り出した人々の「生みの祖《おや》」の位置に立っていたのが、舒明天皇だったのである（四一一頁、舒明皇統系図参照）。

今、舒明朝以降奈良遷都までを総称して「白鳳期」と呼ぶならば、八三首本の前半部は、白鳳宮廷人の創造精神による所産として、白鳳宮廷の生みの祖である舒明天皇の時代から白鳳宮廷の完成を告げる持統朝藤原宮出現までの歌を集めた歌集、すなわち、舒明朝から藤原朝までの宮廷の発展の姿を、「歌」によって示そうとした宮廷歌集であったと言える。言葉をかえて言えば、八三首本の前半部は「舒明皇統歌集」とも称すべき歌集だったのである。八三首本の配列における第二の不審、すなわち、舒明から元明に至る天皇の中で、たった一人、三六代孝徳天皇に限って標題を立てていないという謎《なぞ》も、この前半部を舒明皇統歌集と見るとき、おのずからに解ける。孝徳天皇は、舒明皇統において、唯一傍系の天皇であったからである。

古事記を継いで

それならば、この舒明皇統歌集の冒頭に、十二代もの空白をおいて雄略天皇の御製が据えられたのはなぜなのか。私たちは、期せずしてさきの第一の不審に対処しなければならなくなったが、ここで思いあわすべきは『古事記』である。『古事記』は、上（神世）・中（神と人の世、神武〜応神）・下（人の世、仁徳〜推古）の三巻に分れている。『古事記』のしんがりを占めるのは推古天皇なのだが、推古天皇は舒明の前代の天皇である。「古き事の記」の最後の位置に立つのが推古天皇であり、萬葉集巻一、八三首本前半部の実質的な始まりに立つのが推古を継ぐ舒明天皇なのである。『古事記』を編んだのも、萬葉集巻一を編んだのも、白鳳人である。これは、白鳳の人々が推古朝までを「古代」、舒明朝以降を「現代」と認識していたことの現われである。たとえて言えば、白鳳人にとっての舒明天皇は、私たち現代人にとっての明治天皇であったのに対し、推古天皇は、幕末の孝明天皇にあたる存在であった。この意味で、舒明皇統歌集は、「古事記」に対する「現代記」として編まれたものと思われる。

　ただし、その「古代」は、白鳳人において、神世《かみよ》（『古事記』上巻）・遠《とお》つ世《よ》（中巻）・近《ちか》つ世《よ》（下巻）の区別が厳存した。だからこそ、『古事記』は上中下の三巻構成をとったわけで、白鳳人にとって、みずからの現代に直結する仰ぐべく親しむべき古き世は、『古事記』下巻の時代（仁徳〜推古）であった。萬葉集には、雄略御製以外にも舒明朝以前の歌が数首収められている。いずれも、後の世の人がその人々の作と見立てた仮託《かたく》の歌ではあるが、この仮託された人々はすべて『古事記』下巻の著名人物に限られており、『古事記』下巻の時代が、萬葉人にとって特別な「古代」として意識されていたことをはっきり示している。

雄略天皇は、この「近つ世」の花形であった。『古事記』雄略の条において、雄略は勇武にすぐれた天子であると同時に、歌の道に秀でた天子として描かれている。すなわち、「近つ世」において、天皇を主人公とする歌謡物語は雄略の条に集中している。そして、その物語全六篇のうち四篇までは求婚物語で、しかも求婚はすべて成功している。加えて、天皇が得た女たちは、歌をもって宮廷儀礼の充足と達成にこぞって尽したことになっている。雄略天皇にとって「女」を得ることは、「歌」を獲得することでもあった。当時、雄略天皇は、「歌」の霊力を身に付着させ、かつ揺り動かした格別な天子として、普遍的な伝承の中に生きていたのである。

このように見てくると、八三首本前半部の冒頭に雄略天皇の御製が飾られた秘密も自然と解ける。雄略御製は、白鳳期、つまり舒明朝以下持統朝藤原の宮達成に至る「現代」にとっての「先代」を代表し、象徴する君主のめでたく力ある歌として冒頭に据えられたのであろう。それは一種の巻頭言であったのであり、先代の象徴として崇《あが》むべき天皇の御製を冒頭に飾ることによって、現代宮廷歌集の権威を打ち出そうとしたものと考えられる。

事実、巻頭の雄略御製は、長い年輪に洗われたみずみずしいリズムのもとに、溌剌とした映像を輝かせている。歌の力によって物のすべてを統治し獲得してゆく自信に満ちた天皇像を造型しながら、そこには族長的で人間的な像も躍《おど》っている。歌は菜摘みの春のもので、婚姻の成立を示すめでたい作でもある。春と婚姻とは、そもそも社会的な生産に密着し、繁栄と豊穣を予祝するものと考えられた。岡での菜摘みは国見行事の一つでもある。しかも、これに続く五十二首は、「春」に始まって「春」に終るのであり、その始めと終りとが国見に関する歌なのである。季節において、発想において、また、めでたさや豊かさや凜々《りり》しさにおいて、雄略御製は、舒明御製にすべり続くように、さらには藤原の宮御井の歌にとどまり終るようにできている。

以上によって、巻一、八三首本の前半部（一～五三）が、「舒明皇統歌集」「白鳳現代宮廷歌集」としての見事な構造を持って存在した時期のあったことが確かめられたであろう。これを、仮に「藤原宮本」と称するならば、藤原宮本の形成は、藤原遷都後から大宝二年頃に至る間（六九五～七〇二年）のことであったと推察される。

持統女帝と人麻呂の功績

その性格から見て、藤原宮本には確実に公《おおやけ》の息がかかっている。公の息といえば、即座に想起される人がいる。藤原の宮達成の主人公であった持統女帝である。女帝は「藤原の宮の御井の歌」が詠まれたと見られる持統九年（六九五）の翌々年に退位し、大宝二年十二月二十二日に他界した。政治の第一線から退き、過去を回想するゆとりを持ちえたであろう持統の上皇時代（六九七～七〇二年）、それもその前半こそ、藤原宮本が編まれて然るべき時期であろう。ところが、元明朝に現在を置く巻一、八三首本後半部（五四～八三）は、あたかも持統上皇時代を承《う》けるかのように、大宝元年（七〇一）九月の歌から始まっているのである。

このように、藤原宮本が上皇時代の持統女帝の息のかかった歌集だということになると、その有力な編者として柿本人麻呂がいたことだけは動かせないであろう。萬葉集は、いわゆる宮廷歌人人麻呂の運命が持統女帝の生涯と密着し、持統なくしては歌人人麻呂の存在もありえなかったことを伝えているからである。藤原宮本はすなわち「持統萬葉」であったと言ってもよい。萬葉集二十巻をいかに仔細に検討してみても、「持統萬葉」よりも古い公の歌集が存在した徴証は見出しがたい。萬葉集は、「持統萬葉」を母体として、今日見る二十巻にふくれ上ったのである（年表四一八頁参照）。

このような藤原宮本に、後半部（五四～八三）が合わされて八三首本が生れたのは、和銅五年（七一二）

から元明女帝他界（養老五年〔七二一〕）までの間であったと思われる。なぜなら、後半部は元明女帝を現在の人として扱い、元明朝和銅五年の歌を最後に据えているからである。だが、後半部の藤原宮本への併合、つまり八三首本の形成は、続く「寧楽の宮」の歌の追補とともに、巻二および巻三、巻四の形成と深くかかわっている。詳しくはその条に譲って巻二の生いたちに筆を移すことにしたいが、後半部についてなお一言だけ述べておく。

実は、後半部も宮廷歌の集合であり、その最後の長田王《ながたのおおきみ》の歌（八一～三）は、「伊勢斎宮」参内《さんだい》時の「御井《みゐ》」と「娘子《をとめ》」に関する歌である。一方、前半部の最後（五二～三）も、「藤原の宮」の「御井」と「娘子」に関する歌であった。前後両部のこの対応は偶然ではあるまい。ともに、「御井」と「娘子」にかかわる歌であるために、後半部を合わせた編者は、長田王の歌が「藤原の宮に天の下知らしめす天皇の代」にいささかずれる和銅五年の作であることを承知の上で、これを巻末に置いたのではないかと思われる。末尾のこの照応は、後半部が、前半部（藤原宮本）の編纂意図をまっすぐに承け継ぎながら合わされたことを意味しよう。

巻一と巻二は姉妹篇

「雑歌」「相聞」「挽歌」は、萬葉集の最も基本的な部立で、世に三大部立と言われている。巻一は、このうちの「雑歌」だけで成り立っていた。対して、巻二は「相聞」と「挽歌」とによって構成されている。巻一と巻二の部立の姿は、両巻が姉妹篇をなす一体の歌巻《うたまき》であったことを物語る。歌の配列も、巻二は、巻一と同じく、各天皇の御代を標題として押し立てる方法を採っているが、このような編纂のしかたは巻三以下には見られず、この点にも巻一と巻二の一体性が示されている。したがって、巻二には、巻一に見られたと同様な構造や編纂意図が、必ず看取されるはずである。

　この予想は「相聞」において的中する。その御代の配列が、仁徳朝（一六代）→近江朝（天智、三八代）・飛鳥朝（天武、四〇代）・藤原朝（持統・文武・元明、四一〜三代。ただし、この標題の最後の作歌年代は文武朝どまりらしい）という次第になっているからである。すなわち、巻二「相聞」の部も、冒頭に『古事記』下巻時代の仁徳朝の歌を掲げ、その後に、二十一代の大きな空白をおいて近江朝の歌が並び、以下藤原朝まで白鳳期の歌が続く。これは、巻一の藤原宮本（結果的には後半部を合わせた八三首本も同じ）と本質的には何の変りもない構造である。おそらく、巻二「相聞」も、白鳳期の中心時代である天智朝以下間断なく続く現代歌群の冒頭に、「近つ世」（『古事記』下巻時代）の歌を、「現代」の規範をなす歌として飾ったのであろう。

　近江朝から藤原朝にかけての相聞歌は、たった一首の例外（一三〇）を除いてすべてが何首かのまとまりで群をなし、そのどの歌群にも恋物語の性格が漂っている。歌群は全部で十二を数え、中でも、歌の由来に関する詳しい説明を持つ一二三〜九番歌は、『伊勢物語』の先蹤《せんしょう》として名が高い。九三〜一〇〇番歌なども、男女が共寝を全うするためにはかく歌うべきだという模範を示す歌として享受された形跡を持っている。一〇五〜一一〇番歌など、編者がひそかに物語的関心を抱きながら異なる資料を一連のものとして組み合せた場合もあるけれども、巻二の近江〜藤原朝の相聞歌群には、「白鳳宮廷恋物語集」とも称すべき性格が貫かれている。この性格は、例外の一三〇番歌が、実は後人追補の歌であることを知るとき（三九七〜九頁参照）、より明らかとなる。

　このような歌群の冒頭に飾られた仁徳朝の歌は、旅先の仁徳天皇を偲ぶ磐姫皇后《いわのひめのおおきさき》の歌四首（八五〜八）で、その歌のふりといい、主人公の性格といい、歌による白鳳宮廷恋物語集の規範として、いかにもふさわしい。

　四つの歌には、焦躁（八五）から興奮（八六）へ、そして反省（八七）から嘆息（八八）へという心情の起伏と展開があり、漢詩の起承転結の技法をもとり入れた連作的構成のもと、愛《いと》しい夫の帰りをひたすらに待つ可憐な女性像を、筋を追って映しだしている。これは、まぎれもなく享受者を意識した一篇の恋物語である。

　一方、磐姫皇后は、古くから異常な嫉妬の持ち主としての伝承を持つ女性であった。天皇に侍《はべ》る女たちが、天皇に対して普段と違う態度を少しでもとれば、彼女は「足もあがかに」（『古事記』）妬《ねた》んだという。そして遂には、紀《き》伊の国に旅をしていた留守中、天皇が八田若郎女《やたのわきいらつめ》（『日本書紀』では「八田《やたの》皇女《ひめみこ》」と記す）を迎え入れたことを聞き、難波の天皇のもとには帰らず、山城の筒城《つつき》の宮に閉じこもってしまったという。内心の妬みをこれほどまで果敢に行動に表わした女性は、上代に磐姫ただ一人である。『古事記』からは、すでに舒明朝以前に、磐姫嫉妬の歌謡劇、ないし歌謡物語の存在したことが検出できる。

　むろん、嫉妬は愛情の裏返しである。嫉妬に狂ってそんなに激しく天皇に反抗した磐姫皇后にも、こんな可憐な一面があったのだ、というような事情から生み出された仮託歌が、この萬葉の四首なのであろう。したがって、この四首が、すでに恋物語として享受されていた歌々や、編者が物語的な関心をもって配列した歌々の集合と見られる現代宮廷ロマンス歌群の、古代的な規範として冒頭に飾られたことは疑えない。巻二「相聞」の編者には、そうすることによって、現代宮廷恋物語歌集の風格を高める目論見《もくろみ》があったと思われる。

　ところで、「相聞」につぐ「挽歌」の部は、斉明（三七代）―天智（三八代）―天武（四〇代）―持統・

文武・元明（四一〜三代）というように白鳳期（現代）の歌ばかりを並べ、「近つ世」の歌を冒頭に掲げない。統一を欠く感がないではない。しかし、巻二は「相聞」と「挽歌」とで一巻をなしていることを考えれば、巻二の編者は、「相聞」の冒頭に「近つ世」の歌を置くことで、同時にこれを巻二全体の巻頭言ともしたものと思われる。いかにも大まかな態度だが、一つの巻が複数の部立で組み立てられる場合、最初の部立に「古歌」を飾るだけですませることは、巻八や巻九など、以下の巻にも見られるところであり、これは萬葉編者の習いであったらしい。

なお、巻二も、巻一同様に、孝徳天皇の代を標題に立てていない。孝徳朝に限って萬葉人が歌を詠まなかったということなどありえないから、この現象は、巻二が巻一と一体になって舒明皇統歌集を形造っていたことを保証する。「雑歌」「相聞」「挽歌」の三大部立で組をなすということ以外においても、巻一と巻二とは姉妹篇であり、しかも公《おおやけ》の撰であることが確認されるのである。姉妹篇といえば、表立った宮廷歌集としての巻一の冒頭には天皇（男）の歌を掲げ、ひそやかな相聞の歌集としての巻二の冒頭には皇后（女）の歌を掲げたことは、いかにもふさわしい取りあわせと言えるであろう。

持統女帝から元明女帝へ

さて、巻一と巻二とが姉妹篇をなしていることは、その成立も同時であるかのような印象を与える。しかし、事実はそうではないと考えられる。巻一から検出した藤原宮本（一〜五三）は六九五年の歌で終っていたのに、巻二「挽歌」の末尾に多数収められている人麻呂の作品には、文武朝中期（七〇〇〜三年頃）の歌と見られるものがいくつかあるからである（二〇七〜一六、二一七〜九など）。巻二「挽歌」の最後には巻一と同様に「寧楽の宮」の標題があり、和銅四年（七一一）と霊亀元年（七一五）の歌を収めているが、これは、巻一の場合と同じく後人の追補と見るべきものなので考慮の外におくならば、巻二「挽歌」は、「相聞」とともに、人麻呂の歌によって元来終っていたことになる。一方、人麻呂が他界したのは、萬葉の人麻呂の作品の全般から推して、文武末年から和銅にかけての時期（七〇六～九年）であったことがほぼ確かである。とすると、「寧楽の宮」の歌を除く巻二の形成は奈良朝に入ってのことであったと見るべきであろう。

奈良朝に入っての形成だとすれば、ただちに想起されるものに、藤原宮本に五四～八三番歌を合わせて成った「八三首本」（和銅五年の長田王の歌で終る本）がある。八三首本は、藤原宮本の意図をまっすぐ承け継ぎ、元明天皇在世中の和銅五年（七一二）から養老五年（七二一）の間に成ったと推察された。これによれば、藤原宮本の意図をやはりそのまま継承し、奈良朝に入って編纂されたと察せられる巻二（「寧楽の宮」の歌などを除く）は、藤原宮本に五四～八三番歌を増補したのと同じ折の、同一編者の手による形成であろうということが無理なく考えられる。和銅五年から養老五年、というといささか漠然としているが、元明天皇は、霊亀元年（七一五）の九月二日に、位を元正天皇に譲って上皇となった。この直後の霊亀二、三年（霊亀三年は十一月に「養老」と改元）あたりが、藤原宮本に五四～八三番歌を補い、同時に巻二を編んだ時期として、最も自然なように思われる。

藤原宮本（八三首本前半部）は、持統の上皇時代に、持統の発意《ほつい》によって成ったと察せられた。藤原宮本の意図を継ぐ巻一、八三首本や巻二の形成も、元明女帝の発意に基づくものと見て狂いはなかろう。元明女帝は持統女帝の異母妹で、持統の皇子草壁の妻でもあった（四一一頁系図参照）。藤原宮本、すなわち持統萬葉の編纂意図を十分知っていた人である。持統萬葉を継承し、それを拡大させ完結させる人物として、元明女帝ほど適切な人はいない。私たちの手に伝えられた巻一、巻二は、本質的には「元明萬葉」とも称すべき歌集であったと言ってよい（ただし、「寧楽の宮」の歌を含めて、現存巻一、巻二には、元明朝以後の追補と見られる歌がいくつかある）。

巻一雑歌の由来

持統萬葉を拡大させ完結させる云々、と言ったことにはわけがある。持統萬葉（藤原宮本・八三首本前半部）は、みずからのあとに歌々が増補され、より大きくより完全な歌集が編まれることを、はじめから予期し希望していた歌巻《うたまき》であったと見られるからである。持統萬葉が編まれたとき、巻二の「相聞」や「挽歌」に収録された歌の大半はすでに存在していた。にもかかわらず、それらは排除され、表立った宮廷生活に関する歌だけが選ばれて一巻がまとめられた。ということは、続いて、巻二のような歌巻の編まれることを、持統萬葉が早々と意識していたことを物語っている。

だから、持統萬葉には何の部立名もなかったであろう。一種だけの歌巻に、部立があったとは思えない。「歌集」という程度の名は推察できても、現存の「雑歌」などという名はなかったはずである。その名が巻一に冠せられたのは、巻二を「相聞」と「挽歌」の二部立に組み立てたとき、すなわち元明萬葉の段階なのであろう。「相聞」と「挽歌」と二種の歌が類をもって集められたからには、対比的に巻一（厳密には八三首本）にどうしても名をつけなければならない。そこで案出されたのが、「相聞」「挽歌」には属さない、さまざまな公的な歌という意味の「雑歌」であったと思われる。「雑歌」というような名が萬葉集の冒頭の巻を飾るのはおかしいと、しばしば言われる疑問も、巻一、巻二の生いたちを以上のようにたどることによって解けるであろう。「雑歌」も「相聞」も、そして「挽歌」も、『文選《もんぜん》』など中国の文献に多数見える。それらを借りての名であるが、この三大部立の命名は、元明萬葉の編者にとって会心のわざであったであろう。

巻一、巻二の生いたちが右のようなであったとすると、ここで、持統萬葉（藤原宮本）の冒頭歌、雄略御製の据えられた時期について、別の考えが生じてくることを述べておく必要がある。それは、「雑歌」の命名と同様、雄略御製も、巻二の巻頭に磐姫皇后歌を置いた時、同時に据えられたのかもしれないという考えである。元明萬葉は、『古事記』が成立した直後の歌集、つまり、『古事記』下巻の時代を「近つ世」と認識することが最も鮮烈であったと思われる時期に誕生した歌集であるから、右の考えは一案として尊重する価値がある。ただし、この別案が仮に動かないとしても、持統萬葉は、依然として、舒明国見歌に始まり藤原の宮御井の歌に終る形を保有し、その本質を崩すことはない。また、「寧楽の宮」の歌々を除く巻一、巻二が元明女帝の息のかかった歌集であったとする点も、強化されこそすれ減殺《げんさい》されることはない。

女帝たちの悲願

それならば、元明女帝の発意を体してその形成にあたった工匠は誰であったのか。工匠は、おそらく五カ月足らずの間に現存『古事記』を編んだ太安万侶《おおのやすまろ》たちではなかったかと思われる。もとより臆測であるが、巻一、巻二と『古事記』との深いかかわり、しかも、巻一、巻二の形成が、折しも、完成した『古事記』を朝廷に献上した和銅五年（七一二）の直後にあたっていたことなどを考慮すると望みはある（年表四二〇頁参照）。

ここで考えてみるべきは、『日本書紀』が、対外的なそして大人向けの治道《ちどう》参考書であったのに対し、『古事記』は、本来持統女帝の発意に基づく、少年少女のための後宮文学であったと見る説があることである。大切な天皇の御代など、根幹では両書一致していながら、各御代に組み込まれた「旧辞《きゆうじ》」（神話・伝説・歌謡物語）と呼ばれる話だけにくいちがいがあり、それらの話の筋は、『古事記』の方がずっとわかりやすく面白くできている。『古事記』を持統女帝の発意に基づく少年少女のための文学とする説には魅力がある。『古事記』にしてそうであるなら、『古事記』と深くかかわりながら成り立った持統萬葉や元明萬葉も、少年少女、もっと具体的に言えば、皇子や皇女に読ませることを最大の目的として編まれたのではなかったか。

萬葉人にとって、「歌」は心であり魂であった。知的な古今風への道を次第にたどったとはいえ、いな、古今風への道をたどればたどるほど、「歌」は、萬葉人において、「人の心を種として萬《よろづ》の言の葉」と化したものであることが強く認識された。仏教あり儒教ありとはいえ、また、道教あり漢詩文ありとはいえ、「倭歌《やまとうた》」こそが、萬葉人にとって神《かん》ながらの道であり、共通普遍の宗教的存在でさえあった。神々と、また山水自然と、そして古今の人々との交感を誰にも可能にさせる格式ある言語、それは「歌」なのであった。こういう「歌」の体系ある集合、つまり「歌集」の編纂を、わけても「女帝」が発意するとき、その最大の読者対象として、自分たちの後継者である皇子や皇女を意識していたことは想像に難くない。逆に言えば、皇子・皇女の教養や人間像を重視するからこそ、萬葉集は、「持統萬葉」から「元明萬葉」へというふうに、女帝から女帝への橋を渡ってまずふくらみを見せたと言えよう。事実、めぼしい人として、持統には軽皇子《かるのみこ》（文武天皇）がおり、元明には首皇子《おびとのみこ》（聖武天皇）がいた。いずれも、二人の女帝にとって、天武天皇の再来として実《みの》ってほしい皇子であった。持統も元明も、それぞれの皇子が晴れて皇位に即《つ》く日のために、時を稼いだ中継ぎ天子であった。そして、元明自身、氷高皇女《ひたかのひめみこ》（元正天皇）とともに、持統萬葉の有力な読者の一人でもあったはずだ。さらにまた、皇子や皇女がこれを読むことは、皇子や皇女をとりまく人々もそれを読むということでもあった。

このように見てくると、元明萬葉の編者に太安万侶らを擬することは、妄想とは必ずしも言えないのかもしれない。たとえ、編者の想定には誤りがあったとしても、萬葉集巻一、巻二が、舒明皇統、ということは天武皇統ということでもあるが、その繁栄と悠久を祈る「女帝」たちの悲願の書であったことだけは確かであろう。

巻三、巻四が成り立つまで

「昔」と「今」の歌の集　白鳳人にとって、『古事記』下巻の時代は、自分たちの時代よりは一つ前の古き世として仰がれ親しまれており、その証拠に、萬葉集に登場する舒明朝以前の歌は『古事記』下巻の著名人に仮託された作に限定される、とさきに述べた。巻一、巻二以降においても、この種の歌は三つあり、そのうちの二つが巻三（雑歌・譬喩歌・挽歌）と巻四（相聞）とに表われる。巻三「挽歌」の冒頭を飾る聖徳太子の歌（四一五）と巻四「相聞」の冒頭を飾る仁徳天皇の異母妹、すなわち八田若郎女《やたのわきいらつめ》（八田皇女《やたのひめみこ》）の歌（四八四）とがそれである（もう一つは巻九の一六六四番歌、第二巻の解説で触れる）。この表われ方は一見不規則のようにも感じられるが、実際にはそうではなく、二つの冒頭歌のあり方を探ることが、とりもなおさず巻三・巻四の生いたちを探りあてることにつながる。

例によって、その冒頭歌の後にどのような歌が配列されているかを検討してみよう。

巻三の「挽歌」では持統朝の歌が、巻四「相聞」では斉明朝と覚しき歌が冒頭歌に直結し、以下、それぞれの歌群の終りまで、特別大きな空白はない。したがって、二つの冒頭歌は、続く白鳳歌群に対して特に古い歌として一種孤立した状態で据えられていると言える。この様態は、巻一の雄略御製や巻二の磐姫皇后の歌の姿勢とよく似ている。姿勢が似ているからには、むろん、その内容にも共通するものがあるに違いない。

巻一、巻二は、後人追補の「寧楽の宮」の歌（八四、二二八〜二三四）を除けば、和銅初年以前の白鳳期（いわゆる萬葉第一期〔舒明〜天智朝〕・第二期〔天武〜元明朝初期〕）の歌を収めていた。そしてその歌々はほとんどすべてが記名歌で、しかも知名の宮廷人の作によって占められるという特色を持っていた。白鳳期の萬葉歌は、作者を明記する歌に限るなら、大部分は巻一、巻二に収められているといってよい。ところが、この同じ白鳳期の記名歌を集める巻がほかにも少数ある。それが、ほかならぬ巻三と巻四なのである。

もっとも、白鳳期の記名歌は、巻八や巻十六にもある。けれども、ともにその数は少ない。巻八は四季分類に関心を置き、巻十六は由縁《ゆえよし》のある歌を集めることに専心しており、萬葉第一、第二期、つまり白鳳期の記名歌群の集団的登録に編者の関心があるわけではない。しかるに、巻三と巻四のそれは、集合と体系とを志向しており、様相がまったく違う。すなわち、巻三の「雑歌」は、持統朝と思われる人麻呂の歌から天平五年（七三三）頃までの歌百五十五首を収録するが、このうち前半の七十一首（二三五〜三〇五）は第二期の歌と認められる。また、巻三の「挽歌」は、冒頭の聖徳太子の歌を除けば、持統朝から天平十六年（七四四）に至る歌六十八首を配列し、うち、前半の十五首（四一六〜四三〇）は第二期の歌である。次に、巻四は、冒頭の八田若郎女の歌を除けば、斉明朝以下天平十六年頃までの歌三百九首を収めるが、このうち、はじめの三十六首（四八五〜五二〇）は第一、第二期に属する。

右のような、白鳳期の集団に継ぐ奈良朝（いわゆる萬葉第三期〔元明朝初期〜聖武朝中期〕・第四期〔聖武朝中期〜淳仁朝初期〕）の集団という歌の配列は、巻三の「雑歌」「挽歌」と巻四の「相聞」とが、それぞれ、「昔」と「今」の歌の集、言いかえれば、記名歌群による「古今倭歌集《こきんやまとうたしゅう》」として編まれたものであることを見通させる。この記名歌群による「古今倭歌集」は、萬葉集において、巻三、巻四の三つの部立以外にはない。このことは、巻三と巻四とが、あたかも巻一と巻二との関係に似た密接なかかわりを持っていることを示している。ここに帰納されることは、巻三と巻四とが今日残されている形に落ちつく以前に、「雑歌」「相聞」「挽歌」の三大部立によって構成される「古歌」、つまり白鳳期の歌による歌巻《うたまき》が存在したのではないかという推断である。

巻三、巻四は拾遺歌巻　この推断を保証する事柄はいくつかある。

第一の証《あかし》は、右に検出した「古歌」の群が、巻一、巻二に対して拾遺《しゅうい》の面影を呈する点である。白鳳期の本格的な歌はすべて巻一と巻二とに採られ、巻三、巻四の「古歌」の群は、巻一、巻二の採り残した歌を集めた様相を持っている。これを仮に「拾遺歌巻《しゅういうたまき》」と名づけるならば、その性格は、巻一、巻二と拾遺歌巻とに最も頻繁に共通して登場する人麻呂の歌を比較するだけではっきりする。巻一、巻二における人麻呂の歌は計五十四首（「或本」の歌を含む。以下同じ）であるが、単独の短歌は五首に過ぎず、大部分は、短歌三十三首を反歌として従える長歌十六首によって占められる。しかも、その長歌は、長篇で雄大荘重、萬葉の圧巻をなしている。これに対し、拾遺歌巻における人麻呂の歌は計二十九首、まず数において劣るが、歌体の面でも、長歌は、短歌一首を反歌として従える二首（二三九、二六一）だけで、しかも、型がきわめて小さい。拾遺歌巻が文字どおり巻一、巻二に対する拾遺の姿勢を示し、したがって、それが、巻一、巻二と同様、「雑歌」「相聞」「挽歌」の三大部立によって組織されていたと推定する所以《ゆえん》である。

第二の証は、現存の巻三が設けるもう一つの部立「譬喩歌」が、同じ巻三の「雑歌」「挽歌」に対してたいへん特異な様態を示している点である。巻三の「譬喩歌」は全部で二十五首。まず、「雑歌」

の百五十五首、「挽歌」の六十九首に対して極端に歌が少ない点に奇異の観がある。変っているのは歌の数だけではない。「譬喩歌」の部は「雑歌」「挽歌」に対して歌の時代が格別に新しいのである。二十五首のうち、冒頭の紀皇女《きのひめみこ》（天武天皇の娘）の一首だけは古い時代（第二期）の歌なのだが、これに続く二十四首は、天平初年の作と見られる沙弥《さみ》満誓《まんぜい》・大伴百代《おおとものももよ》などの歌以下、天平四年（七三二）頃から歌を残す大伴家持自身、および家持と直接交渉を持った人々の歌ばかりで占められ、下限は天平十年以降に及ぶものと見られる。つまり、「譬喩歌」は、紀皇女の一首を除けば、その始まりは「雑歌」の終りとおおむね重なるわけである。実際、「雑歌」の部には家持の歌は一首も採られていない。いったい、「譬喩歌」という部立は巻一、巻二にはなかった。歌の表現技法に関心をそそいだ名で、それだけでも時代的に新しいことが知られる。このように、あらゆる面で新しさを感じさせる部立が、巻三の中に最初から存在したとは考えにくい。この部立は、おそらく、「挽歌」の後半に奈良朝歌群を補った折に新設されたものなのであろう。それならば、巻三は、元来、「譬喩歌」を除いた部立、すなわち「雑歌」「挽歌」だけで構成されていたのかというと、そうとは思われない。ここで即座に着目されるのが、巻三に直結する「相聞」の歌巻《うたまき》である巻四の古歌（萬葉第一・二期の歌）の群である。これを、仮に「譬喩歌」の位置に代入するならば、巻三は、「雑歌」「相聞」「挽歌」の構成となり、巻一、巻二の組織と揆《き》を一にするばかりでなく、その三大部立の歌の時代も足並を揃えるのである。このように見てくると、現存巻三、巻四は、「拾遺歌巻」に奈良朝の「今歌《いまうた》」群を増補して「古今倭《こきんやまと》歌集《うたしゅう》」を形成したとき、「相聞」だけを別に独立させて巻四とし、そのあとに新たに「譬喩歌」を設けることによって誕生したものと思われる。以上、巻三「譬喩歌」の様相も、三大部立による「拾遺歌巻」がかつて存在したとする推定の支えとなるであろう。

しかしながら、その拾遺歌巻が一巻であったという保証はない。巻一（雑歌）・巻二（相聞・挽歌）に倣《なら》った形跡がはっきり認められる点を考慮するならば、むしろ、「雑歌」（七十一首）で一巻、「相聞」（三十七首）「挽歌」（十六首）で一巻をなしていたと考える方が自然であろう。だからこそ、後の編者は、巻三、巻四を、今日見るような姿にたやすく操作することができたのであろう。拾遺歌巻が二巻で構成されていたとするならば、後の編者たちが拾遺歌巻に対して行なった操作としては、「挽歌」に奈良朝今歌群《いまうたぐん》を増補したものを、新設した「譬喩歌」とともに「雑歌」のあとに移し、残った「相聞」に奈良朝今歌群を増補したと理解するのが穏当である。ただし、奈良朝今歌群を増補したのは一時期の同一編者層によるものではないらしい。今日見る巻三、巻四が生れる前に、拾遺歌巻の原型を保存したまま、いくばくかの奈良朝歌群を増補した工匠たちがいたものと思われる。少々混みいってくるが、この辺の事情を明確にするためには、巻三、巻四の第一次本ともいうべき、拾遺歌巻の形成期とその編者とについて説き及ぶ必要がある。

風流の侍従と奈良朝宮廷歌人

拾遺歌巻の形成は養老期（七一七〜二三年）をさかのぼることはない。なぜなら、「寧楽の宮」の歌などを除く巻一、巻二の形成は、和銅五年（七一二）から養老五年（七二一）にかけての間のことであったらしいからである（三八八〜九頁参照）。養老期をさかのぼりえないとすると、養老の晩年から神亀年間にかけて、人麻呂時代を仰ぎつつ、聖武新帝の周囲に、笠金村《かさのかなむら》・山部赤人《やまべのあかひと》ら、いわゆる奈良朝宮廷歌人が登場し、白鳳回帰の思潮が具現されたことが、俄然注意をひく。いかにも、拾遺歌巻が編まれて然るべき時代環境である。一方、『続日本紀』や『藤原武智麻呂《むちまろ》伝』によれば、同じ頃、聖武天皇の風流の侍従として六人部王《むとべ》・長田王《ながた》・門部王《かどへ》・佐為王《さい》・桜井王などがいて重用《ちょうよう》されたことが知られるが、このうち、佐為王を除く人々のすべてが萬葉歌人であったことも無視できなくなる。拾遺歌巻は、神亀（七二四年）が始まる早々に、編輯委員は風流の侍従たち、実務担当は宮廷歌人たち、といった組織のもとに成り立ったのではなかろうか（年表四二二頁参照）。

唐突に聞えるかもしれぬこの推定にとって、重視すべきことがある。

実は、すでに触れたように、巻一、八三首本の後半部や巻二には、それぞれが編まれた当初には存在せず、後人によって追補されたと見られる歌がいくつかある。八三首本後半部の場合は、題詞の姿が他に比較して異様な作を拾ってゆくとそれが出てくる。巻二の場合は、歌を配列する際の基準として、御代（宮号）の配列は時代順、御代の内部の配列は多く身分順であるが、薨年を知りうる皇室部では、皇子・皇女に関する場合、薨年順を採用しているらしい点に留意して見てゆくと、追補歌が割り出されてくる。巻一～巻十六ができた折の追補であることのはっきりしている歌、たとえば「或本の歌に曰はく」とある歌などを除いて、それを具示すると、次のとおりである。

〔巻一、八三首本後半部〕
五九～六一番歌……長皇子関係の歌。皇子の歌一首を含む。
六四～五番歌……志貴皇子と長皇子の歌。
七三番歌……長皇子の歌。
〔巻二〕
一一九～一二二番歌……弓削皇子の歌。
一三〇番歌……長皇子が同母弟弓削皇子に送った歌。
二〇四～六番歌……弓削皇子の死を傷《いた》む歌。

これは、期せずして、志貴皇子（七一五年薨）と、同母兄弟であった長皇子（七一五年薨）・弓削皇子（六九九年薨）とに関する歌ばかりである。志貴皇子は天智天皇の子、長皇子と弓削皇子とは天武天皇の子であったが、志貴皇子と長皇子とはきわめて親しい仲であった（巻一、八四など参照）。そして、長皇子・弓削皇子の仲もすこぶる厚かったことは、右の一三〇番歌によって察せられ、『懐風藻』にも伝えるところがある。

さて、巻一の八四番歌は、例の「寧楽の宮」の歌で、長皇子が自宅佐紀の宮に志貴皇子を招いて宴を催した折の作である。元暦本・紀州本などの目録には、八四番歌の後に志貴皇子の和した歌があったと記している（現存本にはない）。一方、巻二の「寧楽の宮」の歌も、志貴皇子の死をめぐる歌を中心としている。これら「寧楽の宮」の歌が巻一、巻二に対する後人追補の作であることは、すでにいくたびか言及した。右に摘出した歌群（巻一、八三首本後半部・巻二）と「寧楽の宮」の歌群とは、志貴・長の両皇子に片寄る点と、いずれも追補と見られる点とで、大きな共通性がある。これは重要な現象で、両歌群は、同じ折の同一編者による追補であるとの推論を導く。

そして、さきに拾遺歌巻の編輯委員と推定した奈良朝の風流の侍従たちの身の上を洗ってゆくと、その大部分が、志貴・長・弓削の三皇子と、血縁その他において深い関係を持つという事実につきあたるのである。しかも、巻三「雑歌」の古歌の部は、柿本人麻呂の羈旅《きりよ》の歌八首（二四九〜二五六）を中心として、その前後三十首ばかりが風流の侍従長田王から出た資料であることが、歌の配列の状況と長田王のあり方との関連によって証明できるが、そこにも、長・弓削関係の歌が数首（三二九〜三四四）含まれている。

以上のような次第で、拾遺歌巻の編纂に、最小限度、奈良朝風流の侍従たちの何人かがかかわったことは疑えない。拾遺歌巻を編むにあたって、風流の侍従たちは、彼らの手許に残されていた志貴・長・弓削三皇子関係の歌のうち、巻一、巻二に送りうるものはできる限りそちらに廻し、奈良朝の作と確認できるものに限って、「寧楽の宮」の標題を巻一と巻二とに掲げ、そこに収めたのであろう。これは、まさに、三皇子に連なる者の、「歌」による追善供養であったと言える。

　このように、巻一、巻二にいくばくかの追補を行なった人と、巻三、巻四の第一次本ともいうべき拾遺歌巻を編んだ人とが同一人だと見られることから考えてゆけば、拾遺歌巻が巻一、巻二の構造を踏襲して然るべきことに思いあたる。そして、事実、拾遺歌巻は、その「相聞」と「挽歌」との冒頭に近つ世（『古事記』下巻時代）の歌を飾ったのであった。「相聞」の冒頭歌（四八四）は、磐姫皇后の恋《こい》敵《がたき》として名高かった八田若郎女《やたのわきいらつめ》が歌主《うたぬし》であった。その相手も等しく旅先にある仁徳天皇で、歌柄まで磐姫の八五番歌とよく似ている。また、「挽歌」の冒頭歌（四一五）は、聖徳《しょうとこ》の太子として仰がれた皇子の、行路死人に思いを馳せた慈悲の歌である。ともに、以下の白鳳歌群の規範歌としての資格を十分に具《そな》えている。

強烈だった元正女帝の執念

拾遺歌巻が編まれたと推定される神亀の初期といえば、元正天皇が上皇となった神亀元年（七二四）二月四日の直後である。聖武天皇は、元明・元正二代の中継ぎ女帝の時代（七〇七〜二三年）を経て即位した待望の男帝であった。天武天皇の再来を期待する、白鳳から奈良にかけての大和朝廷の切実な願いを、一身に背負って即位した天皇であった。この天皇の時代に限って、人麻呂に代る宮廷歌人、笠金村・山部赤人らが用意され、再度しきりに宮廷讃歌が歌われた秘密もここに求められる。聖武天皇は新しい政治体制の樹立にいそしまなければならぬ宿命を背負った天子だったのである。一方、白鳳宮廷歌巻にして舒明皇統歌集である巻一、巻二を倣う拾遺歌巻は、拾遺であるために風格は劣るとはいえ、性格は巻一、巻二に準ずるものと見てよい。ここに当然、拾遺歌巻を発意した人として、元正上皇その人が無理なく浮んでくる。

元正女帝は、草壁皇子と元明女帝との間に生れた人で、文武天皇の姉、聖武天皇の伯母にあたる(四一一頁系図参照)。理由はわからないが生涯を独身で送った。それだけ、天武皇統の栄えに対する執念は誰よりも強烈であった。そして、彼女は、確実に巻一、巻二の愛読者の一人であった。藤原宮本(巻一、八三首本前半部)が持統上皇の発意に基づき、「寧楽の宮」の歌などを除く巻一、巻二が元明上皇の発意に基づいたのと同様に、拾遺歌巻もまた、元正上皇の発意がその源泉であったと考えて大過ない。

巻一の前半部(藤原宮本)から巻一・巻二、そして巻三・巻四の第一次本(拾遺歌巻)へと増築された、萬葉集における根幹の家屋は、女帝から女帝へと承け継がれた白鳳皇統の切実な願いによって築かれた。『萬葉集』の名義については、大別して二つの説がある。一つは、「萬代集」、すなわち万世までも伝われという願いをこめた歌集と見、もう一つは、「萬《よろづ》の歌の集」、すなわち多数の歌を集めた歌集と見る。だが、以上の考察によれば、『萬葉集』とは「萬代集」に違いないことが予測されるであろう。ただし、この屋号がつけられたのはもっと遅く、母屋(巻一〜巻十六)が完成した折のことであったと思われる。

巻三・巻四に第二次本　さきに、現存巻三、巻四が出現する以前、以上のような「拾遺歌巻」の原型を保存したまま、いくばくかの奈良朝歌群を増補した工匠たちがいたらしいと述べた(三九七頁)。その増補された巻三、巻四を、それぞれ、「巻三第二次本」「巻四第二次本」と称するならば、第二次本の実態は次に示すようなもので、その形成期は天平五年（七三三）頃であったと推察される。

雑歌　現存巻三「雑歌」の大半（三三五～三七八）・天平三、四年頃まで……百四十四首｝巻三第二次本

相聞　現存巻四「相聞」の前半（四八四～五七七）・天平三年頃まで……九十四首｝
挽歌　現存巻三「挽歌」の前半（四一五～五九）・天平三年まで……四十五首｝巻四第二次本

こう見る理由は、巻三「挽歌」の題詞の、以下に説くような様相にある。

巻三の「挽歌」は四三一番歌から後が奈良朝歌群で、そのうち、四三四番歌以下に年月を明記する歌を並べているが、天平三年までは、どの古写本も次のように記している。

和銅四年辛亥……（四三四～七）
神亀五年戊辰……（四三八～四〇）
神亀六年己巳……（四四一～二）
天平元年己巳……（四四三～五）
天平二年庚午……（四四六～五三）
天平三年辛未……（四五四～九）

ところが、これらに直結する歌群は、等しく天平歌群でありながら、どの古写本にも次のように記しているのである。

七年乙亥……（四六〇～一）

十一年己卯……（四六二〜七四）
十六年甲申……（四七五〜八三）

すなわち、天平三年までの年月明記の歌には必ず年号が記されているのに、天平七年以降にはそれがない。こういう断層は、双方が同一人の増補である場合にはありうることではない。断層は、天平七年以降の歌群が、それ以前の編者の操作に倣った別人によって増補されたものであることを示している。

この推察に関連して、なお「雑歌」の項に注意すべきことがある。「雑歌」の末尾の方に、「天平の五年の冬の十一月云々」と注記する歌（三七九〜八〇）があるが、この歌以下末尾までの十一首（三七九〜八九）は、さらに下る時期の追補と見られるのである。たとえば、十一首の中の三八四番歌は山部赤人《やまべのあかひと》の譬喩の歌であるが、これが元から巻三第二次本の「雑歌」の中にあったとするなら、一首は必ず現存巻三「譬喩歌」の中に移されたはずである。巻三の「譬喩歌」はあちこちから苦労して取り集めた歌群であることがわかっているからである。したがってこの十一首は、「譬喩歌」の部立を含む現存巻三、巻四が成立した時よりさらに後《おく》れる時期に追補されたのであろう。一方、「天平の五年の冬の十一月云々」の左注を持つ三七九〜八〇番歌以下十一首の直前は、天平五年より一、二年をさかのぼる作と見るのが自然である。とすれば、期せずして、巻三第二次本「雑歌」の末尾と巻四第二次本「挽歌」の末尾とがだいたい年代を等しうすることになる。この調和は、年号の有無に着目してのさきの推論が無謀ではないことを保証するであろう。

「雑歌」「挽歌」にしてそうであるなら、連れだつ「相聞」にも天平初年で終る段階があったと考えてさしつかえあるまい。果せるかな、巻四にも、「大納言大伴卿、新袍《しんはう》を摂津大夫高安王《せつつのかみたかやすのおほきみ》に贈る歌一首」と題する歌（五七七）と、「大伴宿禰三依《おほとものすくねみより》が別れを悲しぶる歌一首」と題する歌（五七八）との間に、断層が認められる。前者は大伴旅人《おおとものたびと》生前の最後の歌で、巻三第二次本の「雑歌」や巻四第二次本の「挽歌」と同じように、それ以前には、子の家持の歌や家持が直接かかわる歌は収めていない。これに対し、後者は旅人薨じて一年後の、遺児家持に対する歌と見られ、この一首から一転して家持が直接関係したり家持自身が詠んだりした歌群となる。大伴旅人が薨じたのは天平三年七月二十五日であった。だから、前者は天平三年の歌、後者は天平四年の歌ということになる。すなわち、「相聞」もまた、期せずして「天平三年」をもって段落を区切るわけで、こうして、「相聞」にも第二次本の段階があり、それは、旅人の五七七番歌までであったと察せられるのである。

以上述べたところを具示すると、四〇二頁の表のようになるわけだが、相ともに天平三、四年頃をもって終る巻三第二次本・巻四第二次本は、天平五年（七三三）頃に成ったと見てよかろう。

それならば、その編者は誰か。

奈良朝宮廷歌人と坂上郎女

天平五年といえば、宮廷歌人、笠金村や山部赤人がすでに聖武天皇の近辺で重用されて約十年の歳月を経た頃にあたる。一つの候補としてまず浮ぶのはこの人々である。ちなみに、巻三第二次本の「雑歌」の末尾は、池の古さを讃美する赤人の歌（三七八）をもって終っており、この推定にとってすこぶる暗示的である。

もっとも、もう一つの有力な候補として、大伴坂上郎女《おおとものさかのうえのいらつめ》も考えられる。郎女は名門大伴家の家《いえ》刀自《とじ》（祭祀《さいし》などを通して一族を統《す》べる主婦）として重きをなし、当代の代表歌人であったばかりでなく、外命婦《げみようぶ》（五位以上の官人の妻で、時を決めて参内した婦人）として宮廷に出入りしていた形跡もあるからである。そういえば、巻三第二次本・巻四第二次本には、大伴旅人らの太宰府関係の歌が、三大部立の中に揃って収録されている。坂上郎女は旅人の妻大伴女郎《おおとものいらつめ》が神亀五年（七二八）太宰府で没したあと、その身代りとして筑紫に下り、旅人や家持の面倒を見た。坂上郎女が身代りになったのは、太宰帥とその妻には香椎《かしい》の宮を斎《いつ》き祭る任務が課されていたからだとする説もある。大伴坂上郎女がかかわっているのであれば、太宰府関係の歌が全部立に揃って収められた経緯をすなおに説くことができる。

候補は、双方ともに魅力がある。思うに、これは二者択一に考えるべきではなく、坂上郎女が宮廷との橋渡しとなり、金村・赤人たちが実務を担当したと見るべきではなかろうか。

この第二次本の形成に根本のところでかかわったのは、やはり元正上皇であったであろう。上皇は、神亀元年（七二四）二月四日に退位してから、天平二十年（七四八）四月二十一日に六十九歳の天寿を全うするまで、二十五年もの間、聖武天皇の後見役として皇親政治の推進に全霊を打込むとともに、文化事業にも精魂を傾けた。以後、増補に増補を重ねて、巻一〜巻十六の母屋が完成に至るまでの萬葉集は、常に元正女帝の発意を軸にしながら生いたちを遂げたと認められる（年表四一二頁参照）。

現存巻三、巻四と大伴家持

巻三・巻四の第二次本が生れた天平五年の頃、大伴家持は十六歳の少年であった。家持が萬葉に残す歌は、その前年、天平四年のもの（巻八、一四四一・一四四六など）を最初とする。家持が第二次本と無縁であったことは言うまでもなく、またそこに家持関係の歌がないのも当然のことであった。だが、先立つ拾遺歌巻（第一次本）をすなおに増補した第二次本の編者と違って、その第二次本を、第三次本ともいうべき現存巻三、巻四の形態に変えて今日に伝えたのは、確実に大伴家持たちであった。紀皇女《きのひめみこ》の歌を「古歌」として規範に立てた「譬喩歌」における「今歌」の群が家持歌群であること、第二次本のあとに加えた歌群（巻三「挽歌」四六〇～八三、巻四「相聞」五七八～九二）もまたそうであることなどが、その証《あかし》である。そして、その形成期は、巻一～巻十六の母屋を構築したのと同じ時期であったと考えられる（天平十七年以降数年間）。ここに、「大伴家持たち」と呼んだのは、むろん、家持は有力な編者ではあったが、巻一～巻十六の編者には家持の他にも何人かが考えられるからである。そして、その主任は、家持とも親交があり、志貴皇子の子孫にあたる市原《いちはら》王であったと察せられるからである（年表四二二頁参照。第二巻以降に詳述）。

ただし、話はやや入りくむが、現存巻四の末尾七八二番歌から七九二番歌までの十一首は、巻三の「雑歌」の末尾十一首（三七九～八九）と同様、母屋が造られた時よりもはるかに後の追補であり、家持たちとはかかわりがなかったらしい。

巻四の七八二番歌は、家持の風雅の友、紀女郎《きのいらつめ》の歌だが、その下に「女郎、名を小鹿《をしか》といふ」の注記がある。こういう注記は、巻四において、すでに紀女郎の歌がはじめて登場する条（六四三～五）に、「鹿人大夫《かひとのまへつきみ》が女《むすめ》、名を小鹿といふ。安貴王《あきのおほきみ》が妻なり」と丁寧に記され、百十七首の間隔をおいて、彼女の歌が再度登録される条（七六二～三）に、「女郎、名を小鹿《をしか》といふ」と書かれている。七六二～三番歌の条にその注記があるのは、百十七首もの間隔をおいて久しぶりに紀女郎の歌が表われることによるものと見れば、納得がゆく。けれども、七六二～三番歌のあとには、紀女郎やそれに関する歌が、七六九・七七五・七七六・七七七～八一・七八二番歌というようにたてつづけに並ぶ。にもかかわらず、その最後の七八二番歌にまた同じ注記が付されているのである。同じ編者なら、唐突に、このような注記を再び書くわけがない。

この不審を解く道は、七八二番歌以下の十一首を、巻三「雑歌」末尾のかの十一首と同じように、母屋の形成をはるかに下る時期の別人の追補と見るほかにはなさそうである。この十一首を除くと、家持たちが補ったと見られる五七八〜七八一番歌の歌群に、少なからず配列される他人の歌を縫って、家持とその妻坂上《さかのうえの》大嬢《おおいらつめ》との関係を幹とし、家持と大嬢以外の女性との関係を枝とする、家持青春の恋物語が意図されていると読めることは、興味深い。

伝統の古今構造を追って

さて、現存の巻三と巻四は、巻三を「雑歌」「譬喩歌」「挽歌」とし、巻四を「相聞」のみで組み立てており、第二次本に比べて組織に均衡がなく、混雑している観がある。ここに当然、第二次本を編んだ人々と同様、家持たちは、なぜ第二次本に自分たちの歌をすなおに増補しなかったのかという疑問がわいてくる。

即座に見える理由は、歌の分量である。第二次本に、家持たちの歌をそのまま増補すれば、巻三「雑歌」の百四十四首に対して、巻四の「相聞」と「挽歌」とは二百九十八首と六十九首、計三百六十七首にもなってしまう。譬喩歌も内容は相聞と同じであるから、その天平歌群二十四首を加えると、さらに三百九十一首にふくれあがる。ところが、現存巻三、巻四の歌数を見ると、巻三が長歌を多数含めて二百三十八首、巻四が長歌の少ない形で二百九十八首、均衡は理想的な状態になっている。かくして、家持たちが分量を考慮したことは疑えない。

しかし、歌の分量だけが理由なら、家持たちの天平歌群だけで三大部立を揃えた一巻を編めば、事は最も簡単に解決されたはずである。家持たちには、かれらの歌群として、「相聞」や「挽歌」ばかりでなく「雑歌」もあった。天平四年から天平十六年に至る巻六の九七一〜一〇四三番歌がそれである。

ちなみに、この辺のことを具示すると、

雑歌（九七一〜一〇四三）　七十二首
相聞（五七八〜七八一）　二百四首　}三百首
挽歌（四六〇〜八三）　二十四首

となって、これはどう見ても、形の上では家持ら天平歌群による堂々たる歌巻一巻である。

だが、家持たちはこの道を選ばなかった。これには何かわけがなければならぬ。そこで考えられる重要なことは、時の家持たちに、卑近な天平歌群だけを集めたのでは一巻の歌巻としての威容を保つことはできない、とする意識があったのではないかということである。言いかえれば、往古の歌群にみずからの歌群をつなぎ、往古の歌群の権威を借り、古今の歴史の上に歌を照らしだすのでなければ、歌巻には歌巻としての本当の資格がないとする構造精神が、家持たちの心にしみついていたのではないかということである。現に、かれらの手に伝えられた先人の歌巻は、すべてそのような古今構造を持っていた。家持たちは積極的にその伝統を追ったのであろう。その結果が、現存巻三、巻四に見られる組み立てとなったものと思われる。

古今意識の変質　古い歌群があって、それに対し、適切な分量を求めて今の歌群をつないでゆけば、結果的に、「古今倭歌集《こきんやまとうたしゅう》」ができあがる。しかし、現存の巻三、巻四はそのような偶発的な「古今倭歌集」ではなかったことを、むしろ、一見不規則なその組織が語り告げているのである。ただし、家持たちの〝古今倭歌〟観は、もはや「近つ世」（『古事記』下巻時代）対「白鳳期」（萬葉第一・二期。舒明朝〜元明朝初期）という古今構造の考えからは脱却していた。かれらの手がけた現存巻三、巻四の

「挽歌」と「相聞」の冒頭には「近つ世」の歌を置くにもかかわらず、家持たちの古今倭歌観は、白鳳期(第一・二期)の歌を「古歌」、奈良期(第三・四期)の歌を「今歌」と認識する姿勢に変質していた。そのことを明確に訴えるものがある。ほかならぬ、家持たちの苦辛の結晶である巻三「譬喩歌」の構造がそれである。

巻三の「譬喩歌」は、冒頭に白鳳期の紀皇女《きのひめみこ》の歌一首を呼びこみ、対して、家持らの天平歌群二十四首を配列していた。呼びこまれた紀皇女の一首は、譬喩の歌として模範的で、格調も高い。皇女は天武天皇の娘で、作者の身分も申し分がない。その上萬葉集を読み進めれば、紀皇女については、譬喩歌をめぐるヒロインとしての伝承が家持たちの時代に至るまで存在していたことが知られるのである。家持たちは、精を出してこの一首を探してきたのであろう。二十四首の冒頭歌は、白鳳の紀皇女の歌でなければならなかったのである。

こうして、巻三の「譬喩歌」二十五首は、新たなる装いを帯びた、立派な「古今歌巻《こきんうたまき》」として登場してきた。「奈良時代」(今歌)が「白鳳時代」(古歌)の権威を仰ぐところの、意図された古今構造を持って登場してきた。二十五首の構造は、それが苦辛の結晶であるだけに、現存巻三、巻四の古今倭歌観を象徴的に示している。そこには、古今歌巻を編むことによって、歴史と社会の上において持つ「ヤマトウタ」の意義を定着させようとする意図がうかがえる。そして、このような新しい古今歌巻が形成されたとき、「寧楽の宮」の歌を巻末に据えるにもかかわらず、現存巻一、巻二は、完全な「古歌巻《こうたまき》」として待遇され終ったのだと思われる。現存巻三、巻四の形成は、巻一、巻二を祭りあげる厳粛な儀式でもあったと言えよう。

以下に、巻一～巻四の編纂事情を整理する意味で、「舒明皇統系図」と「萬葉集編纂年表」を添えておく。

〔**舒明皇統系図**〕

一、この系図は、萬葉集の編纂に大きな役割を果した舒明皇統の、血縁関係を見通すために作成した。したがって、世代関係および年齢関係については必ずしも厳密でない。

一、天皇名の肩に付した数字は、通説による代数である。○印は女帝であることを示す。

一、斉明天皇は皇極天皇の、称徳天皇は孝謙天皇のそれぞれ重祚である。

〔**萬葉集編纂年表**〕

一、この年表は、萬葉集巻一～巻四が、今日見られる形に整えられるまでの経緯、すなわち編纂経過について図表化したものである。

一、「和暦」の欄のアラビア数字は「年」を表わす。

一、「記事」の欄には、萬葉集編纂事業にかかわる主要な出来事に限って記した。

(1)アラビア数字は「月」を表わす。

(2)＊印の項目は解説者の見解による。

(3)〓は、『古事記』下巻時代、白鳳期、奈良期、および萬葉第一期～第四期の各時代区分を示す。

一、「収録歌分布」の欄では、巻一～巻四に、およそどの時代の歌が収録されているかを▒で示し、併せて、それぞれの時代の歌が各巻に組み込まれていった様相を示した。

(1)▒で示した収録歌の時代範囲は、萬葉集の編者たちによって認定された作歌年代に基づいたものである。したがって、▒はほぼ、標題、題詞、左注等に表示されている宮号、年号に拠って区切った。このため、個々の歌の作歌年次とは必ずしも一致しない。

(2)ただし、巻一、八一～三番歌のように、作歌年次が比較的明らかなもので、かつ編纂の過程を跡づける上での手がかりとなる歌の場合は、その作歌年次に従った。

(3)▒の傍らに付したアラビア数字は歌番号である。

舒明皇統系図

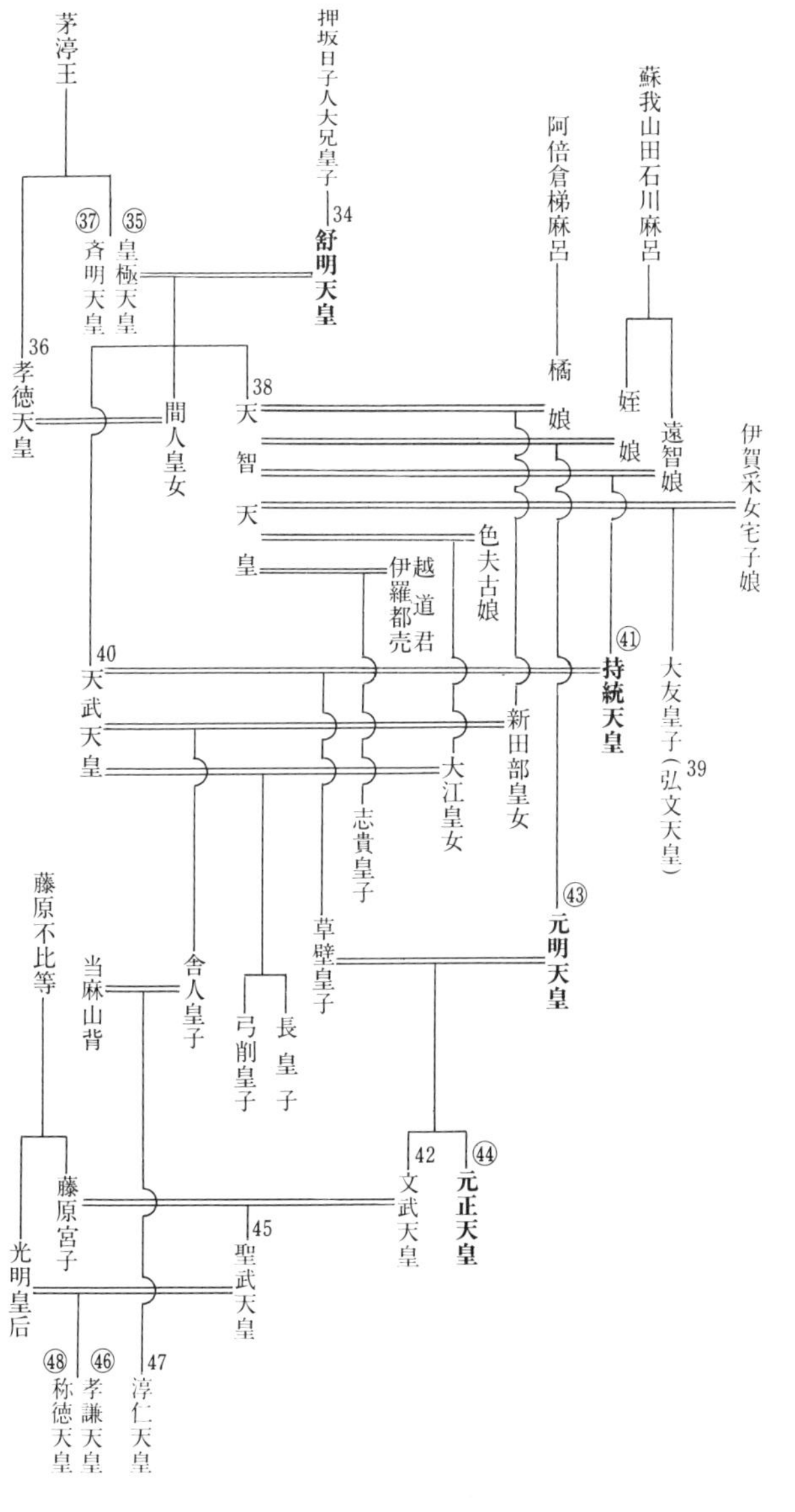

蘇我山田石川麻呂
阿倍倉梯麻呂
押坂日子人大兄皇子
茅渟王
34 舒明天皇
㉟ 皇極天皇
㊲ 斉明天皇
36 孝徳天皇
間人皇女
38 天智天皇
橘娘
姪娘
遠智娘
伊賀采女宅子娘
色夫古娘
越道君伊羅都売
40 天武天皇
㊶ 持統天皇
大友皇子（39 弘文天皇）
新田部皇女
大江皇女
志貴皇子
草壁皇子
㊸ 元明天皇
舎人皇子
弓削皇子
長皇子
当麻山背
藤原不比等
42 文武天皇
㊹ 元正天皇
藤原宮子
45 聖武天皇
光明皇后
㊽ 称徳天皇
㊻ 孝謙天皇
47 淳仁天皇

西暦	和暦	天皇	記事	収録歌分布 巻一	収録歌分布 巻二	収録歌分布 巻三	収録歌分布 巻四
四〇〇頃 ～		仁徳	＊仁徳朝より近つ世（『古事記』下巻時代）に入る 『古事記』下巻時代		相聞 85		相聞 484
四七五頃 ～		雄略		雑歌 1			
五九三 ～	推古1	推古	4 聖徳太子摂政			挽歌 415	
六二八	推古36		3 推古天皇没				

六二九	舒明1	舒明	1舒明天皇即位、白鳳期の幕明き ＊舒明朝から萬葉歌急増
	2		
	3		
	4		
	5		
	6		
	7		
	8		
	9		
	10		
	11		
	12		

白鳳期

萬葉第1期

2〔八三首本前半部〕

六四一	六四二			六四五	六四六				六五〇		
舒明13	皇極1	2	3	大化1	2	3	4	5	白雉1	2	3
舒明	皇極			孝徳							
10 舒明天皇没	1 皇極天皇即位			6 孝徳天皇即位 12 難波遷都	1 大化改新の詔発布						

白鳳期

萬葉第1期

(雑歌) 7

(相聞)

(挽歌)

(相聞)

	六五四	六五五						六六一	六六二		
4	5	斉明 1	2	3	4	5	6	7	天智 1	2	3
		斉明						天智			
	10 孝徳天皇没	1 斉明天皇即位（皇極天皇の重祚）					＊額田王、このころから活躍	1 斉明天皇、新羅遠征 7 斉明天皇没、中大兄皇子称制			
		8									
									91		
		挽歌 141									
			〔第一次本〕485								

西暦	年	天皇	事項
六六五	天智4	天智	
	5		
六六七	6		3 近江遷都
六六八	7		1 天智天皇即位
	8		
	9		
六七一	10		12 天智天皇没
六七二	弘文1 天武1	弘文 天武	5~9壬申の乱 9明日香遷都
六七三	2		2 天武天皇即位
	3		
	4		
	5		

白鳳期

萬葉第1期　萬葉第2期

（雑歌）

（相聞）

（挽歌）

（挽歌）

（相聞）

西暦										六八六	六八七	
年	6	7	8	9	10	11	12	13	14	15 朱鳥1	持統1	2
天皇										持統		
事項				*柿本人麻呂、このころから活躍						9 天武天皇没、皇后称制		

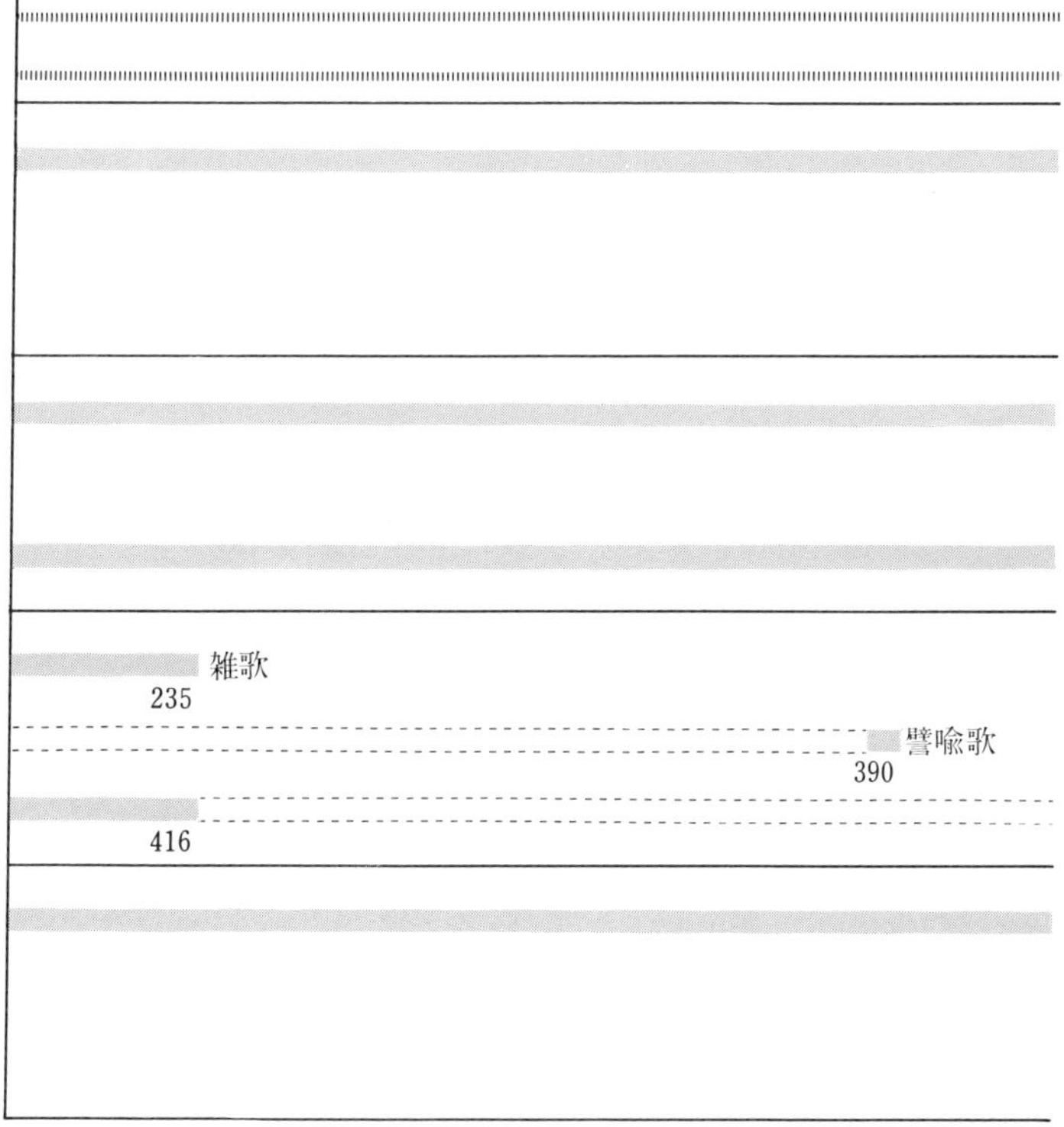

西暦	六八九	六九〇				六九四	六九五		六九七			
年号	持統3	4	5	6	7	8	9	10	文武1	2	3	4
天皇	持統								文武			
事項	4 草壁皇子没	1 持統天皇即位				12 藤原遷都			8 持統天皇譲位、文武天皇即位	＊このころ（六九七～七〇二）、巻一、八三首本前半部成立。編者は柿本人麻呂か	7 弓削皇子没	

白鳳期

萬葉第2期

（雑歌） 53

（相聞） （神亀期追補119～122, 130）

（挽歌） （神亀期追補204～206）

（雑歌）

（譬喩歌）

（挽歌）

（相聞）

七〇一	七〇二		七〇四			七〇七	七〇八		七一〇		七一二
大宝 1	2	3	慶雲 1	2	3	4	和銅 1	2	3	4	5
						元明					
	12 持統上皇没					6 文武天皇没 7 元明天皇即位	＊柿本人麻呂、このころ(七〇六～九)没		3 平城遷都、白鳳期終る		1『古事記』成立

奈良期

萬葉第3期

54〔八三首本後半部〕 (神亀期追補59～61，64～65，73) 83

140

(神亀期追補)

226 228

305〔第一次本〕

430〔第一次本〕 431

520〔第一次本〕

西暦	年号	天皇	事項
七一三	和銅6	元明	
	7		
七一五	霊亀1	元正	6長皇子没　9元明天皇譲位、元正天皇即位
七一六	2		8志貴皇子没か
七一七	養老1		＊このころ（七一六～七）、巻一、八三首本成立。同時に巻二が成立した。編者は太安万侶らか。「雑歌」「相聞」「挽歌」の三大部立確定
	2		
	3		
	4		
七二一	5		12元明上皇没
	6		
七二三	7		7太安万侶没
七二四	神亀1	聖武	2元正天皇譲位、聖武天皇即位

奈良期

萬葉第3期

(神亀期追補) 84

(神亀期追補)
232　(挽歌)

306　(雑歌)

(譬喩歌)

(挽歌)

521　(相聞)

西暦	年	事項
	2	＊このころ、巻三、巻四各第一次本成立。同時に巻一、巻二への追補（志貴皇子・長皇子・弓削皇子関係の歌）が行われる。編者は奈良朝風流の侍従、および笠金村、山部赤人らか
	3	
	4	
	5	
七二九	天平1	1 六人部王没
	2	
七三一	3	7 大伴旅人没
	4	
七三三	5	6 山上憶良没
	6	＊このころ、巻三、巻四各第二次本成立。編者は坂上郎女、および笠金村、山部赤人らか
	7	
	8	

萬葉第4期

（後代追補）

389　379　378〔第二次本＝第三次本〕

391

460　459〔第二次本〕

578　577〔第二次本〕

西暦	年	天皇	事項
七三七	天平9	聖武	6 長田王没 ＊笠金村、山部赤人ら、七三七年に没か
	10		
	11		
	12		
七四一	13		1 恭仁遷都
	14		
	15		
七四四	16		＊萬葉集第一部（巻一〜巻十六）収録歌の下限
七四五	17		5 平城遷都 ＊このころ、巻三、巻四各第三次本(現存巻三、巻四)成立。編者は市原王、大伴家持らか。第一部形成の一環
	18		
	19		
七四八	20		4 元正上皇没

奈良期

萬葉第4期

414〔第三次本〕（譬喩歌）

483〔第三次本〕（挽歌）

792　782　781〔第三次本〕（相聞）
（後代追補）

七四九	天平感宝	1		
	天平勝宝	1	孝謙	7 聖武天皇譲位、孝謙天皇即位
		2		
七五一		3		11『懐風藻』成立
		4		
		5		
		6		
		7		
七五六		8		5 聖武上皇没
七五七	天平宝字	1		
七五八		2	淳仁	8 孝謙天皇譲位、淳仁天皇即位
七五九		3		1 大伴家持、萬葉集最後の歌を詠む

七六〇	天平宝字4	淳仁	
～			
七六三	7		＊市原王、七六三年以後没
七六四	8	称徳	10淳仁天皇を廃し、称徳天皇即位（孝謙天皇の重祚）
～			
七七〇	宝亀1	光仁	8称徳天皇没　10光仁天皇即位 ＊このころ(七七〇～八五)、萬葉集全二十巻完結。編者は大伴家持
～			
七八一	天応1	桓武	4光仁天皇譲位、桓武天皇即位　12光仁上皇没 ＊坂上郎女、七八一年に没か
～			
七八五	延暦4		8大伴家持没

付録

参考地図

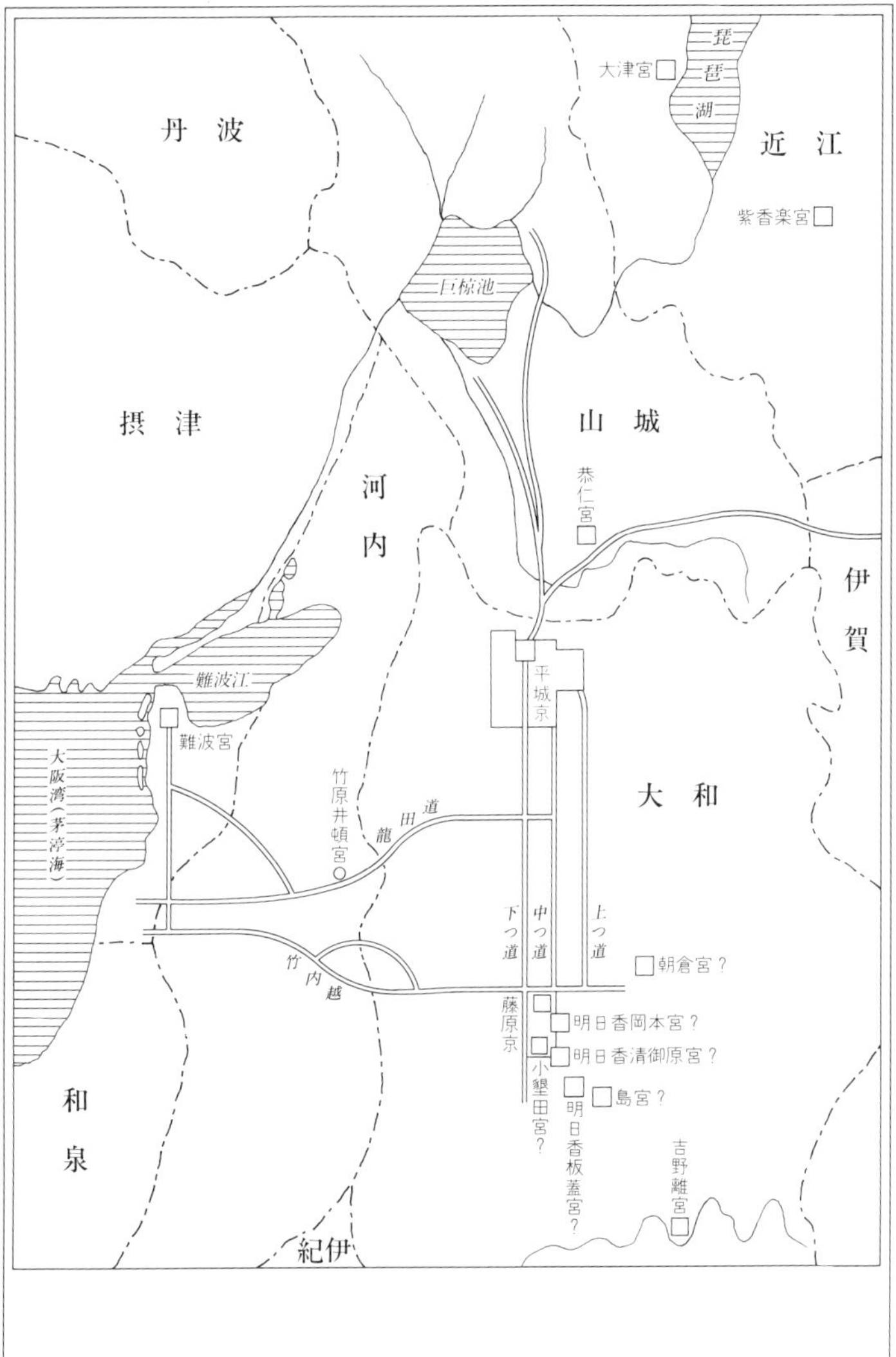
丹波
近江
琵琶湖
大津宮
紫香楽宮
巨椋池
摂津
山城
河内
恭仁宮
伊賀
難波江
平城京
難波宮
大阪湾（茅渟海）
竹原井頓宮
龍田道
大和
下つ道
中つ道
上つ道
朝倉宮？
竹内越
藤原京
明日香岡本宮？
明日香清御原宮？
小墾田宮？
島宮？
明日香板蓋宮？
吉野離宮
和泉
紀伊

萬葉時代の都

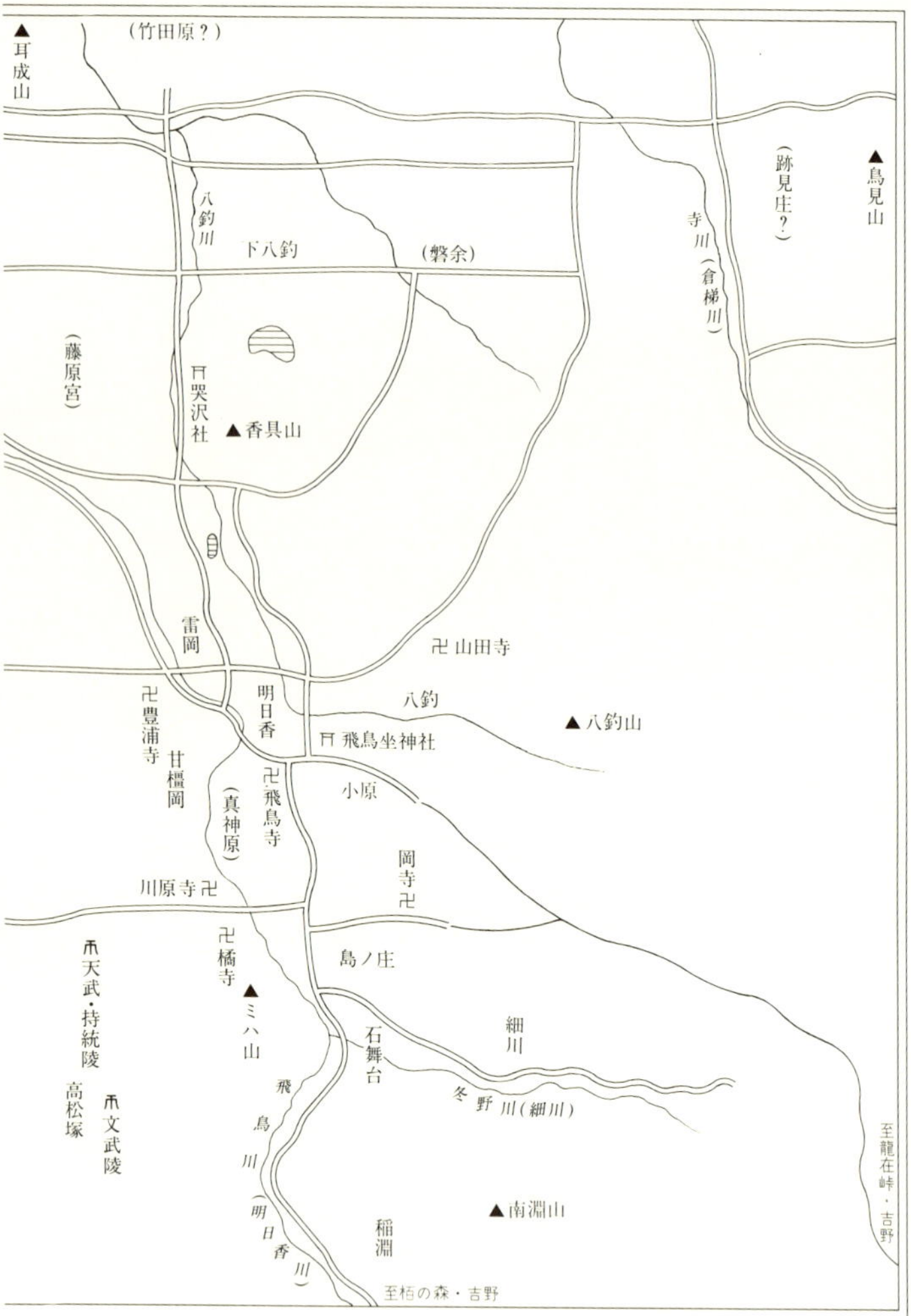
耳成山
(竹田原？)
(跡見庄？)
鳥見山
寺川(倉梯川)
八釣川
下八釣
(磐余)
(藤原宮)
哭沢社
香具山
雷岡
山田寺
明日香
八釣
八釣山
飛鳥坐神社
豊浦寺
甘樫岡
(真神原)
飛鳥寺
小原
岡寺
川原寺
島ノ庄
橘寺
ミハ山
天武・持統陵
石舞台
細川
冬野川(細川)
高松塚
文武陵
飛鳥川(明日香川)
南淵山
稲淵
至龍在峠・吉野
至栢の森・吉野

明日香・藤原京付近

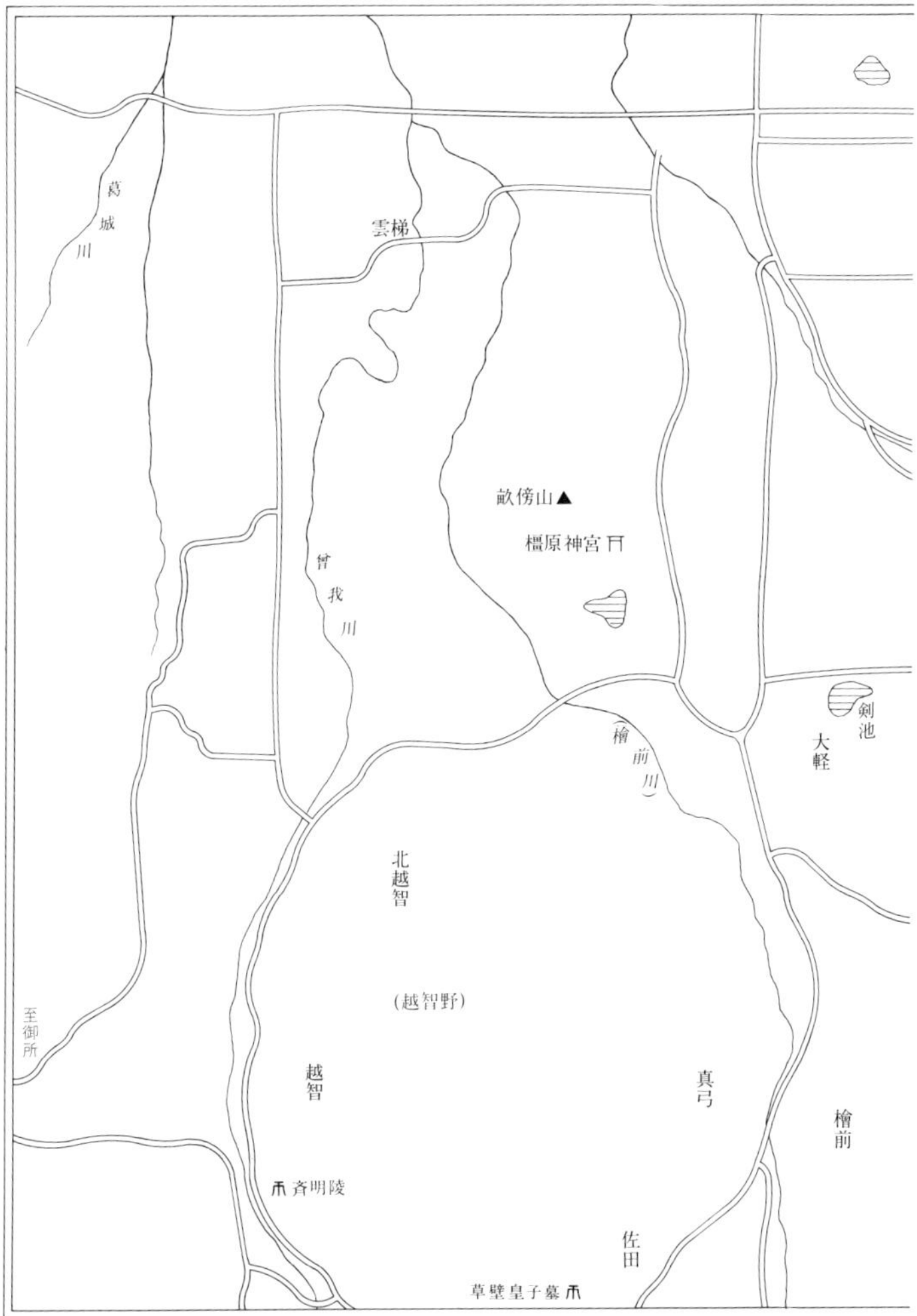
葛城川
雲梯
畝傍山
橿原神宮
曽我川
檜前川
剣池
大軽
北越智
(越智野)
至御所
越智
真弓
檜前
斉明陵
佐田
草壁皇子墓

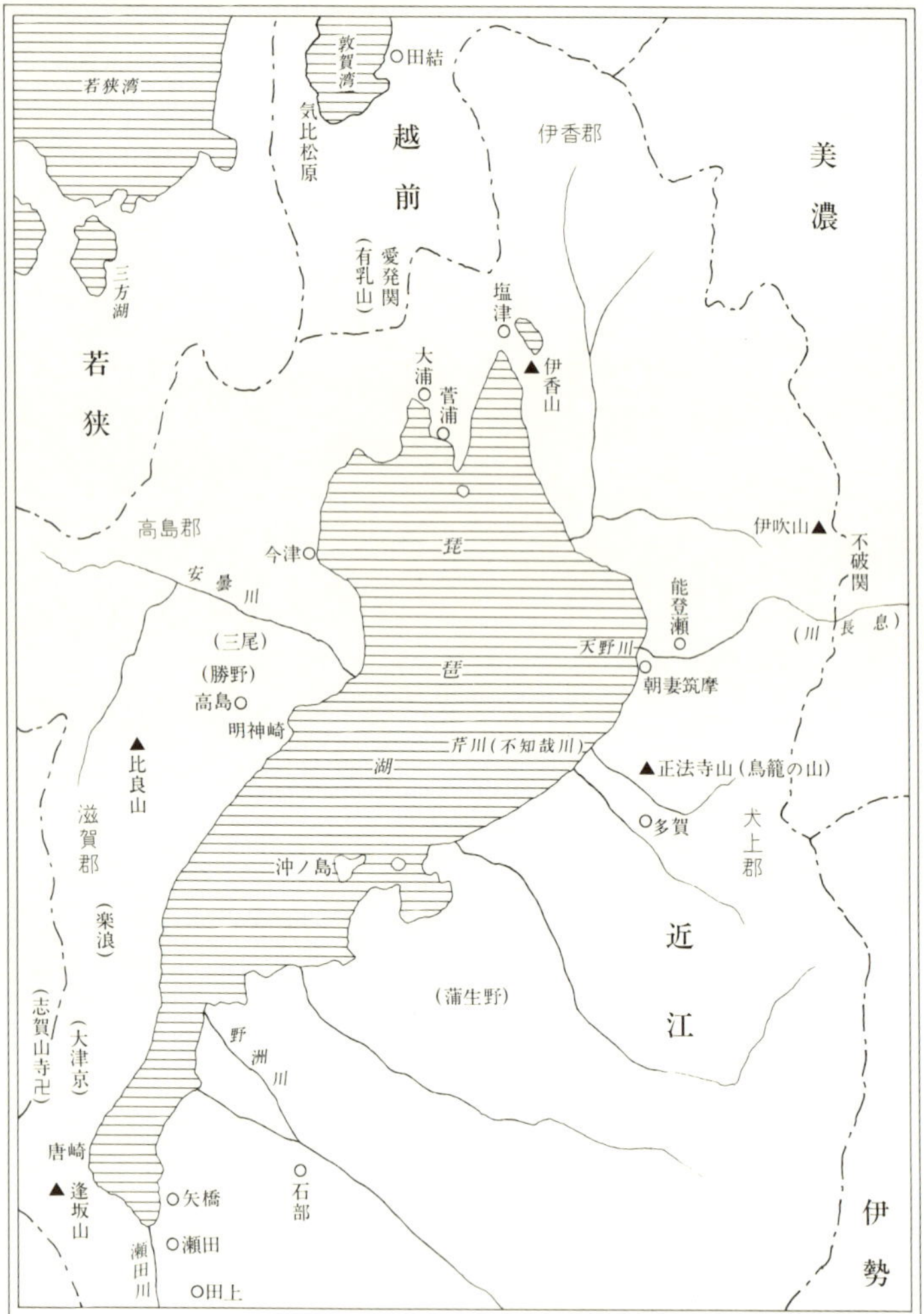
若狭湾
敦賀湾
田結
気比松原
越前
伊香郡
美濃
三方湖
愛発関
(有乳山)
塩津
若狭
大浦
菅浦
伊香山
高島郡
今津
伊吹山
不破関
安曇川
能登瀬
琵琶湖
(三尾)
天野川
(息長川)
(勝野)
朝妻筑摩
高島
明神崎
比良山
芹川(不知哉川)
正法寺山(鳥籠の山)
滋賀郡
多賀
犬上郡
沖ノ島
(楽浪)
近江
(蒲生野)
(志賀山寺卍)
(大津京)
野洲川
唐崎
逢坂山
石部
矢橋
瀬田
瀬田川
田上
伊勢

近江付近

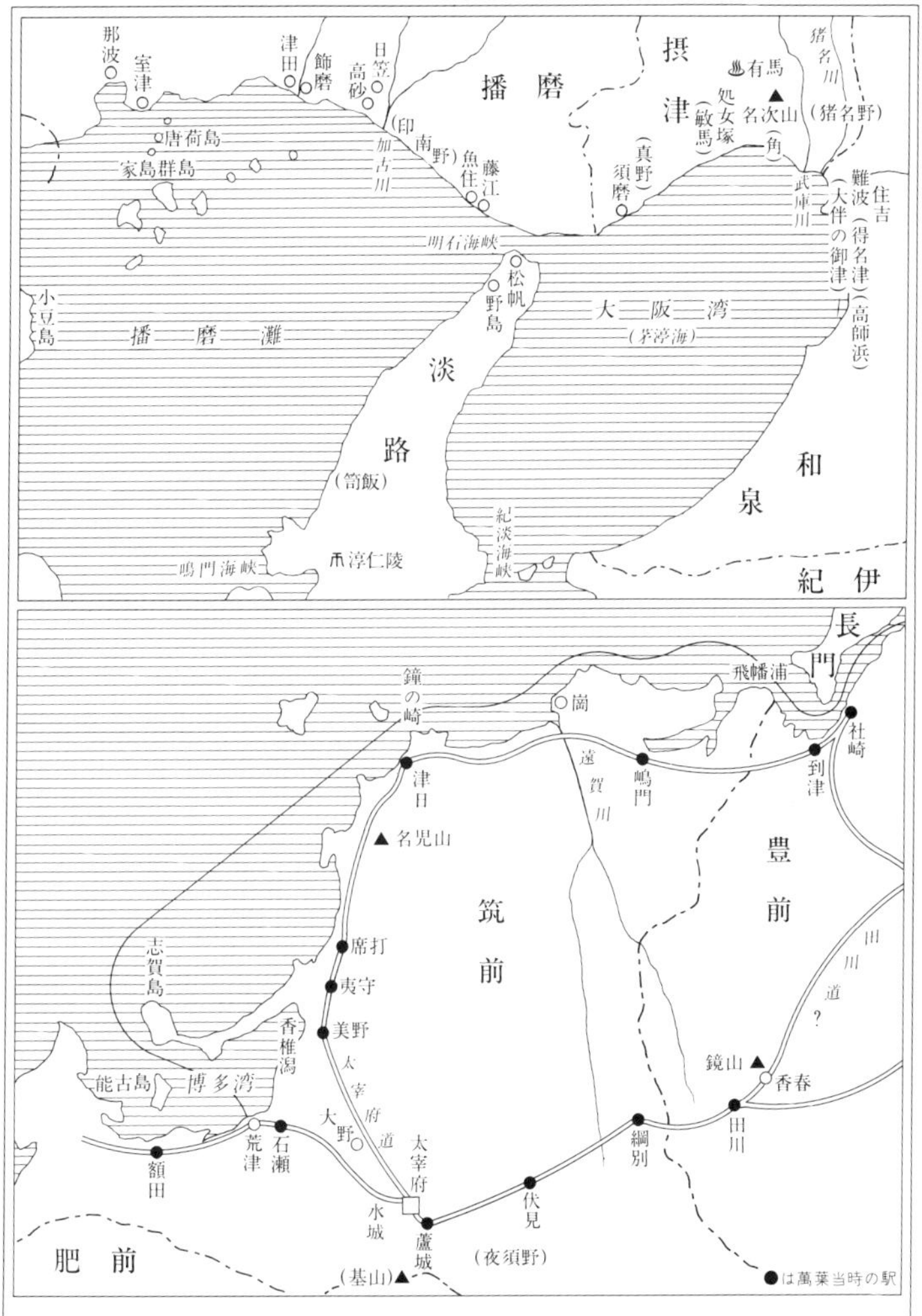

瀬戸内海東部と太宰府付近

新潮日本古典集成〈新装版〉

萬《まん》葉《よう》集《しゅう》 一

平成二十七年四月二十五日　発　行

校注者　青《あお》木《き》生子《たかこ》・井《い》手《で》　至《いたる》
伊《い》藤《とう》　博《はく》・清《し》水《みず》克彦《かつひこ》
橋《はし》本《もと》四《し》郎《ろう》

発行者　佐藤隆信

発行所　株式会社　新潮社
〒一六二−八七一一　東京都新宿区矢来町七一
電話　〇三−三二六六−五四一一（編集部）
　　　〇三−三二六六−五一一一（読者係）
http://www.shinchosha.co.jp

印刷所　大日本印刷株式会社

製本所　加藤製本株式会社

装画　佐多芳郎／装幀　新潮社装幀室

組版　株式会社ＤＮＰメディア・アート

乱丁・落丁本は、ご面倒ですが小社読者係宛お送り下さい。
送料小社負担にてお取替えいたします。
価格はカバーに表示してあります。

ISBN978-4-10-620802-7　C0393

建礼門院右京大夫集　糸賀きみ江 校注

壇の浦の浪深く沈んだ最愛の人。その人への思慕と追憶を、命の証しとしてうたいあげた才女。平家の最盛時、建礼門院に仕えた後宮女房右京大夫の、日記ふう歌集。

梁塵秘抄　榎　克朗 校注

遊びをせんとや生まれけん、戯れせんとや生まれけん……源平の争乱に明け暮れた平安後期の民衆の息吹きが聞こえてくる流行歌謡集。編者後白河院の「口伝」も収録。

連歌集　島津忠夫 校注

心と心が通い合う愉しさ……五七五と七七の句による連鎖発展の妙を詳細な注釈が解明する。漂泊の詩人宗祇を中心とした「水無瀬三吟」「湯山三吟」など十巻を収録。

紫式部日記 紫式部集　山本利達 校注

摂関政治隆盛期の善美を、その細緻な筆に誌した日記は、宮仕えの厳しさ、女の世界の確執をも冷徹に映し出す。源氏物語の筆者の人となりを知る日記と歌集。

和泉式部日記 和泉式部集　野村精一 校注

恋の刹那に身をまかせ、あふれる情念を歌に結実させた和泉式部——敦道親王との愛のプロセスをこまやかに綴った「日記」と珠玉の歌百五十首を収める。

謡曲集（全三冊）　伊藤正義 校注

謡曲は、能楽堂での陶酔に留まらず、自ら読んで謡う文学。あでやかな言葉の錦を頭注で味わい、舞台の動きを傍注で追う立体的に楽しむ謡いの本。

新潮日本古典集成

古事記　西宮一民
萬葉集　一〜五　青木生子　井手至　伊藤博　清水克彦　橋本四郎
日本霊異記　小泉道
竹取物語　野口元大
伊勢物語　渡辺実
古今和歌集　奥村恆哉
土佐日記　貫之集　木村正中
蜻蛉日記　犬養廉
落窪物語　稲賀敬二
枕草子　上・下　萩谷朴
和泉式部日記　和泉式部集　野村精一
紫式部日記　紫式部集　山本利達
源氏物語　一〜八　石田穣二　清水好子
和漢朗詠集　大曽根章介　堀内秀晃
更級日記　秋山虔
狭衣物語　上・下　鈴木一雄
堤中納言物語　塚原鉄雄
大鏡　石川徹
今昔物語集　本朝世俗部　一〜四　阪倉篤義　本田義憲　川端善明
梁塵秘抄　榎克朗
山家集　後藤重郎
無名草子　桑原博史
宇治拾遺物語　大島建彦
新古今和歌集　上・下　久保田淳
方丈記　発心集　三木紀人
平家物語　上・中・下　水原一
金槐和歌集　樋口芳麻呂
建礼門院右京大夫集　糸賀きみ江
古今著聞集　上・下　西尾光一　小林保治
歎異抄　三帖和讃　伊藤博之
とはずがたり　福田秀一
徒然草　木藤才蔵
太平記　一〜五　山下宏明
謡曲集　上・中・下　伊藤正義
世阿弥芸術論集　田中裕
連歌集　島津忠夫
竹馬狂吟集　新撰犬筑波集　木村三四吾　井口壽
閑吟集　宗安小歌集　北川忠彦
御伽草子集　松本隆信
説経集　室木弥太郎
好色一代男　松田修
好色一代女　村田穆
日本永代蔵　村田穆
世間胸算用　金井寅之助　松原秀江
芭蕉句集　今栄蔵
芭蕉文集　富山奏
近松門左衛門集　信多純一
浄瑠璃集　土田衞
雨月物語　癇癖談　浅野三平
春雨物語　書初機嫌海　美山靖
與謝蕪村集　清水孝之
本居宣長集　日野龍夫
誹風柳多留　宮田正信
浮世床　四十八癖　本田康雄
東海道四谷怪談　郡司正勝
三人吉三廓初買　今尾哲也